# 宋詩菁華

## ——宋詩分體選讀

張鳴 編著

三民書局

國家圖書館出版品預行編目資料

宋詩菁華：宋詩分體選讀／張鳴編著.－－初版一刷.
－－臺北市：三民，2016
面； 公分.－－（國學大叢書）

ISBN 978-957-14-6127-4 （平裝）

1. 宋詩 2. 詩評

820.9105 105002045



編著者 張 鳴
責任編輯 張加旺
美術設計 郭雅萍
發行人 劉振強
著作財產權人 三民書局股份有限公司
發行所 三民書局股份有限公司
地址 臺北市復興北路386號
電話 (02)25006600
郵撥帳號 0009998-5
門市部 （復北店）臺北市復興北路386號
（重南店）臺北市重慶南路一段61號
出版日期 初版一刷 2016年2月
編 號 S 834410
行政院新聞局登記證局版臺業字第〇二〇〇號

ISBN 978-957-14-6127-4 （平裝）

http://www.sanmin.com.tw 三民網路書店

# 自序

看完書稿校樣，三民書局編輯先生叮囑要寫一篇序放在書前。關於宋詩的時代特色、歷史地位、發展演變以及本書選注體例等需要說明的內容，已經在前言中有所交代。這篇序就簡單說說自己讀宋詩的一些體會吧。

記得上世紀八十年代初，我在北京大學中文系追隨先師趙齊平先生研讀宋詩時，宋詩還時常被作為反面教材，宋詩研究更是門庭冷落。那時，常有師友對我的選擇表示疑惑，因此，常要向他們解釋為什麼。當然，更多的時候，是要找出理由說服自己。說服自己的理由可以有很多，不過歸根到底，好的理由還在宋詩本身。那時，錢鍾書先生的《宋詩選註》是手頭常翻的書，但讀這部詩選的感受，卻有很多困惑。《宋詩選註》是名著，學術水平之高，有口皆碑。錢先生選詩，眼光如炬，書中所選的作品都很優秀，尤其注釋所體現的博學睿智更令人佩服，許多注文都以過人的學養和感悟揭示出所選詩歌的精彩，可是在全書的序言中，錢先生在總體上卻對宋詩多有微詞，似乎並不怎麼欣賞。這種反差頗讓人疑惑，雖然後來對個中原委有一點了解，但當初的這個困惑，卻成了促使我去認真翻閱宋人詩集的重要原因。那時《全宋詩》還沒有編纂，研讀宋詩只能依靠閱讀宋人別集和《宋詩鈔》。好在北大圖書館藏書豐富，尤其原屬於燕京大學圖書館古籍藏書中的宋人別集，不僅收藏全面、系統，版本豐富，而且書目卡片做得非常專業，學術信息一應俱全。當時一邊在趙齊平先生的指導下做《宋元文學史參考資料》的注釋，一邊根據燕大藏書目錄卡片的指引，將宋代詩人的別集，按時代先後一家一家讀下去。開始時受學養限制，對宋詩的好處並無太多體會。後來讀得多了，慢慢發現，其實宋詩真的不像世人批評的那樣一無是處，許多詩人作品，並不比唐詩遜色，有的甚至可以說是「英光四射」（清人趙翼《甌北詩話》評歐陽修〈唐崇徽公主手痕和韓內翰〉詩的評語，參見本書所選該詩解說）。有了這樣的閱讀體會，再向他人介紹宋詩好處時，底氣雖不一定充足，但起碼內心比較踏實了。

總之，體會主要是兩條：

第一條是多讀。要想知道宋詩究竟如何，得沉下心來認真閱讀，不能輕信他人的批評意見。宋詩好不好，個人喜不喜歡，不讀，怎麼知道？明代楊慎曾拿了宋人張耒的〈蓮花〉、寇準的〈江南春〉、杜衍的〈雨中荷花〉和劉美中的〈夜度娘歌〉等四首詩，給倡言「宋人書不必收，宋人詩不必觀」的何景明辨認是唐詩還是宋詩，結果何景明認作唐詩。這四首詩都以風神情韻見長，確實近似於唐詩，以至於專學唐詩的何景明也會看錯。後來楊慎告訴何景明「此乃吾子所不觀宋人之詩」，何沉吟久之，強辯說：「細看亦不佳。」（見《升庵詩話》卷十二）。這件事只是歷代唐宋詩優劣之爭中的一個小插曲，不過卻反映了一個有趣的現象，歷史上許多批評、否定宋詩的人，其實並未認真讀過宋詩。不讀，便不可能獲得對宋詩的真了解。古代禪宗大德主張「食必親嘗」，宋代高僧大慧宗杲也說：「佛性須是眼見始得。」（見《大慧普覺禪師宗門武庫》）這些話，移用於治學，也是至理名言。像何景明那樣未認真讀過多少宋人詩，便從先入為主的某些觀念出發否定宋詩，其實正是治學之大忌。因此，多讀——才能真正進入宋詩，並獲得自己對宋詩的認知。

第二條是細讀。要真正認識宋詩藝術價值所在，僅多讀還不夠，還得在閱讀時仔細推敲。尤其是對宋詩特有的一些寫法，更需細心體會才能得其妙處。比如蘇東坡名作〈飲湖上初晴後雨〉：「水光瀲灩晴方好，山色空濛雨亦奇。欲把西湖比西子，淡妝濃抹總相宜。」此詩對西湖風景之美的描寫，立意在於說明美的豐富多樣性和不確定性，對於美的發現和欣賞，必須具備善於發現美的眼光和寬廣的審美心態（參本書該詩解說），不過就詩中具體比喻而言，卻有許多耐人咀嚼的意味。比喻的一般原則，多是用具體可感的直觀形象，比喻較為抽象不易感知把握的描寫對象，以增強形象刻畫之功。但在此詩中，詩人描寫的西湖是眼前實景，具體可見，可是作為喻體的「西子」，卻並不存在於現實時空，「西子」的形象，其實誰也沒見過，「西子」之美究竟如何，完全依賴於書本的記載和以往文學作品的描繪渲染。也就是說，「西子」之美，只存在於文字之中，存在於人們的意念想像之中，並不具有確定的形象，不同的人對「西子」之美的想像肯定各不相同，可以說，一千個讀者就有一千個「西子」。因此，用這樣不確定的形象比喻眼前具體可見的西湖美景，其實並不符合比喻的一般原則。就具體寫法而言，這是「反常」的，但就效果而言，卻「反常而合道」，詩人正是利用了這種美的形象的不確定性特點，營造出無限想像的空間，讓不同讀者生發不同的聯想，從而帶領讀者真正領略西湖無往不在的美景，領略形象描寫中所蘊含的「理趣」。在宋詩中，類似的例子還有很多，宋詩的想像力價值和審美創造的價值，所謂「英光四射」的東西，正是體現在這些地方。讀宋詩，若在這些方面草率看過，那就難免「入寶山而空回」了。總之，細讀——才能真正領悟宋詩的妙處，保證入寶山而不空回。

當然，無論多讀，還是細讀，都不能只讀宋詩本身，要想真正理解宋詩，還得讀唐詩，只有讀懂了唐詩，才能認識宋詩的傳承和新變。此外，還應該強調，宋詩的時代特色，與宋代文化的繁榮密切相關。在宋代繁榮興盛的文化氛圍中，宋代文學，豐富全面，各種文類共存共榮，交相輝映，共同構成了繁榮的文學景觀。古文、賦、駢文、筆記等由士大夫階層掌握的文體，在繼承傳統的基礎上革新發展；話本、諸宮調、鼓子詞、雜劇、唱賺等由新生的各種民間通俗文藝派生的通俗文學，也正式進入文學史的領域，成為此後文學主流的源頭；而興起於唐代的音樂文學——曲子詞，也在宋代達到了發展的高峰。宋詩就是在這樣全面繁榮的文學景觀之中生存發展，在其他文體的輝映下，成為宋代文學一道亮麗的風景。因此，要真正了解宋詩，只讀詩歌本身是遠遠不夠的，只有廣泛閱讀宋人的其他文學作品，並廣泛涉獵宋人思想學術方面的著述，在更廣泛的思想文化和文學的背景中，才能理解宋詩的時代特色是怎樣形成的。

話說回來，無論多讀還是細讀，總要有起手入門之處。宋人作詩十分高產，現存宋詩數量超過唐詩許多倍，北京大學中文系編撰《全宋詩》，共收現存宋詩作品二四七一八三首（不含殘句），詩人九〇七九人（參見漆永祥〈簡論《全宋詩》的編纂與學術價值〉，載於古籍整理出版規劃領導小組辦公室編《古籍整理工作簡報》，二〇〇〇年第五期），如此龐大的數量，濫竽充數的詩人、品質不高的作品自然也會很多。因此讀宋詩最好從讀選本開始，好的選本可以起到事半功倍的引路作用。本書的選注，不敢自許可以引路，只希望盡自己的努力把宋詩的菁華選出來，加以講解，為讀者領略宋詩之美提供參考。不過，限於學識和鑒賞水平，所選之詩，難免有魚目混珠者，注釋難免有疏漏或錯誤，鑒賞解說也難免有不得要領之處，這都希望能得到讀者的批評指正。

宋詩的優秀作品，還有很多，遠非這個小小的選讀本所能備載。限於篇幅，許多好詩不得不捨棄，一些曾廣泛傳誦過或被其他選本反覆選錄過的作品，也因篇幅的原因沒有選入。像蘇軾這樣的大詩人，各體詩歌只選了二十八首，其實再增加一倍也不嫌多，不過為了留出篇幅讓其他各具特色的小詩人也能出場亮相，不得不把他的許多好詩捨去。選詩的過程，其實難點和關鍵都不在選，而在如何捨棄，取捨之間，真是很費斟酌。作為編選者，自己知道許多好詩被捨棄了，但希望還能盡量保留宋詩的菁華，以見宋詩特色之一斑。

本書是應臺灣三民書局的約請而作。此前與書局編輯先生並無交往，數年前在北大靜園五院中文系古代文學教研室初次見面，可以說有一見如故之感。承蒙編輯先生垂青，希望我編選一部宋詩的選讀本出版。我答應了這項約稿，但由於其他工作耽誤，也由於自己的疏懶，拖延了時間，書局一直耐心等待。特別要提到的是，我提交的簡體字原稿，需轉換為繁體字，編輯先生作了大量的編校工作，糾正了原稿的一些錯漏，在體例和排版上也有很多加工。這些工作，其實都非常瑣碎煩雜，但都為本書增色。本書的書名，也是出於編輯先生的建議。這些都足見他們工作的認真負責，這裡需要特別向他們表示感謝。最後還要向三民書局表示我的敬意，感謝書局的垂青，使得本書能和讀者見面。

北京大學中文系　張　鳴

二〇一五年九月十日初稿

十一月二日改定於京西博雅西園

# 宋詩菁華——宋詩分體選讀　目次

## 律詩

## 古詩

## 詩人小傳

# 前言

## 一、宋詩的文化特色與歷史地位概說

宋代是中國歷史上思想、學術、科學、藝術、文學全面繁榮的時代。宋王朝實行崇文國策，重視文治教化，印刷業和教育事業都有空前的發展，全社會的總體文化水平超過了以往。高度發達的文化氛圍決定了宋代詩人和詩歌讀者在總體上具有較高的文化素養，宋詩就是高度繁榮的宋代文化孕育的結果。

北宋開國之初，宋太祖曾經問趙普說：「天下何物最大？」趙普熟思良久，答道：「道理最大。」（見沈括《夢溪筆談・續筆談》）開國君臣之間的這段對話，似乎預示著天下將迎來一個講「道理」的時代。隨著對「道理」的不懈追求，宋代的學術文化走上了繁榮發展的道路。宋人治學，首重人格修養，「聞道」成為人生的最高追求目標。思想家張載提出「民胞物與」的思想，概括了宋代士大夫立身處世的準則，而他的「為天地立心，為生民立命，為往聖繼絕學，為萬世開太平」的主張，更展示了宋代士大夫博大的胸襟和崇高的人生追求。被宋人推崇為「諸公間第一品人」（黃庭堅〈跋范文正公詩〉）的范仲淹，則倡導「先天下之憂而憂，後天下之樂而樂」，「進亦憂，退亦憂」，無論進退都以天下為己任，這種精神和人生實踐的要求，甚至已經超出「達則兼濟天下，窮則獨善其身」的傳統觀念，從中國古代歷史上看，這是一種新型的士大夫人格。由於對士人新型人格的塑造影響深遠，朱熹因此讚譽范仲淹「振作士大夫之功為多」（《朱子語類》卷一百二十九）。正是這種新型的士大夫人格，給宋詩帶來了鮮明的淑世精神。另一方面，宋代許多詩人對人生又有較為超越、達觀的態度，「不以物喜，不以己悲」。這種通達的人生情懷，又使他們解脫了悲哀窮愁的困擾，同樣對詩歌的精神面貌發生了深刻的影響。

就社會身分和人格而言，宋代許多詩人都集官員（政治家）、學者（思想家）、文學家於一身。如歐陽修、劉敞、王安石、蘇軾、蘇轍、黃庭堅、楊萬里、陸游、范成大、尤袤、朱熹等，都是從政、治學、作詩三不誤的著名詩人。他們的詩歌，無不體現著三位一體的人格所帶來的時代色彩和獨特的個性。其中許多人的人生追求首先並不只是做一個文人，北宋劉摯說：「士當以器識為先，一號為文人，無足觀矣。」（《宋史・劉摯傳》）甚至連大文學家歐陽修也說：「文學止於潤身，政事可以及物。」（《宋史・歐陽修傳》）重視人格歷練和道德修養，更關注人生，關注社會，有學問，有擔當，有社會理想，同時又腳踏實地，宋代士大夫群體的這些品質，給他們的詩歌創作帶來了厚重的品格。宋詩獨特的政治色彩和議論色彩，也與這樣的人生實踐有關。

宋詩對人生哲理的思考和對現實的關懷，不僅範圍廣，而且開掘深；對自然、社會的觀照和書寫表現，也有鮮明的時代特點。蘇轍曾說過一段著名的話：「人生逐日，胸次須出一好議論，若飽食煖衣，惟利欲是念，何以自別于禽獸？」其實這是要求對社會、對歷史、對時事、對自然、對人生各種問題，要有自己的看法，提出自己的思想。「平生事筆硯，自可娛文章。開口攬時事，論議爭煌煌。」（歐陽修〈鎮陽讀書〉詩）宋人的文化創造，就與這種「出一好議論」的追求直接相關。有了好的議論，在詩歌當中加以表現，也就成了題中應有之義。因此，曾被嚴羽所批評的「以議論為詩」（《滄浪詩話》），其實正是宋代文化賦予宋詩的重要素質，既體現了宋人理性的思考，又表現了士大夫階層強烈的現實關懷之心。

宋人作詩，又強調「以意為主」（劉攽《中山詩話》）。重視「意」的表達，同樣是強調表現詩人智性思考的內容。與前代詩歌相比，在當時的學術文化環境中，詩人以新型的文化趣味和審美眼光觀照生活和自然，詩歌的題材大大拓展，表現內容更為豐富，思想趣向和情感體驗也較為複雜。前人沒有寫過的題材可以入詩，前人寫過的題目則要寫出新意，這就形成了前人所說的宋詩「取材廣，命意新」的特點。宋詩「意」的範圍十分豐富複雜，讀書治學、博物考證、日常瑣事、隨感雜記、諧謔調笑等等過去較少入詩的內容，都大量地寫入詩中，詩歌的寫作顯得更為隨意，表現的內容也更為平凡。對日常生活的瑣事細事、自然界的平凡景物的審美觀照，成為宋詩表現的重要內容。品味日常生活的詩意，發掘平凡事物的審美意趣，正是宋詩的重要貢獻。詩歌內容的豐富複雜，審美體驗的日常化、平凡化，都是宋人詩歌審美意識深化、審美能力提高的表現。宋代高度發達的物質文化，沒有窒息宋人在精神文化方面的創造力，反而成為他們對精神文化的超越性追求的雄厚基礎，物質文化和精神文化保持了和諧共榮的發展態勢，歷史的經驗值得認真總結。無疑，保持對物質生活的詩意觀照和品味，是其中關鍵。

宋詩「以意為主」，在藝術表現上就不免借鑑散文的述說方式。許多詩人都大量使用散文化的句式和虛詞，追求詩歌語言表達的平易流暢。「以文為詩」，給詩歌文體帶來許多新的因素，尤其是詩歌韻律節奏的變化帶來接受上的陌生化效果，在許多方面改變了詩歌文體的審美特性，甚至使得詩歌文體性質發生了許多微妙的位移。宋詩的新變，最為直觀的表現就是這種從詩體「出位」而向散文的位移。在歐陽修、蘇軾等代表詩人的作品中，都可以看到許多「以文為詩」的範例。這也成為宋詩的一個重要特點。

宋代印刷技術的進步，為宋人的讀書提供了方便的物質基礎。宋人讀書，不僅為了科舉應試，也不僅為了治學，許多人更是當作人格提升的自覺追求。「懶思身外無窮事，願讀人間未見書。」（藍奎〈斷句〉）「主人靜坐心無物，讀盡人間未見書。」（趙期〈自述〉）讀書成為生活中不可須臾離開之事，甚至成為時尚，在歷史上這樣的時代並不多。大詩人黃庭堅甚至說：「人胸中久不用古今澆灌之，則塵俗生其間，照鏡則覺面目可憎，對人亦語言無味也。」（〈與宋子茂書〉）宋代詩人，生活在這樣的條件和風氣中，其人格得益於讀書的培養，其詩歌同樣會體現讀書的薰陶，尤其是歐陽修、王安石、蘇軾、黃庭堅、陸游、楊萬里、范成大、尤袤、朱熹等大詩人，無不以讀書多而著稱。他們的詩歌，自然體現出濃厚的書卷氣。在精神面貌上，讀書人和學者特有的生活方式、興趣愛好和思想方式決定了詩歌的文化氣質。讀書心得，書畫鑑賞，品茶賞花，考證名物，辯論學術，書房生活，甚至讀書行為本身，更成為詩歌寫作的重要題材。從藝術表現的層面看，宋詩的書卷氣同樣表現得十分突出。比如大量用典，幾乎成為宋詩的標誌性特點。像蘇軾和黃庭堅這樣的大詩人，其詩中典故之豐博，用典方法之層出不窮，都使人歎為觀止。對於詩歌用典的問題，王安石曾經說過：「詩家病使事太多，蓋取其與題合者類之，如此乃是編事，雖工何益？若能自出己意，借事以相發明，情態畢出，則用事雖多，亦何所妨？」（轉引自《蔡寬夫詩話》）這是宋人關於詩歌用典問題最精練也最精彩的意見。實際上，宋詩的用典，在宋人是因讀書多而習以為常的，他們用典故作為表現手段，「自出己意」是關鍵。在這方面，蘇軾和黃庭堅詩歌可以說最為典型，清人趙翼說蘇軾「才思橫溢，觸處生春，胸中書卷繁富，又足以供其左旋右抽，無不如志」（《甌北詩話》）。蘇軾的名句「欲把西湖比西子」，是一個著名的比喻，但是仔細推敲，實際上「西子」只存在於史書記載和歷史傳說中，並不是眼前直接可感的事物，把「西子」作為喻體比喻西湖之美，是採用來自書本的意象比喻眼前的自然景物，實際上也是一種「用典」。這樣的寫法，其新奇並不僅僅在於比喻之新，更在於別出心裁的「用典」方式，這就是所謂「自出己意，借事以相發明」，而「情態畢出」。從這樣的例子看，宋詩的用典，具有用歷史文獻的人文價值解讀世界和書寫世界的意義，詩中反復出現的典故，其實又使沉睡於載籍中的文化資源得以在現實語境中復活並閃現光彩，使之以詩意的形式進入新的傳播過程，從而又起到了文化傳承的重大作用，其意義又不僅局限於一兩首詩歌的表現與解讀而已。

宋詩的書卷氣，還表現在詩歌的語言上。宋人較多地從古代經、史、子、集、佛經、道藏、稗官野史等書面文獻中汲取語言資源，詩歌的語言更為書面化。宋詩的傳播，主要靠書面的閱讀，詩歌語言的書面化，實是大勢所趨。

如果從更為廣泛的文化視域中考察，宋代文人作詩，既是為了抒寫情性，又不僅僅為了抒寫情性。詩歌的社會文化功能在宋代得到了許多拓展。詩歌是當時文人身分認同的重要手段，即使是最反對作詩的理學家如程頤，也免不了作幾首詩，這不能只用技癢來解釋。作詩實際上是具有文化修養的證明，北宋呂蒙正未中舉時，生活貧寒，被胡旦輕視，知情者於是對胡說：「呂君工於詩，宜少加禮。」（見歐陽修《六一詩話》）對詩才的重視，其實是對文化修養和文人身分的看重。詩歌在宋人手中，還是文人圈的社交工具，宋人詩集中，幾乎家家都收有大量交遊唱和的作品。宋人還把交遊唱和的詩歌編成專門的詩集出版，如著名的《西崑酬唱集》、《坡門酬唱集》、《禮部唱和詩》等等。西崑酬唱還引出了一個詩派的形成，導致了一種詩風的廣泛流行；坡門酬唱聚集了蘇軾及其門下的文學英才，他們通過詩歌唱和交流感情、切磋詩藝，在北宋元祐前後詩壇上同樣產生了重要的影響。這都證明宋人唱和的活動及其唱和的詩歌，具有相當重要的文學史意義，不宜簡單看作應酬而予以否定。宋人又把詩歌的唱和稱為「詩戰」（見王禹偁〈仲咸以予編成《商於唱和集》以二十韻詩相贈依韻和之〉），從這一稱呼可以看出他們的唱和帶有較量、切磋詩藝的積極目的。而且，詩歌作為詩人之間感情交流的工具，其社會作用更不宜低估。孔子提出的「興、觀、群、怨」的詩教，孔安國解「群」為「群居相切磋」，這可以有兩個層面，一是詩歌閱讀中的「群」，一是詩歌創作中的「群」。如果就後一層面而言，宋人的大量唱和詩，就最為集中地體現了「興、觀、群、怨」詩教中的「詩可以群」。

總之，面對唐詩的高度成就，宋人一方面從唐詩吸取藝術營養，一方面另闢蹊徑，順應時代文化發展的大趨勢，以新型的文化趣味和審美眼光觀照生活和自然，拓展題材，擴大表現範圍，並從藝術構思、手法技巧、篇章結構、遣辭造句等方面努力創新，向深度開掘，取得了傑出的藝術成就。兩宋詩人共同創造了不同於唐詩的詩學體系和詩歌美學風格，在古代詩歌史上與唐詩雙峰並峙。關於唐、宋詩的不同，錢鍾書《談藝錄》曾有準確且精闢的概括：「唐詩多以丰神情韻擅長，宋詩多以筋骨思理見勝。」而如果從中國古代詩歌史的長河中看待宋詩的地位，則清代詩學家葉燮《原詩》的描述最為貼切：「譬諸地之生木然，三百篇，則其根，蘇李詩（漢詩）則萌芽由蘖，建安詩，則生長至於拱把，六朝詩，則有枝葉，唐詩則枝葉垂蔭，宋詩則能開花，而木之能事方畢。自宋以後之詩，不過花開而謝，花謝而復開。」可見在後人眼中，宋詩地位之重要。

不過，無論後人如何評價宋詩，都不能取代宋人對於本朝詩歌的切身感受。作為文化高度繁榮的時代的抒情文學，詩歌其實是社會精神文化、人格修養和想像力的結晶，在宋人的精神文化生活中，詩歌占有的地位，後人已經很難有相同的體驗和感受。在宋代，寫詩、讀詩，所體現的是文化修養，是人格氣度和人生趣味。優秀詩人，受到廣泛讚譽，優秀詩作，更是傳誦眾口。蘇軾在世時，其詩歌「落筆輒為人所傳誦。……士大夫不能誦坡詩者，便自覺氣索，而人或謂之不韻」（朱弁《風月堂詩話》卷上）。所謂「氣索」是呼吸停止、呼吸不暢的意思，可見，讀詩、作詩，對宋代文人而言，意義多麼重要。

## 二、宋詩的分期與發展演變簡述

宋代詩人在繼承前代詩歌優良傳統的基礎上，勇於創新自立。新型的文化氛圍，為宋詩風格的形成提供了良好的文化資源。宋儒治學，多有高遠的追求目標，張載提出的「為天地立心，為生民立命，為往聖繼絕學，為萬世開太平」之說，就是最有魄力的代表。這種人格自信，這種自我期許，形成了一種時代風尚。由學術文化方面培養起來的自信人格，並不僅僅表現在學術界。在詩歌的領域，時代的自信人格同樣也為詩風的創新創造了良好的主觀條件。

不過，異於「唐音」的「宋調」的形成，並非一蹴而就，而是經過了較長時期的探索、創變和調適，經過高潮興盛，又逐步走向衰落，其三百多年的發展演進歷程，大致上經歷了五個階段。

第一階段，從北宋開國（九六〇）到宋真宗乾興元年（一〇二二），亦即太祖、太宗、真宗三朝的六十多年。這一時期的文學，從晚唐五代延伸下來的浮弱文風還是文壇的主流，詩歌最初也延續了晚唐五代以來的風氣，學習白居易的詩風成為詩壇的主導傾向，從五代入宋的朝中大臣，後起的新朝文士，甚至水邊林下的僧人隱士，無不沉浸於這種風氣之中。此外還有受鄭谷影響的清淺詩風以及學習賈島、姚合的所謂「晚唐體」，但都未成氣候。白體詩風在宋初流行了近四十年，直到這一派的代表王禹偁去世（一〇〇一）才開始衰落。此後，楊億開始提倡學習李商隱詩歌，並於館閣主持修書時與同僚模仿唱和。楊億曾自述道：「至道（九九五～九九七）中，偶得玉溪生詩百餘篇，意甚愛之，而未得其深趣。咸平、景德間（九九八～一〇〇七），因演綸之暇，遍尋前代名公詩集，觀富於才調，兼極雅麗，包蘊密致，演繹平暢，味無窮而炙愈出，鑽彌堅而酌不竭，曲盡萬態之變，精索難言之要，使學者少窺其一斑，略得其餘光，若滌腸而換骨矣。由是孜孜求訪，凡得五七言長短韻歌行雜言共五百八十二首。唐末，浙右多得其本，故錢鄧帥若水未嘗留意捃拾，才得四百餘首。錢君舉〈賈誼〉兩句云：『可憐半夜虛前席，不問蒼生問鬼神。』錢云：『其措意如此，後人何以企及？』余聞其所云，遂愛其詩彌篤，乃專緝綴。鹿門先生唐彥謙慕玉溪，得其清峭感愴，蓋聖人之一體也。……世俗見予愛慕二君詩什，誇傳於書林文苑，淺拙之徒，相非者甚眾。噫！大聲不入于裡耳，豈足論哉！」（見宋江少虞《宋朝事實類苑》卷三十四引。關於這段材料的考辨、楊億提倡西崑體的動機、以及宋初白體詩風和西崑體詩風的更替等，參看拙文〈從「白體」到「西崑體」〉，北京大學《國學研究》第三輯，一九九五年。）

楊億隨後將唱和之詩編成《西崑酬唱集》，產生了很大的影響。學習李商隱的詩風很快風靡一時，取代了白體詩風的地位。如北宋《蔡寬夫詩話》所說：「國初沿襲五代之餘，士大夫皆宗白樂天詩，故王黃州主盟一時。祥符、天禧之間，楊文公、劉中山、錢思公專喜李義山，故崑體之作，翕然一變。」西崑體的出現和流行，是這一階段最為重要的現象。楊億提倡學習李商隱，似乎與文章領域的復古主義遙相呼應，變革詩風的動機十分清楚，而西崑體詩歌體現的才華和學力，也使詩壇耳目一新，「後進學者爭效之，風雅一變」（歐陽修《六一詩話》）。因此，宋人一般都把西崑體看作是宋初詩歌的一次變革，楊億本人就把西崑唱和看作是「首變詩格」（宋江少虞《宋朝事實類苑》卷三十七引楊億《楊文公談苑》）。田況《儒林公議》卷上也說：「楊億在兩禁變文章之體，劉筠、錢惟演輩皆從而效之，時號『楊、劉』。三公以新詩更相屬和，極一時之麗。……其他賦、頌、章奏雖頗傷於雕摘，然五代以來蕪鄙之氣，由茲盡矣。」對楊億最為推崇的當數後來領導詩風變革的歐陽修，《六一詩話》說：「楊大年與錢、劉數公唱和。自《西崑集》出，時人爭效之，詩體一變。而先生老輩，患其多用故事，至於語僻難曉。殊不知自是學者之弊。如子儀〈新蟬〉云：『風來玉宇烏先轉，露下金莖鶴未知。』雖用故事，何害為佳句也！又如大年『峭帆橫渡官橋柳，疊鼓驚飛海岸鷗』，其不用故事，又豈不佳乎？蓋其雄文博學，筆力有餘，故無施而不可，非如前世號詩人者，區區於風雲草木之類，為許洞所困者也。」這幾乎是毫無保留的肯定了。

據南宋劉克莊《後村詩話》前集記載：歐陽修曾以書答蔡襄說：「先朝楊、劉風采，聳動天下，至今使人傾想。」同樣可見讚賞推崇之意。不過，這一時期的詩歌，總的傾向仍然停留在學習和模仿唐詩的階段，即使被稱為「首變詩格」的西崑詩風也是如此。

第二階段，從宋仁宗天聖元年（一〇二三）到宋徽宗建中靖國元年（一一〇一），將近八十年。這是宋代文學發展的黃金時期。在文章的方面，從前一階段開始產生的文學復古思潮逐步蔚為風氣，新古文運動經過曲折的歷程，在歐陽修的領導之下，於宋仁宗朝取得了勝利，確立了古文的主導地位，並樹立了新時代的健康文風。其後以蘇軾為代表的一批文人的古文寫作，更是代表了宋文的最高成就。宋詞在這一時期同樣進入了蓬勃發展的新階段，先有柳永順應音樂的新變，為民間新聲編撰歌詞，突破了《花間》、南唐詞的局促天地，構成了宋詞史上的第一次重大變革；後來更有蘇軾的「以詩為詞」，提高了詞體的文學地位，為詞的發展開拓了更為廣泛的空間。八十來年時間，詞壇名家名作輩出，形成了宋詞發展的繁榮局面。隨著城市商業經濟的興盛，這一時期各種歌舞雜劇、說話藝術、諸宮調、鼓子詞等民間通俗文藝也在勾欄瓦舍中蓬勃發展，不僅為廣大民眾所喜愛，甚至吸引了文人為其編撰文學腳本（如石延年、秦觀、毛滂、晁補之編撰「轉踏」歌舞詞，歐陽修、趙令時編撰鼓子詞等）。與此相應，宋詩也迎來了發展的高峰，與當時古文、歌詞、通俗文藝的繁榮交相輝映，共同構成文學的欣欣向榮的局面。

這一階段的詩歌，又可以分為以宋仁宗慶曆時期為中心和以宋哲宗元祐時期為中心的前後兩段。

慶曆詩壇是宋詩時代風格形成的關鍵時期。這一時期學術文化的發展極為興盛，許多學者開始懷疑前代學者對儒家經典的解釋，學術上的疑古、疑經成為風潮。疑古是為了創新，新型的學術在這時開始奠定了基礎。宋詩風格的新變，就是在這一學術背景中展開的。這一過程大約始於宋仁宗天聖年間，雖然這時西崑體詩人錢惟演還健在，西崑體後期詩人晏殊正處於創作的高峰，詩壇尚流行西崑體詩風。但詩風的變革也正在逐漸顯現。這時主要有兩個詩人群的活動起了重要作用。

一群是活動於汴京的石延年、蘇舜欽、蘇舜元兄弟等，他們在穆修的影響下，於天聖年間以興復古道相標榜，寫作古歌詩雜文。他們以豪邁雄健的詩風使詩壇受到震動，特別是他們創造了一種剛勁明快、雄暢硬健的語言風格，衝擊了雕章琢句的西崑詩風，給詩歌的發展注入了新的活力。

另一群則是活動於洛陽的歐陽修、梅堯臣、謝絳等人。歐陽修於天聖八年（一〇三〇）中舉之後，在西京留守錢惟演手下任職，與當時在洛陽的尹、謝、梅等人交遊唱和，共同致力於變革詩風的嘗試。他們的文學活動得到了錢惟演的獎譽和扶植。這一詩人群中梅堯臣曾被後人稱為宋詩的「開山祖師」（劉克莊《後村詩話》前集卷二），他的許多詩論在當時具有革新詩風的綱領性意義，比如他針對「邇來道頗喪，有作皆言空」（〈答韓三子華韓五持國〉）和唐末五代以來「區區物象磨窮年」（〈答裴送序意〉）的風氣而明確提出繼承風雅之道，「不作風月詩」（〈寄滁州歐陽永叔〉），主張「因事有所激，因物興以通」（〈答韓三子華韓五持國〉）。這些看法正是主張革新詩風的詩人的共同準則。他的一些精彩的詩論還成為當時及後來詩人經常引述的話頭。比如他標榜「平淡」作為詩歌的最高藝術境界，以「淺俗」為詩之大病；主張「意新語工，得前人所未道」，「狀難寫之景如在目前，含不盡之意見於言外」（《六一詩話》引）；還要求「以故為新，以俗為雅」（《後山詩話》引）等等，都成了宋代許多詩人在創作中共同遵守的原則。

引領詩風變革的更為重要的人物當數歐陽修。歐陽修是慶曆學術風潮中開風氣的人物之一，又是政治家、學者、文學家三位一體的人格的典型代表。宋人以才學為詩、以議論為詩、以文為詩，可以說開風氣者就是歐陽修。他追求格調高而命意深，以贍博的學問和高超的識見去糾正晚唐五代以來的淺薄和卑俗。他教人作詩法門說：「無他術，唯勤讀書而多為之自工。」（《苕溪漁隱叢話》前集卷二十九引）這就是一個學者型詩人的見解，在宋代詩人中，這個見解非常有代表性。清人方東樹曾稱讚歐陽修詩「深人無淺意」（《昭昧詹言》卷十二）。的確，他雖時有粗疏無餘味的敗筆，卻少有卑弱凡俗的篇章。他曾批判韓愈「歎老嗟卑」，無異庸人（見〈讀李翺文〉、〈與尹師魯書〉），他自己的詩便很少無病呻吟。自他之後，以見識和學問相標榜成為一代風氣，卑俗的詩格成為眾人避之唯恐不及的大忌，宋詩的書卷氣便越來越濃郁。歐陽修對宋代詩風的影響還突出地體現在詩歌語言上。歐陽修之前的宋初詩壇，語言方面基本是在模仿唐詩，而且學白體者流於淺俗，學晚唐者流於細碎，學西崑者失之雕琢，都未能在語言上走出一條可通行的大道。因此，變革詩風就必須在語言上有所突破。為表現充實的思想內容，也促使歐陽修等人尋求能夠充分表情達意、議論說理的語言方式。歐陽修曾針對《周易・繫辭》「言不盡意」的觀點提出過自己的看法：「『書不盡言，言不盡意。』然古聖賢之意，萬古得以推求之者，豈非言之傳歟？聖人之意所以存者，得非書乎？然則書不盡言之煩，而盡其要；言不盡意之委曲，而盡其理。謂『書不盡言，言不盡意』者，非深明之論也。」（《試筆・繫辭說》）他既看到了書不盡言之煩、言不盡意之委曲的一面，更重要的是指出了書能盡言之要、言能盡意之理。把語言表達的功能和局限都剖析得清清楚楚。這證明他在詩歌語言的追求上具有明確的理論指導，也可以看出他很注重語言文字溝通作者與讀者的作用。他自己作詩特別重視詩歌與讀者的溝通，在語言上自覺地追求文從字順，形成暢達的特色。清人吳喬說：「宋人作詩，欲人人知其意，故多直達。」（《圍爐詩話》）可以說，歐詩就是突出的典型。宋人稱讚歐詩的人說它「只欲平易」（《雪浪齋日記》），「專以氣格為主，故其言多平易疏暢」（《石林詩話》卷上），批評的人說它「少餘味」（《臨漢隱居詩話》）。其實正從正反兩面說明歐詩確是暢達明白。朱熹論北宋古文時曾說文字到歐陽修、蘇軾手中「方是暢」（見《朱子語類》卷一百三十九），古文是這樣，詩歌也是如此。由於歐陽修等人的努力，宋詩的語言終於在唐詩之外改弦更張，形成了具有時代特色的語言風格。所以後來看不起宋詩的人便對歐陽修特別有意見，如清人賀裳說以歐陽修詩「苦無比興……意隨言盡，無復餘音繞梁之意」。又說：「詩道到廬陵，真是一厄……開後人無數惡習。」「宋之詩文，至廬陵始一大變，顧有功於文，有罪於詩。」（《載酒園詩話》）其實，從文學發展的角度看，任何時代的文學革新，都會伴隨著文學語言的變革，甚至是以文學語言的變革作為標誌。考慮到這一點，如果我們不用某種類型的唐詩作為衡量一切詩歌的標準的話，歐陽修的努力就不應該否定。

由於歐陽修、梅堯臣、蘇舜欽、石延年等人的努力，詩壇終於突破了專門模仿唐詩的寫作模式，初步奠定了宋詩的時代風格，元祐時期詩歌的高潮，便水到渠成了。

以元祐為中心的熙寧、元豐、元祐、紹聖時期，是宋詩創作最為鼎盛的階段。這時的許多詩人，往往讀書很多，並集多種文化藝術修養於一身，有的兼長散文，有的是詞壇高手，有的是書法繪畫名家，有的是著名的學問家、思想家、經學家，甚至還有史學家、金石考古學家等等。詩人文化素質的這種變化，自然為以才學為詩創造了基本的條件，從而促成了宋詩獨特風格的進一步定型。這一時期的代表詩人王安石、蘇軾、黃庭堅，同時也是宋代學術的重要人物，他們讀書之多，學問之博，更是超過了以往的眾多詩人。《冷齋夜話》卷五說宋詩「造語之工，至於舒王、東坡、山谷，盡古今之變」。在北宋人眼中，王、蘇、黃三人是宋代詩風變革的典型代表，也是以才學為詩最典型的詩人。

當然，最能體現宋詩獨特面貌的詩人還當數蘇、黃。

蘇軾作為天才的豪放詩人，常被人比做唐代李白，稱為「坡仙」。他曾有詩稱讚李白的作風，表達嚮往之意，但他做人與作詩都不是李白的翻版。宋人陳巖肖《庚溪詩話》卷上記載，有人對宋神宗說蘇軾之才可與李白相比，宋神宗說：「不然，白有軾之才，無軾之學。」這話很有道理，若論詩歌的天才飄逸，蘇軾不如李白，而論學識的深廣淵博，則是李白不如蘇軾。金人趙秉文也曾把蘇軾和李白做過比較，他說：「太白詞勝於理，樂天理勝於詞。東坡又以太白之豪，樂天之理，合而為一，是以高視古人。」（〈答李天英書〉）他從才與理的角度著眼，也看出了蘇軾不僅僅具有李白式的天才。蘇詩之理來源於生活，也來源於學問。才與學並重，是宋詩的突出特點，從歐陽修開頭，到王、蘇、黃，無不如此。蘇軾曾得益於自己發明的「八面受敵」的讀書法，還告訴友人錢濟明說：「凡讀書可為詩才者，但置一冊錄之，亦詩家一助。」（《蒼梧雜志》引，見《竹莊詩話》卷一）這自然是他的經驗之談。蘇詩之所以能以五光十色的面目盡變唐風，除了具有過人的才華之外，思想的深刻和學問的淵博是一個重要原因。清人趙翼《甌北詩話》卷五說蘇詩「才思橫溢，觸處生春，胸中書卷繁富，又足以供其左旋右抽，無不如志」。他以才學為詩並沒有淹沒他的生活感受，反而增加了作品的思想深度，豐富了表現生活感受的藝術手段。他曾說唐代孟浩然的詩「韻高而才短，如造內法酒手，而無材料」（《後山詩話》引）。這裡所說的「材料」，比較流行的解釋是指書本知識、典故成語。因此這段話就成了蘇軾主張「資書以為詩」、把末流當本源的證據。其實這樣解釋不盡符合蘇軾的原意。這段話又見於張戒《歲寒堂詩話》卷上引述，文字小異，「無材料」作「欠酒才（材）」，可見「材料」指的是釀酒的原料，比喻作詩的素材，當然包括生活素材、詩人的生活感受、思想感情以及見識學問，但絕非僅指書本材料。事實上蘇軾大約還不至於迂腐到用缺乏書本知識去批評孟浩然詩。他的〈送參寥師〉詩談到「欲令詩語妙」的途徑，恰恰是要求「了群動」、「納萬境」、「閱世走人間，觀身臥雲嶺」。並不只強調讀書用書。他是在重視生活內容的基礎上，以才學為詩，從而追求內容的豐厚，思想的深刻，格局的廣大，以及藝術手段的翻新出奇。他當然有賣弄學問、堆砌故實的毛病，但這不是主流。在他的示範之下，宋人作詩普遍重視增長學識，提高文化修養，以才學為詩成為一代風氣。不過即使最重視學問的黃庭堅，說過「詞意高勝，要從學問中來」之類的話，但他同時又強調：「文章惟不構空強作，詩遇境而生，便自工耳。」（《黃文節公文集・別集》卷六〈論作詩文〉）生活實境乃是作詩之根本。若比較蘇、黃二人的創作，可以說蘇偏重才而輔以學，黃偏重學而輔以才。而重視生活內容，兩人則是共同的。所以他們的詩有共同的傾向，同時又因才分學力的不同、生活閱歷和感受的不同、以及藝術技巧上的區別而寫出了各自的特色。

蘇軾詩被宋人稱為「東坡體」（見嚴羽《滄浪詩話・詩體》）。楊萬里《誠齋詩話》曾舉出他的「當其下筆風雨快，筆所未到氣已吞」等詩句為例，說：「此東坡詩體也。」宋代學習蘇詩的人不少，劉克莊《後村詩話》前集卷二說：「元祐後，詩人迭起，一種則波瀾富而句律疏，一種則鍛煉精而性情遠，要之不出蘇、黃二體而已。」不過，蘇詩氣魄大，學問富，見識高，學起來並不容易，劉克莊本人就主張

「他人如無許大氣魄力量，恐不可學」。蘇軾主要是以一種解脫束縛、隨心所欲而不逾矩的自由創作的精神去影響周圍詩人和後來者，而不是在形式上、或具體風格上樹立一個樣板讓人效法。黃庭堅的影響是具體的，主要表現在風格形式上，而蘇軾的影響則是無形的，主要表現在精神上。精神的影響比形跡的影響更為深遠。北宋末年呂本中主張合蘇、黃二家詩之所長而學之，曾說蘇、黃二家詩不可偏廢：「讀《莊子》令人意寬思大敢作，讀《左傳》便使人入法度，不敢容易。此二書不可偏廢也。近世讀東坡、魯直詩，亦類此。」（《童蒙詩訓》）「令人意寬思大敢作」，這句話很精彩，切中肯綮，指出了蘇詩對後人影響之根本點。呂本中本人所倡導而產生過大影響的「活法」論，有他自己的理論背景（禪學、理學），是為了糾正江西詩派的流弊，但活法論的精神，其實早已存在於蘇詩中。蘇軾本人並不要求別人效法自己，他主張百花齊放，強調詩文要具有個性，反對用一種標準去限制詩文創作的發展。因此蘇軾的門生人人具有各自的獨特成就，並沒有受蘇軾詩風的限制。

蘇門四學士之一的黃庭堅，詩風與蘇軾不同。作為宋詩的代表之一，他以內心體驗的深細見長，藝術上精益求精，對詩體進行了多方面的試驗，同樣取得了相當高的成就。

黃庭堅有不少討論藝術技巧、強調書本學問重要性的言論，在創作實踐中也很注重藝術的探索和書本材料的運用，但他同樣重視詩歌的內容，強調詩歌的興寄。他把韓愈的〈南山〉和杜甫的〈北征〉相比較，說：「若論工巧，則〈北征〉不及〈南山〉，若書一代之事，以與〈國風〉、〈雅〉、〈頌〉相為表裡，則〈北征〉不可無，而〈南山〉雖不作未害也。」（范溫《潛溪詩眼》引）又如他的〈次韻伯氏寄贈蓋郎中喜學老杜詩〉這麼評價杜甫：「老杜文章擅一家，〈國風〉純正不欹斜，……千古是非存史筆，百年忠義寄江花。」又如〈書磨崖碑後〉說：「臣結春秋二三策，臣甫杜鵑再拜詩。安知忠臣痛至骨，世上但賞瓊琚詞。」對世人只欣賞元結文、杜甫詩的文詞而忽視了他們的精神表示不滿。這都證明他並非只重形式不重內容。他還概括地指出過杜甫詩的特點：「善陳時事，句律精深。」（《潘子真詩話》引）既準確又全面。他甚至告誡王直方作詩「須有所屬乃善」，「非有為不發於筆端」（〈與王立之〉）。又稱讚胡宗元的詩「其興托高遠，則附於《國風》；其忿世疾邪，則附於《楚辭》」（〈胡宗元詩集序〉）。這些言論，都說明黃庭堅強調藝術表現的重要、強調書本知識的運用，其實是為了更加完美地表現內容，提高作品的文化品位和藝術趣味。

黃庭堅主張多讀書，還有一個重要的意思，就是要求通過讀書提高詩人自身的主觀修養，他曾對洪朋說：「龜父筆力可扛鼎，它日不無文章垂世。要須盡心于克己，……全用其光輝照其本心，力學有暇，更精讀千卷書，乃可畢茲能事。」（〈書舊詩與洪龜父跋其後〉）對秦覯說：「此事要須從治心養性中來。」（〈答秦少章書〉）甚至還說：「欲得妙於筆，當得妙於心。」（〈道臻師墨竹序〉）文同和蘇軾都主張藝術創作要先有「成竹在胸」，而黃則加以發揮：「有先竹於胸中，則本末暢茂，有成竹於胸中，則筆墨俱化。」（〈題楊道孚畫竹〉）這裡「先竹」而存在的東西指的是先天存在的「道」，在有竹之前，就已存在於天地之間，只有掌握了這個「道」，寫出來的東西才能本末暢茂，進而得成竹於胸，才能與物俱化，使作品達到一個至高的境界。強調詩人主觀修養的重要性，並不等於否定生活的決定作用。他曾對學生說，學習作詩，要「虛心觀萬物，險易極變態。皮毛剝落盡，唯有真實在」（〈次韻楊明叔見餞十首〉）。首先要閱世、觀物，在生活的閱歷中使精神得到錘煉，達到至高的境界。其次主張詩歌要從生活感受中來，認為

「文章惟不構空強作，詩遇境而生，便自工耳」。又說：「大率作詩，因時記事，不專為小物役思乃佳。」（〈與人書〉）更重要的是他還認為：「吟詩不必務多，但意盡可也。……今人作詩徒用三十五十韻，仔細觀之，皆虛語矣。」（〈論作詩文〉）也就是說，詩歌表現生活感受以意盡為度，沒有感受而貪多強作，便是「虛語」。可見，真情實感完全被看作了第一位的，決定著詩歌的好與壞，甚至還被他看作是詩與非詩的界限。這樣的看法，無疑是十分高明的。

黃庭堅關於詩歌的言論，最常被人提到並常會受到非議的是所謂「點鐵成金」說和「奪胎換骨」論。「點鐵成金」說見於黃庭堅的〈答洪駒父書〉：「古之能為文章者，真能陶冶萬物，雖取古人之陳言入於翰墨，如靈丹一粒，點鐵成金也。」一般的意見認為這段話是說取用古人陳言，加以點化而變成新的詩句，是舊貨翻新的意思。因此也就進一步被看作是提倡蹈襲剽竊。但是，仔細分析，卻可以發現這段話的重點其實並不在取不取用古人陳言這一點上。關鍵在於對「點鐵成金」四字的理解。這本是煉丹家的術語，靈丹是煉丹過程中最重要的東西，可以點化服食用的金丹，也可以點化其他金屬材料為黃金（指藥金）。道家又把點鐵成金的術語引申到其他領域，如宋真宗時賀蘭歸真隱居嵩山，真宗召見他，向他打聽道教點化之術，賀蘭歸真答云：「臣請言帝王之術，願以堯舜之道點化天下。」（《國老談苑》）佛教禪宗也用這個術語，《景德傳燈錄》卷十八靈照禪師：「靈丹一粒，點鐵成金；至理一言，點凡成聖。」這都是用的引申比喻義。回頭再看黃庭堅的這段話，鐵顯然比喻被陶冶的萬物即詩歌的素材，金則比喻點化後的成品即詩歌。而靈丹比喻什麼，黃的原話中似未明確說出來，但若參照上引賀蘭歸真和靈照禪師的比喻，不難看出，賀蘭歸真用靈丹比喻「堯舜之道」，靈照禪師用來比喻「至理」即禪學的最高精神。

相應看來，黃庭堅顯然是用靈丹比喻詩人的主觀思想和精神修養。至於古人之陳言，則是被點化的對象之一種，它本身並非「靈丹」，也並非唯一被點化的東西。「雖取古人之陳言入於翰墨」一句中的「雖」字，是「即使」的意思，表示退一步說。因此這段話的意思是說，真正的詩人應該是一座洪爐，「陶冶萬物」，外界的種種事物都可為我所用，而關鍵在於必須有詩人的主觀思想和藝術修養作為統攝萬物的根本，有了這個根本，才能點鐵成金，使自然存在的素材（萬物）變成詩歌，即使取用古人陳言，也必須經過詩人主觀精神的陶冶點化。不難看出，這段話的重點是強調詩人主觀思想修養、藝術修養的重要性，而並不是教人如何使用古人陳言。歸結到底，「點鐵成金」說，就是要求從根本上提高詩人的主觀修養。由於黃庭堅重視主觀修養的功夫，他的朋友晁補之就說：「魯直於怡心養氣能為人所不為，故用於讀書、為文字，致思高遠，亦似其為人。」（〈題魯直高求父揚清亭詩後〉）這雖不是解釋「點鐵成金」說，但指出了他的主觀修養與創作的關係，也就是說明了「點鐵成金」說的精神所在。

至於「奪胎換骨」論，見於惠洪《冷齋夜話》卷一的引述，在黃庭堅現存的詩文中沒有發現明確提出這個意思的言論。故其可靠性頗值得懷疑。南宋初吳曾《能改齋漫錄》卷十就已提出疑問，並指出惠洪「每為妄語」。宋人的懷疑值得重視。起碼在找到其他材料可以證明確是黃庭堅的言論之前，對「奪胎換骨」論還是先存疑為好。當然，「奪胎換骨」論在北宋後期到南宋詩壇是以黃庭堅的名義廣泛流傳的，影響很大，因此不妨將其視為江西詩派的詩學理論。

黃庭堅潔身自好、注重節操品格的立身處世原則，在當時就受到廣泛的稱道，他的詩歌寫作也被當作一種新型的典範。北宋後期，一批注重自身品格修養、社會地位比較低的詩人，受到黃庭堅人格和詩學的雙重影響，形成了所謂「江西詩派」，在宋代詩歌史上影響深遠。

第三階段，從宋徽宗崇寧元年（一一〇二）到宣和七年（一一二五），共二十多年。這時，蘇軾、陳師道、秦觀已去世，其他重要詩人如黃庭堅、張耒、蘇轍、晁補之等也相繼去世。宋詩經過一段時期的繁榮之後，也在這時逐步走向了消沉。從國勢上看，這時已處於北宋滅亡的前夕，政治極為黑暗腐敗。「六賊」之一的蔡京於崇寧元年擔任右相，隨即定司馬光、蘇軾等一百二十人為「元祐奸黨」，十二月宋徽宗下詔申禁元祐學術。崇寧二年蔡京遷左相，四月下詔禁蘇洵、蘇軾、蘇轍、黃庭堅、張耒、晁補之、秦觀等人詩文集，其印板悉行焚毀。九月，令天下州縣立「元祐奸黨碑」。十一月詔令以元祐學術聚徒傳授者，必罰無赦。崇寧三年詔重定元祐、元符黨人及上書反對蔡京者共三百九人入黨籍，御書刻石於朝堂，蔡京手書刻石於各州縣。凡在黨籍者，皆遭迫害。宣和六年（一一二四）又下詔重申禁止收藏習用蘇軾、黃庭堅之文，犯者以大不恭論罪。這些政治上和文化上的專制政策，直接導致了詩歌創作的沉寂。據呂本中《呂氏童蒙訓》卷下記載，「崇寧間，饒德操節、黎介然確、汪信民革同寓宿州，論文會課，時時作詩，亦有略詆及時事者。滎陽公（呂希哲）聞之，深不以為然。」饒節、汪革都是被列入江西詩派的詩人，此時作詩還敢「詆及時事」，而身在元祐黨籍中的呂希哲，就深知其後果，故「深不以為然」。後來饒、汪等人接受了呂希哲的規勸，「自此不復有前作矣」（同上）。這條材料說明，北宋末年江西詩派詩人作詩不大關注現實，根本的原因還在於專制政策的嚴酷。江西詩派的徐俯還曾規勸詩僧惠洪少作詩，以免因詩招禍，惠洪因此「焚去筆硯」，不再作詩（見《石門文字禪》卷十二）。可見他們是怎樣的小心謹慎。宣和十一年，太學生鄧肅因見「花石綱」禍害天下，寫了〈花石詩十一章〉諷刺其事，詩寫得比較粗糙，諷刺之意也比較直露。第十一首說：「但為君王安百姓，圃中無日不春風。」還是比較溫和的規勸，可是鄧肅卻因此受到削去學籍、勒令還鄉的處分。這件事同樣也證明了文網之嚴。這時詩壇的主力主要是接受黃庭堅影響的一批詩人，多在藝術上用力雕琢，題材相對單調。此外還有賀鑄、唐庚等不受江西詩風影響的詩人，也同樣精於藝術的探討，重視語言的錘煉，內容的分量也顯得不足。在這一時期相繼去世的前輩老詩人如張耒、晁補之、黃庭堅、蘇轍等，雖還有作品問世，但已是強弩之末。值得特別一提的是一些政治諷刺詩，如江端友的〈牛酥行〉等，大約是因在高壓氣氛中產生，反而顯得很突出，其諷刺藝術水準之高，令人刮目相看。

當然，這一時期創作雖然消沉，但某些方面也為南渡後詩歌的重新繁榮準備了條件。首先，在下一階段取得較高成就的詩人如陳與義、呂本中等，其詩藝就是在這時逐步鍛煉並趨於成熟的。值得注意的是他們都繼承了前一時期蘇、黃的創作精神。陳與義從崔鶠學詩，崔鶠告誡他：「凡作詩，工拙所不論，大要忌俗而已。天下書雖不可不讀，然慎不可有意于用事。」（徐度《卻掃編》卷中引）作詩「忌俗」，是從歐陽修以來北宋詩人特別是蘇、黃最為重視的原則。書不可不讀，但不可專為用事而讀書，這也是蘇、黃等人共同的觀點。他通過崔鶠的傳授，接受了這些重要的藝術經驗。此外，他還注意學習蘇軾的詩法。他早年的名作〈和張規臣水墨梅〉詩，就有人指出是學習了「東坡句法」（見陳善《捫虱新語》上集卷四）。至於呂本中，本來就出身於元祐學術之家，且對蘇、黃詩有很深的研究，主張合二家之長而學之：「自古以來，語文章之妙，廣備眾體，出奇無窮者，唯東坡一人。極風雅之變，盡比興之體，包括眾作，本以新意者，唯豫章一人。此二者當永以為法。」（《童蒙詩訓》）他還曾向張耒學習過作詩，他早期作品句律的輕快，就有學習張耒的痕跡。陳與義和呂本中在這一時期雖未寫出重要的作品，但畢竟詩藝逐漸成熟，進入下一時期後，得時代之助，創作就結出了碩果。

其次，這時詩人們比較重視藝術技巧的探討，更注意創作原則與觀念的反思與總結。陳與義指出：「近世詩家知尊杜矣，至學蘇者乃指黃為強，而附黃者亦謂蘇為肆。」（晦齋《簡齋詩集引》引）他反對這種各取一偏的傾向，認為要學到杜甫的精神，應從蘇、黃二家入手，合二家之長而去其短：「東坡賦才也大，故解縱繩墨之外，而用之不窮。山谷措意也深，故游泳□味之餘，而索之益遠。大抵同出老杜，而自成一家……要必識蘇、黃之所不為，然後可以涉老杜之涯涘。」（同上）如果把他的這些觀點同呂本中兼重蘇、黃二家的論點合看，可以證明當時詩壇對前一時期創作精神的反思要點正在於尋找一個能夠融蘇、黃兩家精神於一體的原則。這一原則就集中地體現在了呂本中所提出的活法論中。活法論的理論來源是禪學與理學。呂本中以活法論詩，大約始於大觀、政和年間。大觀三年（一一〇九）作〈外弟趙才仲數以書來論詩因作此答之〉詩云：「胸中塵埃去，漸喜詩語活……初如彈丸轉，忽若秋兔脫。」政和四年（一一一四）作〈別後寄舍弟三十韻〉說：「筆頭傳活法，胸次即圓成。」關於活法的具體含義，他後來在紹興三年（一一三三）為江西詩派詩人夏倪的詩集作序時曾作了闡釋：「所謂活法者，規矩備具，而能出於規矩之外；變化不測，而亦不背於規矩也。是道也，蓋有定法而無定法，無定法而有定法。知是者，則可與語活法矣。」這就把重規矩但又主張「領略古法生新奇」的黃庭堅和重無法但又主張「行於所當行，止於不可不止」的蘇軾的精神統攝到了一起。知規矩是為了擺脫束縛，而「無法」又必須從

「有法」中來。南宋許多詩人都受了呂本中這個觀點的影響。此外，活法論主張「胸次圓成」，重視詩人主觀的修養；又強調「悟入」，並指出了從「學」到「悟」的具體途徑。這也是對前一時期創作精神的總結，同樣也對後來產生了深遠的影響。

總之，這一時期的創作由於外部條件的制約和詩人主觀上採取了逃避的對策而處於消沉狀態。但詩人們重視藝術的訓練和理論上的總結反思又為宋詩的復興作好了準備。

第四階段，從宋欽宗靖康元年（一一二六）到南宋光宗紹熙五年（一一九四），約七十年。這一時期詩歌隨著時代的變化而重新繁榮，並迎來了宋詩史上繼慶曆、元祐之後的第二個創作高峰。宣和七年（一一二五），金兵大舉南侵，宋徽宗讓位於太子，是為宋欽宗。這時，國家已危在旦夕，太學生陳東率諸生伏闕上書，請誅蔡京等六賊。宋欽宗為形勢所迫，於靖康元年（一一二六）貶誅蔡京等人，並下詔解除元祐黨禁，以緩和內部矛盾。在金兵的圍攻之下，汴京陷落，靖康二年（一一二七）金兵擄徽宗、欽宗北去，北宋遂亡。這場翻天覆地的大災難，在當時士大夫心中造成了強烈的震動。國破家亡的局勢為宋詩的復興帶來了轉機。首先值得重視的是呂本中在汴京淪陷前後所寫的一批詩歌。他當時被困在城中，親歷了靖康之難，於是將自己的所見所聞所感寫進了詩中，特別突出地表現了對國家的憂慮和抗戰愛國的決心。〈兵亂後自嬉雜詩〉二十九首就是這些詩歌的代表作。這是一組大型組詩，題材重大，內容深厚，感受真切，風格沉摯，具有史詩的氣勢，也具有史詩的價值。組詩借鑑了杜甫的風格，同時又寫出了深沉悲痛的時代特色，似乎也為後來許多反映戰亂表現愛國精神的詩歌作了風格上的示範。總之，這組詩歌的成就奠定了呂本中在詩史上的重要地位，應該給予特別的重視。歷來被當作北宋亡國史詩看的作品還有劉子翬的〈汴京紀事二十首〉，這組七絕是事過境遷之後的痛定思痛，側重於反思亡國教訓，抨擊導致亡國的六賊等權奸，表達故國之思，情緒和風格都不同於呂本中的那組詩。雖然規模格局稍小，但也是不可多得之作。隨著宋室南渡，金兵南進，士大夫紛紛往南逃亡，漂泊各地。陳與義在流亡各地時所寫的作品，則代表了南渡初期愛國詩歌創作的最高成就。這時他不僅從精神上認同了杜詩，風格上也自覺地與杜詩靠攏。由於時代的變化，激發了當時許多詩人的創作才華，不僅呂本中、陳與義、劉子翬是如此，其他南渡初的詩人如徐俯、曾幾、洪炎、韓駒、王庭珪、汪藻、朱弁、李清照等，也是如此，他們的作品從不同的角度烘托了抗戰愛國的時代主題。他們的詩風也同樣以靖康元年為界明顯地表現出前後兩期的不同。同樣證明了宋詩的復興，乃是得時代風雲之助。比如徐俯，江西詩派詩人，前期主要是流連光景之作，南渡後則有「時時聞破虜，日日問修門」、「諸公宜努力，荊棘已千村」等句，被劉克莊稱為「頗逼老杜」（《後村詩話》前集卷二），可惜全詩不傳。又如理學家尹焞，本不以詩擅長，但靖康之難後，他全家死於金人之手，隻身逃出洛陽，流轉於秦嶺山中，又逃至四川，途中作一絕句說：「南枝北枝春事休，啼鶯乳燕也含愁。朝來回首頻惆悵，身過秦川最盡頭。」真切地寫出了被迫離開故國故鄉的悲涼之感。這樣的作品在當時真是多得數不勝數。

應該說明的是，宋詩的復興，從靖康元年開始，而達到新的創作高峰，則是到陸游、楊萬里、范成大、尤袤、蕭德藻、朱熹等人進入詩壇時才得以實現。南渡初期詩人的創作和理論總結對他們起了示範和指導的作用。特別是呂本中的活法論和從苦學到悟入的主張對他們影響最大。陸游師從曾幾，受到了曾幾愛國思想的影響，也得到了曾幾詩法的真傳，而曾幾的詩法也就是呂本中的活法論。蕭德藻也曾向曾幾學詩。楊萬里則是王庭珪的學生，王庭珪主張「要自胸中出機杼，不須剽掠傍人門」（〈次韻向文剛〉），也與呂本中活法論主張解除束縛、自立一家的觀點相近。有一點應該指出，楊萬里師法自然的創作道路，大約也與王庭珪有一定關係，王庭珪曾說過「要識筆端三昧力，夜深山水自成音」、「擬就江山覓佳句」之類的話，也主張師法自然。陸游代表了南宋詩歌的最高成就，楊萬里則創造了著名的「誠齋體」，范成大描寫農村的作品具有獨特的價值。他們又都寫了不少表達抗戰愛國思想的作品，特別是陸游，在愛國主題方面唱出了時代的最強音。他們的創作道路不盡相同，但考察他們的指導思想，卻可以發現一些共同的精神。比如他們都重視詩人主觀胸襟的修養，楊萬里說：「不是胸中別，何緣句子新？」「學詩須透脫，信手自孤高。」陸游說：「汝果欲學詩，工夫在詩外。」「心之所養，發而為言，言之所發，比而成文……胸中之妙，充實洋溢，而後發見於外。」又比如他們都主張與客觀外界建立切近的關係。楊萬里曾說：「山思江情不負伊，雨姿晴態總成奇。閉門覓句非詩法，只是征行自有詩。」也就是要從自然汲取詩材，置身於自然之中，尋求靈感。這個觀點令我們很自然地想起蘇軾「閱世走人間，觀身臥雲嶺」的主張。有趣的是楊萬里還把這樣的主張與陸游交流、討論，他寫給陸游的兩首詩中說：「城裡哦詩枉斷髭，山中物物是詩題。」「詩家不愁吟不徹，只愁天地無風月。」而陸游似乎也對楊萬里的觀點表示響應，曾作〈病中絕句〉說：「詩思出門何處無？」在七十八歲時作的〈題廬陵蕭彥毓秀才詩卷後〉中又說：「法不孤生自古同，痴人乃欲鏤虛空。君詩妙處吾能識，正在山程水驛中。」前兩句借用了禪宗的話頭說明詩思要從生活閱歷和客觀實境中來，不能憑空虛構；後兩句就是楊萬里「只是征行自有詩」的發揮。陸游的這個主張，又令我們很自然地想起黃庭堅所說的「文章惟不構空強作，詩遇境而生，便自工耳」。此外，江西詩派的徐俯也有類似的觀點。一般認為陸游他們從江西詩派入手，而最終放棄江西詩派的作風，才取得了創作的突出成就。可是上面的材料卻證明，陸游直到晚年所堅持的主張還是與黃庭堅乃至江西詩派的觀點有相通之處。只要把本書所選的黃庭堅〈六月十七日晝寢〉和陸游〈十一月四日風雨大作〉兩首詩稍作比較，更可以看出二者的深層關係。陸游、楊萬里、范成大等人沒有靠摹仿前人作詩，而是走出了各自的道路，寫出了時代的特色。但他們並沒有割斷與北宋以至南渡初期詩人的精神聯繫，其創新自立的精神，就與北宋歐、王、蘇、黃等大詩人一脈相承。

陸游、楊萬里、范成大、尤袤、朱熹等人又都是讀書很多、學問淵博的人。陸游擅長於用典故組織工整精切的對偶，所以有「古人好對偶被放翁用盡」的說法（見《後村詩話》前集卷二）。范成大作詩也喜歡掉書袋，有的詩還被方回稱為「奇博已甚」（《瀛奎律髓》卷四十四）。尤袤是著名藏書家，讀書更是他的專長，當時就有「尤書櫥」之稱。楊萬里學問也很淵博，而且又是一個思想家類型的學者，於理學有較深的造詣，他的詩也具有別一種類型的學者之詩的特點。這些詩人的創作當然體現了宋詩以才學為詩的特點。不過他們對書本知識與詩歌的關係也提出了一些新的觀點。比如陸游〈冬夜讀書示子聿〉說：「紙上得來終覺淺，絕知此事要躬行。」楊萬里〈題唐德明建一齋〉說：「平生刺頭鑽故紙，晚知此道無多子。從渠散漫汗牛書，笑倚江楓弄江水。」都表示了一種通脫的態度。此外蕭德藻的觀點也值得注意，他說：「詩不讀書不可為，然以書為詩不可也。」（《對床夜語》卷二引）把讀書與作詩的關係講得很全面，雖然他還不主張捐書以為詩，不過這個觀點似乎為稍後的詩壇反對資書以為詩開了頭。

第五階段，從宋寧宗慶元元年（一一九五）至宋亡，約八十來年。這一時期，詩歌創作處於平凡衰退的狀態，雖然詩人遍布江湖，「人各有集，集各有詩」。表面上看，似乎也很繁榮，不過仔細考察起來，總的成就卻有限。這一時期開始時，詩壇的顯著變化就是公開提倡學習晚唐。首倡者是「永嘉四靈」。這四位詩人社會地位比較低，即使做官，也不過縣令之類，他們有牢騷不滿，但又都採取退避的態度，努力尋求一種清苦平和的詩風。四人中趙師秀曾說：「但能飽吃梅花數斗，胸次玲瓏，自能作詩。」似乎同樣重視主觀胸襟的修養，追求清高的人品，還能看出他們與宋代許多詩人有共通之處，只不過話說得過於矯情。四人中的徐璣也說：「悟得玄虛理，能令句律精。」（〈讀徐道暉集〉）同樣也體現了以言理見長的宋代詩人的共同主張。不過，他們標榜學習晚唐，確實又導致了詩壇風氣的轉變。在此之前，楊萬里作詩已開始學習晚唐絕句，四靈受了楊萬里的影響，也寫了一些靈動活潑具有誠齋體味道的絕句。但他們更下功夫模仿的，卻是賈島、姚合兩個格局不大的詩人。賈、姚之詩鍾煉精緻，但意境窄，思路狹，長於五律，往往是首聯與尾聯切題，中間兩聯寫景，功夫主要下在中間兩聯上，形成了一種比較固定的模式，學起來比較便於掌握。如方回曾說：「姚（合）之詩專在小結裹，故四靈學之，五言八句，皆得其趣，七言律及古體則衰落不振。又所用料，不過花、竹、鶴、僧、琴、藥、茶、酒，於此幾物，一步不可離，而氣象小矣。」（《瀛奎律髓》卷十）這種情形若結合趙師秀所說的「一篇幸止四十字，更增一字，吾未如之何矣」這段話來看，足以見其才思之枯窘。令人自然而然地想起宋初學習賈、姚，而為許洞所困的九僧。四靈創作成就有限，但在宋寧宗朝卻很有名聲，也產生了一定的影響。究其原因，一是因為其詩的情調容易引起身世地位大致相同的大量讀書人的共鳴。二是因為明確打出學習晚唐詩的旗號，並選擇了與他們有限的才力相當且有固定的套路而便於摹仿的兩個詩人作為學習對象，得到了一批才學不高的詩人的響應。三是順應了詩壇風氣由重視才學向相對空靈轉變的趨勢。四是由於葉適的鼓吹和宣揚。於是四靈標榜的詩風就風行一時，所謂「舊止四人為律體，今通天下話頭行」（劉克莊〈題蔡烓主簿詩卷〉）。不過，詩壇上很快又意識到四靈的境界過於狹小。學習過四靈詩的劉克莊，後來就說對四靈詩「已自厭之」，並說：「永嘉詩人極力馳驟，才望見賈島、姚合之藩而已。」（〈瓜圃集序〉）「雖窮搜索之功，而不能掩其寒儉刻削之態。」（〈晚覺翁稿序〉）連為四靈鼓吹的葉適，後來也對劉克莊放棄學習四靈表示讚賞，說：「何必四靈哉！」（〈題劉潛夫南嶽詩稿〉）

這一時期另一個詩人群是所謂江湖派。江湖派詩人眾多，流品複雜，有幽居終身的隱士，也有曾居高位的顯宦，不少人則是流落江湖、靠詩歌干謁遊食的文人。就詩風而論，有的像永嘉四靈一樣崇尚晚唐，也有的學習陸游和楊萬里，有的喜歡摹仿古樂府，有的則專在七絕上用功。他們的詩並沒有統一的面貌，也沒有一致的創作追求，不過是由於書商陳起把他們的詩集刻入了《江湖集》而被統稱為江湖派，嚴格地說還算不上真正意義上的詩歌流派。不過他們也有一些共同特點，比如大部分人沒有擺脫摹擬之風，境界不高，格局狹小，語言粗疏淺直。還有不少人把詩當作干謁遊食的工具，藝術上並無多少可取之處。這群人中比較著名的姜夔、戴復古、劉克莊、葉紹翁、方岳等，詩歌比較出色。戴復古、劉克莊感慨國事、反映民生疾苦的詩較有分量。姜夔、葉紹翁等則以各有特色的絕句著名。總之，這一時期直到宋亡之前，詩壇上缺少一種內在的力量，缺少振作的氣格，詩歌的風格普遍比較卑淺。這種局面似乎與當時國勢的衰弱有關。

直到南宋滅亡前後，詩歌創作才又有了轉機，愛國英雄文天祥和眾多愛國志士、遺民詩人的作品帶著特有的震撼人心的力量，為宋代詩歌劃上了一個光輝的句號。

兩宋詩歌，五個階段，最具有時代特色、成就最高的是第二和第四階段。第二階段的詩歌，與時代的學術文化的繁榮關係最為密切，體現宋詩獨特風格最為典型的幾位大詩人，都出現在這一階段。第四階段詩歌的興盛，則更多地體現了時代風雲之助。而這兩個階段共同的特點，則在於詩人普遍都有淵博的學問和高尚的人格修養，而且都有創新自立的意識和自信。其中經驗，頗值得認真總結。

## 三、本書編纂體例

本書選錄兩宋詩人一〇四家，詩三六〇首，按絕句、律詩、古體的順序分體排列。

為方便讀者閱讀欣賞，對入選詩人作了小傳，置於書後。詩人小傳兼顧傳與評。傳以簡介生平經歷、文學活動和為人性格為主，酌情有所側重。評則因人而異，或簡析創作特色，或介紹作品在當時的流傳影響情況，或說明其在兩宋詩史上的地位，或引述前人評論，參以己見，以幫助讀者了解其人，欣賞其詩。

本書注釋儘量詳明，解釋語詞、典故、人名、地名、名物、職官等；疑難字或異讀字標注同音字；重要異文加校勘記錄。對詩中典故，除注明出處外，附帶提示詩人的用意。難懂或易誤解之處加上詩句串講。第一條注一般作為題解，包括作品編年，寫作地點以及本事、背景的交代，有的對主題或寫作目的作簡單提示。解讀分析的文字，置於注文後面，以意思解讀、詩藝賞析為主，間及本事考證，或引前人評語供讀者參考。

張鳴

二〇一四年十月十日
於京西博雅西園

# 絕句

## 新市驛別郭同年❶

張詠

驛亭門外敘分攜❷，酒盡揚鞭淚濕衣。莫訝臨歧再回首❸，江山重疊故人稀。

【注　釋】

❶新市：地名，在今河北新樂縣西南，宋時屬中山府。驛：驛站、驛館。同年：指同一年中進士者。郭同年：其人不詳。❷分攜：猶言分首、分袂。離別。❸「莫訝」句：此句說不要為分道離別時頻頻回首而驚訝。訝：驚訝。臨歧：到分路離別之處。高適〈別韋參軍〉：「臨歧涕淚沾衣巾。」

【解　說】

送別詩最難得的是語淺情深。這首詩的好處正在於語言像是隨手拈來，卻寫出了友人分別時互相戀戀不捨的深情。「莫訝臨歧再回首」一句，把送與行雙方的神態和心情綰合在一起，送行畫面如在目前。陳衍《宋詩精華錄》卷一評云：「眼前語說得擔斤兩。」

## 其　二

## 雨　夜❶

張　詠

簾幕蕭蕭❷竹院深，客懷孤寂伴燈吟。無端一夜空階雨❸，滴破思鄉萬里心❹。

【注　釋】

❶原詩有二首，這裡選第二首。❷蕭蕭：風聲。❸無端：無緣無故。一夜空階雨：化用何遜〈臨行與故遊夜別〉：「夜雨滴空階。」❹「滴破」句：此句「滴破」二字從孟郊〈秋懷〉詩「冷露滴夢破」化出。

【解　說】

這首詩寫客居的孤寂，寫雨夜客居中思鄉的心情。「無端一夜空階雨」，化用何遜「夜雨滴空階」之句，但轉換成埋怨的語氣，和下句合在一起，精彩倍出。思鄉之「心」可以被空階之雨聲「滴破」，把無形無相的鄉思賦予了質感，設想新奇。

## 塞　上❶

柳　開

鳴髇❷直上一千尺，天靜無風聲更乾❸。碧眼胡兒三百騎❹，盡提金勒❺向雲看。

【注　釋】

❶塞：邊塞。❷鳴髇：響箭，又叫鳴鏑。發射時帶響聲，可作指揮號令之用。《史記・匈奴列傳》：「冒頓乃作為鳴鏑，習勒其騎射。」髇：音蕭。明楊慎《升庵詩話》引作「骹」，音義均同「髇」。❸「天靜」句：說在寧靜無風的塞外草原上，鳴髇的響聲顯得格外乾脆響亮。❹碧眼胡兒：指塞外少數民族。騎：音記。一人一馬的

合稱。❺提金勒：拉緊韁繩勒住坐騎。勒：帶嚼口的馬籠頭。

【解　說】

這是柳開的名作，《河東先生集》未收，但當時曾廣為流傳。宋人江少虞《宋朝事實類苑》卷三十五引《倦遊雜錄》載太傅馮端曾對人稱讚它，並說：「此可畫於屏障。」宋蔡居厚《詩史》也說「都下好事者」把這首詩「畫為圖」。明代楊慎《升庵詩話》卷十三說此詩「宋人盛稱之，好事者多圖於屏障，今猶有其稿本」。

這首詩寫的是天靜無風時節，塞外草原上一隊騎兵突然聽到一聲響箭直上雲天，頓時警覺，人人勒緊韁繩，仰頭觀看。詩的聚焦點就定格在這勒馬仰視的瞬間。從結構安排上，前兩句是為後兩句這一瞬間的出現點出原因，但仔細品味可以發現，作者在這裡採用了有趣的回環結構。三、四句寫胡兒勒馬仰視，與首句正好回環呼應，形成「向雲看鳴髇直上」的形式，「鳴髇直上」既是引起胡兒「向雲看」的原因，又是胡兒「向雲看」時之所見。胡兒的視線聚焦在箭上，而作者（包括讀者）的視線則聚焦在勒馬仰視的胡兒身上。把「鳴髇直上」作為詩的開頭，既可首先點出事情的原因，又可收到開門見山、突如其來的效果。而以勒馬仰視的瞬間作為詩的結束，則便於突出表現胡兒騎兵的機敏英武，給讀者留下想像的餘地。留下什麼想像餘地呢？首先，這支具有指揮號令作用的響箭，不會無緣無故地射出去，那麼這時到底發生了什麼事呢？這就留給讀者去想像了。其次，這一隊騎兵聽到突如其來的響箭，第一個反應是勒馬仰視，接下來他們將會作出什麼反應，採取什麼行動呢？這也留給讀者去想像了。總之這首詩充分發揮了詩歌作為時間藝術表現動態過程的特長，又借鑑了繪畫藝術長於表現空間展開而時間凝固的對象的特點，把動態的內容部分轉化為靜態的畫面，詩意與畫意相互生發，使人讀來猶如身臨其境。

## 柳枝詞❶

鄭文寶

亭亭畫舸繫春潭❷，只待❸行人酒半酣。不管煙波與風雨，載將離恨過江南❹。

### 【注　釋】

❶《宋詩紀事》題作〈闕題〉，宋人何汶《竹莊詩話》題作〈柳枝詞〉。❷亭亭：高聳的樣子。畫舸：用油彩裝飾的船。繫春潭：謂畫船繫在潭邊柳樹上。古代有折柳贈別的風俗，故這裡說畫船繫於柳樹，便暗示了送別之意。《竹莊詩話》卷十七引《詩事》說：「終篇了不道著柳，惟一『繫』字是工夫，學者思之。」❸只待：一作「直到」，或作「只向」。❹「不管」二句：主語是「畫舸」，是說畫舸將把離恨載過江南。這個意思後來被周邦彥用入〈尉遲杯〉詞中：「無情畫舸，都不管、煙波隔南浦。等行人、醉擁重衾，載將離恨歸去。」又蘇軾〈虞美人〉詞有「無情汴水自東流，只載一船離恨向西州」二句，也與此詩末句立意相似。

### 【解　說】

此詩寫送別之情，卻從「畫舸」著眼，後三句的主語都是「畫舸」。因此陳衍《宋詩精華錄》卷一說：「此詩首句一頓，下三句連作一氣說，體格獨別。」關鍵就在於後三句的主角，全從「畫舸」著眼，構思新奇。而說「畫舸」將「離恨」載過江南，也是非常有創意的設想。

這首詩歷來為人傳誦，宋代還曾被填入樂府歌唱。關於此詩作者，卻一直有鄭文寶和張耒兩說，何汶《竹莊詩話》卷十七引《詩事》云：「古今柳詞，惟鄭文寶一篇有餘意。」蔡居厚《蔡寬夫詩話》則說：「嘗有人客舍壁間見此詩，莫知誰作。或云鄭兵部仲賢也。然集中無有。好事者或填入樂府。」吳曾《能改齋漫錄》卷十六則說這是張耒詩，「王平甫（安國）嘗愛而誦之」。《竹莊詩話》亦把它繫於張耒名下。胡仔《苕溪漁隱叢話》後集卷三十五說：「余以《張右史集》遍尋無此詩。……二說竟未知孰是。」明楊慎《升庵詩話》卷八推測說：「或張文潛（耒）愛而書之，遂以為文潛作耳。」這裡姑且歸之於鄭文寶。

## 泛吳松江❶

王禹偁

葦篷❷疏薄漏斜陽，半日孤吟未過江。唯有鷺鷥❸知我意，時時翹足對船窗。

### 【注　釋】

❶這首詩作於雍熙二年（九八五），這時王禹偁在蘇州長洲縣（故治在今江蘇吳縣）任知縣。吳松江：又名吳江或松江，源出太湖，在蘇州南四十餘里處。❷葦篷：葦草搭蓋的船篷。❸鷺鷥：水鳥名，又叫白鷺，長頸高腳，羽毛潔白，棲息於水邊。

### 【解　說】

這首詩寫泛舟吳松江上的詩情雅興，後二句摘取眼前小景，鷺鷥「時時翹足對船窗」的神態動作，寫得生動有趣。古人常把鷺鷥看作孤高純潔而無機心的動物，如歐陽修〈鷺鷥〉絕句說：「風格孤高塵外物，性情閑暇水邊身。」因此，這裡表現鷺鷥與詩人之間猶如知音般的關係，也傳達了詩人高潔不俗的精神情趣。

## 畬田詞❶（五首選二）

王禹偁

### 其三

鼓聲獵獵酒醺醺❷，斫❸上高山入亂雲。自種自收還自足，不知堯舜是吾君❹。

### 其四

北山種了種南山，相助力耕豈有偏❺。願得人間皆似我，也應四海少荒田。

【注　釋】

❶淳化二年（九九一），王禹偁因上疏言事而獲罪，貶為商州（今陝西商縣）團練副使。次年初春在商州寫了這組詩。原詩五首，今選二首。畬田：山地，特指用刀耕火種的方法耕種的山地。唐宋時山區流行刀耕火種，其地均稱畬田。杜甫〈戲作俳諧體遣悶二首〉：「畬田費火耕。」南宋時范成大〈勞畬耕〉詩序說：「畬田，峽中刀耕火種之地也。春初斫山，眾木盡蹶，至當種時，伺有雨候，則前一夕火之，借其灰以糞。」❷「鼓聲」句：王禹偁在本詩序中說，本地風俗，一家有事於畬田，主人準備酒肉，數百里內各鄉的鄉民都來幫忙，「至則行酒啗炙，鼓噪而作」。此句即寫這種熱鬧場面。獵獵：本形容風聲，這裡形容鼓聲嘈雜。醺醺：形容醉態盎然。❸斫：音酌。砍伐。❹「自種」二句：堯舜，唐堯和虞舜，遠古部落聯盟的領袖，相傳是古代兩個聖明的君主。後來詩文中便用「堯舜」作為稱頌皇帝的套語。這兩句說山民自食其力，靠勞動生活，並不知道皇帝有什麼恩

德。語意本於古代〈擊壤歌〉，相傳堯時有老人擊壤（一種遊戲）而歌云：「日出而作，日入而息，鑿井而飲，耕田而食，帝力於我何有哉。」❺「相助」句：此句意思說山民家家互助合作，齊心協力而無例外。即本詩序中所謂「更互力田，人人自勉」之意。偏：偏向、偏私。

【解　說】

這是詩人為商州當地民歌所寫的新歌詞，用於畬田勞動時歌唱助力，因而採用了山民的口吻和淺顯易懂的語言。王禹偁這組詩有較長的序，大意是說：商州南部的豐陽（今陝西山陽）、上津（今屬湖北），皆深山窮谷，當地農民都用刀耕火種的方法種地，先砍倒山上樹木，用火燒掉，然後播種。耕種時，山民互助合作，主人備酒肉款待。還要擊鼓唱歌，以相勉勵。作者「愛其有義，作〈畬田詞〉五首，以侑其氣。……其詞則取乎俚，蓋欲山民之易曉也」。

## 南平驛❶

寇　準

心隨流水還鄉國，身向青山上屈盤❷。遠夢不成秋雨細，西風一夜客亭寒❸。

【注　釋】

❶南平：不詳。驛：驛站、驛館。從詩意看，當是晚年被貶謫時作。❷「身向」句：此句承上句寫身不由己的處境。屈盤：指彎曲盤繞的山路。❸「遠夢」二句：翻進一層，寫心亦不由己的悲哀。

【解說】

寇準最擅長的詩體當數絕句和五律，精緻工穩，意境淒迷，善於以清晰的意象傳達淒婉朦朧的主觀意緒，詩的主觀色彩十分濃烈。這首絕句前兩句把心和身分成對立的意象，流水和青山也形成對立，主觀和客體之間構成緊張的關係，從而表現身不由己的處境。後面兩句「遠夢」承接首句的「心」，翻進一層寫心亦不由己的悲哀。最後的「寒」字，既是「身」的感覺，更是「心」的感受。

## 行色❶

司馬池

冷於陂水淡於秋❷，遠陌初窮見渡頭❸。猶賴丹青無處畫❹，畫成應遣一生愁❺。

【注釋】

❶這是司馬池早年監安豐（故治在今安徽壽縣南）酒稅時所作。行色：行旅之人的神色。陳衍《宋詩精華錄》卷一評云：「有神無跡。」❷「冷於」句：此句說行人的神色比池水更清冷，比秋景更淒涼。陂：池塘。❸「遠陌」句：此句在結構上是上句的補充，點明旅途奔波的具體情形。見：《宋文鑑》、張耒〈記行色詩〉引作「到」，此據司馬光《溫公續詩話》、《侯鯖錄》卷三等。陌：田間小路。初窮：剛剛走完。渡頭：河邊渡口。❹「猶賴」句：這句說幸好繪畫無法描繪行色。此句又作「賴是丹青不能畫」。茲據《溫公續詩話》。丹青：紅色和青色的顏料，這裡指繪畫。❺「畫成」句：這句說若把行色描繪成畫，就會使人終生不勝其愁。遣：使。

【解　說】

本詩所寫羈旅行愁是古詩中常見的主題，但它以新穎獨到、不落俗套的構思把古老的主題寫出了新意，在宋代曾被許多詩話筆記所稱道。

司馬光《溫公續詩話》說：「先公監安豐酒稅，赴官，嘗有〈行色〉詩云云，豈非狀難寫之景也。」張耒有〈記行色詩〉一文云：「右〈行色〉詩，故待制司馬公所作也。公諱池，以某年中嘗監安豐酒稅，實作此詩，距今若干年。其孫宏，知縣事，刻此詩於石，屬予記之。惟公以文學風節為時名臣，是生丞相溫公，以盛德名世，以直道立朝，名聞華夷，功施社稷，其完節美行既載在天下，而著書立言皆足以師範來世。蓋嘗評古今詩句，著《詩話》一卷，亦載此詩，以其甚工，不敢以父子之嫌廢也。梅聖俞以詩名一時，嘗言詩之工者：『寫難狀之景如在目前，含不盡之意見於言外。』此詩有焉。」（《張耒集》卷五十四）

## 赴桐廬郡淮上遇風三首❶（選一）

范仲淹

### 其　三

一棹❷危於葉，傍觀亦損神❸。他時在平地，無忽險中人❹。

【注　釋】

❶桐廬郡：這裡指睦州，北宋時轄境相當於今浙江桐廬、建德、淳安三縣地，治所在桐廬。淮：淮水。范仲淹

在景祐元年（一〇三四）因力諫廢郭后而被貶知睦州，此詩即赴任途中在淮河上作。❷棹：划船的工具，這裡代指船。❸損神：傷神。謂令旁觀者驚心動魄。❹「他時」二句：是說日後出了險境、到了平地，不要忘記那些身處險境的人。這是詩人在風浪中的感慨。

【解　說】

這首小詩，頗能見范仲淹的人格。宋人黃徹《䂬溪詩話》卷八評論說：「雖弄翰戲語，卒然而作，兼濟加澤之心，可見未嘗忘也。」

## 江上漁者❶

范仲淹

江上往來人，但愛鱸魚❷美。君看一葉舟，出沒風波❸裡。

【注　釋】

❶詩題又作〈贈釣者〉。❷但愛：只愛。鱸魚：頭大、細鱗、巨口、體側扁，背蒼腹白，又名銀鱸，肉味鮮美，產於吳中松江者尤為著名。❸風波：《宋朝事實類苑》、《詩林廣記》及《古今詩話》均作「風濤」。

【解　說】

詩寫漁者的艱辛和風險，規勸吃魚者應當體恤捕魚者的辛勞。

江少虞《宋朝事實類苑》卷三十四：「范希文為詩，不徒然而作也，有〈贈釣者〉詩云云。率以教化為主，非獨風騷之將，抑又文之豪傑歟！」《詩林廣記》後集卷十引《翰府名談》也說：「范希文〈贈釣者〉詩，實寓深意，不徒作也。」又引《文酒清話》說此詩與〈淮上遇風〉詩「語雖同而意各有寓也」。

## 書光化軍寺壁❶

祕演

萬家雲樹水邊❷州，千里秋風一錫❸遊。晚渡無人過疏雨，亂峰寒翠入西樓。

【注釋】

❶光化軍：故治在今湖北光化縣，宋太祖乾德二年置光化軍，神宗熙寧年間改置縣。這首詩大概是慶曆三年（一〇四三）以後祕演遊歷南方時所作。❷雲樹：枝葉茂密的大樹。水邊：光化軍在湖北北部漢水之濱，故云。❸一錫：謂獨自一人。錫：錫杖，僧人所持之杖，亦稱禪杖。

【解說】

歐陽修曾稱祕演是「隱於浮屠」的「奇男子」，這樣一位不同尋常的和尚，作詩也有不同尋常的造詣。蘇舜欽曾稱讚他的詩是「放意吐出吁可驚」，這首詩的遼闊意境和瀟灑氣概，確實可以當之無愧。

## 南朝❶

石延年

南朝人物盡清賢，不事風流即放言❷。三百年間卻堪笑，絕無人可定中原❸。

【注　釋】

❶南朝：東晉以後，中國分裂為南北兩部分，占據南方的宋、齊、梁、陳四朝稱為南朝。若從東晉偏安江南算起，共經歷了二百七十三年，詩中說「三百年間」，是舉其約數。❷「南朝」二句：意思說南朝人物號稱清賢，不是追求名士風度就是說些空洞的大話，不務實際。清賢，清高賢良。事，從事、作。風流，指行為高邁，不拘禮法，追求名士風度氣派。放言，放縱其言。❸「三百」二句：是說南朝三百年時間裡竟無一人出來收復中原，足以令後人恥笑。中原，指北朝占據的黃河流域廣大地區。

【解　說】

這首詠史詩很能反映石延年「詩格奇峭」（《六一詩話》）的特點，持論高明，語氣果斷，雖是針對南朝而言，卻是借古諷今，以詠史抒寫現實的憂慮。體現了北宋慶曆時期士大夫們強烈的社會責任感。南宋劉克莊《後村詩話》續集卷一認為此詩「清拔有氣骨」。

## 朱雲傳❶

宋　祁

朱游❷英氣凜生風，瀕死危言悟帝聽❸。殿檻不修旌直諫，安昌依舊漢三公❹。

【注　釋】

❶本篇詠漢代朱雲故事，詩題又作〈詠漢史〉。漢成帝時，安昌侯張禹用事。槐里令朱雲請求賜尚方斬馬劍，以

斬佞臣張禹之頭。成帝怒，欲誅朱雲，御史將他拉下，猶攀殿檻說：願從比干遊於地下。殿檻為之折斷。因辛慶忌勸說成帝，雲方得免死。後成帝命保存殿檻折壞之處，「以旌直臣」。事見《漢書．朱雲傳》。❷朱游：即朱雲。「游」字下宋祁自注「朱雲小字」。❸瀕死：臨死。危言：直言、不顧危難而直言。悟帝聰：使皇帝感悟。❹「殿檻」二句：這兩句諷刺辛辣，意思說漢成帝雖然在那裡表彰直諫，卻照樣把佞臣提拔到三公的高位。檻，欄干。旌，表彰。安昌，指張禹。他是漢成帝的師傅，官至宰相，封安昌侯。三公，輔佐皇帝執掌軍政大權的最高官員，歷代所指不盡同，西漢以大司馬、大司徒、大司空為三公。

【解說】

宋人的詠史詩，往往有過人的高明議論，宋祁此詩也以立論警拔而著稱。詩意一方面寫冒死直諫的朱雲，一方面則諷刺表彰直諫，卻照樣把佞臣提拔到三公高位的漢成帝。諷刺的矛頭是直指歷代帝王的。宋人葛立方《韻語陽秋》卷七從此詩引出議論說：「信乎去佞如拔山也。」據洪邁《容齋續筆》卷三說，漢以後，歷代「宮殿正中一間橫檻獨不施欄楯，謂之折檻」，這便是取表彰直諫的意思。杜甫〈折檻行〉詩云：「千載少似朱雲人，至今折檻空嶙峋。」宋祁此詩的議論似乎解答了「千載少似朱雲人」的原因。與此詩的辛辣諷刺相比，杜甫詩的感歎就顯得有點空泛了。

## 陶者❶

梅堯臣

陶盡門前土❷，屋上無片瓦。十指不沾泥，鱗鱗居大廈❸。

【注　釋】

❶景祐三年（一〇三六）作，時在建德縣（今安徽東至）做知縣。陶者：燒製磚瓦的工人。❷「陶盡」句：這句說燒製磚瓦把門前的泥土都用完了。陶：這裡用作動詞，指用土製作磚瓦陶器等。❸「鱗鱗」句：此句說不勞而獲者居住在蓋著鱗鱗瓦片的大廈裡。鱗鱗：形容屋瓦如魚鱗般整齊排列。

【解　說】

這首詩言簡意深，不動聲色而批判之意自見，確實是一篇簡練老辣的作品。

## 宿雲夢館❶

歐陽修

北雁來時歲欲昏❷，私書歸夢杳難分❸。井桐葉落池荷盡，一夜西窗雨不聞❹。

【注　釋】

❶雲夢：縣名，今屬湖北。館：驛館、驛站。詩當是景祐三年（一〇三六）貶夷陵時作。❷歲欲昏：即歲欲暮之意。一年將盡。❸「私書」句：意思說家書中盼歸之情與夢中之歸思正相溝通，真情與夢境渺然不可分辨。私書：家信。此承上句「北雁來時」四字。古人有鴻雁傳書之說，故這裡點明收到家中書信。❹「井桐」二句：兩句意思是說夢醒後只見桐葉凋落，池荷謝盡，下了一夜的秋雨，自己在夢中竟充耳不聞。李商隱〈宿駱氏亭寄懷崔雍崔兗〉詩說：「秋陰不散霜飛晚，留得枯荷聽雨聲。」這裡反用其意。井桐，井邊的桐樹。古代習俗，

井邊多植桐樹。

【解　說】

這首詩的立意從李商隱〈夜雨寄北〉「君問歸期未有期，巴山夜雨漲秋池。何當共剪西窗燭，卻話巴山夜雨時」化出，但章法不同。李詩明白點出盼望將來與妻室共話今夜的歸思，歐詩則把這一層意思放在言外。

## 鷺　鷥❶

歐陽修

激石灘聲如戰鼓，翻天浪色似銀山。灘驚浪打風兼雨，獨立亭亭❷意愈閑。

【注　釋】

❶作於慶曆八年（一〇四八），時作者自滁州徙知揚州。鷺鷥：一種水鳥，羽毛潔白，又叫白鷺。❷亭亭：孤高無依貌。

【解　說】

這是一首託物言志的詠物詩。前面兩句形容驚濤駭浪的聲勢，後面則寫鷺鷥置身於風浪中的悠閒容與。驚心動魄的風浪反襯出鷺鷥的孤高與從容，對比極為強烈。很明顯，詩中的鷺鷥，正是某種人格的象徵。歐陽修還有另一首〈鷺鷥〉絕句云：「風格孤高塵外物，性情閑暇水邊身。」蔡正孫《詩林廣記》後集卷一引《庚溪詩話》云：「眾禽中惟鶴標致高逸，其次鷺亦閑野不俗。」又引佚名〈振鷺賦〉云：「倏然其容，立以不倚；

皓乎其羽，涅而不緇。」均謂鷺鷥是高潔不俗之物，可與此詩參讀。

## 夢中作❶

歐陽修

夜涼吹笛千山月，路暗迷人百種花。棋罷不知人換世❷，酒闌無奈客思家❸。

【注　釋】

❶當是皇祐元年（一〇四九）作，這時歐陽修在潁州（今安徽阜陽）任知州。❷「棋罷」句：典出《述異記》卷上，晉王質伐木至石室山，「見童子數人，棋而歌，質因聽之，童子以一物與質，如棗核，質含之，不覺飢。俄頃，童子曰：『何不去？』質起，視斧柯盡爛。既歸，無復時人」。人換世，謂世間人事變遷。❸「酒闌」句：此句以懷鄉情緒，暗示夢幻與現實的矛盾，為全篇意旨之歸宿。酒闌：酒盡。客：指夢中作者自己。

【解　說】

這首紀夢詩很有名。詩境恍惚朦朧，頗有神祕之感，詩意似有某種寄託暗示，但又不能實指。明楊慎《升庵詩話》卷十一認為此詩體製與杜甫〈絕句〉「兩個黃鸝鳴翠柳」一首相同，都是「一句一絕」，每句各為一個獨立意境。陳衍《宋詩精華錄》卷一說：「此詩當真是夢中作，如有神助。」

## 過沛題歌風臺❶

張方平

落托劉郎作帝歸，樽前感慨大風詩❷。淮陰反接英彭族❸，更欲多求猛士為❹？

## 【注釋】

❶沛：沛縣，在今江蘇西北部，屬徐州地區，漢高祖劉邦的故鄉。歌風臺：故址在沛縣東泗水西岸，臺上有歌風亭。相傳是劉邦作〈大風歌〉的地方，後人築臺以為紀念。❷「落托」二句：落托，同「落拓」，窮困失意，這裡形容劉邦早年的處境。《石林詩話》、《宋朝事實類苑》均作「落魄」。樽，同「尊」，酒杯。據《史記・高祖本紀》載，劉邦做了皇帝，於西元前一九五年平定英布，經過沛縣，置酒沛宮，召故人一起飲酒，酒酣，擊筑自歌云：「大風起兮雲飛揚，威加海內兮歸故鄉。安得猛士兮守四方。」這件事被後人稱為「高祖還鄉」，劉邦作的這首歌就是所謂〈大風歌〉。❸淮陰：指韓信（淮陰人），劉邦的大將，開國功臣，與張良、蕭何並稱漢興三傑，封楚王，後降為淮陰侯。因有人告發他謀反而被殺，並滅三族。反接：反綁雙手。英：指英布，曾從劉邦擊滅項羽於垓下，封淮南王，韓信、彭越被殺之後，他不自安，遂起兵反，戰敗被殺。彭：即彭越，在劉邦軍中多建奇功，封梁王，後被人告發謀反，為劉邦所殺，並滅三族。族：滅族，一人有罪而刑及父母兄弟妻子族人，又叫「族誅」或「族滅」。❹「更欲」句：意思是說，韓、英、彭那樣的功臣都被誅殺了，還談什麼多求猛士？為，表示反詰語氣。因為劉邦的〈大風歌〉裡有「安得猛士兮守四方」的話，所以這裡對他反唇相譏。

## 【解說】

劉邦做了皇帝之後返鄉作〈大風歌〉一事，歷來都被看作是豪邁之舉，後人題詠歌風臺，也多是稱頌劉邦的豐功偉業，並稱讚其作〈大風歌〉的豪邁之才，如唐代林寬〈歌風臺〉：「蒿棘空存百尺基，酒酣曾唱大風詞。莫言馬上得天下，自古英雄盡解詩。」而唐代李白在〈胡無人行〉中用漢高祖歌〈大風歌〉故事時說：「胡無人，漢道昌，陛下之壽三千霜。但歌大風雲飛揚，安得猛士兮守四方。」也完全是正面歌頌的態度。而張方平此詩則一反世俗之見，抓住劉邦言行的矛盾，對他反唇相譏，識見之高，確實不同尋常，這首詩也因此受到世人的推崇。葉夢得《石林詩話》卷中云：「張文定安道未第時，貧甚，衣食殆不給，然意氣豪舉，未嘗稍貶，與劉潛、李冠、石曼卿往來山東諸郡，任氣使酒，見者皆傾下之。沛縣有漢高祖廟并歌風臺，前後題詩人甚多，無不推頌功德，獨安道詩云云，蓋自少已不凡矣。」《宋朝事實類苑》卷三十八云：「徐州歌風臺，題者甚多，惟尚書張公方平最為絕唱。」

唐代孫處玄〈失題〉詩說：「漢家輕壯士，無狀殺彭王。一遇風塵起，令誰守四方。」也對劉邦有所譏諷，或許張方平詩曾受其影響，但就見識的超卓、立意的深刻和反唇相譏的辛辣而言，張方平詩都要高明多了。

## 淮中晚泊犢頭❶

蘇舜欽

春陰垂野❷草青青，時有幽花一樹明。晚泊孤舟古祠下，滿川風雨看潮生。

【注　釋】

❶淮：淮河。犢頭：地名，疑即瀆頭鎮，在今江蘇淮陰境內。慶曆二年（一〇四二），蘇舜欽有山陽（今江蘇淮安）之行，此詩即旅途中作。❷垂野：指春天的陰雲籠蓋原野。

【解　說】

這是蘇舜欽的名作，歷代傳誦不衰。宋《王直方詩話》說大詩人黃庭堅非常欣賞這首詩，累書之，「或真草與大字」。劉克莊《後村詩話》前集卷二則稱此詩「極似韋蘇州」。韋蘇州指唐代詩人韋應物，他的〈滁州西澗〉詩云：「獨憐幽草澗邊生，上有黃鸝深樹鳴。春潮帶雨晚來急，野渡無人舟自橫。」蘇舜欽這首詩取景與韋詩相近。但立意和抒情特徵完全不同。「春陰垂野」的壓抑感就不同於韋應物詩。此詩後二句，陳衍《宋詩精華錄》卷一評云：「視『春潮帶雨晚來急』，氣勢過之。」按此二句取景與韋詩相仿，但視角不同。蘇是置身風雨孤舟之中；韋則處於春潮野渡之外。蘇詩更富主觀體驗，折射起伏不平的內心。韋詩則帶旁觀色彩，顯出從容悠閒的意味。於此可見蘇舜欽在前人基礎上別開生面的努力。

又宋人吳曾《能改齋漫錄》卷八說此詩「時有幽花一樹明」一句，與鄭獬〈田家〉的第二句「一樹高花明遠村」相類，「皆清絕可愛」。按鄭獬年輩稍晚於蘇，鄭詩乃從蘇詩化出，可知此詩在當時就很有影響。

## 獨步遊滄浪亭❶

蘇舜欽

花枝低攲❷草色齊，不可騎入步是宜❸。時時攜酒只獨往，醉倒唯有春風知。

【注　釋】

❶滄浪亭：在蘇州城南，本是五代吳越王近戚中吳軍節度孫承祐的別墅，慶曆五年（一〇四五）蘇舜欽以四十千錢購得，傍水作亭，取〈孺子歌〉「滄浪之水清兮，可以濯我纓；滄浪之水濁兮，可以濯我足」之意，命名為滄浪亭。❷攲：音七。傾斜。❸「不可」句：說遊滄浪亭不可騎馬，只宜步行。

【解　說】

蘇舜欽在慶曆年間被廢黜後，流寓蘇州，慶曆五年（一〇四五）建滄浪亭，時時遊於其間。這首詩寫獨遊滄浪亭的樂趣，寫自放於山水泉石之間的生活，孤高不屈之態可掬。最後一句「醉倒唯有春風知」，在孤高之外又流露了些許寂寞情懷。他還有一首〈初晴遊滄浪亭〉：「夜雨連明春水生，嬌雲濃暖弄陰晴。簾虛日薄花竹靜，時有乳鳩相對鳴。」頗有佳趣，亦算得上蘇舜欽絕句中的上品，可以參讀。

這首詩在宋代頗被人傳誦，《中吳紀聞》卷五載南宋紹興初沈東〈遊滄浪亭〉詩說：「只今唯有亭前水，曾識春風載酒人。」又程俱〈和張敏叔遊滄浪亭〉詩說：「醉倒春風載酒人，蒼髯猶想見長身。」都是針對此詩而寓感歎之意。胡仔《苕溪漁隱叢話》前集卷三十二則激賞此詩「真能道幽獨閑放之趣」。

## 夏意

蘇舜欽

別院深深夏簟清❶，石榴開遍透簾明❷。樹陰滿地❸日當午，夢覺流鶯時一聲❹。

【注釋】

❶別院：跨院，即正院旁側的小院。簟：竹席。❷「石榴」句：此句點明人在屋內隔簾向外透視，從韓愈〈榴花〉詩「五月榴花照眼明」化出。簾：竹簾。❸樹陰滿地：點出綠樹濃密，並承上點明晝寢的環境。「夏簟清」、「透簾明」均為晝寢初醒人的感覺，正因在綠樹林中，竹席才更顯得清爽；榴花也因有綠樹襯托才格外明麗。❹「夢覺」句：這句點明夢覺，說明前三句都是醒後的所見所感。流鶯：黃鶯，以其鳴聲流利婉轉，故云。李白〈對酒〉詩：「流鶯啼碧樹。」高適〈別楊山人〉：「流鶯數聲淚沾臆。」流鶯時一聲，進一步寫樹林之茂密，並反襯小院的寧靜幽深。

【解　說】

這首小詩寫夏日晝寢初醒時的所見所感。劉克莊《後村詩話》前集卷二說它「極平夷妥帖」。詩題為〈夏意〉，寫的是夏日中午的情景，卻讓人通體清爽，毫無夏日正午的暑熱之感。詩人對情境的獨特渲染，特別值得注意。別院深深，竹席清涼；屋外的榴花盛開，隔簾看去，明麗而縹緲；雖是正午，卻因處於樹陰滿地的深院，感覺不到夏日的炎熱；幽僻環境中不時傳來黃鶯啼鳴，越發顯得寧靜幽遠，一派清涼。而這種獨特的感覺都是晝寢初醒時的所見所感。渲染的關鍵其實全在第三句，樹陰滿地，側面點出深院之中樹林茂密，因有茂密樹林的遮蔽，竹席才更顯得清爽；榴花也因有綠樹襯托才格外明麗；黃鶯的啼聲因在深樹林中才更加顯得幽遠。這一切，又共同構成明麗飄渺，清涼靜謐的意境，足見詩人的匠心。

## 出雁蕩回望常雲峰❶

趙　抃

遊遍名山未肯休，征車已發尚回眸❷。高峰似亦多情思，百里依然一探頭。

【注　釋】

❶雁蕩：山名，在浙江溫州樂清縣東北，多懸崖奇峰，號稱「天下奇秀」，為東南遊覽勝地。常雲峰：雁蕩山中山峰名。此詩是趙抃晚年所作。❷回眸：回望。

【解　說】

據蘇軾〈趙清獻公神道碑〉說，趙抃平常性喜山水，晚年致仕，年七十餘，還遍遊天台、雁蕩諸名山。這首詩寫的就是這種山水遊興，前兩句從己身著筆，後兩句則轉說山峰對自己亦戀戀不捨。詩的妙趣就在人與山的互相依戀之間體現出來。趙抃為人為官以清正剛毅著稱，人稱「鐵面御史」，而這首詩則證明他又是一位有性情、有情趣的人。

## 憶錢塘江❶

李　覯

昔年乘醉舉歸帆，隱隱前山日半銜❷。好是滿江涵返照❸，水仙齊著淡紅衫❹。

### 【注　釋】

❶錢塘江：浙江下游流經杭州以下的一段。❷「隱隱」句：說夕陽西沉，半個太陽已經落下山頭。參看李白〈烏棲曲〉：「青山欲銜半邊日。」❸涵：容受。返照：夕照。杜甫〈返照〉詩：「返照入江翻石壁。」❹「水仙」句：此句說江水在夕陽映照之下，一片燦紅，朦朧之中覺得髣髴是水中仙女都穿上了淡紅衣衫，流光溢彩。水仙：水中女神。

### 【解　說】

此詩寫錢塘江美景，從回憶著筆，說明印象深刻。當時「乘醉」之所見，朦朧而奇麗，醉意之中的想像也十分新異奇特。而這些又都是存在於回憶中的印象，憑空增添了幾分奇幻感。

# 讀長恨辭二首❶（選一）

李覯

## 其二

蜀道如天夜雨淫，亂鈴聲裡倍沾襟❷。當時更有軍中死，自是君王不動心❸。

## 【注釋】

❶長恨辭：指白居易〈長恨歌〉。本題一共兩首，這裡選錄第二首。❷「蜀道」二句：此二句所詠，本於白居易〈長恨歌〉「夜雨聞鈴腸斷聲」句。安史之亂時，唐玄宗逃往蜀中，在馬嵬坡縊死楊貴妃，經過斜谷時，值霖雨不止，於棧道中聞雨聲鈴聲相應不絕，因而思念楊貴妃，倍加傷心。事見《明皇雜錄》。這裡用「倍沾襟」三字寫唐玄宗思念楊貴妃的哀痛之深。蜀道如天，用李白〈蜀道難〉詩「蜀道之難，難於上青天」語，指唐玄宗逃奔蜀中的道路之艱難。淫，久雨。❸「當時」二句：是說當時死於戰亂的將士和百姓還很多，唐玄宗卻不會為此而動心。

## 【解說】

宋代一些學者型的詩人，作詩往往有高明的見識和不同尋常的議論。李覯的這首詩寫讀白居易〈長恨歌〉的感想，以見解高明、立論新警見長，於短短四句詩中，揭示了一個讓人驚心動魄的歷史事實。

白居易〈長恨歌〉寫唐玄宗寵愛楊貴妃，荒廢朝政，導致安史之亂，唐玄宗在逃往四川途中被迫縊死楊貴妃，但又一直思念她。這首詩則針對〈長恨歌〉同情李、楊的態度作翻案文章，指出唐玄宗思念楊貴妃自然是十分哀痛，但安史之亂中死於戰亂的將士和百姓還有很多，唐玄宗卻不會為他們的死而動心。詩的警策在後兩句，「自是君王不動心」一句，與「亂鈴聲裡倍沾襟」形成鮮明對照，不動聲色，卻有千鈞分量，以史家的眼光，揭示深刻的歷史真象；以詩人的筆調，表現思想家的認識和諷諭，發前人所未發。

清代袁枚〈馬嵬驛〉詩的「石壕村裡夫妻別，淚比長生殿上多」兩句，也算立論新穎，不過顯然受了此詩的啟發。

## 月陂❶閑步

邵　雍

因隨芳草行來遠，為愛清波歸去遲。獨步獨吟仍獨坐，初涼天氣未寒時❷。

### 【注　釋】

❶月陂：在洛陽城西，唐東都上陽宮遺址內，是洛水流經宮內被堤堰所束而形成的偃月狀水泊，俗稱月陂。宋代尚存，是洛陽的風景名勝。❷「初涼」句：套用韓偓〈已涼詩〉「已涼天氣未寒時」句。

### 【解　說】

這首小詩似是隨手寫成，表現流連於自然美景而又不執著於外物的瀟脫和悠閒。後來王安石〈北山〉詩的「細數落花因坐久，緩尋芳草得歸遲」兩句，意境與此詩首二句相近。但王詩的「細數」、「緩尋」就是刻意的行為，重在寫對自然美景的熱愛。相比之下，邵雍此詩所寫的行為就隨意自然得多，重在寫瀟脫悠閒的體驗。

## 感雪吟❶

邵　雍

旨酒❷嘉肴與管弦，通宵鼎沸樂豐年❸。侯門深處還知否，百萬流民在露天。

【注　釋】

❶大約作於熙寧七年（一〇七四）。❷旨酒：美酒。❸樂豐年：慶祝豐年。古人有瑞雪兆豐年之說，故云。

【解　說】

這首詩雖然寫得比較浮泛，但它的存在，說明邵雍不僅僅是一個不關心世事、只圖個人安樂的「安樂先生」。「百萬流民在露天」的描寫並非詩人的誇張，據史書的記載，熙寧年間，各地災荒，百姓流離逃亡，累累不絕。詩人鄭俠曾在熙寧七年把所見慘狀繪成〈流民圖〉。

## 夢遊洛中十首❶（選一）

蔡　襄

### 其　五

霜後丹楓照曲堤❷，酒闌❸明月下前溪。石樓夜半雲中嘯，驚起沙禽❹過水西。

【注　釋】

❶〈夢遊洛中十首〉每首都有詩人自注的副題，這首詩的自注副題是「從尹師魯宿香山石樓」。尹師魯：尹洙，字師魯。天聖二年（一〇二四）進士。天聖末年曾任山南東道掌書記、知河南府伊陽縣（今河南汝陽），是當時的西京（今河南洛陽）留守錢惟演的下屬。蔡襄在天聖八年中舉，初任漳州軍事判官，後改為西京留守推官，在洛陽任職。此詩即回憶他在洛陽時與尹洙的交遊。香山：即龍門東山，在洛陽南，是洛陽的遊賞勝地。伊水從山下流過。石樓：在香山上，唐代詩人白居易所建，是香山名勝之一。歐陽修〈石樓〉詩寫從石樓眺望伊水有云：「夕陽洲渚遠，唯見白鷗翻。」可與此詩末句參讀。❷曲堤：指伊水河堤。❸酒闌：酒宴將盡。《史記・高祖本紀》「酒闌」裴駰集解：「闌言希也。謂飲酒者半罷半在，謂之闌。」❹沙禽：棲息在沙洲上的水鳥。

【解　說】

這首小詩回憶自己早年在洛陽時與尹洙等人風流倜儻的生活。關於〈夢遊洛中〉十詩的寫作緣起，詩人在小序中交代說：「九月朔，予病在告，晝夢遊洛中，見嵩陽居士留詩屋壁，及寤，猶記兩句，因成一篇。思念中來，續為十首。」夢中所得的一篇，即此十首中的第一首：「天際烏雲含雨重，樓前紅日照山明。（自注：夢中兩句）嵩陽居士今安否，青眼看人萬里情。」嵩陽居士是蔡襄的朋友王益恭，四十多歲致仕居洛中。懷念嵩陽居士的這一首也頗有佳致。

## 度南澗❶

蔡　襄

隱隱飛橋隔野煙❷，石磯❸西畔問漁船。「桃花盡日隨流水，洞在清溪何處邊❹？」

【注釋】

❶宋英宗治平年間，蔡襄以端明殿學士出知杭州，在杭州作詩甚多。這一首即編於杭州西湖所作諸詩中，見《蔡忠惠集》卷七。南澗，當是西湖附近的山澗。度：這裡是渡過的意思。❷「隱隱」句：這句是說，山野間霧氣瀰漫，隔著煙霧遠望，一橋飛架，朦朧隱約，看不分明。隱隱：隱約朦朧的樣子。❸石磯：水邊突出大石。❹「桃花」二句：這是詩人向漁人問路的話。意思是說，山澗中流出來許多桃花，桃花源是在清溪上游的什麼地方吧？陶淵明〈桃花源記〉說，有漁人從桃花源入一山洞，見秦時避亂者的後裔居其間，「土地平曠，屋舍儼然。有良田、美池、桑竹之屬。阡陌交通，雞犬相聞。其中往來種作，男女衣著悉如外人。黃髮垂髫，並怡然自樂。」後遂用以指隱居避世的地方。這裡暗用桃花源故事。

【解說】

此詩第一句寫在深山溪谷透過雲煙遠望之景，因有「野煙」瀰漫，溪上的小橋，隱約朦朧，似有似無，恍若架在空中。如此情景，幽深神祕，引人入勝。第二句從近處著筆，近景是水邊大石，水中有漁船和漁夫，溪上飄流著點點桃花的花瓣，詩人向溪谷深處望去，恍惚間，眼前的漁人似乎成為了陶淵明〈桃花源記〉中曾經進入桃花源的武陵漁人，「問漁船」的行為，真切地表現了對看不見的山中美景的無限嚮往。最後兩句是詩人的問話，同時也交代了詩人「問漁船」的原因：「桃花盡日隨流水，洞在清溪何處邊？」因為看見從山中流出的滿溪桃花，故有此問。他由滿溪桃花瓣聯想到進入桃源之洞，因此問道：進入桃花源的洞口究竟在這溪水的什麼地方呢？這句問話沒有答案，也不需要回答，它只是要表現對世外桃源的心馳神往。詩的餘意在於，桃花源本是文學作品的虛構，詩人當然知道眼前這位漁人無可奉答，他顯然在明知故問，但這種以前代文學故事牽合眼前實景的寫法，不僅突出地強調了對理想境界的嚮往，而且擴展了詩歌的意境空間，可以藉以引起讀者的種種遐想。

這首詩多被誤為唐代張旭的作品，題為〈桃花溪〉。據今人莫礪鋒考證，這一誤會大概源於南宋洪邁編《萬首唐人絕句》，將此詩誤為唐代張旭作，清人編《全唐詩》、《唐詩三百首》等均沿襲其誤（參見莫礪鋒《《唐詩三百首》中有宋詩嗎》，載《文學遺產》雜誌二〇〇一年第五期）。按此詩在《蔡忠惠集》中編於蔡襄任杭州知州時所作的西湖諸詩之間，寫作的時間地點均大致可考。從詩題和描寫內容看，雖涉及了〈桃花源記〉的內容，但顯然不是寫實，題為〈桃花溪〉與詩意並不相合。此外，蔡襄對〈桃花源記〉隱居避世的理想境界非常嚮往，在許多詩中都曾用其典故。他在洛陽為官時，曾作有〈聞福昌院春日一川花卉最盛〉（其二）：「山前溪上最宜春，千樹夭桃一雨新。爭得扁舟隨水去，亂花深處問秦人。」同樣是用〈桃花源記〉故事以虛寫實，寫景和立意都與這首〈度南澗〉十分接近。

## 入天竺山留客❶

蔡　襄

山光物態弄春暉❷，莫為輕陰便擬❸歸。縱使晴明無雨過，入雲深處亦沾衣❹。

【注　釋】

❶天竺山：浙江杭州天竺山，在靈隱山飛來峰之南，山中峰巒聳秀，林木深邃，山中有天竺寺，為杭州著名風景名勝。唐白居易〈答客問杭州〉詩：「山名天竺堆青黛，湖號錢塘寫綠油。」這首詩是治平三年（一〇六六）

前後蔡襄在杭州任知州時所作，見《蔡忠惠集》卷七。❷春暉：春日的光彩。❸擬：準備、打算。❹「縱使」二句：承前二句，是說即使晴天無雨，深山之中雲氣濕潤，也會打濕衣服，因此不必因為天色微陰擔心下雨而罷遊。

## 【解　說】

這首詩的主旨是挽留客人，寫杭州天竺山的美景和遊山的興致，都是為了勸說客人留下來。勸客留下，是為了欣賞山中美景，因此第一句正面寫天竺山風景，「山光物態弄春暉」，天竺山一帶山林在和煦的春光中，生機勃勃，光采煥發。「弄」字，使風景產生活躍的情態和意趣。這一句寫得極為概括，著力表現春山的完整氣象，渲染引人入勝的意境，為留客提供了理由。因為美景值得欣賞，因此，第二句「莫為輕陰便擬歸」，直接否定了客人的想法，既然美景引人入勝，怎麼可以因為輕微的陰雲就打算回去呢？最後兩句再進一步勸說客人留下，申說理由。意思是說即使晴天無雨，天竺山深處雲氣濕潤，也會打濕衣服，因此不必因為天色微陰擔心下雨而罷遊，深山中還有更優美的風景等著我們欣賞呢。這是以退為進的勸說，以自己對天竺山美景的具體感受進一步勸客人打消心中的疑慮。

留客的主題，是生活中極平凡的小事。詩人針對客人想欣賞天竺山景但擔憂山中下雨的心理，用自己過去遊天竺山的具體感受，以退為進地引導客人改變想法，勸說客人留下來繼續遊山。事雖尋常，卻寫得一波三折，虛實相生，委婉含蓄，餘味無窮。

這首詩和〈度南澗〉一樣，也多被誤為唐代張旭的作品，題為〈山行留客〉。據莫礪鋒考證，這一誤會也始於南宋洪邁所編《萬首唐人絕句》，清人編《全唐詩》、《唐詩三百首》等均沿襲其誤。按此詩在《蔡忠惠集》中編於蔡襄任杭州知州時所作的西湖諸詩之間，從詩題看，〈入天竺山留客〉，寫作的時間地點都相合，當是蔡襄詩無疑。

## 涵碧亭❶

文同

軒窗曉吹❷清，枕簟❸晴光冷。亭上逍遙❹人，滿身搖水影❺。

【注釋】

❶此詩是〈蒲氏別墅十詠〉中的一首。蒲氏別墅在詩人故鄉永泰縣（在今四川鹽亭縣東），涵碧亭是別墅中的一座小亭。❷曉吹：曉風。吹：讀為去聲。❸枕簟：枕席。❹逍遙：無拘無束、優遊自得的樣子。❺「滿身」句：是說水光反射到人身上，光影搖漾閃動。

【解說】

此詩前兩句渲染清涼寧靜的環境，後兩句寫人的清高，「滿身搖水影」一句，極為鮮明生動，藉水面反射的光影之閃動，反襯人的寧靜悠閒，一塵不染。文同為人，「襟韻瀟灑，如晴雲秋月，塵埃不到」（范百祿〈文公墓誌銘〉）。這首小詩的清幽意境，就是這種塵埃不到的胸襟懷抱的寫照。

## 亭口❶

文同

林上翩翩雁影斜，滿川紅葉映人家。岩頭孤寺見橫閣❷，有客獨來登暮霞❸。

【注　釋】

❶亭口：今陝西亭口鎮。在邠州城西四十里處，涇水之濱。詩是嘉祐年間文同在邠州任職時所作。❷見橫閣：露出橫閣。見：音現。顯露。❸客：詩人自指。登暮霞：謂在晚霞中登臨。

【解　說】

李商隱〈閑遊〉詩有「西樓倚暮霞」之句，「倚」字用得十分新鮮。文同此詩的「有客獨來登暮霞」句，可能受了李詩的啟發，但「登」字的運動感更為鮮明，相比之下，此句比李詩更為生動新巧。

## 可笑口號七章❶（選一）

文　同

可笑庭前小兒女，栽盆❷貯水種浮萍。不知何處聞人說，一夜一根生七莖❸。

【注　釋】

❶口號：猶口占，表示隨口吟成，是古代詩歌常用的一種標題。此詩是熙寧四年（一〇七一）前後文同知陵州（今四川仁壽）時作。❷栽盆：埋盆。❸「不知」二句：意思是說小兒女們不知聽見什麼人說種下一根浮萍經過一夜就能長成七根，於是一本正經地進行試驗。這是承接前兩句補充說明他們埋盆裝水種浮萍的緣由，寫他們的童心與童趣。

【解　說】

這首詩寫兒童的把戲，也流露了詩人的童心。前兩句寫他們種浮萍的行動，後兩句補充說明他們種浮萍的緣由。

唐人韓愈有〈盆池五首〉，第一首有「老翁真個似童兒，汲水埋盆作小池」之句，是寫老人的作為，雖也頗有佳致，但遠不如文同此詩中小兒女們這麼可愛而富於童趣。

## 詠　柳❶

曾　鞏

亂條猶未變初黃，倚得東風勢便狂。解把飛花蒙日月❷，不知天地有清霜❸。

【注　釋】

❶此詩約作於熙寧五年（一〇七二）春，這時曾鞏在齊州（今山東濟南）做知州。❷解：懂得。飛花：柳絮。蒙：蒙蔽。❸「不知」句：此謂清霜降臨之時，東風消歇，柳絮便無法倚勢顛狂、蒙蔽日月了。

【解　說】

藉詠物寄託諷刺的寓意，是這首詩最突出的特點。歷來詠柳，一般都是往優美的方面寫，如唐代賀知章〈詠柳〉：「碧玉妝成一樹高，萬條垂下綠絲絛。不知細葉誰裁出，二月春風似剪刀。」優美而富於情致。而曾鞏這首〈詠柳〉則另闢蹊徑，抓住楊柳的另一方面特徵作文章，託物言志，藉詠物說明一種道理，指出小人得志一時，終究逃不出歷史的懲罰。詩的表層含意是詠柳的一種自然屬性和自然現象，而對得志便猖狂的小人的諷刺，則完全隱含在文字表層下面，因此，諷刺的寓意雖然十分明顯，但並不淺薄直露。

## 西樓❶

曾鞏

海浪如雲去卻回，北風吹起數聲雷。朱樓四面鉤疏箔❷，臥看千山急雨來。

【注釋】

❶此詩是曾鞏任福州知州時作，約在元豐元年（一〇七八）前後。❷「朱樓」句：這是說把樓上四面的簾子都用鉤捲掛起來。鉤：掛起。箔：簾子。

【解說】

一邊是海浪奔湧，雷聲滾滾，千山急雨，氣勢磅礴，一邊則是高臥樓頭，靜觀閒覽，從容超然。外在的自然場景和詩人的主觀心境構成強烈反差，此詩的妙趣就蘊含在這個反差之中。

## 微雨登城二首（選一）

劉敞

雨映寒空半有無❶，重樓閒上倚城隅❷。淺深山色高低樹❸，一片江南水墨圖。

【注釋】

❶半有無：若有若無，形容其雨之微。❷城隅：城角。❸「淺深」句：描寫在樓上所見的景色。陳衍《宋詩精華錄》卷一說此句「的是江南風景」。

【解說】

這首詩的寫法十分有趣。把眼前若有若無微雨中的風景比作一片江南水墨圖，是此詩的落腳點，為了給這個比喻創造條件，前面的風景描寫作了有意識的修飾，以「淺深」形容山色，有意避開了青綠等表現色彩的字眼，以「高低」形容樹林，則著意創造層次錯落的構圖感，而這些景色又都掩映在似有若無的微雨之中，朦朧而迷離，這都是水墨畫的意境和效果。於是，「一片江南水墨圖」的比喻便水到渠成。

清人張問陶有〈陽湖道中〉詩云：「風回五兩月逢三，雙槳平拖水蔚藍。百分桃花千分柳，冶紅妖翠畫江南。」此詩也以畫法來比喻江南風景，但重在色彩的描繪，水之蔚藍，桃之冶紅，柳之妖翠，濃墨重彩，畫出江南的明媚春光。與劉敞詩相比，一濃烈，一淡雅。就具體的寫法而言，張詩重在色彩，重在「畫」的渲染；劉敞詩則重在營造淡雅的水墨意境，更具匠心，於畫理更為精通。

## 別永叔❶後記事

劉敞

醉中不記別君時，臥載征車南向馳。驚覺尚疑君在側❷，滿身明月正相隨❸。

【注　釋】

❶永叔：歐陽修，字永叔。劉敞和歐陽修是交往密切的友人。❷驚覺：謂酒醒。君：指歐陽修。❸「滿身」句：承上句，是說朦朧中覺得歐陽修還在自己身邊。陸龜蒙〈和襲美春夕酒醒〉詩：「覺後不知明月上，滿身花影倩人扶。」

【解　說】

這首詩寫自己與歐陽修依依惜別的心情，卻不從正面說，而是藉醉後瞬間的錯覺從側面來表達。題目是「別永叔」，首句卻從「不記別君」下筆，第三句上承首句，既然「不記別君時」，則「尚疑君在側」就有了心理依據。不過這一切畢竟是「醉中」的錯覺而已。以錯覺寫真情是詩中常見的手法，此詩的妙處在於末句的描寫，鮮明生動，卻不過是醉眼朦朧、睡眼惺忪時看到的幻象而已，真幻之間，撲朔迷離，而與友人相互之間依依惜別的心情，則表達得十分真切。

杜甫〈夢李白二首〉其一也以錯覺的描寫表現對李白的思念說：「落月滿屋梁，猶疑照顏色。」劉敞這首詩的構思可能與杜詩有關。不過杜甫這兩句是夢境的錯覺，劉敞這首詩則是醉酒驚覺時的錯覺，情境和情調都與杜詩不同。

## 夏日西齋書事❶

司馬光

榴花映葉❷未全開，槐影沉沉雨勢來。小院地偏人不到，滿庭鳥跡❸印蒼苔。

【注　釋】

❶書事：記事。❷榴花映葉：榴花與樹葉相互映襯。❸鳥跡：鳥的足跡。

【解　說】

此詩信筆直書閒居所見，於「榴花映葉」的蓬勃生機之中，體會出一種幽寂淡遠之趣，正如蔡正孫《詩林廣記》後集卷十說：「(司馬)溫公此詩，寫閑居幽寂之意，翛然於塵埃之表。於此可以見公之於物，澹然而無所泊也。」

## 秣陵道中口占二首❶(選一)

王安石

經世才難就，田園路欲迷❷。殷勤將白髮，下馬照青溪。

【注　釋】

❶秣陵：古縣名，治所在今南京東南。其地北宋為秣陵鎮，屬江寧府。又為南京別稱。口占：即興隨口吟成。詩大約是王安石晚年退居江寧時作。❷「經世」二句：李壁《王荊文公詩箋注》云：「言經世無成而失田園之樂也。」意思是說，治理天下的才幹難以施展，經世濟民一無所成，反而失去了歸隱田園的樂趣。

【解　說】

這首詩雖是隨口吟成的即興之作，卻寄託了深沉的感慨。短小的篇幅表現了深刻的人生矛盾，確是一篇十分大氣的作品。王安石晚年的五言絕句頗受後人稱讚，此詩就是其代表作之一。

清人吳之振《宋詩鈔・臨川詩鈔》小序說：「安石遣情世外，其悲壯即寓閒澹之中。」王安石晚年詩多平淡閒適之作，但也時常流露悲憤不平的感慨，這首詩就是一個好例子。

## 南浦❶

王安石

南浦隨花去，回舟路已迷。暗香無覓處，日落畫橋西。

### 【注釋】

❶南浦：本指南面的水邊，常用作送別之地的代稱。這裡當指江寧鍾山附近的一處地名，王安石在鍾山曾作〈送方邵祕校〉詩云：「南浦柔條拂面垂，攀翻聊寄我西悲。」〈南浦〉一詩也當是晚年退居鍾山時作。

### 【解說】

這是王安石半山絕句的名作，也是宋代五言絕句中的著名篇章。宋人胡仔評云：「真可使人一唱而三歎也。」（《苕溪漁隱叢話》前集卷三十五）詩以流利的語言、隨事宛轉的構思，表現沉醉於大自然美景的深情。在短小的格局中，創造深遠的意境，傳達悠遠綿渺的情韻，這是王安石五絕的突出特點。

## 梅花

王安石

牆角數枝梅，凌寒獨自開❶。遙知不是雪，為有暗香來❷。

【注釋】

❶「凌寒」句：意思是在寒冷的冬天獨自開放。凌寒：冒著嚴寒。❷「遙知」二句：為什麼遠看就知道潔白的梅花不是雪呢？那是因為梅花隱隱傳來陣陣的幽香。遙：遠。為：因為。暗香：指梅花的幽香，林逋〈山園小梅〉：「暗香浮動月黃昏。」

【解說】

這是王安石詠梅的名作。詩寫早春梅花，既寫其香色，更著重刻畫其神韻和精神。「牆角數枝梅，凌寒獨自開」兩句，正面寫梅，但不繪其形象，而只傳其神韻，讚其品格。後兩句側面寫梅的潔白之色，但梅的潔白並不會讓人將其與白雪相混，因為詩人從遠遠傳來的陣陣幽香判斷那是梅花而非白雪。暗香，若有若無，飄渺朦朧，清幽高潔。林逋〈山園小梅〉：「暗香浮動月黃昏。」因寫出梅之神韻而為人稱頌，王安石此詩則以暗香突出了梅花不同尋常的高潔品格。

## 山中❶

王安石

隨月出山去，尋雲相伴歸。春晨花上露，芳氣著❷人衣。

【注　釋】

❶此詩是王安石晚年退居江寧鍾山時作。❷著：附著，這裡是浸染之意。

【解　說】

此詩前兩句寫出山和歸山的時間和情境，悠閒而高遠。後兩句則側重寫清晨出山時的感受，春日清晨行於山道中，被花上露水沾濕，花的芳香也隨之浸染了衣裳，這個細節不僅寫出了山中的高潔靜謐，而且暗示了春日山中繁花盛開的勃勃生機。意境清幽寧靜，卻有勃勃生機暗存其中，正是此詩的高明之處，也是其耐人尋味之處。

## 泊船瓜洲❶

王安石

京口❷瓜洲一水間，鍾山只隔數重山❸。春風自綠江南岸❹，明月何時照我還❺？

【注　釋】

❶瓜洲：在今江蘇揚州南，長江北岸，當大運河入長江口。治平四年（一〇六七）九月，宋神宗召王安石為翰林學士，熙寧元年（一〇六八）初，王安石自江寧府赴汴京任職，途經京口，在金山與僧寶覺會晤，並留宿一夕。王安石〈贈寶覺〉詩序云：「予始與寶覺相識於京師，因與俱東。後以翰林學士召，會宿金山一夕。」又

〈與寶覺宿龍華院三絕句〉王安石自注云：「某舊有詩，『京口瓜洲一水間』云云。」〈三絕句〉其一云：「憶我小詩成悵望，鍾山只隔數重山。」其三云：「與公京口水雲間，問月何時照我還。」此是回憶在京口金山寺告別寶覺之後泊船瓜洲而作本詩時的情形，而據〈贈寶覺〉詩序所云，會宿金山乃是赴翰林學士任時，因知此詩是熙寧元年作。❷京口：今江蘇鎮江，長江南岸。王安石在金山寺與寶覺會宿一夕，告別之後泊船瓜洲，因作此詩向寶覺表明心志，故開篇便點明金山寺所在的「京口」，表示隔江相望之意。❸「鍾山」句：此句說鍾山與京口之間只隔數重山，距離不遠。鍾山：即紫金山，又名蔣山、北山，在今南京東。這裡代指江寧（今南京）。❹「春風」句：此句詩意自唐彥謙〈春草〉詩「春風自年年，吹遍天涯綠」化出。而「自」字的用法還參照了杜甫〈蜀相〉詩「映階碧草自春秋」和歐陽修〈唐崇徽公主手痕和韓內翰〉「岩花澗草自春秋」等詩句中的「自」字。南宋汪藻〈天台道中〉詩「東風自滿江南岸，不管人間萬事非」，「東風」句便襲用了王安石詩。此句「綠」字的用法可參看唐李白〈侍從宜春苑奉詔賦龍池柳色初青聽新鶯百囀歌〉：「東風已綠瀛洲草。」丘為〈題農父廬舍〉：「東風何時至？已綠湖上山。」溫庭筠〈敬答李先生〉：「綠昏晴氣春風岸。」王安石〈送和甫至龍安微雨因寄吳氏女子〉詩中又一次使用這個「綠」字：「除卻春風沙際綠，一如看汝過江時。」又此句還暗用了《楚辭・招隱士》「王孫游兮不歸，春草生兮萋萋」和王維〈送別〉「春草年年綠，王孫歸不歸」等詩意，以春風自綠春草關合思歸之意，自然引出下句。春風自綠，今通行本多作「春風又綠」。宋洪邁《容齋續筆》卷八載吳中士人家藏此詩草稿，「初云『又到江南岸』，圈去『到』字，注曰『不好』，改為『過』。復圈去而改為『入』。旋改為『滿』。凡如是十許字，始定為『綠』」。今存南宋詹大和刊《臨川先生文集》、龍舒刊《王文公文集》、李壁注《王荊文公詩箋注》等三個不同版本系統的王安石詩集，此詩均作「春風自綠江南岸」。又王安石〈與寶覺宿龍華院三絕句〉自注引此詩，也作「春風自綠江南岸」。因知洪邁所記「春風又綠江南岸」云云，實不足為據。洪邁所見實為草稿，並非定本。❺還：謂還歸江寧。王安石自景祐四年（一〇三七）十七歲時即隨其父王益定居江寧，後王益去世，葬於江寧牛首山。自嘉祐八年（一〇六三）王安石送其母靈柩歸葬江寧居喪，到熙寧元年召為翰林學士，這幾年他也住在江寧。故此視江寧為家。參看王安石〈雜詠絕句〉：「故畦抛汝水，新壟寄鍾山。為問揚州月，何時照我還？」

## 【解說】

解讀這首詩，首先要搞清楚為什麼一開篇便點出「京口」，接著又強調「鍾山」與京口相距不遠。從上面注文中的材料可以看出，本詩是王安石應翰林學士召，初離江寧北上赴任途經瓜洲時作，此前在京口與方外友人寶覺和尚會晤，並留宿金山寺。因此，在詩的開頭先點出「京口」地名，正說明這首詩實際上是寫給寶覺看的。了解這一背景，對理解詩意至關重要。第一，可知下文「春風自綠江南岸」，不應作「又綠」。此時初離鍾山，並非多年在外遠遊不歸，用「又」字則無著落。第二，「明月何時照我還」，乃是向寶覺表明功成身退之後，還歸江寧之意，而且還特別強調「鍾山只隔數重山」，就是表明將來還歸江寧之後可以經常往來。這就不是泛泛的思鄉之情。至於何以在神宗初立時剛應召入京就表示還歸江寧之意呢？趙齊平先生〈春風自綠江南岸〉一文解釋說：「這是由於古代士大夫往往有功成身退的思想。……《隱居詩話》記述了一個故事：『熙寧庚戌冬，王荊公安石自參知政事拜相，是日，官僚造門奔賀者，相屬於路，公以未謝，皆不見之。獨與余坐於西廡之小閣，荊公語次，忽顰蹙久之，取筆書窗曰：霜筠雪竹鍾山寺，投老歸歟寄此生。放筆揖余而入。』……所以『以翰林學士召』時，不免對江寧依依不捨，想到將來的歸宿——再『還』江寧。」（見趙齊平著《宋詩臆說》）這其實正是王安石一貫堅持的功成身退的人生理想的表現。向方外友人表明這番心志，再貼切不過了。

吳小如先生《讀書叢札》最先指出《容齋續筆》所引此詩「春風又綠江南岸」非是，應依王安石詩集作「自綠」。並說「又綠」「不過形容時光易逝」，「顯得意境稍淺而用筆亦不免平直」，「遠不如『自綠』的耐人尋味」。

因為「春風自綠江南岸」寫出了春風應該是有情的，而偏偏無情，「一到春天，和風自管吹綠了江南的岸草」，「卻不管詩人思歸不得的惆悵情懷」。趙齊平先生《宋詩臆說》則解釋說：「王安石詩的本意則是說，一年一度，只要季節到了就春回大地，春天按時來臨，自然而然的，不煩招引，而且誰也阻擋不住，如唐彥謙〈春草〉詩所說：『春風自年年，吹遍天涯綠。』春天如此回歸有時，人的去留卻不由自主，於是詩人從『春風自綠江南岸』生感，發出『明月何時照我還』的慨歎。」吳、趙二先生的解讀，均可資參考。

「春風」一句的「綠」字，又被視為王安石作詩精於修辭錘煉的例證。其實這個「綠」字，單從用法上看，與❹所引唐人詩「東風何時至？已綠湖上山」的「綠」字相同，並非王安石自己的創意。而王安石此句之所以妙，則在於這個「綠」字還暗含了指代春草的含義，於是與《楚辭・招隱士》「王孫游兮不歸，春草生兮萋萋」、王維〈送別〉「春草年年綠，王孫歸不歸」這一系列的詩意聯繫到一起，自然而然地引出「明月何時照我還」的思歸之意。唐劉長卿〈送李穆歸淮南〉詩：「揚州春草年年綠，未去先愁去不歸。」這也可能對王安石此詩的構思有所啟發。一個「綠」字，從修辭上看，是借用唐人的用法，描寫春景，但深層的含義則是借代春草，暗用《楚辭・招隱士》一系列的典故，抒寫離別之情和思歸之意。全詩三、四句之間，也是由這個「綠」字的深層含義起到轉折的作用。這都比唐人詩「春風已綠瀛洲草」、「東風何時至？已綠湖上山」等詩的用法更耐人尋味。

## 夜直❶

王安石

金爐香燼漏聲殘❷，翦翦❸輕風陣陣寒。春色惱❹人眠不得，月移花影上欄干。

【注釋】

❶直：通「值」，值班。宋代制度，翰林學士每夜輪流一人值班住宿在學士院裡。❷「金爐」句：這句點出時間已是夜深。燼：灰燼，這裡指香已燒盡。漏聲殘：指漏壺滴漏之聲將盡。漏：漏壺，古代用以計時的器具。❸翦翦：音剪剪。形容春風輕微而帶有寒意。❹惱：這裡是撩撥的意思。

【解說】

這首詩寫詩人在夜深人靜之時，在縷縷餘香和斷續將盡的更漏聲中，感受著春風拂面帶來的幾許寒意，看月色下花影的移動，獨自細細體味著春光的一點一點流逝。「春色惱人眠不得」，表達了愛春、惜春之意。

## 書湖陰先生❶壁二首（選一）

王安石

### 其一

茅檐長掃靜❷無苔，花木成畦❸手自栽。一水護田將綠繞，兩山排闥送青來❹。

【注釋】

❶湖陰先生：楊德逢，號湖陰先生，是元豐年間王安石居住江寧時的一位鄰里和經常往來的朋友。他是一位躬耕田園的隱士，王安石〈元豐行示德逢〉說：「湖陰先生坐草室，看踏溝車望秋實。……先生在野固不窮，擊

壞至老歌元豐。」❷靜：《詩・大雅・既醉》：「其告維何，籩豆靜嘉。」朱熹《詩集傳》云：「靜嘉，清潔而美也。」靜，即潔淨之意。杜甫〈渼陂行〉：「菱葉荷花靜如拭。」這裡形容楊德逢庭院既清靜又潔淨。❸畦：田園花圃中分劃的小區。❹「一水」二句：這兩句藉兩個典故將山水人格化，寫山水與人相親，描寫生動，用典而使人不覺。護田，保護園田。《漢書・西域傳序》謂漢代西域置屯田，「置使者校尉領護」。顏師古注云：「統領保護營田之事也。」這裡用其字面。將，攜帶。綠，指水色。排闥，推開門。闥，音踏。宮中小門。《漢書・樊噲傳》載，漢高祖劉邦病臥禁中，下令不准任何人進見，但驍將樊噲「乃排闥直入」，闖進劉邦臥室。此即「排闥」二字的出處。青，指山色。

## 【解　說】

這首詩是題寫在湖陰先生家屋壁上的。前兩句寫他家的環境，潔淨清幽，暗示主人生活情趣的高雅。後兩句轉到院外，寫山水對湖陰先生的深情，暗用「護田」與「排闥」兩個典故，把山水化成了具有生命感情的形象，山水主動與人相親，正是表現人的高潔。詩中雖然沒有正面寫人，但寫山水就是寫人，景與人處處照應，句句關合，融化無痕。詩人用典十分精妙，讀者不知典故內容，並不妨礙對詩歌大意的理解；而詩歌的深意妙趣，則需要明白典故的出處才能更深刻地體會。

這是王安石的名作，也是他自以為得意的作品，《苕溪漁隱叢話》前集卷三十三引黃庭堅云：「嘗見荊公於金陵，因問丞相近有何詩，荊公指壁上所題兩句『一水護田將綠繞，兩山排闥送青來』，此近所作也。」《歷代詩話》卷五十七云：「此兩語，公嘗題金陵壁上，指示山谷，蓋得意之句。」又《石林詩話》卷中說：「荊公詩用法甚嚴，尤精於對偶。嘗云：『用漢人語，止可以漢人語對，若參以異代語，便不相類。』如『一水護田將綠繞，兩山排闥送青來』之類，皆漢人語也。此法惟公用之不覺拘窘卑凡。」又吳曾《能改齋漫錄》卷八謂此二句詩意本於五代沈彬的「地限一水巡城轉，天約群山附郭來」（〈題法華寺〉），而沈彬又本於唐人許渾的「山形朝闕去，河勢抱關來」（〈行次潼關題驛後軒〉）之句。高步瀛《唐宋詩舉要》卷八則說：「此亦句法偶同耳，未必有意效之也。」其說甚是。

## 北山❶

王安石

北山輸綠漲橫陂❷，直塹回塘灩灩時❸。細數落花因坐久，緩尋芳草得歸遲❹。

【注釋】

❶北山：即鍾山、紫金山，在南京東，是王安石晚年寓居的地方。此詩大約作於元豐六年（一〇八三）。❷「北山」句：這句說北山把它的泉水注入池塘，溢漫塘岸。輸綠：指北山上的水往下流注。綠：指水。陂：池塘的堤岸。❸塹：壕溝、水溝。回塘：環曲的池塘。灩灩：音豔豔。水光閃動的樣子。❹「細數」二句：因，因而、因此，「細數落花因坐久」是說細數地上落花，因而坐了許久。這句從王維〈從岐王過楊氏別業〉「興闌啼鳥換，坐久落花多」化來。「緩尋芳草得歸遲」是說欣賞芳草，順著芳草緩緩尋去，以至於歸來晚了。這句參看唐劉長卿〈長沙過賈誼宅〉：「芳草獨行人去後。」又邵雍〈月陂閑步〉：「因隨芳草行來遠。」

【解說】

此詩著意抒寫閒適心情和對自然美景的熱愛。葉夢得《石林詩話》卷上評云：「但見舒閑容與之態耳。而細細考之，若經隳括權衡者，其用意亦深刻矣。」蔡正孫《詩林廣記》後集卷二引《三山老人語錄》說此二句與歐陽修「靜愛竹時來野寺，獨尋春偶過溪橋」二句「皆狀閑適」而「荊公之句為工」。不過，「細數落花」、「緩尋芳草」無意中也流露了刻意執著的心態。因此江西詩派詩人徐俯就針對這兩句作詩說：「細落李花那可數，緩行芳草步因遲。」徐俯對自己這兩句很得意，認為其間與王安石原詩的區別「學詩者不可不辨」（曾季貍《艇齋詩話》）。關於這兩句與徐俯改作的優劣，在宋代曾引起過一場討論。吳曾《能改齋漫錄》卷八說：「荊公之詩，熟味之，可以見其閑適優游之意。至於師川（徐俯），則反是矣。」而詩人曾幾則說，初不解徐俯擬王安石此詩之意，「久乃得之，蓋師川專師陶淵明者也。淵明之詩皆適然寓意而不留於物，如『悠然見南山』，東坡所以知其決非『望南山』也。今（荊公）云『細數落花』、『緩尋芳草』，留意甚矣，故易之」（陸游《老學庵筆記》卷四引）。這就是說徐俯嫌王安石原詩過於執著而留意於物，缺少了優閒容與的意趣。其實就詩而言，徐俯的改作並不佳，不過卻為欣賞王安石此詩提供了很好的參照。又，宋人吳可《藏海詩話》評此詩後兩句說：「『細數落花』、『緩尋芳草』，其語輕清。『因坐久』、『得歸遲』，則其語典重。以輕清配典重，所以不墮唐末人句法中。蓋唐末人詩輕佻耳。」亦可參看。

## 木末❶

王安石

木末北山煙冉冉❷，草根南澗水泠泠❸。繰成白雪桑重綠，割盡黃雲稻正青❹。

### 【注　釋】

❶木末：樹顛。此是取首句開頭二字為題。一本題作〈絕句〉。晚年居江寧時作。清沈欽韓《王安石詩補注》引《輿地紀勝》：「木末軒在蔣山塔院西偏，乃王荊公所遊，俯視岩壑，虬松參天，幽邃可愛，為山之絕景云。」

蔣山即鍾山。❷冉冉：輕柔緩慢的樣子。❸泠泠：音靈靈。形容水聲清越。❹「繰成」二句：這裡「白雪」和「黃雲」分指蠶絲和成熟的稻子，使用了比喻和借代的修辭法。上句用「繰成」二字，便說明「白雪」是蠶絲而非雪；下句用「割盡」二字，即見出「黃雲」是稻而非雲。繰，音繅。繰絲，把蠶繭浸在滾水裡抽成絲。白雪，指蠶絲。重綠，再綠、又綠。黃雲，比喻黃熟的稻麥等。稻麥成熟時，田野一片金黃，故云。

【解 說】

這首小詩，寫大自然的一片勃勃生機。後兩句寫農村田園風光，著重於「白雪」、「黃雲」、「綠」、「青」等色彩的渲染，鮮明而生動。此二句的構思是從眼前的桑樹重綠聯想到日後蠶絲豐收；從稻秧正青而預知秋後水稻豐收。宋僧惠洪《冷齋夜話》卷五說這是「古今不經人道語」，並指出這種寫法「如《華嚴經》舉因知果，譬如蓮花，方其吐華，而果具蕊中」。又蘇軾〈南園〉詩「春畦雨過羅紈膩，夏壠風來餅餌香」二句，也使用這種寫法，可以參讀。

又，王安石作於元豐五年五月的〈同陳和叔遊齊安院〉詩：「繰成白雪桑重綠，割盡黃雲稻正青。它日玉堂揮翰手，芳時同此賦林坰。」也用了這兩句，說明這是王安石的得意之筆。因此詩作於五月，可見「繰成」二句是初夏田園風光，故也可理解為：蠶繭被繰成了雪白的蠶絲，桑樹又長出了新葉；麥子收割完畢，田裡稻秧開始轉青，言一年兩熟也。

## 金陵即事❶三首（選一）

王安石

水際柴門一半開，小橋分路入青苔❷。背人照影無窮柳，隔屋吹香并是梅。

【注　釋】

❶金陵：今江蘇南京。即事：就眼前有所感觸的事物或事情作詩。《王文公文集》題作〈金陵絕句〉，此據《臨川先生文集》和李壁《王荊文公詩箋注》。當是王安石退居金陵鍾山時期所作。❷青苔：李壁《王荊文公詩箋注》作「蒼苔」。

【解　說】

南宋楊萬里曾說：「五七字絕句（字）最少而最難工，雖作者亦難得四句全好者。」並稱王安石這首詩是「四句皆好矣」（《誠齋詩話》）。前兩句描繪了清寂幽冷的意境，後兩句則傳達出清寂幽冷中的盎然生趣，暗示著大自然的生機運化。李壁《王荊文公詩箋注》評曰：「此詩吟諷不足，可入畫圖。」確實，此詩的描寫，形象鮮明，構圖感強，畫意突出。但仔細想想，卻不一定能夠完全轉化為一幅圖畫，前兩句的構圖，繪畫比較容易表現，但後兩句隱含的擬人化的表現就不那麼容易畫出來了，特別是「照影」二字表現的顧影自憐的動態、「吹香」二字呈現的不著跡象、隨風飄送的梅香，繪畫就更不容易傳達了。

## 北陂杏花❶

王安石

一陂春水繞花身，花影妖饒各占春❷。縱被春風吹作雪，絕勝南陌碾成塵❸。

【注　釋】

❶陂：池塘。《王文公文集》題作〈水花〉。此據《臨川先生文集》。當是王安石退居金陵鍾山時期所作。❷「花影」句：這句是說岸邊的杏花和水中的倒影各呈嬌媚之姿，占盡春光。花影：李壁《王荊文公詩箋注》作「身影」。妖饒：同「妖嬈」，嫵媚多姿。❸「縱被」二句：是說水邊杏花即使被春風吹落，飄散於水中，也遠遠勝過南陌杏花飄落於道路而被來往的車馬碾成塵土。

【解　說】

這是一首託物言志的小詩。前兩句描寫臨水杏花的風姿，著重從水中倒影寫其嫵媚和春意。後兩句宕開筆意，讚美水邊杏花的高潔品格，藉以象徵詩人不落凡俗的人格理想。陳衍《宋詩精華錄》說：「末二語恰似自己身分。」

宋人許顗《彥周詩話》說：「荊公愛看水中影，此亦性所好。」這首詩寫杏花就從花和水中倒影兩面著筆，以「各占春」三字暗示花與影各有佳致。他還有一首〈杏花〉則直接從水中之影著筆，以影寫神，亦有佳趣，可以參看：「石梁度空曠，茅屋臨清炯。俯窺嬌饒杏，未覺身勝影。嫣如景陽妃，含笑墮宮井。怊悵有微波，殘妝壞難整。」

## 宿蔣山棲霞寺❶

俞紫芝

獨坐清談❷久亦勞，碧松燃火暖衾袍。夜深童子喚不起，猛虎一聲山月高❸。

【注　釋】

❶蔣山：即鍾山，又名紫金山，在江寧（今江蘇南京）東北。棲霞寺：在鍾山東面的棲霞山上，始建於南朝齊永明初年。北宋初曾一度稱為普雲寺，景德四年（一〇〇七）改名棲霞禪寺。❷清談：清雅高潔的言談、議論。❸「夜深」二句：這是俞紫芝的名句，宋人詩話屢見稱引。《石林詩話》卷中說：「尤為荊公所賞。亟和云：『新詩比舊仍增峭，若許追攀莫太高。』」

### 【解說】

此詩解讀起來不免有個小小的疑問。開篇既說「獨坐」，那麼詩人與誰「清談」？何況下文還有「童子」，何以還說是「獨坐」？如果解作「不論獨坐還是與人清談，時間久了都會疲勞」，表面可通，但與此詩情景並不貼切。實際上可以推測，此時詩人確是在清談，而清談的對象便是下文的「童子」，可是這個「童子」並不能聽懂詩人的清談，已經沉沉睡去，故不妨也可說是「獨坐清談」了。這情形就如同歐陽修〈秋聲賦〉中「歐陽子」對「童子」大講秋聲和人生哲理，而那個「童子」卻「垂頭而睡」一樣。歐陽修其實也是「獨坐清談」。因此，完全可以理解為詩人面對「童子」清談，而「童子」卻已睡去，也就成了「獨坐清談」了。這樣理解，才能進一步領會「猛虎一聲山月高」一句中隱約傳達的清高孤寂之感。

此詩是俞紫芝的名作，流傳久遠。清人謝啟昆〈讀全宋詩仿元遺山論詩絕句二百首〉之〈俞紫芝〉一首說：「誰知秀老（紫芝）格標清，山月高時虎一聲。初日芙蓉碧流映，書來便面好風生。」

## 無題❶

俞紫芝

深深畫陌倚朱門，胭粉輕紅濕淚痕。寂寞繡屏❷人未見，杏花疏雨立黃昏。

【注　釋】

❶這首詩見於宋人何汶撰《竹莊詩話》卷十八引。❷繡屏：猶「錦屏」，錦繡屏風。韋莊〈應天長〉詞：「畫簾垂，金鳳舞，寂寞繡屏香一炷。」歐陽修〈阮郎歸〉詞：「繡屏深處說深期，幽情誰得知。」前蜀魏承班〈玉樓春〉詞：「愁倚錦屏低雪面，淚滴繡羅金縷線。」多代指婦女居處、閨閣。溫庭筠〈蕃女怨〉詞：「年年征戰，畫樓離恨錦屏空，杏花紅。」顧夐〈酒泉子〉詞：「錦屏寂寞思無窮，還是不知消息。」

【解　說】

這首詩寫一位閨中思婦的寂寞和相思，情調和意境都像是一首小詞。首句寫她倚門盼望；次句描寫她的悲傷；第三句點出悲傷的原因，是說深閨寂寞，所思之人杳無音訊；最後以黃昏疏雨中獨立於杏花之下的身影的定格作結。全詩寫得幽怨感傷，含蓄委婉，意味悠長。

## 新　晴❶

劉　攽

青苔滿地初晴後，綠樹無人晝夢餘❷。唯有南風舊相識❸，徑開門戶又翻書❹。

【注　釋】

❶詩題一作〈絕句〉。❷晝夢餘：晝寢夢醒之後。❸南風舊相識：李白〈春思〉：「春風不相識，何事入羅幃？」這裡反用其意，說南風是我的老朋友。❹「徑開」句：此句的主角是南風。徑開門戶：謂不打招呼便徑直推門

而入。徑，一作「偷」。

【解　說】

詩寫夏日初晴，青苔滿地的深院，綠樹垂蔭，詩人午睡醒來，體會著無人的寂靜，忽然一陣南風像一位老朋友一樣，把房門吹開，又掀起桌上的書頁。

這是劉克莊十分讚賞的一首詩（見《後村詩話》前集卷二），蔡正孫《詩林廣記》後集卷十也推許為「佳作」。此詩的精彩在後兩句。唐人薛能〈老圃堂〉詩云：「昨日春風欺不在，就床吹落讀殘書。」（一作曹鄴詩）一本正經地埋怨春風，顯出詩人的幾分天真。此詩內容與薛詩相近，但把南風當做親密無間的老朋友，親切而風趣的情調又與薛詩不同。

## 雨後池上

劉　攽

一雨池塘水面平，淡磨明鏡照檐楹❶。東風忽起垂楊舞，更作荷心萬點聲❷。

【注　釋】

❶淡磨：輕磨。古代用銅鏡，須經常磨拭。明鏡：指上句池塘水面。檐楹：房簷和廳堂前部的柱子。❷「東風」二句：是說東風忽然吹來，舞動垂楊，枝葉上的雨滴抖落在荷葉上，荷池中於是萬點連聲。

【解　說】

這首詩描繪的是一幅雨後池塘風景，寫景鮮明生動，巧妙之處在於詩中靜與動、無聲與有聲的轉換和對照。前面兩句寫雨後池上的靜態之景，雨過之後，池塘水面平靜一如明鏡，水光靜靜地返照著簷楹，明麗清新，幽美安靜。後面兩句轉為動態的描寫，忽然一陣風起，垂楊舞動，枝葉上的雨滴抖落到荷葉上，池中於是發出「萬點」聲響。靜止與動態、安靜與有聲的轉換，關鍵在「東風忽起」，自然而然，不露安排痕跡。因為有了這個轉換，詩的前後各兩句就成了動靜相襯並互為對照的兩個單元，構成了於安靜幽美之中凸顯勃勃生機的意境。

## 六月二十七日望湖樓醉書❶（五首選二）

蘇　軾

其一

黑雲翻墨未遮山，白雨跳珠亂入船❷。卷地風來忽吹散❸，望湖樓下水如天❹。

其二

放生魚鱉逐人來❺，無主荷花❻到處開。水枕能令山俯仰❼，風船解與月徘徊❽。

【注　釋】

❶蘇軾熙寧五年（一〇七二）在杭州作。此時蘇軾因反對王安石變法離開朝廷，在杭州擔任通判。望湖樓：在杭州西湖邊昭慶寺前，五代吳越王錢氏所建。❷「黑雲」二句：寫夏日之雨來得既快且急，黑雲像打翻了墨水一樣捲過來，還來不及遮住山頭，驟雨就紛紛落下。翻墨：黑雲像打翻了墨汁一樣地在天上翻捲。跳珠：形容

雨點落在水面濺起水珠，跳入船中。❸卷地：風從地面捲起。忽吹散：是說天上的黑雲忽然被風吹散。❹水如天：雨過天晴，水天一色。天像水一樣平靜，水像天一樣清明。❺放生：把捕獲的小動物等放掉，是佛教提倡的善舉。北宋時西湖是朝廷規定的放生池。宋王十朋《王狀元集注分類東坡先生詩》注引張栻云：「天禧四年（一〇二〇），太子太保判杭州王欽若奏以西湖為放生池，禁捕魚鳥，為人主祈福。」鱉：甲魚。逐人：追著人。❻無主荷花：野生的荷花。❼水枕：人躺在船上，就好像枕在水上一樣。山俯仰：覺得山一會兒抬頭一會兒低頭。❽風船：隨風的船。解：懂得。徘徊：來來回回。

## 【解　說】

〈六月二十七日望湖樓醉書〉共五首，是蘇軾著名作品，歷代都有好評，清人王文誥《蘇文忠公詩編注集成》卷七稱讚說：「隨手拈來，皆得西湖之神，可謂天才。」這裡選第一和第二首。

第一首寫西湖上夏雨驟來驟停的動態過程，一句一個場面。第一句寫烏雲翻捲還未遮住山頭，第二句急雨就已經下來了；第三句突然一陣風來，於是雲散雨停，第四句又回歸風平浪靜、晴天與水光一色的境界。四句詩以急驟的節奏轉換，描摹急速變化的一個場景，恍惚變換，靈動有趣，確乎是醉中的神來之筆。清代紀昀評點《蘇文忠公詩集》卷七評云：「陰陽變化開闔於俄頃之間，氣雄語壯，人不能及也。」

在具體的修辭描繪上，詩中「黑雲」與「白雨」形成映襯，色彩極為鮮明。「翻墨」和「跳珠」的比喻，似是隨手拈來，卻極為新穎生動，繪色繪形兼繪聲，十分傳神。

蘇軾直到元祐四年（一〇八九）重遊杭州時，仍對「跳珠」一往情深，他說：「還來一醉西湖雨，不見跳珠十五年。」（〈與莫同年雨中飲湖上〉）

第二首寫乘船遊賞西湖的樂趣。西湖作為皇家規定的放生池，禁止捕魚，禁止私人占用湖地種植。於是，水中生物便自由自在地生長，繁殖既多，且不怕人，這就是第一句所描寫的情景；湖中荷花也憑著自然的力量生長，自開自落，反而到處都是，一派蓬勃的野趣，這便是第二句所描寫的景象。這兩句寫西湖之景，非常貼切，移用於他處不得，而且「逐人」、「到處」已經點出這是詩人在船上遊賞西湖之所見，強調的還是景中之人的發現。後面兩句看上去也是寫景，但重點是表現乘船遊湖的詩人自由自在與山水嬉戲並自得其樂的心情：泛舟湖上，人枕在船上，船順風起伏飄蕩，於是視角變化讓人產生錯覺，好像山在向他點頭，月也和他一起徘徊嬉戲。山和月都和詩人一樣顯得天真有趣。

詩中處處在描繪西湖山水風物，但處處都在寫人。詩人追求適意自在的生活樂趣，以天真爛漫的心境觀照景物，景物因而帶有鮮明的主觀色彩，顯得生動活潑，親切可愛。

## 飲湖上初晴後雨二首❶（選一）

蘇軾

### 其二

水光瀲灩❷晴方好，山色空濛❸雨亦奇。欲把西湖比西子，淡妝濃抹總相宜❹。

【注釋】

❶熙寧六年（一〇七三）蘇軾在杭州任通判時作。詩共兩首，這裡選的是第二首。❷瀲灩：音斂豔。水波蕩漾的樣子。❸空濛：形容細雨迷濛的樣子。❹「欲把」二句：這是說西湖風光無論晴天還是雨天都很迷人，如同西施一樣，無論淡妝還是濃飾都很美麗。西子，西施，春秋時越國的美女。這是蘇軾著名的比喻，他自己很得

意，在別的詩中多次使用，如〈次韻答馬忠玉〉：「只有西湖似西子。」〈次韻劉景文登介亭〉：「西湖真西子，煙樹點眉目。」宋人袁文《甕牖閑評》卷五說它「比擬恰好，且其言妙麗新奇，使人賞玩不已」。武衍〈正月二日泛舟湖上〉詩則說：「除卻淡妝濃抹句，更將何語比西湖？」陳衍《宋詩精華錄》卷二亦云：「後二句遂成為西湖定評。」西湖又有「西子湖」的別稱，就來源於蘇軾這首詩的比喻。

【解　說】

這是蘇軾描寫西湖的名作。清人王文誥說：「此是名篇，可謂前無古人，後無來者。」又說：「公凡西湖詩，皆加意出色，變盡方法。」（見《蘇文忠公詩編注集成》卷九）

關於這首詩的寫作情景，王文誥《蘇文忠公詩編注集成總案》卷九載，熙寧六年癸丑，正月二十一日，「病後，陳襄邀往城外尋春，有餉官法酒者，約陳襄移廚湖上，初晴復雨，山色空濛，并記以詩」。原詩第一首說：「朝曦迎客豔重岡，晚雨留人入醉鄉。此意自佳君不會，一杯當屬水仙王。」就是說，在詩人看來，西湖不論何時，無論晴雨，都是美的，而且，不同情景各有不同的美，一般人並不能領會這一點，正所謂「此意自佳君不會」。從這一層意思看，第二首的立意就不僅在於描寫西湖的「晴方好」、「雨亦奇」，還在於要說明對於美的發現和欣賞，必須具備善於發現美的眼光和寬廣的審美心態。

## 東欄梨花❶

蘇　軾

梨花淡白柳深青，柳絮飛時花滿城。惆悵東欄一株雪❷，人生看得幾清明❸。

## 【注　釋】

❶這是〈和孔密州五絕〉中的第三首，作於熙寧十年（一〇七七），這時蘇軾從密州知州調任徐州知州。孔密州指孔宗翰，他繼蘇軾之後接任密州知州，到任後寫了五首詠密州景致的小詩寄給蘇軾，蘇軾依次和作。紀昀評點《蘇文忠公詩集》卷十五云：「此首較有情致。」❷一株雪：指梨花。一株，一本作「二株」。❸「人生」句：說人生能有幾個清明節可以欣賞這梨花呢？這樣的感慨在蘇詩中常見，如〈和子由山茶盛開〉：「雪裡盛開知有意，明年開後更誰看？」〈中秋月〉：「此生此夜不長好，明月明年何處看？」

## 【解　說】

這是十分著名的小詩，自然奇逸，情致高遠；賦物抒情，搖曳生姿。蘇門四學士中的張耒十分喜愛此詩，「每吟一過，必擊節賞歎不能已」（洪邁《容齋隨筆》卷十五）。

又，此詩後兩句蓋從唐人杜牧〈初冬夜飲〉詩「砌下梨花一堆雪，明年誰此憑欄干」二句化出，但蘇詩意在感歎春光易老，吾生有涯，情致更為深遠，其奇逸生動，遠在杜牧之上。關於此詩與杜牧詩的關係，曾引出後人許多議論，陸游《老學庵筆記》卷十說後二句類似唐杜牧的「砌下梨花一堆雪，明年誰此憑欄干？」並云：「東坡固非竊牧之詩者，然竟是前人已道之句，何文潛（張耒）愛之深也。」俞弁《逸老堂詩話》卷下則云：「余愛坡老詩，渾然天成，非模仿而為之者。」清潘德輿《養一齋詩話》卷九也說：「坡公此詩之妙，自在氣韻，不調句意無人道及也。且玩其句意，正是從小杜詩脫化而出，又拓開境地，各有妙處，不能相掩，放翁所見亦拘矣。」又說：「梨花淡白一章，允屬傑出，文潛所賞，足稱隻眼。」又說此詩「何嘗有一字求奇，何嘗有一字不奇」？潘德輿的說法，比較得體。相比之下，陸游的看法就不免過於拘泥了。

此詩意境又被宋人用入詞中，如南宋李琳〈六么令〉：「回首青山一點，檐外寒雲疊。梨花淡白，柳花飛絮，夢繞闌干一株雪。」張炎〈風入松〉：「夢隨蝴蝶飄零後，尚依依、花月關心。惆悵一株梨雪，明年甚處清明。」均頗有佳致。

## 東坡❶

蘇軾

雨洗東坡月色清，市人行盡野人❷行。莫嫌犖确❸坡頭路，自愛鏗然曳杖聲❹。

### 【注釋】

❶元豐六年（一〇八三）作於黃州（今湖北黃岡）。東坡：地名，在黃州城東，蘇軾貶官時在這裡開出一片坡地。蘇軾〈東坡八首〉序云：「余至黃州二年，日以困匱。故人馬正卿哀余乏食，為於郡中請故營地數十畝，使得躬耕其中。」宋施元之注云：「東坡在黃岡山下，州治東百餘步。」蘇軾躬耕於此，並築居室，取名「東坡雪堂」，並自號「東坡居士」。❷野人：山野之人，這裡是蘇軾自指。❸犖确：這裡形容山石多而高低不平。犖，音洛。❹鏗然：形容手杖碰擊石頭所發出的悅耳聲音。鏗，音坑。曳：音異。拖。

### 【解說】

陳衍《宋詩精華錄》卷二說：「東坡興趣佳，不論何題，必有一二佳句，此類是也。」

詩一開頭就把東坡置於雨後的皎潔月光之中，以「清」字營造一個澄明的世界。但這種境界只有守志僻處（音楚）的「野人」能夠擁有，從「野人」的自稱中可以體會到詩人的自得和自矜。他在艱難困苦之中，仍然保持著不屈不撓的精神和樂觀曠達的生活態度。坡頭石路雖然坎坷難行，卻有鏗然悅耳的曳杖聲相伴。這一生活小場景的描寫，其實正是詩人履險如夷、曠達超逸的人生態度的象徵。

## 海　棠❶

蘇　軾

東風裊裊泛崇光❷，香霧空濛月轉廊❸。只恐夜深花睡去，故燒高燭照紅妝。

### 【注　釋】

❶這首詩大約是元豐七年（一〇八四）蘇軾在黃州（今湖北黃岡）所作。❷裊裊：音鳥鳥。形容微風吹拂。泛：浮現、透出。崇光：指月亮照在海棠上反射的光澤。❸空濛：由於霧氣繚繞而形成的縹緲迷濛的樣子。月轉廊：月色從屋廊的一邊轉到另一邊，暗示時間的流逝。

### 【解　說】

短短四句詩中，創造出一種空濛美麗的意境。在月色籠罩下，微風吹拂，送來陣陣輕香。霧氣彌漫中，海棠花猶如一位風姿高秀的美人。詩人以「紅妝」形容花的美麗形態，而擔心「花睡去」的描寫則使得花如美人的比喻變得生動鮮活起來。最後又以「故燒高燭照紅妝」表現一片愛花、惜花心情。全詩寫花都從側面著筆，寫花的搖動，從「東風裊裊」去表現，寫花的神采氣質，從花上反射的光澤來渲染，而花的朦朧之美，則以「香霧空濛」的迷茫隱約意境來烘托，至於花如美人的比擬，則從「花睡去」和「照紅妝」來暗示。構思十分別致。

# 題西林壁❶

蘇　軾

橫看成嶺側成峰，遠近高低各不同❷。不識廬山真面目，只緣身在此山中。

## 【注　釋】

❶元豐七年（一〇八四），蘇軾由黃州貶所改遷汝州（今河南臨汝）團練副使，四月離黃州赴汝州，途經廬山，作此詩。《東坡志林》卷一〈記遊廬山〉云：「僕初入廬山，山谷奇秀，平生所未見，殆應接不暇。……最後與總老（東林寺僧常總）同遊西林，又作一絕云云（即本篇）。」西林：寺名，又名乾明寺，在廬山山麓。宋陳舜俞《廬山記》卷三：「東林之西百餘步，至遠公塔。塔西百餘步，至西林乾明寺。」❷「遠近」句：此句《東坡志林》卷一作「到處看山了不同」。遠近高低：指看山者的立足點而言。

## 【解　說】

這首詩流傳之廣、影響之深，古今詩歌少有其比，「廬山真面目」甚至成了日常生活中被廣泛運用的熟語。

關於此詩的立意，最值得注意的是宋人黃庭堅和近代陳衍的評說。黃庭堅評云：「此老入於般若，橫說豎說，了無剩語，非其筆端有口，亦安能吐此不傳之妙。」（《苕溪漁隱叢話》前集卷三十九引）陳衍《宋詩精華錄》卷二云：「此詩有新思想，似未經人道過。」究竟這「不傳之妙」和「新思想」是指什麼，二人未言其詳。這裡不妨參考辛棄疾〈水調歌頭〉詞的說法：「卻怪青山能巧，政爾橫看成嶺，轉面已成峰。詩句得活法，日月有新工。」所謂「新工」指自然造化之巧妙，蘇軾詩歌之所以能從「巧」於變化的自然景物中體悟出別人悟不到的道理，在於蘇詩的「活法」，而蘇詩之所以「活」，全在於觀物之「活」。從辛棄疾的理解看，蘇軾這首詩寫廬山，要講的道理應當就是認識事物的「活法」（參見趙齊平著《宋詩臆說・只緣身在此山中》）。這就是說，所謂「不傳之妙」、「新思想」，應當是指擺脫拘執束縛，超越於具體立場之上的觀物方法和認識論。

## 惠崇〈春江曉景〉二首（選一）❶

蘇　軾

### 其一

竹外桃花三兩枝，春江水暖鴨先知。蔞蒿滿地蘆芽短❷，正是河豚欲上時❸。

【注　釋】

❶元豐八年（一〇八五）在汴京（今河南開封）作，當時蘇軾自登州召為禮部郎中，遷起居舍人。詩題一作〈書兗儀所藏惠崇畫二首〉。曉景：一作「晚景」。惠崇：宋初詩僧、畫家。〈春江曉景〉是惠崇所作之畫。❷蔞蒿：多年生草本植物，多生於河灘，莖可食用。蔞，音樓。蘆芽：蘆筍、荻芽。❸河豚：魚名，肉極鮮美，卵及內臟有劇毒，產於海，春季沿江水上行產卵。此句是由上句「蔞蒿」、「蘆芽」二物生發聯想。參看梅堯臣〈范饒州坐中客語食河豚魚〉：「春洲生荻芽，春岸飛楊花。河豚當是時，貴不數魚蝦。」歐陽修《六一詩話》：「河豚常出於春暮，群游水上，食柳絮而肥，南人多與荻芽為羹，云最美。」張耒《明道雜志》載長江一帶土人食河豚，「但用蔞蒿、荻筍、菘菜三物」烹煮，謂此三物與河豚最為相宜。以上可見蔞蒿、蘆芽正是「河豚欲上」時的應時之物，這句的聯想，正是由此而來。

【解說】

本篇是一首題畫詩，前三句詠畫面景物，末句是由畫面引起的聯想。

這是蘇軾詩中著名篇章之一，紀昀評點《蘇文忠公詩集》卷二十六云：「此是名篇，興象實為深妙。」

此詩在清代曾引起一場有趣的爭論，毛奇齡《西河詩話》卷五說他「與汪蛟門（懋麟）舍人論宋詩。舍人舉東坡詩『春江水暖鴨先知』、『正是河豚欲上時』，不遠勝唐人乎？予曰：此正效唐人而未能者。『花間覓路鳥先知』，唐人句也（按此為唐張謂〈春園家宴〉詩句）。覓路在人，先知在鳥，以鳥習花間故也，此『先』，先人也。若鴨，則『先』誰乎？水中之物，皆知冷暖，必先及鴨，妄矣。」王士禛《漁洋詩話》卷中記載此事則說：「蕭山毛奇齡大可不喜蘇詩。一日復於座中訾謷之。汪蛟門起曰：『竹外桃花三兩枝，春江水暖鴨先知』云云，如此詩章，可道不佳耶？毛怫然曰：鵝也先知，怎只說鴨？」其實，蘇軾此詩是題畫，「春江水暖鴨先知」說的是畫面的景物和春意，畫上畫的是鴨，當然不能逐一描寫水中之物，因此，毛奇齡的話完全是強詞奪理，完全是被對宋詩的偏見所蒙蔽。陳衍曾批評他的這段評論說：毛奇齡「豈真傖父至此哉，想亦口強耳。」（《宋詩精華錄》卷二）袁枚《隨園詩話》卷三則批評毛奇齡的說法云：「此言則太鶻突矣。」又說：「若持此論詩，則《三百篇》句句不是。在河之洲者，斑鳩、尸鳩皆可在也，何必雎鳩耶？」袁枚對毛奇齡的批評，說到了要害上。

## 贈劉景文❶

蘇軾

荷盡已無擎雨蓋❷，菊殘猶有傲霜枝。一年好景君須記，最是橙黃橘綠時❸。

【注釋】

❶元祐五年（一〇九〇）作，時蘇軾在杭州任知州。劉景文：劉季孫，字景文，工詩，時任兩浙兵馬都監，駐杭州。蘇軾視之為國士，曾上表推薦，並以詩歌唱酬往來。❷擎雨蓋：指荷葉。❸最是：一作「正是」。

【解說】

《苕溪漁隱叢話》後集卷十說此詩詠初冬景致，「曲盡其妙」。

## 被酒獨行，遍至子雲、威、徽、先覺四黎之舍三首❶（選一）

蘇軾

### 其一

半醒半醉問❷諸黎：「竹刺藤梢步步迷。」「但尋牛矢❸覓歸路，家在牛欄❹西復西。」

【注釋】

❶元符二年（一〇九九）作，蘇軾在昌化軍（今海南儋縣）貶所。被酒：謂酒醉。四黎：即子雲、威、徽、先覺四位黎族友人。一說「黎」是這四位友人的姓。❷問：告，告訴。《戰國策・齊策三》：「或以問孟嘗君。」高誘注：「問，告。」❸牛矢：牛糞。❹牛欄：牛圈。

【解　說】

這組詩共三首，這是第一首。這首詩非常有趣。詩人告訴諸黎自己因醉酒而迷路，眼前處處是「竹刺藤梢」。因此向諸黎問路，第二句就是問話的內容，不過限於詩句的形式，省略了詢問回家之路的部分。後兩句就是諸黎的回答，向詩人指路。因知詩人已醉，指路時就要指明既可靠又明顯的標誌，以便醉中人辨認，這個標誌就是地上的「牛矢」，於是告訴詩人：你只要順著地上的「牛矢」走過去，就能找到在牛圈西邊的家啦。這個回答非常巧，既切合生活情景，又便於醉中之人明白、辨認。因此，詩人對這個回答印象深刻，於是以詩記下了這一段回答。我們因此而看到了一齣小小的情景喜劇，詩人的醉態那麼生動，諸黎對醉中詩人的關心體貼，溢於言表。雙方對話時的音容笑貌、聲口神態，無不栩栩如生。因此，解讀這首詩的關鍵，其實主要在於體會第一句半醒半醉的情態，並抓住這一句中的「問」字。有了這個「問」字，便可以明白，原來後面三句，其實正是詩人和四黎對話的記錄，而非詩人直陳其事。這是關鍵所在，也是趣味所在。

紀昀評《蘇文忠公詩集》卷四十二批評此詩說：「牛矢字俚甚。」認為過於俚俗。王文誥《蘇文忠公詩編注集成》卷四十二則駁云：「此儋州記事詩之絕佳者，曉嵐不取此詩，其意與不喜『鴨與豬』『命如雞』等句相似，皆囿於偏見，不能自廣耳。《左傳・文公十八年》『埋之馬矢之中』，《史記・廉頗傳》『一飯三遺矢』，凡此類古人皆據事直書，未嘗以『矢』字為穢，代之以文言也。記事詩與史傳等，當據事直書處，正復以他字替代不得。」王文誥的這個看法比紀昀通達。關鍵要看到這是紀實之作，「牛矢」一句是諸黎的原話，如實記錄才符合鄉村農民的聲情口吻性格，其俚俗之處正是其傳神之處。至於王文誥舉出《左傳》、《史記》用「矢」字的例證以證明此詩用字符合史傳記事通例，其實有點多餘，蘇軾不過是如實寫下醉中聽來的農民為自己指路的原話而已，未必與史傳的用法有什麼關係。

# 縱筆三首❶（選二）

蘇軾

其一

寂寂東坡一病翁，白鬚蕭散❷滿霜風。小兒誤喜朱顏在，一笑那知是酒紅❸。

其二

父老爭看烏角巾❹，應緣曾現宰官身❺，溪邊古路三叉口，獨立斜陽數過人。

【注釋】

❶元符二年（一〇九九）作，這時蘇軾在昌化軍（今海南儋縣）貶所。詩題一作〈儋耳四絕句〉。❷白鬚：一作「白頭」。蕭散：寂寞冷落。❸「小兒」二句：化用白居易〈醉中對紅葉〉詩：「醉貌如霜葉，雖紅不是春。」說小兒輩以為自己紅顏尚在，還未衰老，其實那不過是飲酒之後的醉貌。❹烏角巾：一種黑色的頭巾，隱者所戴。杜甫〈南鄰〉詩：「錦里先生烏角巾。」❺曾現宰官身：指自己曾是做過官的人。此句典出《妙法蓮華經・妙音菩薩品》，謂妙音菩薩現種種身，處處為諸眾生說法，「或現居士身，或現宰官身」。

# 澄邁驛通潮閣二首❶（選一）

蘇軾

其二

餘生欲老海南村，帝遣巫陽招我魂❷。杳杳天低鶻沒處❸，青山一髮是中原❹。

【注釋】

❶元符三年（一一〇〇）五月，蘇軾被改為廉州安置，從海南放回，六月離儋州赴廉州，途經澄邁縣（在今海南島）時作此詩。通潮閣：又名通明閣，在澄邁縣西。❷此句典出《楚辭・招魂》：「帝告巫陽曰：有人在下，我欲招之。魂魄離散，汝筮予之。」巫陽乃下招曰：「魂兮歸來！」這裡以天帝喻朝廷，以招魂指召還。❸杳杳：遙遠渺茫。沒：消失。❹「青山」句：蘇軾〈伏波將軍廟碑〉亦云：「南望連山，若有若無，杳杳一髮耳。」《苕溪漁隱叢話》後集卷三十說蘇軾「兩用之，其語倔奇，蓋得意也」。元人虞集〈題柯博士畫〉有「青山一髮是江南」句，正是從蘇詩套用。一髮：猶言「一線」，謂遠處青山只露出一絲起伏的山影。

【解說】

本篇是蘇軾七絕的名作。施補華《峴傭說詩》云：「東坡七絕亦可愛，然趣多致多，而神韻卻少。『水枕能令山俯仰，風船解與月徘徊』，致也。『小兒誤喜朱顏在，一笑那知是酒紅』，趣也。獨『餘生欲老海南村，帝遣巫陽招我魂』，則氣韻兩到，語帶沉雄，不可及也。」

## 閏九月重九與父老小飲四絕❶（選一）

蘇轍

## 其二

獲罪清時❷世共憎，龍川❸父老尚相尋。直須便作鄉關❹看，莫起天涯❺萬里心。

【注　釋】

❶本篇作於元符二年（一〇九九），這時蘇轍在循州（今廣東龍川）貶所。重九：陰曆九月初九，即重陽節。元符二年閏九月，有兩個重陽節。❷獲罪：自紹聖初年以來，蘇轍被加以詆斥先朝之罪，屢被貶責，元符元年，貶至循州，故云。清時：政治清明之時。❸龍川：今廣東龍川，宋時為循州治所。❹鄉關：故鄉。❺天涯：天邊，指極遠的地方。宋代循州是極為偏遠荒僻之地，故云。

【解　說】

詩人被貶官在荒遠偏僻的龍川，但他與龍川父老打成一片，隨遇而安，以超脫豁達的姿態對待人生坎坷，其人格精神和人生態度都與詩人的兄長蘇軾十分相似。不過，對此詩的第一句要稍加留意，所謂「獲罪清時」，雖是自嘲，但其牢騷也很明顯。

這首詩可與蘇軾〈被酒獨行，遍至子雲、威、徽、先覺四黎之舍三首〉其二合看：「總角黎家三四童，口吹蔥葉送迎翁。莫作天涯萬里意，谿邊自有舞雩風。」二詩立意相近。蘇軾一詩也是作於元符二年（一〇九九）。

## 寄　內❶

孔平仲

試說途中景，方知別後心：行人日暮少，風雪亂山深❷。

【注　釋】

❶內：內子、妻子。❷「行人」二句：回應前二句，寫途中景，以見別後心。

【解　說】

這是詩人在旅途中寄給妻子表達別後思念心情的小詩。前兩句最有趣，不僅交代了詩的主旨，而且交代了詩的寫法：描寫途中景物，讓對方體會自己別後的心情。後兩句就具體寫「途中景」，黃昏時分，自己仍然孤獨地在風雪中亂山深處跋涉奔波，這樣的途中之景，顯得蒼涼、昏暗、迷茫、寒冷；人在這樣的途中，更覺得淒涼、孤獨、寂寞、辛苦。於是家的溫暖和親人親情便湧上心頭了。途中風景的描寫，含蓄地說出了詩人對家和妻子的思念之情。妙在複雜微妙的情思，只用十個字就渲染出來了。

## 秋　江

道　潛

赤葉楓林落酒旗❶，白沙洲渚夕陽微❷。數聲柔櫓蒼茫外，何處江村人夜歸❸？

【注　釋】

❶落酒旗：收下酒簾，停止營業。酒旗：酒簾，酒家懸掛出來招攬客人的簾子。❷洲渚：泛指江中沙灘。《爾雅・釋水》：「水中可居者曰洲，小洲曰渚。」夕陽微：夕陽漸漸昏暗。謝靈運〈石壁精舍還湖中作〉：「入舟陽

已微。」此用其意。❸「數聲」二句：蒼茫，曠遠迷茫貌，這裡形容暮色，亦形容空間的悠遠。「外」字的用法可參看杜甫〈冬日洛城北謁玄元皇帝廟〉：「碧瓦初寒外。」

【解說】

這首詩歷來受人稱道，佳處在後二句。惠洪《冷齋夜話》卷四說道潛作詩「追法淵明，其語逼真」，即引此二句為例。清吳喬《圍爐詩話》卷五說此二句「佳絕」。

## 臨平❶道中

道潛

風蒲獵獵❷弄輕柔，欲立蜻蜓不自由❸。五月臨平山下路，藕花無數滿汀洲❹。

【注釋】

❶臨平：臨平鎮，在今浙江餘杭，境內有臨平山。❷獵獵：這裡指風吹蒲葦的聲音。❸「欲立」句：這句是說蒲葉輕柔擺動，連蜻蜓也立不穩。不自由：身不由己。❹藕花：荷花。汀洲：水邊平地，這裡指水面。

【解說】

這是道潛的名作。《宋詩紀事》卷九十一引《續骫骳說》載：「參寥子（道潛）嘗在臨平道中賦詩云云，東坡一見而刻諸石。」又惠洪《冷齋夜話》卷六謂道潛「嘗自姑蘇歸湖上，經臨平」，作此詩，「東坡一見如舊」。據此，則本篇當是熙寧年間道潛初與蘇軾交遊前所作。道潛又有〈觀宗室曹夫人畫〉詩，自注說，曹夫人嘗許諾據此詩「作〈臨平藕花圖〉」。《續骫骳說》則說：「宗婦曹夫人善丹青，作〈臨平藕花圖〉，人爭影寫。」確實，此詩風神秀逸，畫意盎然，以之入畫，正是好題材。

## 夜發分寧寄杜澗叟❶

黃庭堅

陽關一曲水東流❷，燈火旌陽❸一釣舟。我自只如常日醉，滿川風月替人愁❹。

【注　釋】

❶分寧：今江西修水縣，黃庭堅的故鄉。杜澗叟：杜槃，字澗叟，詩人的朋友。元豐六年（一〇八三）十二月，黃庭堅自太和移監德州德平鎮（今屬山東），赴任前先還家鄉小住，此詩是離分寧赴任時作。❷陽關一曲：唐王維〈送元二使安西〉詩有「西出陽關無故人」之句，此詩被譜入樂府歌唱，為送別曲，因稱〈陽關曲〉。這裡指送別的音樂。水：指修水，流經分寧，向東流入鄱陽湖。❸旌陽：山名，在分寧縣東，因傳說中的仙人許旌陽曾遊此山而得名。❹「我自」二句：意思說我只是如平常那樣喝醉了酒，似乎沒有異常的離愁，倒是滿川風月在替人悲傷。

【解　說】

這首小詩寫法十分有趣。後二句可參看歐陽修〈別滁〉：「我亦且如常日醉，莫教弦管作離聲。」又程顥〈題淮南寺〉詩云：「道人不是悲秋客，一任晚山相對愁。」王安石〈隴東西二首〉云：「只有月明西海上，伴人征戍替人愁。」均與本詩構思相近，但小有差別。程詩謂山愁與己無關，人不在愁中；王詩說只有明月伴人，便已點明人在愁中；本詩則是人愁卻把愁推給滿川風月，故作曠達之語，言極淡而情極深，構思亦更渾成。作者〈題陽關圖〉詩云：「渭城柳色關何事，自是行人作許悲。」立意又與本詩相反，亦可參閱。

## 六月十七日晝寢❶

黃庭堅

紅塵席帽烏靴裡❷，想見滄洲白鳥雙❸。馬齕枯萁喧午枕，夢成風雨浪翻江❹。

### 【注　釋】

❶這首詩作於元祐四年（一〇八九），當時黃庭堅在祕書省和國史實錄院供職。晝寢：午睡。❷「紅塵」句：這句是指奔波於朝市官場。紅塵：指世俗社會。席帽：一種葦席做成的帽子，四周垂以絲網，是當時士人出門必備的用具。烏靴：上朝時所穿的靴子。❸「想見」句：這句承上說身在官場而心在滄洲，嚮往與白鷗結盟的隱居生活。滄洲：濱水之地，特指隱士的居處。白鳥：白鷗。❹「馬齕」二句：這兩句是說馬咬豆秸的聲音在枕邊喧響，夢中化成了江上風雨激浪的聲音，髣髴自己已經置身於「滄洲」。齕，音合。咬。萁，豆秸，用作馬的草料。喧，喧鬧。

### 【解　說】

這首詩以晝寢時一個誇誕的夢境曲折地表現對江湖自由生活的嚮往。宋人任淵注此詩說：「聞馬齕草聲，遂成此夢也。……以言江湖之念深，兼想與因，遂成此夢。」（《山谷內集詩注》卷十一）「想」指人內心的意念、欲望、情感之類，也就是本詩第二句的「滄洲」之想，江湖之念；「因」指觸動人的各種感覺器官的外部原因，也就是本詩第三句的馬齕草料的聲音。因為作者有思念江湖的心境，與馬齕草料的聲音相湊合，就促成了這個誇誕的夢境。正所謂有所思則有所夢。這就從下意識的層面表現了對江湖隱居生活的嚮往。

錢鍾書先生《管錐編》說此詩「滄洲結想，馬齕造因，想因合而幻為風雨清涼之境，稍解煩熱而償願欲，二十八字中曲盡夢理」。承任淵之說，辨析更精，但說「幻為風雨清涼之境稍解煩熱而償願欲」，似與詩之本意不符。

順便要提到的是陸游的名作〈十一月四日風雨大作〉：「僵臥孤村不自哀，尚思為國戍輪台。夜闌臥聽風吹雨，鐵馬冰河入夢來。」表現至老不衰的愛國精神，其實全詩的構思和表現都是從黃庭堅這首〈六月十七日晝寢〉啟發而來。

## 病起荊江亭即事十首（選一）❶

黃庭堅

### 其八

閉門覓句陳無己❷，對客揮毫秦少游❸。正字不知溫飽未，西風吹淚古藤州❹。

【注　釋】

❶建中靖國元年（一一〇一），黃庭堅從戎州（今四川宜賓）貶所放回，四月到荊州（今湖北江陵），臥病二十餘日，病好後作了這組詩，感慨政局變化，懷想平生朋友。這裡選第八首。❷陳無己：陳師道，字無己，見本書陳師道小傳。朱熹解釋此句說：「無己平時出行，覺有詩思，便急歸，擁被臥而思之，呻吟如病者，或累日

而後成，真是『閉門覓句』。」（《朱子語類》卷一百四十）❸「對客」句：此句謂秦觀才思敏捷，援筆作詩，一揮而就。朱熹說：「秦少游詩甚巧，亦謂之『對客揮毫』者，想他合下得句便巧。」（《朱子語類》卷一百四十）羅大經《鶴林玉露》卷六云：「少游則杯觴流行，篇詠錯出，略不經意。」秦少游：秦觀，字少游，見本書秦觀小傳。❹「正字」二句：正字，祕書省正字，掌管校正書籍的小官，這裡指陳師道。他一生窮愁潦倒，元符三年（一一〇〇）被任命為祕書省正字，官職卑微，生活窮困，故這裡關心他的「溫飽」。藤州，今廣西藤縣。秦觀紹聖年間被貶至雷州（今廣東海康），元符三年放還途中因中暑卒於藤州，故這裡說「西風吹淚」，深致哀思。

【解說】

本篇一、三句懷念一位活著的朋友，二、四句哀悼一位死去的朋友，均見友情之深，生死不渝。這種詩法結構是從杜甫學來。洪邁《容齋續筆》卷二說杜甫有〈存歿口號二首〉，「每篇一存一歿」，黃庭堅「乃用此體」。

## 蟻蝶圖❶

黃庭堅

胡蝶雙飛得意，偶然畢命網羅❷。群蟻爭收墜翼，策勳歸去南柯❸。

【注釋】

❶崇寧元年（一一〇二）初作，時作者在荊州。一說作於紹聖年間貶居黔州時。❷「偶然」句：這句說蝴蝶偶然撞入蛛網，送掉了性命。網羅：指圖中所畫蜘蛛網。❸策勳：記功於策書。南柯：唐李公佐傳奇〈南柯記〉

敘述淳於棼夢到槐安國，作駙馬，任南柯太守，極盡人間榮華富貴。後出征戰敗，公主亦死，遂遭國王疑忌，被遣歸。夢醒後，見庭前槐樹下有蟻穴，即夢中槐安國都，槐樹南枝下另一蟻穴即夢中南柯郡。傳奇寓意謂人間富貴得失無常，有如南柯一夢。這裡用此典，說群蟻自以為立下大功，其實仍不過是南柯一夢而已。

【解說】

這是一首具有諷刺寓意的題畫詩。宋岳珂《桯史》卷十一記載：「黨禍既起，山谷居黔，有以屏圖遺之者，繪雙蝶翾舞，罥於蛛絲，而隊蟻憧憧其間。題六言於上曰：『胡蝶雙飛……。』」又據同書記載，崇寧間，黃庭堅貶宜州後，「圖偶為人攜入京，鬻於相國寺肆。蔡（京）客得之，以示元長（蔡京字），元長大怒，將指為怨望，重其貶，會以訃奏僅免」。可見本篇內容有所譏刺，以致使得六賊之首的蔡京為之大怒。

## 雨中登岳陽樓望君山二首❶

黃庭堅

其一

投荒萬死鬢毛斑❷，生出瞿塘灩澦關❸。未到江南❹先一笑，岳陽樓上對君山。

其二

滿川風雨獨憑欄❺，綰結湘娥十二鬟❻。可惜不當湖水面❼，銀山堆❽裡看青山。

## 【注　釋】

❶詩作於宋徽宗崇寧元年（一一〇二），一共兩首，是黃庭堅從戎州（今四川宜賓）貶所放回，準備回江西故鄉，途經岳陽時所作。岳陽樓：岳陽城西門樓，下臨洞庭湖。君山：在洞庭湖中。❷投荒：被貶到荒遠的地方。宋哲宗紹聖二年（一〇九五），詩人被貶為涪州（今重慶涪陵）別駕，黔州（今重慶彭水縣）安置，移戎州，在貶所度過了近六年，元符三年（一一〇〇）才被放回。投荒即指這段經歷。萬死：死一萬次，形容多次經歷危險的境地。斑：頭髮花白。❸生出：活著出來、生還。瞿塘：即瞿塘峽，在今重慶市奉節東，長江三峽之首。瞿，音渠。灩澦：音驗育。即灩澦堆，是瞿塘峽口的巨石，形勢險要。❹江南：這裡指詩人的家鄉江西修水縣。❺獨憑欄：獨自倚著欄杆。❻「綰結」句：這一句是用女子的髮髻來比喻君山。綰結：把頭髮盤起來。湘娥：指舜帝的妃子娥皇和女英，傳說她們在舜死後成了湘水女神。❼不當：不能親臨。當：向、臨。❽銀山堆：比喻風雨中的湖面白浪起伏，像銀子堆成的山一樣。

## 【解　說】

本題兩篇互相銜接，又各自獨立。第一首寫詩人飽嘗流放之苦，又闖過了長江險灘，而今登上著名的岳陽樓，望著雨中的湖山，想到就要回到闊別多年的家鄉，自然十分欣悅。所以「未到江南先一笑」的「一笑」，值得細細體味。它既有家鄉在望的喜悅，也有生還不易的激動，更體現了詩人在歷經九死一生之後一種超然的心境。

第一首既然寫到了「岳陽樓上對君山」的超然心情，本篇就重點寫「對君山」所見的當前之景，正面寫君山的奇，從君山聯想到湘娥，並把君山比作湘娥的髮髻。從遠處眺望還不滿足，還想像在大風浪中從水面近處領略君山的雄奇。這種對大自然奇境的熱愛與神往，正是第一首表現的超然心境的具體寫照。

## 鄂州南樓書事四首（選一）❶

黃庭堅

### 其一

四顧山光接水光，憑欄十里芰荷香❷。清風明月無人管❸，併作南樓一味涼。

【注釋】

❶崇寧二年（一一〇三）六月作。鄂州：治所在今湖北武昌。南樓：舊址在武昌黃鶴山上，今已不存。陸游《入蜀記》卷五載南樓在鄂州「儀門之南石城上，一曰黃鶴山，制度閎偉，登望尤勝。鄂州樓觀為多，而此獨得江山之要會，山谷所謂『江東湖北行畫圖，鄂州南樓天下無』是也」。❷「憑欄」句：屈原〈離騷〉：「製芰荷以為衣。」《入蜀記》卷五說在南樓上「下瞰南湖，荷葉彌望」。又說：「山谷云『憑欄十里芰荷香』謂南湖也。」芰：音記。菱。❸清風明月：這裡概指自然景物。李白〈襄陽歌〉：「清風朗月不用一錢買。」又歐陽修〈滄浪亭〉詩：「清風明月本無價。」無人管：謂清風明月無處不在，非一人所能專主。參看蘇軾〈前赤壁賦〉：「天地之間，物各有主……惟江上之清風，與山間之明月，耳得之而為聲，目遇之而成色，取之無禁，用之不竭，是造物者之無盡藏也，而吾與子之所共適。」

【解說】

黃庭堅寫這首詩時，剛結束了長達九年的流放生活，客居鄂州，等待命運的安排。此後不久，又再次被貶到更為偏遠的宜州（今廣西宜山縣），隨後在宜州去世。也就是說，詩人這時處在兩次貶謫的暫短間隙。一是命運難定，前途未卜。二是流寓異鄉，漂泊無依。在這樣的情境之下，詩人卻能超然於世俗得失之外，置生死榮辱於不顧，寄情山水，物我兩忘，把人生的坎坷羈絆、是非煩惱統統拋於腦後，心境一片空靜、坦蕩。真是光明磊落，處變不驚。

置身於自然美景而產生的「一味涼」的感覺，表現了解脫煩惱的心境，這是全詩的核心。前兩句的山光水光、芰荷飄香的描寫，第三句清風明月美景的概括，都是為了引出這個「涼」字。最後一句則點到即止，餘味留給讀者去體會，頗有蘊藉悠遠之致。此外，首句視覺印象的山光水光，次句嗅覺印象的芰荷之香，都化作末句的「涼」的感覺，又暗用了感覺轉換的表現手法。

## 秋日三首（選二）❶

秦　觀

### 其一

霜落邗溝❷積水清，寒星無數傍船明。菰蒲❸深處疑無地，忽有人家笑語聲。

### 其二

月團新碾瀹花瓷❹，飲罷呼兒課《楚詞》❺。風定小軒無落葉，青蟲相對吐秋絲。

【注 釋】

❶這組詩原共三首，這兩首寫揚州高郵鄉居生活，大概是秦觀元豐八年（一〇八五）中舉之前在故鄉家居時作。據《詩林廣記》後集卷八，其一的題目又作〈邗溝〉，其二的題目又作〈秋意題邢敦夫扇〉。或許這三首詩本來並不是一組。❷邗溝：自揚州流經高郵直至淮安的一段運河。邗，音函。❸菰蒲：菱白與蒲葦。泛指水邊植物。❹月團：指團茶，形圓，故稱。碾：碾茶，烹茶之前先把團茶碾成茶末。瀹：音越。烹煮，這裡指烹茶。花瓷：指茶具。❺課：課讀，按規定的內容和分量教授或學習。白居易〈與元九書〉：「晝課賦，夜課書，間又課詩。」《楚詞》：即《楚辭》。

【解 說】

其一寫秋夜在邗溝行船的所見所感，「寒星無數傍船明」，寫景極真切，正是秋夜船行水上的感覺。後兩句也是夜晚行船的獨特感覺，晚上黑暗，視線不及，忽然聽到人聲笑語，才知道原來菰蒲深處還有另外一片天地。這兩句可參看晉釋帛道猷〈陵峰採藥觸興為詩〉：「連峰數千里，修林帶平津。……茅茨隱不見，雞鳴知有人。」又道潛〈東園〉：「隔林髣髴聞機杼，應有人家在翠微。」陳巖肖《庚溪詩話》卷下說道潛詩與秦觀此詩「其源乃出於道猷，而更加鍛煉」。

其二是一幅家居日常生活小景。前兩句一寫烹茶，一寫督促小兒讀《楚辭》，日常生活的安寧悠閒，以及詩人對待日常生活的雅潔趣味，盡在其中。後兩句描繪庭院中的一個小風景，「青蟲相對吐秋絲」，觀察極為細緻耐心，而且以一個小蟲子的活動傳達出環境的寧靜安閒和詩人平和寧靜的心境，極為新奇有趣。

宋末元初的方回對〈秋日〉三首很欣賞，曾評價道：三首的尾句「皆極怪麗」（見《瀛奎律髓》卷十二）。

# 春日五首（選一）

秦　觀

## 其　二

一夕輕雷落萬絲❶，霽光浮瓦碧參差❷。有情芍藥含春淚❸，無力薔薇臥曉枝。

### 【注　釋】

❶萬絲：指細雨。❷霽光浮瓦，指陽光照在琉璃瓦上，反射光閃閃不定，猶如在瓦上浮動。霽光：雨後初晴的陽光。碧：指琉璃瓦的顏色。參差：不齊貌。❸淚：指未乾的雨水。

### 【解　說】

這是秦觀的名作，煉字琢句、意象經營都頗有精彩，是其清新嫵麗詩風的代表。

秦觀是大詞人，作詩往往帶有詞的味道，比如此詩後兩句形容十分傳神，而且情思委婉，把惜花心情寫得十分細膩。像這樣的句子，在詞中為本色，在詩中則顯得柔弱。所以南宋敖陶孫說秦詩：「如時女步春，終傷婉弱。」（《詩人玉屑》卷二引）金代元好問〈論詩絕句〉也評論這首詩說：「拈出退之〈山石〉句，始知渠是女郎詩。」就是說，如果和韓愈雄勁硬朗的〈山石〉詩相比，那麼，秦觀這首詩就像是女孩子寫的了。因元好問之論隱含譏誚，曾引起後人的非議。陳衍《宋詩精華錄》卷二云：「遺山譏『有情』二語為女郎詩。詩者，勞人、思婦公共之言，豈能有〈雅〉〈頌〉而無〈國風〉，絕不許女郎作詩耶？」這是頗通達之言。詩歌風格不妨各擅其妙，不必厚此薄彼。

## 賞酴醾有感❶

秦　觀

春來百物不入眼，唯見此花堪斷腸。借問斷腸緣底事？羅衣❷曾似此花香。

【注　釋】

❶這首詩作年不詳。酴醾：花名，以色似酴醾酒得名。張邦基《墨莊漫錄》卷九：「酴醾花或作荼蘼，一名木香。有二品，一種花大而棘，長條而紫心者為酴醾；一品花小而繁，小枝而檀心者為木香。」酴醾為暮春開花，蘇軾〈杜沂遊武昌以酴醾花菩薩泉見餉〉詩：「酴醾不爭春，寂寞開最晚。」❷羅衣：一種質地輕軟的絲織品裁製的衣裳。

【解　說】

秦觀有的詩取境造語都很像詞。據《王直方詩話》記載：「東坡嘗以所作小詞示無咎、文潛曰：『何如少游？』二人皆對曰：『少游詩似小詞，先生小詞似詩。』」這首詩就是一個例子。

從最後一句看，這是一首思念情人的作品。詩人對酴醾情有獨鍾，原來是寄託了他的相思。看似信筆寫來，但因有深情寄託，便不浮泛。

## 首夏❶

秦觀

節物❷相催各自新，痴心兒女挽留春❸。芳菲過盡何須恨❹，夏木陰陰正可人❺。

【注　釋】

❶首夏：農曆四月，即孟夏，是夏季的第一個月。❷節物：應時節的景物。❸「痴心」句：是說痴心之人總希望把春天留住。❹芳菲：花草。恨：遺憾。❺可人：使人滿意。

【解　說】

傷春悲秋，是古代詩歌常見的主題，秦觀這首詩則一反傷春的傳統，勸告人們不必為春歸而傷心。他認為隨著時節的變化，新的景物也會不斷出現。所以他勸那些「痴心兒女」不必為春天花草凋零而遺憾、感傷，而要享受這「夏木陰陰」的一片新綠和宜人清涼。能在不同時候，不同地方，發現並欣賞各種事物的可愛之處，正是詩人的「詩心」所在。它源於一種通達的人生態度和對生命的熱愛。

## 垂虹亭❶

米芾

斷雲一葉洞庭帆❷，玉破鱸魚金破柑❸。好作新詩繼桑苧❹，垂虹秋色滿東南。

【注　釋】

❶垂虹亭：在太湖之濱的吳江縣（今屬江蘇）垂虹橋上，宋仁宗慶曆年間所建。王安石〈送裴如晦宰吳江〉詩：「他時散發處，最愛垂虹亭。」❷斷雲一葉：指船帆。葉，一作「片」。洞庭：指東西洞庭山，在吳江西南太湖中。❸玉破鱸魚：形容切好的鱸魚膾潔白如玉。破：切開。鱸魚：一種淡水食用魚，又名銀鱸、玉花鱸，吳江一帶所產尤為著名。金破柑：形容剖開的柑橘燦若黃金。太湖洞庭山盛產柑橘，稱「洞庭橘」。❹繼：清咸豐刻《涉聞梓舊》本《寶晉英光集》卷一作「寄」，此據米芾手書真跡。桑苧：唐代陸羽，字鴻漸，自稱桑苧翁，竟陵人，晚年隱於湖州，精於茶道，著有《茶經》。

## 野　步❶

賀　鑄

津頭微徑望城斜❷，水落孤村格❸嫩沙。黃草庵❹中疏雨濕，白頭翁嫗❺坐看瓜。

【注　釋】

❶野步：野外渡口，即首句的「津頭」。步：指水邊供停靠船舶的地方。酈道元《水經注・贛水》：「又東北逕王步。步側有城，云是孫奮為齊王鎮此城之渚，今謂之王步，蓋齊王之渚步也。」柳宗元〈永州鐵爐步志〉：「江之滸，凡舟可縻而上下者曰步。」❷望城斜：斜著往城邊延伸過去。❸格：阻隔。❹庵：圓頂的小草房。❺嫗：音玉。老婦。看：看守。

【解　說】

這是題寫野外一處小渡口的小詩。「黃草庵」指的是渡口的小茅屋。北宋米芾有〈題砂步三首〉，其第二首云：「砂步漫皆合，松門抱若桴。悠悠搖艇子，真似剡溪圖。」又南宋許棐〈鄭介道見訪〉詩云：「步頭楊柳種多年，今日方維勝客船。」以上「砂步」、「步頭」，皆指渡口，此詩「野步」亦然。或解「野步」為「郊外散步」，非是。

## 十七日觀潮❶

陳師道

漫漫平沙走❷白虹，瑤臺失手❸玉杯空。晴天搖動清江底，晚日浮沉急浪中。

【注　釋】

❶十七日：指農曆八月十七日。錢塘潮以每年八月十七、十八兩天最為壯觀。❷漫漫：廣闊無邊的樣子。平沙：平緩的沙灘。走：這裡指潮水奔湧。❸瑤臺：神話中神仙居住的地方。失手：因不慎，從手中跌落。

【解　說】

這首詩應是陳師道早年的作品，描繪錢塘潮的壯觀景象。前兩句寫潮水由遠而近，像一道白虹自天邊奔湧而來，場面闊大，氣勢恢宏。詩人不由得想，是不是天上的神仙不小心打翻了玉杯，使瓊漿玉液傾瀉而下？想像浪漫而又貼切。後兩句則是潮水已漲到腳下，從樓臺上俯視所見的情景，青天猶如在江中搖動，紅日也似在波浪中浮沉。置身其中，令人驚心動魄。

## 絕句四首（選一）❶

陳師道

### 其四

書當快意讀易盡，客有可人期❷不來。世事相違每如此，好懷百歲幾回開❸。

【注釋】

❶元符二年（一〇九九）陳師道在徐州作。❷可人：可心合意之人，指知己朋友。期：期待。作者〈寄黃充〉詩亦云：「俗子推不去，可人費招呼。」吳曾說：「蓋無己得意，故兩見之。」❸「世事」二句：意謂世事總是與願望相違，人生百年，開懷歡笑的日子不多。參看杜甫〈秋盡〉詩：「懷抱何時獨好開。」

【解說】

這首詩開篇兩句能言人心中所有之意。《詩林廣記》後集卷六引謝枋得評論說：「其化事甚巧。蓋用《莊子・盜跖》之言曰：『人上壽百歲，中壽八十，下壽六十。除病疾死喪憂患，其中開口笑者，一月之中不過四五日而已。』不用其語，而用其意，謂之化。」吳曾《能改齋漫錄》云：「此無己得意詩也。」（蔡正孫《詩林廣記》後集卷六引，今本《能改齋漫錄》無此條。）

# 題穀熟驛舍二首❶

晁補之

其一

驛後新籬接短牆，枯荷衰柳小池塘。倦遊對此忘行路，徙倚❷軒窗看夕陽。

其二

一官南北鬢將華，數畝荒池淨水花。掃地開窗置書几❸，此生隨處便為家❹。

【注釋】

❶穀熟：縣名，今河南商丘東南穀熟集。驛舍：驛站，供往來官員歇息的處所。穀熟縣當時屬應天府（治所在今河南商丘）所轄。紹聖初年（一〇九四）晁補之被貶為應天府通判，這組詩當即在應天府任職時所作。❷徙倚：站立。司馬相如〈長門賦〉：「閑徙倚於東廂。」呂向注：「徙倚，立也。」❸書几：書案。几：矮小的桌子，供擱置物件、倚憑身體用。❹「此生」句：可與白居易〈種桃杏〉詩「無論海角與天涯，大抵心安即是家」參看。

【解說】

這是晁補之晚年的作品。寫景抒情都不動聲色，語言也比較清雋自然。詩人一生仕宦，晚年還來往奔波，不免產生倦遊之感，但他並不因此頹唐悲傷，因為，隨處都有美景可以發現，隨處都可以擺下一張書桌。隨處為家的人生態度和精神境界，宋代許多人都有類似的表達，如司馬光〈河北道中作〉詩說：「綠柳陰中白浪花，河邊日日暗風沙。解鞍縱馬悄無事，隱几看書隨處家。」可參看。

## 初見嵩山❶

張耒

年來鞍馬困塵埃，賴有青山豁我懷❷。日暮北風吹雨去，數峰清瘦出雲來。

### 【注釋】

❶嵩山：五嶽中的中嶽，在河南登封北。元豐二年（一〇七九）張耒自淮陰赴壽安（今河南宜陽）任縣尉，途經嵩山時作此詩。❷賴：憑藉、倚靠。豁我懷：使我胸懷得以開闊。豁：開豁、拓展。

### 【解說】

張耒詩歌，近體比較有韻味，尤其是絕句，構思平易，語言流麗自然，而又能達到詞淺意深的境界，自成一格。他曾在〈東山詞序〉中說：「文章之於人，有滿心而發，肆口而成，不待思慮而工，不待雕琢而麗者。」他的這首絕句，比較鮮明地體現了這種特點。

南宋楊萬里很喜愛張耒詩，曾有詩說：「晚愛肥仙詩自然，何曾繡繪更雕鐫。春花秋月冬冰雪，不聽陳言只聽天。」（〈讀張文潛詩〉）楊萬里作詩，主張從大自然汲取靈感，寫得生動而有奇趣，就能見出張耒〈初見嵩山〉一類詩歌的影響。

## 夜坐❶

張耒

庭戶無人秋月明，夜霜欲落氣先清。梧桐直❷不甘衰謝，數葉迎風尚有聲。

【注釋】

❶這是張耒晚年的作品，大約作於崇寧末年，當時張耒因坐元祐黨籍而被貶謫。❷直：一本作「真」。

【解說】

這是張耒的名作。張耒自己曾經舉出此詩「梧桐」二句解釋說：「昔以黨人之故，坐是廢放。每作詩，嘗寄意焉。」（見宋吳曾《能改齋漫錄》卷十）確實，這兩句雖是寫物，其實很能表現詩人的倔強精神。

又，「梧桐」二句，似是從孟郊〈秋懷〉詩「梧桐枯崢嵘，聲響如哀彈」二句化出，不過孟詩悲酸哀苦，此詩則倔強振拔，氣格大異。

## 秋夜寄遠❶

張耒

秋晚蕭條風露清，星河耿耿漏丁丁❷。只應新月頻相見，長向玉樓東畔生❸。

【注釋】

❶這是一篇懷人的作品，作年不詳。❷星河：銀河。耿耿：明亮貌。白居易〈長恨歌〉：「耿耿星河欲曙天。」漏：古代計時器，又叫漏壺。丁丁：音爭爭。形容漏壺滴水的聲音。❸「只應」二句：設想之辭，意思是說與所思念之人久別不見，倒是月亮常從對方所居樓邊升起，經常相見。

## 偶題二首（選一）❶

張耒

### 其一

相逢記得畫橋頭，花似精神柳似柔❷。莫謂無情即無語，春風傳意水傳愁❸。

#### 【注　釋】

❶這是一首言情之作。此題的第二首有云：「偶然相值不相知。」可見寫的是一位在橋頭相逢而不相識的女子。❷「花似」句：形容她精神似花，柔情似柳。❸「莫謂」二句：意思是說她默默無語，可是春風春水都在為她傳遞情意。

#### 【解　說】

詩寫與一位女子的偶然相遇，以春花春柳形容她的精神體態，春風春水傳達她無言的深情。全是即景即情，信手拈來，語言如行雲流水一樣舒暢，而第三句與第四句之間自然而然的轉折，好似不經意當中，便使全詩頓現風致情韻。晁補之〈題文潛詩冊後〉曾有兩句詩形容張耒的這種獨特風格說：「君詩容易不著意，忽似春風開百花。」

## 亡友潘邠老有「滿城風雨近重陽」之句，今去重陽四日而風雨大作，遂用邠老之句廣為三絕（選一）❶

謝逸

### 其一

滿城風雨近重陽，無奈黃花惱意香❷，雪浪翻天迷赤壁❸，令人西望❹憶潘郎。

【注釋】

❶這首詩錄自《溪堂集》卷五。潘邠老：潘大臨，字邠老，本閩人，後居黃州（今湖北黃岡），應試不第，崇寧五年（一一〇六）客死蘄春（今屬湖北）。潘大臨曾從蘇軾、張耒、黃庭堅學詩，與江西詩派中多人交遊密切，被呂本中列入《江西詩社宗派圖》。「滿城風雨近重陽」是潘大臨的名句。重陽：重陽節，陰曆九月初九。廣為三絕：擴展補綴為三首絕句，本題三首，每首均以「滿城風雨近重陽」起句。❷黃花：指菊花。惱：撩撥、引逗。惱意香：謂黃花清香撩人，使人思緒紛亂。杜甫〈江上獨步尋花〉：「江上被花惱不徹。」又蘇軾〈和秦太虛梅花〉：「為愛君詩被花惱。」參看黃庭堅〈王充道送水仙五十枝欣然會心為之作詠〉詩「坐對真成被花惱」。❸赤壁：指黃州（今湖北黃岡）赤鼻磯。潘大臨曾居黃州。❹西望：謝逸家居臨川，黃州在臨川西北，故云。

【解　說】

「滿城風雨近重陽」本是潘大臨的名句，但僅得一句而無全篇，惠洪《冷齋夜話》卷四載：「黃州潘大臨，工詩，多佳句，然甚貧。東坡、山谷尤喜之。臨川謝無逸以書問有新作否，潘答書曰：『秋來景物，件件是佳句，恨為俗氣所蔽翳。昨日閒臥，聞攪林風雨聲，欣然起，題其壁曰：「滿城風雨近重陽。」忽催租人至，遂敗意，止此一句奉寄。』」潘大臨去世後，謝逸以「滿城風雨近重陽」為首句，續作了三首，以抒發對亡友的深切懷念，這是第一首。

潘大臨的原句和謝逸這組續詩曾在江西詩派詩人中傳為佳話，呂本中作有兩首絕句，詩題云：「潘邠老嘗得詩云：『滿城風雨近重陽。』文章之妙，至此極矣。後託謝無逸綴成。無逸詩云：『病思王子同傾酒，愁憶潘郎共賦詩。』蓋為此語也。王子，立之也。作詩未數年而立之、邠老墓木已拱，無逸窮困江南，未有定止，感歎之餘，輒成二絕。」詩云：「漫營新句補殘章，寄與烏衣玉樹郎。他日無人識佳景，滿城風雨近重陽。」「好詩政似佳風月，會賞能知已不凡。萬裡潘郎舊鄉縣，半江斜日落歸帆。」（見《東萊先生詩集》卷四）

## 偶成❶

饒　節

松下柴門閉綠苔，只有蝴蝶雙飛來。蜜蜂兩股大如繭，應是前山花已開❷。

【注　釋】

❶偶成：偶然有所發現，信筆寫成。❷「蜜蜂」二句：蜜蜂兩腿帶著花粉團飛來，詩人見此而推知前山花已盛

開。大如繭，蜜蜂採集花粉很多，沾附在後腿上，使得兩腿粗大如繭。前山花已開，《墨莊漫錄》引作「山前花又開」。

【解　說】

宋人絕句有許多觀察細緻，描寫真切的作品，這首詩就是一個絕好的例子。

宋張邦基《墨莊漫錄》卷六舉出此詩，稱之為近人之佳句可喜者，並說如此之作「不愧前人」。

## 晚　起

饒　節

月落庵❶前夢未回，松間無限鳥聲催。莫言春色無人賞，野菜花開蝶也來。

【注　釋】

❶庵：圓頂小草屋，亦指小寺廟。此指詩人的居處倚松庵。

【解　說】

這首詩後兩句尤見精彩。詩意是說野菜花開，自有蝴蝶欣賞，明寫山間幽靜，俗人行跡不到；但山間春色包括菜花和欣賞菜花的蝴蝶，都在詩人的觀照之中，這一切的欣賞者只有詩人自己，這是暗示不同凡俗的情懷。兩句之中包含了豐富層次。

## 春遊湖❶

徐俯

雙飛燕子幾時回？夾岸桃花蘸水❷開。春雨斷橋人不渡，小舟撐出柳陰來❸。

【注釋】

❶題目一作〈春日遊湖上〉。❷蘸水：形容桃花貼著水面，花枝垂到了水中。❸「春雨」二句：這兩句是說春雨過後，湖水上漲，橋被淹沒，人不能從橋上通過，要靠小舟過渡來往。斷橋：是說橋被漲水淹沒。渡：這裡是通過的意思。

【解說】

這首小詩在當時極受稱道，徐俯也因此名動一時。北宋末趙鼎臣〈和默庵喜雨述懷〉詩云：「解道春江斷橋句，舊時聞說徐師川。」南宋末張炎〈南浦〉詞詠春水有「荒橋斷浦，柳陰撐出扁舟小」之句，即從此詩脫化。

## 十絕為亞卿❶作（選二）

韓駒

### 其五

君住江濱起畫樓，妾居海角送潮頭❷。潮中有妾相思淚，流到樓前更不流❸。

## 其八

妾願為雲逐畫檣❹，君言十日看歸航。恐君回首高城隔，直倚江樓過夕陽❺。

### 【注　釋】

❶亞卿：葛次仲，字亞卿，江陰（今屬江蘇）人。他是韓駒的友人，初隱居，後出為海陵（今江蘇泰州）尉。❷海角：沿海僻遠之地，這裡指江水入海處。送潮頭：海水漲潮時潮頭逆流而上，故云。❸「潮中」二句：自北宋晁元忠〈西歸〉詩「安得龍山潮，駕回安河水，水從樓前來，中有美人淚」化出。末句又參用了唐孫叔向〈經昭應溫泉〉「雖然水是無情物，也到宮前咽不流」二句的意思。清潘德輿《養一齋詩話》卷五說此首「與唐人聲情氣息不隔累黍」。❹逐畫檣：謂追隨男方的畫船而去。檣：桅杆，這裡代指船。❺「恐君」二句：意思是說，我恐怕你在遠去的船上回望時被高城擋住視線，因而倚立江邊樓上，直到夕陽西下。參看唐歐陽詹〈初發太原途中寄太原所思〉：「高城已不見，況復城中人。」又秦觀〈滿庭芳〉詞：「傷情處，高城望斷，燈火已黃昏。」此即韓詩所本。但歐陽詩與秦詞是站在離去的男方的立場上說，韓詩則站在城中女方的立場上說，且翻進一層，各盡其妙。

### 【解　說】

這組詩原共十首，胡仔《苕溪漁隱叢話》後集卷三十四云：「子蒼（韓駒）〈十絕為葛亞卿作〉，皆別離之詞，必亞卿與妓別，子蒼代賦此詩。」知此詩是以女主人公口吻抒寫她的離情和相思的代言之作。又，這組詩在江西詩派詩人間頗為傳誦，且頗有好評，《詩林廣記》後集卷八引徐俯〈跋子蒼代葛亞卿詩〉云：「十詩說盡人間事，付與風流葛稚川。」

## 憶舊❶

朱敦儒

早年京洛❷識前輩，晚景江湖無故人。難與兒童談舊事，夜攀庭樹數星辰。

【注釋】

❶這當是朱敦儒南渡後晚年退居江湖時所作。詩見宋末元初謝枋得《送史縣尹朝京序》引。❷京：指北宋都城汴京。洛：指北宋西京洛陽。朱敦儒早年居洛陽，以志行、文才名動京洛。

【解說】

這首詩出語淺淡而實極沉痛，既有家國之悲，又有個人身世之痛。到南宋滅亡之後，此詩的複雜情緒便往往引起南宋遺民的深刻共鳴，謝枋得說：「予每誦此詩，未嘗不臨風灑淚也。」

## 聽雨❶

呂本中

日數歸期似有期❷，故園無語說相思❸。芭蕉葉上三更雨，正是愁人睡覺❹時。

【注　釋】

❶本篇是紹興五年（一一三五）呂本中在福州（今屬福建）作。❷似有期：意在說明實無歸期。此句從李商隱〈夜雨寄北〉「君問歸期未有期」化出。❸故園：故鄉、故國。無語說相思：謂思念故國之情已無語言可以表達。李商隱〈夜雨寄北〉：「何當共剪西窗燭，卻話巴山夜雨時。」這裡暗用其意，而從反面入筆，更見其妙。❹睡覺：睡醒。

【解　說】

北宋滅亡後，呂本中流落到南方，時刻盼望回到故鄉，但故鄉已被金人占領，眼看收復無望，故鄉難回，在這首詩中表現了心情的沉痛和絕望。第一句說自己天天盼望著歸期，數著日子，好像真有歸期一樣，而實際上，他心裡清楚，歸期已是不可企盼了，「似有期」三個字，真切傳達了內心的期盼和絕望，整首詩的立意全從這三字生發。「芭蕉葉上三更雨，正是愁人睡覺時」兩句化用唐徐凝〈宿冽上人房〉詩：「覺後始知身是夢，更聞寒雨滴芭蕉。」

參看呂本中在北宋政和年間所作的〈夜雨〉詩：「夢短添惆悵，更深轉寂寥。如何今夜雨，只是滴芭蕉。」很明顯，〈聽雨〉的故國之思和藝術表現的深沉複雜，是〈夜雨〉不能比擬的。

## 三衢❶道中

曾　幾

梅子黃時❷日日晴，小溪泛盡卻山行。綠陰不減來時路，添得黃鸝四五聲。

【注　釋】

❶三衢：今浙江衢州，因境內有三衢山，故稱。❷梅子黃時：江南一帶，春末夏初梅子黃熟時，濕潤多雨，稱黃梅天。

【解　說】

宋人紀行詩，頗有佳作。本篇所寫，平凡而有奇趣。開篇紀時令，便顯出興致之高。本來江南黃梅時節，多是淫雨霏霏，綿綿不絕，如北宋寇準詩所說：「梅子黃時雨如霧。」（《苕溪漁隱叢話》前集卷三十七引）賀鑄〈青玉案〉詞有「梅子黃時雨」之句，南宋趙師秀〈約客〉詩也說：「黃梅時節家家雨。」而應是陰雨綿綿的節令，此時卻是「日日晴」，這便非同一般，令詩人心情振作，喜出望外，於是此次行途也就興致勃勃。因此，開頭一句看似平泛的描寫，其實為後面的紀述規定了特殊的情境和心境。平中出奇，此之謂也。至於「綠陰」二句，更是本篇佳句，歷來多有好評的。

## 襄邑道中❶

陳與義

飛花兩岸照船紅，百里榆堤半日風❷。臥看滿天雲不動，不知雲與我俱東❸。

【注　釋】

❶襄邑：今河南睢縣，在汴京東南。政和八年（一一一八），陳與義在汴京，春天，曾因事去襄邑，詩即作於從

汴京赴襄邑途中。❷「百里」句：說船行順風，半日已行百里。❸「臥看」二句：寫在船上看雲的錯覺。雲在天上順風飄動，船在水上順風東行，方向一致，遂產生「雲不動」的錯覺。

【解 說】

這首詩後二句所寫的錯覺，是生活中常有的體驗。美國現代物理學家阿・熱在《可怕的對稱》一書中曾引用這首詩說明運動相對性的現象。並說：「在這種情況下，詩人的運動的概念和物理學家是一致的。對詩人來說，把雲描述成靜止也是相當精確的。」（《可怕的對稱——現代物理學中美的探索》，荀坤、勞玉軍譯，湖南科學技術出版社，一九九二年版）這一解釋可以幫助我們領悟此詩的妙處。

## 和張規臣水墨梅❶五絕（選一）

陳與義

粲粲江南萬玉妃❷，別來幾度見春歸。相逢京洛渾依舊❸，唯恨緇塵染素衣❹。

【注 釋】

❶張規臣：字元東，陳與義表兄。水墨梅：以水墨畫成的梅花，不施彩色。❷粲粲：鮮明貌。玉妃：比喻梅花。蘇軾〈梅〉詩：「玉妃謫墮煙雨村。」此沿用。❸京洛：西晉京城洛陽，這裡代汴京。渾依舊：幾乎和從前一樣。❹緇塵染素衣：西晉陸機〈為顧彥先贈婦〉：「京洛多風塵，素衣化為緇。」又謝朓〈酬王晉安〉：「誰能久京洛，緇塵染素衣。」這裡用此典，說墨梅就是自己早年在江南見過的梅花，風神依舊，不同處是被京城的塵土染成了黑色。這是為墨梅不施色彩作解釋，並暗示其本來的品格。活用典故，自然而不著痕跡。緇：音

滋。黑色。

【解　說】

這組詩共五首，是陳與義早年詠水墨梅的名作。宋人曾敏行《獨醒雜志》卷四記載，這幅水墨梅為花光仁老所畫。花光仁老指僧仲仁，號花光，又作華光，以畫墨梅著名，吳太素《松齋梅譜》卷一說：「墨梅自華光始。」宋人華鎮《南岳僧仲仁墨畫梅花》詩云：「世人畫梅賦丹粉，山僧畫梅匀水墨。」政和八年（一一一八），張規臣作《水墨梅詩》，陳與義和作了這組詩。組詩中還有「意足不求顏色似，前身相馬九方皋」；「晴窗畫出橫斜影，絕勝前村夜雪時」等句，形容墨梅超於形跡之上的神韻，亦曾廣受稱讚。據葛勝仲〈陳去非詩集序〉說，宣和中，宋徽宗見這五詩，很欣賞，「亟命召對，有見晚之嗟」，陳與義因此擢任祕書省著作佐郎。這裡所選是第三首，《竹莊詩話》卷十七引洪邁評此首云：「語意皆妙絕。」

## 牡　丹❶

陳與義

一自胡塵❷入漢關，十年伊洛路漫漫❸。青墩溪畔龍鍾客❹，獨立東風看牡丹❺。

【注　釋】

❶這首詩作於紹興六年（一一三六）春，這時陳與義以病告退，寓居浙江桐鄉北青墩壽聖禪院之無住庵。❷胡塵：指金兵。❸十年：自靖康元年（一一二六）汴京淪陷，至此已過十年。伊洛：伊水和洛水，指詩人故鄉洛陽。洛陽淪於敵手，還鄉無望，故有「路漫漫」的感歎。❹青墩溪：在浙江桐鄉北。龍鍾客：詩人自指。龍鍾，

疲憊貌，又形容老態。❺看牡丹：詩人故鄉洛陽盛產牡丹，此時在他鄉看見牡丹，自然產生懷鄉的傷感。

【解　說】

詩人因國破家亡，流落天涯，衰病龍鍾，這時只有牡丹稍可撫慰其心，「獨立東風看牡丹」一句，從北宋張唐英〈題傳舍〉詩「忍向東風看牡丹」化來，但包含了傷悼故國、悲歎身世的感情，比張詩深沉悲涼。

## 夏日即事❶

張九成

萱草❷榴花照眼明，楸枰❸水閣晚風清。蕭然❹終日無人到，簾外時聞下子聲❺。

【注　釋】

❶即事：面對眼前事物命題作詩，是作詩常見的命題方式。❷萱草：又名忘憂草，古人認為可以使人忘憂。花為黃色。一說即金針花。❸楸枰：圍棋盤。因棋盤多用楸木製成，故稱。蘇軾〈席上代人贈別〉：「楸枰著盡皆無期。」楸枰，一本作「冰廳」。楸：音秋。落葉喬木，木材細緻。❹蕭然：清靜冷落。❺下子聲：下圍棋時的落子聲。

【解　說】

張九成是著名理學家，南宋紹興二年（一一三二）狀元及第，因堅持抗戰主張，反對與金議和，忤秦檜，被貶逐。謫居南安軍（今江西大余）十四年，讀書治學，氣不少屈。「每執書就明，倚立庭磚，歲久，雙趺隱然。」

秦檜死後，才被放還。他的學問文章、操履氣節，都為當時士人所尊仰。詩歌不是他的專長，但也有清新可誦之作。這首小詩即事而作，寫夏日生活的一個小場景。第一句的萱草、榴花，一黃一紅，色調鮮明，烘托環境的明麗爽朗。第二句寫水閣下棋，晚風吹拂，清爽宜人。後兩句以圍棋落子聲渲染周圍的清靜。這樣的意境，突出地展示了詩人光風霽月般明淨高潔的胸襟。

## 汴京紀事二十首❶（選二）

劉子翬

### 其六

內苑珍林蔚絳霄❷，圍城不復禁芻蕘❸。舳艫歲歲銜清汴❹，才足都人幾炬燒。

### 其七

空嗟覆鼎❺誤前朝，骨朽人間罵未銷。夜月池臺王傅宅❻，春風楊柳太師橋❼。

【注　釋】

❶汴京：汴梁，北宋都城，今河南開封。這組詩是宋室南渡後作者感慨靖康之難、回思北宋覆亡前後歷史、痛定思痛而作。❷內苑：御花園，此指艮嶽。蔚：草木茂盛貌。絳霄：絳霄樓，艮嶽中最壯麗的建築物之一。宋徽宗政和七年築萬歲山，山周圍為園林，廣十餘里，園中置亭臺樓館山莊水榭無數，窮極巧妙。宋徽宗親自定名為艮嶽，並撰〈艮嶽記〉。又命朱勔等廣求天下奇花異木、太湖巧石、佳果文竹、珍禽異獸等充置園中，號為

「花石綱」。❸不復禁芻蕘：不再禁止百姓到園中打柴。靖康元年冬，金兵圍城日久，大雪寒冷，百姓無柴，宋欽宗便命開放艮嶽縱民伐竹樹花木，拆屋為薪。芻蕘：割草打柴的人。❹「舳艫」句：這句說為建築艮嶽運送花木奇石的船隊，首尾相接航行於汴河中，年年不斷。《宋史・朱勔傳》說宋徽宗垂意花石，朱勔就在東南各地搜羅奇花異石運送汴京，「舳艫相銜於淮汴，號花石綱。」與作者同時的鄧肅曾作〈花石詩〉十一首諷其事，其一云：「蔽江載石巧玲瓏，雨過嶙峋萬玉峰。艫尾相銜貢天子，坐移蓬島到深宮。」鄧肅自序其詩說當時東南貢花石綱，「根莖之細，塊石之微，挽舟而來，動數千里」。均可與此詩參看。舳艫：船尾與船頭。泛指船隻。銜：接連。❺覆鼎：《周易・鼎卦》：「鼎折足，公覆餗。」公指居上位者。覆，傾覆。餗，羹湯，鼎中食物。比喻大臣失職誤國。這裡指王黼、蔡京等禍國殃民，致使國家覆亡。❻王傅：徽宗時宰相王黼，進太傅，封楚國公，故稱。他在宣和年間勢傾一時，貪贓弄權，禍國殃民，為「六賊」之一。宋徽宗在政和六年賜給他昭德坊宅第，他又將左旁故侍郎許將家趕出，將許宅據為己有；後來他拜相，又別賜城西甲第。宋欽宗即位後，王黼被貶誅，其宅第亦籍沒入官。❼太師：指蔡京，拜太師，封魯國公。徽宗時數次當國，打擊異己，專權誤國，天下目為「六賊」之首。欽宗時貶逐，道死潭州，世人猶以不正典刑為恨。其宅第在閶闔門外西街南，其府門外有橋名「太師府橋」，在州橋之西。

## 【解　說】

這組詩主要內容在於反思導致北宋覆亡的原因，見解深刻，歷來被當作詩史看待。方回說這組詩「不減唐人」（《瀛奎律髓》卷三十二）。清翁方綱《石洲詩話》卷四：「劉屏山〈汴京紀事〉諸作，精妙非常。此與鄧栟櫚（鄧肅）〈花石綱〉詩，皆有關一代事跡，非僅嘲評花月之作也。宋人七絕，自以此種為精詣。」

## 絕句送巨山❶二首（選一）

劉子翬

### 其一

二年寄跡閩山❷寺，一笑翻然❸向浙江。明月不知君已去，夜深還照讀書窗。

【注　釋】

❶巨山：張嵲，字巨山，襄陽人，陳與義的表侄，劉子翬的好友。紹興八年（一一三八）任福建路轉運判官，九年召赴臨安（今浙江杭州），除司勳員外郎，兼實錄院檢討官。此詩是作者為他送行而作。❷寄跡：寄託蹤跡、託身。閩山：指武夷山，在今福建崇安西南。❸翻然：高飛貌。

【解　說】

這是詩人為好友送行而作。「一笑翻然向浙江」，既寫張巨山離開福建去臨安的事實，又寫了張巨山爽朗豪邁的性格，同時還表達了對友人此去前程遠大的祝福。後兩句表面是寫明月對張巨山的依戀，實際是從側面表現自己對友人的依依不捨和思念之情。四句小詩，情深意切，語簡意豐，構思不俗。

## 清　晝❶

朱淑真

竹搖清影罩幽窗，兩兩時禽❷噪夕陽。謝卻海棠飛盡絮❸，困人天氣❹日初長。

【注　釋】

❶本篇是朱淑真的名作。詩題一作〈初夏〉，劉克莊《後村千家詩》卷二選此詩題作〈夏〉。❷兩兩：成雙成對。時禽：應時節而啼鳴的鳥。❸謝卻：凋謝盡。絮：柳絮。❹困人天氣：指暮春初夏氣候。張先〈八寶妝〉詞「正不寒不暖，和風細雨，困人天氣。」

【解　說】

明人鍾惺評此詩云：「語有微至，隨意寫來自妙，所謂氣通而神肖也。」（《名媛詩歸》卷二十）《西湖遊覽志餘》卷十六云：「淑真詩詞多柔媚，獨〈清晝〉一絕，〈送春〉一詞，頗疏俊可喜。」

## 劍門道中遇微雨❶

陸　游

衣上征塵雜酒痕❷，遠遊無處不消魂❸。此身合是詩人未❹？細雨騎驢入劍門❺。

【注　釋】

❶乾道八年（一一七二）十一月，陸游從南鄭王炎幕府調任成都府路安撫司參議官。此詩作於自南鄭赴成都途經劍門時。劍門：劍門山，主峰大劍山在今四川劍閣北面，因峰巒連綿，下有隘路如門，故名。唐時曾置劍門關，為川北要隘。❷征塵：旅途塵土。酒痕：沾在衣上的酒漬。❸消魂：黯然消魂。這裡是形容極度的憂愁。

參看陸游〈夜與子遹說蜀道因作長句示之〉：「憶自梁州入劍門，關山無處不消魂。」❹「此身」句：這句是自問算不算得上一個詩人。此身：詩人自指。合是：應該是、應當是。未：疑問詞，用在句末，表示詢問，詩詞中多用。王維〈雜詩〉：「來日綺窗前，寒梅著花未？」❺騎驢：古代詩人騎驢之事，流傳頗多，因此驢被看作是詩人的座騎。入劍門：指入川。

## 【解　說】

這是陸游從南鄭抗金前線被調回成都途經劍門關時所作。陸游本來的志向是做一個戰士，為國家收復中原，這時卻被調離前線，因此心情非常壓抑。這就是讓他感到「遠遊無處不消魂」的主要原因。詩的後兩句就眼前「騎驢」和「入川」兩件事，自問說，自己應該是一個詩人了吧？表面上是以做詩人自豪、自慰，實際上是抒發不能做戰士的牢騷。

「騎驢」和「入川」，都與古代詩人有關，唐開元中，京城流傳有「正字校書，詠詩騎驢」的民謠（見《靈異錄》）。又李白、杜甫、賈島、李賀等都有騎驢故事，鄭綮還說過「詩思在灞橋風雪中驢子上」的名言（見《唐詩紀事》卷六十五）。宋詩人潘閬、王安石騎驢之事還被畫成圖畫流傳（見《圖畫見聞志》卷四及黃庭堅〈書王荊公騎驢圖〉）。另外，唐宋時許多名詩人都與四川有關，如李白、杜甫、陳子昂、高適、岑參、白居易、蘇舜欽、蘇軾、黃庭堅等，或是出生在四川，或是曾在四川任職，或是被貶謫到四川。正因騎驢與入川都與詩人有關，故詩人不禁自問說：「此身合是詩人未？」參看陸游乾道六年初入蜀赴夔州通判任時所作之〈巴東遇小雨〉其一：「從今詩在巴東縣，不屬灞橋風雪中。」其二：「西遊萬里亦何為？欲就騷人乞棄遺。」

這首詩是陸游的名作，歷來都有好評。陳衍《石遺室詩話》卷二十七引揆東評云：「劍南七絕，宋人中最占上峰，此首又其最上峰者，直摩唐賢之壘。」

## 花時遍遊諸家園（十首選一）❶

陸游

為愛名花抵死狂❷，只愁風日損紅芳。綠章夜奏通明殿❸，乞借春陰護海棠。

【注釋】

❶淳熙三年（一一七六）春在成都作。陳衍《石遺室詩話》卷二十七云：「此十絕句，皆清麗高響。」❷抵死：至死。抵死狂，謂狂到極致。劉辰翁評云：「狂得有理。」（《精選陸放翁詩集》）❸綠章：道教上書神道的文詞，寫在青紙上稱青詞，寫在綠紙上稱綠章。通明殿：道教最高天神玉帝的宮殿。

## 小園四首（選一）❶

陸游

### 其一

小園煙草接鄰家，桑柘陰陰❷一徑斜。臥讀陶詩❸未終卷，又乘微雨去鋤瓜❹。

【注釋】

❶淳熙八年（一一八一）閒居故鄉山陰時作。❷柘：音這。又名黃桑，小喬木，葉可飼蠶。陰陰：幽暗的樣子。❸陶詩：陶淵明詩。❹「又乘」句：參看陸游〈讀陶詩〉：「我詩慕淵明，恨不造其微。……雨餘鋤瓜壟，月

下坐釣磯。」

【解說】

這是陸游在山陰農村閒居時的詩歌，寫歸隱田園的生活樂趣，恬淡閒適，平實樸素。這時，陶淵明就是他最為心儀嚮往的前輩典型，不僅細讀其詩歌，模仿其躬耕隴畝的生活，而且模仿其平實自然的詩風，總之，仰慕陶淵明，處處效法，「恨不造其微」。

## 十一月四日風雨大作❶

陸游

僵臥孤村不自哀，尚思為國戍輪臺❷。夜闌臥聽風吹雨，鐵馬冰河入夢來❸。

【注釋】

❶紹熙三年（一一九二）陸游家居山陰時作。❷輪臺：漢代西域地名，在今新疆輪臺東南，武帝時置使者校尉，後併於龜茲。又唐貞觀中置輪臺縣，為當時戍守西域的要地。這裡泛指邊疆。❸「夜闌」二句：此二句是說風雨之聲在夢中幻化成了鐵馬行進於冰河的聲音。參看作者〈秋雨漸涼有懷興元〉：「忽聞雨掠蓬窗過，猶作當時鐵馬看。」夜闌即夜深；冰河泛指北方冰凍河流。

【解說】

這首詩表明陸游投身抗戰、為國雪恥的壯志至老不衰。但是，詩人空懷壯志，卻不為朝廷所重，只能「僵臥孤村」，把為國家恢復中原的理想寄託到夢境之中。

此詩的寫法實際上與黃庭堅的〈六月十七日晝寢〉詩相同，可參見本書黃庭堅該詩注。任淵注山谷詩，說〈六月十七日晝寢〉是「以言江湖之念深，兼想與因，遂成此夢」。陸游此詩則是表現為國抗戰雪恥的志向，所謂「想」，即「尚思為國戍輪臺」的「思」；所謂「因」，即是「臥聽風吹雨」的風雨之聲。「想」和「因」共同作用，便化作了「鐵馬冰河」行軍征戰之夢。這就從潛意識的層面，表現了自己抗戰報國的志向理想之堅定執著。從立意和意境上看，又與黃庭堅詩不同，可以說是青出於藍而勝於藍了。

## 沈園二首❶

陸　游

### 其一

城上斜陽畫角❷哀，沈園非復舊池臺。傷心橋下春波綠，曾是驚鴻❸照影來。

### 其二

夢斷香消四十年❹，沈園柳老不吹綿❺，此身行作稽山土❻，猶弔遺蹤一泫然❼。

【注　釋】

❶這組詩是慶元五年（一一九九）春陸游在山陰為懷念前妻而作。沈園：在今浙江紹興禹跡寺南。❷畫角：彩繪的號角。❸驚鴻：曹植〈洛神賦〉：「翩若驚鴻。」比喻體態輕盈，這裡借指前妻。❹夢斷香消：指唐氏之

死。唐氏去世距此時已四十多年。❺綿：柳絮。❻「此身」句：此句是說自己將不久於人世。行：行將、即將。稽山：會稽山，在今浙江紹興東南。❼弔：憑弔。泫然：傷感流淚貌。泫：音眩。

【解　說】

據劉克莊《後村詩話》續集卷二、周密《齊東野語》卷一等記載，陸游初娶唐氏，夫婦感情很好，但因陸游之母不喜唐氏，二人被迫離異。後唐氏改嫁，陸游亦別娶，但舊情難斷。紹興二十一年（一一五一）春（一說為紹興二十五年），二人相遇於禹跡寺南之沈園，陸游為題〈釵頭鳳〉詞於園壁。後唐氏抱恨而卒。四十多年後陸游重遊沈園，為懷念唐氏而作了這兩首傷心沉痛的詩歌。

陳衍《宋詩精華錄》卷三評這兩首詩說：「無此絕等傷心之事，亦無此絕等傷心之詩。就百年論，誰願有此事？就千秋論，不可無此詩。」

## 梅花絕句六首（選一）❶

陸　游

其　三

聞道梅花坼曉風❷，雪堆遍滿四山中。何方可化身千億，一樹梅前一放翁❸。

【注　釋】

❶陸游嘉泰二年（一二〇二）正月在山陰作。❷坼曉風：在曉風中開放。坼：音徹。開裂。❸「何方」二句：

此二句化用柳宗元〈與浩初上人同看山寄京華親故〉「若為化作身千億，散上峰頭望故鄉」的設想。陳衍《宋詩精華錄》卷三評云：「柳州之化身何其苦，此老之化身何其樂。」前，一作「花」。

【解　說】

這首詩不妨看作是陸游獨特詩人氣質的自供狀。千億株梅，千億個放翁，這是何等壯觀、何等雄奇、何等痴迷的想像！

## 示　兒❶

陸　游

死去元❷知萬事空，但悲不見九州同❸。王師北定中原日，家祭無忘告乃翁❹。

【注　釋】

❶嘉定二年底，陸游卒於山陰故里，這是臨終前的絕筆詩。❷元：同「原」。❸九州：古代中國分為九州。同：統一。❹無忘：不要忘記。乃翁：你的父親，指詩人自己。

【解　說】

林景熙當宋亡之後作〈書陸放翁詩卷後〉說：「青山一髮愁濛濛，干戈況滿天南東。來孫卻見九州同，家祭如何告乃翁？」」胡應麟《詩藪》外編卷五說〈示兒〉一詩「忠憤之氣，落落二十八字間」。《唐宋詩醇》卷四十七引褚人穫評云：「〈示兒〉一絕，有三呼渡河之意。」賀貽孫《詩筏》說這首詩「率意直書，悲壯沉痛，孤忠至性，可泣鬼神」。

## 州橋❶

范成大

州橋南北是天街❷，父老年年等駕回❸。忍淚失聲詢使者❹，「幾時真有六軍❺來？」

【注　釋】

❶宋孝宗乾道六年（一一七〇）范成大奉朝命出使金國，途經淮河以北的北宋故土，寫了一組七言絕句共七十二首，記錄沿途所見所聞所感。這是其中第十六首，經北宋故都汴京時作。州橋：在汴京城內，跨汴河，正對大內（宮城）御街，又名天漢橋。本篇題下原有小注說：「南望朱雀門，北望宣德樓，皆舊御路也。」朱雀門：汴京裡城的正南門。宣德樓：汴京宮城的正門樓。御路：皇帝車馬所走的大路，汴京裡城大街，也就是下面所說的「天街」。❷天街：即御路，北起宣德樓，過州橋，往南直到朱雀門。❸父老：對老者的敬稱。這裡指汴京的北宋遺民。駕：皇帝的車駕。❹失聲：因悲痛而泣不成聲。詢：問。使者：指南宋派來的使節，即作者自己。❺六軍：古時軍制，王師由六軍組成。這裡指南宋軍隊。

【解　說】

范成大寫這首詩時金人已占據汴京四十四年。詩中反映的正是汴京老百姓盼望南宋朝廷收復失地的強烈願望及年年等駕年年失望的痛苦心情。作品沒有精巧的構思和華麗的辭藻，但其中深厚的社會內涵和沉痛的感情使這首詩今天讀來仍有一種動人的力量。

清潘德輿《養一齋詩話》卷九說此詩「沉痛不可多讀，此則七絕至高之境，超大蘇而配老杜」。

## 四時田園雜興六十首❶（選十一）

范成大

### 其一

土膏欲動雨頻催❷，萬草千花一餉開。舍後荒畦猶綠秀，鄰家鞭筍過牆來❸。

### 其十五

蝴蝶雙雙入菜花，日長無客到田家。雞飛過籬犬吠竇，知有行商來買茶。

### 其二十五

梅子金黃杏子肥，麥花雪白菜花稀。日長籬落無人過，唯有蜻蜓蛺蝶飛。

### 其二十九

小婦連宵上絹機，大耆❹催稅急於飛。今年幸甚蠶桑熟，留得黃絲❺織夏衣。

### 其三十一

晝出耘田夜績麻，村莊兒女各當家❻。童孫未解供耕織，也傍桑陰學種瓜。

其三十五

採菱辛苦廢犁鉏[7]，血指流丹鬼質枯[8]。無力買田聊種水[9]，近來湖面亦收租。

其四十一

垂成穡事[10]苦艱難，忌雨嫌風更怯寒。牋訴天公休掠剩[11]，半償私債半輸官[12]。

其四十三

中秋全景屬潛夫[13]，棹入空明[14]看太湖。身外水天銀一色，城中有此月明無？

其四十四

新築場泥鏡面平，家家打稻趁霜晴。笑歌聲裡輕雷動，一夜連枷[15]響到明。

其五十五

撥雪挑來踏地菘[16]，味如蜜藕更肥醲[17]。朱門肉食[18]無風味，只作尋常菜把供[19]。

其五十八

黃紙蠲租白紙催[20]，皂衣旁午[21]下鄉來。長官頭腦冬烘甚，乞汝青錢買酒迴[22]。

## 【注釋】

❶范成大於淳熙九年（一一八二）因病請求退休，回故鄉石湖隱居休養，這組詩即病癒後作。原分為春日、晚春、夏日、秋日、冬日五組，每組十二首。題下小序云：「淳熙丙午，沉痾少紓，復至石湖舊隱，野外即事，輒書一絕，終歲得六十篇，號〈四時田園雜興〉。」淳熙丙午為淳熙十三年（一一八六）。沉痾：重病。紓：音舒。解除、緩解。❷「土膏」句：這句是說春來陽氣回升，地脈已開，土地潤澤。土膏：土地中的膏澤。《國語·周語》：「陽氣俱蒸，土膏其動。」❸「鄰家」句：這是說鄰家所種之竹，竹根橫行生長，穿過牆根生筍於舍後。鞭：竹根。❹大耆：古稱六十歲為「耆」，大耆指年高有德望之人，這裡借指為官府供役催租賦的鄉老。❺黃絲：蠶絲以白絲為上，黃絲質劣。白絲要織絹交納賦稅，自家只能留用黃絲。❻各當家：各當行、各頂一行。❼鉏：同「鋤」。❽鬼質枯：意謂瘦得像鬼。質：形貌。《新唐書·盧杞傳》稱盧杞是「鬼貌藍色」，而〈盧杞傳贊〉裡則說他是「鬼質」。范成大〈採菱〉詩亦云：「刺手朱殷鬼質青。」❾種水：指採菱，菱是水生植物，故云。❿垂成：將近完成。穡事：收穫季節的各種農事。⓫牋訴天公：用牋奏向天公訴說。皮日休〈苦雨雜言寄魯望〉：「不如直上天公牋。」牋：一種與表章類似的文體，用於下對上的書札。掠剩：掠取剩餘的。⓬「半償」句：說既要繳納官稅又要償還私債。據《宋史·食貨志》，當時農村「富者操奇贏之資，貧者取倍稱之息；一或小稔（收成），富家責償愈急，稅調未畢，資儲罄然」。官府為與私債主爭催租稅，便令州縣戒里胥、鄉老監督，「未輸稅毋得先償私通（欠債），違者罪之」。參見范成大〈勞畬耕〉詩：「不辭春養禾，但畏秋輸官……兩鍾致一斛，未免催租瘢。重以私債迫，逃屋無炊煙。」⓭潛夫：隱者，這裡是作者自稱，他當時退居石湖，故云。⓮棹：划船用具，代指船。空明：指湖水，水為月色映照，明淨如空，故云。韓愈〈祭郴州李使君文〉：「航北湖之空明。」⓯連枷：一種打場用的農具，在長木柄頂端絞連上敲桿構成，用以擊打穀穗使脫粒。⓰踏

地菘：即塌棵菜，其莖肥短，貼地而生，故名。菘：白菜。⑰肥醲：肥美濃厚。⑱朱門肉食：泛指富貴人家。⑲「只作」句：這句是說富貴人家不懂得踏地菘的風味，只把它當作尋常菜蔬看待。菜把：菜蔬。⑳「黃紙」句：此句說朝廷頒布了豁免租賦的詔令，地方官吏仍然催逼交租。北宋蘇軾〈應詔論四事狀〉：「四方皆有黃紙放而白紙收之語。」范成大〈後催租行〉也說：「黃紙放盡白紙催。」黃紙：皇帝頒布的文告。蠲：音捐。免除、減免。白紙：地方官催交租賦的公文。㉑皂衣：黑衣，指為官府催租的衙門差役。旁午：交錯、紛紜，形容多而雜亂。《漢書．霍光傳》「使者旁午」，顏師古注：「一縱一横為旁午，猶言交横也。」旁：音棒。㉒「長官」二句：二句是催租差役對農民說的話，意思是說，長官頭腦都很糊塗，辦事得靠我們當差的，只要你拿出幾個錢給我買酒回家喝，這交租的事情就好解決了。這兩句詩把催租差役對農民肆無忌憚地敲詐勒索的醜惡嘴臉刻畫得窮形盡相。長官：宋代通稱縣官為長官。冬烘：形容懵懂糊塗，迂腐淺陋。乞：音起。乞求。

## 【解說】

這組詩共六十首，每十二首為一組，分別詠春日、晚春、夏日、秋日和冬日的田園生活，反映了農村生活的各個方面，富有濃郁的鄉土氣息。

歷來的田園詩，大多被詩人賦予了隱士和文人的情調。陶淵明的田園詩中有一些描寫自己親身從事勞動的經歷，但這一部分內容未被後來的詩人繼承，唐代王、孟一派田園詩人更關注的似乎是田園風光的恬靜平和，以及隱居田園的趣味。他們筆下的農村，富有牧歌情調，顯然是文人眼中理想化了的田園。而范成大〈四時田園雜興〉組詩中描寫農事、農俗的部分，將四季農事活動的艱辛與快樂一併呈現。組詩中揭露官府對農民的盤剝真相的作品，則為田園詩這個類型注入了新的內容。他將農事、農俗和農村存在的剝削等現實問題，與傳統的田園題材相結合，總結了歷史上農村題材的各個方面內容，形成了一種新型的田園詩典範。

不僅如此，這組詩是范成大作為田園中的一員對農村生活的切實體驗和觀照，不像傳統田園詩人那樣隔著遙遠的距離，將田園作為一個審美的對象，而是置身其中，從切近的視角觀察田園的生活與習俗，使作品散發出泥土的芳香。

宋人認為這組詩可與《詩・豳風・七月》這首農事詩相比，「且如農桑樵牧之詩，當以《毛詩・豳風》及石湖〈田園雜興〉比熟看」（吳沆《環溪詩話》卷下）。方岳《深雪偶談》云：「范石湖〈田園雜興〉詩驗物切近，但句律太費力氣。」清宋長白《柳亭詩話》卷二十二說：「范石湖〈四時田園雜興〉詩，於陶、柳、王、儲之外，別設樊籬。王載南評曰：『纖悉畢登，鄙俚盡錄，曲盡田家況味。』」

## 閑居初夏午睡起二絕句❶（選一）

楊萬里

### 其一

梅子留酸軟齒牙，芭蕉分綠與窗紗❷。日長睡起無情思，閑看兒童捉柳花❸。

【注釋】

❶乾道二年（一一六六）楊萬里在吉水家居時作。❷「芭蕉」句：「分」字的用法可與楊萬里族弟楊炎正的〈訴衷情〉詞「露珠點點欲團霜，分冷與紗窗」參看。❸「閑看」句：用白居易〈前日別柳枝絕句，夢得繼和，又復戲答〉：「誰能更學孩童戲，尋逐春風捉柳花。」周密《浩然齋雅談》卷中載楊萬里自謂此詩「工夫只在一捉字上」。

【解說】

這是楊萬里詩的名篇，閒適恬淡，情態生動。據羅大經《鶴林玉露》甲編卷四說：「楊誠齋奉零陵日，有〈春日〉絕句云：『梅子留酸軟齒牙，……』張紫巖（浚）見之曰：『廷秀胸襟透脫矣。』」這評語對理解這首詩有重要的啟發意義。不過羅大經這裡的記載卻有幾點疑問。首先詩題不同，當是羅大經誤記。其次此詩作於乾道二年，這時楊萬里已不在零陵任職，這也當是羅大經誤記。第三是張浚（紫巖）卒於隆興二年（一一六四），楊萬里作此詩時，張浚去世已三年，不可能見到這首詩，因此，「胸襟透脫」的評語，不可能是張浚的話。參考楊萬里〈怡齋記〉、〈見張欽夫三首〉等詩文，可知楊萬里曾在乾道二年秋末專程自廬陵赴長沙訪張浚之子張栻研討理學，大約張栻因此得見此詩，「胸襟透脫」一語蓋張栻所言而為羅大經誤記亦未可知。當然，羅大經是楊萬里的同鄉後學，曾侍其父謁見過楊萬里，因此這句話也可以看作是時人的一般看法。楊萬里友人朱熹在〈答楊廷秀〉一文中稱楊是「不以塵垢粃糠累其胸次之超然者」。這也與「胸襟透脫」的說法相近。

楊萬里〈和李天麟二首〉有云：「學詩須透脫，信手自孤高。」可見「透脫」正是楊萬里努力追求的境界。其實，「透脫」是宋代理學家們普遍追求的一種悟道的境界，表現為心胸的通達超逸，不拘泥於世俗見識，不沾滯於事物形跡，活潑流轉，無入而不自得。這種精神上極其自由的狀態，正是誠齋體以活法作詩的重要前提。

## 夏夜追涼❶

楊萬里

夜熱依然午熱同❷，開門小立月明中。竹深樹密蟲鳴處，時有微涼不是風。

【注　釋】

❶這是乾道五年（一一六九）楊萬里在吉水作。追涼：覓涼、納涼。❷「夜熱」句：說夜裡仍然和中午一樣熱。

【解　說】

這首詩題目並不新鮮，但詩人的感受卻十分細微獨特，表現上也隨事宛轉而自有曲折。陳衍《宋詩精華錄》卷三說：「若將末三字掩了，必猜是說甚麼風矣，豈知其不是哉。」這是寫靜中生涼的細微感受，而前四字與後三字間意思頓跌曲折，故陳衍這麼分析。

## 小　池❶

楊萬里

泉眼無聲惜細流，樹陰照水愛晴柔。小荷才露尖尖角，早有蜻蜓立上頭❷。

【注　釋】

❶淳熙三年（一一七六）家居吉水時作。❷「早有」句：參看杜甫〈重過何氏〉：「蜻蜓立釣絲。」

【解　說】

楊萬里是一位極富於童心的詩人，他寫了許多表現兒童生活的詩歌，此外還常以兒童般天真好奇的眼光看待世界，觀察自然界的花草樹木，鳥獸蟲魚。這首詩描寫的情景，就是這種以好奇的眼光觀察之所得。

## 寒雀❶

楊萬里

百千寒雀下空庭，小集梅梢話晚晴❷。特地作團喧殺我❸，忽然驚散寂無聲。

【注　釋】

❶這首詩作於淳熙五年（一一七八），時作者知常州（今屬江蘇）。❷集：群鳥棲止於樹，引申為停留。話晚晴：是說群雀在晚晴之中啁啾啼鳴。❸特地：猶言特意、特為。作團：成群結夥，鬧成一團。喧：喧鬧。

【解　說】

這首詩生動而富於奇趣。顧隨先生曾說此詩他「早年極喜之，以為寫寒雀至此，真不孤負他寒雀也。『特地作團』四字，令人便直頭聽見啁啾即足之聲，說『喧殺我』，遂真喧殺我。『忽然驚散』四字，又令人直頭覺得群雀哄然一陣，展翅而去，說『寂無聲』，遂真耳根清淨，更沒音響也」。（見《顧隨文集》，上海古籍出版社，一九八六年版二二二頁）

## 稚子弄冰❶

楊萬里

稚子金盆脫曉冰❷，彩絲穿取當銀鉦❸。敲成玉磬❹穿林響，忽作玻瓈❺碎地聲。

【注釋】

❶本篇是淳熙五年（一一七八）在常州作。❷金盆：銅盆。脫：把冰從盆裡脫取出來。❸鉦：音爭。鑼一類的打擊樂器，形如圓盤，邊穿孔，繫繩，懸於木架上擊之。❹玉磬：以玉石製成的一種樂器。磬：音慶。❺玻瓈：同「玻璃」。李賀〈秦王飲酒〉詩：「羲和敲日玻璃聲。」

【解說】

此詩四句，描寫兒童玩弄冰塊的遊戲過程。他玩得這麼認真投入，這麼興致勃勃，於是，「忽作玻瓈碎地聲」以後，他的神態如何，就令人非常想知道。可是詩人卻完全留給讀者去想像，留下了不少的餘味。而且，在這個完整的過程的描寫之外，還可以間接地感受到詩人關注地欣賞、注視這一場小遊戲的眼光，同樣是那麼天真、那麼興致勃勃。

## 道旁小憩觀物化❶

楊萬里

蝴蝶新生未解飛，鬚拳❷粉濕睡花枝。後來借得東風力，不記如痴似醉時❸。

【注釋】

❶作於淳熙六年（一一七九）返故鄉吉水途中。憩：音氣。休息。物化：這裡指事物的自然變化。語出《莊子・齊物論》：「昔者莊周夢為蝴蝶，栩栩然蝴蝶也；自喻適志與！不知周也。俄然覺，則蘧蘧然周也。不知周之

夢為蝴蝶與，蝴蝶之夢為周與？周與蝴蝶，則必有分矣。此之謂物化。」❷鬚：蝴蝶的觸鬚。拳：卷屈。❸如痴似醉時：這裡形容蝴蝶新生時的情態。

【解　說】

這也是以天真好奇的眼光觀察自然而有獨特發現的一首小詩。寫的是一隻蝴蝶新生的過程，卻讓人感受到詩人好奇而專注地探究其中奇妙變化的神態。如果聯繫「物化」一詞在《莊子》中的意義來看，楊萬里如此專注地觀察探究自然萬物變化的奧祕，似乎也含有觀照自身的動機。參看蘇軾〈西齋〉詩：「杖藜觀物化，亦以觀我生。」陸游〈東籬雜書〉詩：「莽莽江湖遠，悠悠歲月移。老人觀物化，隱几獨多時。」

## 過松源晨炊漆公店六首（選一）❶

楊萬里

### 其　五

莫言下嶺便無難，賺得❷行人錯喜歡。政入萬山圍❸子裡，一山放出一山攔。

【注　釋】

❶紹熙三年（一一九二）楊萬里在江東轉運副使任上，春間行經江西弋陽境內，作此詩。松源：在江西弋陽與安仁之間。❷賺得：騙得。❸政：同「正」。圍：一作「圈」。

【解　說】

原詩六首，這是第五首。這是一首紀行詩，寫行路途中的感受。在山中旅行，經過上山路途的艱辛，到下山時本以為會輕鬆一些，誰知下山也不容易。於是，詩的前兩句就說，不要說下山就輕鬆容易，如果相信這樣的說法而高興的話就錯了。後兩句就以眼前的實景和經驗說明下山的真相，原來在萬山叢中，山外有山，翻過一山，還有一山在前面攔著，要想走出山去，行人還需不斷攀登，不能鬆懈。

要注意的是，這首詩寫的是山行的觀察和體驗，「政入萬山圍子裡，一山放出一山攔。」是身臨其境體會出來的一種奇趣，它既是客觀景象，同時也是關合著某種哲理的主觀感覺，是一種理性的領悟，詼諧的詩句寄寓了嚴肅的哲理。楊萬里詩歌，往往有許多奇景奇想，活潑而靈動，同時也有靜觀萬物的體會和主觀感覺，冷靜而理智，這首詩就是一個例子。

## 採蓮曲❶二首

蕭德藻

其一

清曉去採蓮，蓮花帶露鮮。溪長須急槳❷，不是趁❸前船。

其二

相隨不覺遠，直到暮煙中。恐嗔❹歸得晚，今日打頭風❺。

【注　釋】

❶採蓮曲：南朝樂府《清商曲・江南弄》舊題之一，見《樂府詩集》卷五十。❷急槳：快速划槳。❸趁：追趕。❹嗔：生氣、責怪。❺「今日」句：此句是詩中主人公的託辭。打頭風：頂頭風。

【解　說】

〈採蓮曲〉樂府古辭多藉採蓮歌詠男女情事，這兩首詩用樂府舊題，摹仿南朝樂府民歌的風格，也寫男女的愛情追求，但含蓄不露，意在言外。《後村詩話》續集卷二評云：「絕似玉臺體。」第一首寫男子追趕採蓮女子的船，划槳很急，但又怕被人看穿，於是以託辭自辯說，划這麼快是因為溪水太長，不是為了追趕前面的船。第二首寫男子追隨採蓮女子的船，行了很遠，直到黃昏時分，又怕回家太晚被責怪，於是編好了歸途遇到頂頭風的託辭。兩首的前兩句都是交代時間和事由，語言活潑生動，精彩都在後兩句，主人公的心理活動和自我遮掩辯解的託辭，都十分新鮮傳神。

二詩的內容和語言風格，都富於民歌情調。這種風格和情調，在宋詩中都不大多見。

## 古梅❶二絕（選一）

蕭德藻

其　一

湘妃危立凍蛟脊❷，海月冷掛珊瑚枝❸。醜怪驚人能嫵媚❹，斷魂只有曉寒知❺。

## 【注釋】

❶此詩見劉克莊《後村詩話》前集卷二。❷湘妃：湘水女神，傳說為舜妃娥皇、女英死後所化。這裡比喻古梅之花。危立：高立。涷蛟脊：這裡比喻古梅之枝。❸海月：海中一種貝類，圓形，白色。這裡比喻梅花。珊瑚枝：比喻梅枝。❹醜怪：指古梅的姿態形狀而言。嫵媚：指古梅的精神風韻而言。❺「斷魂」句：此句承上句，是說古梅絕世獨立之美，只有曉寒為之銷魂傾倒，而無其他欣賞者。「斷魂」二字從林逋〈山園小梅〉「粉蝶如知合斷魂」化來。

## 【解說】

此詩詠梅，別闢蹊徑，有意避開林逋詠梅的清幽淡雅，而突出古梅的老瘦、枯硬、冷峭，突出其「醜怪驚人」，以古硬倔強取勝，以醜怪襯托古梅內在的「嫵媚」。想像之奇，比喻之妙，確乎不同尋常思路，因此，陳衍《宋詩精華錄》卷三評此詩云：「梅花詩之工，至此可歎觀止，非和靖（林逋）所想得到矣。」清人潘德輿《養一齋詩話》卷五則把此詩和明代高啟的詠梅名句「雪滿山中高士臥，月明林下美人來」相比較，認為「一太熟，一太生，同是詩家左道」，對此詩的生硬奇崛並不首肯。今人陶文鵬針對潘氏之論評議說：「蕭詩奇怪古硬，未必勝於林詩，但決非『詩家左道』。蕭不願步趨林詩，而是另闢蹊徑，創造出『醜怪驚人能嫵媚』的古梅形象，實屬難能可貴。」（見《唐宋詩美學與藝術論》，南開大學出版社，二〇〇三年版二四七頁）公允而有見地。要領悟「醜怪驚人」之中的「嫵媚」神韻，需要調整閱讀接受的心態。

又，南宋人賞梅，強調「梅以韻勝，以格高，故以橫斜疏瘦與老枝奇怪為貴」（范成大《梅譜・後序》），可見此詩讚美老枝奇怪的古梅，正是有時代的審美情趣為基礎的。

## 涉澗水作❶

朱熹

幽谷濺濺❷小水通，細穿危石認行蹤。回頭自愛晴嵐❸好，卻立灘頭數亂峰。

【注　釋】

❶這首詩作於紹興二十四年（一一五四），這時朱熹在泉州同安縣（今屬福建）任主簿。❷濺濺：音尖尖。水疾流貌。❸嵐：山間煙霧。

【解　說】

這是一首遊山玩水的記遊詩，朱熹早年所作。據羅大經《鶴林玉露》丙編卷三記載，朱熹喜愛遊覽自然山水，每到一處，「聞有佳山水，雖迂途數十里，必往遊焉……登覽竟日，未嘗厭倦」。這首小詩就生動地表現了這種遊山玩水的興致。

## 春　日❶

朱熹

勝日尋芳泗水濱❷，無邊光景一時❸新。等閑❹識得東風面，萬紫千紅總是春。

【注　釋】

❶朱熹這首詩大約作於紹興二十七年（一一五七）前後。❷勝日：節日或親友相聚的好日子，這裡指春晴佳日。尋芳：暗喻治學窮理、探求聖人之道。泗水：在今山東中部。孔子曾居洙、泗之間，講學授徒，死後葬於泗上，故這裡以泗水濱代指孔門學說。❸一時：當即、即刻。❹等閑：尋常、隨便。

【解　說】

這是一首表現治學心得的作品，詩中的「尋芳」代指探究聖人之道，並非描寫尋春賞花的行為。「泗水濱」乃是代指孔門學說，並非實寫泗水邊，當時泗水所在的山東中部處在金人的統治之下，身居南宋的朱熹不可能真的到那兒去尋春遊賞。因此，這首詩完全採用了象徵性的寫法，表面描寫春日風光和尋春的心得，其實是表現探究聖人之道的心得。若只是將這首詩作為尋春踏春的詩歌來理解，固然也能感受到描寫春意生機勃勃的氣息，但就不能體會到詩人對道理有所感悟之後心境的豁然開朗。

宋金履祥《濂洛風雅》卷五注云：「喻學問博采極廣，而一心會悟之後，共這是一個道理，所謂一以貫之也。」這雖是以理學家眼光解詩，但說到了點上。

## 入瑞巖道間得四絕句呈彥集充父二兄❶（選一）

朱　熹

### 其　三

清溪流過碧山頭，空水澄鮮❷一色秋。隔斷紅塵三十里❸，白雲黃葉共悠悠❹。

【注　釋】

❶紹興三十二年（一一六二）秋，朱熹與劉子翔、劉玶二人同遊瑞巖時所作。瑞巖：在福建崇安西，是崇安風景名勝之地。彥集：劉子翔，字彥集，善詩。充父：劉玶，字充父。二人都是朱熹的親友。❷空水：天空和溪水。澄鮮：明淨新鮮。❸「隔斷」句：這句是說瑞巖遠離城市，把喧囂庸碌的塵俗世界隔斷在遠處。按，瑞巖地處崇安縣西，距崇安縣城約三十多里，故云。紅塵：指塵俗世界。❹悠悠：形容飄動的樣子。《詩・小雅・車攻》：「蕭蕭馬鳴，悠悠旆旌。」這裡形容天上的白雲和山頭的黃葉，都在秋風中緩緩飄動。又，悠悠，亦形容悠閒自在的樣子。

【解　說】

朱熹的詩歌，尤其是取材於大自然風景的作品，往往有新鮮明麗的意象，高遠潔淨的意境，頗能見其胸襟的高朗明潔。他善於表現大自然的悠遠寧靜，也善於表現大自然的生機活力。這首小詩，其澄澈清新的意象，悠遠的意境，正是一塵不染的心胸的反映。

《千家詩》選錄這首詩，作者誤為程顥，詩題也錯為〈秋月〉，詩歌正文「黃葉」作「紅葉」；「共悠悠」作「兩悠悠」。

## 觀書有感❶二首

朱　熹

其一

半畝方塘一鑑開❷，天光雲影共徘徊。問渠那得清如許❸？為有源頭活水來。

其二

昨夜江邊春水生，蒙衝❹巨艦一毛輕。向來枉費推移力，此日中流自在行。

【注 釋】

❶這組詩大約作於乾道二年（一一六六）前後，寫讀書治學的體會。❷「半畝」句：這句說一塘的水像打開的鏡子一樣澄澈明淨。鑑：鏡子。❸渠：它，指方塘之水。如許：如此、像這樣地。劉禎〈贈徐幹〉：「方塘含清源。」❹蒙衝：同「艨艟」，古代一種戰船。

【解 說】

這是朱熹的名作，歷來為人傳誦。兩首詩中的自然意象，都是藉以比喻讀書治學的心得，朱熹曾舉第一首指示學者云：「蓋借物以明道也。」（《鶴林玉露》甲編卷六引）金履祥《濂洛風雅》卷五引朱嘉三傳弟子王柏說：「前首言日新之功，後首言力到之效。」從寫法上看，顯然是先有了某種具體道理的心得體會，再用自然景物的描寫刻畫去加以表現。讀書治學的心得，訴諸於自然的事物，把道理形象化、生活化了。

## 醉下祝融峰❶

朱熹

我來萬里駕長風，絕壑層雲許蕩胸❷。濁酒三杯豪氣發，朗吟❸飛下祝融峰。

【注釋】

❶乾道三年（一一六七），朱熹與張栻同遊湖南衡山時作。祝融峰：衡山的主峰，在衡山縣西北。❷「絕壑」句：此句化用杜甫〈望嶽〉：「蕩胸生層雲」句意。參看張栻《南嶽唱酬集・序》：「下視白雲滃浡彌漫，吞吐林谷，真有蕩胸之勢。」絕壑：深邃的山谷。層雲：疊起的雲氣。蕩胸：滌蕩胸襟。❸朗吟：高聲吟誦。

【解說】

乾道三年八月，朱熹到長沙訪張栻，一同探討理學。十一月，他與張栻一起冒雪登南嶽衡山，遊覽數日，唱和詩歌一百四十餘首，編為《南嶽唱酬集》。這首詩就是這次遊衡山的記遊之作，豪邁之氣，躍然紙上。

## 舟次❶

志南

古木陰中繫短篷❷，杖藜❸扶我過橋東。沾衣欲濕杏花雨，吹面不寒楊柳風❹。

【注釋】

❶舟次：舟行停留於某處。次，停留的處所。詩題一作〈絕句〉。❷繫短篷：拴住小船。❸杖藜：藜杖、拐杖。唐護國〈贈張駙馬斑竹柱杖〉詩：「此君與我在雲溪，勁節奇文勝杖藜。」又宋秦觀〈寧浦書事〉詩：「身與杖藜為二，對月和影成三。」❹「沾衣」二句：此二句參看秦觀〈清溪逢故人〉詩：「和風楊柳岸，微雨杏花天。」杏花雨，清明前後杏花盛開時節的雨。楊柳風，古人把應花期而來的風，稱為花信風，從小寒到穀雨共二十四候，每候應一種花信。其中清明節尾期的花信是柳花，這時的風就叫柳花風，或稱楊柳風。

【解　說】

這首詩以善於形容清明前後和暖的春意而著名。朱熹〈跋南上人詩〉說：「南詩清麗有餘，格力閑暇，絕無蔬筍氣。如『沾衣欲濕杏花雨，吹面不寒楊柳風。』余深愛之。不知世人以為如何也。」此詩因朱熹的稱舉而廣為流傳，趙與虤《娛書堂詩話》卷上、魏慶之《詩人玉屑》卷二十都引錄了朱熹的這段跋語。朱熹又曾寫信向友人推薦志南和他的詩，袁梅巖〈接晦庵薦志南書有作〉詩說：「上人解作風騷話，雲谷書來特地誇。楊柳杏花風雨後，不知詩軸在誰家。」（《詩人玉屑》卷二十引《柳溪近錄》）

## 東渚❶

張　栻

團團❷凌風桂，宛在水之東❸。月色穿林影，卻下碧波中❹。

【注　釋】

❶這是張栻〈城南雜詠〉組詩中的一首。渚：水中小洲。❷團團：聚集貌。❸「宛在」句：此句用《詩・秦風・

兼葭》「宛在水中央」句式。宛：彷彿、好像。❹「月色」二句：是說月光穿過樹林，光和影映照在碧波上。參看王維〈鹿柴〉：「返景入深林，復照青苔上。」

【解　說】

羅大經《鶴林玉露》甲編卷三說這首詩「閑淡簡遠，德人之言也」。楊慎《升庵詩話》卷四說：「有王維輞川遺意。」

## 立春日禊亭❶偶成

張　栻

律回歲晚❷冰霜少，春到人間草木知。便覺眼前生意滿，東風吹水綠差差❸。

【注　釋】

❶立春：農曆二十四節氣之一，標誌春季開始的第一個節氣。禊亭：水邊舉行修禊祭祀儀式的場所。禊：古代風俗，於三月上旬巳日在水邊洗濯以袚除不祥，稱為修禊。❷律回歲晚：即歲晚律回的意思。律回，古人以十二月令與十二樂律相配，循環輪轉，稱律曆。律曆循環回到立春節令，標誌新年的春季開始，故稱「律回」。因這一年的立春是舊年的十二月，故說「歲晚」。❸差差：音疵疵。猶參差，不齊貌。這裡形容水面漾起的波紋。溫庭筠〈東郊行〉：「綠清幽香注白蘋，差差小浪吹魚鱗。」

【解　說】

這首詩寫對立春節氣變化的敏銳感知。「春到人間草木知」一句與蘇軾的「春江水暖鴨先知」都曾傳為善於形容早春自然景候的名句。但全詩的立意主要側重在表現詩人對造化「生意」的領悟，冰霜消融、草木復蘇、東風拂過、綠波參差，種種景象，在詩人此時的觀照中，都是大自然「生意」的流行化育。描寫的是早春物候，其實是表現感悟「天理」的體驗。不妨與張栻〈題城南書院三十四詠〉其十四合看：「和風習習禽聲樂，晴日遲遲花氣深。妙理沖融無間斷，湖邊佇立此時心。」這與〈立春日禊亭偶成〉一樣，都是表現與「妙理」有所契合感悟的獨特體驗。

## 晚　晴

張　栻

昨日陰雲滿太空❶，眼前不見祝融峰❷。晚來風卷都無跡，突兀還為紫翠重❸。

【注　釋】

❶太空：天空。❷祝融峰：南嶽衡山的主峰。❸「晚來」二句：這二句說陰雲被風捲走，祝融峰又現出紫翠層層重疊的山色。突兀，高聳貌。紫翠，形容山色。重，重疊。

【解　說】

這首詩很有楊萬里「誠齋體」詩歌的風格和味道。可與楊萬里〈入常山界〉參看：「昨日愁霖今喜晴，好山夾路玉亭亭。一峰忽被雲偷去，留得崢嶸半截青。」

## 遊絲❶

呂祖謙

遊絲浩蕩❷醉春光，倚賴微風故故❸長。幾度鶯聲留欲住，又隨飛絮過東牆。

【注　釋】

❶遊絲：春天裡蜘蛛等小蟲所吐的絲，飄蕩於空中，故稱遊絲。庾信〈春賦〉：「數尺遊絲即橫路。」❷浩蕩：無思無慮，心無所主貌。這裡形容遊絲在空中隨意飄蕩。❸故故：故意、特意。

【解　說】

這首詩寫對春日景象的觀照所得，體貼入微。「浩蕩」二字用來描寫遊絲在駘蕩春光之中隨意飄蕩、自由自在，十分傳神。詩中遊絲、微風、鶯聲、飛絮等物，初看只是客觀描寫，但在全詩的語境之中，加上了詩人的領悟判斷，其活動變化，也就成了造化生意流轉化育之表現。全詩的情趣，也在於這種領悟當中。

這種對變動不居的大自然活潑生機的觀照體味，正是宋代理學家描寫自然的詩歌的重要特色，用理學家們的話說，就是從「活處觀理」（見羅大經《鶴林玉露》乙編卷三）。

呂祖謙還有一首〈春日〉：「短短菰蒲綠未齊，汀洲水暖雁行低。柳陰小艇無人管，自送流花下別溪。」也頗清新可誦。

# 除夜自石湖歸苕溪❶（十首選三）

姜夔

其一

細草穿沙雪半銷，吳宮煙冷水迢迢❷。梅花竹裡無人見，一夜吹香過石橋。

其二

黃帽傳呼❸睡不成，投篙細細激流冰。分明舊泊江南岸，舟尾春風颭客燈❹。

其七

笠澤❺茫茫雁影微，玉峰重疊護雲衣❻。長橋❼寂寞春寒夜，只有詩人一舸❽歸。

【注釋】

❶這組詩是紹熙二年（一一九一）冬，姜夔到石湖訪范成大，除夕夜乘船回吳興時所作。除夜：除夕。石湖：在江蘇蘇州西南，蘇州和吳江之間，范成大晚年寓居其地。苕溪：這裡指吳興，因境內苕溪得名，姜夔寓居於此。❷吳宮：指春秋時吳國宮殿的遺址。蘇州是吳國的國都。迢迢：遙遠的樣子。❸黃帽：指船夫，從漢代起，船夫習慣戴黃帽，號稱「黃頭郎」。傳呼：喊話打招呼。❹「舟尾」句：此句說春風把船尾的燈吹得搖晃不定。颭：音斬。吹動。❺笠澤：吳淞江，太湖支流。這裡指太湖。❻玉峰：積雪的山峰。護雲衣：形容山峰為雲霧

繚繞。❼長橋：指垂虹橋，在江蘇吳縣，吳淞江上，始建於北宋，歐陽修《六一詩話》：「松江新作長橋，制度宏麗，前世所未有。」❽舸：音葛。小船。

【解　說】

這組詩是姜夔的名作，寫除夕夜乘船回家的經歷和感想，意境清遠，風格清健，頗有遠離塵俗的孤清之感，曾被楊萬里稱讚為「有裁雲縫月之妙思，敲金戛玉之奇聲」（陳振孫《直齋書錄解題》引）。

## 過垂虹❶

姜　夔

自作新詞韻最嬌❷，小紅❸低唱我吹簫。曲終過盡松陵❹路，回首煙波十四橋❺。

【注　釋】

❶垂虹：橋名，在蘇州吳江縣吳淞江上，俗稱長橋。紹熙二年（一一九一）冬，姜夔自范成大處返家時作。❷新詞：指姜夔此次訪范成大時所作的〈暗香〉、〈疏影〉二詞。〈暗香〉小序說：「辛亥之冬，予載雪詣石湖。止既月，授簡索句，且徵新聲。作此兩曲，石湖把玩不已，使工妓肄習之，音節諧婉，乃名之曰〈暗香〉、〈疏影〉。」韻：這裡指詞的腔調樂曲。沈義父《樂府指迷》：「詞腔謂之均，均即韻也。」嬌：這裡形容曲調柔美諧婉。❸小紅：范成大贈給姜夔的歌妓。❹松陵：吳江縣，原為松陵鎮，後改縣。❺十四橋：這裡當是虛指，泛言橋多。

【解　說】

關於此詩的本事，《硯北雜志》記載說：「小紅，順陽公（范成大）青衣，有色藝。順陽公之請老，姜堯章詣之。一日，授簡徵新聲，堯章製〈暗香〉、〈疏影〉二曲，公使工妓習之，音節清婉。公尋以小紅贈之。其夕大雪，過垂虹，賦詩曰云云。」

## 野　望❶

翁　卷

一天秋色冷晴灣❷，無數峰巒遠近間。閑上山來看野水，忽於水底見青山。

【注　釋】

❶野望：在山四野間眺望風景。❷「一天」句：這句是說秋意漫天，連晴日下的水灣也生出了寒意。「冷」字的用法從杜牧〈秋夕〉「紅燭秋光冷畫屏」化來。晴灣：晴日之下的水灣。

【解　說】

翁卷是「永嘉四靈」之一，詩學晚唐，工五律，刻苦雕琢，雖有名當世，其實並不見佳。倒是他不大經意的七絕，反而寫得清通完整，生動而有野趣，頗能見其性情，風格上顯然受了楊萬里「誠齋體」的影響。這首詩就是一個例證。詩寫秋日野望所見，好在天成美景，妙手偶得。首句尤其能傳達秋高氣爽時節秋意籠罩之中生出幾許寒意的感覺。後兩句寫偶然的發現，水天澄碧一色，青山倒映水中，更增添了幾分碧綠的寒意。

「永嘉四靈」中趙師秀和徐璣也有學楊萬里詩的作品。如趙師秀的〈數日〉：「數日秋風欺病夫，盡吹黃葉下庭蕪。林疏放得遙山出，又被雲遮一半無。」徐璣的〈過九嶺〉：「斷崖橫路水潺潺，行到山根又上山。眼看別峰雲霧起，不知身也在雲間。」也頗有「誠齋體」生動靈巧的味道。不過四靈沒有楊萬里的才華和學力，所以寫得比較單調而味薄，遠不如楊萬里詩的活潑而富於變化。

## 鄉村四月

翁　卷

綠遍山原白滿川❶，子規❷聲裡雨如煙。鄉村四月閑人少，才了蠶桑又插田❸。

【注　釋】

❶白滿川：指平川上的水田泛著白色的水光。川：平川、平地。❷子規：杜鵑鳥的別名，常在暮春啼叫。❸「鄉村」二句：這二句寫農忙時節緊張氣氛，才結束了蠶事又忙著下田插秧。參看王維〈新晴野望〉：「農月無閑人，傾家事南畝。」了，完結、結束。

【解　說】

這首詩寫江南農村初夏風光，渲染緊張繁忙的勞動氣氛，著筆的重點是農事，可見詩人對農村勞動生活的關心。

# 約客❶

趙師秀

黃梅時節家家雨，青草池塘處處蛙❷。有約不來過夜半，閑敲棋子落燈花❸。

【注釋】

❶詩題一作〈有約〉、一作〈絕句〉。❷「黃梅」二句：此二句的意境與句法從呂本中〈春晚郊居〉「低迷簾幕家家雨，淡蕩園林處處花」二句套用。黃梅時節：春末夏初梅子黃熟季節。家家雨，言雨水之多。寇準詩有「梅子黃時雨如霧」之句。「青草」一句則從黃庭堅〈病起次韻和稚川進叔倡酬之什〉「池塘夜雨聽蛙鳴」化出。❸「閑敲」句：化用岑參〈與獨孤漸道別長句兼呈嚴八侍御〉：「彈棋夜半燈花落。」

【解說】

北宋詩人陳師道〈絕句〉詩說：「客有可人期不來。」趙師秀這首〈約客〉寫與朋友約會而久候不至時的心情，似乎是為陳師道的這句名言作注腳。

前兩句從室外之景著筆，以聽覺寫雨聲蛙聲，說明詩人此時正在等待友人來臨，因此對室外動靜十分關注。不過這滿耳所聞的雨聲蛙聲中，並無友人光臨的跡象。於是，詩人不免失望，不免有點心緒不寧，於是第三句就點明失望，視線轉到室內。友人久候不來，詩人這時怎樣自遣呢？結尾一句寫了一個小小的動作便收束了全詩，一邊等人，一邊百無聊賴地隨手擺棋，時間就在落子聲中過去了，約客不至的失望就越來越重，孤寂之情就越來越深。這個結尾，不動聲色，卻有細緻入微，含意深遠的效果。

北宋初鄭文寶有〈爽約〉詩：「吟繞虛廊更向闌，繡窗燈影背欄干。燕棲鶯宿無人語，一夜蕭蕭細雨寒。」這也是寫等候約客不至的失望，淒清寂寞。相比之下，似不及趙師秀此詩這麼精警而餘意深長。

## 數日❶

趙師秀

數日秋風欺病夫，盡吹黃葉下庭蕪❷。林疏放得遙山出，又被雲遮一半無❸。

【注釋】

❶詩題一作〈絕句〉。❷庭蕪：庭院裡的雜草。❸「林疏」二句：是說遠山本來被樹林遮住，看不真切，現在樹葉落盡，透過樹林可以看見遠山，但遠山卻又被雲彩遮住了一半，還是看不真切。

【解說】

詩題是首句前二字，但就內容看，是一首即景抒懷的小詩，語言、意境都有學習楊萬裡的痕跡，因此，陳衍《宋詩精華錄》卷四評云：「似誠齋。」此詩對山和雲的觀察體會，可與楊萬裡〈入常山界〉參看：「昨日愁霖今喜晴，好山夾路玉亭亭。一峰忽被雲偷去，留得崢嶸半截青。」

## 寒夜

杜耒

寒夜客來茶當酒，竹爐❶湯沸火初紅。尋常一樣窗前月，才有梅花便不同。

【注釋】

❶竹爐：火爐外套以竹編的爐套，故云。

【解說】

此詩寫老友寒夜來訪，詩人熱情接待，欣喜的心情溢於言表。窗前梅花初放，月光因此而更加清雅高潔。而這不同尋常的梅花和月光，髣髴都是為了迎接這位老友。從立意看，月光因有梅花而不同尋常，字面是稱讚梅花，但梅是為佳客來訪而開，因此，詩人真正的意思卻是稱美佳客。

## 江陰浮遠堂❶

戴復古

橫岡下瞰大江流❷，浮遠堂前萬里愁。最苦無山遮望眼，淮南極目盡神州❸。

【注釋】

❶江陰：今屬江蘇，在長江之濱。浮遠堂：在江陰城外君山上，北臨長江。宋人仲并〈君山浮遠堂記〉：「紹興二十五年正月，江陰趙侯智大撤浮屠氏之廢廬，葦其材付主寺事者使新斯堂於山之巔。憑欄而北，淮帆海船，十百相銜，長江接天，不可涯涘，觀者為之改容眩目焉。」堂名取蘇軾〈同王勝之遊蔣山〉「江遠欲浮天」詩意。

❷橫岡：指浮遠堂所在的君山。瞰：俯視。大江：長江。❸淮南：江陰對岸即淮河以南的廣闊地域。極目：盡目力所及、遠望。神州：這裡指中原。

【解　說】

這首詩寫登臨浮遠堂北望中原，感時憂國，極為沉痛。前兩句以「萬里愁」渲染登臨之悲，三字既寫江山形勢之遼闊，也顯示憂愁之沉重深遠。後兩句的意思是說，從浮遠堂極目望去，是淮南一帶廣闊地域，再往北就是萬里神州，沒有山峰障目，萬里中原盡收眼底，無形中讓詩人無比悲痛。因為中原這時被金人占領，收復無望，故中原故土盡收眼底，只會讓人倍感悲憤，這就是「最苦無山遮望眼」一句的深意。

陳衍《宋詩精華錄》卷四評這首詩說：「有氣概。」又，尤袤也有〈浮遠堂〉詩說：「杖藜同上最高峰，腳力雖窮興未窮。領略江山歸眼界，盡吞淮海入胸中。」亦頗有氣概，可與此詩參讀。

## 山　村

戴復古

山崦❶誰家綠樹中，短牆半露石榴紅；蕭然❷門巷無人到，三兩孫隨白髮翁。

【注　釋】

❶山崦：當是「山間」的意思。崦：音淹。❷蕭然：寂靜冷落。

【解　說】

這是一幅山村風景和風俗畫。前兩句寫小山村的環境和風情，後兩句寫其遠離塵世，外人不到，只有三三兩兩的小孩子隨著白髮老人遊玩散步。此詩妙處其實在最後一句，幼兒和白髮老翁相攜遊玩，怡然自樂，為荒僻的小山村增添了生意，本來寂靜安閒的世外桃源，一下子彌漫著現實生活的人間情趣。

## 無題二首（選一）

高翥

### 其二

風竹蕭蕭淡月明，孤眠真個可憐生❶。不知昨夜相思夢，去到伊行❷是幾更？

【注釋】

❶「孤眠」句：這句是說一人獨眠真的很可憐。個，助詞。真個，猶言「真的」。生：語助詞。❷伊：你，指意中所思的對方。行：音杭。表示處所，猶言那裡。

【解說】

這首小詩寫自己對情人的思念。後兩句構思奇巧，一是說因相思而夢見對方，詢問對方，自己的這個相思夢到對方那邊時是什麼時候，自己做夢，卻問對方何時見到自己的夢，這是一奇；二是說因相思而夜不能眠，幾時入眠，幾時做夢，自己完全不知道，要對方告訴自己究竟是何時入眠、何時做夢的。這兩層意思，其實對方都不可能回答，這麼設問，不過是表現自己的痴情而已。

## 秋日

高翥

庭草銜❶秋自短長，悲蛩傳響答寒螿❷。豆花似解通鄰好❸，引蔓❹殷勤遠過牆。

### 【注　釋】

❶銜：含。❷蛩：音窮。蟋蟀。寒螿，寒蟬。螿：音江。蟬的一種。❸解：懂得。鄰：鄰居。❹蔓：豆類植物的藤蔓。

### 【解　說】

此詩四句，句句寫景，題目是「秋日」，視線卻只停在自家庭院之中。庭院中的秋日景物，也只寫了庭草、蟲聲、豆花豆藤，卻把秋日景象寫得熱鬧活潑，充滿生機。關鍵是詩中景物都帶有了詩人的主觀感情，都是「有我之景」。「庭草銜秋」的「銜」字，是人賦予草的動作；蟲聲的喧響應答，也帶有人才能感知的「悲」、「寒」感覺。在詩人的觀照之下，景物變得很通人情，尤其最後兩句，說豆花引蔓牽藤地爬過院牆，長到鄰居院中，是為了替主人去向鄰居問聲好，和鄰居拉拉關係，這也是詩人的設想。通過寫景表現出來的人情味，使這首小詩增添了耐讀的趣味。

## 夜過西湖❶

陳起

鶻巢猶掛三更月，漁板❷驚回一片鷗。吟得詩成無筆寫，蘸他春水畫船頭。

【注　釋】

❶西湖：杭州西湖。❷漁板：漁人夜間捕魚，以長木敲擊船板，驚魚入網。又叫鳴桹。《文選》卷十潘岳〈西征賦〉「鳴桹厲響」李善注：「以長木叩舷為聲……所以驚魚令入網也。」

【解　說】

此詩寫夜過西湖時偶然引發的詩興。既曰「過」，說明並非有意尋詩，故下文說「無筆寫」。詩已吟成，便只得蘸水寫於船頭。末句實是妙手偶得的天生好言語。《梅磵詩話》卷中評云：「語意殊不塵腐。」

## 戊辰❶即事

劉克莊

詩人安得有青衫❷？今歲和戎百萬縑❸！從此西湖休插柳，剩栽❹桑樹養吳蠶。

【注　釋】

❶戊辰：宋寧宗嘉定元年（一二〇八）。❷青衫：古代讀書人常穿的青色衣服。❸和戎：指南宋和金人講和。百萬縑：百萬匹絲織品，百萬概言其多。縑：音堅。細絹，絲織品。❹剩栽：多多地栽種。剩：多。

【解　說】

這首詩是針對宋金嘉定和議、宋對金大量納貢賠款一事而發。開禧二年（一二〇六），韓侂胄倉猝發動攻金的戰爭，結果大敗。南宋又向金乞和，於嘉定元年（一二〇八）訂立和約，規定南宋賠償軍費三百萬貫，以後每年向金國繳納三十萬兩銀，三十萬匹絹。詩人因此說，今後可能連青衫也穿不上了，絹帛都被拿去和戎了；以後西湖也不要插柳栽花，多多栽桑養蠶，好織成細絹拿去貢獻給金人。這是諷刺的說法，可見詩人對朝廷與金和議，十分痛心。

## 西山

劉克莊

絕頂遙知有隱君❶，餐芝種朮鹿為群❷。多應❸午灶茶煙起，山下看來是白雲。

### 【注　釋】

❶隱君：隱士。❷芝：靈芝草，古人認為是仙草，服之可以長生。朮：音竹。白朮，一種中藥。鹿為群：與鹿結伴。❸多應：推測之辭。大概、多半是。

### 【解　說】

這首詩寫對西山隱士的嚮往之意。首句見其遠離人世的高遠，次句猜想其不食人間煙火的清高；後兩句推想其午後烹茶，茶煙緩緩飄升，山下遠看，猶如白雲。總之，詩的中心是隱居山中的高士，但其人卻完全沒有露面。後兩句的意境，可以參看杜牧〈山行〉詩：「白雲生處有人家。」

## 歲晚書事十首（選一）

劉克莊

### 其一

荒苔野蔓上籬笆，客至多疑不在家。病眼看人殊草草❶，隔林迢遞❷見梅花。

【注　釋】

❶「病眼」句：此句即俗人俗事不入眼之意。草草：馬虎、不經意。❷迢遞：遠貌。

【解　說】

看不清眼前的人，卻能看清遠處的梅花，事情似乎違反常理，詩歌卻因而富有奇趣。「人只看見他想看見的東西」，這個道理在劉克莊這首詩裡同樣得到了印證。

## 遊園不值❶

葉紹翁

應憐屐齒印蒼苔，小扣柴扉久不開❷。春色滿園關不住，一枝紅杏出牆來❸。

【注　釋】

❶不值：不遇，即未見到園主人。❷「應憐」二句：這兩句是說敲園門許久不開，猜想大概是園主人愛惜園中的青苔，怕來人的屐齒踏傷了它。兩句的次序可以倒換一下去理解，第一句是先寫敲門不開之後的猜想，第二句再補充點出引起猜想的原因。憐，愛惜。屐齒，指木鞋底的兩道高齒。小扣，輕輕地敲。❸「春色」二句：寫敲門不開、失望之餘的意外發現。上句先寫看見出牆紅杏後的內心聯想判斷，末句才把全詩的焦點烘托出來。參看王夢周〈題故白岩禪師院〉：「花樹不隨人寂寞，數枝猶自出牆頭。」王安石〈杏花〉：「獨有杏花如喚客，倚牆斜日數枝紅。」陸游〈馬上作〉：「楊柳不遮春色斷，一枝紅杏出牆頭。」

## 【解說】

這首詩的結構方式十分講究。如果按正常的時間順序，這四句詩應調整為：二、一、四、三。因為第一句是久敲柴門不開之後內心的猜想，應該發生在第二句之後。而第三句是看見出牆杏花之後對滿園春色的聯想，應該在第四句之後。但詩人並不按如此順序結構，而是第一句先說自己此時的內心活動，第二句再補充交代引起推測、猜想的原因，把後發生的事先說，就突出強調了此時的心理活動：本是有所期待而來，卻因園門不開而失望、遺憾。這種有所期待的迫切心情和不能如願的失望為下面三、四句的轉折作好了準備，使得三、四句的突然發現特別光彩照人，把此時詩人那種意外的驚喜表現得特別突出。而三、四兩句，同樣也是先說內心聯想，然後才把焦點聚集到引起聯想的那枝紅杏上。這種一句一折，兩句一轉的結構方式，使詩意顯得有跌宕、有曲折，耐回味，最後杏花的意象也因這層層曲折和最後的聚焦而格外引人注目。

陸游〈馬上作〉：「平橋小陌雨初收，淡日穿雲翠靄浮。楊柳不遮春色斷，一枝紅杏出牆頭。」最後一句和葉紹翁此詩基本相同，可陸游詩卻遠不如葉詩這麼精彩，對比一下兩首詩，可以發現差異主要是由於結構方式不同，審美效果自然也不同。

## 夜書所見

葉紹翁

蕭蕭梧葉送寒聲，江上秋風動客情。知有兒童挑促織❶，夜深籬落一燈明❷。

【注　釋】

❶挑促織：捉蟋蟀。❷籬落：籬笆。一燈：指兒童捉蟋蟀時點的燈。姜夔詠蟋蟀的〈齊天樂〉詞也有「笑籬落呼燈，世間兒女」之句。

【解　說】

本詩寫客旅之中夜間所見及由此引起的鄉思。所見的情景即最後一句，是全詩關鍵。第三句是由第四句情景引出的推測判斷。而前兩句則是由後二句所見引起的「客情」，並交代氣氛。全詩結構採用了倒捲逆入法，三、四句之間採用了倒置的句式，目的都是為了烘托出第四句的「所見」。

## 嘲　蝶❶

文　珦

耳聲眼色總非真❷，物我同為一窖塵❸。蝴蝶不知身是夢，花間栩栩過青春❹。

【注　釋】

❶嘲：吟詠，詠詩。《北史．薛孝通傳》：「因使元翌等嘲，以酒為韻。」韓愈《玩月喜張十八員外以王六秘書至》詩：「況當今夕圓，又以嘉客隨，惜無酒食樂，但用歌嘲為。」白居易《與元九書》：「陵夷至於梁、陳間，率不過嘲風雪，弄花草而已。」唐韓愈《雙鳥詩》：「鬼神怕嘲詠，造化皆停留。」這些例子裡的「嘲」，都是吟詠的意思。這裡指具有嘲諷性質的吟詠。❷「耳聲」句：此句是說，無論耳感知到的聲音，還是眼所感知到的色相，都不是真實的存在。耳聲眼色：佛家以色、聲、香、味、觸、法為「六塵」，眼、耳、鼻、舌、身、意為「六根」，眼為視根，耳為聽根，鼻為嗅根，舌為味根，身為觸根，意為念慮之根，與「六塵」相接。《力莊嚴三昧經》卷下：「此如來名一切眾生眼色、耳聲、鼻香、舌味、身觸。」南宋初高僧宗杲《入定觀音贊》云：「善哉心洞十方空，六根互顯如是義。眼色耳聲鼻嗅香，身觸意思無差別。當以此觀如是觀，取此為實成妄想。」在佛家看來，「六塵」都是虛妄不實的。❸一窖塵：一穴塵埃，形容人世一切有如一窖塵土，微不足道，且最終都會消失。羅隱〈焚書坑〉：「千載遺蹤一窖塵，路傍耕者亦傷神。」范成大〈元日謁鍾山寶公塔〉詩：「君看王謝墩邊地，今古功名一窖塵。」❹「蝴蝶」二句：用《莊子．齊物論》典故，莊周曾經夢見自己化成一隻蝴蝶，栩栩然飛動，覺得很得意。一會兒醒過來，仍然是一個莊周，不知道是莊周在夢裡化成了蝴蝶呢，還是蝴蝶在夢裡化成了莊周。栩栩：欣喜自得的樣子。《莊子．齊物論》：「昔者莊周夢為蝴蝶，栩栩然蝴蝶也。」成玄英疏：「栩栩，忻暢貌也。」青春：指草木繁盛的春天。《楚辭．大招》：「青春受謝，白日昭只。」王逸注：「青，東方春位，其色青也。」杜甫〈聞官軍收河南河北〉：「白日放歌須縱酒，青春作伴好還鄉。」

## 【解　說】

這首詩以嘲諷的口吻詠蝶，前兩句總說萬物的存在都是虛幻不實的，後兩句直接描寫在春天花草間飛舞嬉遊的蝴蝶，說蝴蝶不知自身是夢，還欣然自得地翩翩飛舞。作為一個詩僧，借詠物表現佛家萬法虛妄不實的思想，並不出人意外，但此詩設想新奇，構思頗為巧妙。首先，飛舞的蝴蝶，本是眼前實見之物，但詩人把它看作是莊子在夢中所化的那個蝴蝶，這就借莊子夢蝶的故事，說明瞭眼前蝴蝶的虛幻不實。其次，詩人又進一步說，欣然自得的蝴蝶並不知道自身是夢，這又暗喻了人生如夢而人不自知的道理。總之，莊子夢蝶故事，本來只是一個寓言，但詩人把這個寓言坐實，先認假作真，再以真作假，雖然是借物言理，但設想新奇，頗多妙趣。

元代王和卿的散曲〔仙呂・醉中天〕〈詠大蝴蝶〉云：「掙破莊周夢，兩翅駕東風，三百座名園一采一個空。誰道風流種？唬殺尋芳的蜜蜂。輕輕的飛動，把賣花人扇過橋東。」構思之巧，在於把蝴蝶看作從莊周夢裡掙脫出來，這與文珦這首〈嘲蝶〉很相近，但立意和風格完全不同，可以參看。

## 過湖

俞桂

舟移別岸水紋開，日暖風香正落梅。山色濛濛橫畫軸❶，白鷗飛處帶詩來❷。

【注釋】

❶「山色」句：這句是說山色迷濛，猶如橫向展開的一幅畫卷。濛濛：煙霧迷濛的樣子。畫軸：畫卷。❷「白鷗」句：說詩意是由白鷗帶來。

【解說】

詩寫湖山美景帶來的審美愉悅。首句點乘船過湖，平平起句。第二句則從視覺、嗅覺和溫度感覺渲染駘蕩和煦的初春美景，令人心曠神怡。後兩句則是詩人帶著愉悅的心境欣賞湖山美景的獨特發現：遠山似乎展開了一幅水墨畫卷，天邊白鷗飛來，又給這一片畫境增添了詩意。最後兩句的寫法，頗富新意。一般而言，江山如畫的比喻，並不新鮮，但這裡加上了白鷗帶來詩意的想像，一個本不新鮮的比喻就產生了新的意蘊。首先，最後兩句的寫法，不僅是說山水如畫，而且還是畫中有詩。於是，天然的山水風光成了人為的藝術品，自然風光被賦予了新的藝術特質，使得山水審美帶有了和藝術審美類似的心理愉悅。其次，細細品味，詩人說白鷗帶來詩意，就風景而言，是給山水增添了詩意；就人對風景的欣賞而言，又是把詩情帶給了詩人；就詩人的整個審美觀照的結果而言，則是把這一詩意寫入了詩篇。可見，這樣的想像和藝術表現的層次和過程，都是新鮮而耐人尋味的。

當然，所謂詩意，又與白鷗這一意象分不開。在古人看來，白鷗是一種高潔而無機心的鳥，是隱者和高士的朋友。在古人詩文中，白鷗則往往象徵著自由自在、閒適飄逸、高潔不俗，「此心吾與白鷗盟」。因此，在此詩中，說白鷗帶來詩意、詩情，大有深意。

## 春暮遊小園

王　淇

一從梅粉褪殘妝❶，塗抹新紅上海棠。開到荼蘼花事了❷，絲絲天棘出莓牆❸。

【注　釋】

❶褪殘妝：指梅花凋謝。❷荼蘼：花名，亦作「酴醾」。春末夏初開花。古人把從小寒到穀雨的八個節氣分為二十四候，每候應一種花信，稱二十四番花信風。荼蘼花信在穀雨節三信的第二信，荼蘼花開過之後，一年的花事就基本上結束了，所以這裡說「花事了」。蘇軾〈杜沂遊武昌以酴醾花菩薩泉見餉〉詩云：「酴醾不爭春，寂

寞開最晚。」❸天棘：天門冬，一種攀援草本植物。莓牆：長滿苔蘚的牆。

【解　說】

這首詩以花事的更迭變化寫季候的變化，暗示春光的流逝，優美而富有情韻。四句詩，從初春梅花凋謝寫起，一直到初夏天棘的枝蔓爬出長滿青苔的矮牆，一句一種花事，梅花、海棠、荼蘼、天棘的更迭，不僅富於詩句的節奏感，而且也展示了自然季候變遷的節奏感。

不過，詩人此時眼前所見，應只有荼蘼和天棘。按古人二十四番花信風之說，梅花在小寒三信之首，此時早已開過；海棠在春分三信之首，此時也已凋謝，因此，此詩前兩句應是詩人想像追述之辭。當然，這種想像描寫又都是以詩人對季候花信變化的仔細觀察、深入了解為基礎的。

## 武夷山❶中

謝枋得

十年無夢得還家❷，獨立青峰野水涯❸。天地寂寥山雨歇，幾生修得到梅花❹。

【注　釋】

❶武夷山：在福建北部與江西交界處。此詩大約作於元世祖至元二十一年（一二八四）。❷「十年」句：此句即謂國破家亡，十年來連夢也無家可歸。十年：宋恭帝德祐元年（一二七五），謝枋得在江西抗元兵敗，隨後元兵攻陷信陽，俘獲他的妻子及兩個兒子。此後他退入福建山區，輾轉於武夷山間近十年。❸涯：水邊。❹「幾生」句：說不知要修行幾生幾世，才能達到梅花的品格。

【解說】

謝枋得曾經參加宋末的抗元戰爭，經歷了國破家亡的巨變和痛楚，宋亡後隱姓埋名流亡於武夷山中。當時他不僅無家可歸，連還家的夢也沒有了。詩歌開篇第一句就是這種沉痛心情的表現。第二句則寫出詩人獨立於天地之間、守志不屈的精神。後兩句表達對梅花精神品格的嚮往。梅花在這裡是高尚志節的象徵，詩人以修行到梅花的品格自勉，表現了他堅守節操的決心。詩歌並沒有太多的修飾和技巧，句句是至情至性之語，真情流露，感人肺腑。梅花的形象和「獨立青峰野水涯」的詩人的形象，在天地寂寥、地老天荒的大背景中，顯得十分鮮明突出。

## 醉歌❶（十首選一）

汪元量

### 其五

亂點連聲殺六更❷，熒熒庭燎❸待天明。侍臣已寫歸降表，臣妾僉名謝道清❹。

【注釋】

❶這組詩寫德祐二年（一二七六）春元軍進逼臨安、南宋亡國的史實。這是其中第五首，寫謝太后簽署降表時的情形。❷亂點連聲：指更鼓聲和梆子聲短促而緊密。殺：結束。六更：宋代宮中有打六更之制，打過六更，始開宮門，百官入朝。❸熒熒：音營營。微光閃爍貌。庭燎：庭中照明用的火炬。《周禮．秋官》：「凡邦之大

事，共墳燭庭燎。」豎於門外的叫墳燭（大燭），門內的叫庭燎。❹臣妾：古代婦女對君上稱臣妾。僉：同「簽」。謝道清：即謝太后，她是宋恭宗趙㬎的祖母，因趙㬎年幼，由她主持朝政。當時元軍進駐皐亭山，扣押了文天祥，派人逼迫南宋獻乞降書。謝太后屈於元軍的壓力，簽署了降表。因是向元主上表乞降，故簽名就得自稱「臣妾」。此句便是直書其事。

## 湖州歌❶九十八首（選二）

汪元量

### 其六

北望燕雲不盡頭❷，大江東去水悠悠。夕陽一片寒鴉外，目斷東西四百州❸。

### 其三十八

青天淡淡月荒荒，兩岸淮田盡戰場。宮女不眠開眼坐，更聽人唱哭襄陽❹。

【注釋】

❶這組詩寫德祐二年（一二七六）元軍入臨安，宋室降元，宋三宮被押解北上的情形。❷燕雲：燕指燕京，雲指雲州。五代石敬瑭把燕雲十六州割與契丹，到北宋統一，仍未劃入北宋版圖。在南宋人看來，燕雲一帶，更是極遠的地方。❸東西：一作「東南」。四百州：泛指宋朝的領土。❹襄陽：治所在今湖北襄樊，當時是南宋邊防重鎮。咸淳四年（一二六八）元軍圍攻襄陽和樊城，當地軍民在守將呂文煥指揮下，苦守達六年，而當時宰

相賈似道坐視不救。咸淳九年（一二七三），樊城被攻破，襄陽勢孤援絕，呂文煥遂降元。襄陽失守，元軍便順江東下，勢如破竹，宋亡遂成定局。汪元量〈醉歌〉其一就說：「呂將軍在守襄陽，十載襄陽鐵脊梁。望斷援兵無信息，聲聲罵殺賈平章。」

## 山窗新糊有故朝封事稿閱之有感❶

林景熙

偶伴孤雲宿嶺東，四山欲雪地爐紅。何人一紙防秋疏❷，卻與山窗障北風。

【注釋】

❶這是宋亡以後所作。故朝：舊朝，指已亡的宋朝。封事：內有機密要事的保密奏章。古代臣子上書奏機密事，用皂囊密封呈進，以防洩露，故稱封事。❷防秋疏，指有關防禦元軍南侵的奏章，即題中的「封事稿」。防秋：古代北方游牧民族南侵，總選擇秋高馬肥時節，以利於騎兵作戰。故每到秋天，北方邊境就要加強防備，稱作防秋。

## 第四橋❶

蕭立之

自把孤樽擘❷蟹斟，荻花洲渚月平林。一江❸秋色無人管，柔艣風前語夜深❹。

【注釋】

❶第四橋：吳江（今屬江蘇）城外的甘泉橋，因其泉水被品評為全國第四而得名。姜夔〈點絳唇・丁未過吳松作〉：「第四橋邊，擬共天隨住。」李演〈摸魚兒・太湖〉：「又是西風，四橋疏柳。」❷擘：音播。剖開。❸江：指流經吳江縣的吳松江。❹柔艣，輕柔的搖艣聲。艣：同「櫓」，划船工具。語：是說夜深人靜，只有艣聲如人自語。賀鑄〈生查子〉詞：「雙艣本無情，鴉軋如人語。」

【解　說】

這首詩描繪秋夜吳江中的美好景致，意境清幽，韻味無窮。在月色籠罩下，微風輕拂、荻花搖曳，輕柔的櫓聲響在夜空中，反而增加了靜謐的感覺。而自斟自飲、欣賞這一江秋色的詩人，愜意中又隱約透出一絲落寞情懷。最後一句的「語」字，不僅生動地寫出櫓聲，起到以聲響反襯靜謐的作用，而且以擬人的筆法寫櫓聲自語，暗示人的孤寂，與開頭一句的「自把孤樽」相呼應。可見構思措辭之精巧。

## 秋夜詞

謝　翱

愁生山外山❶，恨殺樹邊樹。隔斷秋月明❷，不使共一處❸。

【注　釋】

❶山外山：北宋楊傑〈遙碧亭〉「添得一重山外山」；南宋戴復古〈世事〉「春水渡旁渡，夕陽山外山」。這裡用其字面。❷隔斷秋月明：是說山和樹遮擋了月光，隔斷了溝通的途徑。❸共一處：是說分隔兩地的人可以通過月光心心相印，精神溝通，如在一處。

【解　說】

這是一首懷人之作。前兩句表達對山和樹的埋怨，後兩句說明埋怨山和樹的原因，因為重重疊疊的山和茂密的樹，遮斷了月光，隔斷了兩人溝通的途徑。古人認為，分隔兩地的人可以共對月亮，通過月光心心相印，達到精神的溝通。謝莊〈月賦〉：「隔千里兮共明月。」張九齡〈望月懷遠〉：「海上生明月，天涯共此時。」許渾〈秋霽寄遠〉：「唯應待明月，千里與君同。」蘇軾〈水調歌頭〉：「但願人長久，千里共嬋娟。」這首詩則借用其意而翻進一層，說山與樹不僅阻隔了人，而且阻隔了可以溝通對方、傳達相思的月光。

# 律詩

## 寒食中寄鄭起侍郎❶

楊徽之

清明時節出郊原❷，寂寂山城柳映門❸。水隔淡煙修竹寺，路經疏雨落花村❹。天寒酒薄難成醉，地迥樓高易斷魂❺。回首故山❻千里外，別離心緒向誰言？

【注　釋】

❶寒食：寒食節。每年冬至後一百零五天，禁火，吃冷食，謂之寒食。鄭起：字孟隆，後周時曾任右拾遺、殿中侍御史等職，入宋，出掌泗州市征。他和楊徽之都是後周舊臣，入宋後都出為邊遠地方小官，經歷相似。❷清明時節：寒食節後兩日為清明節，故寒食清明常並舉，這裡「清明時節」亦即詩題的「寒食中」。郊原：郊外原野。古代風俗，寒食清明要踏青掃墓，出郊外春遊。❸柳映門：宋代清明寒食節時有插柳於門上的習俗。記北宋風俗的《東京夢華錄》卷七載，寒食節時用麵「造棗䭔飛燕，柳條串之，插於門楣」。記南宋風俗的《夢粱錄》卷二說：「清明交三月節，前兩日謂之寒食，京師人從冬至後數起至一百五日，便是此日。家家以柳條插於門上。」❹「水隔」二句：寫郊遊所見之景。意思是說，隔水有寺，寺掩映於竹林，竹林被淡煙籠罩；路邊有村，村裡有花，花在疏雨中凋落。陳衍《宋詩精華錄》卷一說這兩句「句調特別」。❺「天寒」二句：迥，遠。斷魂，形容哀傷至極。這是楊徽之的名句。宋太宗選出來寫到屏風上的十聯詩，就有這一聯。陳衍說雖然「難」、「易」二字對得太死，但兩句合看則有流水對之意。見《宋詩精華錄》卷一。❻故山：猶言故鄉，家鄉的意思。

【解　說】

這是歷代傳誦的一首詩。開頭和結尾兩聯較為平泛，但中間兩聯卻都是精心結撰、深有感慨的佳句。宋末元初方回《瀛奎律髓》卷四十二說：「中四句皆美，而下聯世人尤傳。」三、四兩句的寫景，陳衍說是「句調特別」，其實妙處還在於詩人對景物空間關係的處理，別具匠心。以特殊的句法把視野中渾然一體的景象分出了清晰的層次。

## 村　行❶

王禹偁

馬穿山徑菊初黃，信馬悠悠野興長❷。萬壑有聲含晚籟❸，數峰無語立斜陽。棠梨❹葉落臙脂色，蕎麥花開白雪❺香。何事吟餘忽惆悵？村橋原樹❻似吾鄉。

### 【注　釋】

❶淳化二年（九九一），王禹偁因上疏言事而獲罪，貶為商州（今陝西商縣）團練副使。此詩是淳化三年（九九二）八月在商州所作。❷信馬：隨馬任意行走。野興：野遊的興致。❸壑：山溝。晚籟：傍晚時因風吹而從空穴裡發出的聲音。❹棠梨：一種落葉喬木，果實可食。❺白雪：形容蕎麥花色白如雪。❻原樹：原野上的樹。

### 【解　說】

王禹偁在商州過的是謫宦生活，但他能以山水自慰，賦詠自適，不以遷謫為意。這首詩的最後兩句雖也流露了惆悵的鄉思，但表現得十分婉轉含蓄，哀而不傷。中間兩聯，寫山行的見聞和感想，是此詩最為出彩的部分。頷聯寫山，從聲音著想著筆，山溝本來無聲，因風吹而自成天籟；山峰本來不能語，看上去卻似能語而不語。萬壑有聲是耳邊所聞，數峰無語則是眼中所見和心中所感。言外的妙趣在於，假設數峰能語，那此時數峰與詩人將會進行什麼樣的對話呢？而數峰能語卻「不語」，只與詩人默契相對，不正是強調了詩人與數峰的心心相印嗎？這都是此詩耐人尋味之處。頸聯則從色彩著筆，其句法和比喻方式是從白居易〈荔枝樓對酒〉詩的「荔枝新熟雞冠色，燒酒初開琥珀香」兩句化出來，但其意境和韻味卻遠勝白詩。

## 訪楊雲卿淮上別墅❶

惠崇

地近得頻到❷，相攜向野亭。河分岡勢斷，春入燒痕青❸。望久人收釣，吟餘鶴振翎❹。不愁歸路晚，明月上前汀❺。

【注釋】

❶楊雲卿：其人不詳。淮：淮河。別墅：一作「別業」。詩題一作〈書楊雲卿別墅〉。❷「地近」句：是說所居之處與楊的別墅鄰近，因而可以常去訪問。惠崇所住的禪院在淮南壽春（今安徽壽縣）境內，淮河邊上。❸「河分」二句：河，指淮河。燒痕，草地被野火燒過之後留下的痕跡。燒，音紹。泛指野火。❹翎：鳥翅和尾上的長羽毛。❺汀：水邊平地。

【解說】

惠崇詩多寫野情野趣，此詩是較為可誦的一首。首二句點題寫「訪」字，中間兩聯寫景，最後寫留連忘歸，推想月下前汀又當是另一種令人留連的景象，頗有餘意。宋初晚唐體詩歌用筆的重點多在中間兩聯，這首詩就十分典型。「河分岡勢斷」一聯，境界闊大，頗有雄渾氣象，但「望久人收釣」一聯，就顯得小巧，而與上一聯不相稱。據宋人記載，「河分岡勢斷」一聯，是惠崇自己最為得意，也是當時廣為傳誦的兩句詩，他曾自選「平生所得于心而可喜」的一百聯詩撰為《句圖》，列在首位的就是這一聯（見吳處厚《青箱雜記》卷九）。又文瑩《湘山野錄》卷中說：「九釋詩，惟惠崇師絕出，嘗有『河分岡勢斷，春入燒痕青』之句，傳誦都下，籍籍喧著。餘緇遂寂寥無聞。」不過關於這兩句詩的著作權，曾經引發過一場小小的爭議。司馬光《溫公續詩話》記載說惠崇對這兩句詩很自負，但「時人或有譏其犯古者，嘲之：『河分岡勢司空曙，春入燒痕劉長卿。不是師兄多犯古，古人詩句犯師兄。』」此外，《江鄰幾雜誌》和劉攽《中山詩話》也有相似記載。北宋僧人文瑩《湘山野錄》卷中則說，是因惠崇這兩句詩盛傳都下，而名聲掩蓋了九僧中的其他人，於是引起了「餘緇」的忌恨，「乃厚誣其盜」，九僧中的文兆便作詩嘲之（詩與司馬光所記大同小異）。文瑩生活的年代大約與歐陽修同時，他的記載也比司馬光、劉攽等人要早，因此他的說法值得重視。他對此事的判斷是「厚誣其盜」，並不認為惠崇是剽竊。而司馬光、劉攽等記載此事卻去掉了「厚誣」二字，似乎惠崇的剽竊就成了定論。其實還值得推敲。今存《全唐詩》中，並沒有與此二句相同或相近的詩句，雖然也有可能是沒有流傳下來，不過在找到更確切的根據之前，還是應按文瑩的說法，把這兩句詩判歸惠崇為妥。

## 懷廣南轉運陳學士❶

希　晝

極望隨南斗❷，迢迢❸思欲迷，春生桂嶺外，人在海門西❹，殘日依山盡❺，長天向水低。遙知仙館❻夢，夜夜怯猿啼❼。

## 【注　釋】

❶廣南：廣南路，宋初所置路名，轄境約當今廣東、廣西地區。宋太宗端拱年間以後分為東西兩路。轉運：轉運使，官名，為各路長官，職責是經管一路財賦，監察各州官吏等。陳學士：指陳堯叟，字唐夫，端拱二年（九八九）進士第一，授光祿寺丞、直史館，遷祕書丞，約在至道末年到咸平初年（九九六～九九八）間擔任廣南西路轉運使。宋代習慣把曾在三館任職者稱為學士，陳堯叟曾在史館和祕書省任職，故這裡稱他「陳學士」。他是閬州閬中（今屬四川）人，與希晝是同鄉。❷極望：極目遠望。漢蘇武〈報李陵書〉：「窮目極望，不見所識。」南斗：星宿名，有六星，又叫斗宿，在南天。❸迢迢：遙遠的樣子。❹「春生」二句：桂嶺外，這裡泛指嶺南廣西地區。桂嶺，在廣西賀縣東北百餘里處，又叫臨賀嶺，為五嶺之一。廣南西路的治所在今廣西桂林。海門，海口，臨海之地。嶺南地區臨近南海，古人習稱為嶺海，故這裡把廣西地區稱作「海門西」。「春生」句是從劉長卿〈酬郭夏人日長沙感懷見贈〉詩「春生近桂林」句化出。❺「殘日」句：化用唐王之渙〈登鸛鵲樓〉詩「白日依山盡」句。❻仙館：神仙所居之處，這裡指陳堯叟的居處。❼怯猿啼：怕聽猿的叫聲。怯：怕。猿的鳴聲哀切，故云。這句是為陳堯叟設想。

## 【解　說】

這首詩在九僧詩中是比較清新開闊的作品，抒情也較為深切而不浮泛。尤其「春生桂嶺外，人在海門西」兩句，楊億《楊文公談苑》和歐陽修《六一詩話》都曾稱引，讚為「佳句」。

# 登原州城呈張蕡從事❶

魏野

異鄉何處最牽愁❷？獨上邊城城上樓。日暮北來❸唯有雁，地寒西去更無州❹。數聲塞角高還咽❺，一派涇河凍不流❻。君作貧官我為客，此中離恨共難收❼。

【注　釋】

❶本篇作年不詳。原州：治所在今甘肅鎮原，是北宋的西北邊境城市。張蕡：作者友人，生平不詳。蕡，音墳。從事：這裡泛指州郡長官的佐吏僚屬，通判、參軍之類。❷牽愁：牽動客愁。❸北來：從北面飛來。❹「地寒」句：說從原州西去，一片荒涼寒僻，已無城鎮設置。原州是邊城，西去已不屬北宋，故云。❺塞角：邊塞軍中號角。高：高亢。咽：幽咽，聲音因阻塞而變得低沉。❻派：水的分流，這裡泛指水流。涇河：源出寧夏六盤山，流經甘肅鎮原、涇川一帶，至陝西中部入渭河。❼「此中」句：與首句呼應，點明兩人均有無限客愁難以收拾。張蕡遊宦原州，詩人客居邊城，兩人均遠離故鄉，故云。

【解　說】

魏野詩多取材隱居生活，寫景雖然精緻，但過於幽僻小巧，如「洗硯魚吞墨，烹茶鶴避煙」（〈書逸人俞太中屋壁〉）；「數聲離岸櫓，幾點別州山」（〈題崇勝院河亭〉）之類。而這首〈登原州城呈張蕡從事〉卻能以極目遠望的西北邊地風光烘托一派遼闊蒼涼的意境，抒寫客居邊城的落寞心情，雖然詩句較為淺直，缺乏警策，但在其詩集中還算是較為大氣的一篇。

## 秋日登樓客次懷張覃進士❶

潘　閬

聞說飄零亦異鄉❷，登樓吟望益悲涼。當時欲別言難盡，他日相逢話更長❸。蟬噪水村千萬樹❹，雁過雲岫❺兩三行。明朝策蹇還無定❻，空倚危欄❼到夕陽。

### 【注　釋】

❶《瀛奎律髓》卷十二錄作魏野詩。客次：旅途中止宿的處所，這裡猶言「客中」。張覃：其人不詳。潘閬又有〈與張覃秀才鄴中途次言別〉詩云：「南北各何之，重來寧有期。相將行數里，欲別立多時。」可與此詩參看。❷「聞說」句：說聽說張覃也飄流在外，作客他鄉。❸「當時」二句：方回評云：「能言人情」。話更長，《瀛奎律髓》引作「語更長」。❹「蟬噪」句：寫景寓情，參看徐鉉〈寄外甥苗武仲〉：「蟬噪疏林村倚郭，鳥飛殘照水連天。」又林逋〈寄和昌符〉：「離愁不可寫，蟬噪夕陽初。」❺岫：音袖。峰巒。❻「明朝」句：此句說自己明天將繼續奔波，還不知飄泊何處。策蹇：指乘蹇驢或駑馬上路。唐孟浩然〈唐城館中早發寄楊使君〉：「訪人留後信，策蹇赴前程。」策：以鞭擊馬。蹇：音簡。跛足，引申指蹇驢或駑劣之馬。❼危欄：高樓上的欄杆。

### 【解　說】

潘閬詩，一般認為是學晚唐，如〈渭上秋夕閑望〉：「秋色滿秦川，登臨渭水邊。殘陽初過雨，何地不鳴蟬。極浦涵明月，孤帆沒遠煙。漁人空老盡，誰似太公賢？」意境清幽，錘煉工致，接近於賈島一路的風格。

但他另外的一些五律詩，則又被劉攽《中山詩話》稱為「不減劉長卿」，一方面是稱讚他擅長五律，一方面也是說他的詩風近於中唐。不過，潘閬的五律也難免小巧之弊，內容和風格上都不大有新意。相比之下，倒是這裡所選的七律〈秋日登樓客次懷張覃進士〉，語淺而情深，頷聯能以明快的語言道出人之常情，而無格律拘束之苦。疏放自然的風格，也與賈島一路不同。

## 春日登樓懷歸❶

寇準

高樓聊引望❷，杳杳❸一川平。遠水無人渡，孤舟盡日橫❹。荒村生斷靄❺，深樹語流鶯❻。舊業遙清渭❼，沉思忽自驚。

【注釋】

❶寇準十九歲中進士，知巴東縣（今屬湖北）。這首詩是在巴東所作。據《隆平集》卷四〈寇準傳〉載，作此詩時所登之樓是巴東的「秋風亭」。方回《瀛奎律髓》卷十選錄此詩，清紀昀評云：「氣體自高。」❷引望：引首遙望。❸杳杳：形容深遠遼闊。❹「遠水」二句：從韋應物〈滁州西澗〉「野渡無人舟自橫」句化出。遠水，一作「野水」。❺「荒村」句：此句從王維〈輞川閑居贈裴秀才迪〉「墟里上孤煙」句化出。斷靄：猶孤煙。靄：輕煙。❻深樹：《瀛奎律髓》引作「古寺」。流鶯：黃鶯，以其鳴聲流轉圓潤，故云。李白〈對酒〉詩：「流鶯啼碧樹。」高適〈別楊山人〉：「流鶯數聲淚沾臆。」❼舊業：指故鄉的田園家業。唐劉長卿〈送朱山人歸山陰別業〉：「舊業廢春苗。」清渭：指渭河。寇準的故鄉下邽在渭河邊。

## 【解　說】

寇準早年的這首詩，出手就顯示了過人的才華。特別是頷聯，雖是從韋應物詩化出，但轉化為五律的對聯，不僅工穩，而且自然天成，意境完整，音調諧暢，青出於藍而勝於藍。清紀昀稱讚這兩句雖本於韋詩，「然不覺其衍」（《瀛奎律髓刊誤》卷十）。陳衍《宋詩精華錄》卷一也說：「用韋蘇州語，極自然。」這兩句詩在歷史上曾廣為流傳，歷代詩話常見稱引。宋僧文瑩《湘山野錄》卷上說這兩句詩「深入唐人風格」。清王士禛《帶經堂詩話》卷十二說：「公在巴東有『野水』、『孤舟』之句，為人傳誦。」最值得一提的是，這兩句詩還被宋徽宗時的翰林圖畫院用作考評畫科考生水平高低的繪畫試題，足見其影響之大。據宋人鄧椿《畫繼》記載，當時被錄取為第一名的作品是「畫一舟人，臥於舟尾，橫一孤笛。其意以謂非無舟人，止無行人耳；且以見舟子之甚閑也」。這幅畫對詩意的詮釋，頗有助於欣賞。

陸游〈秋風亭拜寇萊公遺像〉其二說：「豪傑何心後世名，材高遇事即崢嶸。巴東詩句澶州策，信手拈來盡可驚。」（《劍南詩稿》卷二）所謂「巴東詩句」就是指寇準在巴東任職時所作的詩歌，這首〈春日登樓懷歸〉就是其中代表。陸游把寇準在詩歌創作上的成就同其軍事、政治上的建樹相提並論，可見在陸游心目中，寇準的詩歌是有很高地位的。寇準在巴東的詩歌曾結集為《巴東集》行世，可惜今已不存。

# 山園小梅❶

林　逋

眾芳搖落獨暄妍❷，占盡風情向小園。疏影橫斜水清淺，暗香浮動月黃昏❸。霜禽欲下先偷眼❹，粉蝶如知合斷魂❺。幸有微吟可相狎，不須檀板共金尊❻。

【注　釋】

❶林逋有八首詠西湖孤山梅花的七言律詩，宋人稱為「孤山八梅」，見方回《瀛奎律髓》卷二十，本篇是其中最著名的一首。南宋周紫芝《竹坡詩話》說此詩「膾炙天下殆二百年」。❷搖落：凋謝、零落。暄妍：這裡形容梅花開得鮮麗明媚。❸「疏影」二句：這是林逋詠梅詩的名句。兩句從水邊之影和月下之香寫梅花的姿態和神韻，突出梅花的清幽高潔之美。橫斜，形容梅影的錯落有致。浮動，形容梅香飄散，若斷若續。黃昏，這裡指月色朦朧。❹「霜禽」句：這句是以白鳥偷眼襯托梅之高潔。「偷眼」二字從唐人齊己〈早梅〉詩「禽窺素豔來」的「窺」字化來。霜禽：羽毛潔白的鳥。偷眼：偷看，不敢正看。❺「粉蝶」句：這句的「如」、「合」都是推想之辭，因梅開時無蝶，故用設想的方法虛寫。參看杜牧〈初春雨中舟次和州橫江裴使君見迎李趙二秀才〉：「梅徑香寒蜂未知。」合：應當。斷魂：猶言銷魂，形容粉蝶對梅的極度喜愛。❻「幸有」二句：兩句是說梅花幽逸高潔，只有詩人的低聲吟詠可以與它般配，而用不著世俗的歌舞宴飲來作伴。相狎，相親。檀板，用檀木做的拍板，唱歌時用以擊節伴奏，這裡指音樂歌舞。金尊，金杯，這裡指宴飲。

【解　說】

本篇大概可以說是宋代最為著名的詠梅詩了。不過全篇也只是「疏影」一聯寫得好，宋人對此詩的評論主要是圍繞這一聯展開的。歐陽修《歸田錄》卷二記當時人評此二句說：「前世詠梅者多矣，未有此句也。」司馬光《溫公續詩話》也說此二句「曲盡梅之體態」。《許彥周詩話》說：「大凡《和靖集》中，梅詩最好，梅花詩中，此兩句尤奇麗。」《王直方詩話》記載，王誂曾對蘇軾論及此二句說：「詠杏與桃、李皆可用。」蘇軾說：「可則可，但恐杏、李花不敢承當。」意思說這兩句寫梅之精神，不能移用來形容桃、李之類。《瀛奎律髓》卷二十方回曾解釋說：「彼杏、桃、李者，影能疏乎？香能暗乎？繁穠之花，又與『月黃昏』、『水清淺』有何交涉？且『橫斜』、『浮動』四字，牢不可移。」又此詩「疏影」、「暗香」還被南宋詞人姜夔用作兩首詠梅詞的詞調名。南宋詩僧居簡在一首憑弔林逋的詩中說：「名字不須深刻石，暗香疏影滿人間。」則又把這首詩看作林逋的象徵。辛棄疾〈浣溪沙〉詞甚至說：「自有淵明方有菊，若無和靖即無梅。」林逋不僅給梅賦予了藝術生命，同時也使梅成為了高潔人格的象徵。

## 小隱自題❶

林逋

竹樹繞吾廬，清深趣有餘。鶴閒臨水久，蜂懶得❷花疏。酒病妨開卷❸，春陰入荷鋤❹。嘗憐❺古圖畫，多半寫樵漁❻。

【注釋】

❶這是林逋題寫西湖孤山隱居生活的名作。《瀛奎律髓》卷二十三方回評云：「有工有味，句句佳。」紀昀評云：「可云靜遠。」又云：「拆讀之句句精妙，連讀之一氣湧出。興象深微，毫無湊泊之跡。此天機所到，偶然得之，非苦吟所可就也。」❷得：一作「採」。❸酒病：猶病酒，謂酒醉如病。開卷：讀書。❹「春陰」句：此句是「荷鋤入春陰」的意思。❺憐：愛。❻樵漁：漁父、樵夫，這裡指隱於水邊林下的隱士。

【解說】

林逋的隱居生活比較悠閒，心情恬靜悠遠，從這首詩可以見出一斑。特別是「鶴閒」兩句，臨水久，正顯出鶴之閒；得花疏，則形容蜂之嬾。「閒」與「久」，「嬾」與「疏」，下字微妙，且可見出作者對鶴與蜂的觀察和對閒適生活的品味。所以紀昀評云：「三四句景中有人。」這種「清深」之趣，正是林逋詩獨到的意境。

## 南朝❶

劉筠

華林酒滿勸長星❷，青漆樓高未稱情❸。廧壁燈回偏照晝❹，雀航波漲欲浮城❺。鐘聲但恐嚴妝晚❻，衣帶那知敵國輕❼。千古風流佳麗地，盡供哀思與蘭成❽。

### 【注釋】

❶南朝：南北朝時期的宋、齊、梁、陳四代，均建都於建康（今江蘇南京），史稱南朝。這裡指包括東吳、東晉、宋、齊、梁、陳在內的六朝。這是《西崑酬唱集》中的名篇。楊億、錢惟演都有同題之作，但以劉筠此篇最為深切。❷「華林」句：這裡用東晉之事概括南朝時期敗亡相續的形勢，以一種危機四伏的氣氛籠罩全篇，為以下各句所詠之事提供背景，以收深切的諷諭之效。華林：六朝都城建康城內的著名宮苑，始建於三國吳，南朝歷代續有擴建。舊址在今南京雞鳴山南古臺城內。長星：彗星之屬，古人視為災星，主災禍戰亂。此句事見《世說新語．雅量》，東晉太元末，「長星見，孝武心甚惡之，夜，華林園中飲酒，舉杯屬星云：『長星，勸爾一杯酒，自古何時有萬歲天子！』」長星出現，古人認為預兆著戰亂，將有改朝換代之事，因此晉孝武帝心甚惡之。勸長星：乃是為王朝的命運而祝禱。❸「青漆」句：此句所詠乃南齊皇帝東昏侯蕭寶卷之事。《南齊書．東昏侯紀》載，齊武帝所建興光樓，頗高大華麗，以青漆塗飾，世謂之青樓。東昏侯卻說「武帝不巧，何不純用琉璃？」稱情：稱心合意。❹「廧壁」句：此句承上，謂東昏侯奢侈無度，高樓華殿，徹夜佚樂，燈光照得如同白晝。

麝壁：以麝香塗飾的牆壁。《南齊書．東昏侯紀》載，東昏侯在位時，大起仙華、神仙、玉壽諸宮殿，刻畫雕彩，「麝香塗壁，錦幔珠簾，窮極綺麗」。❺「雀航」句：此句字面是說秦淮水漲，朱雀浮橋亦隨波上浮，似欲與建康城相齊。意思承上句，謂南朝帝王們醉生夢死，淫樂無度，以為有秦淮河、朱雀航的屏障便可以高枕無憂。雀航：即朱雀浮橋，在建康朱雀門外秦淮河上，以船舶連接而成。秦淮河是南朝時期建康城的天然屏障，河上有浮航二十四座，朱雀航是其中最大的一座。當時一遇戰爭，便撤航為備。隋滅陳後廢去。見《讀史方輿紀要》卷二十。❻「鐘聲」句：此句意思說，鐘聲催促宮女們早起梳洗妝扮，恐怕耽誤了皇帝的遊樂。南宋初劉子翬《景陽鐘》詩云：「三十六宮梳洗罷，卻吹殘燭待天明。」可參閱。嚴妝：妝束整齊。南朝齊武帝好佚遊，並以宮女隨行，每日很早出發。但宮內深隱，聽不見端門報時之鼓漏聲，為使宮女早起，便置鐘於宮中景陽樓上，三鼓時敲響，「宮人聞鐘聲，早起裝飾」。事見《南齊書．裴皇后傳》。❼「衣帶」句：此句是說哪知已被只隔一衣帶水的敵國所輕視。所詠乃南朝最後一個皇帝陳後主之事。陳後主平時荒於酒色，快樂無度，不恤政事，又設苛捐雜稅，徵取百端，刑罰酷濫，百姓怨聲載道。這時北方的隋朝準備出兵伐陳，隋文帝說：「我為百姓父母，豈可限一衣帶水不拯之乎？」見《南史．陳後主紀》。後來隋兵南下，陳後主還認為有長江天險，不以為意，仍日與嬪妃遊宴後庭，終於亡國被俘。南朝遂告終結。衣帶：一衣帶水，謂河流如衣帶那麼狹窄，不足為險阻。這裡指長江。敵國：勢力相敵之國，又指敵對的國家。這裡指隔長江與南朝對峙的北方強敵。據《南史．陳後主紀》，陳宣帝崩，隋遣使赴弔，「修敵國之禮」。輕：輕視、小看。❽「千古」二句：這兩句是全詩的總結，說南朝各代君主們荒淫誤國，千古佳麗之地的金陵，終於結束了繁華競逐，敗亡相續的歷史，只不過為後人提供了不盡的哀思和感慨。風流佳麗地，語出謝朓〈入朝曲〉：「江南佳麗地，金陵帝王州。」此指南朝歷代都城建康（金陵）。蘭成，北周詩人庾信的小字，庾信曾作有〈哀江南賦〉。這裡以蘭成代指後代的騷人墨客。

【解　說】

劉筠是宋初西崑體代表詩人之一，與楊億齊名，時號「楊劉」。《西崑酬唱集》收錄他的詩七十三首，數量僅次於楊億。西崑體的形成，他起了較大作用，當時詩壇效法李商隱的風氣，與他的提倡有關，楊億曾說：「近年錢惟演、劉筠首變詩格，學者爭慕之。」（《宋朝事實類苑》卷三十七引）

《西崑酬唱集》中的詠史詩，大多有借古諷今的現實政治寓意。本篇寫法上學習李商隱的〈南朝〉詩，列舉南朝各代皇帝荒淫誤國的歷史事實，加以評論總結。目的則是諷諭宋真宗的浮華奢侈，並表現對現實危機的憂慮。詩歌聲律諧暢，對偶精切，詞藻華麗，組織縝密，頗能代表西崑體的風格特點。最值得注意之處在於全詩的總體結構，除最後兩句的感慨之外，全篇都像是敘述史實，而對史實的安排則是從危機到荒淫誤國，再到敗亡相續的終結。詩人借古諷今的意思就從對史實的這種組織安排中傳達出來。因此，這是一篇在敘述中寄寓諷刺意蘊的傑作。

## 漢　武❶

楊　億

蓬萊銀闕浪漫漫，弱水回風欲到難❷。光照竹宮勞夜拜❸，露漙金掌費朝餐❹。力通青海求龍種，死諱文成食馬肝❺。待詔先生齒編貝，那教索米向長安❻。

【注　釋】

❶這是一首詠史詩，譏刺漢武帝迷信方士之言、求長生不老藥等荒誕不經之事，目的是諷諫宋真宗的求仙學道，

祀神封禪，廣建宮觀，希求長生。《瀛奎律髓》卷三方回評云：「此詩有說譏武帝求仙，徒費心力，用兵不勝其驕，而于人才之地不加意也。」馮班評云：「此首有作用。」紀昀評云：「此便欲直逼義山（李商隱）。」又說：「此詠古數章，卻有意思，議論頗得義山之一體。」❷「蓬萊」二句：譏漢武帝求不死之藥，徒費心力。相傳渤海中有蓬萊、方丈、瀛洲三座神山，以金銀為宮闕，諸仙人及長生不死之藥皆在山上。未至，望之如雲，臨之，風輒引去，終莫能至。漢武帝時，方士李少君對武帝說曾在海上見到蓬萊仙人安期生。武帝於是遣人入海求安期生之屬。事見《史記·封禪書》。弱水，典出《十洲記》，鳳麟洲在西海中央，「洲四面有弱水繞之，鴻毛不浮，不可越也」。❸竹宮：甘泉祠宮，以竹築成。漢武帝曾在甘泉宮中作通天臺以候天神，「夜常有神光如流星，止集於祠壇，天子（武帝）自竹宮而望拜」，事見《漢書·禮樂志》。❹溥：音團。露多聚集貌。《詩·鄭風·野有蔓草》：「零露溥兮。」金掌：漢武帝所建的承露仙人掌，以銅為之，用來承接甘露。張衡〈西京賦〉：「立修莖之仙掌，承雲表之清露；屑瓊蕊以朝餐，必性命之可度。」《文選》李善注引《三輔故事》云：「武帝作銅露盤，承天露，和玉屑飲之，欲以求仙。」❺「力通」二句：力通青海，指漢武帝用兵西域以求名馬之事。龍種，《北史·吐谷渾傳》謂青海周回千餘里，以良牝馬置此，所生之駒號為龍種。漢武帝曾在敦煌渥洼水側得天馬；又遣李廣利率兵十餘萬人伐大宛，得大宛千里馬三千匹，前後用兵達四年。事見《漢書·西域傳》。按漢武帝所得名馬皆與青海無關，這裡是以青海龍種泛指西域名馬。文成，漢武帝時方士。據《史記·封禪書》，武帝熱衷於求仙，齊人少翁以鬼神方書獻上，被封為文成將軍。後因其方無效，神亦不至，於是被誅。武帝先是隱匿其事，後又悔其早死，惜其方不盡。少翁的方士同夥欒大就對武帝說，他常往來海中，見過仙人，可得不死之藥，但怕像文成那樣被殺，所以不敢再說求神仙之方。武帝就對欒大掩飾說：「文成食馬肝死耳。」古人認為馬肝有毒，食之殺人。一說馬肝指馬肝石，性酷烈，文成乃誤服馬肝石而死。見《娛書堂詩話》卷下。此二句譏諷漢武帝為求名馬，窮兵黷武；被方士所惑，執迷不悟，自欺欺人。❻「待詔」二句：待詔先生，指東方朔。編貝，形容牙齒整齊潔白。索米，討米。長安，漢都城，今陝西西安。《漢書・東方朔傳》載，漢武帝時，東方朔上書自誇說：「臣朔年二十二，長九尺三寸，目若懸珠，齒若編貝，……可以為天子大臣。」武帝便令他待詔公車，等候任命。久之，未得省見，東方朔便以謊言恐嚇武帝的騎從侏儒。武帝責問他，他回答說：「朱儒長三尺餘，奉一囊粟，錢二百四十。臣朔長九尺餘，亦奉一囊粟，錢二百四十。朱儒飽欲死，臣朔飢欲死。臣言可用，幸異其禮，不可用，罷之，無令但索長安米。」武帝便讓他待詔金馬門，稍得與武帝接近。這兩句諷刺漢武帝侈求神仙而薄待才情之士。

## 【解　說】

楊億是宋初西崑體詩歌的倡導者，也是西崑體最重要的詩人。〈漢武〉是有感於現實而借古諷今之作，諷刺漢武帝迷信方士之言、求長生不老藥等荒誕不經之事，目的是諷諫宋真宗的求仙學道，祀神封禪，廣建宮觀，希求長生。是《西崑酬唱集》中著名的詠史詩，也是楊億最著名的一首諷刺詩，被宋人認為「義山（李商隱）不能過也」（劉攽《中山詩話》）。

詩歌開頭兩句似是敘述描寫，但「欲到難」三字已暗含了譏諷之意；頷聯上句「勞夜拜」的「勞」字，下句「費朝餐」的「費」字，更帶有明顯的諷刺語氣，表面看是隨便道來，仔細品味卻發現詩人用心良苦。「力通青海」一聯，更是此詩的名句，譏諷之意從句法的跌宕轉折中暗示出來，「力通青海」的壯舉，不過是為了「求龍種」，為掩蓋方士被殺的真相，卻用「食馬肝」這樣的謊言。每句的句法都分成前後兩節，以前後節之間意義上的跌宕構成諷刺的語意。最後兩句既是諷刺漢武帝，似乎也有現實的針對性。據《宋史・楊億傳》，景德初年，楊億在知制誥任上時，因俸薄家貧，請求外調。沈括《夢溪筆談》卷一載楊億請外任的上表中有「虛忝甘泉之從臣，終作若敖之餒鬼；從者之病莫興，方朔之飢欲死」之句。故此詩或有以東方朔自比而暗諷宋真宗熱衷求仙而薄遇文士之意。

## 無題❶

晏殊

油壁香車不再逢，峽雲無跡任西東❷。梨花院落溶溶月，柳絮池塘淡淡風❸。幾日寂寥傷酒後，一番蕭索禁煙中❹。魚書欲寄何由達，水遠山長處處同❺。

### 【注釋】

❶這是一首相思懷人的愛情詩，詩題當是擬李商隱的〈無題〉詩。詩題又作〈寄遠〉，或作〈寓意〉。❷「油壁」二句：油壁香車，用油漆塗飾車壁的車子，女子所乘。樂府〈錢塘蘇小歌〉：「妾乘油壁車，郎騎青驄馬。」峽，指巫峽。峽雲，巫山之雲，宋玉〈高唐賦〉記巫山神女有「旦為朝雲，暮為行雨」的話，這裡用以喻指情人的行蹤。峽雲無跡，喻指情人無蹤，舊情難續。這是詩詞中表現與愛人分別時常用的比喻，如王融〈古意〉詩：「巫山彩雲沒。」李白〈鳳凰曲〉：「影滅彩雲斷。」白居易〈簡簡吟〉：「彩雲易散琉璃脆。」柳永〈少年遊〉詞：「歸雲一去無蹤跡，何處是前期？」秦觀〈醉桃源〉詞：「楚臺魂斷曉雲飛，幽歡難再期。」晏殊的兒子晏幾道〈清平樂〉詞：「夢雲歸處難尋。」都是用的同一個典故。這兩句說與意中人分手之後，未再相逢，而且不知她如今漂泊何處。❸「梨花」二句：既是寫眼前的春宵花月，又是回憶中與情人相見時的景色。過去之幽情與眼下之感傷，相互引發，相融一片。溶溶，水流貌，這裡形容瀉地的月光。❹「幾日」二句：寫此時的淒苦懷抱，入骨相思，由上一聯引發而來。傷酒，飲酒過量。蕭索，冷落貌。禁煙，指寒食節。古代風俗，清明節前二日，禁火，吃冷食，過了寒食節再重新舉新火。寒食禁煙大概是起源於古代「鑽燧改火」的習

俗。❺「魚書」二句：這兩句與開頭兩句呼應，寫無由再見的絕望，謂不知對方下落，欲通音問，卻處處有礙。晏殊又有〈蝶戀花〉詞說：「欲寄彩箋兼尺素，山長水闊知何處。」可參看。魚書，指書信。古樂府〈飲馬長城窟行〉：「客從遠方來，遺我雙鯉魚；呼兒烹鯉魚，中有尺素書。」何由達，即無法寄達。水遠山長，形容天各一方，重重阻隔。

【解　說】

這是晏殊頗自負的作品，也屢為後人所稱道。《瀛奎律髓》卷五選錄此詩，馮班評云：「崑體多用富貴語，此卻自然，不寒儉，勝楊（億）劉（筠）也。」陸貽典評云：「豔麗無脂粉氣。」查慎行則說：「晏工於填詞，煉句每輕倩。」

這首詩，意境淒迷，風格蘊藉，近似於李商隱〈無題〉詩的情調。宋詩一般不大表現愛情的內容，而此詩不僅寫得深情綿渺，而且清雅蘊藉，鉛華盡去，又與李商隱風格不同。確是一首難得的佳作。

「梨花院落」一聯，清麗淡遠，音律流美，用疊字造成聲情搖曳的效果，寫景而深情自見，確是不可多得的名句。晏殊常以此二句向人自誇（見《青箱雜記》卷五），可見是他自己也很得意。葛立方《韻語陽秋》卷一說：「此自然有富貴氣。」清人馮班評云：「自然富貴，妙在無金玉氣。」明胡應麟《詩藪》內編卷五認為這兩句已落入「小石調（宋詞宮調名）」，就是說有詞的味道，陳衍《宋詩精華錄》卷一則說：「同叔工詞，故能作『溶溶』、『淡淡』二語，而卻是詩而非詞。」

## 假中示判官張寺丞王校勘❶

晏　殊

元巳清明假未開❷，小園幽徑獨徘徊❸。春寒不定斑斑❹雨，宿醉難禁灧灧杯❺。無可奈何花落去，似曾相識燕歸來❻。遊梁賦客多風味❼，莫惜青錢萬選才❽。

【注釋】

❶天聖五年（一〇二七），晏殊罷樞密副使，出為南京（今河南商丘）留守，此詩即在南京作。判官：宋制，各州府設簽書判官廳公事和節度判官，為州府長官的幕僚，分管日常行政事務。張寺丞：指張亢，字公壽，曾任大理寺丞。王校勘：指王琪，字君玉，天聖三年授大理評事、館閣校勘。葉夢得《石林詩話》卷上：「晏元獻公留守南都，王君玉時已為館閣校勘，公特請于朝，以為府簽判，朝廷不得已，使帶館職從公。」張亢、王琪同在南京做晏殊的僚屬。歐陽修《歸田錄》卷一說晏殊在南京時，「幕下王琪、張亢最為上客。」《石林詩話》卷上也說他們「賓主相得，日以賦詩飲酒為樂，佳時勝日，未嘗輒廢也」。❷「元巳」句：此句點明時令，謂尚在元巳清明假期中。元巳：即上巳，農曆三月的第一個巳日，後來專指三月初三。古代風俗，上巳日休假遊春，到水邊修褉，以驅除不祥。清明：又叫三月節，舊俗於這天踏青掃墓，也是春季的重要節假日。假：休假。開：解除。引申指假期已滿，開始工作。《資治通鑑》後周太祖廣順三年：「今方寒食，俟假開，如卿所奏。」假未開：未解除假期，即假期未滿之意。❸「小園」句：被晏殊用入〈浣溪沙〉詞中，作「小園香徑獨徘徊」。❹斑斑：形容雨點密集眾多的樣子。❺宿醉：隔夜猶存的餘醉。禁：承受。灧灧：水光閃動的樣子，這裡形容滿溢杯中的酒。❻「無可」二句：這是晏殊的名句。宋庠曾稱讚說：「使後之詩人無復措詞。」（《青箱雜記》卷五引）明李東陽《麓堂詩話》說兩句對偶「尤覺相稱」。❼遊梁賦客：梁，指梁園，在今河南開封東南，為漢梁孝王延賓遊賞之地，當時名士司馬相如、枚乘、鄒陽曾被延至園中遊賞宴集，詠詩作賦。見《史記・梁孝王世家》。後遂以梁園客指宴集中有才華的賓客。這裡亦用此典指張亢、王琪。風味：風采、情趣。❽「莫惜」句：此句

意思是說，張、王很有風采，正好借此機會賦詩，而不要吝惜出眾的文才。惜：吝惜。青錢：青銅錢。萬選：多方挑選。青錢萬選：用唐代張鷟典故，張鷟文章為時人稱道，員外郎員半千說他「文辭猶青銅錢，萬選萬中」，鷟遂有「青錢學士」之稱。見《新唐書・張薦傳》。後人便以「青錢萬選」比喻文才出眾。

【解　說】

這首詩的「無可奈何」一聯也是晏殊自以為得意的佳句。他又把這兩句用入〈浣溪沙〉詞中傳唱，因而廣為流傳。張宗橚《詞林紀事》卷三說：「細玩『無可奈何』一聯，情致纏綿，音調諧婉，的是倚聲家語。若作七律，未免軟弱矣。」或謂此聯下句是王琪所對（見《苕溪漁隱叢話》後集卷二十），當是出於傳聞。

## 城隅❶晚意

宋　祁

寥寥❷天意晚，稍覺井閭閒❸。水落呈全嶼❹，雲生失半山❺。牛羊樵路暗❻，燈火客舟還。瞑思輸鳧鴇，歸飛沆漭間❼。

【注　釋】

❶城隅：城角。❷寥寥：空闊、寂寥。❸井閭：市井。閒：安閒、清靜。❹呈：呈露、顯現。嶼：水中小島。❺「雲生」句：說雲氣漸濃，山被隱去一半。❻「牛羊」句：此句暗用《詩・王風・君子于役》「日之夕矣，羊牛下來」句意，說黃昏時分，牛羊從山上回來，天色漸漸晦暗。樵路：山上打柴人走的小路。❼瞑思：閉目沉思。輸鳧鴇：謂不如鳧鴇。鳧：野鴨。鴇：鴻鴇，一種水鳥，似雁而大，飛得很高，群棲湖泊沼澤地帶。沆漭：

音漭莽。形容寬廣浩渺的水面。這兩句抒寫羈遲難歸的感慨，謂人不如水鳥，不可以自由飛還。

【解　說】

這首五律寫登臨城樓遠望所見所感，語調深沉而意境高遠，錘煉簡勁而不枯澀，是學杜甫詩風而又具有自己面貌的作品。《瀛奎律髓》卷十五選錄此詩，方回評云：「三、四工巧。」紀昀評云：「妙在自然，所以不纖。」許印芳則說：「骨味格律，真近老杜。」

## 魯山山行❶

梅堯臣

適與野情愜，千山高復低❷。好峰隨處改❸，幽徑獨行迷。霜落熊升樹，林空鹿飲溪。人家在何許？雲外一聲雞❹。

【注　釋】

❶魯山：今河南魯山縣，因山而名，山在縣城東北十里許，接近襄城縣邊境。康定元年（一〇四〇）梅堯臣知襄城縣時作此詩。❷「適與」二句：意思說群山高低錯落，有各種形狀，恰好同我喜愛山野風光的情趣相合。愜，愜意，稱心合意。❸「好峰」句：這句的意境當是從歐陽修〈遠山〉詩「山色無遠近，看山終日行，峰巒隨處改，行客不知名」化來。改，變換。謂人在山中行進，隨時改變看山的角度，山亦隨之變換形狀。❹「人家」二句：上句問，下句答，意思卻是先聽見遠處傳來雞鳴，推知有人家，但因其高遠，在視線之外，故有上句之問。何許，何處。雲外，極言其高遠。

【解說】

這首詩語調平淡而意境幽遠，歷代傳誦。梅堯臣主張作詩應「狀難寫之景如在目前，含不盡之意見於言外」（《六一詩話》引），〈魯山山行〉就是這樣的一首名作。「適與野情愜」，開篇點出「野情」二字，正是全篇主題。「千山高復低」，補充說明「適與野情愜」的原因，是說山勢高高低低，錯落有致，有各種狀態，讓我看上去很順眼。既然是山行，就寫到在山裡的所見：「好峰隨處改。」這個「改」不是山在動，而是因為人在山路上行走，看山的角度在不斷變化，山的狀態也隨之不斷改變，這是從行進中的詩人的視角看出去。接下去，「幽徑獨行迷」一句，繼續圍繞自己的「野情」著筆，獨自一人欣賞山間的風光，不知不覺走到了山的深處，一個人越走越深，走到了人跡罕至的深山。「霜落熊升樹，林空鹿飲溪」兩句，正是人跡罕至的深山的景象，熊在那裡爬樹，鹿在溪邊飲水。沒有人的干擾，動物都自由自在。詩寫到這裡，可以說「狀難寫之景如在目前」了，但還沒有收住，因此最後兩句另開境界，前面寫了深山風光的幽靜迷人，寫了自己喜愛山野風光的情趣，但到了這麼幽深的地方，才發現還有比自己更高遠的人：「人家在何許？雲外一聲雞」。在山的更深處遠遠地傳來一聲雞叫，說明還有人家住在更幽深的地方，這是怎樣的一位高人呢？詩人於是不勝嚮往之至，詩歌也就留下了無盡的餘味。有了最後兩句，全詩就不僅「狀難寫之景如在目前」，而且確實是「含不盡之意見於言外」了。從風格上講，這首詩沒有激動的心情，沒有誇張的字眼，也沒有雕琢的句式，語言平淡，意境幽遠，是他平淡詩風的代表作。

《瀛奎律髓》卷四選錄此詩，方回評「好峰」一聯說：「尤幽而有味。」又評「霜落」一聯說：「人皆稱其工。」確實中間兩聯寫景工致，能發前人所未發，但此詩的佳處，還在於結尾兩句著筆高遠，含不盡之意，宋胡仔《苕溪漁隱叢話》後集卷二十四評云：「似此等句，須細味之方見其用意也。」《瀛奎律髓》卷四方回評：

「此詩尾句自然。」清查慎行評：「句句如畫，引人入勝，尾句尤有遠致。」陸庠齋評：「落句妙，覺全首便不寂寞。」

## 小村❶

梅堯臣

淮闊洲多忽有村❷，棘籬疏敗謾為門❸。寒雞得食自呼伴❹，老叟無衣猶抱孫❺。野艇鳥翹❻唯斷纜，枯桑水嚙只危根❼。嗟哉生計一如此，謬入王民版籍論❽。

### 【注　釋】

❶此詩作於慶曆八年（一〇四八），寫淮河上一個小村莊的破敗景象。❷淮：淮河。洲：水中陸地。忽有村：謂忽然出現一個小村子。❸「棘籬」句：此句極寫小村之破敗。棘籬：荊棘編成的籬笆。疏敗：稀疏破敗。謾：欺誑。謾為門：不成其為門而叫做門。意謂只是胡亂地留了一個叫門的東西，其實名不符實。❹「寒雞」句：說雞偶然覓到食物便會呼喚牠的夥伴。❺「老叟」句：說老人沒有衣穿，懷中卻還抱著孫子。❻鳥翹：形容船兩頭翹起，猶如鳥雀翹著尾巴。❼嚙：咬。水嚙，被水侵蝕。危根：謂桑樹根部泥土被水沖蝕，殘根懸在水邊。❽「嗟哉」二句：意思說小村居民生計之艱難一至於此，卻還被算作皇帝的子民，列進交租納稅的戶口冊內。王民，臣民。版籍，戶籍。論，音倫。通「倫」，比並之義。這裡是編入戶籍計算的意思。

### 【解　說】

梅堯臣是對民生疾苦抱有深切關心的詩人，寫有不少表達現實關懷的作品，此詩是其中的傑出之作，寫貧苦小村的破敗，寫農民生活的艱辛困苦，末二句表達了同情、激憤、批判、諷刺等複雜心情。詩以七言律寫成，前六句每句第五字都是用心錘煉的虛字。「淮闊洲多忽有村」的「忽」字，寫出詩人意外發現小村時的驚異；「棘籬疏敗謾為門」的「謾」字，說明小村破敗到連一個可以叫做門的東西都沒有；「寒雞得食自呼伴」的「自」字，點明雞已經很久得不到人的照料，可見食物的匱乏；「老叟無衣猶抱孫」的「猶」字，暗示不僅老人無衣，孫子亦衣不蔽體，老人自顧不能，卻還有孫子要照料，其困苦可想而知；「野艇鳥翹唯斷纜」的「唯」字，強調雖有小船，卻無人經管，破敗不堪；「枯桑水嚙只危根」的「只」字，則突出了水邊只剩枯桑殘根的殘破景象。這六句，雖然句式稍嫌重複板重，但每句的這個虛字，不僅加強了描寫的生動感，而且傳達了詩人的關注和判斷，確實能體現煉字的功力。南宋陸游曾稱讚梅堯臣詩：「鍛煉無遺力。」（〈讀宛陵先生詩〉）從這首〈小村〉也可見一斑。

陳衍《宋詩精華錄》卷一云：「寫貧苦小村，有畫所不到者，末句婉而多風。」

## 秋日家居❶

梅堯臣

移榻愛晴暉，翛然世慮微❷。懸蟲低復上，鬥雀墮還飛❸。相趁入寒竹，自收當晚闈❹。無人知靜景，苔色照人衣。

【注　釋】

❶這首詩是至和元年（一〇五四）梅堯臣在故鄉宣城（今屬安徽）居住時所作。❷翛然：形容自然超脫、無拘無束的樣子。翛，音蕭。世慮：世俗雜念。❸「懸蟲」二句：懸蟲，指樹上垂掛下來的青蟲。杜甫〈落日〉詩

有「啅雀爭枝墜，飛蟲滿院遊」的描寫，但不及梅堯臣此二句生動、新奇、有趣。錢鍾書《談藝錄》說此詩「寫蟲雀爾許態，莫為之先，似亦罕見其繼」。❹「相趁」二句：從句法結構上看，「相趁入寒竹」上承「鬥雀墮還飛」；「自收當晚闈」上承「懸蟲低復上」，分別描寫蟲和雀的活動。趁，追趕。闈，闈帳，這裡比喻「懸蟲」吐出的絲網。

## 【解說】

這是一首從日常生活小事的體驗和對自然景物的精細觀察中發現詩意、並隨手記錄的小詩，並無多少深刻的立意和構思，但寫出了一種幽靜自在之美，展示了自然超脫的心胸。中間兩聯寫蟲和雀的活動，初看似乎細碎小巧，並無多少美感，但經詩人慧眼觀照，從中品味出自然萬物自在自足的性質和表象下面隱含的生動之美，與詩人當時幽遠而無世慮的心境相諧合，從而顯出了耐人尋味的情趣。這種細緻而生動之美，是宋詩的一大特色，此詩是一個典型的例子。有趣的是，這首詩三四句所寫的情景，在別的宋人詩中還經常出現。北宋王洙有「槐杪青蟲縋夕陽」之句（見《王氏談錄》引）；文同〈高槐〉詩云：「青蟲暖自掛，黃鳥晴輒弄。」又〈矚疾梧軒〉詩：「暖蟲垂到地，晴鳥語多時。」秦觀〈秋日〉詩：「風定小軒無落葉，青蟲相對吐秋絲。」都各有妙趣。南宋楊萬里〈過招賢渡〉詩：「樹上青蟲寧許劣，垂絲到地卻回身」的描寫，則更顯得頑皮生動，趣味橫生。

## 東溪❶

梅堯臣

行到東溪看水時，坐臨孤嶼❷發船遲。野鳧❸眠岸有閑意，老樹著花無醜枝。短短蒲茸齊似剪，平平沙石淨於篩❹。情雖不厭住不得❺，薄暮❻歸來車馬疲。

【注釋】

❶至和二年（一〇五五）作，時作者在故鄉宣城（今屬安徽）居住。東溪：即宛溪，在宣城，自宣城東南流至城東北與句溪匯合。❷孤嶼：水中孤島。謝靈運〈登江中孤嶼〉詩：「孤嶼媚中川。」❸野鳧：野鴨。❹「短短」二句：這兩句寫景較呆板，可與作者〈夏日晚晴登許昌西湖〉「煙蒲匀若剪，沙岸淨無泥」二句合看。蒲茸，初生的蒲草。一說指蒲花，謝靈運〈於南山往北山經湖中瞻眺〉：「新蒲含紫茸。」李善注：「茸謂蒲華也。」（見《文選》卷二十二）從梅堯臣〈遊隱靜山〉「菖蒲花已晚，菖蒲茸尚柔」二句看，當以前說為是。❺住不得：謂不能長久停留。❻薄暮：傍晚。

【解說】

這首詩的「野鳧」兩句十分著名。宋人胡仔《苕溪漁隱叢話》後集卷二十四說梅堯臣詩「工於平淡，自成一家」，便舉這兩句為例證，並說：「似此等句，須細味之，方見其用意也。」《瀛奎律髓》卷三十四方回評語也說這是「當世名句，眾所膾炙」。紀昀也認為「此乃名下無虛」。陳衍《宋詩精華錄》卷一說：「的是名句。」按「野鳧」句可參看杜甫〈漫興〉詩：「沙上鳧雛傍母眠。」「老樹」句可參看李白〈長歌行〉：「枯枝無醜葉。」兩句均有所本，而又自出新意，精心錘煉而臻於閒靜平淡之境。不過從全篇看，「短短」二句呆板著跡，起、結兩聯也較浮泛，與此二句的警策似不相稱。

## 戲答元珍❶

歐陽修

春風疑不到天涯❷，二月山城未見花。殘雪壓枝猶有橘，凍雷驚筍欲抽芽❸。夜聞歸雁生鄉思，病入新年感物華❹。曾是洛陽花下客，野芳雖晚不須嗟❺。

### 【注　釋】

❶歐陽修因支持范仲淹改革朝政的主張得罪權貴，於景祐三年（一〇三六）被貶為峽州夷陵縣（今湖北宜昌）令。此詩是景祐四年（一〇三七）在夷陵作。元珍：丁寶臣，字元珍，當時任峽州判官。題下原注：「一本下云：『花時久雨之什。』」❷天涯：與下句「山城」均指夷陵。❸「殘雪」二句：這兩句寫夷陵的風物特點，橘和筍都是夷陵的特產。歐陽修〈夷陵縣至喜堂記〉描寫夷陵風俗說：「夷陵風俗樸野，少盜爭，而令之日食有稻與魚，又有橘、柚、茶、筍四時之味，江山秀美，而邑居繕完，無不可愛。」可以參看。凍雷，春日之雷，因其時未解凍，故云。❹「夜聞」二句：這兩句詩意可參看隋薛道衡〈人日思歸〉詩：「人歸落雁後，思發在花前。」歸雁，春季大雁北飛，稱歸雁。物華，美好景物。❺「曾是」二句：這兩句是說自己曾在洛陽欣賞過牡丹，夷陵的野花雖然不如洛陽牡丹，而且開放較晚，但也不必嗟歎。這是自慰之詞，意謂野芳雖晚，但畢竟有花可賞，因此不必傷心。花，這裡指牡丹。歐陽修曾在洛陽任職，洛陽盛產牡丹，歐陽修曾寫過〈洛陽牡丹記〉說洛陽人風俗，稱牡丹不稱其名，而直接稱之為「花」。

### 【解　說】

這首詩寫謫居偏僻山城的心情，雖然也有思鄉之苦和病入新年的感傷，但並不過於愁苦，結尾兩句能以豁達的心態對待不如意的人生處境。陳衍《宋詩精華錄》評云：「結韻用高一層意自慰。」說得很對。這是歐陽修本人自以為得意的詩，也是可以體現歐陽修詩歌流麗暢達風格的作品。特別是開頭：「春風疑不到天涯，二月山城未見花。」上句先說感受、猜想，下句再補充說明引起感受、猜想的原因。他自己解釋說：「若無下句，則上句何堪？既見下句，則上句頗工。」（《筆說・峽州詩說》）宋人《西清詩話》引述這段話則作：「若無下句，則上句直不見佳處，並讀之，便覺精神頓出。」意思更為醒豁。總之這兩句詩的上下句關係雖有曲折，但意思卻上下連貫，句式也十分平易流暢。這種追求意思連貫流暢的寫法，在他的詩中比較多見。

## 黃溪夜泊❶

歐陽修

楚人自古登臨恨❷，暫到愁腸已九回❸。萬樹蒼煙三峽暗❹，滿川明月一猿哀❺。非鄉況復驚殘歲❻，慰客偏宜把酒杯❼。行見江山且吟詠，不因遷謫豈能來❽。

【注　釋】

❶景祐四年（一〇三七）歐陽修謫居夷陵（今湖北宜昌）時作。一本以此詩為〈夷陵九詠〉之一。黃溪：當在夷陵附近。❷「楚人」句：夷陵在春秋戰國時屬楚，楚人宋玉作〈九辯〉，有「憭慄兮若在遠行，登山臨水兮送將歸」，「坎廩兮貧士失職而志不平，廓落兮羈旅而無友生，惆悵兮而私自憐」等語，故云。❸「暫到」句：上句以古人之恨發端，此句引入自己，謂初到此地便已憂傷不堪。愁腸九回：形容憂傷至極。回，同「迴」，迴轉之義。司馬遷〈報任少卿書〉：「是以陽一日而九迴。」❹「萬樹」句：此句暗用杜甫〈秋興八首〉其一「玉

露凋傷楓樹林，巫山巫峽氣蕭森」詩意。三峽：長江在四川奉節以東、湖北宜昌以西一段中瞿塘峽、巫峽、西陵峽的合稱。❺「滿川」句：用巴東漁歌「巴東三峽巫峽長，猿鳴三聲淚沾裳」（見《水經注・江水》）語意。❻殘歲：殘年，一年將終。❼「慰客」句：此句翻用杜甫〈登高〉「萬里悲秋常作客」和「潦倒新停濁酒杯」二句詩意。客：詩人自指。偏宜：最宜。❽「行見」二句：意謂若不是被貶謫，就不能見此楚地江山風景；故不妨借江山之助，多作好詩。行，且。遷謫，貶謫。

**【解　說】**

這首詩前六句寫得蒼涼悲傷，愁腸九回，後兩句卻從悲哀之中解脫出來，顯示了直面人生挫折的豁達氣度。歐陽修詩較少作愁苦之音，這首詩表現的對待悲傷心情的態度，透露了其中的祕密。

## 唐崇徽公主手痕和韓內翰❶

歐陽修

故鄉飛鳥尚啁啾，何況悲笳出塞愁❷。青冢❸埋魂知不返，翠崖遺跡❹為誰留。玉顏自古為身累，肉食何人與國謀❺。行路至今空歎息，巖花澗草自春秋。

**【注　釋】**

❶嘉祐四年（一〇五九）作，時歐陽修在汴京任職。崇徽公主：唐代宗時，與回紇和親，大曆四年五月，以僕固懷恩之女封為崇徽公主，出嫁回紇可汗。手痕：指崇徽公主手痕碑，在今山西靈石縣。相傳公主嫁回紇時，道經靈石，以手掌托石壁，遂留下手跡，後世稱為手痕碑，碑上有唐人李山甫〈陰地關崇徽公主手跡〉詩刻石。

歐陽修《集古錄跋尾》卷八〈唐崇徽公主手痕〉詩云：「右崇徽手痕詩，李山甫撰。崇徽公主者，僕固懷恩女也。……大曆四年，始以懷恩幼女為崇徽公主，又嫁回紇，即此也。」宋董逌《廣川書跋》卷七有記載。韓內翰：指韓絳，字子華，此時在翰林院任學士，宋代習慣稱翰林學士為內翰。歐陽修好友劉敞亦有和詩一首，詩題云〈汾州有唐大曆中崇徽公主嫁回紇時手跡在石壁上，李山甫作七言詩並刻之。子華、永叔內翰皆繼其韻，亦同賦〉，據此可知韓絳詩和歐陽修此詩都是用李山甫詩韻的和作。韓絳詩今已不存。嘉祐三年，梅堯臣曾作有〈景彝率和唐崇徽公主手痕〉詩一首，也是次李山甫詩韻。梅詩題中的「景彝」是王疇的字。王疇是天聖八年進士，歐陽修的同年，曾任權御史中丞等職，亦能詩，與梅堯臣唱和頗多，但詩集已佚。從梅堯臣此詩的詩題看，大約嘉祐年間的這次〈唐崇徽公主手痕〉詩賡和，就是由他發起的。❷「故鄉」二句：二句說不離故巢的小鳥尚且啁啾悲鳴，何況少女離別故鄉親人，隨著悲笳遠嫁塞外。啁啾，鳥鳴聲。白居易〈燕〉詩：「卻入空巢裡，啁啾終夜悲。」笳，古代一種管樂器，即胡笳，從塞北和西域一帶傳入中原。因其聲悲咽，故稱悲笳。❸青冢：相傳王昭君在塞外之墓長滿青草，稱「青冢」。這裡用以代指崇徽公主的墳墓。杜甫〈詠懷古跡〉其三詠王昭君有「環珮空歸月夜魂」之句，這裡反用其意。❹翠崖遺跡：指手痕碑。唐李山甫〈陰地關崇徽公主手跡〉詩：「一拓纖痕更不收，翠微蒼蘚幾經秋。」❺「玉顏」二句：二句點出「玉顏」之悲劇根源正在於「肉食者」不為國謀。肉食，指身居高位的權貴。語出《左傳·莊公十年》：「齊師伐我，公將戰。曹劌請見，其鄉人曰：『肉食者謀之，又何間焉？』劌曰：『肉食者鄙，未能遠謀。』」

## 【解　說】

唐人李山甫〈陰地關崇徽公主手跡〉詩云：「一拓纖痕更不收，翠微蒼蘚幾經秋。誰陳帝子和番策，我是男兒為國羞。寒雨洗來香已盡，澹煙籠著恨長留。可憐汾水知人意，旁與吞聲未忍休。」雖有感慨，但缺少警策，立論亦不高明。相比之下，歐陽修此詩之精警，遠出李詩之上。尤其歐詩「玉顏」兩句的議論，雖從李詩「誰陳」兩句引申發揮，但立意更高，辭鋒更為犀利。「為身累」三字乃是憤激之詞。大概是有感於對外屈辱的現實的緣故，宋人對此二句極為推崇。北宋末南宋初的葉夢得說：「此自是兩段大議論，而抑揚曲折，發見於七字之中，婉麗雄勝，字字不失相對，雖崑體之工者，亦未易比。言意所會，要當如是，乃為至到。」（《石林詩話》卷上）到南宋時朱熹更說此二句鋒刃利，議論好，「以詩言之，是第一等好詩，以議論言之，是第一等議論」（《朱子語類》卷一百三十九）。清人趙翼《甌北詩話》卷十一對此也有很高的評價：「此何等議論，乃鎔鑄於十四字中，自然英光四射。」

## 宿華嚴寺與友生會話❶

蘇舜欽

危構岧嶤出太虛❷，坐看斜日墮平蕪❸。白煙覆地澄江闊❹，皎月當天尺壁孤❺。疏磬悲吟來竹閣，青燈寂寞照吟軀❻。老僧怪❼我何為者，說盡興亡涕淚俱。

### 【注釋】

❶景祐二年（一〇三五）到四年（一〇三七），蘇舜欽居父喪住在長安（今陝西西安）時作。華嚴寺：在長安縣鳳棲原南麓樊川邊，居高臨下，襟山帶河，始建於唐貞元年間，是著名的樊川八大寺之一。友：朋友。生：語助詞，無義。《詩．小雅．常棣》：「雖有兄弟，不如友生。」❷危構：高大的建築，指華嚴寺。岧嶤：音條堯。高聳。又寫作「岹嶢」。張協〈玄武觀賦〉：「高樓特起，竦跱岧嶢。」太虛：天空。❸「坐看」句：此句意境從謝朓〈郡內登望〉詩「寒城一以眺，平楚正蒼然」化出。蘇舜欽〈春日晚晴〉詩有「誰見危欄外，斜陽盡眼

平」句，意境亦近似。寇準〈遊華嚴寺〉詩則說：「層樓望盡樊川景，恨不憑欄煙雨中。」情調與此詩相反，可參看。平蕪：長滿綠草的平野。歐陽修〈踏莎行〉詞：「平蕪盡處是春山。」❹白煙：白色的霧氣。澄江：清澈的江水，這裡喻指覆地的白煙，意思說白煙覆蓋原野，看上去如同清澈寬闊的江水。❺「皎月」句：此句「孤」字的用法從杜甫〈江漢〉詩「永夜月同孤」化出。尺璧：圓形中間有孔的玉，這裡喻指皎月。❻青燈：油燈，其光青熒，故云。吟軀：詩人自指。❼怪：驚異。

## 【解　說】

此詩「白煙」二句寫景，壯闊幽遠；「疏磬」二句抒情，深沉蒼涼。造語直露，不事雕琢，正是其慷慨激動的心情的寫照。

蘇舜欽詩歌風格以豪邁激動為主，但也有沉鬱哀頓的感慨，這和他學習杜甫詩歌有關。他是北宋慶曆時期開學杜風氣的重要人物。他認為杜詩的風格是「豪邁哀頓」（〈題杜子美別集後〉），其詩風也在這一點上與杜甫有相通之處。宋末的方回《瀛奎律髓》卷二十二評蘇舜欽詩說：「蘇子美壯麗頓挫，有老杜遺味。」這首詩可以說就有這個特點。

## 淮中風浪❶

蘇舜欽

春風如怒虎，掀浪沃斜暉❷。天闊雲相亂，汀遙鷺共飛。冥冥❸走陰氣，凜凜挫陽威❹。難息人間險，臨流涕一揮。

【注　釋】

❶慶曆四年（一〇四四），蘇舜欽在監進奏院任上被誣陷，受到削籍為民的處分。慶曆五年（一〇四五）春，離開京城，攜家南下蘇州。此詩是南下途中經淮河時作。❷斜暉：夕陽的光輝。❸冥冥：形容昏暗的樣子。❹凛凛：寒冷貌。陽威：這裡指陽春的和暖之氣。

【解　說】

這首寫景抒懷的小詩，字裡行間，處處充溢著憤懣不平之氣，措辭、寄託都充分體現著蘇舜欽個人的性格特徵。「春風如怒虎」的比喻，在他人筆下就不大多見。結尾的「人間險」三字，既是指眼前淮中風浪之險，也是暗喻人生道路和自身處境的險惡，正是詩人受誣陷打擊之後心情的寄託。詩歌場景遼闊，情緒激動，基本沒有細節的刻畫，也不做文字的精緻錘煉，句子好像是喊出來的，自然而然地帶有激動的氣勢，很能反映他的精神面貌。

## 晚泊龜山❶

蘇舜欽

南灣晚泊一徘徊，小徑山間佛寺❷開。石勢向人森劍戟❸，灘光和月瀉瓊瑰❹。每傷道路銷時序❺，但屈心情入酒杯。夜籟不喧群動息❻，長吟聊以寄餘哀。

【注　釋】

❶龜山：在今蘇州吳縣光福鎮西北，因山形似龜得名，又稱龜峰山。又因山上有光福塔而名塔山。山前有光福寺。詩是蘇舜欽寄居蘇州時期所作。❷佛寺：指光福寺。❸「石勢」句：說山石峻峭，如同森然林立的劍戟一樣，氣勢逼人。森：這裡用作動詞，森嚴排列之意。詩意從杜甫〈李潮八分小篆歌〉「快劍長戟森相向」化出。❹瀰光：水光。瓊瑰：美玉和如玉的美石。《詩·秦風·渭陽》：「何以贈之，瓊瑰玉佩。」孔穎達疏：「瓊者，玉之美名。」「瑰是美石之名也。」❺「每傷」句：此句說每為奔波道路虛耗時光而悲傷。銷：銷磨、銷耗。時序：時令季節更替的次序。❻籟：從孔穴裡發出的聲音，也泛指各種聲響。群動息：語出陶淵明〈飲酒〉其七：「日入群動息。」群動：各種動物和各種活動。

【解　說】

「石勢向人森劍戟，瀰光和月瀉瓊瑰」二句寫景，刻畫新奇，意境幽遠；「每傷道路銷時序，但屈心情入酒杯」二句抒情，頓挫有致，感慨彌深，都是此詩名句。

## 次韻孔憲蓬萊閣❶

趙抃

山巔危構傍蓬萊❷，水閣風長此快哉。天地涵容百川入，晨昏浮動兩潮來❸。遙思坐上遊觀遠❹，愈覺胸中度量開❺。憶我去年曾望海，杭州東向亦樓臺❻。

【注　釋】

❶孔憲：指孔延之，字長源，詩人孔平仲之父，臨江軍新淦縣（今江西新干）人，官至尚書司封郎中，卒於熙

寧七年（一〇七四）。宋代把各路提點刑獄司簡稱為「憲司」，提點刑獄公事簡稱為「憲」。孔延之曾擔任過荊湖北路提點刑獄公事，故這裡稱為「孔憲」。蓬萊閣：這裡指越州（今浙江紹興）鑑湖之濱的蓬萊閣。宋王十朋〈蓬萊閣賦序〉云：「越中自古號嘉山水，而蓬萊閣實為之冠。」孔延之於熙寧四年（一〇七一）以司封郎中知越州，在越州編有《會稽掇英總集》，其中收錄了不少前人詠越州蓬萊閣的詩。這首詩當是趙抃任杭州知州時作，時間約在熙寧四年。❷「山巔」句：此句說蓬萊閣與海中蓬萊山相接。山：指臥龍山，在紹興城西，今名府山。危構：高大的建築物，這裡指蓬萊閣。傍：靠近。蓬萊：此指傳說中的東海三神山之一的蓬萊仙山。越州蓬萊閣的得名，以其地正對東海蓬萊山。宋王十朋〈會稽風俗賦〉謂越州「直海中之蓬萊」，自注云：「舊志，蓬萊山正偶會稽。沈紳〈蓬萊閣〉詩云：『三山對峙海中央。』」❸「天地」二句：兩潮，指晨昏兩次海潮。古代越境濱海，宋時亦去海不遠。趙抃又有〈次韻前人蓬萊閣即事〉詩云：「濛濛宿靄開湖面，隱隱更潮過海門。」更潮即指海潮。❹「遙思」句：此句是推想之辭，遙想孔延之在閣中與賓客縱覽遠景。又「坐上」暗用孔融「坐上客恆滿，樽中酒不空」之語（見《後漢書・孔融傳》），以孔姓之典詠孔姓之事。遊觀：縱目觀賞。❺「愈覺」句：此句承上，主語仍是孔延之。度量：器量。度量開：言胸懷開闊。❻「憶我」二句：原注：「杭有望海樓。」這裡由越州蓬萊閣旁邊的望海亭聯想到杭州的望海樓；由對方的遊觀聯想到自己的望海。去年：指熙寧三年（一〇七〇），趙抃當時因與王安石政見不合而出知杭州。

## 【解說】

此詩壯闊豪邁，是一首頗為大氣的作品。「天地涵容百川入，晨昏浮動兩潮來」兩句，寫大海的廣闊氣勢，是趙抃的名句。可與唐孟浩然〈臨洞庭上張丞相〉的「氣蒸雲夢澤，波撼岳陽城」和杜甫〈登岳陽樓〉的「吳楚東南坼，乾坤日夜浮」等句參讀。陳衍《宋詩精華錄》卷一評此二句云：「較孟公之『氣蒸雲夢澤』二語，似乎過之；杜老之『吳楚東南』一聯，尚未知鹿死誰手。」

## 愁花吟❶

邵雍

三千宮女衣❷宮袍，望幸❸心同各自嬌。初似綻時猶淡薄❹，半來開處特妖嬈❺。檀心❻未吐香先發，露粉既垂魂已銷。對此芳樽多少意❼，看看風雨騁❽粗豪。

【注釋】

❶此詩是邵雍在洛陽作。花：指牡丹。宋代洛陽牡丹「為天下第一」，洛陽風俗，稱牡丹不稱其名，直呼為「花」。歐陽修〈洛陽牡丹記〉謂當時洛陽人稱其他種類的花「曰某花、某花，至牡丹則不名，直曰花。其意謂天下真花獨牡丹，其名之著，不假曰牡丹而可知也。其愛重之如此」。此詩題中的「花」，亦指牡丹而言。詩題一作〈惜芳菲吟〉。❷衣：穿著。❸幸：皇帝親臨稱為「幸」，后妃為帝王所寵愛也稱為「幸」。這裡是說牡丹亦如宮女，希望受到欣賞、寵愛。❹「初似」句：這句是說牡丹初開時芳菲之意還不濃郁。淡薄：這裡形容素樸清淡。❺「半來」句：妖嬈，形容嫵媚多姿。這句語出唐何希堯〈海棠〉詩：「半開時節最妖嬈。」邵雍賞花，最重其半開時的神韻，如〈安樂窩中吟〉其七云：「美酒飲教微醉後，好花看到半開時。」又其十一云：「飲酒莫教成酩酊，賞花慎勿到離枝。」❻檀心：淺紅色花蕊。❼芳樽：這裡指酒杯。多少意：多少惜花之意。❽騁：放任、施展。

【解說】

此詩寫賞花惜花之情，首句把花比作宮女，下面的描寫，就扣著這個比喻著筆，既是寫人，也是寫花，花與人，若即若離。既寫了花在半開時的神韻，也表達了人對花的深切的愛惜。以宮女喻花，並不新鮮，妙處在於從體貼描摹宮女的情思入手，刻畫花的神態情韻，這一層寫法頗有生動的意趣。

邵雍自稱有「江山氣度，風月情懷」，其詩集中有許多賞花惜花的詩歌。據邵伯溫記載，邵雍一次欲率去拜訪他的程頤等人遊春看花，程頤推辭說：「平生未嘗看花。」邵雍說：「庸何傷乎？物物皆有至理，吾儕看花，異於常人，自可以觀造化之妙。」《易學辨惑》從這首詩看來，邵雍不僅善於觀造化之妙，而且也善於描寫造化之妙。宋代道學家給人的印象一般是生硬枯燥的，但這首詩寫得如此風流蘊藉，說明一般對道學家的印象往往不大靠得住。

## 閑適吟❶

邵　雍

南窗睡起望春山，山在霏微煙靄間❷。千里難逃兩眼淨，百年未見一人閑❸。情如落絮無高下❹，心似遊絲自往還❺。又恐幽禽知此意，故來枝上語綿蠻❻。

### 【注　釋】

❶熙寧元年（一〇六八）作。這時邵雍住在洛陽。❷霏微：朦朧的樣子。煙靄：煙霧、雲氣。❸閑：閑適、安閑。❹「情如」句：此句以柳絮隨風高下飛舞比喻感情無所沾滯、任隨自然的狀態。參看北宋詩僧道潛〈子瞻席上令歌舞者求詩戲以此贈〉：「禪心已作沾泥絮，肯逐春風上下狂？」又周邦彥〈玉樓春〉詞：「情似雨餘粘地絮。」均以柳絮喻情，而意思與此句相反。落絮：指柳絮。無高下：謂風中柳絮，或高或下，不能自主。

❺「心似」句：此句的比喻很新穎，說明邵雍對自身內心狀態的體驗特別精細而敏銳。後來黃庭堅〈弈棋二首呈任公漸〉中「心似蛛絲遊碧落」一句，描寫下棋的思維狀態，也用了同樣的比喻。遊絲：蜘蛛或別的小蟲所吐的細絲，因其飄蕩於空中，故稱遊絲。❻綿蠻：鳥鳴聲。《詩・小雅・緜蠻》：「緜蠻黃鳥。」韋應物〈聽鶯曲〉：「綿綿蠻蠻如有情。」

【解　說】

此詩寫閑適生活的感受，著重在於體會、刻畫內心的閑適。歷史上，標榜閑適並以閑適著稱的詩人隱士並不少，可是此詩卻說：「百年未見一人閑。」為什麼？因為在邵雍看來，只有內心閑適，才是真正的閑適，而做到內心閑適的人不多。那麼內心的閑適是什麼樣子呢？頸聯接著刻畫：「情如落絮無高下，心似遊絲自往還。」他並不宣講內心閑適的內容，卻體貼刻畫感情和思維的狀態，「情如落絮無高下」，是說感情任隨自然，並不拘泥於任何事物，脫離了任何世俗的利害，感情能夠這樣超然，這是內心真正的閑適。「心似遊絲自往還」，寫的是心，心之官則思，所以這句是說思維自由自在，並不執著於任何事情，也無任何拘束，思維能夠這樣自在，也是內心真正閑適的表現。這兩句精於體驗自己內心的狀態，比喻刻畫也新穎生動，發前人所未發，似乎正是一位思想家特別關注思維活動的寫照。

## 治平乙巳暮春十四日同宋復古遊山巔至大林寺書四十字❶

周敦頤

三月山方暖，林花互照明。路盤層頂❷上，人在半空行。水色雲含白，禽聲谷應清❸。

天風拂襟袂❹，縹緲❺覺身輕。

【注　釋】

❶治平乙巳：宋英宗治平二年（一〇六五）。宋復古：宋迪，字復古，生卒年不詳。其兄宋道，兄弟二人皆以進士入仕，均與司馬光交遊，年歲相近。兄弟二人皆宋代著名畫家。宋迪尤善為平遠山水，《宣和畫譜》卷十二：「文臣宋迪，字復古，洛陽人，道之弟，以進士擢第為郎。性嗜畫，好作山水，……當時推重，往往不名，以字顯，故謂之宋復古。」山巔：廬山山頂。大林寺：在廬山香爐峰上。❷層頂：極高的山頂。❸「水色」二句：是說山上潭水清澈，水中倒映的雲顯得更為潔白，鳥鳴在深幽山谷中的回聲也分外清亮。❹襟：衣襟。袂：衣袖。❺縹緲：高遠隱約的樣子。

【解　說】

這首詩寫遊山玩水之興，風景高遠清幽，與詩人超逸不凡的氣度完全合拍。詩句洗盡鉛華，以清健筆觸寫遊山奇趣，正是沖淡的胸襟的寫照。周敦頤為人，頗重胸襟修養，黃庭堅稱讚他「人品甚高，胸懷灑落，如光風霧月」（〈濂溪詩序〉），這首詩的意境，就頗有「光風霧月」般的清朗超逸。

## 和張屯田秋晚靈峰東閣閑望❶

文同

直欄橫絕紫微陰❷，憑久秋光照客襟❸。一道山川寒色遠，萬家燈火夕陽深。涇❹灘水落群鴉集，秦嶺雲高斷雁沉❺。此興浩然❻須把酒，可憐難醉異鄉心。

【注　釋】

❶這首詩大約作於嘉祐元年（一〇五六），這時文同在邠州（今陝西彬縣）任靜難軍節度判官。張屯田：作者友人，生平不詳。屯田，官名，屯田郎中或屯田員外郎的省稱。靈峰：寺名，在彬縣紫微山上。文同曾寫過〈紫微山靈峰寺新閣記〉。❷直欄：靈峰寺東閣的欄杆。紫微陰：紫微山北。山之北為陰。靈峰寺坐落在紫微山北。❸憑：憑欄。客：詩人自指。❹涇：涇水，源出寧夏南部六盤山，流經甘肅，入陝西，流經彬縣、涇陽，入渭河。❺秦嶺：秦嶺山脈，西起甘肅，東至河南省中部，包括岷山、終南山、華山、嵩山等。狹義的秦嶺則指陝西省境內的一段，主峰太白山。斷雁：失群孤雁。❻浩然：這裡形容廣大充沛的樣子。

【解　說】

此詩中間兩聯寫「閑望」之所見，猶如四幅山水風景圖畫，互為映帶，構成遼闊深遠的意境。

## 春　庭❶

文　同

春院陰陰翠靄低，春庭寂寂曉光❷迷。花間蜂去抱黃粉，苔上燕來銜綠泥。兩行高梧初陰合，一番新草恰生齊。微禽已識幽人意❸，飛下欄杆向裡啼❹。

【注　釋】

❶此詩大約作於嘉祐元年（一〇五六）前後，這時文同在邠州（今陝西彬縣）任靜難軍節度判官。❷曉光：早

晨的陽光。❸微禽：小鳥。幽人：幽居之人，這裡是作者自指。❹向裡啼：向著屋裡啼鳴。

【解說】

文同是著名畫家，「好水、石、松、竹，每佳賞幽趣，樂而忘返，發於逸思，形於筆妙，模寫四物，頗臻其極」（〈文公墓誌銘〉）。此詩寫春日的優美風景，動物、植物都洋溢著新鮮活潑的生機。詩人的觀察描寫都十分細緻，清幽而又活潑的景色和恬淡閒適的心情融合無間，「佳賞幽趣」，猶如繪畫般鮮明生動。

## 葛溪驛❶

王安石

缺月昏昏漏未央❷，一燈明滅照秋床。病身最覺風露❸早，歸夢不知山水長。坐感歲時歌慷慨，起看天地色淒涼。鳴蟬更亂行人❹耳，正抱疏桐葉半黃❺。

【注釋】

❶葛溪：在今江西弋陽。驛：驛站、客舍。皇祐二年（一〇五〇），王安石知鄞縣（今屬浙江）任滿歸臨川（今屬江西），秋天，離臨川赴錢塘（今浙江杭州），途經弋陽時作此詩。❷漏未央：猶言夜未央。《詩・小雅・庭燎》：「夜如何其？夜未央。」漏：漏壺，古代的計時器。未央：未盡。❸風露：南宋李壁《王荊文公詩注》、方回《瀛奎律髓》皆作「風霜」。茲據四部叢刊本《臨川先生文集》和南宋龍舒刊本《王文公文集》。❹行人：詩人自指。❺「正抱」句：從杜甫〈秦州雜詩〉「抱葉寒蟬靜」一句變化而來。

【解 說】

這是一首客旅抒懷之作。天涯漂泊之感，病中淒苦之念，引發思鄉之苦、憂國之思，融為複雜深沉的感慨，發為頓挫慷慨的詠唱。王安石早年的詩一般比較直露，而此篇則極盡沉鬱含蓄之妙。《瀛奎律髓》卷二十九方回評云：「半山詩如此慷慨者少。」紀昀評云：「老健深穩，意境殊自不凡。三、四細膩。後四句神力圓足。」又，此詩最後兩句化用了杜甫「抱葉寒蟬靜」的「抱」字，而意境則與杜詩不同。吳小如先生認為杜詩是「聽到深秋樹間蟬聲嘶竭，從而想像到牠是在抱葉作垂死哀鳴，最後乃歸於寂靜，杳無聲息，『靜』字正是從蟬聲未靜時體察出來的」（見吳小如《古典詩詞札叢・以意逆志的辯證法》）。對照看來，王安石此二句寫的則是歸於寂靜前抱葉作垂死哀鳴的情景，側重於映襯詩人心緒的淒涼煩亂。

## 壬辰寒食❶

王安石

客思似楊柳，春風千萬條❷。更傾寒食淚，欲漲冶城❸潮。巾髮雪爭出，鏡顏朱早凋❹。未知軒冕樂，但欲老漁樵❺。

【注 釋】

❶壬辰：宋仁宗皇祐四年（一〇五二），這時王安石在舒州（治所在今安徽潛山縣）擔任通判。寒食節在清明前二日，按舊俗是掃墓的節日。王安石父王益之墓在江寧（今江蘇南京）牛首山，此詩是王安石由舒州到江寧掃墓時作。❷「客思」二句：謂客旅之思有如春風楊柳，萬條爭發。❸冶城：在江寧（今南京）西，本吳國鑄冶

之地，因以得名。❹「巾髮」二句：自傷早衰。雪，形容白髮。朱，指青春容顏。❺「未知」二句：寫欲去官歸隱之念。軒冕樂，指做官的樂趣。軒冕，本是古代卿大夫以上所乘之車和所戴之禮帽，後遂用來指官位爵祿。老漁樵，謂做漁父、樵夫而終老，即歸隱山林之意。

【解　說】

這是歷來受到稱讚的作品，不過，妙處其實只在前四句。宋末方回《瀛奎律髓》卷十六選錄此詩，清紀昀評云：「起四句奇逸。」許印芳評云：「前半縋幽鑿險而出，既有精思，又行以灝氣，大有盛唐人風味。五、六句法變化。尾聯平淡。」高步瀛《唐宋詩舉要》卷四評云：「風神跌宕，筆勢清雄，荊公獨擅。」陳衍《宋詩精華錄》卷二則云：「起十字無窮生清新，餘衰颯太過。」

## 示長安君❶

王安石

少年離別意非輕，老去相逢亦愴情❷。草草杯盤供笑語，昏昏燈火話平生❸。自憐湖海三年隔，又作塵沙萬里行❹。欲問後期❺何日是，寄書應見雁南征❻。

【注　釋】

❶長安君：王安石的大妹王文淑，工部侍郎張奎之妻，封長安縣君。嘉祐五年（一〇六〇）王安石出使契丹，臨行前與其妹話別，作此詩。❷「少年」二句：是說年輕時與親人離別，心情自然沉重，可是到老來卻連相逢也令人感傷。❸「草草」二句：草草杯盤，指隨便準備的簡單的酒和菜。這是王安石的名句。宋人吳可《藏海

詩話》認為七言律詩不易寫得精練，「一篇中必有剩語，一句中必有剩字」，但像王安石這兩句便「無剩字」。❹「又作」句：謂即將出使契丹，遠行萬里。❺後期：後會之期。❻「寄書」句：是說到了大雁南飛的秋天，我會寄信回來，告訴你重逢的日期。古人有雁足傳書之說，故云。

【解　說】

王安石的大妹王文淑「工詩善書，強記博聞，明辨敏達，有過人者」（王安石〈長安縣君王氏墓誌銘〉），她比王安石小四歲，十四歲時出嫁，隨其夫張奎宦遊各地。王安石自少時與她骨肉之情最深，在後來寫給她的詩中常用《詩・小雅・常棣》之典，如〈和文淑湓浦見寄〉「報爾何妨賦棣華」、〈同長安君鍾山望〉「東歸與續棣華篇」等，把她視為兄弟。不過兩人雖然惺惺相惜，但各自飄零，離多會少，即使暫時相會，隨即便各奔東西。這就是此詩「少年離別意非輕，老去相逢亦愴情」二句的背景和特定心情。由這樣的心情，又越加顯出「草草」二句的溫馨親切，彌足珍貴。「自憐」二句又點明分離，進一步申說開頭兩句的意思。結句再訂重會之期，實際是渲染難分難捨之情。此詩十分樸素，感情真切自然，充分體現了王安石對親人的骨肉情深。

## 春　盡❶

鄭　獬

春盡行人未到家，春風應怪在天涯❷。夜來過嶺忽聞雨，今日滿溪俱是花❸。前樹未回疑路斷，後山才轉便雲遮❹。野間絕少塵埃汙❺，惟有清泉漾❻白沙。

【注　釋】

❶此詩以首句開頭二字為題，寫的是暮春時節在山間旅行的所見所感。❷「春盡」二句：這二句是說，春盡時節，自己本該回到家中，卻仍然流浪天涯，連春風都感到奇怪。行人，行旅之人，這裡指詩人自己。怪，驚異、感到奇怪。❸「夜來」二句：以具體的事物寫春歸。上句耳聞，下句眼見。「忽聞雨」，點明正是夜間，只聞雨聲，不見雨點。「俱是花」，則點出夜雨的結果；落紅滿溪，又是春歸的最好證據。❹「前樹」二句：寫山間移步換形的景象。峰迴路轉，前面路邊小樹忽被山峰遮隔，髣髴路被截斷；走下山來，回首一看，後山已被白雲掩蓋。❺汙：音烏。沾汙、汙染。❻漾：水動蕩貌，這裡形容清泉在白沙上流動的樣子。

## 【解　說】

此詩題目是春盡，但就內容看，是一首行旅詩，寫景抒情都緊扣著春盡的季節和行旅的所見所感著筆。開頭兩句最值得推敲，所謂春盡，就是春天結束，柳宗元〈別舍弟宗一〉詩：「洞庭春盡水如天。」春盡，就意味著春歸，白居易〈送春〉詩：「三月三十日，春歸日復暮。」黃庭堅〈清平樂〉詞：「春歸何處？寂寞無行路。」都是以春歸寫春盡的。因此，「春盡行人未到家」一句，其實就在說，連春都已經要歸去了，而應該歸家的人卻還在天涯漂泊，於是即將歸去的春風都感到奇怪了。這樣開篇，就把春歸與人的不能歸做了對照，把大自然的運行流程作為了人的反襯，突出了人生旅途的身不由己之感。詩歌後面幾句著重於寫景，行旅的時間感和空間的移動感在景物的描寫中自然而然地突顯出來。全詩寫景新鮮真切，句律宛轉曲折，層次豐富而又流暢明快，春盡而仍浪跡天涯的感傷之情也不難體會。

文瑩《玉壺清話》卷七稱讚鄭獬「詩筆飄灑清放，幾不落筆墨畛畦」，這首詩可見一斑。

## 遊廬山宿棲賢寺❶

王安國

古屋蕭蕭臥不周❷，披襲起坐興綢繆❸。千山月午乾坤晝❹，一壑泉鳴風雨秋❺。跡入塵❻中慚有累，心期物外欲何求❼。明朝松路須惆悵，忍更無詩向此留❽。

【注　釋】

❶廬山：在今江西九江市南，北臨長江，東南傍鄱陽湖。棲賢寺：廬山著名的佛寺，所謂五大叢林之一，始建於南齊。❷「古屋」句：這裡指不適合睡臥。此句是說舊屋蔽風不嚴密，因而睡臥不寧。蕭蕭：風聲。不周：不合。《楚辭・離騷》：「雖不周於今之人兮，願依彭咸之遺則。」王逸注：「周，合也。」❸「披襲」句：此句是說披衣起來動手把漏風的門窗關緊。興：作。綢繆：音儔謀。語出《詩・豳風・鴟鴞》：「綢繆牖戶」。意思是緊密纏縛，修理門窗。❹「千山」句：此句是說千山之上，皓月當空，天地之間，看上去如同白晝。參看李賀〈感諷〉：「月午樹無影，一山唯白曉。」月午：謂進入午夜，月亮升上頂空。魏野〈宿晦上人房〉：「野客訪琴僧，夜午月又午。」❺「一壑」句：說山壑間的泉聲，聽上去如同秋日的蕭瑟風雨。❻跡：形跡。塵中：塵世之中。❼「心期」句：這句是說精神已寄託於世外，而於塵世名利之類無所企求。物外：世俗事務之外。❽「明朝」二句：是說明朝上路離開廬山，定會惆悵不已，因此豈能無詩題詠，表達情懷？留，一作「遊」。

【解　說】

這是一首感懷之作，宋末方回《瀛奎律髓》卷一選入「登覽類」，並評云：「（王安國）詩佳者不可勝算，而富于風月，此詩三、四壯浪而清麗。登覽詩極難得絕高者，取此參入其間，亦快人心目也。」

## 郊行即事❶

程　顥

芳原綠野恣行❷時，春入遙山碧四圍。興逐亂紅❸穿柳巷，困臨流水坐苔磯❹。莫辭盞酒十分醉，只恐風花一片飛❺。況是清明好天氣，不妨遊衍莫❻忘歸。

【注　釋】

❶這是一首即事感興之作，寫遊山玩水的樂趣和對大好春光的留戀。楊時曾說：「伯淳詩，則聞之者自然感動矣。」並舉此詩「只恐風花一片飛」句為例說：「何其溫厚也。」（《龜山先生語錄》卷二）❷恣行：任意而行、隨意行走。❸亂紅：指繁花。❹苔磯：水邊長滿青苔的岩石。水邊突出來的石頭叫「磯」。孟浩然〈經七里灘〉詩：「釣磯平可坐。」❺「莫辭」二句：盞，淺而小的酒杯。風花，風中飄落的春花。一片花瓣在風中飛落，便預示著春光即將消逝。故這裡說要趁大好春光，盡情欣賞，酒醉也在所不辭。「莫辭」二字，語氣懇切，「只恐」一句則委婉含蓄，憂而不傷。據說這兩句深受朱熹的稱讚（見《瀛奎律髓》卷二十三方回評），許印芳評此二句說：「情韻俱佳，宜為文公（朱熹）所取。」❻遊衍：縱情遊樂。莫：同「暮」，傍晚。

【解　說】

宋代理學家詩歌，佳者大多是表現觀照自然的心得和樂趣，通過自然萬物表現對道的體悟，並表現怡然自樂的悟道情懷。程顥的〈秋日偶成〉中有四句詩可以概括這些特點：「萬物靜觀皆自得，四時佳興與人同。道說出便厭。詩以道性情，不知發乎情，便不知止乎禮義。」

髓》卷十選錄此詩，清許印芳評云：「此詩無一毫道學氣。」馮舒評云：「詩不忌道學，然詩人道學多在言外，

通有形天地外，思入風雲變態中。」這首〈郊行即事〉就是這樣一篇代表作，自宋至清，都廣受好評。《瀛奎律

## 和子由澠池懷舊❶

蘇　軾

人生到處知何似？應似飛鴻踏雪泥。泥上偶然留指爪，鴻飛那復計東西❷？老僧已死成新塔，壞壁無由見舊題❸。往日崎嶇還記否？路長人困蹇驢嘶❹。

【注　釋】

❶子由：蘇轍，字子由，蘇軾弟。澠池：在今河南省西部。澠，音泯。嘉祐六年（一〇六一）十二月，蘇軾被任為鳳翔府（今屬陝西）簽判，蘇轍送他到鄭州分手，作了〈懷澠池寄子瞻兄〉一詩寄給他，他便依韻和作了本篇。澠池是他赴任途經之地。蘇轍曾在嘉祐五年被任為澠池縣主簿，但未赴任便應制科考試中第，故對澠池有懷舊之情。❷「人生」四句：是說人生所到之處留下的痕跡就像雪泥上的鴻爪，偶然無定，很快就會消失。蘇轍原詩有「相攜話別鄭原上，共道長途怕雪泥」之句，蘇軾這裡由「雪泥」二字引發聯想。❸「老僧」二句：蘇轍原詩「舊宿僧房壁共題」句自注：「轍昔與子瞻應舉，過宿縣中寺舍，題其老僧奉閑之壁。」嘉祐元年（一〇五六）兄弟二人由蜀中赴汴京應舉途經澠池，留宿寺院，曾題詩於寺壁。這裡「老僧」即指奉閑，蘇軾這次再經澠池時，他已去世，只留下埋骨灰的小塔，寺壁上舊日的題詩也無從尋找。❹「往日」二句：蘇軾自注：「往歲馬死於二陵，騎驢至澠池。」二陵，即二崤，在澠池縣之西的崤山。往日，指嘉祐元年赴京應試時。蹇，

音簡。跛足。

## 【解　說】

蘇轍〈懷澠池寄子瞻兄〉云：「相攜話別鄭原上，共道長途怕雪泥。歸騎還尋大梁陌，行人已渡古崤西。曾為縣吏民知否，舊宿僧房壁共題。遙想獨遊佳味少，無言騅馬但鳴嘶。」蘇軾此詩是次韻和作。蘇轍原作以感懷往日經歷、抒發兄弟深情為主，情緒比較壓抑，蘇軾和詩則著重抒寫對人生歷程的感想、表現積極的人生態度和達觀的精神。前四句以「雪泥鴻爪」比喻人生痕跡轉瞬即逝的狀態，表現人生飄泊無定的感慨，後四句即以兄弟二人過去經歷的事跡印證這個比喻所包含的道理。全詩意思是說，人生既然轉瞬就不留痕跡，對過去的艱難經歷也就不必拘泥哀傷，「往日崎嶇」畢竟已經成為過去，不妨坦然面對，放寬胸懷，以達觀的態度，對待人生的經歷。生活的感受在這裡已轉化為理性的反思。

蘇軾作詩，極擅長以比喻說道理。此詩「雪泥鴻爪」就是蘇軾著名的比喻，宋代詩人韓駒稱讚蘇軾作詩「長於譬喻」，就以它作為例證（見魏慶之《詩人玉屑》卷十七引《陵陽室中語》）。作為律詩，這四句的結構比較特別，四句一氣貫注，連貫描寫一個動態過程，構成一個完整的比喻，說明一個道理。清紀昀評點《蘇文忠公詩集》卷三評云：「前四句單行入律，唐人舊格。而意境態逸，則東坡本色。」

## 出潁口初見淮山，是日至壽州❶

蘇　軾

我行日夜向江海❷，楓葉蘆花秋興長。長淮忽迷天遠近❸，青山久與船低昂❹。壽州已見白石塔，短棹未轉黃茆岡❺。波平風軟望不到，故人久立煙蒼茫❻。

【注釋】

❶本篇作於熙寧四年（一〇七一），這一年，蘇軾因與王安石政見不合而請求離朝，被任為杭州通判，於是年十月渡淮南下，詩即進入淮河時所作。潁口：潁水匯入淮河的入口處，在今安徽壽縣西。壽州：治所在今安徽壽縣。❷「我行」句：意在點明此行的路向。詩人從汴京（今開封）出發，南下入淮，折向東南赴杭州，正是向江海的方向，故云。❸「長淮」句：此句寫從潁水初入淮河時的驚奇感覺。船從潁口進入寬廣淮河，視界頓時宏闊，放眼水天一色，忽迷天之遠近。長淮：一作「平淮」。❹「青山」句：說船在水上起伏漂流，人的視線也隨船的運動而高下起伏，視線中的青山也髣髴活動起來，忽高忽低。青山低昂，是在起伏不定的船中之人的錯覺。❺黃茆岡：其地未詳。或是泛指。❻「波平」二句：是說自己在淮河途中還看不見在壽州等候已久的故人。此二句若轉換成散文句，應該是「波平風軟的淮上還望不到久立於蒼茫風煙中的故人」。

【解說】

宋詩中，紀行一類題材占了相當大的比重，而且名篇佳作也相當多，這是宋詩比較值得注意的創作現象。蘇軾這首〈出潁口初見淮山，是日至壽州〉就是一首十分優秀的紀行詩。開頭兩句交代行程路向和時節，是紀行詩常見的寫法；「長淮」兩句寫舟行感覺，是此詩精彩之筆，逸趣、奇趣兼備；頸聯敘舟行所見，說壽州雖已在望，但船還在水上慢騰騰地未轉過黃茆岡，其實是在寫盼望快點到達目的地的急切心情。最後再補足前兩句，希望早點見到壽州故人。詩意雖有頓挫轉折，但詩句卻是暢達明快，流轉自如。還應注意一點，此詩是一首拗律，「壽州」句甚至只有一個平聲字。清汪師韓《蘇詩選評箋釋》卷一說：「宛是拗體律詩，有古趣兼有逸趣。」紀昀則把此詩歸入拗律吳體，《紀批蘇文忠公詩集》卷六說此詩是「吳體之佳者」。格律的拗峭與文辭的暢達流轉相表裡，造成了新奇的聲律效果。方東樹《昭昧詹言》卷二十因此稱讚此詩「奇氣一片」。又，蘇軾的〈李思訓畫長江絕島圖〉詩有「沙平風軟望不到，孤山久與船低昂」句，又分別用了此詩的第七句和第四句，可見這是蘇軾自以為得意的詩句。據宋人施元之《注東坡先生詩》卷三說：「東坡嘗縱筆書此詩，且題云：『予年三十六，赴杭倅，過壽作此詩。今五十九南遷至虔，煙雨淒然，頗有當年氣象也。』墨跡在吳興泰氏。」

## 新城道中❶二首（選一）

蘇　軾

### 其一

東風知我欲山行，吹斷檐間積雨聲❷。嶺上晴雲披絮帽❸，樹頭初日掛銅鉦❹。野桃含笑竹籬短，溪柳自搖沙水清。西崦❺人家應最樂，煮葵燒筍餉春耕❻。

【注釋】

❶新城：今浙江富陽新登鎮，在杭州西南，宋代為杭州屬縣。熙寧六年（一〇七三）蘇軾在杭州任通判，二月間，視察屬縣，由富陽至新城，途中所作。原作共二首，這是第一首。❷「東風」二句：是說東風好像知道我要出行，把房簷間響了長久時間的雨聲吹停了。積雨：久雨。❸絮帽：粗絲綿製成的頭巾。古人把頭巾稱作「冒絮」，《史記·絳侯周勃世家》：「文帝朝，太后以冒絮提文帝。」裴駰集解：「晉灼曰：『《巴蜀異物志》謂頭上巾為冒絮。』」又《漢書·周勃傳》注引晉灼曰：「《巴蜀異志》謂頭上巾為冒絮。」顏師古曰：「冒，覆也，老人所以覆其頭。」這裡用其意，是說山頭白雲繚繞，像是老人頭上披戴著白色的絮帽。❹銅鉦：銅鑼，這裡

比喻初日。鉦，音征。❺西崦：這裡泛指西山。崦：山曲、山坳。❻葵：一本作「芹」。餉：用食物款待，這裡指給田間勞作的人送飯。《詩・周頌・良相》：「其餉伊黍。」

【解　說】

蘇軾善於發現自然之美，更善於在與自然萬物的交融之中自得其樂，所謂「吳山故多態，轉折為君容」（〈法惠寺橫翠閣〉）。在他的筆下，自然景物不僅多情，而且似乎專對他情有獨鍾。「東風知我欲山行，吹斷檐間積雨聲。」正當詩人要出行之際，東風似乎知道他的行蹤，特地為他吹停積雨，長久下雨的天終於放晴，這讓人十分開心愜意，於是，詩人一路上所見的景物都染上了歡快輕鬆的色彩。尋常的山村風景，似乎特意為詩人的遊賞做好了準備，山嶺像披戴了一頂絮帽，太陽像一只掛在樹梢的銅鉦，連自然的面貌都為詩人作出幾分幽默的樣子；而野桃溪柳又是那樣善解人意，與人相親；山村人家煮葵燒筍的香味，傳達出人間的溫暖。在詩人帶著愉悅心情的觀賞之下，一切都變得歡快自得，尋常的風景被他寫得這麼不同尋常。

## 初到黃州❶

蘇　軾

自笑平生為口忙❷，老來事業轉荒唐。長江繞郭知魚美，好竹連山覺筍香❸。逐客不妨員外置❹，詩人例作水曹郎❺。只慚無補絲毫事，尚費官家壓酒囊❻。

【注　釋】

❶黃州：治所在今湖北黃岡。元豐二年（一〇七九）末，「烏臺詩案」結案，蘇軾被貶為檢校水部員外郎黃州團

練副使，本州安置。此詩是元豐三年（一〇八〇）二月抵達貶所時作。❷為口忙：指因作詩和言事而得罪，亦指為謀生餬口而忙碌，語意雙關。❸「長江」二句：這兩句與首二句呼應，由長江而推知魚美，見好竹而預覺筍香，聯想敏捷。郭，外城，這裡指黃州城。❹逐客：被貶逐之人，詩人自指。員外：正員以外的官，這裡指檢校水部員外郎。宋制，由詔除而非正命的加官，稱為檢校官，無實際職掌，共十九級。最末一級檢校水部員外郎，一般用以安置受貶謫處分的官員。❺水曹郎：水部郎官。南朝梁詩人何遜曾做過尚書水部郎，人稱「何水部」。唐詩人張籍曾任水部員外郎，世稱「張水部」。白居易〈寄張員外〉詩：「題詩寄與水曹郎。」又五代南唐詩人孟賓于亦曾任水部郎中。王禹偁作〈孟賓于詩序〉云：「古詩人有三水部。」即指何遜、張籍及孟賓于。蘇軾即由此生發，說自古以來詩人照例要做水部郎官，自己也不例外。❻「尚費」句：此句蘇軾自注：「檢校官例折支，多得退酒袋。」宋代有用實物抵充部分薪俸的慣例，稱為「折支」。見《宋史・職官志・奉祿制上》。這裡指自己做檢校水部員外郎，薪俸是以官府釀酒用過的壓酒袋子折抵充數。官家：指朝廷。壓酒囊：釀酒所用的袋子。

## 【解　說】

「長江繞郭知魚美，好竹連山覺筍香」，是此詩精彩之筆，詩人貶到荒僻之地，卻能以獨特眼光和豐富聯想發現黃州風物之美，這種聯想方式，與蘇軾〈南園〉詩「春畦雨過羅紈膩，夏壠風來餅餌香」二句相同，是所謂「舉因知果」的聯想法，宋僧惠洪《冷齋夜話》卷五說這種寫法「如《華嚴經》舉因知果，譬如蓮花，方其吐華，而果具蕊中」。蘇軾詩中屢用這種寫法，如〈雨後行菜圃〉：「未任筐筥載，已作杯盤想。」〈和田國博喜雪〉：「玉花飛半夜，翠浪看明年。」〈東坡八首〉其四由「種稻清明前」聯想到「新春便入甑，玉粒照筐筥」；〈游博羅香積寺〉由「寺下溪水」設想「可作碓磨」，進而便聯想到「霏霏落雪看收麵，隱隱疊鼓聞舂糠。散流一啜雲子白（指米飯），炊裂十字瓊肌香（指蒸餅）」。都體現出蘇軾特有的生活興味。《瀛奎律髓》卷四十三紀昀批云：「東坡詩多傷激切。此雖不免兀傲，而尚不甚礙和平之音。」其實此詩的妙處正在於表面達觀平和，骨子裡卻是兀傲不平。如無這種內在的骨力，泛泛的「和平之音」便不足取。

## 六月二十日夜渡海❶

蘇軾

參橫斗轉欲三更❷，苦雨終風也解晴❸。雲散月明誰點綴，天容海色本澄清❹。空餘魯叟乘桴意❺，粗識軒轅奏樂聲❻。九死南荒吾不恨❼，茲游❽奇絕冠平生。

### 【注釋】

❶元符三年（一一〇〇）蘇軾自海南島渡海內遷時作。❷參橫斗轉：參、斗，均星宿名。橫、轉，指星座位置移動。此謂已進入夜深時分。❸「苦雨」句：此句暗喻政局更易、時事變化。苦雨：久雨。終風：終日吹個不停的風。《詩·邶風·終風》毛傳：「終日風為終風。」此用其義。解：懂得。❹「雲散」二句：典出《世說新語·言語》，晉會稽王司馬道子與客夜坐，「於時天月明淨，都無纖翳」，道子歎以為佳。座中謝重卻說：「意謂乃不如微雲點綴。」道子因戲謝重云：「卿居心不淨，乃復強欲滓穢太清邪！」這裡用其意，寫眼前海天景色，雲散月明，上下澄清。同時暗喻自己心地光明無瑕。❺「空餘」句：這句用此典寫眼前渡海，兼指當初被流放到海南島。因自己到海外是被流放，而非像孔子所說是為了行道，故云「空餘」，有調侃之意。魯叟：指孔子。陶淵明〈飲酒〉詩：「汲汲魯中叟。」因他是魯國人，故稱。桴：木筏。孔子曾說：「道不行，乘桴浮於海。」（《論語·公冶長》）意思是道在海內實行不了，就要乘船去海外。❻軒轅：黃帝，傳說中古代帝王。《莊子·天

運》說黃帝「張〈咸池〉之樂於洞庭之野」，北門成聞之始懼復怠且惑，黃帝即借音樂向他說了一番關於「道」的哲理。這裡用此典形容波濤之聲，同時暗喻自己到海外之後，開始領悟到了老莊的玄妙哲理。因自認為對老莊之「道」還不甚精通，故云「粗識」，是詼諧的語調。❼「九死」句：此句用屈原〈離騷〉「亦余心之所善兮，雖九死其猶未悔」句意。九：泛指多次。九死：多次近於死亡。❽茲游：這次遊歷，指被流放海南。

**【解說】**

蘇軾一生，艱難坎坷，以至「九死南荒」，但他卻能坦然以對，反視艱難遭遇為奇絕遊歷。這正是蘇軾高尚磊落人格的寫照。《瀛奎律髓》卷四十三方回評云：「當此老境，無怨無怒，以為茲游奇絕，真了生死，輕得喪，天人也。」又，本篇前四句的寫法在律詩中比較少見，一是連用四句排比寫景，二是每句前四字都用兩兩對偶的句式，這都容易造成詩句的堆垛板滯，但詩人渾厚的筆力、充沛的情感，使之避免了呆板的毛病。如查慎行《初白庵詩評》卷下所說：「前半四句，俱用四字作疊而不覺其板滯，由於氣充力厚，足以陶鑄熔冶故也。」此外，前四句的寫景，又都在寫景之外，別有暗喻寄託，也是此詩在藝術表現上的重要特點。

## 次韻江晦叔❶二首（選一）

蘇軾

### 其二

鐘鼓江南岸，歸來夢自驚。浮雲時事改，孤月此心明❷。雨已傾盆落，詩仍翻水成❸。
二江❹爭送客，木杪看❺橋橫。

【注　釋】

❶江晦叔：江公著，字晦叔，桐廬人，治平四年（一〇六七）進士，以詩知名。蘇軾任杭州知州時即與他交往。建中靖國元年（一一〇一），他在虔州（今江西贛州）任知州，蘇軾北歸途經此地，與他相見。詩即是時作。❷「浮雲」二句：浮雲，比喻時事變幻無定。杜甫（一作杜誦）〈哭長孫侍御〉詩：「流水生涯盡，浮雲世事空。」❸「雨已」二句：杜甫〈陪諸貴公子丈八溝攜妓納涼晚際遇雨〉詩：「片雲頭上黑，應是雨催詩。」韓愈〈寄崔二十六立之〉詩：「文如翻水成，初不用意為。」這兩句參用杜、韓詩意，上句說大雨催詩，下句說詩句隨手而成。❹二江：指章水與貢水，在虔州匯為贛江，故云。❺木杪：樹梢。看：一作「見」。

【解　說】

這是代表蘇軾晚年高妙老練詩筆的一篇作品，是建中靖國元年（一一〇一）蘇軾從海南放還途中所作，此後不久，他便在常州去世。「浮雲」二句表明心志，精妙高華，「雨已」二句自喜於詩筆的迅捷老到，精力飽滿，絲毫不露老疲之態。尤其「浮雲」二句，歷來被視為蘇軾人格修養境界的寫照。《苕溪漁隱叢話》後集卷二十八說蘇軾這兩句詩「語意高妙，有如參禪悟道之人，吐露胸襟，無一毫窒礙」。王應麟《困學紀聞》卷十八也說這兩句「見東坡公之心」，並說於此可見「坡公晚年所造深矣」。

## 春日耕者❶

蘇　轍

陽氣先從土脈知❷，老農夜起飼牛飢。雨深一尺春耕利，日出三竿曉餉遲❸。婦子同來相嫵媚❹，烏鳶飛下巧追隨❺。紛紜政令曾何補？要取終年風雨時❻。

【注　釋】

❶本篇作於元豐二年（一〇七九）初，這時蘇轍在南京（今河南商丘）任應天府簽判。❷陽氣：春日陽和之氣。土脈：指土壤開凍，生氣勃發脈動。又泛指土壤。❸「雨深」二句：餉，用食物款待，這裡指給田間勞作的人送飯。《詩・周頌・良相》：「其餉伊黍。」這二句說雨過之後利於春耕，農民很早便開始幹活，到日出三竿才吃早飯。方回評云：「利字、遲字尤妙。」查慎行評云：「利字峭，遲字亦老。惟上六字能醒之，故佳。」❹婦子同來：婦與子一起到田頭送飯。相嫵媚：這裡是相親相愛的意思。參看蘇軾〈於潛女〉詩：「逢郎樵歸相媚嫵。」與此義同。❺「烏鳶」句：此句意思從唐儲光羲〈田家即事〉詩：「田烏隨我飛」和「撥食與田烏」等句意化出。烏鳶：這裡指烏鴉。❻「紛紜」二句：這兩句是說政府頒布的繁雜政令，於農事絲毫無補；農民辛苦一年，還得依靠老天風調雨順才有可能豐收。紛紜，形容多而雜亂。政令，政府法令。風雨時，風雨得時，風調雨順之意。

【解　說】

這首詩寫農家的農耕生活，描寫親切，詩語流利，有秀傑清整之致。《瀛奎律髓》卷十方回評云：「能言耕夫人情物態。」紀昀評云：「此亦清整。」要注意的是最後兩句的議論，當時正是新法推行的時候，蘇轍在這裡借歌詠農家勞動的辛勤，含蓄地否定了朝廷的農村政令，表明了他反對新法的政治立場。不過，因為話說得比較平穩收斂，似乎沒有引起政敵的注意。

## 霽夜❶

孔平仲

寂歷簾櫳深夜明❷，搖回清夢戍牆鈴❸。狂風送雨已何處？淡月籠雲猶未醒❹。早有秋聲隨墮葉，獨將涼意伴流螢。明朝準擬❺南軒望，洗出廬山❻萬丈青。

【注　釋】

❶霽夜：雨霽之夜。霽：雨停。元祐三年（一〇八八），孔平仲之兄文仲去世，歸葬，朝廷詔令孔平仲為江東轉運判官護理葬事。孔氏在江州德化縣（今江西九江市）有房宅，平仲之父孔延之即葬於此地。此詩當即歸葬文仲時在九江故宅作。❷寂歷：寂靜。簾櫳：這裡指門窗。簾，門上竹簾。櫳，音籠。窗戶上的櫺木。❸搖：一作「睡」。戍牆：這裡指城牆。鈴：鈴鐸，這裡指城樓懸掛的風鈴。一說指城牆上守夜人搖的鈴。❹淡月籠雲：月被薄雲輕掩。醒：這裡讀作平聲，清醒之義。❺準擬：準備、打算。❻廬山：在九江之南。

## 夏日龍井書事❶（四首選一）

道潛

自憐多病畏炎曦❷，長夏投蹤此最宜❸。青石白沙含淺瀨，碧桐蒼竹颭涼颸❹。雲中雞犬聽難辨，谷口漁樵❺問不知。斑杖芒鞋❻隨步遠，歸來煙火認茅茨❼。

其　三

## 【注釋】

❶本篇大約作於元豐二年（一〇七九）。龍井：在今杭州西湖西面風篁嶺上，舊有聖壽寺，龍井西面是龍井村。

❷炎曦：炎熱的陽光。曦，音僖。❸「長夏」句：這句說此地最宜避暑。投蹤：猶言「置身」。❹「青石」二句：瀨，音賴。從沙石上流過的急水。屈原〈九歌．湘君〉：「石瀨兮淺淺。」颳，風吹。原作「聒」，聒噪之義，疑是「颳」字之誤。颸，涼風。陶淵明〈和胡西曹示顧賊曹〉：「蕤賓五月中，清朝起南颸。」謝脁〈在郡臥病呈沈尚書〉：「輕扇動涼颸。」《瀛奎律髓》方回評此二句云：「用四個顏色字，而不豔不冗，大有幽寂之味。」

❺漁樵：漁父、樵夫。❻斑杖：斑竹製成的手杖。芒鞋：草鞋。蘇軾〈次韻答寶覺〉詩：「芒鞋竹杖布行纏。」

❼「歸來」句：此句說黃昏歸來，路徑不清，只能從遠處一點晚炊的煙火辨認居所。方回評云：「末句尤深淡可喜。」煙火：一作「幽火」。茅茨：茅草蓋成的房子。茨，音瓷。

## 【解說】

此詩有道潛自注說：「呈辯才法師，兼寄吳興蘇太守并秦少游，少游時在越。」辯才法師：西湖名僧元淨，字無象，於潛（今浙江臨安）人，俗姓徐。曾住持上下天竺院，賜號辯才法師，晚年住龍井聖壽寺。他是道潛之師，蘇軾曾稱他是「東南道俗歸依」（〈與辯才禪師書〉）。吳興蘇太守：指蘇軾，元豐二年任湖州（即吳興）知州。秦少游：秦觀，字少游。越：越州，今浙江紹興。這組詩四首，《瀛奎律髓》卷四十七均錄入，紀昀評云：「四詩皆音節高爽。」這裡選第三首。其第二首有云：「風蟬故故頻移樹，山月時時自近人。」第四首有云：「好鳥未嘗吟俗韻，白雲還解弄奇姿。」亦是名句。

## 登快閣❶

黃庭堅

癡兒了卻公家事❷，快閣東西倚晚晴❸。落木千山天遠大，澄江一道月分明❹。朱絃已為佳人絕，青眼聊因美酒橫❺。萬里歸船弄長笛，此心吾與白鷗盟❻。

【注　釋】

❶這首詩是元豐五年（一〇八二）黃庭堅在江西太和縣（今江西泰和）任知縣時所作。快閣：在太和縣東贛江上，「以江山廣遠，景物清華，故名」（《豫章詩話》卷四）。❷「癡兒」句：此句典出《晉書・傅咸傳》，夏侯濟寫信給傅咸說：「生子癡，了官事。官事未易了也。了事正作癡，復為快耳。」意思說癡人才會去辦理具體事務，能辦妥事情已是傻瓜，以了事為快更是傻瓜。這裡反用其意，說自己已把一天公事辦完，是個癡人。癡兒：猶言癡人，作者自稱。公家事：指官事。了卻公家事：謂辦完官事。❸「快閣」句：「倚」字的用法從李商隱〈閒遊〉詩「西樓倚暮霞」及〈即日〉詩「高樓倚暮暉」化出。❹「落木」二句：澄江，清澈平靜的江，此指贛江，快閣在江邊。二句從杜甫〈登高〉「無邊落木蕭蕭下，不盡長江滾滾來」、白居易〈江樓夕望〉「燈火萬家城四畔，星河一道水中央」、柳宗元〈遊南亭夜還敘志七十韻〉「木落寒山靜，江空秋月高」等句化出。查慎行謂此二句「極似杜家氣象」。潘德輿《養一齋詩話》卷五稱此二句為「奇語」。❺「朱絃」二句：此二句說世無知己，不願再施展才能，唯有美酒值得青眼相待，姑且借以銷憂。朱絃，指琴瑟一類樂器。佳人，指知音之人。絕，斷。《呂氏春秋・本味》：「鍾子期死，伯牙破琴絕絃，終身不復鼓琴。」嵇康〈贈兄秀才入軍〉：「鳴琴在御，誰與鼓彈……佳人不存，能不永歎？」「朱絃」句意即本此。參作者〈懷李德素〉：「古來絕朱絃，蓋為

知音者。」青眼，《晉書・阮籍傳》載，阮籍能為青白眼，見禮俗之士，以白眼對之，表示輕蔑；嵇康造訪，乃見青眼，以示愛重。橫，這裡指目光流動。❻「萬里」二句：弄，這裡是吹奏的意思。長笛，一種五孔的竹笛。馬融〈長笛賦〉：「可以寫神喻意，溉盥汙穢，澡雪垢滓。」弄長笛，即有寫情怡志、澡雪精神之意。與白鷗盟，典出《列子・黃帝》，海上有好鷗者，每日從鷗鳥遊，其父云：「吾聞鷗鳥皆從汝遊，汝取來，吾玩之。」次日此人至海上，鷗鳥便不再飛下來。意思說人無機心，則鷗鳥與之為友。後多用以指隱居自樂，與世隔絕，不存機詐之心。此二句表示將歸隱江湖，與鷗鳥結盟。

## 【解說】

元豐五年（一〇八二），黃庭堅在江西太和縣任知縣，每當辦完公務，常到當地名勝快閣上遊覽觀賞，詩即抒寫登臨快閣時的所見所感。首句直接以晉人夏侯濟信中接近口語的文字入詩，說自己已把一天的公事辦理完畢。次句寫登臨快閣，倚欄眺望。「倚晚晴」，用一「倚」字，而境界全出，將人與天空、與風景、與大自然，融為一體。從快閣上遠遠望去：「落木千山天遠大，澄江一道月分明。」寫出了季節和周圍環境：群山上樹葉飄落，天空則因秋高而顯得遼闊遠大。江水也更顯清澈，在傍晚月光的輝映之下，江水猶如一道白練。這是一幅高華明淨的秋江暮景圖。在辦完一天繁冗無聊的官務之後，面對如此美景，詩人心情為之一振。這裡可比較杜甫的名句：「無邊落木蕭蕭下，不盡長江滾滾來」以及柳宗元的名句：「木落寒山靜，江空秋月明。」杜詩氣勢雄渾，透出沉鬱悲涼之氣。柳詩澄澈明淨，意境幽遠。相比之下，山谷此二句有杜詩的雄渾而無悲涼之氣；有柳詩的澄澈明淨而氣象更為闊大，雖是寫景，卻能見出詩人坦蕩開闊的胸襟懷抱。宋人張戒《歲寒堂詩話》批評此二句說：「此但以遠大、分明之語為新奇，而究其實，乃小兒語也。」清人張宗泰則反駁說：「不知何處有此等小兒能具如許胸襟也。」（〈跋張戒《歲寒堂詩話》〉）若心平氣和地看，「遠大」、「分明」兩句在風景的描寫中展示了坦蕩開闊的胸襟懷抱，並非故作新奇。接下去兩句，面對良辰美景，詩人卻感慨道：「朱絃已為佳人絕，青眼聊因美酒橫。」意思是說世上已無知音，不願再施展自己的才幹，惟有美酒還值得喜愛，姑且聊以銷憂。苦無知音之悲，懷才不遇之歎充溢於字裡行間。從高華明淨的景象中展示的坦蕩闊大胸襟一跌而為深沉的感歎，詩意產生較大的曲折頓挫，內在的意脈乃在首句的暗示。在小縣做個小官，忙於冗雜官務，內心早已厭倦，深感才華難展，知音難覓。登臨快閣，面對山川美好景致，便油然產生回鄉隱居的想法。詩歌最後兩句便自然轉到這一層意思：「萬里歸船弄長笛，此心吾與白鷗盟。」「萬里歸船」是說將乘船回到遙遠的故鄉。「弄長笛」表明回鄉後將過一種悠閒而怡情養性的生活，「與白鷗盟」，表示擺脫世網官場糾纏的願望。最後這兩句點出了詩的主旨，「朱絃」二句，則點明了產生這一想法的深刻原因，為表現這一主旨作了有力的鋪墊。全詩總體上一氣貫注，「寓單行之氣於排偶之中」（方東樹《昭昧詹言》），「移太白歌行於律詩」（《昭昧詹言》引姚鼐語），如江河奔流，氣勢浩然。五、六兩句曲折頓挫，而意脈不斷。詩意完整，餘味悠長。歷來對此詩評價很高，呂本中《童蒙詩訓》說此詩「已自見成就處」。《瀛奎律髓》卷一方回評云：「呂居仁（本中）謂山谷妙年詩已氣骨成就，是也。」紀昀評云：「起句山谷習氣，後六句意境殊闊。」張宗泰〈跋張戒《歲寒堂詩話》〉說：「山谷誠不免粗疏澀僻之病，至其意境天開，則實能闢古今未泄之奧妙，而〈登快閣〉詩亦其一也。」近代吳汝綸則從精神面貌上著眼評此詩云：「意態兀傲。」（《唐宋詩舉要》卷六引）

這首詩在宋代曾刻石碑於快閣上，楊萬里有〈三官五羊過太和縣登快閣觀山谷石刻賦兩絕句〉詩（見《誠齋集》卷十四）和〈題太和宰卓士直寄新刻山谷「快閣」真跡〉（《誠齋集》卷十九）等詩題詠。

## 寄黃幾復❶

黃庭堅

我居北海君南海❷，寄雁傳書謝不能❸。桃李春風一杯酒，江湖夜雨十年燈❹。持家但有四立壁❺，治病不蘄三折肱❻。想得讀書頭已白，隔溪猿哭瘴溪藤❼。

【注釋】

❶詩題下原注：「乙丑年德平鎮作。」乙丑年為元豐八年（一〇八五）。德平鎮，在德州東北，即今山東商河縣德平鎮。元豐六年（一〇八三）十二月黃庭堅從太和縣移監德州德平鎮，至元豐八年五月，一直在德平任職。黃幾復，名介，字幾復，豫章（今江西南昌）人，是詩人早年交遊的好友，當時知廣州四會縣（今屬廣東）。❷「我居」句：詩人當時居山東德平，黃幾復居廣州四會，都離海不遠，故稱。黃庭堅曾草書此詩，跋云：「時幾復在廣州四會，予在德州德平鎮，皆海瀕也。」《左傳・僖公四年》：「齊侯以諸侯之師侵蔡，蔡潰，遂伐楚。楚子使與師言曰：『君處北海，寡人處南海，唯是風馬牛不相及也。』」此用其語。❸「寄雁」句：這句說雁因不能傳書而辭謝。古人有雁足傳書的說法，又相傳大雁南飛至衡陽回雁峰而止。因四會在回雁峰以南，大雁南飛不至，故這裡暗用這兩個傳說，表明與黃幾復音訊難通。陳衍《宋詩精華錄》卷二評此句說：「化臭腐為神奇也。」寄，託。謝，辭謝、推辭。❹「桃李」二句：前句追憶兩人往時交遊之樂，情誼之深；後句寫今日雙方飄泊江湖，互相思念之苦。❺「持家」句：謂黃幾復清貧持家。《史記・司馬相如列傳》：文君夜奔相如，「相如乃與馳歸成都，家居徒四壁立。」此用其字面。❻「治病」句：這句說黃幾復富有才能，諳熟世事，不須經歷挫折磨難，就在修身為政兩方面都有很好的成績。《左傳・定公十三年》：「三折肱知為良醫。」這裡反用其意。蘄，音其。祈求。肱，胳膊。❼「隔溪」句：這句想像黃幾復生活環境的艱苦。瘴溪：嶺南山林多瘴氣，故云。

【解　說】

這是黃庭堅詩的名篇，「桃李」一聯尤為受人稱道。桃李、春風、江湖、夜雨、一杯、十年、酒、燈，一連串名詞，都極普通，前人詩中常見，但經詩人的陶冶熔鑄，便構成了全新的意境，營造出高度概括、對照鮮明的兩個空間，讓讀詩者生發無盡的想像。關於這兩句的意思，宋人任淵《山谷內集詩注》卷二說：「兩句皆記憶往時游居之樂，今既十年矣。」而釋普聞《詩論》則說：「春風桃李但一杯，而想像無聊屢空為甚，飄蓬寒雨十年燈之下，未見青雲得路之便，其羈孤未遇之歎具見矣，其意句亦就境中宣出。『桃李春風』、『江湖夜雨』，皆境也。昧者不知，直謂景句，謬矣。」不過，還是理解為上句寫交遊之歡，歡會短暫，下句寫分離思念之苦，淒苦漫長，更為貼切。

又，陳衍《宋詩精華錄》卷二評此詩說：「三、四為此老最合時宜語，五、六則狂奴故態矣。」言下對五、六兩句頗有微辭。但實際上，此詩的三、四句語言流美、音節流麗，與五、六句的造語生硬、格律拗峭正好形成風格上的對照，與意境的轉換相得益彰。而意境的轉換和風格的對照又產生明顯的陌生化效果，強化了詩歌的頓挫感，使讀者留下鮮明的閱讀印象。詩人刻意經營的語詞風格和聲律對照，正是構成此詩妙趣的關鍵之一。如果忽略了這一點，無疑是十分遺憾的。

詩歌結處稱讚黃幾復的方法也值得注意，以黃幾復在艱難困苦的環境中也仍堅持讀書的想像之辭表達對他的讚賞。這是一位讀書人對讀書人特有的讚譽。在黃庭堅詩中，「讀書」這件事經常出現。或表示自勉，如〈池口風雨留三日〉：「俯仰之間已陳跡，暮窗歸了讀殘書。」或勉勵他人，如〈送王郎〉：「兒大詩書女絲麻，公但讀書煮春茶。」或表現對親友的讚譽，如本詩。可見，「讀書」在黃庭堅看來，是一件非常有詩意，而且能體現人格理想和品德修養的事情。

# 和答錢穆父詠猩猩毛筆❶

黃庭堅

愛酒醉魂在，能言機事疏❷。平生幾兩屐，身後五車書❸。物色看〈王會〉❹，勳勞在石渠❺。拔毛能濟世，端為謝楊朱❻。

【注　釋】

❶元祐元年（一〇八六）黃庭堅任祕書省校書郎時作。錢穆父：錢勰，字穆父，元豐七年出使高麗，歸拜中書舍人。猩猩毛筆：以猩猩毛製成的毛筆。作者〈戲詠猩猩毛筆二首跋〉云：「錢穆父奉使高麗，得猩猩毛筆，甚珍之，惠予，要作詩。」❷「愛酒」二句：寫猩猩被人擒獲的原因。據說猩猩愛喝酒，又愛著屐，獵人便設下酒和屐誘捕牠們。猩猩見酒及屐，知為獵人所設，捨去。終於又禁不住誘惑，遂嘗酒，「逮乎醉，因取屐而著之，乃為人所擒獲」（《山谷內集》卷三任淵注引《華陽國志》等）。能言，語出《禮記・曲禮》：「猩猩能言，不離禽獸。」機事，機密要事。《周易・繫辭》：「幾（通機）事不密則害成。」這兩句是說猩猩以愛酒而喪生，變成醉魂；雖會說話，卻不能保機密，禍及己身。❸「平生」二句：幾兩，幾雙。晉人阮孚好屐，自己吹火蠟屐，並感歎說：「未知一生當著幾量（通兩）屐？」（事見《世說新語・雅量》）這裡以阮孚語牽合猩猩愛著屐故事，謂猩猩因貪小欲而被人擒獲。身後，語出《世說新語・任誕》張翰語「使我有身後名，不如即時一杯酒」。五車書，《莊子・天下》：「惠施多方，其書五車。」身後五車書，意謂猩猩死後，毛做成筆，為人寫下很多著作。王士禛《帶經堂詩話》卷十二謂這兩句「超脫而精切，一字不可易移」。❹「物色」句：這句是說欲訪求猩猩毛筆的來歷，須到〈王會〉中去尋檢。因猩猩筆來自高麗，故云。物色：形貌，引申為依照一定標準去訪求。

〈王會〉：《逸周書》中的一篇。周公建洛邑，謂之王城，既成，大會諸侯及四夷，創朝儀、貢禮，史官因作〈王會〉以記之。❺「勳勞」句：這是說猩猩筆的功勞就在石渠閣的典籍之中。勳勞：功勳勞績。石渠：即石渠閣，漢代宮中藏書處，漢初所建。❻「拔毛」二句：這二句說猩猩毛製成筆，就能有利於天下，真該好好向楊朱講講這個道理。楊朱，戰國時魏人，楊朱學派創始人，其說主張愛己、貴生，拔一毛以利天下而不為。《孟子・盡心》：「楊子取為我，拔一毛以利天下，不為也。」

【解　說】

這是黃庭堅的名作，以用典精微、善於點化著稱，當時「名士無不諷詠」（《負暄野錄》卷下）。《瀛奎律髓》卷二十七方回評云：「此詩所以妙者，平生、身後，幾兩屐、五車書，自是四個出處，於猩猩毛筆何干涉？乃善能融化斡排至此。」紀昀評云：「點化甚妙，筆有化工，可為詠物用事之法。」賀裳《載酒園詩話》評云：「雖全篇俳諧，使事處猶覺天趣洋溢。」又，此詩雖是一篇遊戲之作，但詼諧幽默，頗能啟人心智。正面詠筆而處處扣住猩猩的特點，進而又以擬人的寫法把毛筆人格化，這樣一來，詩歌似乎是寫毛筆，又似乎是在寫猩猩，更似乎是寫人，詩的奇趣，便因此而生。最後以風趣的語調讚揚猩猩毛可以製筆而有利於天下，比自私自利的楊朱之流高明得多，這也使一篇遊戲之作超出了遊戲的意義。

## 題落星寺嵐漪軒❶

黃庭堅

落星開士深結屋❷，龍閣老翁來賦詩❸。小雨藏山客坐久❹，長江接天帆到遲。宴寢清香❺與世隔，畫圖妙絕❻無人知。蜂房各自開戶牖❼，處處煮茶藤一枝❽。

## 【注釋】

❶本篇作年不詳。一說作於元豐三年（一〇八〇），或謂作於元祐三年（一〇八八）以後。這裡姑從後一說。落星寺：在江西星子鄱陽湖西北落星灣的落星石上。《輿地紀勝》：「落星石，《輿地廣記》：『昔有星墜水，化為石。』今為落星寺。」又名法安院。嵐漪軒：作者原注：「寺僧擇隆作宴坐小軒，為落星之勝處。」❷開士：和尚的尊稱。本指菩薩，後泛指佛教僧人。屋：指嵐漪軒。❸「龍閣」句：這句說李常曾為嵐漪軒題過詩。龍閣老翁：當指黃庭堅之舅父李常，他在元祐三年加龍圖閣直學士。一說是黃庭堅自指，非是。龍閣：龍圖閣學士的省稱。葉夢得《避暑錄話》卷上：「龍圖閣學士舊謂之老龍，但稱龍閣。宣和以前，直學士、直閣同為稱，未之有別也。」梅堯臣〈較藝將畢和禹玉〉：「龍閣鳳池人漸隔，猶因朝謁望鰲宮。」❹小雨藏山：迷濛細雨遮住視線，似乎把青山掩藏起來了。賈島〈晚晴見終南諸峰〉：「半旬藏雨裡，今日到窗中。」這裡用其上句。客坐久：客，詩人自指，久坐是為等待雨停而能見山。參看黃庭堅〈勝業寺悅堂〉詩：「苦雨已解嚴，諸峰來獻狀。」他的另一首〈題落星寺〉詩云：「詩人晝吟山入座。」此入座之山，正是這裡所寫的被小雨掩藏之山，二詩可以參讀。❺宴寢清香：語出韋應物〈郡齋雨中與諸文士燕集〉詩：「宴寢凝清香。」這裡用以寫嵐漪軒的清雅絕塵。宴寢：安居寢息的住室。❻畫圖妙絕：作者原注：「僧隆畫甚富，而寒山、拾得畫最妙。」❼「蜂房」句：此句典出《三國志・魏書・管輅傳》，管輅射覆，卦成，說：「家室倒懸，門戶眾多……此蜂窠也。」這裡寫落星寺依山而建，僧房重疊排比，從嵐漪軒中看去，好像密集的蜂房。蜂房：這裡比喻落星寺僧房。戶牖：門窗。❽「處處」句：此句說可以拄著藤杖到各處僧房尋訪品茶。藤一枝：指藤杖。黃龍祖心禪師〈退黃龍院作〉有「生涯三事衲，故舊一枝藤」之句，這裡暗用其語。祖心號晦堂，臨濟宗的高僧，是黃庭堅參禪的老師。

【解　說】

此詩寫落星寺嵐漪軒，著力營造幽深清靜之美。首聯點出落星寺之深，以龍閣老翁賦詩以見其地之雅。「小雨」一聯是從嵐漪軒中向遠處看去之所見，山被雨所藏，可見其幽深清靜，「長江接天」，視野極其遼闊，「帆到遲」，則以時間之漫長顯示空間的悠遠，這兩句著力寫其遠離塵世，以見其幽深。「宴寢」一聯筆觸回到嵐漪軒內部，著力寫軒中人的高潔清雅，表現其與世隔絕之深靜。最後兩句則回到落星寺僧房，與開頭相呼應，表示自己也在步龍閣老翁的後塵，到如此深幽僻靜之處尋訪高僧，題寫詩歌，體現了詩人出塵離世的清高情懷。全詩意境，可以深、靜、潔三字概括。其深，在於渲染其出塵離世之高絕；其靜，則是一種生動的寂靜，是境的幽遠和心的澄澈；其潔，則在於題詩賞畫的雅潔以及出世之人人品的高潔。詩歌文字清雅潔淨，格韻高絕。與瘦硬的字面風格對應，又有意識地變易字句的平仄格式，故意以拗峭的聲律，造成聲調上的奇崛效果。《瀛奎律髓》卷二十五方回評云：「此學老杜所謂拗字吳體格。」紀昀批云：「意境奇恣，此種是山谷獨闢。」方東樹《昭昧詹言》卷十一評云：「腴妙，乃非枯寂。」姚鼐《今體詩鈔》評云：「此詩真所謂似不食煙火人語。」

## 新喻道中寄元明用觴字韻❶

黃庭堅

中年畏病不舉酒❷，孤負東來數百觴❸。喚客煎茶山店遠，看人穫稻❹午風涼。但知家裡俱無恙❺，不用書來細作行❻。一百八盤攜手上，至今猶夢遶羊腸❼。

【注　釋】

❶這首詩作於崇寧元年（一一〇二）。新喻：今江西新余南。元明：黃大臨，字元明，黃庭堅之兄。觴字韻：黃庭堅在黔州貶所時，曾與黃大臨唱和過一組「觴」字韻詩，黃庭堅〈和答元明黔南贈別〉云：「萬里相看忘逆旅，三聲清淚落離觴。朝雲往日攀天夢，夜雨何時對榻涼。急雪脊令相並影，驚風鴻雁不成行。歸舟天際常回首，從此頻書慰斷腸。」本篇即用此韻腳。建中靖國元年（一一〇一），黃庭堅從戎州（今四川宜賓）貶所放回，四月到達荊州（今湖北江陵）暫住，崇寧元年（一一〇二），先回江西故鄉，四月，自故鄉分寧到萍鄉（今屬湖南）探望黃大臨。黃庭堅〈書萍鄉縣廳壁〉云：「庭堅抗荊江，略洞庭，涉修水，經七十二渡，出萬載、宜春。來省伯氏元明於萍鄉。……蠻中九年，白頭來歸，而相見於此。訪舊撫新，悲喜兼懷，其情有不勝言者矣。……來以崇寧元年四月乙酉，而去以是月之己亥。」按乙酉為崇寧元年四月一日，己亥為十五日。這首詩即別黃大臨後過新喻時所作。❷舉酒：把酒、飲酒。❸「孤負」句：這句承上句說，因為多病戒酒，東歸以來，辜負了各地親友們杯酒慰問的好意。孤負，同「辜負」，虧負，對不住好意或希望。李陵〈答蘇武書〉：「功大罪小，不蒙明察，孤負陵心。」韓愈〈感春〉詩：「孤負平生志，已矣知何奈。」王禹偁〈舍人院竹〉：「西垣不宿還堪恨，辜負夜窗風雨聲。」東來，指從四川貶所放還東歸以來。建中靖國元年（一一〇一），黃庭堅從戎州（今四川宜賓）貶所放回東歸，直到寫作此詩時，一直奔波於路途。❹穫稻：收割稻穀。❺無恙：無病，問候用語。《太平御覽》卷七百三十九引應劭《風俗通》：「恙，病也。凡人相見及通書，皆云『無恙』。」又引《易傳》云：「上古之時，草居露宿。恙，噬蟲也，善食人心，俗悉患之，故相勞云『無恙』。」❻書：書信、家書。細作行：謂細字作書。杜甫〈別常徵君〉詩：「各逐萍流轉，來書細作行。」❼「一百」二句：一百八盤，地名，在今重慶巫山境內。陸游《入蜀記》卷六載：巫山縣「隔江南陵山，極高大，有路如線，盤屈至絕頂，謂之一百八盤」。黃庭堅貶官黔州時，黃大臨一直送他到達貶所。黃庭堅〈書萍鄉縣廳壁〉云：「初，元明自陳留出尉氏、許昌，渡漢河，略江陵，上夔峽，過一百八盤，涉四十八渡，送余安置于摩圍山下。」黃庭堅赴黔州貶所

途中作〈竹枝詞〉有云：「浮雲一百八盤縈，落日四十八渡明。鬼門關外莫言遠，四海一家皆弟兄。」這裡重提當年共同經歷的艱險困苦，以表現兄弟之間患難與共的親情。

## 【解說】

這首詩是黃庭堅晚年詩中一篇有代表性的作品，樸實老成，語言平淡而情意深切，不同於典型「山谷體」的生新硬峭。這反映了詩人晚年心境的趨於平和，也體現出風格上返璞歸真的傾向，「毛皮剝落盡，唯有真實在。」（黃庭堅〈次韻楊明叔見餞十首〉其八）黃庭堅於詩歌最為推崇「平淡而山高水深」（〈與王觀復書〉）的境界，於此詩可以窺見一斑。

兩宋之交的詩人王庭珪〈跋劉伯山詩〉說：「魯直之詩，雖間出險峻句法而法度森嚴，卒造平淡，學者罕能到。傳法者必以心地法門有見，乃可參焉。」這個看法很有見地。這首詩就是所謂「卒造平淡」的一類作品。

## 宜陽別元明用觴字韻❶

黃庭堅

霜鬚八十期同老❷，酌我仙人九醞觴❸。明月灣頭松老大，永思堂下草荒涼❹。千林風雨鶯求友，萬里雲天雁斷行❺。別夜不眠聽鼠嚙，非關春茗攪枯腸❻。

## 【注釋】

❶宜陽：宜州，今廣西宜山縣。元明：黃大臨，字元明，作者之兄。觴字韻：參見〈新喻道中寄元明用觴字韻〉❶。崇寧二年（一一〇三），黃庭堅被除名編管宜州，次年夏到達貶所。十二月黃大臨從永州來探望他，到崇寧

四年二月別去，本詩即臨別時作。這一年九月，作者即在宜州去世。❷「霜鬢」句：此句作者自注：「術者言吾兄弟皆壽八十。」因為看相算命的術者曾說他們兄弟二人壽至八十，故這裡說「期同老」。霜鬢：鬢髮如霜。❸「酌我」句：此句作者自注：「近得重釀法甚妙。」酌：斟酒、飲酒。九醞：精釀的好酒。醞：音慍。釀酒。張衡〈南都賦〉：「酒則九醞甘醴」。《文選》李善注引《魏武集・上九醞酒奏》：「三日一釀，滿九斛米止。」觴：酒具。❹「明月」二句：這兩句想像故鄉的情景。作者兄弟離鄉已久，故園無人料理，故云「松老大」、「草荒涼」。明月灣，在作者家鄉分寧雙井故居附近。永思堂，在雙井，黃氏祖墓旁邊。❺「千林」二句：這兩句既是用典，也是從眼前實景生發。任淵注云：「言鳥猶求友，而我獨與兄別也。」（《山谷內集詩注》卷二十）鶯求友，語出《詩・小雅・伐木》：「伐木丁丁，鳥鳴嚶嚶。……嚶其鳴矣，求其友聲。」雁斷行，喻指兄弟分別。古人常以雁行、雁序喻稱兄弟。《禮記・王制》：「兄之齒，雁行。」謂兄長弟幼，年齒有序，如鴻雁群飛之有行列。黃庭堅〈和答元明黔南贈別〉詩「驚風鴻雁不成行」與此意同。❻「別夜」二句：這二句寫離別心緒難堪，但從側面著筆。聽著老鼠咬東西的聲音，說明人未睡著，而失眠的原因，與喝茶無關。這是用否定排除法暗示失眠是因為離別。嚙，音聶。咬。春茗，春茶。

## 遊鑑湖❶

秦　觀

畫舫珠簾出繚牆❷，天風吹到芰荷鄉❸。水光入座杯盤瑩❹，花氣侵人笑語香。翡翠側身窺淥酒❺，蜻蜓偷眼避紅妝❻。蒲萄力緩單衣怯❼，始信湖中五月涼❽。

【注　釋】

❶鑑湖：即鏡湖，又名慶湖，在今浙江紹興南。元豐二年（一○七九），秦觀曾有湖州、越州、杭州之遊。此詩當即在越州（今浙江紹興）時作。❷繚牆：圍牆。❸芰荷：泛指荷花。芰：菱。荷：蓮花。鑑湖多荷花，故這裡稱為「芰荷鄉」。❹瑩：音營。明潔、潔淨。宋何汶《竹莊詩話》卷二十四引此句作「水光入座杯盤潔」。❺翡翠：鳥名，又叫翠雀。淥：音錄。清澈。淥酒：清酒。❻「蜻蜓」句：模仿杜甫〈風雨看舟前落花戲為新句〉：「偷眼蜻蜓避伯勞。」❼蒲萄：即葡萄。這裡指葡萄酒。力緩：這裡指酒薄力弱。單衣怯：謂衣單畏寒。怯，怕。❽湖中五月涼：語出杜甫〈壯遊〉詩：「越女天下白，鑑湖五月涼。」

【解說】

這首詩「水光」一聯，高華明淨，俊雅風流，被《竹莊詩話》列為宋詩警句。

## 病後登快哉亭❶

賀鑄

經雨清蟬得意鳴，征塵斷處見歸程。病來把酒不知厭❷，夢後倚樓無限情❸。鴉帶斜陽投古剎❹，草將野色入荒城❺。故園又負黃華❻約，但覺秋風髮上生❼。

【注釋】

❶快哉亭：在彭城（今江蘇徐州）東南角城隅上，本為唐薛能陽春亭故址，宋李邦直改建，蘇軾知徐州時題名「快哉」。詩題下原注云：「乙丑八月彭城賦。」按乙丑為元豐八年（一○八五）。這一年賀鑄在徐州任寶豐監錢官，年中患病，秋季病癒，作此詩。❷厭：飽足。❸「夢後」句：此句即漢樂府〈悲歌〉所謂「遠望可以當

歸」之意。倚樓：謂倚樓遠望。情：指思念故園之情。❹鴉帶斜陽：唐儲嗣宗〈秋墅〉：「虹隨餘雨散，鴉帶夕陽歸。」又溫庭筠〈春日野行〉：「鴉背夕陽多。」「帶」字的用法可與王昌齡〈長信秋詞〉「玉顏不及寒鴉色，猶帶昭陽日影來」參看。古剎：古寺。❺「草將」句：此句從白居易〈賦得古原草送別〉「晴翠接荒城」化出，但情調不同。將：帶引。❻黃華：菊花。❼「但覺」句：寫秋風中的淒涼之感，又暗示頭上已生白髮。古人把秋風稱為霜風，白髮稱為霜髮。李賀〈南山田中行〉：「秋野明，秋風白。」這裡即以秋風雙關白髮。

【解　說】

陳衍《宋詩精華錄》卷二評此詩說：「眼前語，說來皆見心思。」

## 次韻春懷❶

陳師道

老形已具臂膝痛，春事無多櫻筍❷來。敗絮不溫生蟣虱，大杯覆酒著塵埃❸。衰年此日仍為客，舊國當時只廢臺❹。河嶺尚堪供極目，少年為句未須哀❺。

【注　釋】

❶紹聖二年（一〇九五），陳師道寓居曹州，寄食於岳父郭槩家。紹聖三年初春因事暫還徐州，作此詩。❷櫻筍來：指暮春時節。韓偓〈湖南食櫻桃詩〉自注：「秦中謂三月為櫻筍時。」❸「大杯」句：此句謂絕酒不飲，酒杯已沾滿塵埃。覆酒，語出《晉書．元帝本紀》，元帝「頗以酒廢事，王導深以為言，帝命酌，引觴覆之，於此遂絕」。❹「衰年」二句：舊國，舊鄉，指作者故鄉徐州。臺，指項羽所築之戲馬臺，在徐州銅山，是當地著

名古跡。這二句化用杜甫〈至日〉「年年此日常為客」及〈登高〉「萬里悲秋常作客，百年多病獨登臺」詩意。

❺「少年」句：本詩是次韻和作，故此句對他表示安慰。少年：指〈春懷〉詩原作者。

【解說】

《瀛奎律髓》卷二十六方回評云：「後山詩瘦鐵屈蟠，海底珊瑚枝，不足以喻其深勁。『老形已具臂膝痛』，身欲老也。『春事無多櫻筍來』，春欲盡也。前輩詩中千百人無後山此二句。以一句情對一句景，輕重彼我，沉著深鬱，中有無窮之味，是為變體。」紀昀評云：「起二句殊有別味。」

## 春懷示鄰里❶

陳師道

斷牆著雨蝸成字，老屋無僧燕作家❷。剩欲出門追語笑，卻嫌歸鬢著塵沙❸。風翻蛛網開三面，雷動蜂窠趁兩衙❹。屢失南鄰春事約❺，只今容有未開花❻。

【注釋】

❶元符三年（一一〇〇）春陳師道閒居徐州時作。春懷：春日感懷。鄰里：鄰居，這裡指寇國寶，徐州人，與作者鄰居。❷「斷牆」二句：這二句寫自己居處破敗荒涼。蝸成字，蝸牛爬過之處，留下粘液痕跡，屈曲有如篆字，稱為蝸篆。❸「剩欲」二句：這是說很想出門追隨說笑的遊人賞春，卻怕歸來時頭上撲滿塵沙。作者〈和黃充出游〉詩：「膭欲登臨強作歡，衣冠未動意先闌。」與此二句意同，但過於直露。剩欲，同「膭欲」。頗欲、很想。❹「風翻」二句：此二句總寫春氣和暖中的物態。網開三面，語出《史記・殷本紀》，商湯「見野張網四

面」，「乃去其三面」。這裡借用其字面，說蜘蛛結網，被風吹破。趁，趕、逐。兩衙，群蜂簇擁蜂王，如朝拜屏衛，稱為蜂衙，蜂衙有早晚兩次，故云。《埤雅．釋蟲》：「蜂有兩衙應朝。」這裡說蜂群聚集在蜂窠中響聲如雷。一說蜂群為春雷驚起，開始活動。❺南鄰：指寇國寶，他住在陳師道的南面隔壁。陳師道〈謝寇十一惠端硯〉詩戲稱他是「南鄰居士」，又〈戲寇君〉云：「南鄰歌舞隔牆聽。」春事：指遊春踏青賞花等事。❻「只今」句：這句說現在外面或許還有未開的花。意思是說自己也想出去走走。容有：或有、也許有。

【解　說】

詩題是春懷，但並不寫旖旎的春光。首聯寫居處的破敗，以見生計之貧困。因生計艱難便無賞春心情，頷聯就是這種毫不振作心情的婉曲表現。「風翻」一聯則一轉，在春日風物中心緒稍起波瀾，於是打算追隨友人出去走走，結尾一聯卻不正面表示，而以商量、推測的語氣向友人表示說：「只今容有未開花」？委婉地表示願意響應友人之邀，出去欣賞春景。詩歌的意思表達，吞吞吐吐，欲言又止，顧左右而言他，典型地體現陳師道詩歌的錘煉工夫，因此頗受後代一些詩論家的推許。《瀛奎律髓》卷十方回評云：「淡中藏美麗，虛處著工夫，力能排天斡地。」紀昀評云：「刻意劖削，脫盡甜熟之氣，以為『排天斡地』則意境自高，推許太過。」

## 宿合清口❶

陳師道

風葉初疑雨，晴窗誤作明❷。穿林出去鳥，舉棹有來聲❸。深渚魚猶得，寒沙雁自驚❹。臥家還就道，自計豈蒼生❺。

## 【注釋】

❶元符三年（一一〇〇）七月，陳師道被任命為棣州（今山東惠民）教授。此詩為赴任途中作。合清口：在今山東梁山縣附近。❷「風葉」二句：意思是說，聽到風吹樹葉的聲音懷疑有雨，看見照在窗戶上的月光誤以為已經天亮。二句分別以聽與看的錯覺寫客居夜宿深夜醒來時的情懷。❸「穿林」二句：《瀛奎律髓》卷十五方回云：「所以去鳥穿林而出者，以舉棹有來聲也。上問下答。」棹，划船的用具。❹「深渚」二句：紀昀謂此二句「託意，非寫景」。渚，水邊。深渚，這裡指深水。得，得意、自得。❺「臥家」二句：臥家，指隱居家中。就道，上路，謂奔波仕途。自計，為個人打算。蒼生，天下百姓。《晉書・謝安傳》載，謝安隱居東山，人言「安石不肯出，將如蒼生何？」

## 【解說】

本篇立意並不故作高論，不說大話。正因如此反能見其真誠、高明。宋人任淵《後山詩注》注此詩說：「言其出處皆以貧故，自為計爾，非為蒼生也。」《瀛奎律髓》卷十五方回評云：「末句歎喟出處無補蒼生，遠矣。」紀昀評云：「後山詩多真語，如此尾句，虛驕者必不肯道。」許印芳亦云：「結意沉著，不但真摯。」

## 宿齊河❶

陳師道

燭暗人初寂，寒生夜向深。潛魚聚沙窟，墜鳥滑霜林。稍作他方計❷，初回萬里心❸。還家只有夢，更著曉寒侵❹。

【注　釋】

❶元符三年（一一〇〇）冬赴棣州途中作。齊河：在今山東禹城南。❷他方計：客宦他方的打算。❸回萬里心：收回遊宦天下之心。謂無復四方之志。❹「還家」二句：化用杜甫〈東屯月夜〉「天寒不成寐，無夢有歸魂」句意，緊承上句「回心」之意，謂欲收回四方之志而不能，只有夢還能還家，而夢也被曉寒侵擾。

【解　說】

《瀛奎律髓》卷十五方回評云：「句句有眼，字字無瑕。」又云：「尾句尤深幽。」紀昀評云：「尾句沉著，用意頗近義山（李商隱）。」

## 自蒲赴湖早行作❶

晁補之

小隱幽情薄宦身❷，五更騎馬壽安❸塵。春如流水行隨客，曉與青山氣逼人。報國丹心千載事，對花霜鬢一番新❹。秦吳絕域從來恨，我已能知莫問津❺。

【注　釋】

❶蒲：蒲州，今山西永濟，北宋為河中府治所。湖：湖州，今浙江吳興。建中靖國元年（一一〇一），晁補之被差知河中府，到任不久又轉調湖州知州，此詩即自蒲州赴湖州途經河南壽安時作。❷「小隱」句：此句說自己心中嚮往隱居山林，但身不由己，還得為卑微的官職而奔波。小隱：指隱居山林。王康琚〈反招隱〉詩：「小

隱隱陵藪，大隱隱朝市。」白居易〈中隱〉詩：「小隱入丘樊。」薄宦：卑微的官職。❸壽安：今河南宜陽。❹「對花」句：說時光又虛度一年，頭上又添新的白髮。❺「秦吳」二句：這二句是說從蒲州到湖州路途遙遠，自古以來就令旅人望而生畏，而自己往來奔波，對這條道路並不陌生，不必向人問路。因作者一年之中兩次來往於這條路，故以這樣的感歎表示厭倦。秦，今陝西關中一帶，古代屬秦國領域，故稱。這裡指此行的出發地蒲州，蒲州離潼關不遠。吳，指此次遠行的目的地湖州，先秦時為吳國領地，故稱。絕域，極遠的地域。津，渡口。問津，問路。

## 己卯十二月二十日感事❶二首（選一）

張耒

### 其一

高樓乘興獨登臨，搔首天涯❷歲暮心。帶雪臘風藏澤國❸，犯寒❹春色著煙林。山川極目風光異，歲月驚懷老境侵。可是斯文天未喪❺？楚囚何事涕沾襟❻。

【注釋】

❶己卯：宋哲宗元符二年（一〇九九），這時張耒坐元祐黨籍被謫貶，在黃州（今湖北黃岡）監酒稅。❷天涯：這裡指黃州貶所，以其地偏遠，故云。❸臘風：臘月的寒風。澤國：多水之地。❹犯寒：冒寒。❺斯文天未喪：《論語・子罕》：「天之將喪斯文也。」這裡反用其意。斯文，本指禮樂制度，後多用以指文人或儒者。這裡當是暗指蘇軾。此時蘇軾在昌化軍（今海南儋縣）貶所。❻楚囚：典出《左傳・成公九年》，楚人鍾儀被晉國所

囚，晉侯問曰：「南冠而縶者，誰也？」有司對曰：「鄭人所獻楚囚也。」本指被俘的楚人，後借指處於困境的人。《世說新語．言語》：「過江諸人，每至美日，輒相邀新亭，藉卉飲宴，周侯中坐而歎曰：『風景不殊，正自有山河之異！』皆相視流淚。唯王丞相愀然變色曰：『當共戮力王室，克復神州，何至作楚囚相對！』」這裡是詩人自指，因他當時是被貶逐的罪臣，故云。參看蘇軾〈陳州與文郎逸民飲別〉：「未忍悲歌學楚囚。」

## 四月二十三日晚同太沖、表之、公實野步❶

洪　炎

四山矗矗野田田❷，近是人煙遠是村。鳥外疏鐘靈隱寺❸，花邊流水武陵源❹。有逢即畫元非筆，所見皆詩本不言❺。看插秧針❻欲忘返，杖藜徙倚❼至黃昏。

### 【注　釋】

❶本篇是南宋初洪炎在臨安（今浙江杭州）任職時作。太沖、表之、公實：皆洪炎友人。太沖姓馬，名不詳；表之姓名不詳；公實姓鄭名諶，公實其字。❷矗矗：高峻貌。田田：相連貌。❸靈隱寺：在浙江杭州靈隱山，是杭州名勝。❹武陵源：陶淵明〈桃花源記〉稱晉太元中武陵郡有漁人入桃花源，乃世外樂土。故桃花源又稱武陵源。王維〈桃源行〉詩：「居人共住武陵源。」多用以指風景清幽、宜於避世隱居之地。這裡是泛指。❺「有逢」二句：是說所到之處，都是天然圖畫，不需筆墨描摹；所見風景，皆是不言之詩，文字難以形容。參看黃庭堅〈王厚頌〉：「天開圖畫即江山。」〈題胡逸老致虛庵〉：「山隨蕪坐畫圖出。」陳與義〈對酒〉：「新詩滿眼不能裁。」❻看插秧針：一本作「閑看插秧」。秧針：秧苗。一本作「秧栽」。❼杖藜：拄著藜杖。徙倚：徘徊流連。

## 春日郊外❶

唐　庚

城中未省❷有春光，城外榆槐已半黃。山好更宜餘積雪，水生看欲倒垂楊❸。鶯邊日暖如人語❹，草際風來作藥香。疑此江頭有佳句，為君尋取卻茫茫❺。

【注　釋】

❶這是唐庚的名作。《瀛奎律髓》卷十方回評云：「此詩句句工致。」紀昀評云：「工而不俗」。❷未省：還不知道。❸「水生」句：是說春水漸漸上漲，映出楊柳的倒影。方回說此句「絕奇」。參看陳與義〈暖色〉：「水光忽倒樹。」❹「鶯邊」句：等於說「日邊鶯暖語如人」，為求生新而把句法倒裝。❺「疑此」二句：是說江邊清景充滿詩意，詩心忽有所動，待要摹寫，卻難落言筌。參看蘇軾〈和陶田園雜興〉：「春江有佳句，我醉墮渺茫。」陳與義〈春日〉：「忽有好詩生眼底，安排句法已難尋。」這些詩句的立意，實自陶淵明詩「此中有真意，欲辨已忘言」二句發端。

## 醉　眠❶

唐　庚

山靜似太古，日長如小年。餘花猶可醉❷，好鳥不妨眠❸。世味門常掩❹，時光簟已便❺。夢中頻得句，拈筆又忘筌❻。

## 【注釋】

❶本篇是唐庚謫居惠州（今屬廣東）時作。❷「餘花」句：是說還有殘花可以邊飲酒邊欣賞。❸不妨眠：不妨礙醉眠。❹世味：猶世情，世俗社會的冷暖情味。門常掩：當時唐庚得罪貶斥在惠州，杜門索居，不與人來往，故云。他在〈寄傲齋記〉中設想，有朝一日能從貶所放還，回鄉後要把家園之門取名為「常關之扉」。也是有感於世態炎涼之言。❺「時光」句：此句說時光已適合在竹席上打發，因已進入春末初夏時節，故云。簟：竹席。便：合宜。❻「夢中」二句：是說夢中頻得好詩，醒來卻不知如何下筆。忘筌，語出《莊子．外物》：「筌者所以在魚，得魚而忘筌……言者所以在意，得意而忘言。」忘筌亦即忘言。

## 【解說】

南宋羅大經《鶴林玉露》丙編卷四有一段短文，談閱讀此詩的體會，頗有助於欣賞，摘錄如下：

唐子西詩云：「山靜似太古，日長如小年。」余家深山之中，每春夏之交，蒼蘚盈階，落花滿徑，門無剝啄，松影參差，禽聲上下。午睡初足，旋汲山泉，拾松枝，煮苦茗啜之。隨意讀《周易》、〈國風〉、《左氏傳》、〈離騷〉、《太史公書》及陶、杜詩、韓、蘇文數篇。從容步山徑，撫松竹，與麛犢共偃息于長林豐草間。坐弄流泉，漱齒濯足。既歸竹窗下，則山妻稚子，作筍蕨，供麥飯，欣然一飽。弄筆窗間，隨大小作數十字，展所藏法帖、墨跡、畫卷縱觀之。興到則吟小詩，或草《玉露》一兩段。再烹苦茗一杯，出步溪邊，邂逅園翁溪友，問桑麻，說秔稻，量晴校雨，探節數時，相與劇談一餉。歸而倚杖柴門之下，則夕陽在山，紫綠萬狀，變幻頃刻，恍可人目。牛背笛聲，兩兩來歸，而月印前溪矣。味子西此句，可謂妙絕。然此句妙矣，識其妙者蓋少。彼牽黃臂蒼，馳獵於聲利之場者，但見衮衮馬頭塵，匆匆駒隙影耳，烏知此句之妙哉！

# 感梅憶王立之❶

晁沖之

王子已仙去，梅花空自新。江山餘此物❷，海岱失斯人❸。賓客他鄉老❹，園林幾度春。城南載酒地❺，生死一沾巾。

【注釋】

❶王立之：王直方，字立之，號歸叟，汴京人，生於熙寧二年（一〇六九），卒於大觀三年（一一〇九）。王曾從蘇軾、黃庭堅學詩，又與陳師道、饒節、呂本中等交遊唱酬，亦列名於《江西詩社宗派圖》。晁沖之與王直方是至交，寓居汴京時過從甚密。此詩是晁沖之晚年重遊汴京時作，時王直方已去世。❷此物：指梅花。❸海岱：指東海與泰山之間，古為青、徐二州之地。《尚書・禹貢》：「海岱惟青州。」又「海岱及淮惟徐州」。這裡是泛指，與上句「江山」同義。斯人：指王立之。❹賓客：指王家的賓友。王直方與其父王棫均以好客著名，所結交均當時名士。王棫曾為蘇軾、黃庭堅作頓有亭。晁說之〈王立之墓誌銘〉云：「立之雖有先人園以居，而衣食才自給耳。每有賓客至，則必命酒劇飲，抵談終日，無不傾盡……由是立之好事之名得於遠邇，客有遊京師而不見立之，則以為恨已。」晁沖之作此詩時，蘇、黃、陳等已去世，王氏其餘友人亦多因黨禍而流落各地。❺城南：汴京城南。王直方家園亭在汴京城南。〈王立之墓誌銘〉稱王為：「城南王立之直方。」陳師道〈謝王立之送花〉亦稱王為「城南居士」。晁沖之〈寄王立之〉云：「臘雨城南宅，沖寒憶屢陪。」載酒：典出《漢書・揚雄傳》，揚雄博學，多識古文奇字，嗜酒，「時有好事者，載酒肴從遊學」。王直方園中有「載酒堂」，謝逸曾為題詩云：「亦有問字客，攜壺就君語。」（〈王立之園亭七詠・載酒堂〉）參看晁沖之〈過王立之故居〉詩：「此

地與君凡幾醉，年年同賦蠟梅詩。」

【解說】

《瀛奎律髓》卷二十方回評云：「此詩才學後山，便有老杜遺風。」紀昀評云：「似平易而極深穩，斯為老筆。」許印芳評云：「此種詩斷非初學所能到。」

## 己酉亂後寄常州使君侄❶四首（選一）

汪藻

### 其二

草草官軍渡，悠悠虜騎旋❷。方嘗句踐膽❸，已補女媧天❹。諸將爭陰拱❺，蒼生忍倒懸❻。乾坤滿群盜❼，何日是歸年❽！

【注釋】

❶己酉：南宋高宗建炎三年（一一二九）。這年冬天，金兵過長江，十一月攻陷建康（今江蘇南京），十二月攻常州（今屬江蘇），繼而破江東諸郡，宋高宗逃往海上。使君：指州郡長官，這裡指知州。❷「草草」二句：是說宋兵匆匆忙忙向江南退卻，過江的金兵還不知何時才會退回去。虜騎：指南侵的金兵。虜，一作「敵」。旋，是回轉的意思。❸句踐：春秋時越為吳破，越王句踐臥薪嘗膽，立志復仇，終於滅掉吳國。這句是說報仇雪恥的決心和行動已挽回了國家滅亡的命運。這是指宋高宗即位重建政府而言。❹「已補」句：用女媧煉石補天的

典故（見《淮南子・覽冥訓》），意思說靖康之難後，終於又在東南建立了南宋政府。❺「諸將」句：這句是說南宋大將卻袖手旁觀，按兵不動，全不顧朝廷安危。諸將：指當時擁兵自重的南宋將領。陰拱：語出《漢書・英布傳》：「陰拱而觀其成敗。」拱：拱手，意即按兵不動。❻「蒼生」句：這句是說百姓從此就要忍受不可忍受的痛苦。蒼生：百姓。倒懸：比喻難以忍耐的痛苦，語出《孟子・公孫丑》：「民之悅之，猶解倒懸也。」❼乾坤：指天地間。群盜：指金兵。❽「何日」句：用杜甫〈絕句二首〉「今春看又過，何日是歸年」的成句，與第二句呼應，是說敵人退兵悠悠無期，自己逃亡在外就不知何日才能還鄉。

## 移居東村作❶

王庭珪

避地❷東村深幾許？青山窟裡起炊煙。敢嫌茅屋絕低小❸，淨掃土床堪醉眠。鳥不住啼天更靜❹，花多晚發地應偏❺。遙看翠竹娟娟好，猶隔西泉數畝田❻。

### 【注釋】

❶這首詩大約是南宋初所作。東村大約是在王庭珪的家鄉吉州（今屬江西）安福山中。❷避地：為躲避戰亂或災禍而移居他處。王庭珪本來在安福瀘溪隱居，此時因避戰亂移居安福山中。❸「敢嫌」句：說絕不敢嫌棄茅屋過於低小。因為是來避亂，故云。❹「鳥不」句：用王籍〈入若耶溪〉「蟬噪林逾靜，鳥鳴山更幽」詩意。❺「花多」句：說山中花開得晚，大概是因為地勢偏僻的緣故。參看白居易〈大林寺桃花〉：「人間四月芳菲盡，山寺桃花始盛開。」❻「猶隔」句：此句作者自注：「山中有西泉寺故基。」西泉：寺名。

## 送胡邦衡之新州貶所❶二首（選一）

王庭珪

### 其二

大廈元非一木支，欲將獨力拄傾危❷。癡兒不了官家事❸，男子❹要為天下奇。當日奸諛皆膽落❺，平生忠義只心知。端能飽吃新州飯，在處江山足護持❻。

【注釋】

❶胡邦衡：胡銓，字邦衡。紹興八年（一一三八）胡銓上書反對和議，並乞斬主持和議的秦檜，朝野為之震動，遂被秦檜迫害，貶為福州簽判。紹興十二年（一一四二）又被除名編管新州（今廣東新興），王庭珪寫了兩首詩為他送行，這是第二首。❷「大廈」二句：是說國勢危急，有如大廈將傾，非一木所能支撐，胡銓明知如此，還是不顧個人安危，盡力挽救危局。❸「癡兒」句：此句指斥秦檜誤國。作者〈故劉君德章墓誌銘〉云：「胡公得罪貶新州，余作送行詩有『癡兒不了官家事』之句，蓋指檜也。」參看黃庭堅〈登快閣〉❷。了官家事，謂辦妥官家政事。這裡以痴兒暗指秦檜。❹男子：指胡銓。❺當日：指紹興八年胡銓上書時。奸諛：指朝中奸佞小人。❻「端能」二句：這兩句是對胡銓的安慰勉勵，意思說只要能像蘇軾那樣胸懷坦蕩，那麼不管貶到何處，都能得到江山的保護。飽吃新州飯，謂胸懷坦蕩不以貶謫為意。杜甫〈病後過王倚飲贈歌〉：「但使殘年飽吃飯。」黃庭堅〈跋子瞻和陶詩〉：「飽吃惠州飯，細和淵明詩。」這裡即用其意。在處，到處、處處。

【解　說】

胡銓被除名編管新州時，天下噤口，獨王庭珪寫了〈送胡邦衡之新州貶所〉二首為他送行。第一首有「百辟動容觀奏牘，幾人回首愧朝班」之句，寫紹興八年胡銓上書時朝野震動，朝官自愧的情形。而這一首則稱讚胡銓獨力支撐危局的壯舉，並直截了當指斥秦檜等奸佞小人。充分體現了詩人仗義敢言的俠義精神。岳珂《桯史》卷十二說胡銓被貶之時，「一時士大夫畏罪箝舌，莫敢與立談，獨王盧溪庭珪詩而送之」。又楊萬里〈盧溪文集序〉云：「（胡銓）謫嶺表，盧溪先生以詩送其行，有『痴兒不了公家事』之句，小人飛語告之，時相怒，除名流夜郎。時先生年七十矣。於是先生詩名一日滿天下。」

據《宋人軼事彙編》卷十五引《東甌金石志》載，秦檜曾築一堂，名「了堂」，且賦詩記之有「欲了世緣那得了」之句。後秦檜當國時，有施全者刺秦不遂而被斬，據陸游《老學庵筆記》卷二載，斬施全時，觀者甚眾，其中一人朗言曰：「此不了事漢，不斬何為！」按此表面說施全，實際是指斥秦檜。王庭珪此詩也是以「不了官家事」直斥秦檜，毫不隱諱，可見他完全把自己安危置之度外了。

## 夜泊寧陵❶

韓　駒

汴水❷日馳三百里，扁舟東下更開帆❸。旦辭杞國❹風微北，夜泊寧陵月正南。老樹挾霜鳴窣窣❺，寒花垂露落毶毶❻。茫然不悟身何處，水色天光共蔚藍❼。

【注　釋】

❶此詩是北宋末年所作。寧陵：縣名，在今河南東部，商丘之西。詩題一作〈過汴河〉。❷汴水：汴河。在滎陽北出黃河，流經開封、杞縣、寧陵、商丘等地，東南流入淮河。❸「扁舟」句：寫舟行迅疾。一句中有兩層意思，船隨日馳三百里的水而東下，已見其疾；更加上順風張帆，益顯其迅速。❹杞國：古國名，地在今河南杞縣，北宋時為雍丘縣，在寧陵西北，相距約一百二十餘里。❺窣窣：音素素。象聲詞，這裡形容枝葉摩擦聲。❻毿毿：音三三。枝葉細長貌。❼「茫然」二句：寫入夜蒼茫迷離景色，水面倒映天光，上下一色，使人茫然不知置身何處。

【解說】

這是一首頗受時人稱道的詩，《詩林廣記》後集卷八引《小園解後錄》云：「人有問詩法於呂居仁，居仁令參子蒼此詩以為法。」《瀛奎律髓》卷十五選錄此詩，紀昀評云：「純以氣勝。」許印芳云：「東坡七律最長於此，子蒼此詩大似東坡。起法尤峭健，非斬盡枝葉者不能如此落筆。」賀裳《載酒園詩話》則說：「宋人極稱此詩，然亦間於情致，而減於氣格。」

## 春日即事❶二首（選一）

呂本中

其二

病起多情❷白日遲，強來庭下探花期。雪消池館初春後，人倚欄干欲暮時。亂蝶狂蜂俱有意，兔葵燕麥自無知❸。池邊垂柳腰支活，折盡長條❹為寄誰。

【注　釋】

❶本篇作於大觀二年（一一〇八），時作者寓居宿州（今屬安徽）。❷多情：雙關人與日，謂白日多情，遲遲不肯西落；亦謂人多情，雖是病後初起，仍強打精神到庭下採花。❸「亂蝶」二句：此二句可與李商隱〈二月二日〉「花鬚柳眼各無賴，紫蝶黃蜂俱有情」參看。又周邦彥〈夜飛鵲〉詞：「兔葵燕麥，向殘陽，欲與人齊。」兔葵，即菟葵，《爾雅．釋草》：「莃，菟葵。」郭璞注：「頗似葵而小，葉狀如藜，有毛。」燕麥，《爾雅．釋草》「蘥，雀麥」，晉郭璞注：「即燕麥也。」兔葵燕麥，劉禹錫〈再遊玄都觀〉詩序：「唯兔葵燕麥動搖於春風耳。」❹長條：指柳枝。古人有折柳枝贈別的習俗。

【解　說】

這首詩「雪消」一聯，鮮明生動，膾炙人口。宋張九成評云：「此自可入畫，人之情意，物之容態，二句盡之。」（《橫浦日新錄》）明胡應麟《詩藪》外編卷五則說此二句「時咸膾炙，不知已落詩餘矣」。就是說這兩句頗有小詞的味道。

## 兵亂後自嬉雜詩❶（二十九首選五）

呂本中

其一

晚逢戎馬❷際，處處聚兵時。後死翻為累❸，偷生未有期。積憂全少睡，經劫抱長飢。

欲逐范仔輩，同盟起義師❹。

其七

將士承恩澤❺，臨危勿擇安。牛衣寒臥易，馬革裹屍難❻。破虜陳奇計，策勳超達官❼。兜鍪未可忽，從古出貂冠❽。

其九

萬事多反覆❾，蕭蘭不辨真❿。汝為誤國賊，我作破家人。求飽羹無糝⓫，澆愁爵有塵⓬。往來梁上燕，相顧卻情親。

其二十四

君父圍城內⓭，忽逾三月期。六龍時臲卼⓮，百雉日孤危⓯。報國寧無策，全軀各有詞⓰：「旄頭漸低小，早晚定班師⓱。」

其二十七

偷生戎馬內，室宇半摧殘。假寐何曾着⓲，驚魂尚未安。風前花自妥⓳，雨後食猶寒。望斷京華⓴信，終宵淚不乾。

【注釋】

❶這組詩錄自南宋黃汝嘉刻江西詩派本《東萊先生詩集外集》卷三。兵亂：指靖康之難。靖康元年（一一二六）金軍攻陷汴京，靖康二年（一一二七）金軍退兵，擄宋徽宗、欽宗北去，北宋亡。當時呂本中在汴京城內，親歷這場變亂，詩即作於金軍退去之後。自嬉：這裡是抒發鬱悶，以求自我安慰、自我解脫的意思。❷戎馬：兵馬，代指戰亂。❸「後死」句：這句說戰亂之際，活下來反而是累贅。翻：反。原作「番」，據《瀛奎律髓》校改。❹「欲逐」二句：作者自注：「近聞河北布衣范仔起義師。」布衣，平民。逐，追隨。這是說欲追隨在河北起義的范仔等義軍，結成同盟，抗擊金兵。❺恩澤：指皇帝的恩惠。❻「牛衣」二句：這二句是說平時居家，安貧守窮，並不難做到，而到國難當頭時能挺身戰死沙場，就不那麼容易了。牛衣，以草編成的為牛禦寒用的覆蓋物。牛衣寒臥，典出《漢書・王章傳》，王章為諸生，貧病，「無被，臥牛衣中」。馬革裹屍，指戰死沙場，典出《後漢書・馬援傳》，馬援曰：「男兒要當死於邊野，以馬革裹屍還葬耳。」❼策勳：紀功於簡策。超達官：謂將士抗戰之功，超過了朝中達官公卿。❽「兜鍪」二句：這二句意即本此，是說戰士往往能在戰鬥中建立功勳，不可小看。兜鍪，戰士戴的頭盔，這裡代指戰士。鍪，音謀。貂冠，即貂蟬冠，古代達官顯貴所戴的冠上以蟬及貂尾為裝飾，稱貂蟬冠，這裡代指高官顯爵。《南齊書・周盤龍傳》載，南齊名將周盤龍以年老解軍職，改任散騎常侍、光祿大夫，齊武帝戲之云：「卿著貂蟬，何如兜鍪？」周答云：「此貂蟬從兜鍪中出耳。」❾萬：原作「黃」，據《瀛奎律髓》校改。反覆：變化無常。❿蕭蘭：屈原〈離騷〉：「余既滋蘭之九畹兮，又樹蕙之百畝。……何昔日之芳草兮，今直為此蕭艾也？」以蘭、蕙等香草象徵賢人君子；以蕭、艾等惡草象徵群小，又特指混在君子中的小人。後來詩文中遂沿用這一象徵。不辨真：謂戰亂之中人心世事變化無常，好人壞人難以分辨清楚。⓫羹無糝：羹中沒有米粒。糝：音傘。米飯粒。《墨子・非儒》：「孔丘窮于蔡、陳之間，藜羹不糝。」⓬爵有塵：酒杯上撲滿了灰塵，謂無酒澆愁。爵：盛酒器，此指酒杯。參見陳師道〈次韻春懷〉詩❸。⓭君父：指宋徽宗和宋欽宗。靖康元年閏十一月汴京被攻陷，宋徽宗和宋欽宗被金軍扣押在青城金營中，

至次年分別被擄北上。此首詩是追記徽、欽二帝被扣在青城時之事。⓮六龍：傳說中日神乘車，駕以六龍，後以指太陽；古代帝王車駕有六馬，故又用以代指帝王。李白〈上皇西巡南京歌〉：「六龍西幸萬人歡。」臲卼：音涅兀。動搖不安。《周易・困卦》：「困于葛藟，于臲卼。」柳宗元〈寄許京兆孟容書〉：「末路孤危，阪塞臲卼。」⓯「百雉」句：這句是說國家眼看就要滅亡。百雉：《左傳・隱公元年》：「都城過百雉，國之害也。」這裡借指京城。雉：音稚。古代計算城牆面積的度量名，方丈曰堵，三堵曰雉，一雉之牆，長三丈，高一丈。⓰「報國」二句：是說報效國家、挽救危亡，不是沒有辦法，只是朝中這些大臣為保全自己身家性命，各有各的打算和託辭。方回在《瀛奎律髓》中摘引此二句，稱為「佳句」，紀昀也說：「全軀各有詞，五字深痛，繪盡小人情狀。」參看杜甫〈有感〉：「領郡輒無色，之官皆有詞。」⓱「旄頭」二句：這二句是說旄頭星已漸漸低落暗淡，主金人失敗，早晚一定會罷兵停戰。這是「全軀各有詞」的大臣的託辭。參看同時鄧肅〈靖康迎駕行〉：「會看春風擁赭黃，萬民歌呼喜欲狂。天宇無塵瞻北極，旄頭落地化頑石。」用同一典故，則是表現抗戰勝利的信心和願望。旄頭，星名，即昴宿。《史記・天官書》：「昴曰旄頭，胡星也。」古人認為旄頭星是胡人的象徵，當其出現時，主胡兵入侵，中原戰亂。李白〈幽州胡馬客歌〉：「旄頭四光芒，爭戰如蜂攢。」而當其低落暗淡時，則象徵胡兵即將覆滅。岑參〈輪臺歌奉送封大夫出師西征〉：「輪臺城北旄頭落。」這裡即用其意。班師，還師。⓲假寐：不脫衣而睡。《詩・小雅・小弁》：「假寐永歎。」鄭玄箋：「不脫冠衣而寐曰假寐。」着：入睡。元慎〈景中秋〉詩：「強眠終不着，閑臥暗消魂。」⓳妥：通「墮」，落下。杜甫〈重過何氏〉詩：「花妥鶯捎蝶。」⓴京華：京師，京師為文物薈萃之地，故稱。這裡指汴京。此時呂本中已從汴京逃出來。

## 【解說】

這組詩，是靖康之難的紀實之作。靖康元年（一一二六）閏十一月末，金軍攻陷汴京。靖康二年（一一二七）三月金立張邦昌為傀儡皇帝，東路軍退師，擄宋徽宗北去。四月，西路軍退師，擄宋欽宗及皇后、太子北去，北宋滅亡。靖康之難時，呂本中被圍在汴京城中，目睹了軍民的抗戰，經歷了亡國的慘痛，他寫作了大量作品記錄自己的所見所聞所感，其中最重要的就是〈兵亂後自嬉雜詩〉二十九首。這組詩，是金兵退去後，詩人痛定思痛之作，反映了這次天翻地覆的大變亂在當時愛國士大夫心中造成的巨大震動。詩中既有對抵抗侵略、殊死抗戰的軍民和將士的歌頌，也有對貪生怕死、誤國誤民的官僚醜惡嘴臉的揭露，既表現了亡國亡家的悲痛，也表現了自己投身抗戰的願望。詩風悲愴蒼涼，沉痛真摯，顯然是學習杜甫的筆法。就內容的廣泛和藝術的成就而言，這組詩在他的詩集中顯得很突出，在當時詩壇上也當屬佼佼者。可以說，就其反映北宋亡國歷史的真實深廣而言，這組詩歌具有「詩史」的價值。

《瀛奎律髓》卷三十二選錄了這組詩中的第一、二、五、九、十四等五首，題作〈兵亂後雜詩〉。方回評云：「老杜後始有此。」紀昀評云：「五首全摹老杜，形模亦略似之。」

## 蘇秀道中，自七月二十五日夜大雨三日，秋苗以蘇，喜而有作❶

曾　幾

一夕驕陽轉作霖❷，夢回涼冷潤衣襟。不愁屋漏床床濕❸，且喜溪流岸岸深❹。千里稻花應秀色❺，五更桐葉最佳音❻。無田似我猶欣舞，何況田間望歲❼心。

【注　釋】

❶蘇：今江蘇蘇州。秀：秀州，今浙江嘉興。❷霖：久雨。《左傳・隱公元年》：「凡雨，自三日以往為霖。」❸「不愁」句：語出杜甫〈茅屋為秋風所破歌〉：「床床屋漏無乾處。」❹「且喜」句：語出杜甫〈春日江村五首〉：「春流岸岸深。」❺「千里」句：借用唐殷堯藩〈喜雨〉詩「千里稻花應秀色」成句。❻「五更」句：此句參看作者〈夏夜聞雨〉：「自為豐年喜無寐，不關窗外有芭蕉。」佳音：這裡指雨打梧桐的聲音。❼望歲：盼望豐收年成。歲：指一年的農事收成。

**【解　說】**

《瀛奎律髓》卷十七方回評云：「三、四已佳，五、六又下得『應』字、『最』字，有精神。」紀昀評云：「精神飽滿，一結尤完足酣暢。」

## 癸未❶八月十四日至十六夜月色皆佳

曾　幾

年年歲歲望中秋，歲歲年年霧雨愁。涼月風光三夜好，老夫懷抱一生休❷。明時諒費銀河洗，缺處應須玉斧修❸。京洛胡塵滿人眼，不知能似浙江不❹？

**【注　釋】**

❶癸未：南宋孝宗隆興元年（一一六三）。❷「涼月」二句：承上二句，說年年中秋盼月，如今接連三夜月色皆佳，一生愛月的情懷總算得以了結。作者時已八十歲，故云。❸玉斧修：段成式《酉陽雜俎》卷一載，鄭仁本表弟與王秀才遊嵩山，遇見一人，言月乃七寶合成，「月勢如丸，其影，日爍其凸處也。常有八萬二千戶修之，

予即一數」，因打開所攜包袱，有斧鑿等工具。後來相承有玉斧修月之傳說。蘇軾〈正月一日雪中過淮謁客回作〉：「從來修月手，合在廣寒宮。」又王安石〈題扇〉詩：「玉斧修成寶月圓。」這裡詠月，即用此典。❹「京洛」二句：是說中原淪陷之地，胡塵滿眼，不知月色能不能像浙江這樣美好？作者此時在臨安（今浙江杭州），故云。京洛，泛指中原地區。不：同「否」。

【解　說】

方回《瀛奎律髓》卷二十二選錄此詩，紀昀評云：「純以氣勝，意境亦闊。」許印芳評云：「前半老而健，故無頹唐之病。……結意沉著，妙在從容不迫，舉重若輕。」

## 春　陰❶

朱　弁

關河迢遞❷繞黃沙，慘慘陰風塞柳斜。花帶露寒無戲蝶，草連雲暗有藏鴉❸。詩窮莫寫愁如海❹，酒薄難將夢到家❺。絕域東風竟何事，只應催我鬢邊華❻！

【注　釋】

❶建炎二年（一一二八），朱弁為通問副使赴金，在金被拘留十六年。這首詩是朱弁拘留在金時所作，寫塞北春天的陰冷、寒窘，婉曲寄託對故國故鄉的懷念。❷關河：泛指山河。迢遞：遠貌。❸「花帶」二句：寫塞外春景的蕭瑟。言外是以江南明媚春光作為對照。❹「詩窮」句：此句是說自己作詩的本領無法把海一樣深的憂愁表達出來。詩窮：詩技已窮。❺「酒薄」句：此句意思曲折，是說自己被留在異鄉，要回故國除非在夢裡；但

因思念卻無法入睡，只得借酒力幫助；可是酒太淡薄，還未把夢送到家便酒醒夢回了。酒薄：酒淡而酒力薄。將：扶助、攜帶。❻「絕域」句：這二句是說塞北的春天沒有什麼花，春風也很寒冷，只是把人的頭髮吹白，促人容顏衰老。絕域：極遠的地域。華：指頭髮花白。

## 登岳陽樓❶（二首選一）

陳與義

### 其一

洞庭之東江水西，簾旌不動❷夕陽遲。登臨吳蜀橫分地❸，徙倚湖山欲暮時。萬里來遊還望遠，三年多難更憑危❹。白頭弔古風霜裡，老木蒼波無限悲。

### 【注釋】

❶岳陽樓：在今湖南岳陽洞庭湖邊。此詩是建炎二年（一一二八）秋陳與義避戰亂流亡到湖南時作。❷簾旌不動：暗示樓上的清冷寂寞。簾旌：樓上懸掛的帷幔。❸吳蜀橫分地：三國時吳與蜀爭奪荊州，吳國魯肅率兵萬人駐紮在岳陽，故云。❹「萬里」二句：這兩句用杜甫〈登高〉「萬里悲秋常作客，百年多病獨登臺」的句法和意境。萬里來遊，謂自己從中原避亂南來，行程萬里。三年多難：指自己從靖康元年（一一二六）開始逃難，三年之間，歷盡千辛；兼指戰亂三年，國家多難。憑危：憑高，謂登樓。

### 【解說】

《瀛奎律髓》卷一方回評云：「簡齋〈登岳陽樓〉凡三詩……近逼山谷，遠詣老杜。」紀昀評云：「意境宏深，真逼老杜。」許印芳評云：「首句用古調，唐人每有此格。五、六乃折腰句，意味深厚。……此篇則通體警策，句句可加密圈。」

# 傷春❶

陳與義

廟堂無策可平戎，坐使甘泉照夕烽❷。初怪上都聞戰馬❸，豈知窮海看飛龍❹！孤臣霜髮三千丈❺，每歲煙花一萬重❻。稍喜長沙向延閣，疲兵敢犯犬羊鋒❼。

【注　釋】

❶這首詩作於建炎四年（一一三〇）春。上年末，金兵渡江南下，破建康、臨安、越州，宋高宗從海上逃跑。這年春，金兵破明州，從海道追高宗，不及。宋高宗泛海逃至溫州。詩即感此而作。傷春：借傷春而感傷國事，與杜甫〈傷春〉「天下兵雖滿，春光日自濃」和〈春望〉「國破山河在，城春草木深」的命意相同。❷「廟堂」二句：這二句說朝廷無平戎之策，無人抵抗，因此使得金兵長驅深入。甘泉，漢宮名，漢文帝時，匈奴入侵，報警的烽火「通於甘泉、長安數月」（《史記・匈奴列傳》）。❸怪：驚怪。上都：京城，指北宋都城汴京。聞戰馬：指發生戰事，這是說正在為汴京淪陷而痛心。❹「豈知」句：這句說怎會料到皇帝竟被追趕逃往海上。豈知：哪裡料到。窮海：僻遠的海上。飛龍：指皇帝，這裡指宋高宗。❺孤臣：失君之臣，這裡是詩人自指。霜髮三千丈：用李白〈秋浦歌〉：「白髮三千丈，緣愁似箇長。」❻「每歲」句：用杜甫〈傷春〉詩：「關塞三千里，煙花一萬重。」❼「稍喜」二句：建炎三年，金兵圍攻潭州，向子諲率軍民堅守，城破，又督兵巷戰，

後突圍而出，繼續率軍抵抗金兵。這二句即指此事。向延閣，向子諲，字伯恭，當時任潭州（今湖南長沙）知州。延閣是漢代皇家藏書處，向子諲曾任直祕閣學士，故這樣稱呼他。疲兵，指向子諲所率的部隊。犬羊，對金兵的蔑稱。

【解說】

陳與義有詩說：「但恨平生意，輕了少陵詩。」（〈正月十二日自房州城遇虜至奔入南山〉）他雖然很早就學習杜詩，但真正體會到杜詩的精神，還是在南渡之後。他在兵荒馬亂的逃難之中，嘗盡流離之苦，才對杜甫詩歌的精神有了切身的感受，學習杜詩才有了明確的方向。這首〈傷春〉，作於南渡初年的戰亂環境中，是陳與義學習杜詩的最重要的作品之一。詩篇感懷國事、焦慮時局、讚頌抗金軍民，情調沉鬱悲壯，風格雄渾深沉，很明顯，不僅學習杜甫感傷時亂、憂國憂民的精神，同時也效法杜詩蒼涼沉鬱的風格。楊萬里稱讚他「詩宗已上少陵壇」（〈跋陳簡齋奏章〉），這首詩即可見一斑。

## 觀雨❶

陳與義

山客龍鍾❷不解耕，開軒危坐❸看陰晴。前江後嶺通雲氣，萬壑千林送雨聲。海壓竹
枝低復舉❹，風吹山角晦還明。不嫌屋漏無乾處❺，正要群龍洗甲兵❻。

【注釋】

❶本篇作於建炎四年（一一三〇）夏，這時陳與義流寓邵陽（今屬湖南）紫陽山中。❷山客：詩人自稱。龍鍾：

疲憊貌，又形容老態。❸危坐：端坐。❹海：指暴雨，雨大而猛，有如翻江倒海，故云。低復舉：形容竹枝在雨中的偃仰之態。❺「不嫌」句：用杜甫〈茅屋為秋風所破歌〉：「床床屋漏無乾處。」❻「正要」句：用杜甫〈洗兵馬〉：「淨洗甲兵長不用。」

## 北風❶

劉子翬

雁起平沙晚角哀，北風回首恨難裁❷。淮山已隔胡塵斷❸，汴水猶穿故苑來❹。紫色蛙聲真倔強❺，翠華龍衮暫徘徊❻。廟堂此日無遺策，可是憂時獨草萊❼。

### 【注釋】

❶本篇大約作於南宋建炎末年。❷「北風」句：用李白〈北風行〉：「黃河捧土尚可塞，北風雨雪恨難裁。」❸「淮山」句：說淮河一帶山地已遮斷了金兵的戰塵。宋高宗於建炎元年（一一二七）即位後，隨即渡淮河逃往揚州，欲借江淮屏障避金軍鋒芒。但建炎三年（一一二九）初金兵即進攻淮河流域，宋高宗又倉皇出奔，渡江南逃。這裡說淮山已隔斷胡塵，是作者的反話。❹汴水：汴河，流經汴京，東南流至泗州進入淮河。故苑：指北宋汴京故宮。❺紫色：紅與藍合成的顏色，古人認為紫色非正色。蛙聲：不合正統樂律的淫邪之聲。《漢書．王莽傳贊》：「紫色蛙聲，餘分閏位。」顏師古注：「應劭曰：『紫，間色；蛙，邪音也。』蛙者，樂之淫聲，非正曲也。」後多以紫色蛙聲指邪僻勢力，或形容以假充真。這裡指金人於靖康二年（一一二七）所立的張邦昌和建炎四年（一一三〇）所立的劉豫兩個傀儡皇帝。倔強：這裡是頑固的意思。❻「翠華」句：這句指建炎年間宋高宗被金兵追得到處逃跑。參看陳與義於建炎三年寫的〈次韻尹潛感懷〉：「可使翠華周宇縣？」翠華：

旗竿上飾有翠羽的旗幟，古代用作帝王的儀仗。龍袞：皇帝的朝服，上繡龍紋。❼「廟堂」二句：這二句是說朝廷的國策並未失算，並不僅僅是我一人在為國事憂慮。這是委婉的反語，語帶譏諷。廟堂，宗廟明堂，古代帝王遇大事即告於宗廟，議於明堂，因以廟堂借指朝廷。遺策，失策、失算。草萊，田野，喻指草野平民，這裡是作者自稱。

【解說】

屏山詩頗善於發端，此詩首二句意象高遠，音調和諧，悲情難抑，雖借鑑了李白的詩句，但感慨之深，尤有過之。《瀛奎律髓》卷三十二方回評此首云：「忠憤至矣。五、六尤精，命意尤切。」紀昀評云：「末二句沉鬱之至感慨至深，其音哀厲，而措語渾厚，風人之旨如斯。」

## 春望❶

劉子翬

杳杳❷盡寒色，乘高❸望更迷。曉晴山氣上，春漲野橋低。幽鳥啼無伴，閒花發欲齊。
幾多沉寂景，醉筆為提撕❹。

【注釋】

❶這是南宋紹興年間劉子翬退居屏山（今福建崇安西南）時作。❷杳杳：深遠貌。❸乘高：登高。❹「幾多」二句：此二句是說景物很美，但沉寂而不為人知，自己欲用詩歌表現出來向世人展示。提撕，提引、提起。引申為提醒。這裡是標舉出來使之顯豁的意思。撕，音西。

## 元夜❶三首（選一）

朱淑真

### 其三

火燭銀花觸目紅，揭天鼓吹❷鬧春風。新歡入手愁忙裡❸，舊事驚心憶夢中。但願暫成人繾綣❹，不妨常任月朦朧。賞燈那得工夫醉，未必明年此會❺同。

【注釋】

❶元夜：陰曆正月十五為上元節，上元之夜稱元夜，又叫元宵。歷來有元夜觀燈的風俗。此詩寫詩人與情人在元夜約會觀燈的感想，是宋詩中不多見的題材。約會的地點大約是南宋都城臨安（今浙江杭州）。此詩另一首有「墜翠遺珠滿帝城」、「歸來禁漏逾三四」之類的句子，以此推知。❷揭天：猶言沖天。鼓吹：鼓樂聲。吹，讀為去聲。鮑照〈蕪城賦〉：「歌吹沸天。」❸新歡：一本作「欣歡」。入手：到手、到來。愁忙裡：為相聚時間短暫匆忙而愁。❹「但願」句：此句承「新歡」二句而言。繾綣：猶言纏綿，形容情意深厚，難分難捨。❺明年此會：語出杜甫〈九日藍田崔氏莊〉詩：「明年此會知誰健。」

## 送七兄赴揚州帥幕❶

陸　游

初報邊烽照石頭❷，旋聞胡馬集瓜州❸。諸公誰聽芻蕘策❹，吾輩空懷畎畝憂❺。急雪打窗心共碎，危樓望遠涕俱流❻。豈知今日淮南路，亂絮飛花送行舟。

【注　釋】

❶此詩作於紹興三十二年（一一六二），時陸游在朝任大理司直，兼宗正簿。七兄：姓名生平不詳。赴揚州帥幕：指到淮南東路安撫司擔任幕僚。揚州：州治在今江蘇揚州，當時是淮南東路治所。帥幕：帥司幕府。宋代各路設安撫司，掌軍事及民政，稱帥司。❷「初報」句：此句寫紹興三十一年（一一六一）九月至十二月金完顏亮的南侵。據《宋史・高宗紀》，十月，金軍犯真州，真州陷落；十一月，金軍陷和州。真州在南京東，和州在南京西南，當時南京形勢十分危急。石頭：石頭城，即今江蘇南京。❸瓜州：又作「瓜洲」，在今江蘇揚州境內，長江北岸，大運河入長江處。據《宋史・高宗紀》，紹興三十一年十一月，「金人犯瓜州，……鐵騎奄至江上」。❹諸公：指朝廷顯宦，語出杜甫〈醉時歌〉「諸公袞袞登臺省」。芻蕘：割草打柴的人，代指地位低下的人。《詩・大雅・板》：「先民有言，詢于芻蕘。」❺畎畝憂：普通百姓對國事的憂慮。畎畝：泛指田地。這裡借指田間小民。畎：音犬。田間小溝。❻「急雪」二句：這二句寫當時為國事憂慮的心情。危樓，高樓。

【解　說】

《唐宋詩醇》卷四十二評云：「但覺忠憤填胸，不復論其造句之警，此子美嫡嗣，他人不能到也。」

## 遊山西村❶

陸　游

莫笑農家臘酒❷渾，豐年留客足雞豚。山重水複疑無路，柳暗花明又一村❸。簫鼓追隨春社❹近，衣冠簡樸古風存。從今若許閒乘月❺，拄杖無時夜扣門。

【注　釋】

❶這首詩作於乾道三年（一一六七），在此之前，陸游任隆興府（今江西南昌）通判，因曾支持張浚北伐，受主和派的彈劾，於乾道二年罷官，歸故鄉山陰，居鏡湖三山。此詩即在故鄉作。❷臘酒：臘月裡釀製的酒。❸「山重」二句：這二句所寫意境參看王維〈藍田山石門精舍〉：「遙愛雲木秀，初疑路不同，安知清流轉，忽與前山通。」又王安石〈江上〉：「青山繚繞疑無路，忽見千帆隱映來。」又蘇轍〈絕句〉：「亂山環合疑無路，小徑縈回長傍溪。」又南宋初強彥文詩：「遠山初見疑無路，曲徑徐行漸有村。」（周煇《清波別志》卷中引）柳暗花明，從陳師道〈登燕子樓〉詩「綠暗連村柳，紅明委地花」化出。❹春社：古時春天祭祀土神的日子，即立春後的第五個戊日。見《歲時廣記》卷十四。❺閒乘月：乘著月光閒遊。

【解　說】

這是陸游的名篇。詩寫陸游與農民的深厚交情。首聯寫農家的好客和詩人的感動，「莫笑」二字最值得體味。「山重」一聯是此詩警策，寫山西村的環境，「山重水複」寫環境的幽深，「柳暗花明」則在一個山環水繞的環境中突出一個有花木良田的小村莊。上句「疑無路」是一層轉折，寫人在幽深曲折的山間的心理活動，突出山水之引人入勝；下句「又一村」，又一層轉折，寫出突然見到小村莊時的意外驚喜，突出心情的豁然開朗。這兩句生動流麗，而有曲折頓挫，同時包含了生活中的某種哲理。「簫鼓」一聯，寫山西村民情風俗。結尾兩句則表明對山西村的熱愛，探詢的口吻，顯得更加情深意長。

此詩語言自然生動，流暢輕快，充分體現了陸游駕馭詩歌語言的工力。《唐宋詩醇》卷四十二評云：「有如彈丸脫手，不獨善寫難狀之景。」

## 夜泊水村❶

陸　游

腰間羽箭❷久凋零，太息燕然未勒銘❸。老子猶堪絕大漠❹，諸君何至泣新亭❺。一身報國有萬死，雙鬢向人無再青。記取江湖泊船處，臥聞新雁落寒汀❻。

【注　釋】

❶這首詩是淳熙九年（一一八二）所作，陸游在故鄉山陰閒居。❷腰間羽箭：語出杜甫〈丹青引〉：「猛將腰間大羽箭。」❸太息：深深地歎息。燕然：山名，在今蒙古境內。勒：刻。《後漢書・竇憲傳》載，漢和帝永元元年，竇憲率部追擊北匈奴，登燕然山，「刻石勒功，紀漢威德」。這裡是說未能為國立功。❹「老子」句：這句是說自己年老，但還能橫渡大漠，奮戰沙場。老子：詩人自指。絕：渡越。❺「諸君」句：此句典出《世說新語・言語》，晉室南渡，過江士大夫在新亭宴飲，周顗說：「風景不殊，正自有山河之異。」眾人相視涕泣，惟王導說：「當共戮力王室，克復神州，何至作楚囚相對！」新亭：在今江蘇南京南。❻汀：水邊平地。

## 書　憤❶

陸　游

早歲那知世事艱，中原北望氣如山❷。樓船夜雪瓜洲渡，鐵馬秋風大散關❸。塞上長城空自許❹，鏡中衰鬢已先斑。〈出師〉一表真名世❺，千載誰堪伯仲間❻。

## 【注釋】

❶淳熙十三年（一一八六）正月作，時陸游在故鄉山陰。❷中原北望：即北望中原。氣：氣概，謂壯志。❸「樓船」二句：這二句寫陸游早年的經歷。上句指隆興二年（一一六四）在鎮江（今屬江蘇，與瓜洲隔江相望）任通判時事。當時主戰大臣張浚督軍江淮，操練兵馬，增置戰艦，陸游與張浚幕僚過從甚密。下句指乾道八年（一一七二）在南鄭王炎幕府時事。當時他曾度過了鐵馬金戈的軍中生活，後來在〈懷昔〉詩中說：「營者戍梁益，寢飯鞍馬間，一日歲欲暮，揚鞭臨散關。」樓船，指南宋戰艦。瓜洲渡，在今江蘇揚州境內，長江北岸，大運河入長江處。鐵馬，披鐵甲的戰馬。大散關，在今陝西寶雞西南大散嶺上，當秦嶺咽喉，扼川陝交通孔道，是當時宋金交界的關隘重鎮。❹「塞上」句：此句是說空自期許為可以保衛國家的萬里長城。南朝宋文帝時，名將檀道濟因遭疑被殺，檀臨死前脫幘投地說：「乃復壞汝萬里長城！」（見《宋書・檀道濟傳》）❺〈出師〉一表：三國時蜀相諸葛亮出師北伐曹魏前給後主上奏章中述伐魏的決心，稱為〈出師表〉。名世：名傳後世。❻「千載」句：這句是說千載之下，有誰能與諸葛亮相比呢？伯仲間：語出杜甫〈詠懷古跡〉「伯仲之間見伊呂」，是杜甫稱讚諸葛亮的話。伯仲，原指兄弟次第，長為伯，次為仲，後用以指相差不遠的關係、地位或次序等。

## 【解說】

此詩集中寫一個「憤」字。陸游此時遭罷黜而退居山陰，面對衰敗國勢，感慨壯志難酬，撫今追昔，為江山殘破而憤，為壯志難酬而憤。開篇兩句寫早年宏圖大志；三、四句以兩個典型場面概括自己早年壯志和抗金經歷，同時也概括了當時軍民的抗金鬥爭，因此這是高度概括又高度寫實的兩句詩；五、六兩句揭示理想與現實的矛盾，強調心情的悲憤；結尾兩句借稱讚諸葛亮感慨自己恢復中原的壯志難以實現。《瀛奎律髓》卷三十二方回評云：「悲壯感慨，不當徒以虛語視之。」紀昀評云：「此種詩是放翁不可磨處。集中有此，如屋有柱，如人有骨。」方東樹《昭昧詹言》卷二十評云：「志在立功，而有才不遇，奄忽就衰，故思之而有憤也。妙在三、四句兼寫景象，聲色動人。」

「樓船」一聯，又是陸游律詩中十分著名的對仗，詩句高度濃縮，各以三個名詞構成，寫出地點、環境，渲染壯烈的場面，意境莊嚴、蒼涼、悲壯、雄闊，不愧為陸游代表作中的警策。當然，這兩句之所以好，還在於它是以詩人情操、壯志、抱負和一生經歷為底蘊的。

## 臨安春雨初霽❶

陸游

世味❷年來薄似紗，誰令騎馬客京華❸。小樓一夜聽春雨，深巷明朝賣杏花❹。矮紙斜行閑作草❺，晴窗細乳戲分茶❻。素衣莫起風塵歎❼，猶及清明可到家❽。

【注釋】

❶淳熙十三年（一一八六）春，陸游被任為朝請大夫、權知嚴州（今浙江建德），奉召自山陰赴臨安覲見皇帝。詩即在臨安作。臨安：今浙江杭州，南宋於紹興八年（一一三八）建都於此。霽：雨止。❷世味：對世俗情事的興味。❸京華：即京城。❹「小樓」二句：從陳與義〈懷天經智老因訪之〉詩「杏花消息雨聲中」化來。北宋都城汴京和南宋都城臨安都有賣花的風習。歐陽修《六一詩話》記載北宋汴京流行「賣花擔上看桃李」的詩句，宋徽宗〈宮詞〉有「隔簾遙聽賣花聲」之句。與陸游同時的王季夷〈夜行船〉詞亦有句云：「小窗人靜，春在賣花聲裡。」晚於陸游的史達祖〈夜行船〉云：「小雨空簾，無人深巷，已早杏花先賣。」張炎〈端正好〉

云：「深巷明朝休起早，空等賣花人到。」都化用了陸詩的意境。❺矮紙：幅面短小的紙。草：草書。閒作草：宋代流行有「事忙不及草書」的諺語，陳師道〈石氏畫苑〉詩也說：「卒行無好步，事忙不草書。」故這裡說「閒作草」。❻細乳：烹茶時浮於盞面的細白泡沫，又稱乳花。崔珏〈美人嘗茶行〉：「松雨聲來乳花熟。」以其色白，故稱。《苕溪漁隱叢話》前集卷四十六說福建北苑貢茶，質精價高，「分試，其色如乳」。分茶：宋代流行的一種烹茶方法，宋人詩詞中經常提到。楊萬里〈澹庵坐上觀顯上人分茶〉：「分茶何似煎茶好，煎茶不似分茶巧。」陳與義有〈與周紹祖分茶〉詩。陸游〈過湖上僧庵〉詩也有「瑞茗分成乳泛杯」之句。又曾幾〈迪侄屢餉新茶〉詩云：「欲作柯山點（自注：所謂衢點也），當令阿造分（自注：造侄妙於擊拂）。」因知分茶即點茶之一種。蔡襄《茶錄》：「凡欲點茶，先須熁（音協，火迫）盞令熱。……先注湯，調令極勻。又添注入，（以茶筅）環回擊拂。湯上盞可四分則止。視其面色鮮白著盞無水痕為絕佳。」蔡京〈延福宮曲宴記〉記宋徽宗曲宴臣僚，「命近侍取茶具，親手注湯擊拂，少頃，白乳浮盞面，如疏星淡月」。❼「素衣」句：用陸機〈為顧彥先贈婦〉詩「京洛多風塵，素衣化為緇」語意。❽「猶及」句：說還可以趕在清明時回家。陸游在宋孝宗召見之後，於三月還山陰小住，至七月始赴嚴州任所。

## 【解說】

陸游極富於詩人氣質，善於從平凡日常生活中發現、捕捉詩意，這首詩就是一個例證。「小樓」一聯，由春雨聲推想到杏花即將盛開，春意已經很濃，雖未見花，而春的氣息已無往而不在了。上句是實寫，下句虛寫。上句是耳之所聞，下句是由耳聞引起的聯想，由聽覺形象喚起視覺形象，進而感受到無往不在的春意。詩意豐厚而句律流暢輕快，對仗工穩而圓美俊逸，確乎是神來之筆。

關於「閒作草」和「戲分茶」的對仗，也值得一說。分茶大約是點茶中講究技巧、帶有藝術性質的一種茶藝，故注引楊萬里詩以「巧」字加以形容。又楊詩中還有兩句說：「銀瓶首下仍尻高，注湯作字勢嫖姚。」印證以宋人所撰《清異錄》記載一位叫福全的僧人「能注湯幻茶成一句詩，並點四甌，共一絕句，泛乎湯表」，可見分茶須以技巧使湯面茶乳幻出字跡圖形之類。向子諲〈浣溪沙〉詞題注云：「趙總持以扇頭來乞詞，戲有此贈。趙能著棋、寫字、分茶、彈琴。」於此又知分茶是與圍棋、書法、彈琴等並提的技藝。參見金董解元《西廂記諸宮調》卷一說張生「苦愛詩書，素閒琴畫，……選甚嘲風詠月，擘阮分茶」。元關漢卿〈南呂・一枝花・不伏老〉也說：「分茶攧竹，打馬藏鬮。」石君寶《紫雲庭》雜劇：「寫字吟詩，彈琴擘阮，攧竹分茶。」無名氏《百花亭》雜劇：「撇蘭攧竹，寫字吟詩，蹴鞠打諢，作畫分茶。」也都以分茶與其他各種藝術和遊藝活動並提。故陸游這裡以「戲分茶」和「閑作草」對仗，並非泛泛著筆。「戲」字和「閑」字，都是值得體味之處。

## 書室明暖，終日婆娑其間，倦則扶杖至小園，戲作長句二首❶（選一）

陸　游

### 其　二

美睡宜人勝按摩，江南十月氣猶和❷。重簾不捲留香久，古硯微凹聚墨多。月上忽看梅影❸出，風高時送雁聲過。一杯❹太淡君休笑，牛背吾方扣角歌❺。

【注　釋】

❶紹熙五年（一一九四）陸游家居山陰時作。婆娑：盤桓、逗留。盧照鄰〈釋疾文〉：「余羸臥不起，行已十

年。宛轉匡床，婆娑小室。」又形容逍遙自得的樣子。《文選・班彪〈北征賦〉》：「登障隧而遙望兮，聊須臾以婆娑。」李善注：「婆娑，容與之貌也。」參看陸游〈漁父〉詩：「數十年來一短簑，死期未到且婆娑。」❷和：和暖。❸梅影：指月照梅花映於窗上之影。❹一杯：指酒。❺「牛背」句：此句典出《呂氏春秋・舉難》，春秋時甯戚窮困，飯牛居車下，遇齊桓公，因擊牛角而歌，桓公聞而知為非常之人，遂載歸，拜為上卿。後遂以「扣角而歌」指有才而未遇，或表示窮困潦倒等意思。李白〈笑歌行〉：「甯武子，朱買臣，扣角行歌背負薪。」參看陸游〈飯牛歌〉：「人生得飽萬事足，舍牛相齊何足言。」扣角：敲打牛角。

## 過揚子江❶（二首選一）

楊萬里

### 其一

祇有清霜凍太空，更無半點荻花風。天開雲霧東南碧，日射波濤上下紅。千載英雄鴻去外，六朝形勝雪晴中❷。攜瓶自汲江心水，要試煎茶第一功❸。

【注　釋】

❶淳熙十六年（一一八九）九月，楊萬里奉召還臨安為祕書監，冬，借為煥章閣學士充金國賀正旦使接伴使。此詩是自臨安赴淮河迎接金國使者途中，自鎮江過長江時作。揚子江：長江在江蘇揚州以下的別稱。❷「千載」二句：這二句借古諷今，千載英雄，既指歷史上的英雄人物，亦暗指南宋初年的抗金將領劉錡、岳飛、韓世忠、張浚等。六朝形勝，既是懷古，亦暗諷南宋朝廷的偏安江南。六朝，指以建康（今江蘇南京）為都城的東吳、

東晉、宋、齊、梁、陳六個偏安江左的朝代。形勝，山川勝跡。❸「攜瓶」二句：江心水，指鎮江西北金山上的中冷泉，當時金山在長江中。第一功，典出《史記．蕭相國世家》，漢高祖定天下，論功行封，以蕭何功最高，列為功臣之首，眾人不服，說「蕭何未嘗有汗馬之勞，徒持文墨議論，不戰，顧反居臣等上，何也？」鄂千秋說蕭何為漢王保全後方、補充兵員糧草等，「此萬世之功也」。劉邦「乃令蕭何第一」。後便用以指無汗馬之勞、不戰而奪得頭功。杜甫〈投贈哥舒開府翰二十韻〉：「今代麒麟閣，何人第一功？」李商隱〈四皓廟〉：「蕭何只解追韓信，豈得虛當第一功？」王禹偁〈滎陽懷古〉：「漢家青史緣何事，卻道蕭何第一功？」

## 【解說】

《瀛奎律髓》卷一方回評此詩說：「中兩聯俱爽快，且詩格尤高。」但對詩意的理解，關鍵還在最後兩句。「第一功」的典故，宋人常用來詠茶之功效。黃庭堅〈奉同六舅尚書詠茶．煎〉：「深注寒泉收第一。」陳師道〈寄豫章公三首〉：「密雲不雨臥烏龍，已足人間第一功。」任淵《後山詩注》云：「言未戰而勝睡魔也。」楊萬里用此典，既是詠茶，又暗含了諷刺的意思。據陸游《入蜀記》卷一，金山頂上有吞海亭，當時「每北使（金國使者）來聘，例延至此亭烹茶」。楊萬里此行是迎接金國使者，過江見金山，自然想到吞海亭烹茶一事，因而說自己準備按照朝廷的規定，在吞海亭為金國使者烹茶盡禮，試試這個不戰而「征服」敵人的「好」辦法。言外之意是諷刺朝廷放棄抗戰，反而對金人殷勤備至。楊萬里此行所作的〈雪霽曉登金山〉即云：「大江端的替人羞，金山端的替人愁。」正好補充了此二句未完全說出來的意思。清人紀昀解釋此二句說：「結乃謂八代不留，江山空在，悟紛紛擾擾之無益，且汲江煎茶，領略現在耳。」顯然理解不對。

## 題盱眙軍東南第一山❶（二首選一）

楊萬里

### 其一

第一山頭第一亭，聞名未到負平生。不因王事略小出，那得高人同此行❷。萬里中原青未了❸，半篙淮水碧無情❹。登臨不覺風煙暮，腸斷漁燈隔岸❺明。

【注釋】

❶這是淳熙十六年（一一八九）楊萬里任接伴使出使到淮河邊時所作。盱眙：音吁怡。治所在今江蘇盱眙，北臨洪澤湖，當淮河入洪澤湖的入口處。宋金當時以淮河為界，盱眙是宋金分界線宋方一側的邊境重鎮，也是雙方的交通要道。第一山：指盱眙境內的南山，米芾命名為「第一山」。《苕溪漁隱叢話》後集卷三十五云：「淮北之地平夷，自京師至汴口，並無山，惟隔淮方有南山，米元章名其山為第一山。」又周密《齊東野語》卷十二載，紹興、淳熙年間，「聘使往來，旁午於道，凡過盱眙，例遊第一山，酌玻璃泉，題詩石壁，以記歲月，遂成故事」。❷「不因」二句：這二句說，若不是奉命出使，哪能有與前輩高人一樣遊覽東南第一山的機會？王事，這裡指奉朝廷之命來接待金國使者。高人，指曾遊覽此山並留下題刻的前輩名人，如曾題詩詞刻石於山的米芾和蘇軾等人。❸青未了：語出杜甫〈望嶽〉：「齊魯青未了。」❹半篙：水深僅及半篙。篙：撐船的竹竿。碧無情：因淮水隔斷南北，故云。參看作者此行所作〈初入淮河四絕句〉其一：「中流以北即天涯。」其二：「長淮咫尺分南北。」❺隔岸：對岸，指金占領區一側。

## 雪❶

尤袤

睡覺❷不知雪，但驚窗戶明。飛花厚一尺，和月照三更。草木淺深白❸，丘塍❹高下平。飢民莫咨怨❺，第一念邊兵❻。

### 【注釋】

❶此詩見《瀛奎律髓》卷二十一〈雪類〉。❷睡覺：睡醒。❸「草木」句：說草木被雪覆蓋，不論高的矮的，一望皆白。❹塍：音乘。同「塍」，田埂，田間界路。❺咨怨：歎息、嗟怨。❻「第一」句：暗用歐陽修在晏殊園中賞雪時所作之〈晏太尉西園賀雪歌〉：「主人與國共休戚，不唯喜悅得豐登。須憐鐵甲冷徹骨，四十餘萬屯邊兵。」

### 【解說】

尤袤是南宋中興四大詩人之一，但其詩集已散佚，從現存的作品看，藝術水準似不及陸游、楊萬里和范成大。此詩語言平淡而有寄託，是尤袤現存詩作中的佼佼者，《瀛奎律髓》卷二十一方回評云：「見雪而念民之飢，常事也。今不止民飢，又有邊兵可念。……然則凡賦詠者，又豈但描寫物色而已乎？」紀昀評云：「描寫物色，便是晚唐小家，處處著論，又落宋人習徑，宛轉相關，寄託無跡，故應別有道理在。」又說：「有為而作，便覺深厚。」

## 九日登天湖，以菊花須插滿頭歸分韻賦詩得歸字❶

朱熹

去歲瀟湘重九時❷，滿城風雨❸客思歸。故山此日還佳節，黃菊清樽更晚暉❹。短髮無多休落帽❺，長風不斷且吹衣❻。相看下視人寰小❼，只合從今老翠微❽。

【注釋】

❶這首詩作於乾道四年（一一六八）秋，這時朱熹在崇安家中。九日：九月九日，重陽節。天湖：山名。菊花須插滿頭歸：杜牧〈九日齊山登高〉詩句。❷瀟湘：瀟水和湘江，在湖南境內。乾道三年八月，朱熹曾到湖南長沙訪張栻，故有此句。❸滿城風雨：用潘大臨詠重陽節的斷句：「滿城風雨近重陽。」❹「故山」二句：故山，猶故鄉。此時朱熹家在崇安，故云。黃菊清樽，古代重陽節有登高飲菊花酒的風俗，故云。❺落帽：陶淵明外祖父孟嘉為征西大將軍桓溫參軍，九月九日宴會於龍山，風吹孟嘉帽落而不覺，桓溫令孫盛作文嘲之，孟嘉即時作文以答，了不容思，文辭超絕，四座歎服。見陶淵明〈晉故征西大將軍長史孟府君傳〉。後遂以落帽作為詠重陽登高的典故，並形容其人風流儒雅的氣度。李白〈九日〉詩：「落帽醉山月。」陳師道〈和李使君九日登戲馬臺〉：「九日風光堪落帽。」又〈九日不出魏衍見過〉：「山頭落帽風流絕。」這裡反用此典。❻吹衣：用陶淵明〈歸去來兮辭〉：「風飄飄而吹衣。」❼「相看」句：此句暗用《孟子・盡心》所說孔子「登太山而小天下」之意。人寰：人世。❽合：應。翠微：青翠的山色，代指青山。杜牧〈九日齊山登高〉：「與客攜壺上翠微。」老翠微：謂隱居終老於故山。

## 【解說】

此詩詠重九登高，展示了詩人的高遠胸襟，不僅意境高卓，造語、用典、對偶等也極見功夫。《瀛奎律髓》卷十六方回評云：「此詩後四句尤意氣闊遠。」紀昀評云：「一氣湧出，神來興來。」

「故山此日還佳節，黃菊清樽更晚暉」一聯，對仗工穩精緻，不僅上下句為對，各句中前四字，「故山」和「此日」，「黃菊」和「清樽」也都構成對偶關係，方回評此二句云：「上八字各自為對，一瘦對一肥，愈更覺好，蓋法度如此，虛實互換，非信口、信手之比也。山谷、簡齋皆有此格。」

「短髮無多休落帽，長風不斷且吹衣」一聯，紀昀評云：「『落帽』是九日典，『吹衣』不用九日典，而用來銖兩恰稱，此由筆妙。」（《瀛奎律髓刊誤》卷十六）亦見用典對仗的精切講究。

## 鵝湖寺和陸子壽❶

朱　熹

德義風流夙所欽❷，別離三載更關心。偶扶藜杖出寒谷❸，又枉籃輿度遠岑❹。舊學商量加邃密❺，新知培養轉❻深沉。卻愁說到無言處，不信人間有古今❼。

## 【注　釋】

❶鵝湖寺：故址在今江西鉛山縣鵝湖山上。陸子壽：陸九齡，字子壽，其弟陸九淵，合稱「二陸」，都是南宋儒家心學一派的代表。二人與朱熹齊名，但學術思想與朱熹多不相合，淳熙二年（一一七五），朱熹和陸氏兄弟相會於鵝湖寺，講學研討，辯論學術，世稱「鵝湖之會」，陸子壽曾作詩一首，表達自己的觀點。三年後，朱熹從

崇安（今屬福建）到江西南康軍（治所在今江西星子）任職，途經鵝湖寺，陸子壽特地從撫州（今屬江西）過來相會，朱熹於是寫了這首詩追和陸子壽三年前的那首詩。❷「德義」句：是說陸氏兄弟的道德修養和風度一向是自己欽佩的。❸「偶扶」句：這句說自己從武夷山來到鵝湖寺。扶：拿。藜杖：藜樹製成的手杖。寒谷：冷落的山谷，這裡指福建崇安武夷山朱熹自己的居處。❹「又枉」句：這句說陸子壽屈尊從撫州遠道而來。枉駕、屈尊。籃輿：竹轎。❺邃密：精深細密。❻轉：轉加、更加。❼「卻愁」二句：意思是說，我擔心討論到精深微妙、語言難以表達之處，精神和古人貫通，那就沒有古今的區別了，到這樣的境界，就達到思想的極致了。愁，這裡是反話。

## 【解　說】

這首詩是淳熙四年（一一七七）朱熹和陸九齡再次相會於鵝湖寺時所作。此次相會的三年前（淳熙二年），朱熹曾和陸九齡、陸九淵兄弟在鵝湖寺講學研討，辯論學術。當時陸九齡兄弟都作詩表明自己的學術主張，交流學術心得。陸九齡一首題為〈鵝湖示同志〉，詩云：「孩提知愛長知欽，古聖相傳只此心。大抵有基方築室，未聞無址可成岑。留情傳注翻榛塞，著意精微轉陸沉。珍重友朋勤切琢，須知至樂在於今。」陸九淵一首題為〈鵝湖和教授兄韻〉，詩云：「墟墓興哀宗廟欽，斯人千古不磨心。涓流積至滄溟水，拳石崇成泰華岑。易簡工夫終久大，支離事業竟浮沉。欲知自下升高處，真偽先須辨古今。」兩首詩都強調了「心學」一派的觀點。三年後，朱、陸再次相會於鵝湖，朱熹次韻追和一首，與陸九齡交流治學心得。詩歌表現了對陸九齡的欽仰之情，並表明了自己的學術主張，既有求真的精神，態度又十分謙遜，體現了朋友之間的深厚情誼和平等討論學術的胸懷。

## 晚泊東流❶

王　質

山高樹多日出遲，食時霧露且雰霏❷。馬蹄已踏兩郵舍❸，人家漸開雙竹扉❹。冬青匝路❺野蜂亂，蕎麥滿園山鵲❻飛。明朝大江❼送吾去，萬里天風吹客❽衣。

【注　釋】

❶東流：宋代縣名，在今安徽南部東至縣境內，長江南岸。詩題一作〈東流道中〉。❷食時：這裡指早飯時。古人一日兩餐，早飯在日出之後，中午之前。雰霏：霧氣濃密貌。❸郵舍：即驛站。❹竹扉：竹門。❺冬青匝路：謂滿地冬青。匝：環繞、周遍。路：一作「地」。❻山鵲：一作「山雀」。❼大江：指長江。❽客：詩人自指。

【解　說】

這是一首紀行之作，前六句寫風景的優美，都是從沿途所見著筆。最後兩句則從虛處想像，表現對明朝即將江行的嚮往，萬里天風，大江遼遠，精神為之一振，詩境便從眼前向高遠處拓展。此詩寫景清新，風格爽朗，語言上打破律詩平仄格式，追求拗峭的聲律效果。方回《瀛奎律髓》卷十四選錄此詩，題作〈東流道中〉，方回評云：「此詩乃吳體而遒美。」所謂「吳體」，按方回的說法，即所謂拗體律詩。

## 送別湖南部曲❶

辛棄疾

青衫匹馬萬人呼❷，幕府當年急急符❸。愧我明珠成薏苡❹，負君赤手縛於菟❺。觀書到老眼如鏡，論事驚人膽滿軀❻。萬里雲霄送君去，不妨風雨破吾廬❼。

【注釋】

❶部曲：古代軍隊的編制單位。《漢書·李廣傳》載李廣「出擊胡，而廣行無部曲行陳」。顏師古注：「將軍領軍，皆有部曲，大將軍營五部，部校尉一人。部下有曲，曲有軍侯一人。」湖南部曲：指辛棄疾在湖南創建的飛虎軍中的老部下。劉克莊《後村詩話》後集卷二載此詩本事說：「辛稼軒帥湖南，有小官山前宣勞。既上功級，未報而辛去，賞格不下，其人來訪，辛有詩別之云云。」辛棄疾於淳熙七年（一一八〇）知潭州兼湖南安撫使，創置湖南飛虎軍，所謂「湖南部曲」，即在軍中任職的將官。淳熙七年底，辛棄疾由湖南調離，次年底罷任，退居帶湖。此詩當是淳熙九年（一一八二）以後所作。❷萬人呼：語出杜甫〈送蔡希魯都尉還隴右因寄高三十五書記〉詩：「身輕一鳥過，槍急萬人呼。」❸急急符：趙彥衛《雲麓漫鈔》卷七：「急急如律令，漢之公移常語，猶今云『符到奉行』。」陳師道〈咸平讀書堂〉詩有「不奉急急符」語。符：這裡指軍中移文。飛虎軍當時由帥臣節制，帥幕移文軍中，稱「傳符」。❹「愧我」句：《後漢書·馬援傳》載，馬援在交趾常食薏苡，以其能勝瘴氣。及還朝，帶回一車薏苡。馬援卒後，有人上書皇帝誣陷說馬援從交趾運回的都是明珠文犀等寶物。這裡反用其事。辛棄疾因創置飛虎軍等事受到當時朝中大臣猜疑語毀，被臺臣上章彈劾有「奸貪兇暴，帥湖南日，虐害田里」等罪名。❺於菟：音烏塗。虎的別稱。楚人「謂虎於菟」（見《左傳·宣公四年》）。蘇軾〈送范純粹守慶州〉詩：「當年老使君，赤子降於菟。」陳師道〈徐氏閑軒〉：「更能赤手縛於菟。」❻膽滿軀：《三國志·蜀書·趙雲傳》注引〈雲別傳〉：「子龍一身都是膽也。」蘇軾〈刁景純席上和謝生〉詩：「醉後粗狂膽滿軀。」❼「不妨」句：用杜甫〈茅屋為秋風所破歌〉「吾廬獨破受凍死亦足」語意。

## 【解說】

辛棄疾於淳熙八年（一一八一）被彈劾罷官，退居帶湖。大概數年之後，他當年任湖南安撫使時創建的飛虎軍中的老部下來拜訪，臨別時辛棄疾寫了這首詩相送。詩中回憶了當年與部下共同的經歷和壯舉，並為自己因遭讒毀而連累部下感到憤慨。「愧我明珠成薏苡」，反用馬援遭誣陷的典故，比喻自己所遭受的誹謗，表明自己的清白，「愧」字用得十分沉痛。五、六兩句是辛棄疾身負過人膽識的自白，既點明了遭受誹謗的原因，也表示了自己至老不變的為人志節。結尾點出送別之情，只要部下有廣闊的前途，能為國家效勞，則自己遭受政治挫折，忍受「風雨破吾廬」的困厄也心甘情願。

辛棄疾曾經自稱「尚能詩似鮑參軍」（〈和任帥見寄之韻〉），對自己的詩才十分自負。辛的友人陸游在〈送辛幼安殿撰造朝〉詩中說「稼軒落筆凌鮑謝」、「千篇昌谷詩滿囊」。可見他的詩才連大詩人陸游也是稱許的。現存辛棄疾詩歌，較多是學習北宋理學家邵雍「康節體」的風格，但也有感情強烈、筆力勁健、氣勢雄放、慷慨悲憤的作品，與鮑照表現懷才不遇的激憤之情的作品有內在的相似之處，可見「詩似鮑參軍」，並非泛泛之語。以這首〈送別湖南部曲〉而言，既有政治失意的憤慨，也有堅持品節的氣骨，還有對部下的勉勵，傲岸磊落之氣，充盈於字裡行間。劉克莊《後村詩話》後集卷二評云：「此篇悲壯雄邁，惜為長短句所掩。」確實，此詩的風格與辛棄疾那些「大聲鏜鞳」的歌詞十分相似，而其內容之深厚，藝術水準之高，足可以與辛詞中的任何一首名作媲美。因此，不能因為辛棄疾是大詞人而忽略了他在詩歌方面的成就。

## 和翁靈舒❶冬日書事（三首選一）

徐　照

其一

石縫敲冰水❷，淩寒❸自煮茶。梅遲思閏月，楓遠誤春花❹。貧喜苗新長，吟憐鬢已華❺。城中尋小屋，歲晚欲移家❻。

【注釋】

❶翁靈舒：翁卷，字靈舒，永嘉四靈之一。❷敲冰水：敲冰化水。❸淩寒：冒寒。❹「梅遲」二句：是說見梅花遲開而想到閏月而歲長；楓樹在遠處看來誤認為是春花。❺鬢已華：頭髮已花白。❻移家：一作「還家」。

【解說】

徐照是南宋詩壇所謂「永嘉四靈」之一，是四人中最先學習晚唐賈島、姚合而形成影響的人。徐照詩選材的重點在於寒僻的山水景物、清苦的生活感受之類，追求瘦硬苦寒的詩風，紀昀評此詩云：「故為寒瘦之語，然有別味。」（《瀛奎律髓刊誤》卷十三）這個評語的「故為」二字非常確當。和晚唐賈島、姚合一樣，徐照也擅長五律，往往把功夫下在中間兩聯的雕刻上，推敲字眼，刻意錘煉，如此詩「梅遲」一聯，《瀛奎律髓》卷十三方回評云：「『思』字、『誤』字，當是推敲不一乃得之。」葉適曾稱讚徐照詩「斫思尤奇」（〈徐道暉墓誌銘〉），就其「斫思」而言，此詩可見一斑。

## 黃碧❶

徐璣

黃碧平沙岸，陂塘❷柳色春。水清知酒好，山瘦識民貧❸。雞犬田家靜，桑麻歲事❹新。相逢行路客，半是永嘉❺人。

【注　釋】

❶黃碧：當是地名。❷陂塘：這裡指池塘堤岸。塘，堤岸。❸「水清」二句：這是說見此地水清，故推知酒好；因山地貧瘠，推知居民一定貧困。上句參看歐陽修〈醉翁亭記〉：「泉香而酒洌。」瘦，貧瘠。❹歲事：一年的農事。❺永嘉：今浙江溫州。

【解　說】

徐璣也是「永嘉四靈」之一，作詩也以五律為工，題材細碎，意境清寒，著重在單字隻句上用力雕琢。也有少量篇章精心結撰而不露雕琢的痕跡，這首〈黃碧〉就是一例。此詩以首句首二字為題，寫永嘉山村風景和風俗民情，清秀而生動，富於生活情趣，與他別的五律的刻琢字句不同。「水清知酒好，山瘦識民貧」一聯，見水清，故推知酒好；因山地貧瘠，推知居民一定貧困，就構思而言，與蘇軾〈初到黃州〉的「長江繞郭知魚美，好竹連山覺筍香」兩句相同，也是所謂「舉因知果」的聯想，宋僧惠洪《冷齋夜話》卷五說這種寫法「如《華嚴經》舉因知果，譬如蓮花，方其吐華，而果具蕊中」。參見蘇軾〈初到黃州〉解說。

## 薛氏瓜廬❶

趙師秀

不作封侯念❷，悠然遠世紛❸。惟應種瓜事，猶被讀書分❹。野水多於地❺，春山半是雲。吾生嫌已老，學圃未如君❻。

【注　釋】

❶薛氏：指薛師石，字景石，永嘉人，隱居在會昌湖西，名其居室為「瓜廬」，因號瓜廬翁。他是永嘉四靈的朋友，常在一起吟詩。❷「不作」句：此句說薛氏不追求功名利祿。封侯：指出仕做官。❸遠世紛：遠離塵世的紛爭。❹「惟應」二句：是說薛氏忙於種瓜，還要分出時間來讀書。❺「野水」句：用白居易〈早秋晚望，兼呈韋侍郎〉詩「人煙半在船，野水多於地」原句。❻「學圃」句：此句是說自己不能像薛氏那樣隱居種瓜。學圃：學習種蔬菜，語出《論語・子路》：「樊遲請學稼，子曰：吾不如老農。請學為圃，曰：吾不如老圃。」君：指薛師石。

【解　說】

趙師秀被方回推為「永嘉四靈」之冠（見《瀛奎律髓》卷四十七），同樣擅長五律，其詩在「永嘉四靈」中成就最高，也最有代表性。本篇是趙師秀為薛師石的瓜廬題詠，稱讚薛師石隱居的清高雅趣，表現自己對這種清高生活的嚮往。「惟應」一聯，寫隱士的田園耕讀生活，可參看陶淵明〈讀山海經〉：「既耕且已種，時還讀我書。」又陸游〈小園〉：「臥讀陶詩未終卷，又乘微雨去鋤瓜。」皆為此二句意思所本。就句法而言，上下句意思相承，流暢而不見雕琢痕跡，是所謂流水對，可見構思造句之功夫。「野水」一聯，是此詩名句，上句用了白居易詩成句，方回評云：「『人家半在船，野水多於地』，本樂天仄韻古詩，今換一句為對，亦佳。」（《瀛奎律髓》卷三十五）兩句的句法則從姚合〈送宋慎言〉「驛路多連水，州城半在雲」化來，雖化用前人而別開新境，紀昀評云：「此首氣韻渾雅，猶近中唐，不但五、六佳也。」（《瀛奎律髓刊誤》卷三十五）

## 庚子薦饑❶（六首選一）

戴復古

### 其三

餓走拋家舍，縱橫死路歧。有天不雨粟❷，無地可埋屍❸。劫數❹慘如此，吾曹❺忍見之？官司行賑卹❻，不過是文移❼。

【注釋】

❶庚子：宋理宗嘉熙四年（一二四〇）。薦：重疊、接連。薦饑：連年遭到饑荒。❷「有天」句：《淮南子・本經訓》：「倉頡作書，而天雨粟，鬼夜哭。」此句反用其意。雨粟：天上落下糧食。雨，用作動詞，降落的意思。❸「無地」句：是說餓死的飢民多得無地埋葬。❹劫數：厄運、災難。❺吾曹：我輩。❻賑卹：救濟。❼「不過」句：這句是說官府對百姓的救濟，不過是一紙空頭文書。文移：指官方公文。移：舊時文體的一種，用於官府之間。

## 落梅❶

劉克莊

一片❷能教一斷腸，可堪平砌❸更堆牆。飄如遷客來過嶺，墜似騷人去赴湘❹。亂點莓苔多莫數，偶粘衣袖久猶香❺。東風謬掌花權柄，卻忌孤高不主張❻。

【注釋】

❶這首詩作於嘉定十三年（一二二〇），時劉克莊閒居在家。❷一片：指落梅。❸可堪：哪堪。平砌：鋪滿臺階。❹「飄如」二句：上下二句對仗缺乏變化，意思合掌。《瀛奎律髓》卷二十方回評云：「遷客、騷人……費妝點，氣骨甚弱。」遷客，被貶逐流放之人。過嶺，指流放到嶺南。嶺，指五嶺。騷人，詩人詞客。赴湘，用屈原被流放到湖南沅、湘一帶並自沉於汨羅江事。嶺南與湖南一帶古代比較偏遠荒涼，歷來許多得罪的官員和詩人都被流放到其地。這裡以遷客騷人遷謫放逐的遭遇比喻落梅的凋零飄墜。❺「亂點」二句：說梅花雖然飄零凋萎，但粘衣猶香。參看陸游〈卜算子．詠梅〉詞：「零落成泥碾作塵，只有香如故。」❻「東風」二句：是說東風掌握了對眾花的生殺予奪之權，卻忌恨梅花的孤高品格，不知憐惜，不為它做主，反而肆意摧殘。東風，指春風。謬，錯。主張，主宰、主管。此二句切題點明主旨。因梅花開早，春風起時，梅已凋落，故有此感慨。參看晏幾道〈與鄭介夫〉詩：「春風自是人間客，主張繁華得幾時？」這裡反用了晏詩的意思。

【解說】

這本是一首詠物詩，寄寓了一些感慨，後來卻引出一場詩案。宋理宗寶慶元年（一二二五），權相史彌遠專擅朝政，廢宋寧宗所立的皇太子為濟王，矯詔改立宋理宗，並逼濟王自殺。曾刊印《江湖集》的書商陳起作詩說：「秋雨梧桐皇子府，春風楊柳太師橋。」哀濟王而譏刺史彌遠，被人告發。言官李知孝等把劉克莊此詩的末兩句也一併論列，指控為「訕謗當國」。陳起被黥配，《江湖集》被毀板。朝廷因此下禁令，禁止士大夫作詩，直到史彌遠死才解禁。這就是所謂「江湖詩禍」。案發時，劉克莊在建陽縣令任上，因此被罷免，閒廢十年。後來他作〈病後訪梅九絕〉說：「夢得（劉禹錫）因桃數左遷，長源為柳忤當權（指唐李泌作詠柳詩得罪楊國忠事）。幸然不識桃並柳，卻被梅花累十年。」〈賀新郎・宋庵訪梅〉詞也說：「老子平生無他過，為梅花受取風流罪。」

## 山中❶（六首選一）

方岳

### 其四

半塢幽深近物情❷，一筇老健愜山行❸。月於水底見逾好，風打松邊過便清。鶴睡不驚春藥臼❹，鳥啼時作讀書聲❺。山翁兩手渾無用，只把犁鋤做太平❻。

### 【注釋】

❶此詩當是方岳被罷黜居家時作。❷「半塢」句：此句說所居之地處於幽深的山間，故能與自然親近而得其精神。塢：四面高而中間低的山地。物情：物理人情，這裡指大自然的真趣。❸筇：音蛩。筇竹手杖。愜：愜意、暢快，這裡的用法從梅堯臣〈魯山山行〉「適與野情愜」化來。❹春藥臼：搗藥的器具。舂，音衝。❺「鳥啼」句：說山深地幽，鳥啼聲也如讀書聲一樣動聽。參看作者〈獨立〉：「教得黃鸝解讀書。」❻「山翁」二句：此二句是說自己有才無處施展，不能為國效力，只得隱居務農，就當作身處太平之世好了。山翁，作者自指。渾無用，全無用。把犁鋤，指隱居務農。做，權當作、就算是。

### 【解說】

方岳性格剛正，故數遭罷黜，坎壈終身。被罷黜後，隱居山村，此詩抒寫山居的風景和生活感受，前六句描繪了一幅閒適愉悅的山中隱居圖：月白風清，鶴睡不驚，鳥啼聲聲，人與自然相偎相親，和諧共處，悠閒愜意。最後兩句「山翁兩手渾無用，只把犁鋤做太平」，透露深意，委婉表達不能施展才華的牢騷，說明詩人並不是一個真能忘情世事的人。詩人所處的時代，奸臣當道，內憂外患，危機四伏，需要仁人志士施展才幹，但許多愛國志士卻都空有抗戰報國的志向，最後老死山鄉。所以，此詩最後兩句，其實是說，身處內憂外患之世而不得不被迫做「太平」之人，這正是那個時代仁人志士共同的牢騷不平。參看陸游〈小園〉詩：「行遍天涯千萬里，卻從鄰父學春耕。」〈初冬感懷〉：「竟為農夫死，白首負功名。」辛棄疾〈鷓鴣天〉詞：「卻將萬字平戎策，換得東家種樹書。」

## 過零丁洋❶

文天祥

辛苦遭逢起一經❷，干戈落落四周星❸。山河破碎風拋絮，身世飄搖雨打萍❹。惶恐灘頭說惶恐❺，零丁洋裡歎零丁❻。人生自古誰無死，留取丹心照汗青❼。

【注　釋】

❶此詩作於祥興二年（一二七九），時文天祥已兵敗被俘。元軍都元帥張弘範攻厓山（在今廣東新會南大海中，南宋最後據點），文天祥被押解同行，寫了這首詩，決心以死殉國。張弘範一再迫文招降堅守厓山的張世傑，文天祥即以此詩示張弘範。張見文天祥辭義堅決，始不再逼。零丁洋：在今廣東中山市南。❷遭逢：遭遇到朝廷選拔。起一經：指自己由科舉出身。文天祥以理宗寶祐四年（一二五六）進士第一人及第，後官至丞相。❸落

落：多貌。一作「寥落」。四周星：即四年。德祐元年（一二七五），文天祥起兵抗元；祥興元年（一二七八），不幸被俘。這四年中，戰鬥頻繁激烈，故說干戈落落。❹「山河」二句：言國家的局勢已難以挽救，自己也歷盡了艱難困苦。❺「惶恐」句：此句表示當時對艱難的時局感到惶惑憂懼。惶恐灘：在今江西萬安，急流險惡，贛江十八灘中最險峻的一個。景炎二年（一二七七），文天祥在江西空阬兵敗，經惶恐灘退往福建。❻「零丁」句：此句自歎身陷敵中，孤掌難鳴，飄浮在零丁洋時，不禁深感孤苦零丁。零丁：孤獨、孤苦。❼汗青：史冊。古代記事用竹簡，製竹簡時，須用火烤去竹汗（水分），稱為「汗青」，後遂以汗青代指史冊。

## 【解　說】

這首詩是文天祥最著名的作品之一，流傳千古，光照天地。從藝術上說，此詩是大氣勢、大手筆。開頭兩句從概括回顧自己一生主要經歷入手，是從縱的方面追述。三、四兩句以比喻的方式具體形容當時的局勢，從國事說到自身，是從橫的方面著筆，重在氣氛情調的渲染。接下去五、六兩句則承接前兩句進行具體的補充，「惶恐灘」和「零丁洋」兩個地名，對仗工整，自然天成，而且以地形的險惡來暗示詩人處境的艱危，表現過去的惶恐和眼前的孤獨，真是妙手偶得的佳句，沒有親身的經歷體驗，很難達到這樣的境界。可以看出，前面六句從縱橫兩方面構思，從自身到國事，又從國事到自身，從實到虛，由虛到實，反復渲染了憂憤悲苦的情調，到結尾兩句，筆鋒一轉，情緒由悲憤轉為激昂，由壓抑轉為高亢。「人生自古誰無死，留取丹心照汗青」。古往今來，人總是難免一死，為拯救祖國而死，捨身取義，一片丹心將垂於史冊，映照千古。這激情慷慨的兩句詩，表明了詩人捨身取義的決心，充分體現了他的民族氣節。這樣的情調轉換自然而然地收到了震撼人心、感天動地的效果。全詩也因有此兩句收尾而成為一代名作，千古壯歌。當然，這首詩之所以流傳千古，光照天地，主要原因不在於藝術技巧，而是在於詩所表現的崇高氣節、悲壯情調、血性精神。讀文天祥詩，首先應該把握這一點。

## 金陵驛❶

文天祥

草合離宮轉夕暉❷，孤雲❸飄泊復何依？山河風景元無異，城郭人民半已非❹。滿地蘆花和我老，舊家燕子傍誰飛❺！從今別卻江南路❻，化作啼鵑帶血歸❼。

【注　釋】

❶此詩是祥興二年（一二七九）文天祥被押解北上途經金陵（今江蘇南京）時所作，此時南宋已亡。❷草合：長滿了草。離宮：行宮，皇帝的臨時住所。❸孤雲：作者自比。❹「山河」二句：這二句是說山河無異，而人民已成了元朝的臣民。元，同「原」。「風景不殊，正自有山河之異」是東晉初周顗的話，「山河之異」是指淪陷了的北方與南方不同，作者在此是說南北都已淪陷，再無任何區別了。《搜神後記》載，漢曲阿太霄觀道士丁令威學道於靈虛山，後化鶴歸遼，從空中下望，說道：「有鳥有鳥丁令威，去家千年今始歸，城郭如故人民非。」❺「舊家」句：化用劉禹錫〈烏衣巷〉中「舊時王謝堂前燕，飛入尋常百姓家」句意。❻路：一作「日」。❼帶血歸：古人有杜鵑啼血之說，故云。

## 除　夜❶

文天祥

乾坤空落落❷，歲月去堂堂。末路驚風雨，窮邊❸飽雪霜。命隨年欲盡，身與世俱忘。

無復屠蘇❹夢，挑燈夜未央❺。

【注　釋】

❶此詩作於至元十八年（一二八一）。文天祥於至元十九年十二月在大都柴市口就義，至元十八年除夕，是他在世的最後一個除夕夜。❷乾坤：天地，即空間。落落：廣大貌。❸窮邊：極遠的邊地。這裡指元大都。❹屠蘇：古代風俗，元旦日全家團聚，飲屠蘇酒。宗懍《荊楚歲時記》：「〔正月一日〕長幼悉正衣冠，以次拜賀，……進屠蘇酒……次第從小起。」王安石〈元日〉詩：「爆竹聲中一歲除，東風送暖入屠蘇。」蘇轍〈除日〉詩：「年年最後飲屠蘇，不覺年來七十餘。」❺夜未央：夜未盡。《詩・小雅・庭燎》：「夜如何其？夜未央。」

## 京口月夕❶書懷

林景熙

山風吹酒醒，秋入夜燈涼。萬事已華髮，百年多異鄉。遠城江氣❷白，高樹月痕蒼。
忽憶憑樓❸處，淮天❹雁叫霜。

【注　釋】

❶京口：今江蘇鎮江市。月夕：月夜。❷江氣：江上的霧氣。❸憑樓：倚樓，在樓上憑欄遠眺。❹淮天：長江以北、淮河一帶地區的上空。

## 茶陵❶道中

蕭立之

山深迷落日，一徑窅❷無涯。老屋茅生菌，幾年竹有花❸。西來無道路，南去亦塵沙。獨立蒼茫外，吾生何處家❹！

【注　釋】

❶茶陵：在今湖南東部。此詩當作於宋亡後。❷窅：音杳。深遠貌。❸竹有花：竹子開花結實，民間看作荒年之兆。又竹實即竹米，荒年可用來充飢。❹「獨立」二句：暗用杜甫〈樂遊園歌〉「此身飲罷無歸處，獨立蒼茫自詠詩」之意。

## 書文山卷❶後

謝　翺

魂飛萬里程❷，天地隔幽明❸。死不從公死，生如無此生。丹心渾未化，碧血已先成❹。無處❺堪揮淚，吾今變姓名❻。

【注　釋】

❶文山卷：文天祥的詩集。文山：文天祥，號文山。文天祥被害後不久，謝翺為文天祥詩卷題寫了這首詩，表示痛悼。❷「魂飛」句：說得知文天祥被害的消息後，自己的魂魄似乎已飛到萬里外追隨文天祥而去。❸「天

地」句：這句是說幽明隔絕，在天地之間，自己與文天祥已被阻隔於兩處，再無相見之日。幽：指陰間。明：指人間。❹「丹心」二句：這兩句是說文天祥耿耿丹心長存人間，但壯志未酬而身已去世。渾，全。碧血，《莊子・外物》：「萇弘死於蜀，藏其血，三年化為碧。」❺無處：因已亡國，領土已盡屬元朝，故云。❻變姓名：謂隱姓埋名、遁跡山林。

# 古詩

# 對雪❶

王禹偁

帝鄉歲云暮❷，衡門晝長閉❸。五日免常參❹，三館❺無公事。讀書夜臥遲，多成日高睡❻。睡起毛骨寒，窗牖瓊花墜❼。披衣出戶看，飄飄滿天地。豈敢患貧居，聊將賀豐歲❽。月俸❾雖無餘，晨炊且相繼❿。薪芻未闕供⓫，酒肴亦能備。數杯奉親老，一酌均兄弟⓬。妻子不飢寒，相聚歌時瑞⓭。因思河朔⓮民，輸挽供邊鄙⓯，車重數十斛⓰，路遙幾百里，羸蹄⓱凍不行，死轍冰難曳⓲，夜來何處宿，闃寂荒陂裡⓳。又思邊塞兵，荷戈禦胡騎⓴，城上卓㉑旌旗，樓中望烽燧㉒，弓勁添氣力㉓，甲寒侵骨髓，今日何處行，牢落窮沙㉔際。自念亦何人，偷安得如是！深為蒼生蠹㉕，仍尸諫官位㉖。謇諤無一言，豈得為直士㉗？褒貶無一詞，豈得為良史㉘？不耕一畝田，不持一隻矢；多慚富人術㉙，且乏安邊議㉚。空作對雪吟，勤勤謝知己㉛。

【注　釋】

❶這首詩作於端拱元年（九八八）歲末，當時王禹偁在朝中任右正言直史館的官職。❷帝鄉：京都，指北宋京城汴梁（今河南開封）。歲云暮：歲暮，一年將盡。云，語助詞，無義。❸衡門：橫木為門，引申指簡陋的住房。衡，通「橫」。《詩・陳風・衡門》：「衡門之下，可以棲遲。」❹「五日」句：此句說因歲暮寒冷，已免去了五日一次朝見皇帝的常禮。常參：指群臣朝拜皇帝的常例禮儀。宋制，「群臣每五日一隨宰相入見，……赴文德殿正衙，日常參。」（見《宋史・禮志十九・常朝儀》）參：參拜皇帝。❺三館：昭文館、史館、集賢院的合稱，

掌藏書、修史、校書等。當時作者有直史館的職務，故云。❻日高睡：睡到太陽升起很高才起來。❼窗牖：窗戶。牖，音酉。《說文》：「在牆曰牖，在屋曰窗。」瓊花：指雪花。❽「豈敢」二句：意思說不敢為清貧生活而發愁，姑且為即將到來的豐年而慶賀。豐歲，豐年。古人有瑞雪兆豐年的說法，謝惠連〈雪賦〉：「盈尺則呈瑞於豐年。」故云。❾俸：俸祿。❿「晨炊」句：此句說尚能維持生計，不至於斷炊。晨炊：早飯，這裡泛指吃飯。⓫薪芻：柴草。闕：虧缺。⓬「一酌」句：此句是說飲酒時與兄弟共享。酌：斟酒，引申為飲酒。⓭時瑞：這裡指下雪，古人以大雪為來歲豐收的吉兆，故云。瑞：吉祥。⓮河朔：黃河以北地區。⓯「輸挽」句：此句說河朔一帶的百姓正忙著給邊界駐防的軍隊輸送糧草。史書記載，這一年的十一月，契丹（後來改稱遼國）南侵，攻掠北宋涿州、定州等地，邊界戰事緊張，宋王朝抽調了大量民丁給邊軍運送給養。輸挽：拉車輸送物資。邊鄙：邊境地區。⓰斛：音胡。量器名，亦用作容量單位，宋時以十斗為一斛。⓱羸蹄：瘦弱的牲口。⓲死轍：被冰封凍而難於通行的車道。轍：車轍、車道。曳：拉。⓳闃：音去。寂靜。荒陂：荒涼的山坡。陂，音卑。⓴胡騎：此指契丹入侵的軍隊。騎，音芰。㉑卓：豎立。㉒烽燧：古代邊境報警的信號。在邊境上設高臺，發現敵情，即於臺上燃煙舉火以示警。燃煙稱燧，用於白天；舉火曰烽，用於夜晚。燧，音遂。㉓「弓勁」句：說弓因天寒而變硬，要用更大的力氣才能拉開。㉔牢落：空曠遼遠。窮沙：荒遠的沙漠。㉕「深為」句：意思說自己入仕以來，成為禍害百姓的蛀蟲，已經年深日久，而且陷得很深。這是作者自責之詞。深：這裡既指程度深刻，亦指時間深久。蒼生：百姓。蠹：蛀蟲。㉖尸諫官位：擔任諫官的職務而沒有盡到諫官的職責。當時作者任右正言，職責是向皇帝提出規諫諷諭，是朝廷諫官之一。尸位：空占著位置而不盡其職。㉗「謇諤」二句：這是說自己位居諫官，卻沒有不顧情面地規諫朝政，算不得耿直之士。宋代重視諫官人選，通常以公認正直敢言的名士充任諫職。故這裡責備自己名不符實。謇諤，音蹇鄂。正直敢言貌。㉘「褒貶」二句：是說自己擔任史官，卻不能秉筆直書，褒善貶惡，算不得好的史官。古人認為優秀的史官應該據事實錄，信而有徵，而且要敢於秉筆直書，別善惡，寓褒貶。當時作者有直史館的職務，是史官，故云。㉙「多慚」句：此句說為無使百姓富裕之術而慚愧。富人術：能使百姓生活富裕的辦法。㉚安邊議：能消除外患，安定邊境的建議。㉛「勤勤」句：此句意思是說對不起朋友們的殷切期望。勤勤：殷勤、殷切。謝：認錯、道歉。

【解　說】

這首詩是王禹偁的名作，集中體現了詩人關懷民生疾苦的精神，詩歌最後一段的自責，正是宋代士大夫以天下為己任的責任感的鮮明表現。寫法上，雖只是以敘述和直抒感慨為主，意思較為直露，但同樣具有強烈的抒情效果，同樣耐人尋味。詩人博大的人道關懷和崇高的精神境界，讓人感動。真誠而不做作，是這首詩成功的關鍵。

## 江南春❶

寇　準

波渺渺，柳依依❷。孤村芳草❸遠，斜日杏花飛。江南春盡離腸斷，蘋滿汀洲人未歸❹。

【注　釋】

❶〈江南春〉詩題出自樂府〈江南曲〉。本篇是擬六朝樂府之作。六朝梁柳惲〈江南曲〉云：「汀洲採白蘋，日落江南春。」唐陸龜蒙〈江南曲〉亦云：「為愛江南春，涉江聊採蘋。」均見《樂府詩集》卷二十六〈相和歌辭·江南曲〉。因柳惲詩有「日落江南春」之句，後來唐人的擬作亦多題作〈江南春〉，且改為七言四句，而不依樂府舊題的字句格式，如杜牧的〈江南春〉絕句。本篇取樂府舊題的題意，而在字句格式上也做了較大的改

動。又本篇的篇題，宋人也有引作〈江南曲〉的，見王君玉《國老談苑》卷二，可見宋人也認為本篇是樂府〈江南曲〉的擬作。樂府舊題多是寫相思離愁，本篇亦然。❷「柳依依」句：此句本於《詩・小雅・采薇》：「昔我往矣，楊柳依依。」依依：輕柔的樣子。❸芳草：春草。這是古代詩歌中常用來表達離別之愁或懷歸之情的意象。屈原〈離騷〉：「何所獨無芳草兮，又何懷乎故宇？」《楚辭・招隱士》：「王孫遊兮不歸，春草生兮萋萋。」漢樂府〈飲馬長城窟行〉：「青青河畔草，綿綿思遠道。」又王維〈送別〉：「春草年年綠，王孫歸不歸？」杜牧〈長安送友人遊湖南〉：「山密夕陽多，人稀芳草遠。」這裡用芳草寫歸思，亦本此意。❹蘋：音貧。一種水生浮草，暮春時節開白色小花，又叫白蘋。這是樂府〈江南曲〉中常用的意象，見本篇注❶引柳惲、陸龜蒙二詩。又唐劉希夷〈江南曲〉：「君為隴西客，妾遇江南春，朝遊含靈果，夕採弄風蘋。」古詩中亦常沿襲樂府，以白蘋表達相思或別愁。如鮑照〈送別王宣城〉詩：「既逢青春獻，復值白蘋生。」孟浩然〈送元公之鄂渚〉詩：「贈君青竹杖，送爾白蘋洲。」柳宗元〈寄盧衡州〉詩：「非是白蘋洲畔客，還將遠意問瀟湘。」這裡說「蘋滿汀洲」，亦是表達懷人之意。汀洲：水邊平地、水灘。

## 【解　說】

本篇是寇準的名作。司馬光《溫公續詩話》說：「寇萊公詩，才思融遠。……嘗為〈江南春〉云云，為人膾炙。」這是一篇擬六朝樂府的詩歌，風情綿渺，含思淒婉，是不可多得的抒情傑作。由於字句格式較為特殊，風格也偏向於柔美婉約，後人便把它誤認作詞了。清《欽定詞譜》卷二和萬樹《詞律》卷一都把此詩當作詞，朱彝尊也把它選入了《詞綜》卷四。《詞律》標詞牌為〈江南春〉，並說：「此萊公自度曲，他無作者。」又引李白「秋風清，秋月明，落葉聚還散，寒鴉棲復驚。相思相見知何日，此時此夜難為情。」一首作為「此調之濫觴」。《欽定詞譜》則乾脆把詞牌名標為〈秋風清〉。按「秋風清」一首是李白的〈三五七言〉詩，見《李太白全集》卷二十五。李詩句式雖有長短，但並不屬於後起的燕樂歌詞，宋人嚴羽《滄浪詩話・詩體》論古詩體裁，在三五七言一體下便引了這首詩，並說是隋朝鄭世翼之詩。明人胡震亨《唐音癸籤》則說：「三五七言詩始鄭世翼，李白繼作。」也是指的「秋風清」這一首。可見宋人、明人都把此體看作詩之一體。清人王琦注李白詩，也認為是詩。因此《欽定詞譜》和《詞律》把李白〈三五七言〉詩「秋風清」一首當作詞並不妥當，進一步欲以此體證明寇準〈江南春〉詩也是詞，而且是「萊公自度曲」，那就更失於查考。其實寇準這首詩是擬樂府舊題，並不屬於燕樂歌詞，宋人司馬光《溫公續詩話》、文瑩《湘山野錄》卷上、胡仔《苕溪漁隱叢話》後集卷二十等詩話筆記稱讚寇準詩歌，都把〈江南春〉作為詩歌稱引，並不看作詞。更重要的證據是此詩收入了宋人范雍所編《寇忠愍公詩集》卷上，而這個詩集是不收詞的。南宋呂祖謙編《宋文鑑》，同樣不收詞，此首〈江南春〉在《宋文鑑》中就歸在「樂府歌行」類中。可見宋人的認識是非常明確的。唐圭璋編《全宋詞》也指出此篇是詩而非詞。更為詳細的考證，可參看趙齊平著《宋詩臆說》。

寇準又有〈追思柳惲汀洲之詠尚有遺妍因書一絕〉：「杳杳煙波隔千里，白蘋香散東風起。日落汀洲一望時，愁情不斷如春水。」是本篇的續作，宋人詩話筆記中常同時稱引，皆題作〈江南春〉。文瑩《湘山野錄》卷上謂寇準「富貴之時所作詩皆淒楚愁怨，嘗為〈江南春〉二絕云云」。胡仔《苕溪漁隱叢話》後集卷二十引此二詩，並說：「觀此語意，疑若優柔無斷者，至其端委廟堂，決澶淵之策，其氣銳然，奮仁者之勇，全與此詩意不相類。蓋人之難知也如此。」范雍為寇準詩集作序，稱引寇準女婿王曙的話說：「公之為詩，必本〈風〉〈騷〉之旨，而以感傷為主。」並舉此二詩為證。又說詩意已透露「暮年遷謫流落不歸之意。詩人感物，固非偶然」。

## 煮海歌❶

柳永

煮海之民何所營❷？婦無蠶織夫無耕。衣食之源太寥落❸，牢盆煮就汝輸征❹。年年春夏潮盈浦❺，潮退刮泥成島嶼。風乾日曝鹹味加，始灌潮波塯成滷❻。滷濃鹹淡未得閑，採樵深入無窮山。豹蹤虎跡不敢避，朝陽出去夕陽還。船載肩擎未遑❼歇，投入巨竈炎炎熱。晨燒暮爍堆積高，才得波濤變成雪。自從瀦滷至飛霜❽，無非假貸充餱糧❾。秤入官中得微值，一緡往往十緡償❿。周而復始無休息，官租未了私租逼。驅妻逐子課工程⓫，雖作人形俱菜色。煮海之民何苦辛，安得母富子不貧⓬！本朝一物不失所，願廣皇仁到海濱⓭。甲兵淨洗征輸輟⓮，君有餘財罷鹽鐵⓯。太平相業爾惟鹽，化作夏商周時節⓰。

【注釋】

❶這是柳永擔任昌國（今浙江定海縣）曉峰鹽場監督官時所作。詩題下原注：「憫亭戶也。」宋代把煮海鹽之地叫做「亭場」，靠熬鹽為生的民戶就叫「亭戶」，專置戶籍。當時鹽由官府專賣，亭戶生產的鹽得向官方交納，以折充賦稅。❷營：謀生。❸「衣食」句：這裡是說鹽民生計艱難，除煮鹽之外，無別的謀生之路。寥落：寂寞冷落。❹「牢盆」句：這句是說鹽民的賦稅是由牢盆煮成的鹽來抵充。牢盆：煮鹽的器具。牢，音勞。古代把官府發給的糧食叫做「牢」，故官府提供的煮鹽器就叫「牢盆」。《史記・平準書》：「願募民自給費，因官器作煮鹽，官與牢盆。」《漢書・食貨志》清王先謙補注：「此是官與以煮鹽器作而定其價值，故曰牢盆。」因鹽是由官府專賣，故官府也向鹽民提供製鹽器具。輸征：納稅。❺潮盈浦：海潮上漲，淹沒了海灘。❻「風乾」二句：是說經過風吹日曬，鹹味逐漸加濃，就用海水灌淋，成為鹽滷。鹹味，一作「鹽味」。塯，通「溜」，這裡是流淌的意思。❼遑：閒暇。❽瀦滷：蓄積鹽滷。瀦：音豬。積水。飛霜：喻鹽的白色。六朝張融〈海賦〉描寫煮海成鹽，有「積雪中春，飛霜暑路」之語。❾「無非」句：這句是說鹽民在煮鹽期間，全靠借貸來維持

每天的生活。餱，音侯。餱糧：乾糧。❿「秤入」二句：意思說煮成的鹽交給官府，只值很少的錢；而煮鹽時的借貸，卻要用十倍的利息來償還。得，一作「充」。緡，音民。穿錢的繩子，又指成串的錢。一緡為一千文。⓫課工程：這裡指官府分派的傜役。課：賦役的一種。⓬母、子：這裡是比喻國與民的關係。⓭「本朝」二句：意思說宋朝立國，萬物各得其所；願皇上的仁愛也能推廣至海濱，施之於鹽民。⓮甲兵淨洗：指停止戰爭。杜甫〈洗兵馬〉詩：「淨洗甲兵長不用。」輟：停止。⓯罷鹽鐵：廢止鹽鐵專賣制度，罷除鹽稅和鐵稅。⓰「太平」二句：這裡是說希望做宰相的能發揮作用，使夏商周的「三代之治」在當今出現。相，宰相。爾惟鹽，語出《書・說命》：「若作和羹，爾惟鹽梅。」這是殷高宗命傳說做宰相時說的話，把治國比作烹調，宰相就如同調味的鹽和梅。古代詩文中常用這個典故，沈佺期〈和岑尚書參跡樞揆〉詩：「鹽梅和鼎食。」

**【解　說】**

鹽稅是宋代政府財政收入的重要來源，宋人有「今日財賦，煮海之利居其半」之說。據《宋史・食貨志》記載，南宋時，僅泰州一州的鹽稅收入就超過了唐代全國的鹽利。收入增加，一方面是因為生產發展，另一方面也是因為官賣剝削加重。本詩就是當時鹽民艱苦勞動和在沉重剝削下悲慘處境的形象反映。這是當時別的詩人不大關注的題材。這一方面證明了宋詩取材之廣，一方面也證明了柳永這位以「白衣卿相」自居的「才子詞人」對民生疾苦的關懷之深。

## 代意寄師魯❶

石延年

十年一夢花空委，依舊山河損桃李❷。雁聲北去燕西飛，高樓日日春風裡。眉黛石州山對起❸，嬌波❹淚落妝如洗。汾河不斷天南流❺，天色無情淡如水。

## 【注釋】

❶這是石延年的名作，北宋人王闢之《澠水燕談錄》卷七說：「石曼卿，天聖、寶元間以歌詩豪於一時，嘗於平陽作〈代意寄師魯〉一篇，詞意深美。」平陽：地名，三國魏置平陽郡，宋置晉州，後升為平陽府，屬河東路，為建雄軍節度駐節地，治所在今山西臨汾。康定元年（一〇四〇）西夏侵宋，三月石延年奉命到河東路徵調民兵防邊，詩當即是時作。代意：代人立言。據《詩話總龜》前集卷三十五引《古今詩話》，這首詩是在平陽會中代人所作，故題為「代意」。師魯：尹洙，字師魯，石延年的好友，當時在陝西擔任涇原秦鳳經略安撫司判官，處在抵抗西夏入侵的前線。❷「十年」二句：花空委，喻指年華虛度。損桃李，桃李摧損衰敗，喻指容顏衰老。意思說分別十年，青春虛度；山河依舊，容顏已衰。❸「眉黛」句：此句既是以石州之山峰比喻雙眉，又是描述愁對遠山，懨懨不樂。可參看石延年〈燕歸梁〉詞：「春山總把，深勻翠黛，千疊在眉頭。不知供得幾多愁。」古人常把女子的眉稱做「黛眉」；又常用山峰來比喻。《西京雜記》卷二：「文君姣好，眉色如望遠山。」黛：畫眉的顏料。石州：地名，宋代置州，屬河東路，治所在今山西離石，其地在呂梁山區。❹波：喻指目光，這裡代指眼睛。❺汾河：源出山西寧武管涔山，流經平陽，向南流至曲沃，西折入黃河。天南流：向天南流去。天，一本作「水」。

## 【解說】

這首「代意」之作，從詩意看，主人公是一位閨中思婦，詩是用她的口吻表示對尹洙的思念。從開頭兩句看，這位思婦當與尹洙有過一段親密的感情經歷，但其事已不能詳考。石延年的朋友關詠曾把這首詩改寫成詞，譜入〈迷仙引〉詞調，「於是人爭歌之」。詞云：「春陰霽。岸柳參差，裊裊金絲細。畫閣晝眠鶯喚起。煙光媚。燕燕雙高，引愁人如醉。慵緩步，眉斂金鋪倚。嘉景易失，懊惱韶光改。花空委。忍厭厭地。施朱粉，臨鸞鑑，膩香銷減摧桃李。獨自個凝睇。暮雲暗，遙山翠。天色無情，四遠低垂淡如水。離恨託，征雁寄。旋嬌波，暗落相思淚。妝如洗。向高樓，日日春風裡。悔憑欄，芳草人千里。」（見《詩話總龜》前集卷三十五）詞對詩意有所增演，可與本詩參讀。

## 涼蟾❶

宋祁

涼蟾嚙殘雲❷，飛影上西廡❸。鵲鴉依空牆❹，蠨蛸已在戶❺。君行閱三歲，确戰亦云苦❻。新衣本自綻，故裳復誰補❼？朔風萬里來，倘或從君所。風過無傳音，徘徊獨誰語❽。

【注釋】

❶涼蟾：代指秋月，古人傳說月中有蟾蜍，故云。此詩以首句首二字為題，詩意則擬古樂府的寫法，以閨中思婦的口吻，表達對征人的思念。❷「涼蟬」句：此句說雲破月出，髣髴是月把殘雲咬蝕穿透而露出來一樣。嚙：咬蝕。❸飛影：月光。廡：廊廡，堂屋周圍的走廊。❹「鵲鴉」句：這是說在月光的映照下，棲息在牆上的鵲和鴉都顯現出來了。❺「蠨蛸」句：語出《詩・豳風・東山》：「伊威在室，蠨蛸在戶。」蠨蛸，音蕭稍。一種長腳的小蜘蛛。這裡指門上都結了蜘蛛網，暗示居室已久無人至。❻确戰：堅戰。猶言力戰、苦戰。确：堅硬、堅實。❼「新衣」二句：這兩句是說當年征人出征時的新衣是自己親手縫製；出征日久，衣服想必已經破

舊，卻無人為他縫補了。《玉臺新詠》卷一〈豔歌行〉有「故衣誰為補，新衣誰當綻」之句，為此二句所本。綻，縫補。❽「朔風」四句：設想萬里之外吹來的北風或許就是從丈夫那兒吹過來的，可是北風並未傳來任何音息，自己的滿懷心事，也就無人可以傾訴。杜甫〈擣衣〉詩結尾有云：「用盡閨中力，君聽空外音。」是說閨中思婦用盡力氣擣衣，是希望遠方的征人能夠聽見。此詩則說朔風是從征人那邊吹過來的，卻沒有帶來丈夫的一點消息。這都是把根本不可能的事設想成有實現的可能，而終於未能實現。兩詩構想有異曲同工之妙。

【解說】

這首詩十二句分三節，第一節四句寫景，由遠而近，由大而小，由外而內，由寫景暗示抒情主人公的孤獨寂寞、百無聊賴。第二節四句寫從軍遠戍的丈夫，從思婦的設想中著筆，「新衣」兩句化用古樂府的句式而意思又深入了一層。第三節是思婦的自白，以奇特的設想表現無法排遣的思念之苦。全詩構想新奇，造語奇警，既有古樂府詩的遺意，又有宋詩重構思、重烹煉的特點。

吳小如先生認為宋祁的「五古直承南朝鮑照、謝靈運的遺韻，形成了宋詩中烹煉字句，夾敘夾議的特殊風格」，並認為宋人「以復漢魏六朝之古來挽回並抵消唐末五代的輕浮綺靡之風，宋祁就是這方面的代表」（參見吳小如《古典詩詞札叢・說宋祁〈涼蟾〉》）。這首〈涼蟾〉就是一個例證。

## 猛虎行❶

梅堯臣

山木暮蒼蒼，風淒茆❷葉黃。有虎始離穴，熊羆安敢當❸。掉尾為旗纛❹，磨牙為劍鋩❺。猛氣吞赤豹，雄威躡封狼❻。不貪犬與豕❼，不窺藩❽與牆。當途食人肉，所獲乃堂堂❾。「食人既我分，安得為不祥❿。麋鹿豈非命，其類寧不傷；滿野設罝網，競以充圓方⓫。而欲我無殺，奈何飢餒腸⓬。」

【注　釋】

❶這首詩作於景祐三年（一〇三六）。〈猛虎行〉是樂府古題，屬相和歌辭平調曲，見《樂府詩集》卷三十一。❷茆：同「茅」。茅草。❸羆：音皮。熊的一種，體大，毛棕褐色，俗稱「馬熊」或「人熊」。當：抵敵。❹「掉尾」句：語出王充《論衡》：「比獸之角可以為城，舉尾以為旌。」又李賀〈猛虎行〉：「舉頭為城，掉尾為旌。」掉尾，擺尾、舉尾。纛，音到。大旗。❺劍鋩：劍鋒。柳宗元〈與浩初上人同看山寄京華親故〉：「海畔尖山似劍鋩。」鋩：音茫。刀劍的尖刃。❻躡封狼：使封狼恐懼而畏服。躡：疑為「懾」字之誤。懾：音社。恐懼。封狼：大狼。❼豕：音始。豬。❽藩：藩籬、籬笆。❾堂堂：盛大貌。《孫子・軍爭》：「勿擊堂堂之陣。」杜佑注：「堂堂，盛大之貌也。」這裡形容猛虎吃人很多，而且公然無所顧忌。❿「食人」二句：自此以下都是以猛虎的口氣說話。這兩句是說既然吃人是我們虎的分內之事，就不該被看作不祥。《三國志・魏書・杜畿傳》裴松之注引范先云：「既欲為虎而惡食人肉，失所以為虎矣。」此即「食人」一句所本。⓫「麋鹿」四句：意思說麋鹿之類動物難道就該死於非命嗎？而牠們照樣受到傷害；人類到處設下網羅捕殺牠們，裝進食器裡吃掉。非命，指死於意外災禍事故，不該死而死。罝網，捕捉野獸的網羅。罝，音菹。充圓方，語出漢張衡〈南都賦〉：「珍羞琅玕，充溢圓方。」又王粲〈公宴詩〉：「嘉肴充圓方。」圓方，指盛食品的器具，籩豆簠簋之類，形狀或圓或方，故云。⓬「而欲」二句：是說想讓我不吃人，那我用什麼打發飢腸？

【解　說】

本篇是擬樂府古題之作，構思新奇，以寓言詩的形式寄寓諷刺之意。樂府古辭僅存四句，後人如陸機、儲光羲、李白、韓愈、張籍、李賀等都有此題之作，但主題不盡相同，梅堯臣此詩構思最為新奇，上半部分寫猛虎的兇猛貪暴，下半部分代虎設詞，以食人者的邏輯，為其兇殘本性辯解。諷刺辛辣。或謂此詩乃是諷刺呂夷簡而作。背景是當時范仲淹因抨擊時政、主張改革而得罪宰相呂夷簡，被貶黜。支持范仲淹的歐陽修、尹洙、余靖等也相繼被迫害貶官。呂在朝中專權而有威勢。故這首詩就把他比作吃人的猛虎加以諷刺。

## 田家語❶

梅堯臣

庚辰❷詔書，凡民三丁籍一❸，立校與長❹，號弓箭手，用備不虞❺。主司欲以多媚上❻，急責郡吏，郡吏畏不敢辨❼，遂以屬❽縣令。互搜民口，雖老幼不得免，上下❾愁怨，天雨淫淫❿，豈助聖上撫育⓫之意耶！因錄田家之言，次⓬為文，以俟採詩者云⓭。

誰道田家樂？春稅秋未足！里胥⓮扣我門，日夕苦煎促⓯。盛夏流潦⓰多，白水高於屋。水既害我菽⓱，蝗又食我粟。前月詔書來⓲，生齒復板錄⓳。三丁籍一壯，惡使操弓韣⓴。州符㉑今又嚴，老吏持鞭朴㉒。搜索稚與艾㉓，唯存跛無目㉔。田閭敢怨嗟㉕，父子各悲哭。南畝焉可事㉖，買箭賣牛犢㉗。愁氣變久雨，鐺缶㉘空無粥。盲跛不能耕，死亡在遲速㉙。我聞誠所慚㉚，徒爾叨君祿㉛。卻詠〈歸去來〉㉜，刈薪㉝向深谷。

【注釋】

❶這首詩是宋仁宗康定元年（一〇四〇）梅堯臣在襄城任知縣時所作。❷庚辰：即康定元年。❸三丁籍一：據《宋史・兵志》，宋代在正規軍外又建鄉兵，兵員在農戶中徵集，按規定，每戶二、三丁抽一，四、五丁抽二，六、七丁抽三，八丁以上抽四。丁，壯丁，能服兵役的成年人。籍，本指登記被徵者的名冊，這裡作動詞用，即抽、徵的意思。❹校、長：都是軍中職務名。❺不虞：意外事變。❻主司：負責徵兵的人。媚上：討好取媚於上級。❼辨：分辨、推託，指不敢說徵員太多。❽屬：命令、分派。❾上下：上指天，下指人。❿淫淫：久雨不停。⓫聖上：指皇帝。撫育：即撫育萬民。⓬次：編次。⓭俟：等待。採詩者：相傳周代設採詩官，從民間搜集詩歌，以幫助統治者了解下情。⓮里胥：里正，相當於後世的保、甲長。⓯煎促：猶言煎迫，煎熬逼迫。⓰流潦：水災。⓱菽：豆類農作物。⓲「前月」句：據《宋史・仁宗紀》：因西夏攻宋，康定元年六月朝廷命增置河北、河東及京東西路弓手。當時作者任職的襄城縣即屬京西路。⓳「生齒」句：意即按人口徵丁。生齒，人口。板，同「版」，冊子。板錄，登記入冊。⓴「惡使」句：迫使被徵的丁壯操弓司武。韣：音獨。弓套。㉑州符：州里下達的命令。符，文書。㉒鞭朴：用作刑具的鞭子和棍棒。亦作「鞭扑」。《鄧析子・轉辭》：「寂然無鞭朴之罰。」《國語・魯語上》：「大刑用甲兵，其次用斧鉞，中刑用刀鋸，其次用鑽筰，薄刑用鞭扑，以威民也。」韋昭注：「鞭，官刑也，扑，教刑也。」《漢書・刑法志》：「薄刑用鞭扑。」顏師古注：「扑，杖也。」㉓稚：小孩。艾：老人。《禮記・曲禮上》：「五十曰艾。」㉔跛無目：腿腳殘者和盲人。㉕「田閭」句：這句是說農民不敢抱怨。田閭：田間、鄉閭，指農民。㉖「南畝」句：這句是說田地無法耕種。南畝：《詩・豳風・七月》：「饁彼南畝。」這裡泛指一般田地。焉：如何。事：從事，這裡指耕作。㉗「買箭」句：《漢書・龔遂傳》：「民有帶持刀劍者，使賣劍買牛，賣刀買犢，曰：『何為帶牛佩犢。』」意思是要農民安心從事

農業生產。這裡反用其意。㉘鐺：音稱。鍋。缶：音否。瓦罐。㉙「盲跛」二句：是說盲人和腿腳有殘疾的人不能種地，生活沒有著落，死亡就在眼前。遲速：快慢，這裡用其偏意，頃刻之間的意思。㉚慚：慚愧。㉛「徒爾」句：這句是說自己白白地享受朝廷的俸祿。徒爾：徒然、白白地。叨：享用，多指不當得而得。㉜「卻詠」句：表示要效法陶淵明棄官歸隱。卻，還。〈歸去來〉，指陶淵明〈歸去來兮辭〉。㉝刈薪：砍柴。

## 【解　說】

這首詩模擬田家的口吻寫成，故題作〈田家語〉。宋仁宗康定元年（一〇四〇），西夏進犯，西北戰事吃緊，北宋朝廷因正規軍隊兵員不足，於是下令徵集鄉兵，作為地方守備之用。但是，主管官吏為了邀功，不顧民間的承受能力，過度徵調，以致民不堪命。同時，又因暴雨成災，莊稼完全被洪水沖毀，農民生活更是雪上加霜。詩人面對種種悲慘情景，把農民的痛苦呻吟寫入了詩篇。詩歌從開篇到「死亡在遲速」句，都是記錄田家的話，訴說農村由於遭受水災蝗災，糧食無收，田園荒蕪，但官府照樣徵稅催租。不但如此，朝廷還要徵集兵丁，鄉間老少都不能幸免，以至於健康者「父子各悲哭」，殘疾者更是生活無著，眼看著瀕臨死亡。種種悲慘情狀，令人觸目驚心。最後四句是詩人的自慚和自責。他作為襄城縣令，眼見當地百姓受到天災人禍的交相煎迫，而無力拯救，因此深感慚愧。這種自慚自責，真正體現了正直的士大夫應該保持的仁民愛物之心。

## 汝墳貧女❶

梅堯臣

時再點弓手❷，老幼俱集，大雨甚寒，道死者百餘人。自壤河至昆陽老牛陂❸，僵屍相繼❹。

汝墳貧家女，行哭❺音淒愴。自言有老父，孤獨無丁壯。郡吏來何暴，縣官不敢抗。督遣勿稽留❻，龍鍾去攜杖❼。勤勤囑四鄰❽，幸願相依傍。適聞閭里❾歸，問訊疑猶強❿。果然寒雨中，僵死壤河上。弱質⓫無以託，橫屍無以葬。生女不如男，雖存何所當⓬。拊膺⓭呼蒼天，生死將奈向⓮。

【注　釋】

❶這首詩作於仁宗康定元年（一〇四〇），當時梅堯臣在襄城任知縣。汝墳：汝河岸邊。汝河，汝水，一稱北汝河，在今河南省境內。墳，水邊高地。《詩・周南・汝墳》毛傳：「汝，水名也。墳，大防也。」❷時：指康定元年。再點弓手：又一次徵集鄉兵。這年朝廷下詔徵集鄉兵，號稱「弓箭手」。❸壤河：疑即瀼河鎮，在今河南魯山縣西南十五里。昆陽：今河南葉縣。老牛陂：昆陽縣地名。❹相繼：一個緊挨一個。以上是詩的小序，大意是說：當時又一次徵集弓箭手，連年老的和年幼的都徵集了。天下著大雨，天氣寒冷，沿路死了一百多人。從瀼河到昆陽的老牛陂，屍體一個挨著一個。❺行哭：邊走邊哭。❻督遣：監督發遣。稽留：停留。❼龍鍾：老邁衰弱的樣子。去攜杖：扶杖而去。❽勤勤：懇切。囑四鄰：指貧女請求被徵兵與父同行的鄰居關照自己的父親。❾適聞：剛才聽說。閭里：鄉鄰。❿「問訊」句：是說貧女向生還的鄰居打聽，懷疑自己的父親也能勉強活著回來。疑，是希望如此卻又不相信如此。⓫弱質：孤弱之身，貧女自稱。⓬何所當：抵得什麼、有什麼用。當，音擋。⓭拊膺：捶胸。⓮「生死」句：活著的和死了的將怎麼辦呢？奈向，奈何。

【解　說】

這首詩和〈田家語〉是同時所作，詩中描寫汝河岸邊一位貧家女的痛苦遭遇。詩的小序概述了詩人目擊強行徵兵的情況，而在詩中則只選取一個貧家女子與被徵當兵的父親生離死別的悲慘遭遇，控訴統治者徵兵給民眾帶來的深重苦難。《詩．周南》的〈汝墳〉篇，即用婦女口吻陳述，表現亂世人生的悲哀，這首詩題為〈汝墳貧女〉，既效其角度和口吻，更得其精神和風格。

開頭兩句旁觀描述，說汝河岸邊一位貧家姑娘，邊走邊哭，哭得那麼悲哀。接下去的內容全是「汝墳貧家女」自述的話，說明「行哭音淒愴」的原因。貧家女說她只有一位年老的父親，家裡沒有別的壯年男子。郡吏下來徵兵，氣勢洶洶，極其橫暴，連縣官都不敢違抗。抓來的兵丁被催逼著趕緊上路，不得逗留，衰老的父親只得扶著拐杖而去。眼看著老父被徵兵走了，就反復懇請同去的鄰居，希望多加照顧，互相依靠。方才聽說鄰居有的人回來了，前去探聽消息，還以為老父能勉強支持回來。沒想到老父果真在寒風大雨中，僵死在瀼河邊上。自己一個弱小女子無依無靠，老父的屍體暴露在外，也不能埋葬。老父生了我這個女子，不如男兒，我雖然活著還有什麼用處呢？

最後兩句仍然是貧女的話，「拊膺呼蒼天，生死將奈向。」是說拍打著胸脯，呼喚著老天爺，是活下去呢，還是死了的好呢？我真不知道該怎麼辦啊！全詩到此結束，詩人既不發表感想，也不發表議論，只通過「汝墳貧家女」一字一淚的控訴，便體現出詩人的愛憎感情與思想傾向。詩人譴責了強行徵兵、不顧百姓死活的暴政，對無數被折磨致死的兵丁以及無數喪家失父的孤女寄予了深切的同情。實際上，貧家女的控訴，就是詩人的抗議。這種借貧家女之口，自述痛苦遭遇，比詩人出面客觀地敘寫，來得更為真切感人，而別的歎息、批評倒顯得是多餘的了。

## 書哀❶

梅堯臣

天既喪我妻，又復喪我子。兩眼雖未枯❷，片心將欲死❸。雨落入地中，珠沉入海底。赴海可見珠，掘地可見水。唯人歸泉下❹，萬古知已矣❺。拊膺❻當問誰，憔悴鑑中鬼❼。

【注　釋】

❶慶曆四年（一〇四四），梅堯臣攜家人自湖州赴汴京，其妻謝氏不幸病故於途中，隨後，次子十十（乳名）又因病夭亡，這首詩是為書寫喪妻喪子的悲哀而作。❷兩眼雖未枯：是說眼淚還沒有流盡。一般稱淚盡眼乾為「眼枯」。杜甫〈新安吏〉：「眼枯即見骨，天地終無情。」❸片心將欲死：心死，語出《莊子．田子方》：「夫哀莫大於心死，而人死亦次之。」這裡形容哀痛至極。參看江淹〈別賦〉：「金石震而色變，骨肉悲而心死。」杜甫〈喜達行在所〉詩其一：「眼穿當落日，心死著寒灰。」❹泉下：黃泉之下，指人死後埋葬之處。古人又常用以指陰間。《周書．晉蕩公護傳》：「死若有知，冀奉見於泉下爾。」❺已矣：完了、完結。❻拊膺：捶胸，表示哀痛、悲傷。陸機〈門有車馬客行〉：「拊膺攜客泣，掩淚敘溫涼。」亦作「撫膺」，《列子．說符》：「昔人言有知不死之道者，燕君使人受之，不捷，而言者死……有齊子亦欲學其道，聞言者之死，乃撫膺而恨。」潘岳〈哀永逝文〉：「嫂姪兮憧惶，慈姑兮垂矜，聞鳴雞兮戒期，咸驚號兮撫膺。」❼「憔悴」句：這句是說鏡中自己的形象已經憔悴枯槁得像鬼一樣。鑑：鏡子。

【解　說】

這首詩語言樸素而凝煉，構思則極有匠心。一開篇直奔主題，直書喪妻復喪子之事實，「兩眼」二句接著形容哀痛至極的情形。接下去，「雨落入地中，珠沉入海底」，是兩個比喻，落入地中的雨水，沉入海底的珠子，都不大可能失而復得，這是為了比喻人死了就不可能復生。但是，只有這個比喻還不夠，這還不能充分表現詩人的絕望，因此下面就在比喻的基礎上再加上一層比較的修辭，也就是把雨落入地和珠沉入海與人死歸於泉下相比較。雨落入地和珠沉入海雖然都難於再找回來，但相較之下，畢竟還可以掘地見水，赴海見珠，還有失而復得的可能，而人歸泉下則是徹底地一去不返。通過這樣的比較，就非常強烈地表現了自己的絕望。可以說，此詩最具匠心之處就是這兩個比喻和在比喻基礎上的對比。詩人以這個比喻和比較強烈地表現自己的絕望，從而充分地書寫了自己喪妻喪子的深哀劇痛。

## 看山寄宋中道❶

梅堯臣

前山不礙遠，斷處吐尖碧❷。研青點無光，淡墨近有跡❸。前林橫白雲，復與後嶺隔。孤舟川上人❹，引望❺不知夕。安得老畫師，寫寄幽懷客❻。

### 【注　釋】

❶這首詩作於慶曆八年（一〇四八）。宋中道：宋敏修，字中道，趙州平棘（今河北趙縣）人，參知政事宋綬之子，曾「召試學士院，得尚書屯田員外郎」（劉敞〈挽宋中道詞〉題注）。其兄宋敏求，字次道，寶元二年（一〇三九）賜進士第，是北宋著名學者、藏書家。次道、中道兄弟都是當時的文化名人，王安石曾稱讚說：「文史傳家學，聲名動帝除。」（〈宋中道挽詞〉）梅堯臣和他們兄弟二人有密切的交往。❷「前山」二句：說前面山嶺的斷缺處露出了遠處的山峰。不礙遠，謂沒有擋住遠處的景色。尖碧，形容山峰。❸「研青」二句：這裡研青和淡墨分別代指青碧著色山水和水墨山水兩種繪畫類型。意思說若以青色點染，則不能再現山色原有的光彩；而用水墨渲染，也不免落下痕跡，失去天然神態。研青，繪畫用的青色顏料。點，點染，一種繪畫技法。❹川

上人：詩人自指。當時他在淮河舟行途中。❺引望：引頸遙望。❻幽懷客：指宋中道。幽懷，指胸懷幽深高遠。

【解說】

這首詩的構思和描寫都十分新穎生動。前面六句寫景，有意識地借用繪畫的構圖和筆法，遠近高低，層次錯落，構成生動的畫面。「研青」兩句寫景的方法頗為新巧，不從正面實處形容，而以山水畫中最主要的兩種畫法作為被描寫對象的參照物，分別否定這兩種畫法，便從虛處突出了描寫對象的特徵。有趣的是，這兩句為了表現實景的優美而否定繪畫的筆法，在最後兩句卻又折回來，希望有高明的畫師能把眼前美景摹寫下來，這一方面反過來肯定了繪畫的功能，另一方面又為眼前沒有這麼高明的畫師而遺憾。否定也好，肯定也好，遺憾也好，總之都是為了說明眼前的美景不可多得。

## 晚泊岳陽❶

歐陽修

臥聞岳陽城裡鐘，繫舟岳陽城下樹。正見空江明月來，雲水蒼茫失江路❷。夜深江月弄清輝，水上人歌月下歸。一闋❸聲長聽不盡，輕舟短楫❹去如飛。

【注釋】

❶岳陽：今湖南岳陽，宋代為岳州州治。景祐三年（一〇三六），因范仲淹主張改革朝政而得罪宰相呂夷簡，被貶為饒州知州，歐陽修致書右司諫高若訥，責其不論救，高上此書於朝廷，歐陽修於是被貶為峽州夷陵縣（今湖北宜昌）令。赴貶所途中所作《于役志》載，九月「己卯（初四日）至岳州，夷陵縣吏來接，泊城外」。詩即

是時作。❷「正見」二句：此二句說月光之下，江上水氣與空中霧靄相接，江上的來路隱沒在一片蒼茫之中。失：消失、隱沒。❸一闋：音樂終了為闋，因稱歌曲一首為一闋。闋，音卻。❹楫：船槳。

【解說】

這是歐陽修的名作。詩寫羈旅愁思，但深藏不露。方東樹《昭昧詹言》卷十二說歐陽修詩「情韻幽折，往反詠唱，令人低徊欲絕，一唱三歎而有遺音，如咬橄欖，時有餘味」。此詩就是很好的例證。

## 春日西湖寄謝法曹歌❶

歐陽修

西湖春色歸，春水綠於染。群芳爛不收，東風落如糝❷。參軍春思亂如雲，白髮題詩愁送春❸。遙知湖上一樽酒，能憶天涯萬里人❹。萬里思春尚有情，忽逢春至客心驚❺。雪消門外千山綠，花發江邊二月晴❻。少年把酒送春色，今日逢春頭已白。異鄉物態與人殊❼，惟有東風舊相識。

【注釋】

❶西湖：指許州（今河南許昌）西湖。謝法曹：指謝伯初，字景山，晉江（今屬福建）人，天聖、景祐年間以詩知名，當時在許州任司法參軍。宋代州府置錄事參軍、司戶參軍、司理參軍、司法參軍等屬官，統稱曹官。司法參軍即稱法曹。此詩是景祐四年（一〇三七）二月歐陽修在夷陵作。❷「西湖」四句：寫想像中許州西湖的暮春景色。作者原注：「西湖者，許昌勝地也。」「春水」句從白居易〈憶江南〉「春來江水綠如藍」化出。

爛，爛漫，散亂的意思。爛不收，謂落花委地，四處飄散。糝，音傘。飯粒，引申指散粒狀的東西，這裡形容在春風中飄落的花瓣。❸「參軍」二句：作者原注：「謝君有『多情未老已白髮，野思到春如亂雲』之句。」參軍，指謝伯初。❹「遙知」二句：意思是說由於謝寄詩安慰自己，因而知道他在西湖上飲酒時，還沒有忘記萬里之外的友人。天涯萬里人，作者自指，因被貶在邊遠之地的夷陵，故云。❺「萬里」二句：上句指謝，下句自指。全詩分兩部分，前半寫西湖景色及朋友相念之情，後半寫自己客裡逢春的見聞和感受。這兩句是兩部分的轉折處。❻「雪消」二句：寫夷陵春日景色，是工整的對句，歐陽修曾說「古詩時為一對，則體格峭健」（吳可《藏海詩話》引）。這兩句就是好例。❼殊：異、不同，這裡是生疏之義。

## 【解　說】

歐陽修在夷陵貶所，友人謝伯初寄詩表示懷念，歐陽修遂以此詩答謝。詩的前半部分從謝伯初的方面著筆，後半部分轉寫自身的處境和心情。意境清遠，音節流麗，一唱三歎，情韻悠長。這種效果與此詩獨特的詩行結構有直接關係，為了看得清楚，不妨把詩歌按兩句一行排列如下：

西湖春色歸，春水綠於染。
群芳爛不收，東風落如糝。
參軍春思亂如雲，白髮題詩愁送春。
遙知湖上一樽酒，能憶天涯萬里人。
萬里思春尚有情，忽逢春至客心驚。
雪消門外千山綠，花發江邊二月晴。
少年把酒逢春色，今日逢春頭已白。

異鄉物態與人殊，惟有東風舊相識。

可以看出，凡奇數的一行都有「春」字，而偶數一行則無。且有「春」字的一行中必然是上下兩句皆有「春」，位置或有不同，但上下句之間的「春」字形成了一種聲音應和的效果。而每隔一行便有這樣相應和的兩句，於是就形成了有規律的循環。詩句本身在意思上也有呼應，如第五詩行的「萬里思春」呼應第三詩行的「參軍春思」，第七詩行的「今日逢春」呼應第五詩行的「忽逢春至」，於是又形成前後呼應、循環往復、連綿不絕的效果。這樣細密的筆法，顯然是詩人有意的安排。

這大概是歐陽修本人比較得意的作品，他曾在《六一詩話》中提到「余謫夷陵時，景山（謝伯初）方為許州法曹，以長韻見寄，頗多佳句。有云：『長官衫色江波綠，學士文華蜀錦張。』余答云：『參軍春思亂如雲，白髮題詩愁送春。』蓋景山詩有『多情未老已白髮，野思到春如亂雲』之句，故余以此戲之也。」此詩「參軍春思亂如雲」一句，又曾被晏幾道用入〈玉樓春〉詞：「盡教春思亂如雲，莫管世情輕似絮。」亦頗有韻致。

## 廬山高贈同年劉中允歸南康❶

歐陽修

廬山高哉幾千仞兮，根盤幾百里，截然❷屹立乎長江。是為揚瀾左蠡兮❸，洪濤巨浪日夕相舂撞❹。雲消風止水鏡淨，泊舟登岸而遠望兮，上摩青蒼以晻靄❺，下壓后土之鴻厖❻。試往造❼乎其間兮，攀緣石磴窺空硿❽。千巖萬壑響松檜，懸崖巨石飛流淙❾。水聲聒聒❿亂人耳，六月飛雪灑石矼⓫。仙翁釋子⓬亦往往而逢兮，吾嘗惡其學幻而言哤⓭。但見丹崖翠壁遠近映樓閣⓮，晨鐘暮鼓杳藹羅幡幢⓯。幽花野草不知其名兮，風吹露濕香澗谷，時有白鶴飛來雙。幽尋遠去不可極，便欲絕世遺紛痝⑯。羨君買回築室老其下，插秧盈疇兮，釀酒盈缸。欲令浮嵐暖翠⑰千萬狀，坐臥常對乎軒窗。君懷磊砢⑱有至寶，世俗不辨珉與玒⑲。策名為吏二十載，青衫白首困一邦⑳。寵榮聲利㉑不可以苟屈兮，自非青雲白石有深趣，其氣兀硉何由降㉒？丈夫壯節㉓似君少，嗟我欲說安得巨筆如長杠㉔。

【注釋】

❶皇祐三年（一〇五一）作，時歐陽修在知應天府（今河南商丘）兼南京留守司事任上。廬山：在今江西九江市與星子縣之間，北臨長江，南臨鄱陽湖。同年：指同榜中舉之士。劉中允：劉渙，字凝之，與歐陽修同年進士，官終太子中允潁上令。居官正直，不合於世。五十餘歲時辭官歸隱於廬山，歐陽修遂作此詩贈行。南康：治所在今江西星子縣。❷巀然：山高峻貌。巀，音結。❸揚瀾左蠡：參見《五燈會元》卷十，有官人問廬山棲賢道堅禪：「如何是祖師西來意？」答曰：「洋瀾左蠡，無風浪起。」洋瀾，即揚瀾，揚波。左蠡，山名，在今江西都昌西北，以臨彭蠡湖（鄱陽湖）左（東）得名，隔湖與廬山相望。又借指彭蠡湖。這裡用後一義。❹舂撞：衝撞、撞擊。❺上摩青蒼：摩，迫近、接近。青蒼，指天。曹植〈野田黃雀行〉：「飛飛摩蒼天。」晻靄：雲氣迷蒙陰蔽的樣子。❻后土：土地神。《禮記．月令．季夏之月》：「中央土……其神后土。」又指大地，宋玉〈九辯〉：「皇天淫溢而秋霖兮，后土何時而得乾？」這裡用後一義。鴻厖：廣大無邊。通作「厖鴻」，《文選》卷四十八司馬相如〈封禪文〉：「湛恩厖鴻。」李善注：「厖、鴻，皆大也。」這裡因押韻而倒作「鴻厖」。厖，音忙。❼造：造訪、登臨。❽石磴：山路的石階。磴，音鄧。谾：音籠。《集韻》：「山谷深貌。」《字林》：「谷空貌。」又指長而大的山谷。空谾：形容空曠幽深的山谷。❾淙：音琮。水流。這裡指山石上飛懸的瀑布。沈約〈被褐守山東〉詩：「萬仞倒危石，百丈注懸淙。」❿聒聒：音郭郭。象聲詞，聲音喧鬧雜亂。這裡形容

水聲。⑪飛雪：喻指瀑布濺起的水霧。石矼：石橋。矼，音缸。⑫仙翁：指道教徒。釋子：佛教徒，即和尚。⑬學幻而言哤：謂佛道兩家的學說虛幻荒誕，言論繁雜紛亂。哤：音忙。語言雜亂。《國語・齊語》：「雜處則其言哤。」⑭樓閣：指山中的佛寺和道觀。⑮晨鐘暮鼓：佛寺中早晨撞鐘、黃昏擊鼓以報時。杳藹：深遠貌。羅：羅列。幡幢：這裡指佛寺道觀中懸掛的旗幡。幢，音床。⑯「幽尋」二句：二句說廬山勝景幽遠而不可窮盡，令人起拋棄紛雜世務、歸隱山中之思。極，窮盡。絕世，棄絕人世，與塵世隔絕。《後漢書・袁閎傳》：「閎遂散髮絕世，欲投跡山林。」遺，拋棄。紛痝，紛繁雜亂。痝，音忙。紛亂。⑰浮嵐：山林中的雲氣。暖翠：指山色。⑱磊砢：玉石累積貌，比喻人有奇才異能。《世說新語・言語》：「其人磊砢而英多。」砢，音裸。⑲珉：似玉之石。玒：音紅。《說文》：「玉也。」⑳「策名」二句：意思說劉渙出仕二十餘年來屈居下僚，困於一地，終老縣令。策名，姓名被載入官籍，即出仕之意。劉渙於天聖八年中進士，至此時已二十二年。青衫，宋制八九品官服青，見《宋史・輿服志》。這裡形容官職卑微。歐陽修〈聖俞會飲〉詩云：「磋余身賤不敢薦，四十白髮猶青衫。」㉑寵榮聲利：恩寵、榮譽、聲名、利祿。㉒「其氣」句：此謂如無廬山山林之趣，劉渙高昂之氣便不能平伏。兀硉：亦作「硉兀」。高聳突出貌。硉，音鹿。㉓壯節：壯烈的節操。《三國志・魏書・臧洪傳》：「陳登、臧洪並有雄氣壯節。」㉔長杠，長杆。杠：音剛。木杆。

## 【解說】

唐代李白有〈廬山謠寄盧侍御虛舟〉詩，歐陽修此詩是步趨之作，但寫法和風格並不完全模仿李白詩。從內容看，全詩可分為兩部分，從開頭到「時有白鶴飛來雙」是第一部分，描寫廬山景色，奇麗壯觀。從「幽尋遠去不可極」到結句是第二部分，寫劉渙退隱廬山，歌頌他高尚不凡的人格。詩的意境和氣勢頗有李白詩的神采，但押險韻、造硬語，又有韓愈詩的味道。

這是歐陽修自以為得意的力作。他曾對其子歐陽棐說：「吾〈廬山高〉，今人莫能為，惟李太白能之。」（見《石林詩話》卷中）又據《王直方詩話》記載：「郭功父少時喜誦文忠公（歐陽修）詩。一日過梅聖俞，聖俞曰：『近得永叔書云：「作〈廬山高〉詩送劉同年，自以為得意。」恨未見此詩。』功父為誦之。聖俞擊節歎賞曰：『使吾更學作詩三十年，亦不能道其中一句。』功父再誦，不覺心醉，遂置酒，又再誦。酒數行，凡誦十數遍，不交一言而罷。」梅堯臣有〈依韻和郭祥正祕校遇雨宿昭亭見懷〉詩云：「一誦〈廬山高〉，萬景不得藏。出沒望林寺，遠近數鳥行。鬼神露怪變，天地無炎涼。設令古畫師，極意未能詳。」

## 盤車圖❶

歐陽修

淺山嶙嶙，亂石矗矗，山石磽聱車碌碌❷。山勢盤斜隨澗谷，側轍傾轅如欲覆。出乎兩崖之隘口，忽見百里之平陸。坡長坂峻牛力疲，天寒日暮人心速❸。楊褒忍飢官太學❹，得錢買此才盈幅。愛其樹老石硬，山回路轉，高下曲直，橫斜隱見，妍媸向背各有態，遠近分毫皆可辨❺。自言昔有數家筆，畫古傳多名姓失。後來見者知謂誰，乞詩梅老聊稱述❻。古畫畫意不畫形，梅詩❼詠物無隱情。忘形得意知者寡，不若見詩如見畫。乃知楊生真好奇，此畫此詩兼有之。樂能自足❽乃為富，豈必金玉名高貲❾。朝看畫，暮讀詩，楊生得此可不飢。

【注釋】

❶嘉祐元年（一〇五六）歐陽修在汴京作。盤車是古代繪畫中常見的題材。唐開元時畫家董蕚便以畫《盤車圖》

著名。五代南唐畫家衛賢亦善畫這一題材，《宣和畫譜》卷八記載宋代有他的《雪崗盤車圖》、《閘口盤車圖》和兩幅《盤車圖》傳世。《苕溪漁隱叢話》前集卷三十引《西清詩話》云：「唐人有《盤車圖》，畫重崗複嶺，一夫馳車山谷間。」今故宮博物院尚藏有宋人《盤車圖》，繪牛車在山道上艱難行進之狀。此詩又題作《和聖俞盤車圖》，題下注「呈楊直講」。楊直講：楊褒，字之美，成都華陽人，時與梅堯臣同為國子監直講。楊好收藏古畫，曾在市上購得《盤車圖》一幅，請梅堯臣為之題詩。歐陽修此詩乃和梅詩之作。❷嶙嶙：山峰重疊高峻貌。矗矗：高聳貌。磽聱：山多石貌。聱，同「磝」。碌碌：車輪轉動聲。賈島〈古意〉：「碌碌復碌碌，百年雙轉轂。」❸「坡長」二句：坂，斜坡。《苕溪漁隱叢話》前集卷三十引《西清詩話》謂此二句乃寫《盤車圖》中「重崗複嶺，一夫馳車山谷間」的畫面，並說：「丹青吟詠，妙處相資，昔人謂詩中有畫，畫中有詩者，蓋畫手能狀，而詩人能言之。……且畫工意初未必然，而詩人廣大之。乃知作詩者徒言其景，不若盡其情，此題品之津梁也。」按此二句中「牛力疲」、「人心速」云云，乃詩人對畫中事物的揣測體會，此即在畫面之外「廣大之」而「盡其情」。❹「楊褒」句：楊褒當時任國子監直講，職責是在太學講授諸經、訓導學者，這是一個清苦的窮官，故這裡說他「忍飢官太學」。梅堯臣〈和楊直講夾竹花圖〉詩亦說：「太學楊君固甚貧。」太學：宋代太學隸屬於國子監。❺「愛其」六句：說楊褒忍飢買畫，乃是愛此畫之精美。妍，美好。媸，相貌醜陋。❻「自言」四句：謂《盤車圖》自來就有數家作者的手筆，因流傳久遠而失其名姓；楊褒亦不能確定此畫的作者，於是向梅堯臣請教。梅堯臣《觀楊之美盤車圖》說：「古絲昏晦三尺絹，畫此當是展子虔，坐中識別有公子，意思往往疑魏賢。」展子虔，歷仕北齊、北周，入隋為朝散大夫，著名畫家，擅畫人物、車馬。魏賢，即衛賢，五代南唐畫家，參見注❶。從梅詩看，此畫作者仍然未能確定。❼梅詩：指梅堯臣所作的〈觀楊之美盤車圖〉詩。
❽樂能自足：能以自足為樂。❾「豈必」句：此句說不一定要擁有金玉之類財寶才叫富有。高貲：豐厚的錢財。《新唐書・郝處俊傳》：「鄉人田氏彭氏以高貲顯。」貲：同「資」，錢財。

## 【解說】

這是宋人題畫詩的一篇名作。既有對畫面景物的傳神描寫，也有對繪畫不能直接表現的情態的揣測補充；既有對楊褒清高人格的稱讚，也有對詩畫藝術的高明議論。「古畫畫意不畫形，梅詩詠物無隱情。忘形得意知者寡，不若見詩如見畫」四句，是歐陽修論詩藝、畫藝的著名觀點，曾產生過很大影響，也引起過很多相關的討論。沈括《夢溪筆談》卷十七評云：「此真為識畫也。」又說：「書畫之妙，當以神會，難可以形器求也。」《王直方詩話》說：「文忠公《盤車圖》詩云：『古畫……見畫。』東坡作〈韓幹畫馬圖〉詩云：『韓生畫馬真是馬，蘇子作詩如見畫。世無伯樂亦無韓，此詩此畫當誰看。』又云：『論畫以形似，見與兒童鄰。賦詩必此詩，定非知詩人。詩畫本一律，天工與清新。』又云：『少陵翰墨無形畫，韓幹丹青不語詩。此畫此詩今已矣，人間駑驥謾爭馳。』余每誦數過，殆欲常以為法也。」葛立方《韻語陽秋》卷十四說：「歐陽文忠公詩云：『古畫……見畫。』東坡詩云：『論畫以形似，見與兒童鄰。賦詩必此詩，定非知詩人。』或謂二公所論，不以形似，當畫何物？曰：非謂畫牛作馬也，但以氣韻為主爾。謝赫云：『衛協之畫，雖不該備形妙，而有氣韻，凌跨雄傑。』其此之謂乎？」

這首詩又是一篇以文為詩的成功之作。近人朱自清《宋五家詩鈔》說：「此雜言也。須留意詩中散文句。」詩中穿插的散文句式形成了全詩音律節奏的錯落變化，產生了平易暢達之中見曲折頓挫的特殊效果。

# 明妃曲和王介甫作❶

歐陽修

胡人以鞍馬為家，射獵為俗。泉甘草美無常處，鳥驚獸駭爭馳逐❷。誰將漢女嫁胡兒，風沙無情貌如玉。身行不遇中國人，馬上自作思歸曲❸。推手為琵卻手琶❹，胡人共聽亦咨嗟❺。玉顏流落死天涯，琵琶卻傳來漢家❻。漢宮爭按新聲譜，遺恨已深聲更苦❼。纖纖女手生洞房，學得琵琶不下堂。不識黃雲出塞路，豈知此聲能斷腸❽。

## 【注釋】

❶嘉祐四年（一〇五九）歐陽修在汴京作。明妃：即王昭君，名嬙（一作「檣」，或作「牆」），字昭君，南郡秭歸人，漢元帝時宮女。竟寧元年，漢室與匈奴和親，元帝以王嬙嫁呼韓邪單于，號寧胡閼氏。後來晉人避文帝司馬昭諱，改稱為明君或明妃。王介甫：王安石，字介甫，他在嘉祐四年作了〈明妃曲〉兩首，梅堯臣、司馬光、劉敞等名人都有和詩。歐陽修也和作了兩篇，這是第一篇。❷「胡人」四句：此四句寫胡地狩獵游牧生活，點出胡、漢習俗之異。胡人，指匈奴。《漢書・鼂錯傳》：「胡人食肉飲酪，衣皮毛，非有城郭田宅之歸，居如飛鳥走獸，於廣野美草甘水則止，草盡水竭則移，此胡人之生業。」李白〈戰城南〉：「胡人以殺戮為耕作。」❸「馬上」句：此句說明妃出塞時作琵琶曲寄託哀怨。晉石崇〈王明君詞序〉云：「匈奴盛，請婚於漢，元帝以後宮良家子昭君配焉。昔公主嫁烏孫，令琵琶馬上作樂，以慰其道路之思。其送明君，亦必爾也。其造新曲，多哀怨之聲。」❹卻手：回手。《廣韻》：「推手為琵，引手為琶。」琵琶本象聲詞，用以為樂器名。《釋名・釋樂器》：「琵琶本出於胡中，馬上所鼓也，推手前曰琵，引手卻曰琶，像其鼓時，因以為名也。」❺咨嗟：歎息。❻「玉顏」二句：謂明妃流落死於塞外，琵琶怨曲卻傳入中原。此是詩意轉折之處，「玉顏」句承上，寫明妃流落天涯之遺恨；「琵琶」句啟下，寫琵琶曲傳入中原以後的情形。王安石原作第二首的結句說：「可憐青冢已蕪沒，尚有哀絃留至今。」這裡承其意而加以引申發揮。❼「漢宮」二句：按，這裡是依照樂譜演奏的意思。這兩句意思說明妃寄託遺恨而作的悲苦的思歸怨曲卻被漢宮中當作新聲來演奏。新聲譜，指明妃所作的

思歸曲。❽「纖纖」四句：四句說後來宮中爭按新聲的宮女，生活在洞房曲室，足不出戶，她們根本不知出塞之苦，自然不懂琵琶曲中的哀怨。劉長卿〈王昭君〉詩：「琵琶絃中苦調多，蕭蕭羌笛聲相和。可憐一曲傳樂府，能使千秋傷綺羅。」這裡反用其意。洞房，深邃的內室。下堂，離開堂屋。韓愈〈馬府君行狀〉：「夫人滎陽鄭氏……侍君疾，逾年不下堂。」這裡指足不出戶。黃雲，指塞外風沙。斷腸，形容悲苦之深。唐顧朝陽〈王昭君〉詩：「妾死非關命，只緣怨斷腸。」

## 【解　說】

這首詩與下一篇〈再和明妃曲〉，都是歐陽修的名作。據葉夢得《石林詩話》卷中記載，他曾對其子歐陽棐說：「吾〈廬山高〉，今人莫能為，惟李太白能之。〈明妃曲〉後篇，太白不能為，惟杜子美能之；至于前篇，則子美亦不能為，惟我能之也。」可見本篇是他最為得意的作品。清人方東樹對此詩構思及章法布置頗為推崇，說它「思深，無一處是恒人胸臆中所有」。「以後一層作起。『誰將』句逆入明妃」。「『玉顏』二句逆入琵琶。收四語又用他人逆襯。一層一層不猶人，所以為思深筆折也」（《昭昧詹言》卷十二）。

# 再和明妃曲❶

歐陽修

漢宮有佳人，天子初未識，一朝隨漢使，遠嫁單于國❷。絕色天下無，一失難再得。雖能殺畫工❸，於事竟何益。耳目所及尚如此，萬里安能制夷狄❹。漢計誠已拙❺，女色難自誇。明妃去時淚，灑向枝上花。狂風日暮起，飄泊落誰家？紅顏勝人多薄命，莫怨春風當自嗟❻。

【注　釋】

❶嘉祐四年（一〇五九）作。是歐陽修為王安石〈明妃曲〉所寫的兩篇和詩中的第二篇。❷「漢宮」四句：本事出《後漢書・南匈奴傳》，竟寧元年，匈奴呼韓邪單于來朝，漢元帝命賜他五個宮女。昭君入宮已數年，不得進見，遂自動請行。臨行之日，「昭君丰容靚飾，光明漢宮，顧景徘徊，竦動左右。帝見大驚，意欲留之，而難於失信，遂與匈奴」。單于，匈奴稱其國君為單于。❸殺畫工：相傳漢元帝因後宮人多，不能常見，乃令畫工為她們畫像，按圖召見。於是宮人皆賄賂畫工，獨王昭君自恃容貌美麗而不行賄。畫工便將她畫醜，遂不得召見。後嫁匈奴時，元帝才發現她容貌為後宮第一，且善應對，舉止嫻雅。但因怕失信於匈奴，不能改換他人，因而怒殺畫工。事見《西京雜記》卷上。按此事史書未載，當出於傳聞。❹「耳目」二句：按此二句譏刺漢元帝，實有感現實而發，乃借漢事言宋事。耳目所及，指身邊近處。意思說自己身邊的事情尚且要受蒙蔽，哪裡還談得上制勝萬里之外抵禦外來侵擾。❺「漢計」句：此句說漢代和親政策很不高明，亦是針對宋代對外政策而言。❻「紅顏」二句：意思說才貌過人便與命相妨，故明妃只應自歎命薄而不必怨天尤人。這是從明妃遭遇引出的結論，微諷之意自在言外。紅顏，指婦女的美貌。春風，喻指命運遭遇。

【解　說】

本篇是歐陽修自許為「太白不能為，惟杜子美能之」的得意之作。「耳目所及尚如此，萬里安能制夷狄」兩句，與王安石原唱一樣，同以見解高明、議論新警取勝。宋蔡正孫《詩林廣記》卷一引錢晉齋說：「歐陽公〈明妃後曲〉，其間言近而宮廷聞見且有所不及，況遠而萬里之夷狄乎？此語切中膏肓。」

# 吾聞❶

蘇舜欽

吾聞壯士懷❷，恥與歲時沒❸。出必鑿凶門❹，死必填塞窟❺。風生玉帳❻上，令下厚地裂❼。百萬呼吸間，勝勢一言決❽。馬躍踐胡腸，士渴飲胡血。腥膻屏除盡❾，定不存種孽❿。予生雖儒家，氣欲吞逆羯⓫。斯時不見用，感歎腸胃熱。晝臥書冊中，夢過玉關北⓬。

【注釋】

❶這首詩當是作於宋仁宗康定元年（一〇四〇）至慶曆初年宋夏戰爭期間。詩以首句開頭二字為題，實為直抒懷抱之作。❷懷：懷抱、抱負。❸「恥與」句：這句是說壯士及時立功的志向，恥隨歲月流逝而消失。杜甫〈寄岳州賈司馬六丈、巴州嚴八使君兩閣老五十韻〉：「笑為妻子累，甘與歲時遷。」這裡反用其意。歲時：歲月、時間。韓愈〈贈族侄〉詩：「歲時易遷次，身命多厄窮。」❹鑿凶門：古代將軍出征，鑿一扇向北的門，由此出發，如辦喪事一樣，以示必死的決心。《淮南子・兵略訓》：「將已受斧鉞……乃爪鬋，設明衣也，鑿凶門而出。」凶門：古時辦喪事在門外用白絹或白布結紮成門形，稱「凶門」。❺填塞窟：填埋在邊塞的土穴中，意謂在邊塞抵禦外患而戰死。塞窟：邊塞的土穴。❻玉帳：主帥所居的帳幕，取其如玉之堅，故云。顏之推〈觀我生賦〉：「守金城之湯池，轉絳宮之玉帳。」李商隱〈重有感〉詩：「玉帳牙旗得上游，安危須共主君憂。」❼厚地：大地。裂：崩裂。❽「百萬」二句：是說指揮百萬大軍作戰，一聲令下，頃刻之間就能決定勝勢。呼吸，一呼一吸，指頃刻之間。《晉書・郗鑒傳》：「決勝負於一朝，定成敗於呼吸。」❾腥膻：入侵的外敵。鄭

處誨〈劉瑑碑〉：「天寶末，犬戎乘我多難，無力禦奸，遂縱腥膻，不遠京邑。」這裡指西北方入侵的西夏軍隊。屏除：排除、除去。白居易〈宿靈巖寺上院〉詩：「葷血屏除唯對酒。」這裡是消滅的意思。❿種孽：對非我族類的蔑稱。⓫逆羯：這裡指西夏。羯：古代北方民族名，曾附屬匈奴。《魏書・石勒傳》：「其先匈奴別部，分散居於上黨武鄉羯室，因號羯胡。」古代多用以泛指來自北方的外族。⓬玉關：玉門關，漢武帝時置，因西域輸入玉石時取道於此而得名，漢時為通往西域各地的門戶。故址在今甘肅敦煌西北小方盤城。宋代玉門關及其以北之地已陷於西夏。

【解　說】

北宋仁宗朝宋夏戰爭期間，許多士大夫或出任邊防軍隊的將領，或為朝廷出謀劃策，或以各種方式議政論兵，形成一股關心軍事、關心國防的熱潮，這是北宋士大夫以天下為己任的政治責任心的集中體現。蘇舜欽這首自抒壯志的詩歌，就產生在這樣的時代。詩歌從開篇到「氣欲吞逆羯」一段，寫以身許國的豪邁情懷，氣勢開張，壯懷激烈，在北宋詩中是不可多得的壯語。接下來「斯時不見用，感歎腸胃熱」兩句，抒發空有壯志而不被重用的悲哀，可以體會到詩人激動不平的內心。最後兩句，表明壯志不能實現，只好寄託於夢境。

史書記載，蘇舜欽為人，慷慨有大志，「時發憤懣於歌詩，其體豪放，往往驚人」（《宋史・蘇舜欽傳》）。歐陽修〈水谷夜行寄子美聖俞〉詩也說：「子美氣尤雄，萬竅號一噫。」又說：「蘇豪以氣轢，舉世徒驚駭。」前人對蘇舜欽為人和詩歌風貌的評價，基本上是眾口一詞。這首詩可見其豪邁激動詩風的一般特點。

此外，南宋岳飛〈滿江紅〉詞的名句「壯志飢餐胡虜肉，笑談渴飲匈奴血」，即從本詩「馬躍踐胡腸，士渴飲胡血」發展而來。

## 中秋夜吳江亭上對月，懷前宰張子野及寄君謨蔡大❶

蘇舜欽

獨坐對月心悠悠❷，故人不見使我愁。古今共傳惜今夕，況在松江亭❸上頭。可憐節物會人意❹，十日陰雨此夜收。不惟人間重此月，天亦有意於中秋。長空無瑕露表裡，拂拂漸上寒光流❺。江平萬頃正碧色，上下清澈雙璧❻浮。自視直欲見筋脈，無所逃遁魚龍憂❼。不疑身世在地上，只恐槎去觸斗牛❽。景清境勝返不足，歎息此際無交游❾。心魂冷烈曉不寢，勉為筆此傳中州❿。

【注釋】

❶這首詩是蘇舜欽慶曆元年（一〇四一）在吳江作。吳江亭：指吳江縣（今屬江蘇）吳江濱的如歸亭，為張先修葺舊亭而成，壁上有蔡襄題寫的記文。前宰張子野：張先，字子野，烏程（今浙江湖州）人，天聖八年（一〇三〇）進士，康定元年（一〇四〇）知吳江縣，次年改為嘉禾判官。古稱縣令為宰，因此時張先已不在吳江縣令任上，故稱「前宰」。君謨蔡大：蔡襄，字君謨，行大，仙遊（今屬福建）人，天聖八年進士，慶曆初在京任著作佐郎、館閣校勘。張、蔡均蘇舜欽好友。❷悠悠：憂思的樣子。《詩・小雅・十月之交》：「悠悠我里。」里：通「悝」，憂愁。❸松江亭：即如歸亭。松江：即吳江，又名吳松江，為太湖最大支流，流經吳江縣。❹節物：時令、氣候。會：領會、理解。❺拂拂：本意是風吹動貌，這裡形容月光閃動的樣子。漸上：一本作「漸漸」。按「漸漸」，音尖尖。語出《史記・宋微子世家》載箕子所作〈麥秀〉詩：「麥秀漸漸兮，禾黍油油。」

本是形容麥芒秀出的形狀，這裡形容月亮的光芒。寒光：指月光。❻璧：圓形中間有孔的玉，這裡喻月。❼「自視」二句：意思是說月光極為清澈明亮，髣髴使身體變得透明，可以分辨筋絡血脈；江水也變得明淨見底，水中潛伏的魚龍都擔心無處藏身。❽「不疑」二句：是說置身月光之中，已不覺得身在人世，髣髴乘槎到了天上，擔心會觸上斗牛二星。槎，音查。木伐。斗牛，二十八宿中的斗宿和牛宿。槎去觸斗牛，典出晉張華《博物志》卷三，傳說天河與海通，海邊有人乘槎而去，來到一處，見到許多女子紡織，有一男子牽牛飲水。此人問是何處，牽牛人讓他回去問蜀郡賣卜的嚴君平。後來嚴君平告訴他某年月日，有客星觸犯牽牛宿。計其年月，正是他乘槎到天河時。唐代宋之問〈明河篇〉「明月可望不可親，願得乘槎一問津」二句，與此詩用典相同，但二詩立意迥異。❾「景清」二句：意思是說，面對清景勝境反而產生美中不足的遺憾，原因是沒有故人同遊。清，一作「情」。❿勉為：勉力為之。謂不易寫好而勉為其難，表示自謙。筆：這裡用作動詞，書寫。中州：指汴京，即此時蔡襄所在之地。

## 【解說】

宋龔明之《中吳紀聞》卷三記載：「張子野宰吳江，因如歸舊亭撤而新之。蔡君謨題壁間云：『蘇州吳江之濱有亭曰如歸者，隘壞不可居，康定元年冬十月，知縣事祕書丞張先治而大之，以稱其名之謂。既成，記工作之始以示於後。』」蘇舜欽在慶曆元年曾因事旅越州（今浙江紹興），此詩是途經吳江時作。是時張先已不在吳江，蔡襄則在汴京供職。故詩人置身如歸亭上，自然勾起懷念之情。自古以來，中秋之夜望月懷人就是詩中反復出現的主題，此詩則能以奇特的構思力破唐人陳規，把一個陳舊的主題寫出新意。如陳衍《宋詩精華錄》卷一所評：「此作頗能避熟就生。寫月光澈骨，種種異乎尋常。如自責得隴望蜀，尤其透過一層處。」

# 南園飲罷留宿，詰朝呈鮮于子駿、范堯夫、彝叟兄弟❶

司馬光

園僻青春深，衣寒積雨闋❷。中宵❸酒力散，臥對滿窗月。旁觀萬象寂，遠聽群動❹絕。只疑玉壺冰，未足比明潔❺。

【注　釋】

❶南園：司馬光退居洛陽時所置之園，建於熙寧六年（一〇七三），在洛陽尊賢坊。又名獨樂園。他經常邀友人至園中遊賞宴集。詰朝：明晨、次日早晨。鮮于子駿：鮮于侁，字子駿。范堯夫、彝叟兄弟：范純仁，字堯夫，范仲淹次子。范純禮，字彝叟，范仲淹第三子。鮮于侁和范純仁在元豐年間曾提舉西京留守司御史臺，住在洛陽；范純禮也於元豐中在洛陽擔任京西轉運副使。三人與司馬光交往密切。❷「衣寒」句：此句是說連綿的春雨剛停，身上衣單，難禦雨後春寒。闋：停止。❸中宵：半夜。❹群動：各種動物的動態和聲響。這裡側重指各種聲響。❺「只疑」二句：這兩句是說光明清澈的玉壺冰，也不足以比擬今夜月光的明潔。玉壺冰，語出鮑照〈代白頭吟〉：「清如玉壺冰。」比喻清高的品格。又唐王昌齡〈芙蓉樓送辛漸〉：「一片冰心在玉壺。」比喻清潔澄澈的心地。明潔，這裡形容月光。

【解　說】

這首詩語言素樸，意境清寂。最後借用前人的比喻而又翻進一層，既是說「玉壺冰」也不足以比擬月光的明潔，同時也是向友人表明自己的心跡，妙在借物言志而不說破。司馬光曾說：「吾無過人者，但平生所為，未嘗有不可對人言者耳。」（《苕溪漁隱叢話》前集卷二十八引）此詩明潔清遠的意境，正是這種人生境界的寫照。

## 河北民❶

王安石

河北民，生近二邊❷長苦辛。家家養子學耕織，輸與官家事夷狄❸。今年大旱千里赤❹，州縣仍催給河役❺。老小相攜來就南❻，南人豐年自無食。悲愁白日天地昏，路旁過者無顏色❼。汝生不及貞觀中❽，斗粟數錢無兵戎❾。

【注　釋】

❶這是王安石早年的作品，大約作於慶曆六年（一〇四六）。河北：指黃河以北。❷二邊：指宋與契丹接壤的北部邊界和與西夏接壤的西北部邊界。❸輸：繳納，特指納稅。官家：朝廷。事夷狄：謂宋朝以銀、絹奉送給西夏和契丹，以換取講和的局面。事：侍奉。夷狄：這裡指契丹和西夏。❹千里赤：謂莊稼枯死，赤地千里。赤：一無所有。❺「今年」句：此句說大旱無食，河北之民仍然不能免除勞役。「催」字寫出官府徵調民工的急迫。給河役：擔任做河工的勞役。❻就南：到黃河以南就食。❼無顏色：謂飢餓愁苦，面無人色。顏色：臉色。❽「汝生」句：這句是說河北之民生非其時，沒有趕上貞觀之治的好日子。不及：沒有趕上。貞觀：唐太宗年號（六二七～六四九）。貞觀年間，政治開明，天下太平，百姓安居樂業，物阜民豐，經濟發展，史稱「貞觀之治」。❾「斗粟」句：說貞觀年間，百姓不會挨餓，也無戰亂之苦。《資治通鑑》載，貞觀十五年（六四一），唐太宗

曾說自己有二喜：「比年豐稔，長安斗粟直三、四錢，一喜也；北虜久服，邊鄙無虞，二喜也。」此即這句詩之所本。

## 【解　說】

這是王安石早年政治詩中的名篇。北宋自真宗與契丹訂「澶淵之盟」，每年送給契丹二十萬兩銀、十萬匹絹的歲幣，後來又在契丹的恐嚇之下於慶曆二年（一〇四二）「屈己增幣」，在原來歲幣的基礎上每年增加銀十萬兩、絹十萬匹。而對西夏，宋王朝也採取按年「賜」與銀萬兩、絹萬匹、錢二萬貫的辦法。到慶曆初年，西夏多次入侵。宋朝又於慶曆四年（一〇四四）重訂和約，每年送與西夏七萬兩銀、十五萬五千匹絹、三萬斤茶，以換取西北邊界的苟安。「官家」對契丹和西夏「屈己增幣」，導致了「河北民」的「長苦辛」。詩人不僅對民不聊生的現實痛心疾首，而且揭示了現實問題背後的政治根源。詩的最後兩句，以「貞觀之治」作為對照，既表達了對現實的批判，又表明了自己的政治理想。這就不同於一般停留於泛泛地同情民生疾苦層面的其他詩人的作品，而體現了一位政治家的胸懷和本色。

## 桃源行❶

王安石

望夷宮中鹿為馬，秦人半死長城下❷。避時❸不獨商山翁，亦有桃源種桃者❹。此來種桃經幾春，採花食實枝為薪。兒孫生長與世隔，雖有父子無君臣❺。漁郎漾舟迷遠近，花間相見驚相問。世上那知古有秦，山中豈料今為晉❻。聞道長安吹戰塵，春風回首一沾巾。重華一去寧復得，天下紛紛經幾秦❼。

【注　釋】

❶選自《王文公文集》卷三十七，作年不詳。詩意根據晉陶淵明〈桃花源記〉和〈桃花源詩〉而加以發揮。行：歌行，古詩的一種體裁。❷「望夷」二句：此二句總寫秦時的政治黑暗，民不堪命。上句據《史記・秦始皇本紀》，秦二世時，趙高專權，一次故意把一隻鹿說成馬，以試探別人是否順承他，當時群臣中凡說那是鹿而不是馬的，後來都受到趙高的陷害。秦二世終於也被趙高在望夷宮中殺掉。這裡以此事概括秦時朝政的混亂黑暗。下句以秦時徵調民工修築長城，為此死者甚眾一事概括表現當時百姓的痛苦。望夷宮：秦宮名。❸避時：為逃避亂世而隱居。商山翁：指東園公、甪里先生、綺里季和夏黃公四人，他們在秦末避亂隱居商山，四人皆年老鬢白，世稱商山四皓。見《史記・留侯世家》。❹桃源種桃者：指陶淵明〈桃花源記〉中所說的為避秦時之亂而躲入桃源中的人。❺「此來」四句：概括寫桃源中與世隔絕的安寧平靜生活。無君臣，是說無統治與被統治之分。❻「漁郎」四句：敘寫陶淵明原文中漁人誤入桃源和桃源中人感歎人世變幻等內容。漾舟，讓船在水中漂流。迷遠近，本於〈桃花源記〉中漁人「緣溪行，忘路之遠近，忽逢桃花林」等一段內容。「世上」和「山中」兩句是漁人和桃源人彼此的感慨，意思是說世上很多人已不知道古代秦朝的存在，而桃源中人則如〈桃花源記〉所說「不知有漢，無論魏晉。」❼「聞道」四句：借桃源人的感慨，為天下亂世多治世少而歎息。吹戰塵，指發生戰事。重華，虞舜的名字。寧復得，不可復得。經幾秦，經歷了多少像秦那樣的黑暗王朝。

【解　說】

本篇可以說是用詩體寫的陶淵明〈桃花源記〉的讀後感，詠桃花源故事只是依託，表達詩人的政治理想才是目的。詠桃花源故事的詩歌，前代曾出現過許多，唐代王維的〈桃源行〉和韓愈的〈桃源圖〉都是名篇。王安石此詩的重點不在描寫桃花源的本事，而著重於批判黑暗政治，寄託政治理想。從「雖有父子無君臣」一句的強調可以看出他的用意。最後兩句的感歎，也表現了一位政治家對開明政治的嚮往，清人方東樹《昭昧詹言》卷十二曾把此詩與王維的〈桃源行〉和韓愈的〈桃源圖〉作過比較，「觀各人命意歸宿，下筆章法，輞川（王維）只敘本事，層層逐敘夾寫，此只是衍題。」韓愈詩，「先敘畫作案，次敘本事，中夾寫一二，收入議，作歸宿，抵一篇游記。」王安石此詩則是「純以議論架空而行，絕不寫」，「只用夾敘夾議，但必有名論傑句，以見寄託」。確實，王安石此詩的過人處並不在章法、描寫的細緻，而在於命意寄託的高遠。

## 明妃曲二首❶

王安石

### 其一

明妃初出漢宮時，淚濕春風鬢腳垂。低徊顧影無顏色，尚得君王不自持❷。歸來卻怪丹青手，入眼平生未曾有❸。意態由來畫不成，當時枉殺毛延壽❹。一去心知更不歸，可憐著盡漢宮衣❺。寄聲欲問塞南❻事，只有年年鴻雁飛。家人萬里傳消息：「好在氈城莫相憶❼，君不見咫尺長門閉阿嬌，人生失意無南北❽。」

### 其二

明妃初嫁與胡兒，氈車百兩皆胡姬❾。含情欲說獨無處，傳與琵琶心自知❿。黃金捍撥⓫春風手，彈看飛鴻⓬勸胡酒。漢宮侍女⓭暗垂淚，沙上行人卻回首：「漢恩自淺胡自深，人生樂在相知心⑭。」可憐青冢已蕪沒⑮，尚有哀絃⑯留至今。

## 【注釋】

❶這兩首詩作於嘉祐四年（一〇五九），時王安石在三司度支判官任上。這是王安石的名作，當時歐陽修、梅堯臣、曾鞏、司馬光、劉敞等都作有和詩。明妃：即王昭君，見歐陽修〈明妃曲和王介甫作〉注❶。❷「明妃」四句：初出漢宮，指王昭君出嫁匈奴臨行之時。春風，指面容，用杜甫〈詠懷古跡〉「畫圖省識春風面」語意。低徊顧影，謂低頭徘徊，顧影自憐，形容自我憐惜，不忍即行之狀。無顏色，謂因傷心而失去動人的面色。不自持，不能自我控制而失態。此四句本事出於《後漢書．南匈奴傳》，見歐陽修〈再和明妃曲〉注❷。意思是說王昭君臨行之時，悲傷流淚，顧影徘徊，面色慘淡，但她的美麗仍然使得漢元帝不能自持。❸「歸來」二句：丹青手，指畫工。入眼平生，平生所見。這兩句意思是說漢元帝回頭卻責怪畫工沒有把王昭君少見的美貌畫下來。據《西京雜記》卷上說，漢元帝因畫工從前未將王昭君的美貌真實地畫下來而怒殺畫工。當時被殺的畫工當中有一位叫毛延壽。參見歐陽修〈再和明妃曲〉注❸。❹「意態」二句：意思是說人的風采神態本來就畫不出來，漢元帝當時把毛延壽他們殺掉完全是錯誤的。❺「一去」二句：是說王昭君心知不可能再回漢朝，但仍然衷心思漢，不改漢服，天長日久，衣皆穿盡。「可憐」二字，表示對王昭君思念故國的眷眷之心的同情。❻塞南：邊塞以南，指漢王朝統治的區域。❼「家人」句：此句是假託王昭君家人寬慰她的話，意思是讓她安心在匈奴生活，不要想家。氈城：匈奴單于所居之地。匈奴以氈帳為居所，故云。❽「君不見」二句：承上，也是假託王昭君家人的話。這兩句意思是說曾經倍受寵愛的陳阿嬌，尚且被打入冷宮。失寵之人，無論近在咫尺，還是遠在天涯，情形差不多；人生既然失意，也就不要計較在南還是在北了。咫尺，指極近之地。長門，長門宮，漢宮名。閉，幽閉、幽禁。阿嬌，漢武帝的皇后，姓陳。在她得寵時，漢武帝願以金屋藏之，及其失寵，

又把她幽閉在長門宮，雖然近在咫尺，也不相見。❾氈車：指匈奴迎親的車輛。兩：同「輛」。《詩・召南・鵲巢》：「之子于歸，百兩御之。」此用其意。胡姬：指前來迎接王昭君的匈奴女子。❿「含情」二句：是說王昭君此時滿腔哀怨，不能明說的心事只能寄託於琵琶曲中。⓫捍撥：貼在琵琶面板中部的裝飾物，用以保護琵琶面板，防護彈撥時撥子對面板的碰擊，故稱「捍撥」。葉廷珪《海錄碎事》卷十六〈琵琶〉條：「金捍撥在琵琶面上當絃，或以金塗為飾，所以捍護其撥也。」張籍〈宮詞〉：「黃金捍撥紫檀槽，絃索初張調更高。」李賀〈春懷引〉：「蟾蜍碾玉掛明弓，捍撥裝金打仙鳳。」元稹〈琵琶歌〉：「淚垂捍撥朱絃濕，冰泉嗚咽流鶯澀。」秦觀〈和王通叟琵琶夢〉詩：「金紋捍面紫檀槽，曾抱花前送酒舠。」按捍撥有以象牙製成，再以圖畫裝飾者，如《新唐書・禮樂志》十一載高麗伎所用琵琶：「揪木為面，象牙為捍撥，畫國王形。」更多是以皮革製成，貼於琵琶面板中段彈撥的部位，或以金塗飾，因稱「金捍撥」或「黃金捍撥」；但一般是在捍撥上施以丹青作為裝飾，有日本奈良正倉院所藏唐代曲項琵琶實物可證。唐宋詩詞也常見描寫，如李商隱〈戲題樞言草閣三十二韻〉：「仲容銅琵琶，項直聲淒淒。上貼金捍撥，畫為承露雞。」牛嶠〈西溪子〉詞：「捍撥雙盤金鳳。」秦觀〈調笑轉踏・王昭君〉：「捍撥檀槽鸞對舞。」都是描寫捍撥上的裝飾圖案。或釋捍撥為彈琵琶的撥子，非是。⓬彈看飛鴻：用嵇康〈贈秀才入軍〉「目送歸鴻，手揮五弦」詩意。⓭漢宮侍女：隨王昭君陪嫁到匈奴的漢宮宮女。⓮「漢恩」二句：這是「沙上行人」勸慰王昭君的話。⓯青冢：指昭君墓，在今內蒙古呼和浩特南，相傳塞外多白草而此冢草色常青，因名。蕪沒：荒蕪埋沒。⓰哀絃：指王昭君彈奏的琵琶怨曲。劉長卿〈王昭君〉詩：「琵琶絃中苦調多，蕭蕭羌笛聲相和。可憐一曲傳樂府，能使千秋傷綺羅。」參見歐陽修〈明妃曲和王介甫作〉注❻、❼。

## 【解說】

這兩首詩議論新奇，見解高明，曾經在當時引起很大的反響，一時名人紛紛和作。後來黃庭堅跋前一首說：「荊公作此篇，可與李翰林、王右丞並驅爭先矣。」又說：「庭堅以為詞意深盡，無遺恨矣。」（宋李壁《王荊文公詩箋注》卷六引）但這兩首詩的詩意又往往被曲解，成為攻擊王安石的口實。朱自清〈王安石明妃曲〉（見《朱自清古典文學論文集》）一文說：「王安石〈明妃曲〉二首，頗受人攻擊，說詩中『人生失意無南北』、『漢恩自淺胡自深』兩句有傷忠愛之道。」針對歷來的曲解，朱自清對這兩首詩作了平實貼切的解讀。

關於第一首，朱自清先生說：「細讀這首詩，王安石筆下的明妃本人，並未離開那『怨而不怒』的舊譜兒；不過『家人』給她抱不平，口氣卻有點『怒』了。『家人』怒，而身當其境的明妃並沒有怒，正見其忠厚之極。這裡『一去』兩句說她久而不忘漢朝；『寄聲』兩句說這麼久了，也託人問漢朝消息，漢朝卻絕無消息——年年有雁來，元帝卻沒給她一個字。在國內幾年未承恩幸，出宮時雖『得君王不自持』，又殺了毛延壽，而到塞外幾年，卻也未承眷念，她只算白等著。家裡的消息卻是有的，教她別痴想了，漢朝的恩是很薄的；當年阿嬌近在咫尺，也打下冷宮來著，你惦記漢朝，即便你在漢朝，也還不是失意？——該失意的在南在北都一樣，別老惦著『塞南』罷。這是決絕辭，也可說是恰如其分的安慰語；不過這只是『家人』說說罷了。」

關於第二首，朱自清先生說：「李壁注引范沖對高宗云：『詩人多作〈明妃曲〉，以失身胡虜為無窮之恨，安石則曰：『漢恩自淺胡自深，人生樂在相知心。』然則劉豫不是罪過，漢恩淺而虜恩深也。……孟子曰：『無父無君是禽獸也。』以胡虜有恩而遂忘君父，非禽獸而何！這以詩中明妃與漢奸劉豫相比，罵她是禽獸，其實范沖真要罵的是王安石。罵王安石，與詩無甚關係，且不必論。就詩論詩，全篇只是以琵琶的悲怨見出明妃的悲怨：初嫁時不用說，含情無處訴，只借琵琶自寫心曲。後來雖然彈琵琶勸酒，可是眼看飛鴻，心不在胡而在漢。飛鴻有三義：句子以嵇康〈贈秀才入軍〉詩『目送歸鴻，手揮五弦』來，意思卻牽涉到孟子的『一心以為鴻鵠將至』，又帶著盼飛鴻捎來消息。這心事『漢宮侍女』知道，只不便明言安慰，惟有暗地垂淚。『沙上行人』

聽著琵琶的哀響，卻不禁回首，自語道：漢朝對你的恩淺，胡人對你的恩深，古語說得好，樂莫樂兮新相知，你何必老惦著漢朝呢？在胡言胡，這也是恰如其分的安慰語。這決不是明妃的嘀咕，也不是王安石自己的議論，已有人說過，只是沙上行人自言自語罷了。但是青冢蕪沒之後，哀絃流傳不絕，可見後世人所見的還只是個悲怨可憐的明妃，明妃並未變心可知。……范沖之說，都只是斷章取義，不顧全局，最是解詩大病。」

## 採鳧茨❶

鄭　獬

朝攜一筐出，暮攜一筐歸。十指欲流血❷，且急眼前飢。官倉豈無粟？粒粒藏珠璣。一粒不出倉，倉中群鼠肥❸。

【注　釋】

❶鳧茨：野生的荸薺，荒年可用以充飢。《後漢書・劉玄傳》就有荒年百姓入野澤掘鳧茨而食的記載。❷「十指」句：此謂採掘鳧茨十分艱難，以致十指流血。❸「官倉」四句：是說官倉儲藏的糧食，寶若珠璣，一粒也不拿出來救濟飢民，卻用來餵肥老鼠。

【解　說】

清人賀裳《載酒園詩話》說此詩：「妙得風謠之遺。」並說這是「一字一淚」之作。評價十分確當。

# 暑旱苦熱❶

王令

清風無力屠得熱❷，落日著翅飛上山❸。人固已懼江海竭，天豈不惜河漢❹乾。崑崙之高有積雪，蓬萊之遠常遺寒，不能手提天下往，何忍身去遊其間❺。

【注　釋】

❶這是王令的名作，作年不詳。苦熱：苦於炎熱。杜甫〈舟中苦熱遣懷〉詩：「入舟雖苦熱，垢膩可溉灌。」❷「清風」句：說清風無力，不能消殺暑熱。屠，這裡是消殺、消除之義。因詩人深為暑熱所苦，故用此狠厲字眼，以示其恨。❸「落日」句：說太陽早該西落，卻倒像長了翅膀一樣，掛在空中，就是不肯下去。❹河漢：指天河、銀河。❺「崑崙」四句：崑崙，即崑崙山，因極高，終年積雪。蓬萊，神話傳說中的仙島。遺寒，指未被暑熱所侵，還留存有餘寒。身去，隻身獨往。去，一作「志」。

【解　說】

這是一首抒懷寫志之作，表現了為民眾紓困解難的抱負。詩的後四句說，雖有崑崙、蓬萊這樣的清涼世界，但如不能攜天下苦熱之人同往，自己怎能忍心獨去享受？這裡所表達的懷抱可以和他的〈暑熱思風〉「坐將赤熱憂天下，安得清風借我曹」相印證。劉克莊《後村詩話》前集卷二評云：「其骨氣老蒼，識度高遠如此，豈得不為荊公所推！」陳衍《宋詩精華錄》卷一評云：「力求生硬，覺長吉（李賀）猶未免側豔。」

比王令年長的韓琦有〈苦熱〉云：「嘗聞崑閬間，別有神仙宇……吾欲飛而往，於義不獨處，安得世上人，同時生毛羽！」意思與此詩相似，但氣魄不及。

## 戲子由❶

蘇軾

宛丘先生長如丘❷，宛丘學舍小如舟。常時低頭誦經史，忽然欠伸屋打頭❸。斜風吹帷雨注面，先生不愧旁人羞❹。任從飽死笑方朔，肯為雨立求秦優❺？眼前勃谿何足道，處置六鑿須天遊❻。讀書萬卷不讀律，致君堯舜知無術❼。勸農冠蓋鬧如雲，送老齏鹽甘似蜜❽。門前萬事不掛眼❾，頭雖長低❿氣不屈。餘杭別駕無功勞，畫堂五丈容旂旄。重樓跨空雨聲遠，屋多人少風騷騷⓫。平生所慚今不恥，坐對疲氓更鞭箠⓬。道逢陽虎呼與言，心知其非口諾唯⓭。居高志下真何益，氣節消縮今無幾⓮。文章小技安足程⓯，先生別駕舊齊名。如今衰老俱無用，付與時人分重輕⓰。

【注釋】

❶宋神宗熙寧四年（一〇七一），蘇軾因與王安石政見不合而請求離朝，被任為杭州通判，本篇是蘇軾到任後不久所作。子由：蘇軾弟弟蘇轍，字子由。蘇轍此時在陳州任州學教授。❷宛丘：即陳州，今河南淮陽。因蘇轍任陳州的學官，故戲稱他是「宛丘先生」。長如丘：謂身材長大如山。丘：山丘。蘇轍身材長大，故以山丘為喻，含戲謔的意思。蘇軾〈次韻和子由聞余善射〉詩有「觀汝長身最堪學」之句，可證蘇轍乃「長身」之人。一說「丘」指孔丘，他身長九尺六寸，有「長人」之稱（見《史記・孔子世家》），故這裡用以作比。其說可備參考。❸欠伸：疲倦時打哈欠和伸懶腰。《儀禮・士相見禮》：「君子欠伸。」鄭玄注：「志倦則欠，體倦則伸。」屋

打頭：謂房屋低矮，一伸腰便碰頭。❹「先生」句：是說蘇轍安於貧困，心安理得，不為旁人的羞辱嘲笑而慚愧。❺「任從」二句：承上句，說蘇轍任憑侏儒譏笑，而不屈己求人。飽死笑方朔，典出《漢書・東方朔傳》，見楊億〈漢武〉詩注❻。這裡以「飽欲死」的侏儒比當時得寵的幸臣，以東方朔比蘇轍。肯為，不肯因為。雨立求秦優，典出《史記・滑稽列傳》，秦始皇設宴於殿上，遇雨，殿前執楯侍衛與陛側的陛楯郎都在雨中淋著，侏儒優旃見了，很同情，就在向秦始皇上壽時對陛楯郎大呼：「汝雖長，何益，幸雨立；我雖短也，幸休居。」秦始皇於是令陛楯郎可以輪值。這裡以秦優比幸臣，謂蘇轍安住在漏雨的破屋裡，不肯屈己求人。宋人朋九萬《烏臺詩案》記錄蘇軾在御史獄中被逼供時的供詞說此兩句：「言弟轍家貧官卑，而身材長大，所以比東方朔、陛楯郎，而以當今進用之人比侏儒、優旃也」。❻「眼前」二句：勃谿，爭鬥、爭吵。六鑿，指喜、怒、哀、樂、愛、惡之情。天遊，謂心靈與天相通，精神與自然共遊。《莊子・外物》：「室無空虛，則婦姑勃谿。心無天遊，則六鑿相攘。」即此二句意之所本。❼「讀書」二句：律，指律令、律法。當時朝廷罷詩賦取士，而以經義、策、論試進士，又立新科明法，考試律令等。蘇軾不贊成以考試律令取士，故以反話譏諷。據《烏臺詩案》所錄蘇軾供詞：「是時朝廷新興律學，軾意非之，以謂法律不足以致君於堯、舜。今時又專用法律而忘詩書，故言我讀萬卷書不讀法律，蓋聞法律之中無致君堯、舜之術也。」高步瀛《唐宋詩舉要》卷三評此二句云：「心所痛疾而反言出之，語雖戲謔而意甚憤激。」❽「勸農」二句：勸農，指熙寧二年朝廷派遣官員到各路督察農田、水利、賦稅、勞役一事（見《宋史・神宗紀》）。冠蓋，官宦的冠服和車蓋，這裡代指朝廷派下去「勸農」的官員。班固〈西都賦〉：「冠蓋如雲，七相五公。」齏鹽，指極清苦的生活。齏，鹹菜。韓愈〈送窮文〉：「太學四年，朝齏暮鹽。」《烏臺詩案》錄蘇軾供詞云：「以譏諷朝廷新開提舉官，所至苛細生事，發謫官吏。惟學官無吏責也。弟轍為學官，故有是句。」❾不掛眼：不入眼，不放在眼裡。韓愈〈贈張籍〉：「吾老嗜讀書，餘事不掛眼。」❿頭雖長低：因所住之屋矮小，不能抬頭。又指學官地位卑微，頭須常低。⓫「餘杭」四句：這四句以自己居處的高大寬敞來與蘇轍對比。餘杭，即杭州。別駕，漢代官名，刺史的副手。餘杭別駕，蘇軾自指，他當時擔任杭州通判，其職務相當於漢代的別駕，故用以自稱。旂旄，旗幟。五丈容旂旄，形容畫堂高大，可容五丈大旗。《史記・秦始皇本紀》說秦始皇建前殿阿房，「上可以坐萬人，下可以建五丈旗」。騷騷，風勁貌。⓬「平生」二句：疲氓，飢貧之百姓。鞭箠，鞭打。《烏臺詩案》記載蘇軾的供詞說：「是時多徒配犯鹽之人，例皆飢貧，言鞭垂此等貧民，軾平生所慚，今不恥矣。以譏諷朝廷鹽法太急也。」⓭「道逢」二句：這兩句是說自己不喜歡新政官員，還要口是心非地和他們周旋敷衍。《烏臺詩案》記載蘇軾的供詞說：「是時張靚、俞希旦作監司，意不喜其為人，然不敢與爭議，故毀詆之為陽虎也。」陽虎，即陽貨，春秋時魯國季孫氏家臣，專擅魯國國政。孔子鄙視他，又不得不敷衍他。他想結交孔子，給孔子送禮，孔子就等他外出時才去答謝，結果還是在路上遇見了他。他要孔子出仕，孔子就敷衍說：「諾，吾將仕矣。」事見《論語・陽貨》。諾唯，是應答之辭，表示同意、順從。⓮「居高」二句：是說自己雖居於高位，而志向卑下，氣節消磨殆盡。⓯文章小技：語出杜甫〈貽華陽柳少府〉詩：「文章一小技，於道未為尊。」程：計量、計算。安足程：猶言算不得什麼。⓰分重輕：評定高下。

## 【解說】

蘇軾和蘇轍都因反對新法先後離朝，蘇軾任杭州通判，蘇轍被張方平辟為陳州州學教授。學官之職可以不過問吏事，能夠置身事外；而蘇軾本人反對新法卻仍須執行，因而此詩即以詼諧嘲戲的筆調抒發滿腹牢騷，同時表明他反對新法並不是出於個人的得失計較。關於此詩的寫法，汪師韓《蘇詩選評箋釋》卷一分析說：「前後平列兩段，末以四句作結。宛丘低頭讀書而有昂藏磊落之氣，別駕畫堂高坐而有氣節消縮之嫌。其所齊名並驅者，獨文章耳。而文章固無用也。中間以『畫堂五丈容旂旄』對『宛丘學舍小如舟』；以『重樓跨空雨聲遠』

對「斜風吹帷雨注面」；以「平生所慚今不恥」對「先生不愧旁人羞」；以「坐對疲氓更鞭箠」對「門前萬事不掛眼」；以「居高志下真何益」對「頭雖長低氣不屈」，故作喧寂相反之勢，不獨氣節消縮者雖云自適，即安坐誦讀者豈云得時？文則跌宕昭彰，情則欷歔悒鬱。」

元豐二年「烏臺詩案」發生時，此詩被當作訕謗朝政的罪證之一。

## 法惠寺橫翠閣❶

蘇　軾

朝見吳山橫❷，暮見吳山縱❸。吳山故多態，轉折為君容❹。幽人起朱閣，空洞更無物❺，惟有千步岡，東西作簾額❻。春來故國歸無期，人言秋悲春更悲。已泛平湖思濯錦❼，更見橫翠憶峨眉。雕欄能得幾時好，不獨憑欄人易老。百年興廢更堪哀，懸知草莽化池臺❽。遊人尋我舊遊處，但覓吳山橫處來。

### 【注　釋】

❶這是蘇軾熙寧六年（一〇七三）在杭州任職時作。法惠寺：五代吳越王錢氏所建，原名興慶寺，宋初改名法惠。《咸淳臨安志》卷七十七：「西林法惠院，乾德元年吳越忠懿王建，舊名興慶寺，祥符中改今額。」《西湖遊覽志》載：「自（杭州）清波門折而南，為方家峪，峪畔舊有法惠院。」周密《武林舊事．湖山勝概》載：「西林法惠院，舊名興慶，錢王建。」❷「朝見」句：此句說清晨翠峰橫亙如帶，展於目前，故言「橫」。吳山：一名青山，在杭州城內東南。❸「暮見」句：此句說黃昏朦朧之中，隱約只見眼前一峰，髣髴縱列於前，故言「縱」。❹「吳山」二句：是說吳山轉折作態，向人展現勝概。為君容，為君修飾打扮、展示姿色。《詩．衛風．

伯兮》：「豈無膏沐，誰適為容？」此用其意。蘇軾〈次韻答馬忠玉〉詩：「只有西湖似西子，故應宛轉為君容。」也用了同樣的形容方法。❺「空洞」句：形容橫翠閣的情狀。《世說新語・排調》載：「王丞相（導）枕周伯仁（顗）膝，指其腹曰：卿此中何所有？答曰：此中空洞無物，然容卿輩數百人。」此用其語。❻「惟有」二句：這句承上說吳山的千山岡在橫翠閣前橫亙東西，猶如一道窗簾。簾額：簾子的上端，這裡指窗簾。❼濯錦：即錦江，又名濯錦江，在今四川成都平原，為自岷江分支，相傳在江中濯錦，錦益鮮麗，故名。❽草莽化池臺：實為「池臺化草莽」之意。

【解說】

此詩前八句五言寫景，天真奇妙，圓轉自然，後十句七言抒寫鄉思，表現人世變遷的感慨，達觀灑脫，又暗含深沉的悲涼。清汪師韓《蘇詩選評箋釋》卷二說此詩「清麗芊眠，神韻欲絕」。紀昀則說此詩「短峭而雜以曼聲，使人愴然易感」（《紀批蘇文忠公詩集》卷九）。紀昀的這個評語，最有會心。

## 無錫道中賦水車❶

蘇軾

翻翻聯聯銜尾鴉❷，犖犖确确蛻骨蛇❸。分疇翠浪走雲陣❹，刺水綠針❺抽稻芽。洞庭五月欲飛沙❻，鼉鳴窟中如打衙❼。天工不見老翁泣，喚取阿香推雷車❽。

【注釋】

❶無錫：今江蘇無錫。此詩作於熙寧七年（一〇七四），這時蘇軾在杭州通判任，奉命到常州（今屬江蘇）、潤

州（今江蘇鎮江市）一帶賑濟饑荒，五月返回杭州，詩即在途中作。水車：抽水用農具，廣泛使用於水稻耕作地區，形制也多種多樣，一般多以木板為槽，前有軸，以鏈條串聯，借人力使輪軸轉動，帶動水槽上翻，引水上行。❷「翻翻」句：形容水車轉動時水槽如同烏鴉銜尾聯成一串，翻動不絕。❸犖犖确确：這裡形容堅硬而凹凸不平的樣子。蛻骨蛇：蛻去外皮只剩骨架的蛇，這裡形容水車停止時的形狀。水車又稱龍骨水車，故這裡比作蛇的骨架。❹「分疇」句：此句寫水車引水灌入田中的情形。水入田中，成浪如雲，故云「走雲陣」。疇：田地。❺刺水：插在水中。綠針：指稻秧。❻洞庭：指太湖中的洞庭山。欲飛沙：因天旱無水而塵沙欲飛。❼鼉：鼉龍，鱷魚的一種，俗稱豬婆龍，天旱時在窟中鳴叫，聲如擊鼓。打衙：擊鼓。古代衙門擊鼓報時，稱為打衙。白居易〈南賓郡齋即事寄楊萬州〉：「衙鼓暮復朝，郡齋臥還起。」蘇轍〈次韻毛君山房即事〉：「請看早朝霜入屨，何如臥聽打衙聲。」❽「天工」二句：這二句是說田間老翁因旱情嚴重而憂心泣下，老天卻視而不見，不肯下雨。葛立方《韻語陽秋》卷二十說這是「言水車之不及雷車所沾者廣也」。阿香推雷車，典出《搜神後記》卷五，晉永和中，周某夜宿一女子家，聞屋外有小兒喚「阿香」，並云：「官喚汝推雷車。」女乃辭行云：「今有事當去。」是夜，遂大雷雨。

## 【解　說】

水車是農村重要的勞動工具，宋人詩中常常寫到，如梅堯臣〈水車〉詩云：「既如車輪轉，又若川虹飲。能移霖雨功，自致禾苗稔。」以農業生產工具作為賦詠對象，是宋人在詩歌題材方面的重要拓展，體現了宋代詩人對現實人生的關懷。蘇軾這首詩通過詠水車表現對旱情的焦慮憂心，以至責怪老天對人間苦難視而不見，立意又與梅堯臣〈水車〉詩不同。《唐宋詩醇》卷三十四說此詩「只是體物著題觸處靈通，別成奇光異彩」。紀昀評點《蘇文忠公詩集》卷十一評云：「節短勢險，句句奇矯。」

# 百步洪❶二首（選一）

蘇軾

## 其一

長洪斗落❷生跳波，輕舟南下如投梭。水師絕叫❸鳧雁起，亂石一線爭磋磨❹。有如兔走鷹隼落，駿馬下注千丈坡，斷弦離柱箭脫手，飛電過隙珠翻荷❺。四山眩轉風掠耳，但見流沫生千渦。嶮❻中得樂雖一快，何異水伯誇秋河❼。我生乘化日夜逝，坐覺一念逾新羅❽。紛紛爭奪醉夢裡，豈信荊棘埋銅駝❾。覺來俯仰失千劫，回視此水殊委蛇❿。君看岸邊蒼石上，古來篙眼如蜂窠⓫。但應此心無所住，造物雖駛如吾何⓬！回船上馬各歸去，多言譊譊師所呵⓭。

【注釋】

❶百步洪：在徐州東南，又叫徐州洪，為泗水的一段激流，洪有亂石峭立，水流湍急，頗為壯觀。今已不存。此詩作於元豐元年（一〇七八），時蘇軾任徐州知州。詩前自序云：「王定國訪余於彭城，一日，棹小舟與顏長道攜盼、英、卿三子，游泗水，北上聖女山，南下百步洪，吹笛飲酒，乘月而歸。余時以事不得往，夜著羽衣，佇立於黃樓上，相視而笑，以為李太白死，世間無此樂三百餘年矣。定國既去，逾月，復與參寥師放舟洪下，追懷曩游，已為陳跡，喟然而歎。故作二詩，一以遺參寥，一以寄定國，且示顏長道、舒堯文，邀同賦云。」此序交代了寫作的原由。王定國：王鞏，字定國，工詩，是蘇軾好友。彭城：徐州。顏長道：顏復，字長道，

能詩，出入於蘇軾門下，與蘇門諸子交往密切。盼、英、卿三子：皆徐州歌妓。泗水：源於山東泗水縣，當時流經徐州。聖女山：在徐州銅山縣東北，下臨泗水。羽衣：道衣。參寥：詩僧道潛，蘇軾的好友，見本書道潛小傳，當時他從杭州來徐州探訪蘇軾。師：對僧人的尊稱。曩遊：舊遊。舒堯文：舒煥，字堯文，當時是徐州州學教授。邀同賦：謂邀顏、舒二人同作。舒煥的和作有「先生何人堪並席，李郭相逢上舟日」之句。❷斗落：陡落。斗，通「陡」。❸水師：船夫。絕叫：大叫。❹「亂石」句：是說船從一線激流中飛流而下，擦著水中亂石而過。❺「有如」四句：此四句連用七個比喻形容小舟在激流中疾駛的情形。注坡，指從斜坡上急馳而下。周必大〈書東坡宜興事〉：「軍中謂壯士馳駿馬下峻坂為注坡。」（《益公題跋》卷十二）柱，琴瑟上用以支弦的小柱。隙，縫隙。❻嶮：同「險」。❼「何異」句：此句說自己險中得樂，與河伯的坐井觀天、眼光狹小沒有什麼區別。異：一本作「意」。水伯：河伯。《莊子・秋水》：「秋水時至，百川灌河，涇流之大，兩涘渚崖之間，不辨牛馬。於是焉河伯欣然自喜，以天下之美為盡在己。」後來河伯見了北海之大，才知自己原來很渺小。❽「我生」二句：這二句的意思是說人生在世，生命隨著自然的運轉很快消逝，而意念則不受空間限制，一轉念之間便可到達萬里之外。言外之意是說生命只能聽任自然支配，意志則可以由自己掌握。乘化，順隨自然的運轉變化，語出陶淵明〈歸去來兮辭〉：「聊乘化以歸盡。」日夜逝，語本《論語・子罕》：「子在川上曰：『逝者如斯夫，不舍晝夜。』」這裡指生命像流水一樣飛快消逝。一念逾新羅，典出《景德傳燈錄》卷二十三，有僧問從盛禪師：「如何是覿面事？」師曰：「新羅國去也。」新羅，朝鮮古國名。意謂一念之間已逾新羅國。❾「紛紛」二句：這兩句是說世人總為身外之物所困，紛紛攘攘，爭權奪利，猶如在醉夢之中，不願相信世事的變化翻覆之快。荊棘埋銅駝，典出《晉書・索靖傳》，索靖預見天下將大亂，指洛陽宮門前的銅駝說：「會見汝在荊棘中耳！」謂世事翻覆，象徵權力富貴的銅駝很快就被埋在荊棘叢中。❿「覺來」二句：這兩句是說時間流逝很快，等到覺悟過來，才明白俯仰之間，千劫已失；與轉瞬即逝的時光相比，眼前的急流反倒是十分從容舒緩的。劫，佛家語，「劫波」之省略，為記時之名，意為極久遠的時間。千劫，指很長的時間。佛家把世界的成、住、壞、空循環往復的一個週期稱為一劫。委蛇（古音讀如透迤），從容舒緩的樣子。⓫「君看」二句：這兩句用眼前石上古人留下的陳跡印證上面所說的道理，意思是石上陳跡雖在，而人則早已不存。陳衍《宋詩精華錄》卷二說：「坡公喜以禪語作達，數見無味，此詩就眼前篙眼指點出，真非鈍根人所及矣。」篙眼，指用竹篙撐船而留在石上的眼窩。⓬「但應」二句：這兩句是說，人應當不拘執於外物，解脫世俗事務的束縛，求得精神的自主和自由，那麼自然的運行再快，也不能把我怎麼樣。無所住，佛家語，謂遷流不止、無所拘執。《金剛經》：「應無所住而生其心。」《壇經》說，禪宗法門，「無住為本」，「於一切上，念念不住，即無縛也」。駛，疾行。⓭譊譊：多言貌。師：指參寥。呵：斥責。

## 【解說】

此詩是蘇軾的名作，由舟行洪流中的迅疾驚險而生發感唱，縱談人生哲理。紀昀評點《蘇文忠公詩集》卷十七評云：「語皆奇逸，亦有灘起渦旋之勢。」汪師韓《蘇詩選評箋釋》卷三云：「此篇摹寫急浪輕舟，奇勢迭出，筆力破餘地，亦真是險中得樂也。後幅養其氣以安舒，猶時見警策，收煞得住。」方東樹《昭昧詹言》卷十二：「惜抱先生（姚鼐）曰：『此詩之妙，詩人無及之者也，惟有《莊子》耳。』余謂此全從《華嚴》來。……余喜說理，談至道，然必於此等閒題出之，乃見入妙。若正題實說，乃為學究傖氣俗子也。」

「有如兔走鷹隼落，駿馬下注千丈坡，斷弦離柱箭脫手，飛電過隙珠翻荷」四句，連用七喻寫舟行之速，筆酣墨飽，淋漓盡致，歷來都有好評。宋人洪邁說蘇軾「用譬喻處，重複聯貫，至有七八轉者」，就舉此為例（見《容齋三筆》卷六）。清趙翼《甌北詩話》卷五云：「東坡大氣旋轉，雖不屑於句法、字法中別求新奇，而筆力所到，自成創格。如〈百步洪〉詩……形容水流迅駛，連用七喻，實古所未有。」紀昀評點《蘇文忠公詩集》

卷十七云：「只用一『有如』貫下，便脫去連比之調。一句兩比，尤為創格。」

## 月夜與客飲杏花下❶

蘇軾

杏花飛簾散餘春，明月入戶尋幽人❷。褰衣❸步月踏花影，炯如流水涵青蘋❹。花間置酒清香發，爭挽長條落香雪❺。山城酒薄不堪飲，勸君且吸杯中月。洞簫聲斷❻月明中，唯憂月落酒杯空。明朝捲地春風惡，但見綠葉棲殘紅❼。

### 【注釋】

❶元豐二年（一〇七九）在徐州作。《東坡志林》卷一：「僕在徐州，王子立、子敏皆館于官舍，而蜀人張師厚來過，二王方年少，吹洞簫飲酒杏花下。」詩即此時作。❷「明月」句：此句「月尋幽人」可與李白〈月下獨酌〉的「舉杯邀明月」對看。李白詩中，人是主，月為賓，故云邀明月。而蘇軾此句則月是主，人為賓，故言尋幽人。二詩均寫人與月親密無間，但關係相反，情調不同。幽人：詩人自指。❸褰衣：提起衣襟。❹「炯如」句：此句說月光明亮，清澈如水，花影投地，宛如水中浮動著青蘋。宋人方岳〈深雪偶談〉說：「流水青蘋之喻，景趣盡矣，前人未嘗道也。」又《東坡志林》卷一〈記承天寺夜遊〉一文描寫月色云：「庭下如積水空明，水中藻荇交橫，蓋竹柏影也。」寫法與此句相同。炯：光明貌。涵：浸。青蘋：喻指月下花影。❺香雪：喻花。❻聲斷：指簫聲停歇。❼「明朝」二句：從設想落筆，謂明朝春風捲過，枝上將只剩下點點殘紅。

### 【解說】

《詩林廣記》後集卷三引趙次公云：「此篇不使事，語亦新造，古所未有。迨涪翁（黃庭堅）所謂不食煙火食人之語也。」汪師韓《蘇詩選評箋釋》卷二云：「清幽超遠，乃姜堯章所謂自然高妙者。」

## 寓居定惠院之東，雜花滿山，有海棠一株，土人不知貴也❶

蘇　軾

江城地瘴蕃草木❷，只有名花苦幽獨。嫣然一笑竹籬間，桃李漫山總粗俗。也知造物有深意，故遣佳人在空谷❸。自然富貴出天姿，不待金盤薦華屋❹。朱唇得酒暈生臉，翠袖卷紗紅映肉❺。林深霧暗曉光遲，日暖風輕春睡足❻。雨中有淚亦淒愴，月下無人更清淑❼。先生食飽無一事，散步逍遙自捫腹❽。不問人家與僧舍，拄杖敲門看修竹❾。忽逢絕豔照衰朽❿，歎息無言揩病目。陋邦⓫何處得此花，無乃好事移西蜀⓬。寸根千里不易致，銜子飛來定鴻鵠⓭。天涯流落俱可念⓮，為飲一樽歌此曲。明朝酒醒還獨來，雪落紛紛那忍觸⓯！

【注釋】

❶元豐三年（一〇八〇）在黃州作。蘇軾〈記遊定惠院〉云：「黃州定惠院東小山上有海棠一株，特繁茂，每歲盛開，必攜客置酒。」本篇即詠此海棠，寓身世流落之感。❷瘴：濕熱蒸鬱。蕃草木：使草木繁茂。❸佳人在空谷：用杜甫〈佳人〉詩「絕代有佳人，幽居在空谷」意。佳人：喻指海棠。❹薦：獻、進。華屋：華麗的居室，富貴者所居。曹植〈箜篌引〉：「生在華屋處，零落歸山丘。」❺「朱唇」二句：楊萬里《誠齋詩話》

云：「此以美婦人比花也。」❻春睡足：反用唐玄宗謂楊貴妃如「海棠睡未足」之意（見宋施元之注引《明皇雜錄》）。又唐玄宗是以花比人，這裡是以人比花。❼「雨中」二句：朱弁《風月堂詩話》卷下載蘇軾嘗自詠此詩，至此二句，謂人曰：「此兩句乃吾向造化窟中奪將來也。」❽「先生」二句：先生，詩人自指。無一事，詩人貶在黃州，被責令「不得簽書公事」，故云。這是詩意轉折之處，以下皆借海棠寄寓人生感慨。❾「不問」二句：暗用《南史・袁粲傳》，粲家居逍遙，得意出遊，悠然忘返。時「郡南一家，頗有竹石，粲率爾步往，亦不通主人，直造竹所，嘯詠自得」。又《晉書・王徽之傳》：「吳中一士大夫家有好竹，（徽之）欲觀之，便出坐輿造竹下，諷嘯良久。」❿絕豔：指海棠。衰朽：詩人自指。⓫陋邦：偏僻閉塞之地，這裡指黃州。⓬「無乃」句：說莫非是好事之人把她從西蜀移來此地？蜀地盛產海棠，故云。⓭「銜子」句：說或是鴻鵠之類把海棠種子銜來此地。⓮「天涯」句：說自己與海棠都是流落天涯者，命運相同，令人感傷不已。「俱」字雙綰花與人。⓯雪落紛紛：形容海棠凋零，紛紛飄落。那忍觸：猶言那忍見。觸：接觸、遇。

## 【解　說】

這是蘇軾的名作，《王直方詩話》說蘇軾「平生喜為人寫，蓋人間刊石者，自有五、六本。云：『吾平生最得意詩也。』」《詩林廣記》後集卷三引《詩話》云：「東坡作此詩，詞格超絕，不復蹈襲前人語。」宋黃徹《䂬溪詩話》卷八也說本篇「冠古絕今」。明胡應麟《詩藪》外編卷五云：「東坡雖體格創變，而筆力縱橫，天真爛漫……〈定惠海棠〉等篇，往往俊逸豪麗，自是宋歌行第一手。」

就寫法而言，本篇借詠海棠寄寓人生感懷，自開篇到「月下無人更清淑」句，以佳人比喻海棠，刻畫其高潔清幽之美；自「先生食飽無一事」到結尾，則託物遣興，借花抒懷，寄寓人生流落之感。妙在前半首寫花，已暗寫詩人人生遭際。後半首人花兼寫，「天涯流落俱可念」一句，更見雙綰映照之妙。查慎行《初白庵詩評》

卷中云：「讀前半竟似海棠曲矣，妙在『先生食飽』一轉。此種詩境從少陵〈樂遊園歌〉來，遇其神理而化其畦畛，斯為千古絕作。」紀昀評點《蘇文忠公詩集》卷二十云：「純以海棠自寓，風姿高秀，興象深微。後半尤煙波跌宕。此種真非東坡不能，東坡非一時興到亦不能。」

# 書鄢陵王主簿所畫折枝❶二首（選一）

蘇軾

論畫以形似，見與兒童鄰❷。賦詩必此詩，定非知詩人。詩畫本一律，天工與清新❸。邊鸞雀寫生，趙昌花傳神❹。何如此兩幅❺，疏淡含精勻❻。誰言一點紅，解寄無邊春❼。

【注釋】

❶元祐二年（一〇八七）在汴京作，時蘇軾任翰林學士、知制誥。鄢陵：今河南鄢陵。王主簿：鄢陵人，名不詳，主簿是官名。《畫繼》卷四：「鄢陵王主簿，未審其名，長于花鳥。」折枝：花鳥畫的一種構圖形式，又叫「折枝花」，畫花卉不畫全株，只畫一枝或數枝。❷見：見識。鄰：相鄰、近似。❸「天工」句：這句是說詩畫有共通之處，都要自然天成，傳達事物的神韻。天工：自然天成，不見人為雕琢痕跡。❹「邊鸞」二句：邊鸞，唐代花鳥畫家，張彥遠《歷代名畫記》卷十：「邊鸞，善畫花鳥，精妙之極，至於山花園蔬，無不遍寫。」朱景玄《唐朝名畫錄》：「邊鸞，京兆人也，少攻丹青，最長於花鳥折枝。」雀寫生，謂邊鸞的花鳥畫能描繪出生動的神韻。《唐朝名畫錄》載，唐貞元中，新羅國進獻會跳舞的孔雀，德宗命邊鸞在玄武殿上寫生，他畫出一對孔雀，「一正一背，翠彩生動，金羽輝灼，若連清聲，宛應繁節」。趙昌，北宋畫家，歐陽修《歸田錄》卷二：「近時名畫，李成、巨然山水，包鼎虎、趙昌花果。……昌花寫生逼真，而筆法軟俗，殊無古人格致，然時亦

未有其比。」范鎮《東齋記事》卷四：「趙昌者，漢州人，善畫花，每晨朝露下時，繞欄檻諦玩，手中調彩色寫之，自號寫生趙昌。……其為生菜、折枝、果實尤妙。」❺兩幅：指王主簿畫。❻疏淡：形容用筆不多、著色清淡，指畫面的意境、色調而言。精勻：精妙勻稱，指畫的構思、布局而言。❼「誰言」二句：二句意思是說王畫雖只是一枝折枝，卻能寄寓無邊的春意。一點紅，指王所畫折枝花。

## 【解說】

這是一首題畫詩，前六句討論詩畫藝術，提出論畫重神似、賦詩重言外神韻的見解，並指出詩與畫有共同的藝術規律。後六句評論王主簿的兩幅折枝畫。詩意轉折處在「邊鸞雀寫生，趙昌花傳神」兩句，就詩的議論而言，這是前六句見解的例證，說明畫需寫生傳神方是好畫；就題畫而言，這兩句又是後四句詠王主簿所畫折枝的鋪墊和反襯。

本篇關於繪畫重神似、詩歌重言外神韻的觀點曾受到廣泛的推崇，產生過很大影響。《王直方詩話》說：「東坡作《韓幹畫馬圖》詩云：『韓生畫馬真是馬，蘇子作詩如見畫。世無伯樂亦無韓，此詩此畫當誰看。』又云：『論畫以形似，見與兒童鄰。賦詩必此詩，定非知詩人。詩畫本一律，天工與清新。』又云：『少陵翰墨無形畫，韓幹丹青不語詩。此畫此詩今已矣，人間駑驥謾爭馳。』余每誦數過，殆欲常以為法也。」葛立方《韻語陽秋》卷十四說：「歐陽文忠公詩云：『古畫畫意不畫形，梅詩詠物無隱情。忘形得意知者寡，不若見詩如見畫。』東坡詩云：『論畫以形似，見與兒童鄰。賦詩必此詩，定非知詩人。』或謂二公所論，不以形似，當畫何物？曰：非謂畫牛作馬也，但以氣韻為主爾。謝赫云：『衛協之畫，雖不該備形妙，而有氣韻，凌跨雄傑。』其此之謂乎？」

# 泛潁❶

蘇軾

我性喜臨水，得潁意甚奇。到官十日來，九日河之湄❷。吏民笑相語，「使君❸老而痴」。使君實不痴，流水有令姿❹。繞郡十餘里，不駛亦不遲❺。上流直而清，下流曲而漪❻。畫船俯明鏡，笑問汝為誰❼。忽然生鱗甲，亂我鬚與眉。散為百東坡，頃刻復在茲❽。此豈水薄相❾，與我相娛嬉。聲色與臭味❿，顛倒炫⓫小兒。等是兒戲物，水中少磷緇⓬。趙陳兩歐陽⓭，同參天人師⓮。觀妙各有得，共賦〈泛潁〉詩⓯。

## 【注釋】

❶元祐六年（一〇九一），蘇軾出任潁州（今安徽阜陽）知州，此詩即初到潁州任時所作。泛潁：泛舟潁水。潁：潁水，流經潁州，向東南匯入淮河。❷湄：音眉。水邊。❸使君：對州郡長官的尊稱。❹令姿：美好的姿態。❺駛：馬行迅疾，泛指速度迅疾。《太平御覽》卷四十引《慎子》：「河之下龍門，其流駛如竹箭。」遲：緩慢。陶淵明〈和胡西曹示顧賊曹〉詩：「蕤賓五月中，清朝起南颸。不駛亦不遲，飄飄吹我衣。」此用其原句。❻漪：波紋。❼「畫船」二句：是說在船上俯視水中倒影，笑問水中我之倒影「汝為誰」。❽「忽然」四句：是說忽然水面起了波紋，擾亂了水中倒影的面目；波紋蕩漾開去，倒影也隨之散為千百之多，片刻之間波平浪靜，散開的千百倒影又復歸為一個。此以捕捉、描繪頃刻變幻的動態情景而著稱。❾薄相：戲弄、玩耍、開玩笑。今吳方言多寫作「白相」。這是宋代常見的說法。蘇軾〈次韻黃魯直赤目〉詩：「天公戲人亦薄相，略遣幻翳生明珠。」葛立方〈滿庭芳・簪梅〉詞：「吾年今老矣，佳人薄相，笑插林巾。」侯寘〈減字木蘭花〉詞：「天

公薄相，慣得柳綿高百丈。」楊萬里〈竹林〉詩：「珍重人家愛竹林，織籬辛苦護寒青。那知竹性元薄相，須要穿來籬外生。」均與蘇軾此詩的用法相同或相近。⑩臭味：氣味。⑪炫：炫惑、迷惑。⑫「水中」句：這句是說，水中倒映的世界虛幻不實，不會使人的品格受到影響。磷緇：典出《論語・陽貨》：「不曰堅乎？磨而不磷；不曰白乎？涅而不緇。」磷指因磨而致薄損；緇指因染而變黑。磷緇比喻受外界影響而發生變化。⑬趙陳兩歐陽：趙指趙令畤，字德麟，又字景貺，宋宗室，燕王德昭玄孫。當時任簽書潁州節度判官廳公事，是蘇軾的幕僚。陳指陳師道，字履常，字無己，蘇軾門人，當時任潁州州學教授。兩歐陽指歐陽修之子歐陽棐（字叔弼）和歐陽辯（字季默）兄弟二人，當時二人在潁州閒居。《王直方詩話》載：「東坡云：在潁時，陳無己、趙德麟輩適亦守官於彼，而歐陽叔弼與季默亦又居閒，日相唱和。」蘇軾在潁州，與以上諸人交遊甚歡，唱和也多。集中有〈景貺履常屢有詩督叔弼季默倡和，已許諾矣，復以此句挑之〉、〈復次韻謝趙景貺陳履常見和兼簡歐陽叔弼兄弟〉等詩，宋施元之《注東坡先生詩》云：「東坡在潁半載，自〈放魚〉以後，凡五、六十詩，蓋陳、趙、兩歐陽相與周旋，而劉景文季孫自高郵來，履常之兄傳道又至，故賦詠獨多。」⑭參：參究、領悟。天人師：佛家語，如來十號之一，以其為天與人之師，故名。《五燈會元》卷一〈釋迦牟尼佛〉引《普集經》云：「菩薩於二月八日明星出時成道，號天人師。」這裡指自然造化的玄妙要道。⑮「觀妙」二句：這兩句是說各人對自然造化之妙理的領會不同，各有所得，都把心得寫到了詩中。觀妙，語出《老子》「故常無欲以觀其妙」。這裡指觀照領悟造化之妙。

## 【解　說】

這首詩保持了蘇軾一貫的達觀和幽默，寫法上明顯借鑑了散文的某些因素，以散文筆調敘說、描寫、說理，有對話，有議論。詩歌敘述泛潁的過程，從描寫現象到總結出一種道理，意思連貫一氣，不覺得有多少跳躍。

這是典型的以文為詩的特色，但讀完還是覺得這是一首詩，因為它有詩的妙趣、韻味和意境。在「以文為詩」這一點上，詩人把握分寸十分恰當，幽默風趣而不油滑，敘事連貫但不落於俗套，議論言理與敘述描繪相融而不顯枯燥，文筆舒暢平易而又富於詩味。趙翼《甌北詩話》曾評價蘇詩說：「以文為詩，自昌黎始；至東坡益大放厥詞，別開生面，成一代之大觀。」蘇軾可以說是宋人「以文為詩」的代表。蘇軾的「以文為詩」，主要是從內容、形式、藝術、語言等方面突破前人的窠臼，突破文體界限的拘束，實際也是其創造性才華在詩歌創作上的表現。本篇就是很好的例證。

蘇軾作詩，善於捕捉變化萬端甚至瞬息不能保持常態的景象，生動地落於筆端，這個特點，從本篇臨流照影的描寫可以看出：「畫船俯明鏡，笑問汝為誰。忽然生鱗甲，亂我鬚與眉。散為百東坡，頃刻復在茲。」本來水面平靜猶如明鏡，映出詩人的倒影，忽然水面起了波紋，擾亂了水中倒影的面目；波紋蕩漾開去，每一個波紋裡都有人的倒影，水裡的蘇軾於是就散為千百之多，頃刻之間，風平浪靜，散開的千百個蘇軾又匯集為一個。這幾句，把一件平凡常見的事情寫得奇趣橫生。對這種微妙景象的捕捉，很考驗詩人的觀察力和描寫能力。紀昀批《蘇文忠公詩集》卷三十四稱此段描寫是「眼前語寫成奇采，此為自在神通」。

這首詩又以善於在自然景象中體會道理，在現象描寫中闡發妙理而著稱。「此豈水薄相，與我相娛嬉。聲色與臭味，顛倒炫小兒。等是兒戲物，水中少磷緇。」這幾句就是根據與水相娛嬉所體會到的人生道理的闡發。「聲色臭味」指現實生活中的種種誘惑，對一般人，聲色臭味會使他們受到誘惑而顛三倒四。而實際上，水中倒影的娛嬉和現實世界對人的誘惑，都是兒戲之物。不過，水的兒戲，不會使人真的受到損傷和汙染，「水中少磷緇」就是說水裡的東西不會讓人的品格受到影響，它是虛幻不實、跟你開玩笑的。而人間的兒戲之物就不同了，會讓你人格受到磨損、品格受到汙染。因此，人應該特別警惕現實社會聲色臭味的誘惑。這是詩人從與水的娛嬉中總結出的道理。

當時和蘇軾一起「泛潁」的，還有友人趙令時、門人陳師道，以及歐陽修的兩個兒子歐陽棐和歐陽辯。他們都和蘇軾一起觀照大自然的妙理而各有領悟，並都寫了〈泛潁〉詩。「觀妙各有得，共賦〈泛潁〉詩。」陳師道此次所作〈次韻蘇公泛潁〉詩說：「解公頭上巾，一洗七年緇。至潔而納汙，此水真吾師。」說這個水很乾淨，但是能夠容納汙垢，已經七年沒洗的頭巾放在裡面涮一涮就洗乾淨了。他說做人要做乾淨的人，但要能容納不乾淨的東西。這是陳師道的體會，這就與蘇軾的領悟不同，可見他們確是「觀妙各有得」的。

## 荔支歎❶

蘇　軾

十里一置飛塵灰，五里一堠兵火催❷。顛阬仆谷相枕藉❸，知是荔支龍眼來❹。飛車跨山鶻橫海❺，風枝露葉如新採❻。宮中美人一破顏❼，驚塵濺血流千載❽。永元荔支來交州，天寶歲貢取之涪。至今欲食林甫肉，無人舉觴酹伯游❾。我願天公憐赤子，莫生尤物為瘡痏❿。雨順風調百穀登，民不飢寒為上瑞⓫。君不見武夷溪邊粟粒芽，前丁後蔡相籠加⓬。爭新買寵各出意，今年鬬品充官茶⓭。吾君所乏豈此物？致養口體何陋耶⓮！洛陽相君忠孝家，可憐亦進姚黃花⓯。

【注　釋】

❶紹聖二年（一〇九五）作。當時蘇軾被貶為寧遠軍節度副使、惠州安置，不得簽書公事，住在惠州（今屬廣東）貶所。荔支：同「荔枝」。❷「十里」二句：這兩句互文見義，形容進貢荔枝時快馬疾馳、急如兵火相催。置，驛站。堠，驛道上記里程的土堆，這裡也指驛站。❸顛阬仆谷：謂死傷後摔倒在坑谷中。阬：同「坑」。相

枕藉：互相枕著墊著，形容死者之多。❹「十里」四句：以上四句寫漢代進貢荔枝龍眼的情形。漢唐羌〈上書陳交趾獻龍眼荔支事狀〉：「伏見交趾七郡獻生龍眼等，鳥驚風發。南州土地炎熱，惡蟲猛獸不絕於路，至於觸犯死亡之害。」（《後漢書・和帝紀》李賢注引）又本句上承第三句，反用杜牧〈過華清宮絕句〉「無人知是荔支來」句意，斥責之意更為直露。龍眼：桂圓，亦嶺南佳果。❺「飛車」句：這句是說飛速運送荔枝，車船跨山渡海，飛馳疾駛。一說鶻橫海是比喻飛車跨山的速度之快，意思說車子飛快過山，猶如海鶻飛越大海一樣迅速。鶻：鳥名，古代海船上常刻其形以為裝飾，故又以鶻稱船。❻「風枝」句：此句具體證明運送速度之快。風枝露葉：枝葉猶帶風露，形容極其新鮮。❼宮中美人：指楊貴妃。破顏：露出笑容。《新唐書・楊貴妃傳》：「妃嗜荔支，必欲生致之。乃置騎傳送，走數千里，味未變，已至京師。」❽「驚塵」句：以上四句寫唐玄宗時進貢荔枝的情形。又上句「美人破顏」與本句「驚塵濺血」，形成強烈的對照，從杜牧〈過華清宮絕句〉「一騎紅塵妃子笑」句加以發揮，但意思更強烈，造語更雄渾。驚塵濺血：形容運送荔枝死者之多，危害之重。❾「永元」四句：此四句上承前八句，總結漢唐兩代進貢荔枝的情形，並慨歎當前已無敢於替百姓請命的人。意思說像李林甫那樣獻媚邀寵的壞人，直到現在大家還恨不得吃他的肉，可是對唐伯游這樣敢於進諫，為百姓說話的人，大家卻把他忘了，更談不上繼承他的精神。蘇軾自注：「漢永元中，交州進荔支、龍眼，十里一置，五里一堠，奔騰死亡，罹猛獸毒蟲之害者無數。唐羌字伯游，為臨武長，上書言狀，和帝罷之。唐天寶中，蓋取涪州荔支，自子午谷路進入。」永元，漢和帝年號。交州，漢代地名，今兩廣一帶。天寶，唐玄宗年號。涪州，今四川涪陵，古代盛產荔枝。林甫，李林甫，唐玄宗時的權相，為人「口蜜腹劍」。因他向唐玄宗、楊貴妃獻媚求寵，故世人對他極為痛恨。舉觴，舉杯。酹，澆酒於地表示祭奠。伯游，唐羌，他曾向漢和帝上書諫阻進獻荔枝龍眼，見上注。❿尤物：珍異之物。瘡痏：瘡傷、瘡疤，這裡喻指災禍。⓫上瑞：最好的祥瑞。⓬「君不見」二句：蘇軾自注：「大小龍茶，始於丁晉公而成於蔡君謨。歐陽永叔聞君謨進小龍團，驚歎曰：『君謨，士人也，何至作此事耶！』」武夷，指武夷山，在今福建省。武夷溪，指建溪，從武夷山流出，經建陽、建甌，至南平市入閩江。建溪一帶是宋代著名的產茶地。粟粒芽，建溪所產的極品名茶，以其芽極嫩極細，故稱，是製小龍團茶的上等材料。梅堯臣〈建溪新茗〉詩：「粟粒烹甌起，龍文御餅加。」丁，指丁謂，真宗時曾任宰相，封晉國公。蔡，指蔡襄，字君謨，精於茶事，著有《茶錄》。丁、蔡先後做過福建路轉運使，丁曾督造龍鳳團茶進貢，蔡則創製小片龍茶，其品尤精。籠加，籠裝並加上封印進貢，即丁謂〈北苑焙新茶〉詩所謂「緘封瞻闕下」之意。⑬「爭新」二句：這兩句說現在又翻出了新花樣，用珍貴的鬬茶來充當進貢的官茶。據歐陽修《歸田錄》卷二載，蔡襄所創製的小片龍茶一斤「價直金二兩」；梅堯臣〈王仲儀寄鬬茶〉則說鬬茶「銖兩值萬錢」，可見其珍貴。蘇軾自注：「今年閩中監司乞進鬬茶，許之。」鬬品，宋代流行比試茶藝高下和茶品優劣的活動，稱為「鬬茶」，或稱「茗戰」；用來參加鬬試的上品好茶稱為鬬茶或鬬品。官茶，指貢茶。⑭致養：奉養。口體：口腹、身體，指物質享受。陋：鄙陋，見識低下。《孟子．離婁》將奉養父母分為「養志」和「養口體」，認為奉養父母應重「養志」，使之得到精神上的滿足和安慰，而不應只注意「養口體」。這句的意思即本此。⑮「洛陽」二句：這二句總結全詩，並點出向皇帝獻媚邀寵之風十分普遍，連號稱忠孝之家的錢惟演也不免貢花買寵。筆勢蕩開，餘波不絕。蘇軾自注：「洛陽貢花，自錢惟演始。」錢惟演，字希聖，曾以使相留守西京洛陽，故這裡稱為「洛陽相君」。他是吳越王錢俶之子，隨父降宋。宋太宗稱讚錢俶是「以忠孝保社稷」，故這裡稱「忠孝家」。可憐，可惜，帶輕蔑意。姚黃花，牡丹花中的名貴品種。歐陽修〈洛陽牡丹記〉：「姚黃者，千葉黃花，出於民姚氏家。」又載錢惟演嘗曰：「人謂牡丹花王，今姚黃真可為王。」

## 【解說】

本篇是蘇軾的名作，也是蘇軾全部詩作中最為重要的作品之一，其所以重要，首先在於它集中體現了蘇軾民胞物與的情懷和為民請命的政治批判精神。詩歌由古及今地抨擊歷代向皇帝進獻貢品的弊政，斥責統治者窮奢極欲、禍害百姓；並諷刺了宋代一些只顧討好皇帝、不管百姓死活的官僚。詩人之筆，先寫漢、唐的進貢荔枝，揭露由來已久的給百姓帶來災難的弊政，對歷代宮廷的窮奢極欲予以尖銳的譏刺。「宮中美人一破顏，驚塵濺血流千載」這兩句，以對比的手法集中概括了綿延上千年禍害百姓的弊政，描寫精彩絕倫，令人觸目驚心。最後詩人筆鋒一轉，用「君不見」三字引出現實中貢茶獻花的弊政，指名道姓地批判了「爭新買寵」的當代大臣。被他批評為媚上取寵的當代大臣，甚至包含了蔡襄和以「忠孝」名家的錢惟演。蔡襄是歐陽修的好友，人品清高，向來也受到蘇軾的敬重，但是，在向皇上進貢龍團茶這一點上，蘇軾認為他的作為，與一個士人應有的品行不相符合，因此同樣不假辭色，批評不留情面。蘇軾在詩中提到蔡襄時，加了一條小注，特地提到他的老師歐陽修對這件事情的態度：「歐陽永叔聞君謨進小龍團，驚歎曰：『君謨，士人也，何至作此事耶！』」借歐陽修的話表明了他的立場，同時也委婉地表示了對蔡襄的惋惜。

這首詩之所以重要，還有一點需要注意。紹聖二年（一〇九五），蘇軾寫這首詩時，已被貶為寧遠軍節度副使、惠州安置，不得簽書公事，住在惠州貶所。眾所周知，蘇軾曾因為民請命，寫了許多批評朝廷弊政和新法弊端的詩歌，而被政敵加以「謗訕」罪名受到迫害，但元豐年間的這次「烏臺詩案」之後，蘇軾並沒有放棄作為士大夫為民請命的責任，同樣保持了可貴的政治批判精神，就在「烏臺詩案」剛結束，赴黃州貶所的路上，蘇軾在一首詩中寫道：「佇立望原野，悲歌為黎元。」（〈正月十八日蔡州道上遇雪次子由韻〉）「悲歌為黎元」，這是面對政治迫害而不放棄士大夫政治責任的宣言，是蘇軾詩歌寫作最重要的精神支柱，或者說是他的寫作目的之一。蘇軾晚年在惠州寫的這首〈荔支歎〉，就是他畢生堅持「悲歌為黎元」精神的最好的證明。

需要注意的是，在「今年鬥品充官茶」一句下面，蘇軾有一條自注說：「今年閩中監司乞進鬥茶，許之。」這裡「許之」二字很耐尋味，「許之」，誰許之？當然是朝廷、是皇上！也就是說，這首詩批判的矛頭實際上還指向了朝廷的最高統治者。在屢遭政治打擊、被貶謫嶺南的晚年，蘇軾仍然如此直言不諱，其精神是何等可貴。

古人對這首詩也有很高的評價。方東樹《昭昧詹言》卷十二評云：「小物而原委詳備，所謂借題。章法變化，筆勢騰擲，波瀾壯闊，真太史公之文。」查慎行《初白庵詩評》卷中云：「樂天諷喻諸作，不過就題還題，那得如許開拓。」紀昀評點《蘇文忠公詩集》卷三十九云：「貌不襲杜，而神似之，出沒開合，純乎杜法。」汪師韓《蘇詩選評箋釋》卷六說自「君不見」以下，「百端交集，一篇之奇橫在此。詩本為荔支發歎，忽說到茶，又說到牡丹，其胸中鬱勃，有不可已者。唯不可以已而言，斯至言至文也。」之所以為「至言至文」，關鍵還是在於精神內涵，在於有為而作。

## 買炭❶

蘇轍

苦寒搜❷病骨，絲纊❸莫能禦。析薪燎枯竹，勃鬱煙充宇❹。西山古松櫟❺，材大招斤斧❻。根槎委❼溪谷，龍伏熊虎踞❽。挑抉靡遺餘，陶穴❾付一炬。積火變深黳❿，牙角猶憤怒。老翁⓫擁破氈，正晝出無屨⓬。百錢不滿籃，一坐幸至莫⓭。御爐歲增貢，圓直中常度⓮。閭閻⓯不敢售，根節姑付汝⓰。升平百年後，地力已難富。知夸不知嗇⓱，俯首欲誰訴。百物今盡然，豈為一炭故。我老或不及，預為子孫懼。

【注　釋】

❶這首詩作於大觀元年丁亥（一一〇七）。蘇轍晚年從廣東貶所北歸後，定居於許昌（今屬河南）潁水之濱，此詩即在許昌作。❷搜：本為象聲詞，《詩．魯頌．泮水》：「束矢其搜。」孔穎達疏：「搜為矢行之聲。」朱熹

《詩集傳》釋云：「矢疾聲也。」這裡用為動詞，形容淩厲的寒風侵人刺骨。❸絲纊：絲綿絮。❹勃鬱：形容風回旋的樣子。宋玉〈風賦〉：「勃鬱煩冤，衝孔襲門。」《文選》李善注：「勃鬱煩冤，風回旋之貌。」宇：房簷，這裡指房屋。❺櫟：一種落葉喬木，子實稱橡子，木材堅硬，是燒炭的好材料。❻斤斧：斧頭。《管子・乘馬》：「其木可以為材，可以為軸，斤斧得入焉。」❼根槎：樹根和枝杈。委：拋棄。❽「龍伏」句：這句比喻丟棄在山谷中的樹根、枝杈的樣子。❾陶穴：指燒炭的窯。❿深黳：深黑色，形容燒成的炭的顏色。黳：黑色。⓫老翁：詩人自指。⓬出無屨：《戰國策・齊策》載孟嘗君之客馮諼作歌有「食無魚」、「出無車」之語，此仿其句式。屨：鞋子。⓭莫：同「暮」。⓮中：符合。常度：一定的法度、規格、標準。⓯閭閻：泛指民間。閭，古以二十五家為閭，泛指鄉里。閻，里巷。⓰「根節」句：承上說又圓又直符合規格的炭要進貢給皇宮，民間不敢出售，普通民眾只能買到剩下的根節。⓱夸：奢侈。《荀子・仲尼》：「貴而不為夸。」《說文》：「夸，奢也。」嗇：節省。《老子》：「治人事天莫若嗇。」《韓非子・解老》：「少費之謂嗇。」

## 【解說】

讀這首詩，首先應該注意的是它的寫作時間。西元一一〇七年，詩人寫了這首詩，僅過了二十年，一一二七年，北宋就被金所滅。詩人在政和二年即西元一一一二年去世，如果從這一年算起，到北宋滅亡，僅十五年時間。詩末說：「我老或不及，預為子孫懼。」詩人的預感是多麼的讓人觸目驚心。徽宗朝是北宋最為奢靡荒唐腐敗的時期。詩人從買炭這件小事，看到了當時社會問題的嚴重，朝廷「知夸不知嗇」，不顧民力地力，一味搜刮。適合燒炭的大樹早已砍光，朝廷還在增加歲貢，而且還必須達到一定的規格。歲貢之餘，只留下一點根節。詩人的批判直指朝廷，而且從這件小事延伸開，指出「百物今盡然」，並不只是一點炭是這樣。這就是對當時以朝廷為首的整個奢靡世風的批判了。詩歌最後的憂懼，雖未點明憂懼什麼，但我們已經明白，他是在為這種奢靡腐敗世風即將導致亡國而憂懼。歷史的進展，已經證明了詩人的正確。

從更深遠的角度看，這首〈買炭〉詩還向我們展示了「西山古松櫟」是怎樣被砍伐的，森林是怎樣消失的，中原地區的生態環境是怎樣被破壞的。詩人雖沒有正面提出保護森林、保護環境的主張，但他提出了「地力已雖富」的警告。同時，他指出「知夸不知嗇」的世風，正是使環境受到致命破壞的原因。這是非常深刻的見解。詩人對環境遭受破壞的憂懼，應該引起後人深長思之。從這一角度解讀這首詩，可以說，詩人的憂懼又不僅僅是限於一個朝代的覆亡了。

## 秋稼❶

蘇轍

雨晴秋稼如雲屯❷，豆沒❸雞兔禾沒人。老農歡笑語行路❹，十年儉薄無今晨❺。無風無雨更一月，藜羹黍飯供四鄰❻。天公似許百姓足，人事未可一二論❼。窮邊逃卒❽到處滿，燒場入室才逡巡❾。縣符星火雜鞭箠❿，解衣乞與猶怒嗔⓫。我願人心似天意，愛情老弱憐孤貧⓬。古來堯舜知有否？詩書到此皆空文⓭。

【注釋】

❶此詩大約是政和元年（一一一一）蘇轍寓居許州（今河南許昌）農村時作，這一年他七十三歲。❷雨晴：雨過天晴。如雲屯：形容多而盛，像雲一樣屯集。這裡形容大片莊稼長勢茂盛，一望如雲。❸沒：掩沒。❹語：告訴。行路：路上行人、過路客人。❺儉薄：貧乏而不豐裕。這裡指莊稼歉收。《後漢書．陳寵傳》附陳忠上疏「荊揚稻收儉薄」。今晨：猶言今朝，這裡是當今、現在的意思。❻「無風」二句：這是老農的話，意思是說如

無風雨，再過一月，莊稼就可收穫入倉，到時候就可以和鄰居鄉親一起分享豐收之喜了。藜羹黍飯，這裡指簡單粗劣的飯菜。藜，一種野菜，嫩葉可食。黍，穀物名，子實供食用。❼「天公」二句：意思是說，老天似乎還容許百姓過上豐足的日子，但人間政事可就難說了。許，容許、允許。足，豐足。揚雄〈長楊賦〉：「僕嘗倦談，不能一二其詳。」一二論，猶言逐一數說、一一細論。一二，逐一、一一。❽窮邊逃卒：指從邊境上逃回的士兵。窮邊：極遠的邊境。❾燒場入室：在場院放火，入室搶劫。逡巡：頃刻之間，言時間很短。唐張祜〈偶作〉：「偏識青霄路上人，相逢只是語逡巡。」❿縣符：這裡指縣衙門催逼租稅的文書。星火：流星的火光，比喻急迫，急如星火。鞭箠：鞭子和行刑用的木杖，這裡指鞭打。⓫「解衣」句：這句是說農民把衣服脫下來抵充租稅交給催租的縣吏，但縣吏還照樣發怒。乞與：給與。⓬「我願」二句：是說希望人間政事清明，為官的人都能像老天一樣惜老憐貧。⓭「古來」二句：意思是說，不知堯舜和歷代像堯舜一樣聖明的帝王是不是也像天公一樣惜老憐貧，在這方面，過去的詩書總是缺少記載。堯舜，唐堯虞舜，被認為是古代聖明之君。知有否，不知有沒有愛惜老弱憐孤貧的事跡。詩書，《詩經》和《尚書》，代指儒家經典，這裡泛指古代典籍。到此，這裡是「在這個方面」的意思。空，空缺。空文，猶闕文，原指脫漏缺失的字句。李群玉〈穆天子〉詩：「寂寞崦嵫幽，絕跡留空文。」孟郊〈奉報翰林張舍人見遺之詩〉：「收拾古所棄，俯仰補空文。」這裡指書上缺乏記載。

## 【解　說】

詩人面對豐收在望的景象，卻沒有絲毫的欣慰和輕鬆。因為現實告訴他，豐收並不能給農民帶來豐足安樂的生活，現實生活中他們還必須面對官府的盤剝和兵匪的搶劫。詩歌通過天意和人心的對比，批判了現實朝政的弊端，「我願人心似天意」，這樣的呼告，展示了詩人仁民愛物的博大胸懷。詩歌最後由現實推知歷史，引出了對歷史上所謂聖君政治的懷疑，愛惜老弱憐孤貧這樣的事跡，堯舜未必有，堯舜以來的歷代帝王就更值得懷疑了。懷疑堯舜，真正的用意其實還是在否定現實政治。這樣的議論，不僅發前人所未發，而且道前人所不敢道。本詩的精彩，就體現在最後以疑問的方式所展示的銳利批判之中。

## 代小子廣孫寄翁翁❶

孔平仲

爹爹來密州❷，再歲❸得兩子。牙兒秀且厚，鄭鄭已生齒❹。翁翁尚未見，既見想歡喜。廣孫讀書多，寫字輒兩紙。三三足精神，大安能步履❺。翁翁雖舊識，伎倆非昔比❻。何時得團聚，盡使羅拜❼跪。婆婆到輦下，翁翁在省裡❽。大婆❾八十五，寢膳近何似？爹爹與嬭嬭❿，無日不思爾⓫。每到時節佳，或對飲食美，一一俱上心，歸期當屈指⓬。昨日又開爐，連天北風起。飲闌卻蕭條⓭，舉目數千里⓮。

【注釋】

❶這首詩大約作於宋神宗熙寧五年（一〇七二）末，孔平仲在密州任州學教授。小子廣孫：指孔平仲之子，小子是對後輩的稱呼。翁翁：祖父，指孔平仲之父、孔廣孫的祖父孔延之。孔延之字長源，臨江軍新淦縣（今江西新干）人，卒於熙寧七年（一〇七四）。詩題的意思是代兒子廣孫作詩寄給他的祖父。❷密州：宋代密州治所在今山東諸城。孔平仲任密州州學教授是在熙寧四年（一〇七一）。❸再歲：猶言兩年。❹牙兒、鄭鄭：孔平仲在密州所得兩子的小名。秀且厚：秀美而壯實。❺三三、大安：孔平仲之子，廣孫的弟弟，較牙兒、鄭鄭稍大。❻「伎倆」句：這句是說三三和大安又有了新的頑皮本事。伎倆：本領。❼羅拜：環繞下拜。❽「婆婆」二句：

這兩句是說祖父、祖母都在京城。婆婆，祖母，這裡指孔平仲之母，廣孫的祖母。輦下，指京城汴京，今河南開封。省裡，宋代中央官署有三省六部，孔延之當時在朝任司封郎中，為吏部官職，屬尚書省，故稱省裡。❾大婆：太婆。廣孫的曾祖母。❿嬭嬭：同「奶奶」，指廣孫的母親。《廣雅・釋親》：「嬭，母也。」⓫爾：句末助詞。⓬屈指：彎著指頭計數，形容時間短或數量少。這裡是歸期近在眼前的意思。⓭飲闌：飲酒之餘。蕭條：這裡是寂寞冷落的意思。⓮「舉目」句：指密州和汴京兩地相隔之遠。

## 【解說】

這是詩人代兒子廣孫寫給他祖父的詩，全詩模擬兒子的口吻，開頭先向祖父報告好消息，家裡新添了兩個孩子，自己又多了兩個弟弟。爺爺原來見過的三三和大安，現在也長大了，本領已經跟以前不同了。而廣孫自己，不僅讀了很多書，還能寫很多字，本領也今非昔比了。詩的後半段，還是以孩子的口吻問候曾祖母和祖父、祖母，說爸爸媽媽無時無刻不在思念他們，希望一家能夠團聚。這實際上是一封以詩歌形式寫成的平安家書，內容並不新鮮，但借孩子的口吻來說，寫法就很別致。尤其詩歌的前半部分，向爺爺報告孩子們的近況，這些好消息，都以兒童的口氣說出來，帶有幾分天真的炫耀，顯得特別活潑生動。這是這首詩最為精彩之處。不過，詩歌的結尾幾句：「昨日又開爐，連天北風起。飲闌卻蕭條，舉目數千里。」稍微偏離了孩子的視角，口吻也不大符合，不免有點遺憾。

陳衍《宋詩精華錄》卷二認為此詩「學盧仝體，而去其鉤棘字句」。當是指學盧仝〈寄男抱孫〉一篇。但實際上，盧仝之作是長輩寄晚輩，而本篇則是模擬兒童口吻寫給長輩的代言之作，與盧仝的寫法完全不同，並不僅僅是「去其鉤棘字句」而已。

# 打麥

張舜民

打麥打麥，彭彭魄魄❶，聲在山南應山北。四❷月太陽出東北，才離海嶠❸麥尚青，轉到天心麥已熟。鶡旦❹催人夜不眠，竹雞❺叫雨雲如墨。大婦腰鐮出，小婦具筐逐，上壠先捋青❻，下壠已成束。田家以苦乃為樂，敢憚頭枯面焦黑。貴人薦廟❼已嘗新，酒醴❽雍容會所親。曲終厭飫勞童僕❾，豈信田家未入脣。盡將精好輸公賦，次把升斗求市人❿。麥秋正急又秧禾⓫，豐歲自少凶歲多，田家辛苦可奈何！將此打麥詞，兼作插禾歌⓬。

【注釋】

❶彭彭魄魄：這裡形容打麥的聲音。❷四：一本作「五」。❸才離海嶠：指太陽才從海上升起。海嶠：海邊山地。❹鶡旦：古籍中指一種夜鳴求旦的鳥。《禮記・月令》「鶡旦不鳴」，鄭玄注：「鶡旦，求旦之鳥也。」❺竹雞：鳥名，喜居竹林，好啼，啼聲如曰「泥滑滑」，古人認為是下雨的徵兆。❻「上壠」句：這句是說上壠地裡的麥子未熟前已先被捋取。參看蘇軾〈浣溪沙〉詞：「捋青搗麨軟飢腸。」捋青：把未成熟的青麥粒從麥穗上捋取下來。捋：以手握物，順移脫取。❼薦廟：獻於宗廟以祭祀祖先。古代有以新熟五穀獻祭的風俗，稱為「薦新」。❽醴：甜酒。❾曲：指宴會時的音樂歌舞。厭飫：飲食飽足。勞：慰勞，這裡是賞給的意思。❿「次把」句：這句承上句說精好的新麥已盡數交給了官府，自己的口糧則要向別人求購一升半斗。求市人：求購於人。市：購買。⓫麥秋：麥收季節，指農曆四月。五穀各以其成熟季節為秋，麥熟即稱麥秋。秧：這裡用作動詞，插秧。秧禾：指水稻。⓬「將此」二句：插禾，插秧。麥收季節，也是稻田插秧正忙的時節，因此這首〈打麥詞〉也可

以兼做〈插秧歌〉使用了。

## 【解　說】

麥收時節，成熟的麥子要抓緊搶收，田裡水稻也要急著插秧，這是一年中農民最為辛苦緊張的季節。這首詩寫了麥收的緊張勞作，恨不得爭分奪秒，麥收正急，稻田又等著插秧。辛苦的勞動，卻換不來好生活，因此詩人感歎說：「田家辛苦可奈何！」詩歌語言質樸，富於民歌風調。張舜民詩，筆力比較豪健，「晚年為樂府百餘篇，自序稱年逾耳順，方敢言詩」（《郡齋讀書志》卷十九），可見其對樂府詩的推崇和用心模仿，這首〈打麥〉就很有古樂府的遺意。

# 贛上食蓮有感❶

黃庭堅

蓮實大如指，分甘念母慈❷。共房頭⿰角戢⿰角戢，更深兄弟思❸。實中有么荷，拳如小兒手。
令我念眾雛，迎門索梨棗❹。蓮心政自苦，食苦何能甘❺？甘餐恐腊毒❻，素食則懷慚❼。
蓮生淤泥中，不與泥同調❽。食蓮誰不甘？知味良獨少❾。吾家雙井❿塘，十里秋風香⓫。
安得同袍子，歸製芙蓉裳⓬。

## 【注　釋】

❶本詩作於元豐四年（一〇八一）。贛上：指虔州，今江西贛縣。當時作者知吉州太和縣（今江西泰和），以公事過虔州，作此詩。❷「蓮實」二句：這二句說品嘗大如拇指的蓮子，想起了母親把蓮子分給孩子們的慈愛情

形。蓮實，蓮子。分甘，語出《後漢書・楊震傳》：「雖有推燥居濕之勤。」李賢注引《孝經・援神契》：「母之於子也，鞠養殷勤，推燥居濕，絕少分甘。」本謂分享甘美之味，後多以喻慈愛、友好。王羲之〈與謝萬書〉：「修植桑果，今盛敷榮，率諸子，抱弱孫，游觀其間，有一味之甘，割而分之，以娛目前。」❸「共房」二句：這兩句是說看見一顆顆蓮子共生在蓮房中，更加深了兄弟間的懷想。房，蓮房、蓮蓬。戢戢，音輯輯。同「戢戢」，羊角眾多聚集的樣子。《詩・小雅・無羊》：「爾羊來思，其角濈濈。」毛傳：「聚其角而息。」這裡形容蓮子露出尖角聚集在蓮房中，如張籍〈採蓮曲〉所形容：「青房圓實齊戢戢。」❹「實中」四句：這四句說蓮子中小小的蓮心，蜷曲如小兒的手，令我想起孩子們索要梨棗的情形。么荷，小荷，指蓮子中心的葉芽，即蓮心。么，音邀。小。拳，蜷曲。雛，這裡指幼兒。杜甫〈彭衙行〉：「眾兒爛漫睡，喚起霑盤飧。」❺「蓮心」二句：這兩句是詩意轉折處，上面從食蓮實之甘，抒發對親人的思念，下面則從蓮心之苦表達立身處世的感想。甘苦均由食蓮實生發。政，同「正」。蓮心味苦，故云「政自苦」。❻「甘餐」句：此句說甜美的東西吃多了恐怕會很快中毒，比喻若處於不當處的高位，受用厚祿，精神很快就會毒化。甘餐：食甘美之物。腊：音昔。本意指乾肉，乾肉日久易含毒。腊毒：極毒。語出《國語・周語》：「高位寔疾顛，厚味寔腊毒」。韋昭注：「厚味，喻重祿也。腊，亟也。厚味者，其毒亟也。」❼「素食」句：這句說如果做官白吃飯，不勞而獲，應感到羞愧。素食：不勞而獲、白吃飯。《詩・魏風・伐檀》：「彼君子兮，不素食兮。」❽「蓮生」二句：《維摩詰經・佛道品》：「高原陸地，不生蓮華，卑濕淤泥，乃生此花。」這裡讚美蓮出淤泥而不染的品格。❾「食蓮」二句：意思是說吃蓮子的人都能感到它的甘美，但真正知道蓮子味道的人確實不多。知味，語出《禮記・中庸》：「人莫不飲食也，鮮能知味也。」❿雙井：作者家鄉，在洪州分寧縣（今江西修水縣）西。⓫「十里」句：這句說雙井多蓮，香飄十里。⓬「安得」二句：同袍，語出《詩・秦風・無衣》：「豈曰無衣，與子同袍。」這裡指志同道合的朋友。芙蓉，蓮花。屈原〈離騷〉：「集芙蓉以為裳。」象徵以美德修身，這裡亦用其意。

【解　說】

黃庭堅的詩歌具有非常鮮明的個性。他強調主觀反省，收視返聽，從精神修養的層面選擇、把握、處理詩歌題材，觀照的重點在內心，由此形成了他在題材取向上的獨特路徑。許多作品，都特別擅長發掘獨特的感悟和體驗，側重表現個人的人格修養和道德情操。在內容上重內心體驗，重道德說教。比如這首詩，由食蓮子引發，用筆的重心卻在親情和人格修養。食蓮子不過一件小事，就題材而言並不新鮮，但詩人的處理角度卻與眾不同，詩中前八句從食蓮而思親，寫詩人看到蓮子從外到內的形狀，想起家中的慈母、兄弟及孩子；中間八句由蓮心之苦而反思自己的官場生活，感悟立身準則，並由蓮生淤泥而思潔身自好；最後以「歸製芙蓉裳」喻示完善自身品德，立意的重點是在道德情操和人格追求，處理題材的觀照角度和思考方式都與眾不同。

樓鑰〈沖和堂記〉曾評此詩云：「皆藹然仁義之言。」（《攻媿集》卷五十六）汪薇《詩倫》卷下評云：「山谷〈食蓮〉詩，比體入妙，發端在家庭間，漸引入身世相接處，落落穆穆，甘苦自知，人意難諧，歸計遂決。風人之致，倜然遠矣。」黃爵滋《讀山谷詩集》評此詩云：「比興雜陳，樂府佳致。」

## 上大蒙籠❶

黃庭堅

黃霧冥冥小石門❷，苔衣草路❸無人跡。苦竹❹參天大石門，虎迒兔蹊❺聊倚息。陰風搜林山鬼嘯❻，千丈寒藤繞崩石。清風源❼裡有人家，牛羊在山亦桑麻❽。向來陸梁嫚官府，試呼使前問其故❾。衣冠漢儀民父子，吏曹擾之至如此❿。「窮鄉有米無食鹽，今日有鹽無食米⓫；但願官清不愛錢，長養兒孫聽驅使⓬。」

## 【注　釋】

❶本篇是元豐五年（一〇八二）作，當時黃庭堅任太和縣（今江西泰和）令，奉命到太和縣萬歲鄉山中派銷官鹽。大蒙籠：萬歲鄉中山名。題下原注：「乙卯晨起。」乙卯為元豐五年四月四日。❷小石門：與下文大石門皆為上大蒙籠所經地名。❸苔衣草路：長滿青苔的荒蕪山路。衣，音意。覆蓋的意思。❹苦竹：竹的一種，杆矮而節長，其筍味苦。❺虎迒兔蹊：泛指野獸出沒之地。迒：音杭。獸跡。蹊：小徑。❻山鬼嘯：這裡形容風聲淒厲。❼清風源：萬歲山中地名。❽「牛羊」句：是說既放牧牛羊，又種植桑麻。❾「向來」二句：陸梁，跳走貌。揚雄〈甘泉賦〉：「飛蒙茸而走陸梁。」引申為囂張、跋扈。《三國志・魏書・高貴鄉公紀》：「蜀賊陸梁邊障。」這裡形容山民性格強悍、蠻橫。嫚，音慢。凌侮。這是說聽說清風源中山民向來強悍，輕侮官府，我叫他們來問問原因。❿「衣冠」二句：這二句是說山民們懂得禮儀，也遵守各種倫理秩序；他們輕侮官府，全是因為群吏騷擾，被逼如此。漢儀，本指漢朝的服飾禮儀制度，後泛指中國文明禮儀的傳統。這裡形容清風源山民溫良有禮，並非蠻橫不服教化之人。父子，這裡表示各種天倫關係。民父子，謂山民信守尊卑長幼的秩序。吏曹，州縣佐吏僚屬。⓫「窮鄉」二句：這是山民對作者所說的話，意思是說窮山鄉過去有米無鹽，如今官府來派銷食鹽，要買鹽就得賣糧換錢，百姓有了鹽卻沒了米。⓬長養兒孫：把兒孫養大。長，音掌。聽驅使：聽從官府使令。

## 【解　說】

黃庭堅早年曾在一些地方擔任過地方官，對民生疾苦有一定的了解，他秉持儒家仁政理想，寫過一些關懷現實民生問題的作品，體現了篤厚的仁愛胸襟。元豐五年（一〇八二），他在太和縣（今江西泰和）任縣令，奉命到太和縣萬歲鄉山中派銷官鹽，親見官鹽法對百姓的騷擾禍害，作了十來首詩述百姓之苦，此詩即其中最有代表性的一首。在這首詩裡，他並沒有以官員的身分對清風源裡的山鄉農民加以訓誡，甚至也不僅僅是表現作為父母官對他們的關懷和同情而已，他是站在清風源山民的立場上，體貼他們的苦楚，為他們呼籲，寫出他們的心裡話。作為一個地方官，這樣的立場和精神是難能可貴的。

關於此詩提到的「窮鄉有米無食鹽，今日有鹽無食米」現象，有特定的背景，當時朝廷推行新法，實行食鹽官營制度，一方面想解決民眾食鹽困難，一方面也解決朝廷的財政問題，但推行之中，弊端層出不窮。規定鹽由官府專賣，向百姓派銷，地方官都有派銷任務。百姓必須按時購買額定數量，為買鹽就得賣糧換錢，結果百姓有了鹽，卻沒了米，本來想解決「窮鄉有米無食鹽」的問題，結果卻給民眾帶來更大的困擾。黃庭堅此次奉命派銷官鹽，還寫有一首〈勞坑入前城〉詩說：「賴官得鹽吃，正苦無錢刀」，這不僅是沒了米，連賣糧換的錢都沒有了。

## 送王郎❶

黃庭堅

酌君以蒲城桑落之酒，泛君以湘累秋菊之英，贈君以黟川點漆之墨，送君以陽關墮淚之聲❷。酒澆胸次之磊隗，菊制短世之頹齡，墨以傳萬古文章之印，歌以寫一家兄弟之情❸。江山千里俱頭白，骨肉十年終眼青❹。連床夜語雞戒曉❺，書囊無底談未了❻。有功翰墨❼乃如此，何恨遠別音書少？炊沙作糜終不飽，鏤冰文章費工巧，要須心地收汗馬，孔孟行世日杲杲❽。有弟有弟力持家❾，婦能養姑供珍鮭❿。兒大詩書女絲麻，公但讀書煮春茶⓫。

## 【注釋】

❶元豐六年（一〇八三）十二月，黃庭堅從太和縣（今江西泰和）移監德州德平鎮（今屬山東），這首詩是元豐七年（一〇八四）在德平作。王郎：王純亮，字世弼，黃庭堅的妹夫，這時到德平來探望他，這是為送別而作。

❷「酌君」四句：這四句詩點出送別之意，以排比句法一氣貫下，乃是從鮑照〈擬行路難〉其一首四句「奉君金巵之美酒，玳瑁玉匣之雕琴，七彩芙蓉之羽帳，九華蒲萄之錦衾」脫化而來。酌，斟酒。君，指王郎。蒲城，今陝西蒲城。桑落，蒲城所產的名酒，傳為劉墮所釀，「桑落時美，故因以為名」（參見《水經注・河水》及《續古今注》）。泛，漂浮，這裡指把菊花放入酒中，與酒一同飲下。岑參〈九日使君席奉餞衛中丞赴長水〉：「為報使君多泛菊，更將絃管醉東籬。」湘累，指屈原。揚雄〈反離騷〉：「欽弔楚之湘累。」《漢書・揚雄傳》顏師古注：「諸不以罪死曰累。……屈原赴湘死，故曰湘累。」秋菊之英，語出屈原〈離騷〉：「夕餐秋菊之落英。」又庾信〈就蒲葉使君乞酒〉云：「蒲城桑落酒，霜葉菊花秋。」杜甫〈九日楊奉先會白水崔明府〉云：「坐開桑落酒，來把菊花枝。」即「酌君」二句句意所本。黟川，水名，在今安徽黟縣，其地以產佳墨著名。點漆，形容墨好，一點落紙，黑亮如漆。陽關墮淚之聲，指送別時所唱的送別曲，唐王維〈送元二使安西〉詩有「西出陽關無故人」之句，此詩被譜入樂府歌唱，為送別曲。稱〈陽關曲〉，李商隱〈贈歌妓〉：「斷腸聲裡唱〈陽關〉。」❸「酒澆」四句：此四句分別承接上四句，申說送別之情。這種章法結構本於歐陽修〈奉送原甫侍讀出守永興〉：「酌君以荊州魚枕之蕉，贈君以宣城鼠鬚之管；酒如長虹飲滄海，筆若駿馬馳平坂。」胸次，胸中。磊隗，同「磊磈」，眾石累積不平貌，比喻胸中鬱結不平之氣。《世說新語・任誕》：「阮籍胸中磊隗，故須酒澆之。」隗，音奎。制，制止、留住。頹齡，衰老之年。制頹齡，防止衰老，留住殘年。古人認為服菊可以延壽，故云。陶淵明〈九日閒居〉：「酒能祛百慮，菊為制頹齡。」即「酒澆」二句意思所本。印，心印，

謂佛教禪宗傳法，心心相印。《壇經》：「吾傳佛心印。」傳萬古文章之印，謂把契合於心的古代文章的精髓留傳於世。寫，宣泄、抒發。❹「江山」二句：俱頭白，一作「頭俱白」。眼青，《晉書・阮籍傳》載，阮籍能為青白眼，見禮俗之士，以白眼對之，表示輕蔑；嵇康造訪，乃見青眼，以示愛重。杜甫〈秦州見除目……兼述索居〉：「別來頭併白，相見眼終青。」此用其意。終眼青，一作「眼終青」。❺連床夜語：指兄弟或朋友相聚，對床共話，傾心交談。韋應物〈示全真元常〉詩：「寧知風雨夜，復此對床眠。」戒曉：即戒旦。晉趙至〈與嵇茂齊書〉：「雞鳴戒旦。」戒，警告、告戒。❻「書囊」句：這句是說兩人連床夜語，王郎學問淵深，像個無底書袋，談起話來，通宵不完。書囊：書袋，比喻人滿腹詩書。❼翰墨：筆墨，借指詩賦文章。❽「炊沙」四句：這四句是說一切浮華不實之習，對於人的修養來說，都是徒勞無功的；必須在心性的存養上痛下苦功，才能通曉如日經天的孔孟之道的精義。炊沙作糜，比喻勞而無功。典出《楞嚴經》卷一：「若不斷淫修禪定者，如蒸砂石欲成其飯，經百千劫，只名熱砂。」顧況〈行路難〉：「炊沙作飯豈堪食？」炊沙，一作「炒沙」。糜，粥。鏤冰，在冰上雕刻，亦形容徒勞無益。《抱朴子・神仙》：「鏤冰雕朽，終無必成之功。」心地，佛教認為三界唯心，心能隨緣生一切諸法，如大地之滋生萬物，故稱心地，宋人亦用以指心性存養的用功之處。汗馬，馬因疾馳而出汗，形容戰爭勞苦，這裡借指心性存養的苦功。作者〈與王子予書〉：「想以道義敵紛華之兵，戰勝久矣。……要須心地收汗馬之功，讀書乃有味。」杲杲，明亮貌。❾「有弟」句：句法本於杜甫〈同谷七歌〉：「有弟有弟在遠方。」力持家：努力管理家事。❿婦：指王郎之妻，作者之妹。姑：丈夫之母。珍鮭：泛指美味食品。鮭：音鞋。魚類菜肴的總稱。⓫「公但」句：這是勸王郎居家讀書，更求深造，不必以世俗富貴功名為意。

## 【解　說】

元豐七年（一〇八四），黃庭堅的妹夫王純亮（字世弼）到德平（今屬山東）來探望他，告別時，黃庭堅寫了這首詩抒發離別之情。詩歌既寫了深切的親情，又有殷切勸勉和諄諄教誨，充分體現了黃庭堅的為人和心地。詩歌寫得雄放奇崛，頓挫有致。開頭八句直抒送別之情，以長句排比一氣貫下，感情深長，雖從鮑照和歐陽修詩融匯發展而來，但氣勢更為雄暢，筆力更為奔放。從「江山千里」句到「孔孟行世」句為第二段，是對王郎的勸勉和教誨，句式趨於平穩，正好產生語重心長的效果。最後四句關懷王郎的家事，囑咐他勿以俗事為念，語調更為平和親切。一篇長詩，隨內容的轉換而變更句法和語調，極盡騰挪變化。

## 戲呈孔毅父❶

黃庭堅

管城子無食肉相，孔方兄有絕交書❷。文章功用不經世，何異絲窠綴露珠❸。校書著作頻詔除，猶能上車問何如❹。忽憶僧床同野飯，夢隨秋雁到東湖❺。

### 【注　釋】

❶元祐二年（一〇八七）作，時作者在祕書省任職。孔毅父：孔平仲，字毅父，見本書孔平仲小傳。他是作者的朋友，當時也在祕書省任職。❷「管城」二句：管城子，指毛筆。典出韓愈〈毛穎傳〉：「遂獵，圍毛氏之族，拔其毫，……秦皇帝使（蒙）恬賜之湯沐，而封諸管城，號管城子。」這是以筆擬人。食肉相，指富貴封侯之相。典出《後漢書・班超傳》，看相的人說班超「燕頷虎頸，飛而食肉，此萬里侯相也」。孔方兄，指錢，銅錢中央有方孔，故稱，含取笑嘲弄之意。晉魯褒〈錢神論〉：「親愛如兄，字曰孔方，失之則貧窮，得之則富強。」絕交書，嵇康有〈與山巨源絕交書〉，此用其字面。孔方兄與自己絕交，意謂自己窮愁潦倒。❸「文章」

二句：這二句承上說自己窮愁潦倒，文章也不能發揮經邦濟世的功用，無異於蛛網上點綴的露珠。經世，經濟民，治理社會。絲窠，蛛網。❹「校書」二句：這二句是自嘲，說自己雖在祕書省做官，並非真有才學，不過懂得怎樣乘車，能作一般問候起居的書信而已。校書，校書郎；著作，著作郎，均屬祕書省官職。詔除，皇帝下詔授官。作者於元豐八年（一〇八五）被任命為祕書省校書郎，元祐二年除著作佐郎，故云「頻詔除」。上車問何如，典出《顏氏家訓・勉學》，梁朝全盛之時，貴家子弟多無真才實學，卻充當祕書郎、著作郎一類的官職，因此當時有謠諺說：「上車不落則著作，體中何如則祕書。」上車不落，謂能登上車子，不至於掉下來。體中何如，為古代書信尺牘常用的問候語。❺「忽憶」二句：這二句是說忽然回憶起當年與你同遊東湖，在僧房便飯，我的夢魂又隨秋雁飛到那裡去了。作者早年曾在東湖瞻仰徐穉祠堂，並作詩表達仰慕之情，這裡回憶舊遊，即有欲歸隱鄉里，效徐穉高節之意。東湖，在今江西南昌市郊，為東漢高士徐穉宅居之處。

## 【解　說】

這也是體現黃庭堅式的幽默風趣的一首詩。開頭兩句以自嘲的口吻說自己靠握筆桿寫文章為生，既升不了官，也發不了財。宋許顗《許彥周詩話》說此二句用典「精妙明密，不可加矣」。為什麼呢？這兩句的「管城子」和「孔方兄」都有出典，但本來只是比喻性的說法，而詩人在這裡卻將比喻性的說法坐實，「管城子」既然為「子」，就不妨有食肉封侯之相；「孔方兄」既然為「兄」，就不妨可以寫絕交書。不過，應當封侯者卻無食肉相，應當親愛者卻給自己寫了絕交書，可見命運之乖蹇。本來是比喻的物體，卻有了人所特有的行為，這樣的用典就十分新奇，確實是「不可加矣」。

另外，中間四句自嘲調侃的語氣也十分明顯。不過，我們可以從中體會到詩人的兀傲不平，他其實是要表現與世俗格格不入的心情，詩的結尾歸結到渴望歸隱的立意上，前面的自嘲便不僅僅是自嘲了。

方東樹《昭昧詹言》卷十二評云：「起雄整，接跌宕，俱入妙。收遠韻。凡四層。」

# 題竹石牧牛❶

黃庭堅

野次小崢嶸❷，幽篁❸相倚綠。阿童三尺棰❹，御此老觳觫❺。石吾甚愛之，勿遣牛礪角；牛礪角尚可，牛鬥殘我竹❻。

## 【注　釋】

❶作於元祐三年（一〇八八）。詩前自序云：「子瞻畫叢竹怪石，伯時增前坡牧兒騎牛，甚有意態，戲詠。」子瞻：蘇軾。伯時：李公麟，字伯時，號龍眠居士，舒城（今屬安徽）人，北宋著名畫家，與蘇、黃均有深交。❷野次：野地裡。崢嶸：高峻貌，這裡用以代指畫中嶙峋特立的怪石。❸幽篁：幽深的竹叢。❹阿童：指畫中牧童。棰：鞭子。❺御：駕馭。觳觫：音胡速。牛恐懼顫抖貌。這裡代指牛。❻「石吾」四句：這四句是以囑咐畫中牧童的形式寫自己觀畫的感想。礪，音例。磨。牛礪角，謂牛在石上磨角。

## 【解　說】

本篇是題畫詩，寫法與眾不同，新奇別致。詩中無一字表示對畫藝的稱讚，而讚賞喜愛之情卻溢於言表。黃庭堅本人對這首詩也很得意，據呂本中《童蒙詩訓》記載，當時曾有人稱讚他的「桃李春風一杯酒，江湖夜雨十年燈」二句，以為是「極至」之語。他卻說「桃李」二句猶是「砌合」，須此詩「石吾甚愛之」四句，「乃可言至」。金王若虛《滹南詩話》則批評說：「山谷〈牧牛圖〉詩，自謂平生極至語，是固佳矣，然亦有何意味？

黃詩大率如此，謂之奇峭，而畏人說破，元無一事。」這樣評詩，未免過於苛求。這四句的句法形式採用了古代民謠常用的句式，顯得古樸老硬，《南史・宗越傳》載軍中謠諺云：「寧作五年徒，不逐王玄謨；玄謨猶尚可，宗越更殺我。」又《樂府詩集》卷五十四載古樂府〈獨漉篇〉：「獨漉獨漉，水深泥濁。泥濁尚可，水深殺我。」李白〈獨漉篇〉章法亦同。黃庭堅襲用其句型，而內在的意思卻完全翻新。古硬質樸的句型與生新的立意構成內在的張力，產生了獨特的妙趣，黃庭堅自以為得意，是有道理的。

## 王充道送水仙花五十枝，欣然會心，為之作詠❶

黃庭堅

凌波仙子生塵襪，水上輕盈步微月❷。是誰招此斷腸魂，種作寒花寄愁絕❸。含香體素欲傾城❹，山礬是弟梅是兄❺。坐對真成被花惱，出門一笑大江橫❻。

【注釋】

❶本篇作於建中靖國元年（一一〇一），這時他在荊州沙市（今屬湖北）等候朝命。❷「凌波」二句：語本曹植〈洛神賦〉：「凌波微步，羅襪生塵。」這裡用洛神宓妃比喻水仙，形容其輕盈優雅的姿態。❸「是誰」二句：承上二句謂水仙花為凌波仙子幽怨的精魂所化。〈洛神賦〉寫宓妃與曹植隔於人神之道，不得接近，離別時滿懷怨恨幽思，「淚流襟之浪浪」。這裡暗用此意，藉以形容水仙花幽怨愁絕的意態精神。方東樹《昭昧詹言》卷十一云：「起四句奇思奇句。」❹體素：形容水仙形體素潔。傾城：形容女子容貌絕美，語出《漢書・外戚傳》引李延年歌。這裡形容水仙開放時的美態。❺「山礬」句：此句把水仙與梅花、山礬相比，因梅花比水仙早開，且格韻更勝，故云「梅是兄」。山礬與水仙相比，則取其幽香素色，因比水仙晚開，故云「山礬是弟」。《淮南子・

假真訓》：「榠樝與橘柚，合而為兄弟。」即此句構思造句所本。山礬：花名，即玉蕊花，又名瑒花。礬，音煩。瑒，音蕩。❻「坐對」二句：二句說被水仙撩亂了情懷，不如出門一笑，放開眼界，開豁心胸，忽然發現大江橫在面前。這種句法從杜甫〈縛雞行〉「雞蟲得失無了時，注目寒江倚山閣」化出，即宋人陳長方《步里客談》卷下所說「斷句輒旁入他意」的寫法。參看黃庭堅之父黃庶〈下棋〉：「黑白勝負無已時，目送孤鴻出雲外。」完全模仿杜詩，不如這兩句能出於藍而勝於藍。惱，撩撥、引逗。被花惱，用杜甫〈江上獨步尋花〉：「江上被花惱不徹。」又蘇軾〈和秦太虛梅花〉：「為愛君詩被花惱。」大江，指長江。大江橫，語本阮籍〈詠懷〉：「門外大江橫。」

## 【解　說】

這首詩詠水仙花，開篇以「凌波仙子」稱之，既切「水仙」之花名，又暗指〈洛神賦〉的洛神。這個開篇賦水仙花以一種浪漫神祕的色彩，為結尾處的「被花惱」預設了美妙的情景。至於「真成被花惱」，當然是要表現對水仙的熱切的喜愛，因專注賞玩而被花所撩撥，亂了心緒。「真成」二字其實很值得玩味，背後其實是有杜甫和蘇軾的詩在，言下之意是說無論杜甫的「被花惱」還是蘇軾的「被花惱」（按蘇軾此詩作於元豐七年，西元一〇八四年）似乎都不如詩人當下的感受這麼強烈、真切。

## 跋子瞻〈和陶詩〉❶

黃庭堅

子瞻謫嶺南❷，時宰欲殺之❸。飽吃惠州飯❹，細和淵明詩。彭澤千載人❺，東坡百世士❻。出處雖不同，風味乃相似❼。

## 【注　釋】

❶這首是建中靖國元年（一一〇一）黃庭堅在荊州（今屬湖北）所作。跋：在書籍、文章、字畫、詩歌等後面題寫評論、鑑定、考釋、記述之類的文字。子瞻：蘇軾字子瞻。〈和陶詩〉：蘇軾元祐七年（一〇九二）知揚州（今屬江蘇）時，曾和陶淵明〈飲酒〉二十首，紹聖元年（一〇九四）以後，貶居惠州（今屬廣東）、儋州（今海南儋縣）時期，始遍和陶詩，編為一集。❷子瞻謫嶺南：蘇軾於紹聖元年貶謫惠州，後再貶海南儋州，至元符三年（一一〇〇）放還，在嶺南、海南謫居達七年。❸時宰欲殺之：就是針對朝廷的目的而言的。杜甫〈不見〉：「世人皆欲殺，吾意獨憐才。」時宰：宰，指宰執，宋代宰相與執政的統稱。當時宰相為章惇。蘇軾貶謫嶺南時，林希秉承時宰意思草擬制詞中有「軾罪惡甚，論法當死」之語。當時嶺海地區煙瘴荒蠻，極為險惡，被貶謫海南者能活著回來的不多，因此朝廷將蘇軾貶謫嶺海，不可告人的目的就是要殺害他。❹「飽吃」句：此句說蘇軾不以貶謫為意，達觀超脫，隨遇而安。蘇軾〈和歸園田居〉：「我飽一飯足，薇蕨補食前。」又〈和酬劉柴桑〉：「一飽忘故山。」惠州：今屬廣東。❺「彭澤」句：這句說陶淵明是千古不朽之人。彭澤：陶淵明曾為彭澤令，世稱「陶彭澤」。❻百世士：《孟子・盡心》：「聖人，百世之師也，伯夷、柳下惠是也……奮乎百世之上，百世之下，聞者莫不興起也。」❼「出處」二句：這兩句是說，陶淵明與蘇軾，一隱一仕，出處不同，而精神志趣、高風亮節則相同。出處，指出仕與退隱。風味，指精神或情志。

## 【解　說】

建中靖國元年（一一〇一）四月，黃庭堅在荊州承天寺讀蘇軾〈和陶詩〉，作此篇題寫於詩卷之後，既是評詩，更是論人。蘇軾是黃庭堅的老師，他被貶謫嶺海，不以貶謫為意，達觀超脫，隨遇而安。詩人先點明蘇軾貶謫嶺海「時宰欲殺之」的凶險背景，三、四句再以兩件事情表現蘇軾的達觀坦蕩：「飽吃惠州飯，細和淵明詩。」最後再把蘇軾和陶淵明放在一起加以比較，評價他的高風亮節。詩歌語氣平淡，語詞質樸，不寫景、不言情，只是冷靜地敘說，而深厚的情思、無盡的懷念、對蘇軾人格的崇敬、以及詩人自己兀傲不平的性格，都盡在其中了。這樣的「冷抒情」，強調內在感情內容的深沉、厚重，而不追求語言意象的絢麗、誇張，可以說是黃庭堅詩歌的突出特徵，也是宋詩區別於唐詩的重要特點。

黃庭堅論詩，主張「不煩繩削而自合」（〈與王觀復書〉）的自然之美，推崇「平淡而山高水深」（〈與王觀復書〉）的境界，他晚年如〈跋子瞻「和陶詩」〉這樣的一些作品，仍保持著自己特有的精神骨力，但更加精光內斂，老成樸厚，返樸歸真，可以說已達到「平淡而山高水深」的境界。

## 武昌松風閣❶

黃庭堅

依山築閣見平川，夜闌箕斗❷插屋椽，我來名之意適然❸。老松魁梧數百年，斧斤所赦❹今參天。風鳴媧皇五十弦，洗耳不須菩薩泉❺。嘉二三子甚好賢❻，力貧❼買酒醉此筵。夜雨鳴廊到曉懸❽，相看不歸臥僧氈。泉枯石燥復潺湲❾，山川光輝為我妍。野僧旱饑不能饘，曉見寒溪有炊煙❿。東坡道人已沉泉⓫，張侯何時到眼前⓬？釣臺驚濤可晝眠⓭，怡亭看篆蛟龍纏⓮。安得此身脫拘攣⓯，舟載諸友長周旋⓰。

【注釋】

❶崇寧元年（一一〇二）六月，黃庭堅罷太平州（今安徽當塗）任，九月至鄂州（今湖北武昌）寓居，此詩為

黃庭堅赴鄂州途經武昌（鄂城）時作。武昌：今湖北鄂城。松風閣：在武昌（今鄂城）西樊山上，周圍松林茂密，詩人遂以「松風」命名。❷夜闌：夜深。箕斗：箕宿與斗宿。箕宿為蒼龍七宿之一，有星四顆聯成簸箕形，在南方天空。斗宿即南斗六星，聚成斗形，亦在南天。或謂斗指北斗，非是。《詩・小雅・大東》：「維南有箕，不可以簸揚。維北有斗，不可以挹酒漿。」因南斗在箕宿稍北，故云「維北」，非指北斗七星。❸名之：為松風閣命名。意適然：適意、暢快。❹斧斤所赦：謂老松未被斧斤砍伐，像被赦免一樣。❺「風鳴」二句：此二句寫松濤聲之美，謂風過處濤聲有如媧皇鼓動瑟弦，令人耳清神怡，方東樹《昭昧詹言》卷十一評云：「『風鳴』二字奇想。」媧皇，即女媧氏，傳說中人類始祖，伏羲之妻。五十弦，指伏羲所作五十弦瑟。任淵《山谷內集詩注》卷十七注云：「《禮圖》曰：『庖羲氏（伏羲）作瑟五十弦。』此云媧皇，未詳。」案《帝王世紀》云：「女媧氏，風姓，承庖羲制度，始作笙簧。」傳說中女媧與伏羲以兄妹結為夫妻，此又云承庖羲制度作笙簧，作者大概因此以作五十弦瑟事歸於女媧。洗耳，用蘇軾〈聽瑟〉詩：「歸家且覓千斛水，淨洗從前箏笛耳。」蘇詩意謂瑟的樂音比箏笛高雅，故要洗耳恭聽。這裡用其語而意稍變，謂松風動聽有如鼓瑟，自能清洗人耳。菩薩泉，在樊山西山寺中。蘇軾〈記樊山〉云：「（武昌樊山）西山寺，泉水白而甘，名菩薩泉。」又〈菩薩泉銘敘〉云：「（樊山）寒溪少西數百步，別為西山寺，有泉出於嵌竇間，色白而甘，號菩薩泉」。因松風閣在樊山，故這裡拈樊山景設辭。❻嘉：嘉許、讚許。好賢：猶言好客。❼力貧：竭盡貧人之力。❽夜雨鳴廊：夜雨聲響遍廊下。到曉懸：謂到清晨雨仍未停。❾「泉枯」句：此句說因天旱泉水枯竭、澗石乾燥，雨後復又流水潺湲。潺湲，水徐流貌。❿「野僧」二句：二句意思說由於旱災饑荒，寺中的和尚已經很久無粥餬口；現在下了大雨，寺裡又開始升起了炊煙。旱饑，謂因旱災而鬧饑荒。旱，諸本均作「早」，據《三希堂法帖》山谷手書《松風閣詩帖》改。饘，音旃。厚粥。《禮記・檀弓上》：「饘粥之食。」孔穎達疏：「厚曰饘，稀曰粥。」這裡用作動詞。不能饘，謂無粥餬口。寒溪，樊山山中溪水，溪上有寺，名寒溪寺。宋張舜民《畫墁集》卷八〈彬行錄〉云：「同……子瞻諸人遊武昌樊山，步出西門，涉寒溪，迤邐步上，凡兩寺在山中，景致幽邃。」蘇軾〈武昌九曲亭記〉云：「（樊山）中有浮圖精舍，西曰西山，東曰寒溪。」蘇軾有〈遊武昌寒溪西山寺詩〉。這裡指寒溪寺。⑪「東坡」句：沉泉，沉埋於黃泉之下，謂去世。蘇軾卒於建中靖國元年（一一〇一），至此時去世已一年。蘇軾貶黃州時，多次渡江到武昌溪山間遊賞，作有詩文，並於山中名勝留有手跡。作者遊蘇軾舊遊之地，觸景傷懷，故表示悼念。⑫「張侯」句：張侯，指作者友人張耒。蘇軾卒後，張耒在潁州舉哀行服，崇寧元年七月，言官劾其徇私背公，遂貶房州別駕、黃州安置。任淵《山谷內集詩注》卷十七注云：「時張文潛再謫黃州猶未至也，故詩有『張侯何時到眼前』之句，黃與武昌隔江相望云。」案任注引作者〈跋與李德叟書〉證此詩作於九月甲申（十二日），然張耒〈黃州安置謝表〉云：「已於九月初三日到黃州公參訖。」據此，則張耒此時已在黃州。⑬釣臺：在樊山之北，長江邊，傳說三國時孫權曾駐兵於此，並飲酒其上。《文選》卷三十謝脁〈和伏武昌登孫權故城〉詩：「釣臺臨講閱，樊山開廣讌。」李善注：「《吳志》曰孫權於武昌臨釣臺飲酒，大歡。……《水經》曰：武昌郡治城南有袁山，即樊山也，北背大江，江上有釣臺。」又元結〈樊上漫歌〉云：「叢石橫大江，人言是釣臺。」⑭怡亭：宋代在武昌（今鄂城）北長江水中一小島上。亭中有唐代李陽冰篆書〈怡亭銘〉。歐陽修《集古錄跋尾》卷七：「〈怡亭銘〉，李陽冰篆，裴虬撰。李莒書，銘在武昌水中，有小島，亭在其上，……銘刻於島石。」蛟龍纏：語出杜甫〈觀薛稷少保書畫壁〉詩：「鬱鬱三大字，蛟龍岌相纏。」這裡形容篆書筆勢如蛟龍盤纏。⑮拘攣：拘束、束縛。這裡指世事的牽纏。⑯周旋：古代行禮時的進退揖讓，《左傳・昭公二十五年》：「簡子問揖讓周旋之禮焉。」引申為交際、交遊。任淵注云：「魏晉間多以交遊為周旋。」《晉書・殷浩傳》：「浩曰：『我與君周旋久，寧作我也？』」

## 【解　說】

這是黃庭堅晚年的著名作品。崇寧元年（一一〇二）九月，黃庭堅至鄂州（今湖北武昌）寓居，此詩為赴鄂州途經（鄂城）時作。據宋人任淵《山谷內集詩注》卷十七注引黃庭堅〈跋與李德叟書〉云：「崇寧元年九月甲申（十二日）繫舟樊口。」樊口在武昌（鄂城）西樊山下，長江邊。松風閣在樊山上，周圍松林茂密，作者遊此，遂以「松風」命名。

這首詩，句句押韻，是所謂「柏梁體」。從「依山築閣見平川」到「曉見寒溪有炊煙」，著重寫景，圍繞松風和夜雨著筆，寫夜宿樊山西山寺的所見所感，風景明淨高妙，用筆則清高脫俗。自「東坡道人已沉泉」以下，抒寫對師友的懷念。「東坡道人已沉泉，張侯何時到眼前？」上句抒寫對蘇軾的悼念，蘇軾貶黃州時，曾多次渡江到黃州對岸的武昌溪山間遊賞，作有詩文，並於山中名勝留有手跡，黃庭堅作為蘇軾門生，來到蘇軾舊遊之地，江山依舊而人已長逝，不禁觸景傷懷。下句則寫對友人的懷念，黃庭堅作此詩時，同為蘇軾門人的張耒也被貶官到了黃州，詩人於是盼望能與張耒早點見面。最後四句則希望擺脫世事的拘攣，與友人自由來往於風景名勝之間。書寫懷念師友的部分，似乎不動聲色，但深情寄寓其中，筆調質樸，脫去凡俗，如清方東樹《昭昧詹言》卷十一所評：「後半直敘，卻能掃人凡言，自撰奇重之語。」

此詩有作者手書真跡，是山谷傳世的著名書法作品，清代曾刻入《三希堂法帖》。

## 老樵❶

呂南公

何山老翁鬢垂雪，擔負樵蘇❷清曉發。城門在望來路長❸，樵重身羸如疲鱉。皮枯亦復汗淋瀝，步強遙聞氣嗚咽❹。同行壯俊常後追，體倦心煩未容歇❺。街東少年殊傲岸，和袖高扉厲聲喚❻。低眉索價退聽言❼，移刻才蒙酬與半❽。納樵收值不敢緩，病婦倚門待朝爨❾。

## 【注釋】

❶老樵：年老的樵夫。❷樵蘇：柴草。❸「城門」句：說走了很長的路，城門就在眼前。❹「步強」句：說老漢勉強挪動腳步，老遠就聽見他喘氣的聲音。❺「同行」二句：是說壯健的後生不斷追趕上來，因此再累再煩也不容歇息一會兒。❻「街東」二句：是說那個買柴的少年很神氣，兩手籠袖，站在大門前高聲呼喚。❼「低眉」句：說老漢俯首低眉，上前討價，然後恭恭敬敬地聽對方還價。❽「移刻」句：說過好一會兒對方才還價，卻把價錢殺去一半。❾「納樵」二句：是說老漢不敢再計較價錢，趕緊成交，因為家中還有病婦等著買米做早飯。爨，音竄。燒火做飯。

## 【解說】

這首詩寫老樵的悲慘處境，語言質樸無華，刻畫入木三分。像「皮枯亦復汗淋漓」、「低眉索價退聽言」等描寫，十分生動傳神。此外，詩中處處用了對比的寫法，如老樵的「樵重身羸如疲鱉」與「同行壯俊常後追」的對比；「街東少年殊傲岸，和袖高扉厲聲喚」和老樵「低眉索價退聽言」的對比；還有病婦倚門和街東少年和袖高扉，更是形成強烈的對照。這些對比的描寫，豐富了詩歌的藝術內涵，不動聲色地傳達了詩人對老樵的深刻同情。唐白居易〈賣炭翁〉有「賣炭得錢何所營，身上衣裳口中食」的名句，但相比之下，呂南公這首〈老樵〉的描寫要更加具體而痛切，這位「老樵」的命運和處境也比「賣炭翁」更為悲慘。

## 別三子❶

陳師道

夫婦死同穴❷，父子貧賤離。天下寧有此？昔聞今見之❸！母前三子後，熟視不得追。嗟乎胡不仁❹，使我至於斯❺。有女初束髮❻，已知生離悲。枕我不肯起，畏我從此辭❼。大兒學語言，拜揖未勝衣❽。喚「耶❾我欲去」，此語那可思❿！小兒襁褓間⓫，抱負有母慈。汝哭猶在耳，我懷人得知⓬。

### 【注釋】

❶元豐七年（一〇八四）五月，陳師道寓居汴京，岳父郭槩提點成都府路刑獄。陳家貧，妻兒皆隨岳父入蜀就養。陳則因母老，不能同往，故作此詩。❷「夫婦」句：此句是說夫妻因貧困被迫分離，只有死後才能埋在一起。同穴：同墓穴。語出《詩・王風・大車》：「穀則異室，死則同穴。」❸「天下」二句：是說天下豈有這種悲慘之事？過去只是聽說，如今卻落到自己頭上。據《後漢書・伏后傳》載，曹操逼漢獻帝廢伏后，帝對郗慮說：「郗公，天下寧有是耶？」任淵《後山詩注》云：「此事亦夫婦不相保者，故後山取其語用之，雖使事而無跡。」❹胡不仁：為何這樣殘酷。《老子》：「天地不仁，以萬物為芻狗。」❺至於斯：到這樣的境地。❻束髮：男孩成童時將頭髮束成一髻。後遂用以代指成童，這裡用指女孩。❼「枕我」二句：化用杜甫〈羌村三首〉其二：「嬌兒不離膝，畏我復卻去。」❽「拜揖」句：這句說孩子幼小，還不能穿起衣服像大人一樣行禮。《史記・三王世家》：「皇子賴天，能勝衣趨拜。」這裡反用其意。勝：音升。勝任。❾耶：同「爺」。❿那可思：怎能思、不忍思，極言其痛心。⓫襁褓：音搶寶。背負小兒所用的帶與被。⓬「我懷」句：這句是說自己

內心的悲痛別人哪能體會。

【解　說】

潘德輿《養一齋詩話》卷六說此詩是「沛然至性中流出，而筆力沉摯又足以副之，雖使老杜復生不能過」。

## 芳儀怨❶

晁補之

金陵宮殿春霏微❷，江南花發鷓鴣飛❸。風流國主❹家千口，十五吹簫粉黛稀❺。滿堂侍酒皆詞客❻，拭汗爭看平叔白❼。〈後庭〉一曲時事新❽，揮淚臨江悲去國❾。令公獻籍朝未央❿，敕書築第優降王⓫。魏俘曾不輸織室⓬，供奉一官奔武彊⓭。秦淮潮水鍾山樹⓮，塞北江南易懷土⓯。雙燕清秋夢柏梁，吹落天涯猶並羽⓰。相隨未是斷腸悲，黃河應有卻還時⓱。寧知翻手⓲明朝事，咫尺人生不可期⓳。蒼黃三鼓滹沲岸⓴，良人白馬今誰見㉑？國亡家破一身存，薄命如雲信流轉。芳儀加我名字新，教歌遣舞不由人。採珠拾翠衣裳好，深紅退盡驚胡塵㉒。陰山射虎㉓邊風急，嘈雜琵琶酒闌泣㉔。無言偏數天河星㉕，只有南箕㉖近鄉邑。當時千指渡江來㉗，同苦不知身獨哀。中原骨肉又零落㉘，寄詩黃鵠㉙何當回。生男自有四方志，女子哪知出門事。君不見李君椎髻泣窮年㉚，丈夫飄泊猶堪憐。

【注　釋】

❶晁補之元豐二年（一〇七九）到四年（一〇八一），曾在澶州（今河南濮陽）任司戶參軍。此詩即在澶州時作。原題下自注：「事見《虜廷雜記》。」按《虜廷雜記》今佚。芳儀：陸游《避暑漫鈔》載：「李芳儀，江南國主李景（璟）女也，納士後在京師。初嫁供奉官孫某，為武彊都監。為遼中聖宗所獲，封芳儀，生公主一人。趙至忠虜部自北虜歸明，嘗仕遼為翰林學士，修國史，著《虜廷雜記》載其事。時晁補之為北都教官，覽其書而悲之，與顏復長道作〈芳儀曲〉。」怨：古詩的一種體裁。嚴羽《滄浪詩話・詩體》：「以怨名者，古詞有〈寒夜怨〉、〈玉階怨〉。」❷金陵：今江蘇南京，五代時為南唐國都。霏微：迷濛貌。徐鉉〈避難東歸〉詩：「江澄霽色霧霏微。」❸花發鷓鴣飛：形容春日妍好景象，猶丘遲〈與陳伯之書〉所謂「暮春三月，江南草長，雜花生樹，群鶯亂飛」。❹風流國主：璟、煜皆擅長文學，煜尤好聲色歌舞，且知音律工書畫，並以詞名世，故云。國主：指南唐中主李璟及其子後主李煜。據《新五代史・南唐世家》，周世宗顯德五年（九五八），李璟向周上表，並「下令去帝號，稱國主，奉周正朔」。周世宗賜璟書曰：「皇帝恭問江南國主。」又《宋史・南唐世家》載，宋太祖開寶五年（九七二），李煜向宋上表改唐國主為江南國主，又貶損制度，下書稱教，改府各機構降格。❺「十五」句：此句謂李芳儀在南唐為公主時，像秦穆公女兒弄玉一樣，既富情韻，復多才藝，使宮中其他美女黯然無色。十五，指少女最富情韻的年齡。花蕊夫人〈宮詞〉其七十五：「年初十五最風流。」吹簫，典出《列仙傳》卷上，秦穆公女弄玉與善吹簫的簫史結為夫婦，一夕吹簫引鳳，共升天仙去。粉黛稀，即白居易〈長恨歌〉「六宮粉黛無顏色」之意。粉黛，這裡借指美女。❻詞客：指擅長文詞之人。李白〈草書歌行〉：「酒徒詞客滿高堂。」這裡指南唐臣僚。中主、後主均好文學，朝中大臣多文詞之士，如中主時宰相馮延巳等。❼「拭汗」句：平叔，三國魏何晏，字平叔。《世說新語・容止》：「何平叔美姿儀，面至白。魏明帝疑其傅粉，正夏月，與熱湯餅，既噉，大汗出，以朱衣自拭，色轉皎然。」又《三國志・魏書・曹爽傳》附〈何晏傳〉裴松之注引《魏略》云：「晏性自喜，動靜粉白不去手，行步顧影。」後世遂稱美姿儀、喜修飾的青年男子為「何郎」。

這裡藉以形容上句所言「詞客」。❽〈後庭〉：南朝陳後主（叔寶）所製曲，全名〈玉樹後庭花〉，亦名〈後庭花〉。《隋書・樂志》：「陳後主於清樂中造〈黃鸝留〉及〈玉樹後庭花〉……等曲，與幸臣等製其歌詞，綺豔相高，極於輕薄，男女唱和，其音甚哀。」後人視之為亡國之音。唐杜牧〈泊秦淮〉詩：「商女不知亡國恨，隔江猶唱〈後庭花〉。」據宋馬令《南唐書》卷五〈後主書〉載，煜妙於音律，曾以舊曲〈念家山〉「親演為〈念家山破〉，其聲噍殺，而其名不祥，乃敗徵也。」〈後庭〉一曲：借陳後主事，陰指李後主耽溺於聲色至於亡國。時事新：謂南唐亡國，後主為虜，時事發生巨大變化。❾去國：離別故國。❿「令公」句：此句謂南唐滅亡，曹彬以所獲南唐宗室、大臣及國家文書圖籍獻給朝廷。據《續資治通鑑》卷八，開寶八年，金陵破，李煜「奉表納降」。「倉廩府庫，委轉運使許仲宣按籍檢視，彬一不問，師旋，惟圖籍、衣衾而已。」十二月，「籍李煜所藏圖書送闕下」。九年正月「以江南國主李煜及其子弟、官屬等四十五人來獻」。令公，對中書令的尊稱。《魏書・高允傳》：「拜允為中書令。……高宗重允，常不名之，恆呼為令公。」後遂稱中書為令公。唐大將郭子儀任中書令，亦被稱為令公。唐末以後，多以中書令加有功的武將。這裡指北宋大將曹彬。曹彬於宋太祖開寶八年統兵滅南唐，以功拜樞密使、檢校太尉、忠武軍節度使。太宗即位，加同平章事，太平興國四年又助太宗滅北漢。以其功高位重，故這裡稱他為令公。籍，圖書簿冊，這裡指國家文書檔案、戶籍等。未央，漢代宮殿名，故址在今陝西西安西北長安故城內，這裡指宋宮廷。⓫「敕書」句：敕書，皇帝的詔令，凡皇帝慰諭公卿、誡約朝臣的文書皆稱敕書。第，宅第。優，優待、厚待。降王：指李煜及其宗室。據《宋史・南唐世家》，李煜降宋，宋太祖召見，下詔云：「特升拱極之班，賜以列侯之號，式優待遇，盡舍尤違。……乃封違命侯。」其子弟宗屬悉授官，並賜宅名一區。按李煜在位日，自貶損制度，奉宋正朔，故宋太祖不以敵國俘虜看待，而加以特別優待。⓬「魏俘」句：此句意謂李芳儀雖是被俘的敵國宗室女，但並未被當做俘虜罰作苦工。魏俘，指秦漢之際被漢高祖所俘的魏王豹妻薄氏。輸，即輸作之意，指罰做作苦工。《三國志・魏書・王粲傳》附〈劉楨傳〉：

「楨以不敬被刑。」裴松之注引《典略》曰：「太子（曹丕）命夫人甄氏出拜，坐中眾人咸服，而楨獨平視。太祖（曹操）聞之，乃收楨，減死輸作。」織室，漢代宮中掌管皇室絲帛織造的官署，設在未央宮，分東、西織室，為少府所屬機構（見《三輔黃圖》卷三）。輸織室，指罰在織室做苦工。據《史記・外戚世家・薄太后》載，薄氏母為魏王宗家女魏媼。秦末，諸侯畔秦。魏豹立為魏王，魏媼內其女於魏宮。魏被漢所破，豹及薄氏被虜，豹被殺，「而薄姬輸織室。……漢王入織室，見薄姬有色，詔內後宮」，生一男，是為代王。後代王即位為漢文帝，薄氏亦被尊為薄太后。⓭「供奉」句：此句謂李芳儀丈夫孫某出任武彊都監，芳儀亦隨行。參見注❶。供奉，在皇帝左右供職的稱呼，宋代有東、西頭供奉官，為武職階官，僅表示其品級，無實際職掌。武彊（彊同強），縣名，故治在今河北武強西南，北宋屬河北西路深州，是宋遼對峙的前線地區。⓮秦淮：秦淮河，長江下游支流，流經金陵市區。鍾山：又名紫金山，在金陵城北。⓯塞北：指長城以北地區，這裡泛指北部邊疆。古代詩文中常與江南對稱，唐張彥遠《歷代名畫記》卷二〈論傳授南北時代〉：「習熟塞北，不識江南山川。」懷土：語出《論語・里仁》：「小人懷土。」本為眷戀土地、安於所處之意，後引申為懷念故鄉。東漢班彪〈王命論〉：「寤戍卒之言，斷懷土之情。」⓰「雙燕」二句：此二句蓋擬芳儀口吻，謂當初在汴京嫁與孫某，後來雖然流轉到北部邊疆，但畢竟還能同丈夫在一起生活。雙燕，喻夫妻。柏梁，柏梁臺。漢武帝所建，故址在今陝西西安西北長安故城內。《三輔黃圖》卷五〈臺榭〉：「柏梁臺，武帝元鼎二年春起此臺，在長安城中北闕內。《三輔舊事》云：『以香柏為梁也。帝嘗置酒其上，詔群臣和詩，能七言詩者乃得上。』」這裡借指北宋都城汴京（今河南開封）。李芳儀自南唐亡後寓居汴京，並得嫁與供奉官孫某。⓱「相隨」二句：承上二句，意謂雖然相隨丈夫身處塞北邊疆，但還有渡黃河南歸的希望，所以還不令人十分悲傷。⓲寧知：豈知。翻手：喻變化之速。杜甫〈貧交行〉詩：「翻手為雲覆手雨。」⓳人生：《避暑漫鈔》引作「山河」。期：期待、期望。⓴蒼黃：同「倉皇」，慌張、匆促。杜甫〈新婚別〉詩：「誓與隨君去，形勢反蒼黃。」三鼓：擊鼓三通。古代作戰擊鼓進軍，鳴金收兵。《左傳・莊公十年》：「齊人三鼓。」滹沲：同「滹沱」，《周禮・夏官・職方氏》作「虖池」。河流名，源於山西，穿割太行山，東流入河北中部，與滏陽河匯合為子牙河。武彊在滹沱河南岸地帶。㉑「良人」句：此句謂在戰亂倉皇之中，與丈夫失散。良人，指丈夫。《孟子・離婁下》：「良人者，所仰望而終身也。」白馬，白居易〈井底引銀瓶〉詩：「君騎白馬傍垂楊，牆頭馬上遙相顧。」㉒「採珠」二句：二句謂自己雖然穿著裝飾得很漂亮，但在胡地的戰爭煙塵中驚恐萬端，美麗的容顏已消退殆盡。採珠拾翠，語出曹植〈洛神賦〉：「或採明珠，或拾翠羽。」指採集海中明珠、拾取翠鳥羽毛以為首飾。紅，紅顏。深紅，指婦女豔麗的容顏。㉓陰山射虎：典出《史記・李將軍列傳》，李廣為右北平太守，拒匈奴，一日出獵，「見草中石，以為虎而射之，中石沒鏃，視之，石也。……廣所居郡聞有虎，嘗自射之。及居右北平射虎，虎騰傷廣，廣亦竟射殺之」。這裡用其字面，謂胡地多虎，胡人亦以狩獵為生。陰山：古稱今河套以北、大漠以南諸山，起於河套西北，綿亙於今內蒙古自治區境內，為崑崙山脈北支。《史記・秦始皇本紀》：「自榆中并河以東，屬之陰山。」《漢書・匈奴傳》：「臣聞北邊塞至遼東外有陰山，東西千餘里，草木茂盛，多禽獸。」㉔嘈雜：聲音喧鬧而雜亂。《抱朴子・刺驕》：「或曲宴密集，管絃嘈雜。」酒闌：謂酒宴將盡。《史記・高祖本紀》：「酒闌，呂公因目固留高祖。」裴駰《集解》：「飲酒者半罷半在，謂之闌。」闌：殘、盡。㉕偏：同「遍」。天河：銀河。庾信〈鏡賦〉：「天河漸沒，日輪將起。」王建〈秋夜曲〉：「天河悠悠漏水長。」㉖南箕：星宿名，即二十八宿中的箕宿，由四星組成，四星相聯，其形有如簸箕，故名。《詩・小雅・大東》：「維南有箕，不可以簸揚。」㉗千指：一人十指，千指極言人多。《漢書・貨殖傳》：「通都大邑，童手指千。」蘇軾〈宿海會寺〉詩：「大鐘橫撞千指迎。」據宋馬令《南唐書》卷五〈後主書〉，李煜被俘，渡江北上，「舉族冒雨乘舟，百司官屬僅千艘」，至江心，煜望石城泣下，賦詩有「兄弟四人三百口，不堪閑坐細思量」之句。㉘中原骨肉：指當初隨李煜降宋、遷居中原的南唐宗族。零落：漂零、衰亡。孔融〈論盛孝章書〉：「海內知識，零落殆盡。」陸機〈門有車馬客行〉：「親友多零落。」㉙黃鵠：鳥名，亦名鴻鵠，即天鵝。《管子・戒》：「今夫鴻鵠者北而秋南，而不失其時。」寄詩黃鵠：謂欲託黃鵠往中原寄詩傳信。㉚李君：指漢李陵，武帝時任騎都尉，天漢二年率步兵五千人擊匈奴，戰敗被俘，遂降匈奴。椎髻：如椎形的髮髻，古代西北少數民族的髮型。髻，亦作「結」。劉向《說苑・善說》：「西戎左衽而椎結。」《漢書・李陵傳》載，李陵降匈奴，作匈奴打扮，「胡服椎結」。顏師古注謂：「結讀曰髻，一撮之髻，其形如椎。」泣窮年：《漢書・蘇武傳》載，蘇武自匈奴歸漢，李陵置酒相送，謂蘇武曰：「異域之人，一別長絕！」泣下數行。

## 【解說】

晁補之詩歌成就雖不及「蘇門四學士」中其他三位，亦時有可觀。他在早年就由於蘇軾的延譽而受到時人的看重。宋人阮閱《詩話總龜》說他在元豐間「詩極有聲」。張耒稱其詩文「凌麗奇卓，出於天才，非醞釀而成」（張耒〈晁無咎墓誌銘〉）。其詩骨力遒勁，奇卓新僻，在元豐間聲譽頗高。宋人胡仔認為晁詩「唯古樂府是其所長，辭格俊逸可喜」（《苕溪漁隱叢話》前集卷五十一）。他早年所作的這首七言歌行〈芳儀怨〉，寫一個流落塞外的南唐宗室公主的命運，敘事委婉，抒情深摯，文辭哀感頑豔，在以言理議論見長的宋詩中，確乎別具一格。

關於此詩所詠的芳儀其人，陸游《避暑漫鈔》認為是南唐中主李璟之女，並云：「江州廬山真風觀，李主有國日，施財修之，刊姓氏於石，有太寧公主、永禧公主，皆李景女，不知芳儀者孰是也。」又清吳任臣《十國春秋》卷十九〈南唐〉五〈芳儀傳〉云：「芳儀者，亦元宗（按李璟廟號）女也，失其行次、封號。後主失國，隨族北遷，寓汴京，嫁為宋供奉官孫某妻。孫出任武彊都監，挈之行。宋太宗下太原，遂欲乘勝取幽州，已而契丹兵大至，宋師潰歸，河北郡縣被兵，武彊失守，芳儀為所擄。遼聖宗得之，悅其都美，且詢知家世，遂納之宮中，俾隸樂部，封芳儀，蓋遼人內職名也。聞元宗享國日嘗修廬山九天使觀（陸游《避暑漫鈔》云『廬山真風觀』），刻施財者氏名於石內，列太寧公主、永寧公主（《避暑漫鈔》作『永禧公主』）。芳儀疑即永寧公主。」按，二書均以芳儀為李璟女，為遼聖宗所獲。考李璟卒於西元九六一年，遼聖宗生於九七一年，若芳儀為李璟女，則至少比聖宗大十歲以上，似不合情理。且《十國春秋》謂為宋太宗下太原後攻遼失敗，芳儀為遼聖宗所得，尤有悖於史實。考宋下太原滅北漢，進而攻遼，事在太平興國四年（九七五），時遼聖宗方九歲，尚未即位，自不可能得芳儀而悅其都美，納之宮中。疑芳儀或為李煜女，《虜廷雜記》、《避暑漫鈔》等蓋以傳聞致誤。其為遼所獲似亦當在西元九八二年遼聖宗即位以後。據《遼史》卷六十五〈公主表〉載遼聖宗妃李氏生一女名賽哥，進封公主。此李氏或即李芳儀。

又此詩寫作年代，《避暑漫鈔》記為晁補之任北都教官時與顏復長道作。據陳師道〈顏長道詩序〉，顏復曾於元豐四年（一〇八一）前官澶州（今河南濮陽），晁補之任澶州（今河南濮陽）司戶參軍也在四年（一〇八一）前，元豐五年（一〇八二）改任北京（今河北大名）國子監教授，是則此詩當是元豐四年前補之在澶州時作。《避暑漫鈔》謂任北都教官時作，疑誤記。

## 勞歌❶

張耒

暑天三月❷元無雨，雲頭不合唯飛土。深堂無人午睡餘，欲動身先汗如雨。忽憐長街負重民，筋骸長彀十石弩❸。半衲❹遮背是生涯，以力受金❺飽兒女。人家牛馬繫高木，惟恐牛軀犯炎酷。天工作民❻良久艱，誰知不如牛馬福。

【注　釋】

❶勞歌：樂府舊題，見《樂府詩集・雜歌謠辭》。❷暑天三月：夏季的三個月。❸「筋骸」句：這句是說身體長時間使勁，就如不斷地拉滿十石力的硬弓。骸：骨。彀：音遘。張滿弓弩。❹衲：音納。縫補。這裡指縫補過的破衣服。❺以力受金：猶言下苦力掙錢。❻天工：一作「天公」，指造物者。作民：作育人類。

【解　說】

「蘇門四學士」中，張耒以詩著名，尤其擅長樂府和絕句。宋人周紫芝《竹坡詩話》說：「本朝樂府，當以張文潛為第一。文潛樂府刻意文昌（張籍），往往過之。」這話可能有點誇大，不過也有一定道理。張耒樂府中尤以關懷民生疾苦和針砭現實的詩歌寫得好，這些作品，內容相當豐富，涉及到生活的各個方面。這首〈勞歌〉，用樂府舊題，寫的是眼前實事，是一首為勞工呼告的哀歌。詩歌開頭先寫酷暑，渲染酷熱難當，作為鋪墊，然後正面描繪「負重民」為謀生而在暑天勞作的辛苦，「筋骸」句寫其勞動強度之大，「半衲」句寫其衣不遮體，暴曬於烈日之下，為謀生而艱辛勞作。最後筆鋒一轉，以牛馬作為對照，「惟恐牛軀犯炎酷」，主人顧惜牛馬，惟恐其受到烈日暴曬。相比之下，勞工的命運還不如牲口。這樣的對比，就不僅是同情勞工，還控訴了社會的不公。就文人擬作的樂府古題而言，這是一首真正「感於哀樂，緣事而發」，富於樂府精神的作品。

## 對蓮花戲寄晁應之❶

張　耒

平池碧玉秋波瑩❷，綠雲擁扇青瑤柄❸。水宮仙女鬥新妝，輕步凌波踏明鏡❹。彩橋下有雙鴛戲，曾託鴛鴦問深意。半開微斂竟無言，裛露微微灑秋淚❺。晁郎神仙好風格，須遣仙娥伴仙客❻。人間萬事苦參差，吹盡清香不來摘❼。

【注　釋】

❶晁應之：張耒的朋友，行十七，元豐年間知永寧縣（今河南洛寧）。此詩大約是元豐三年（一〇八〇）左右所作，當時張耒在壽安（今河南宜陽）做縣尉。永寧與壽安是鄰縣。張耒在壽安作〈贈晁十七〉詩云：「十年聲名望不見，一日邂逅情相親。」當時他們交往很密切。❷瑩：珠玉的光彩。這裡形容水波晶瑩明潔。❸綠雲：形容蓮葉的形態舒卷如雲。擁扇：即擁身扇，一種大扇。《後漢書．梁冀傳》載梁冀作「擁身扇」，李賢注：「大扇也。」這裡比喻蓮葉。青瑤柄：形容蓮葉的梗猶如綠色美玉琢成。瑤：美玉。❹「水宮」二句：這是說出水的蓮花猶如水宮仙女輕步踏行在明鏡般的水面上，在互相比試她們的新妝。水宮仙女，比喻蓮花。曹植〈洛神賦〉有「迫而察之，灼若芙蕖出淥波」之句，以出水蓮花比喻洛神。這裡反過來以仙女比喻蓮花。鬥，比試。凌波微步，語出〈洛神賦〉。凌，渡越。❺「彩橋」四句：這四句是說託請水中遊戲的鴛鴦向蓮花詢問隱祕的心意，花竟默默無語；花瓣被露水沾濕，如同灑上了愁怨的淚水。半開微斂，形容蓮花初開花瓣微微收斂的形態。裛，通「浥」，沾濕。陶潛〈飲酒〉：「裛露掇其英。」❻「晁郎」二句：這二句是說晁風度不凡，須得蓮花與之為伴。晁郎，指晁應之。風格，風度品格。作者〈贈晁十七〉詩云：「應之風骨世絕倫，濯濯芳柳當青春。瓊瑤冰雪照一坐，我恐子是神仙人。」仙娥，這裡比喻蓮花。❼「人間」二句：這二句是說人事難全，眼看蓮花芳香將被秋風吹盡，卻還不見晁來同賞蓮花。參差，錯落不齊貌，這裡形容人事乖離，總難和諧。

【解　說】

這首詩以擬人的手法描寫蓮花，委婉表達對友人的想念，綺麗雋秀，纏綿旖旎。開頭四句，曾被譜為〈雞叫子〉詞，題名〈荷花〉，見明楊慎《詞品》卷一。可見這是一首曾經很有影響的作品。

## 牛酥行❶

江端友

有客有客官長安❷，牛酥百斤親自煎❸。倍道奔馳少師府❹，望塵且欲迎歸軒❺。守閽呼語「不必出❻，已有人居第一先。其多乃復倍於此，台顏顧視初怡然❼。昨朝所獻雖第二，桶以純漆麗且堅。今君來遲數又少，青紙題封難勝前❽。」持歸空慚遼東豕，努力明年趁頭市❾。

### 【注 釋】

❶牛酥：牛乳經過精煉而製成的酥油。蘇軾〈雨中看牡丹〉詩：「未忍汙泥沙，牛酥煎落蘂。」行：歌行。樂府古詩的一種體裁。吳曾《能改齋漫錄》卷十一：「宣和初，有鄧姓者，留守西京，以牛酥百斤遺梁師成，江子我端友作〈牛酥行〉云云。」這裡所記年代疑誤。西京指今河南洛陽，北宋時為西京，本詩所諷刺的對象鄧洵武在大觀末年到政和初年知河南府，治所在洛陽，吳曾大概把西京留守和知河南府兩個官職混淆了。梁師成是宋徽宗寵幸的太監，權傾一時，朝野視之為「隱相」，大小官僚都要向他獻禮行賄以謀升進，連蔡京父子也要阿附他。❷有客有客：句式本於《詩・周頌・有客》：「有客有客，亦白其馬。」又杜甫〈同谷七歌〉：「有客有客字子美。」這裡用來突出被諷刺對象以喚起注意。長安：漢唐兩代的西京，這裡借指北宋西京洛陽。當時鄧洵武在洛陽做河南知府。❸親自煎：親自動手煉製。這是形容他盡心精製，突出他巴結權貴的苦心。❹倍

道：日夜兼程。少師：檢校官名，這裡借指梁師成。❺「望塵」句：這句是說梁師成不在家，鄧便在門口恭候他回來。望塵：晉潘岳諂媚權臣賈謐，每逢賈謐坐車出來，則望其車塵而下拜。事見《晉書・潘岳傳》。這裡用以形容鄧洵武的諂媚相。軒：車子。❻守閽：守門人。不必出：不用把牛酥拿出來。自此以下是守門人的話。❼台顏：指梁師成的臉色。台是尊稱之詞，等於說「大人」。怡然：愉快貌。❽「今君」二句：是守門人進一步說明「不必出」的理由：沒有搶到頭一名，數量又只及別人的一半，包裝又簡陋，只用青紙題封，遠比不上漆桶裝的。❾「持歸」二句：這兩句是說這位獻牛酥的鄧某聽了守門人的話，慚愧了，感到自己的獻禮確實太寒酸，於是暗暗下了決心，明年加倍努力，要爭個頭市。據朱弁《曲洧舊聞》卷八記載，這位鄧某，後來做北京（今河北大名）留守時向梁師成進獻山蕷，「數倍於前，緘封華麗，觀者駭目」，可見是吸取了教訓，有所改進。遼東豕，典出《後漢書・朱浮傳》，說遼東地方有個人看見一頭白頭小豬，認為很奇特，就拿去進獻，走到河東，卻發現那裡的豬都是白色的，於是掃興而歸。趁頭市，趕早市，搶先第一個到市場去。這是以市場比喻官場。

## 【解　說】

北宋徽宗朝，政事極為腐敗，官場賄賂公行，士風敗壞，恬不知恥。朱弁《曲洧舊聞》卷八「政和後媚權幸風熾」條記載：「崇寧初，苞苴猶未盛。至政和間，則稍熾矣，……薛嗣昌以雍酥媚權倖，率用琴光桶子並蓋，多者至百桶，人人皆足其欲。」江端友的這首〈牛酥行〉，正是對徽宗朝政和年間官場醜惡現象的辛辣諷刺。寫法上，從三面著筆，明寫鄧某獻媚，恬不知恥；暗寫梁納賄，心安理得，以「台顏顧視」一句透露消息；帶寫先鄧某而行的第一、第二個送禮者，展現賄賂公行的官場盛況，再以「努力明年」一句曲終奏雅，暗示其風之源遠流長。很明顯，這是一種以敘事為諷刺的手段，只是客觀地敘述，並不正面譏諷，不動聲色之間，諷刺入骨三分，無比辛辣。詩中「守閽」的一段話尤為精彩，其事極鄙陋，其語則極莊重，鄙事莊說，正是其妙處所在。

又，此詩的諷刺對象也應說明一下，據《能改齋漫錄》卷十一說，其人姓鄧。今考，此人即鄧洵武，字子常，乃熙寧元豐時的新政官員鄧綰之子。鄧綰其人，史有明文，阿諛諂佞，奸邪躁進，反復無常，為攫取官職不擇手段，被人笑罵而恬不知恥。那句流傳千古的官場名言「笑罵從汝，好官我自為之！」就是出自他的口中。連曾經重用過他的宋神宗也給他下過「操心頗僻，賦性奸回」的考語。所以鄧洵武的所作所為乃是得於家傳。據《宋史》的記載，這位鄧洵武因與妖人張懷素一案牽連，於大觀元年（一一〇七）被貶官，後來卻不斷升遷，知亳州，知河南府，連進觀文殿學士為大名尹，到政和六年（一一一六）便升為知樞密院事，成了全國最高軍事長官。何以數年間便爬到如此高位，史書闕文。我們卻從江端友的這首詩中得到了部分的答案，原來是因為苞苴頻獻，政以賄成。約在大觀末到政和初年，鄧洵武知河南府（今河南洛陽），向六賊之一的梁師成進獻牛酥，江端友採其事寫了〈牛酥行〉。過了不久，鄧洵武任北京（今河北大名）留守時，又向梁師成進獻山蕷（見朱弁《曲洧舊聞》卷八、《能改齋漫錄》卷十一），江端友於是寫了〈玉延行〉諷刺其事。據《宋史》記載，「鄧氏自綰以來，世濟其奸，而洵武阿二蔡（蔡京、蔡攸）尤力」。可見他所奉承諂佞的還不僅是一個梁師成。後來他官拜少保，封莘國公，「恩典如宰相」，從江端友這兩首詩所寫的情況看，正是論功行賞，理所當然。與江詩對看，史書的記載未免蒼白。

## 瑜上人自靈石來求鳴玉軒詩，會予斷作語，復決堤作一首❶

惠洪

道人❷去我久，書問且不數❸。聞余竄南荒，驚悸日枯削❹。安知跨大海，往返如入郭❺？譬如人弄潮，覆卻❻甚自若。旁多聚觀者，縮項膽為落。僻處少過從❼，閒庭墮鬪雀。手倦失輕紈❽，叩門誰剝啄❾？開關❿忽見之，但覺瘦矍鑠⓫。立談慰良苦⓬，兀坐敘契闊⓭。誰持稻田衣⓮，包此剪翎鶴⓯？遠來殊可念，此意重山嶽。悃愊見無華，語論出棱角⓰。為余三日留，頗覺解寂寞。忽然欲歸去，破褫不容捉⓱。想見歷千峰⓲，細路如遺索⓳。相尋固自佳，乞詩亦不惡。而余病多語，方以默為藥⓴。寄聲靈石山：「詩當替余作。」便覺鳴玉軒，跳波驚夜壑㉑。

## 【注釋】

❶這首詩是宋徽宗政和年間惠洪被流放海南島時作。上人：對和尚的尊稱。瑜上人：其人不詳。靈石：山名，在浙江江山縣境內。一說在江西臨川東南。求鳴玉軒詩：指瑜上人來求惠洪為他的鳴玉軒題詩。鳴玉軒：瑜上人的小軒名。會：適、剛剛。斷作語：斷絕文字，指不再作詩。決堤：比喻破戒。❷道人：和尚。宋葉夢得《避暑錄話》卷下：「晉宋間佛學初行，其徒猶未有僧稱，通曰道人。」這裡指瑜上人。❸「書問」句：此句說很少通音信。數：音朔。多次。❹「聞余」二句：是說瑜上人聽說他被放逐南方荒遠之地，非常驚恐，擔心他日漸枯瘦。❺「安知」二句：是說自己跨越大海，猶如往返於城郭之中，並不在乎。❻覆卻：翻覆。❼僻處：居處在荒僻之地。處，音杵。居住。過從：交往。❽失輕紈：絹製的扇子從手中滑落。❾剝啄：敲門聲。❿關：門。⓫矍鑠：音攫爍。形容老人精神旺健的樣子。⓬「立談」句：說二人見面後先立談，互相慰問。⓭兀坐：端坐。契闊：這裡指久別之情。⓮稻田衣：和尚穿的一種有水田般格子的衣服，又名水田衣。⓯剪翎鶴：剪去翎毛的仙鶴，這裡比喻瑜上人，形容他有清逸的風度。⓰「悃愊」二句：這二句稱讚瑜上人為人誠懇，樸實無華；言論方正不阿，語帶鋒芒。悃愊，音綑碧。誠懇。⓱「破褫」句：這句說瑜上人的衣服太破，捉也捉不住。

意思說想挽留而留不住。衲：音革。僧衣。⑱歷千峰：翻越千山萬嶺。⑲遺索：隨意丟棄的繩索，比喻小路細而彎曲。⑳「而余」二句：是說自己歷來有多語的毛病，現在下了決心要以沉默來治療。㉑「寄聲」四句：是說自己請求靈石山替自己完成瑜上人所求的鳴玉軒詩，果然髣髴聽到了鳴玉軒下的溪流跳波之聲，驚動溝壑。言外的意思是說靈石山中溪流的聲音就是大自然為鳴玉軒題寫的天然的詩歌。

【解　說】

本篇構思獨特，意境清奇，筆調脫俗，與眾不同。比如以「剪翎鶴」比喻瑜上人，以「遺索」比喻山間小路，以「破衲不容捉」形容瑜上人不容挽留等等，都非常別致，足見設想之奇。最後幾句對瑜上人求鳴玉軒詩的答覆，尤為新穎奇特，出人意想之外。陳衍《宋詩精華錄》卷四評惠洪詩說：「何止為宋僧之冠，直宋人所希有也。」此詩可見一斑。

## 夷門行贈秦夷仲❶

晁沖之

君不見夷門客❷有侯嬴風，殺人白晝紅塵❸中，京兆❹知名不敢捕，倚天長劍著崆峒❺。同時結交三數公，聯翩走馬幾青驄❻。仰天一笑萬事空❼，入門賓客不復通❽，起家簪笏明光宮❾。嗚呼！男兒名重太山身如葉，手犯龍鱗心莫懾❿。一生好色馬相如⓫，慷慨直辭猶諫獵⓬。

【注　釋】

❶夷門：戰國時魏都大梁城東門，在宋汴京城內，又名夷山。據《史記・魏公子列傳》，大梁俠士侯嬴，為大梁夷門監者，被信陵君迎為上客。後秦兵圍趙，魏大將晉鄙率兵相救，觀望不前。侯嬴向信陵君獻計竊取兵符，並薦力士朱亥擊殺晉鄙，奪得兵權，卻秦救趙。唐代王維曾作〈夷門歌〉詠其事，這裡借用其題。行：古詩的一種體裁。秦夷仲：其人不詳。❷夷門客：這裡指夷門俠士秦夷仲。❸紅塵：這裡指繁華鬧市。❹京兆：京兆尹，漢代官名，後用指京都所在地的行政長官。❺「倚天」句：此句語本宋玉〈大言賦〉：「長劍耿耿倚天外。」又杜甫〈投贈哥舒開府十韻〉：「防身一長劍，將欲倚崆峒。」崆峒：山名，亦作「空同」。在今甘肅平涼。相傳黃帝曾登崆峒山，見《莊子・在宥》、《史記・五帝本紀》。❻聯翩：這裡形容前後相接，連續不斷。曹植〈白馬篇〉：「聯翩西北馳。」青驄：毛色青白相雜的馬。❼「仰天」句：用李白〈南陵別兒童入京〉：「仰天大笑出門去，我輩豈是蓬蒿人。」❽不復通：不再通報，謂謝絕賓客。❾起家簪笏：由平民而被徵召出任官職。簪笏：臣僚上朝奏事，執笏以書事，簪筆以備書，謂為簪笏，後用以指做官。簪：指簪筆於冠。笏：古代朝官上朝時記事的手板。明光宮：漢代宮殿名，這裡泛指宮殿。❿「男兒」二句：這二句說男兒在世以名節為重，做官應敢於直言極諫。太山，同「泰山」。手犯龍鱗，《韓非子・說難》謂龍喉下有逆鱗徑尺，「人有嬰之者，則必殺人。人主亦有逆鱗，說之者能無嬰人主之逆鱗，則幾矣」。後因以犯龍鱗喻指逆君主之意而極諫。李白〈猛虎行〉：「有策不敢犯龍鱗。」慴，恐懼。⓫馬相如：司馬相如，漢代文學家，曾以琴挑卓文君，攜奔成都；又曾作〈美人賦〉，序云：「王問相如：『子好色乎？』」故這裡說他「一生好色」。⓬諫獵：指司馬相如上〈諫獵書〉諷諫漢武帝打獵事。《漢書・司馬相如傳》：「是時天子好自擊熊豕，馳逐野獸，相如因上疏諫。」

## 【解說】

宋詩中歌頌俠士、表現任俠精神的作品不太多，大約任俠已與時代精神不諧。本篇所寫的秦夷仲，本有古代俠士侯嬴之風，詩人希望他做官也能保持俠義精神，「手犯龍鱗心莫懾」。清范大士稱此詩「雄放無前，真洗窮餓酸辛之態」（《歷代詩發》卷二十五）。詩歌前半段，句句押平聲韻，「嗚呼」以下四句，詩情轉換，韻腳也轉為入聲，語氣急促，情調激烈，與前面的平聲韻相對照，極盡抑揚頓挫之致。方東樹《昭昧詹言》卷十二評此四句說：「神來氣來。」

## 山中聞杜鵑❶

洪　炎

山中二月聞杜鵑，百草爭芳已銷歇❷。綠陰初不待薰風❸，啼鳥區區❹自流血。北窗移燈欲三更，南山高林時一聲。言歸汝亦無歸處，何用多言傷我情❺。

【注　釋】

❶本篇是南宋建炎年間避難時作。杜鵑：又名子規。相傳古蜀王望帝失國，魂魄化為杜鵑，晝夜悲啼，鳴聲如說「不如歸去」。故詩中常以杜鵑寄寓家國鄉土之恨，此詩即從此意生發。❷「山中」二句：用屈原〈離騷〉「恐鵜鴃之先鳴兮，使夫百草為之不芳」之意，說山中才到二月，就有杜鵑鳴叫，百花也已衰歇。❸薰風：初夏的和風。❹區區：思念。《古詩十九首》：「一心抱區區。」相傳杜鵑啼時，晝夜不息，至口頭流血乃止。杜甫〈杜鵑行〉：「其聲哀痛口流血，所訴何事常區區。」❺「言歸」二句：這是說杜鵑無處可歸，卻來勸人歸去，使無家可歸的人徒增傷感。古人謂杜鵑鳴聲如說「不如歸去」，梅堯臣〈杜鵑〉詩：「不如歸去語，亦自古來傳。」故杜鵑又叫催歸鳥。

【解　說】

靖康之難後，中原淪亡於金，許多詩人隨宋室南渡。寄寓家國鄉土之思、表達亡國亡家悲痛，成為當時詩歌寫作的重要主題，而杜鵑這一具有特殊象徵意義的鳥，也成為這類詩中最常出現的意象，本篇就是這類詩歌的一個代表。因故土已經淪亡，故借杜鵑催歸，表達自己無處可歸、無家可歸的悲哀。參看唐無名氏〈雜詩〉：「早是有家歸未得，杜鵑休向耳邊啼。」又南宋楊萬里〈出永豐縣西石橋上聞子規〉：「自出錦江歸未得，至今猶勸別人歸。」因時代和情景不同，二詩均不如此詩傷痛。

## 春日❶

汪　藻

一春略無十日晴，處處浮雲將❷雨行。野田春水碧於鏡，人影渡傍鷗不驚❸。桃花嫣然❹出籬笑，似開未開最有情。茅茨煙❺暝客衣濕，破夢午雞啼一聲。

【注　釋】

❶這是汪藻早年的作品，大約也是他的成名作。張世南《游宦紀聞》卷三說：「此篇一出，便為詩社諸公所稱。」
❷浮雲：一作「溪雲」。將：帶。❸「人影」句：此句暗用其事。鷗不驚，謂人無機心，而鷗鳥與之為友。《列子．黃帝》，海上有好鷗者，每日從鷗鳥遊，其父云：「吾聞鷗鳥皆從汝遊，汝取來，吾玩之。」次日此人至海上，鷗鳥知其意，便不再飛下來。❹嫣然：笑容美好貌。❺茅茨：茅草蓋成的房子。暝：昏暗。

# 正月二十日出城❶

張九成

春風驅我出，騎馬到江❷頭。出門日已暮，獨行無獻酬❸。江山多景物，春色滿汀洲❹。隔岸花繞屋，斜陽明戍樓。人家漸成聚❺，吹煙天際浮。日落霧亦起，群山定在不❻？江柳故掩人，縈❼帽不肯休。風流乃如此，一笑忘百憂。隨行亦有酒，無地可遲留❽。聊寫❾我心耳，長歌思悠悠。

【注　釋】

❶這首詩是南宋紹興年間張九成謫居南安軍時所作。城：指南安，今江西大餘。❷江：指章水，又稱章江。南安在章水之濱。❸無獻酬：即無友人同行之意。獻酬：與朋友飲酒互相酬勸。陶淵明〈遊斜川〉詩：「提壺接賓侶，引滿更獻酬。」❹汀洲：水邊平地。❺聚：這裡指聚集為村落。❻「群山」句：此句說群山被霧所掩，故懷疑它在還是不在。不：音義同「否」，表疑問。❼縈：纏繞。❽留：停留。❾寫：宣泄、排解。《詩・邶風・泉水》：「駕言出遊，以寫我憂。」向秀〈思舊賦〉：「援翰而寫心。」

【解　說】

張九成是南宋紹興二年（一一三二）狀元，因堅持抗戰主張，反對與金議和，忤秦檜，被貶逐。自紹興十二年（一一四二）到紹興二十六年（一一五六），謫居南安軍（今江西大餘）十四年。他在貶所，不以貶謫為意，讀書治學，氣不少屈。「每執書就明，倚立庭磚，歲久，雙趺隱然」。這首詩就是謫居南安時所作，寫一次獨自出城春遊的過程，圍繞「遊」和「觀」著筆，但重點卻是抒寫置身自然的悠然自得。

## 夜讀兵書❶

陸　游

孤燈耿❷霜夕，窮山❸讀兵書。平生萬里心❹，執戈王前驅❺。戰死士所有，恥復守妻孥❻。成功亦邂逅❼，逆料政自疏❽。陂澤號❾飢鴻，歲月欺貧儒❿。歎息鏡中面，安得長膚腴⓫。

### 【注　釋】

❶這首詩作於紹興二十六年（一一五六）。兩年前，陸游參加進士考試，被秦檜黜落，便回家鄉山陰讀書以待時機。此詩即在山陰作。❷耿：光、明。❸窮山：深山。❹「平生」句：《宋書・宗慤傳》載，宗慤少時表示平生志向說：「願乘長風破萬里浪。」此句暗用其事。萬里心：立功萬里之外的雄心。❺執戈：拿起武器。前驅：先驅。《詩・衛風・伯兮》：「伯也執金，為王前驅。」此用其意。❻妻孥：妻子兒女。孥，音奴。❼「成功」句：此句是說建立功業要靠機會。邂逅：偶然碰到、不期而遇，這裡指事情的偶然性。❽「逆料」句：這句是說現在就預測今後能否建功立業未免有點迂闊。逆料：預料、預測。政：同「正」。疏：迂闊。❾陂澤：低窪積水之地。號：音豪。哀鳴。❿「歲月」句：這句是說光陰消逝，功業難成，歲月髯鬍有意欺負人。貧儒：詩人自稱。⓫長膚腴：謂長葆青春。膚腴：肌膚豐潤。

### 【解　說】

投身抗戰，收復中原，是陸游一生的志向，這首詩就是他的宣言。讀的是兵書，想的是「執戈王前驅」，期盼的是為國家立下抗戰的功名。但是，投身抗戰只是陸游的一廂情願，當時朝廷是主和派當政，抗戰人士備受壓制，陸游這時也只能在山間讀讀兵書，借詩歌抒發自己不能實現理想的憤懣而已。這就是此詩最後四句之所以悲哀歎息的原因。不過，陸游所讀，畢竟是兵書，說明他在這樣的逆境中還是期待著做一個戰士。這才是真正的陸游。表現以身許國、恢復中原的理想，是陸游畢生抒寫的主題。他欲做衝鋒陷陣的戰士而不可得，於是便以生命謳歌抗戰，體現了一位愛國志士的崇高志節。做一個詩人，在陸游而言，是不得已而為之，但他以投身抗戰救國事業的姿態來經營他的詩歌，卻成就了一位偉大的詩人。

## 三月十七日夜醉中作❶

陸游

前年膾鯨東海上，白浪如山寄豪壯❷。去年射虎南山秋，夜歸急雪滿貂襲❸。今年摧頹❹最堪笑，華髮蒼顏羞自照；誰知得酒尚能狂，脫帽向人時大叫。逆胡❺未滅心未平，孤劍床頭鏗❻有聲。破驛夢回燈欲死❼，打窗風雨正三更。

【注釋】

❶乾道九年（一一七三）陸游代理蜀州（今四川崇慶）通判，因事至成都，夜宿驛站，作此詩。❷「前年」二句：膾鯨，細切鯨魚。陸游紹興二十九年（一一五九）在福州任決曹掾之職時，曾泛舟海上，這二句回憶當時的經歷。❸「去年」二句：此二句指乾道八年（一一七二）在南鄭王炎幕下任幹辦公事兼檢法官時的經歷。他在南鄭曾射殺猛虎，詩中常提起。南山，終南山。❹摧頹：摧喪頹唐。❺逆胡：指金人。❻鏗：音硜。象聲詞。

金屬物撞擊之聲。❼燈欲死：油燈昏暗欲滅。

## 【解　說】

陸游詩常用奇特的運思和誇張的手法抒寫懷抱，這首詩筆力雄健，頗有「措辭磊落格力高，浩如怒風駕秋濤」（〈記夢〉）的豪縱氣概。詩筆之妙，首先在於意象的高度概括力，分別以「膾鯨」、「射虎」概括自己過去兩個階段人生的經歷和氣概，以雖然摧頹但「得酒尚能狂」的行為概括眼下的處境，給人留下深刻印象。其次，三個階段的概括描寫本身又起到了對比的作用，突出地表現了眼前的失意和不平。再次，三個階段的具體描寫，氣象闊大，措辭雄壯，突出體現了詩人闊大的心胸和跌宕起伏的感情，聲色動人。

# 題醉中所作草書卷後❶

陸　游

胸中磊落藏五兵❷，欲試無路空崢嶸。酒為旗鼓筆刀槊❸，勢從天落銀河傾❹。端溪石池❺濃作墨，燭光相射飛縱橫❻。須臾收卷復把酒，如見萬里煙塵清❼。丈夫身在要有立❽，逆虜運盡行❾當平。何時夜出五原塞❿，不聞人語聞鞭聲。

## 【注　釋】

❶淳熙三年（一一七六）在成都作。❷磊落：眾多雜沓貌。五兵：五種兵器，指戈、殳、戟、酋矛、夷矛。❸槊：音朔。一丈八尺的長矛。❹「勢從」句：形容醉中作草書的氣勢，有如銀河從天傾落。❺端溪：在今廣東高要，產硯石，世稱端硯。石池：硯臺。❻「燭光」句：是說燭光之下，墨光閃射，燭光與墨光交相輝映。❼

「如見」句：是說作書完畢，猶如戰鬥勝利結束。❽「丈夫」句：是說男子漢立身在世，要當有所建樹，為國建立功勳。❾逆虜：指金人。運：氣運、運數。行：即將。❿夜出五原塞：這裡借指南宋出兵北伐。五原塞：漢代邊界要塞，在今內蒙古自治區五原境內。

## 關山月❶

陸　游

和戎❷詔下十五年，將軍不戰空臨邊。朱門沉沉按歌舞❸，廄❹馬肥死弓斷弦。戍樓刁斗❺催落月，三十從軍今白髮。笛裡❻誰知壯士心，沙頭❼空照征人骨。中原干戈❽古亦聞，豈有逆胡傳子孫❾。遺民忍死望恢復❿，幾處今宵垂淚痕。

### 【注釋】

❶這是淳熙四年（一一七七）春陸游在成都作。〈關山月〉：樂府〈橫吹曲〉名，見《樂府詩集》卷二十三。《樂府解題》：「〈關山月〉，傷離別也。」陸游是借古題寫時事。❷和戎：本指與少數民族和平相處，宋人用以指對金屈膝投降。宋孝宗於隆興二年（一一六四）下詔與金議和，到此時已歷十四年。十五是舉其大約數。❸朱門：指大官僚貴族的住宅。沉沉：深邃貌。按歌舞：依照樂曲節奏歌唱起舞。❹廄：馬棚。❺戍樓：邊境上的崗樓。刁斗：軍中打更用的銅器。❻笛裡：指笛子吹奏出的曲調。〈關山月〉本是笛曲。王昌齡〈從軍行〉：「更吹羌笛〈關山月〉，無那金閨萬里愁。」❼沙頭：沙原上。❽干戈：代指戰爭。❾「豈有」句：此句承上句，意思是說豈能容忍金人長期占領中原。金自金太祖完顏旻開國，進占中原，到此時已傳四世，故云。❿遺民：指金占領區的中原百姓。望恢復：盼望南宋軍隊收復故土。參見陸游〈秋夜將曉出籬門迎涼有感〉：「遺民淚盡

胡塵裡，南望王師又一年。」

【解　說】

這首詩十二句分三層，四句一段，分別從後方、前線和敵占區三方面著筆。寫後方，重點在揭露統治者的醉生夢死；寫前線則著重表現戰士虛度年華、不能殺敵報國的悲憤；寫敵占區則主要表現中原百姓盼望恢復的心情和他們的失望。這三方面的內容又涉及了和戎的歷史和現實。三方面的描寫形成鮮明強烈的空間對比，揭示了前線戰士、中原遺民和南宋統治者之間的尖銳對立。貫穿全詩的是詩題中的「月」，三個方面的描寫，都在「月」的籠罩之下，而「月」又是歷史和現實的見證。因此可見，「月」在詩中，具有十分重要的象徵意義和結構意義。詩題雖是採用樂府舊題，但在內容、構思上都有新的開拓，「月」的意象在詩中具有全新的內涵，也與樂府舊題的傳統用法不同。

## 農家歎❶

陸　游

有山皆種麥，有水皆種秔❷。牛領❸瘡見骨，叱叱❹猶夜耕。竭力事本業❺，所願樂太平。門前誰剝啄❻，縣吏徵租聲。一身入縣庭，日夜窮笞搒❼。人孰不憚❽死，自計無由生❾。還家欲具說，恐傷父母情。老人儻得食，妻子鴻毛輕❿。

【注　釋】

❶慶元元年（一一九五），陸游在山陰家居時作。❷秔：音莖。同「稉」、「粳」，水稻的一種。《文選．揚雄〈長

楊賦》：「馳騁秔稻之地。」李善注：「《說文》曰：秔，稻屬也。《聲類》以為秔，不黏稻也。」曹丕〈與朝臣論秔稻書〉：「江表惟長沙名有好米，何得比新城秔稻邪？」❸牛領：牛脖子。白居易〈官牛〉詩：「馬蹄踏沙雖淨潔，牛領牽車欲流血。」❹叱叱：驅使牲畜聲。參見陸游〈致仕後述懷〉詩其五：「叱叱驅黃犢，行行跨白驢。」❺本業：古人以農業為「本業」，與工商等「末業」相對。❻剝啄：敲門聲。❼笞搒：音痴彭。搒打。❽憚：畏懼。❾「自計」句：說自己估計無法活下去。❿「老人」二句：是說只要父母有飯吃，妻子兒女無關緊要。儻，儻若、假如。

【解說】

本詩是陸游晚年的作品，寫農民勞動的辛苦和生活的艱難。農民夜以繼日地勞作，「有山皆種麥，有水皆種秔」，這樣廣泛耕種，不辭辛勞，卻不能過上好日子。「門前」二句寫官府的橫徵暴斂，揭示了造成農民痛苦生活的原因。最後四句寫農民的心理活動，在官府遭到拷打，回家首先想到的卻是「恐傷父母情」而不能告訴家人；只要能養活父母，妻兒都顧不上了。這就不僅寫了農民的辛勞，還注意揭示其內心世界，說明詩人對農民的了解非常深入。

## 催租行❶

范成大

輸租得鈔官更催❷，踉蹌里正❸敲門來。手持文書❹雜嗔喜：「我亦來營醉歸耳！」

床頭慳囊❺大如拳，撲破正有三百錢。「不堪與君成一醉，聊復償君草鞋費❻。」

【注　釋】

❶此詩是范成大早年居家時所作，與〈樂神曲〉、〈繅絲行〉、〈田家留客行〉為一組，自注云：「以下共四首，效王建。」王建是中唐詩人，擅長樂府詩，與張籍齊名，世稱「張王樂府」。❷鈔：戶鈔，官府發給繳完租賦的農民的收據。宋代輸賦稅有四鈔，給農民收執的戶鈔、官府據以注銷登記的縣鈔、納糧官執掌的監鈔、倉庫收藏憑據的住鈔。農民交租與否，以四鈔互相對證，但官府往往從中作弊，據《文獻通考》卷五〈田賦〉載紹興十三年臣僚上言：「賦稅之輸，以往必具四鈔受納……今所在監、住二鈔廢不復用，而縣司亦不即據鈔銷簿，方且藏匿以要賂。」此即「輸租得鈔官更催」的原因所在。❸踉蹌：音亮嗆。走路不穩、跌跌撞撞的樣子。里正：里為古代農村基層行政單位，「以縣統鄉，以鄉統里」（顧炎武《日知錄》卷二十二），一里之長稱為里正。❹文書：官府催租的文件。范成大〈東門外觀刈熟，民間租米船相銜入門，喜作二絕〉詩「日日文書橫索錢」句自注：「文書：謂諸司督（催）逋（欠）者。」❺慳囊：即撲滿，一種儲錢用的陶罐，小口，錢易入不易出，故稱「慳囊」。慳，音牽。❻「不堪」二句：這是被催租的農民對里正說的話，意思是這幾個小錢不夠您喝一頓酒，姑且拿去買雙草鞋穿，算是給您的跑腿錢。

【解　說】

這是一首具有樂府風格的詩歌，詩人自己說是「效王建」。王建是唐代以樂府詩著名的詩人，但王建詩集中並無〈催租行〉詩題，范成大是學習王建樂府的精神和風格。

范成大對農村生活極為關注，大量詩歌以農村為題材，包括農事、農俗、農村風光，以及農民的生活。本篇以農村常見的催租為題，深刻揭露了農村中存在的社會問題，對農民的艱苦生活寄予了深切的同情。詩人並不直接表現自己的態度，而先從里正的步態、表情、話語，刻畫其無賴面目，再以農民賠小心的言行展示農民的無奈。詩中里正和農民的行為和對話，構成了一個場景，猶如舞臺上正在演出的一齣情景劇，以一個喜劇性的瞬間，展示了催租里正的醜態，達到了諷刺和抨擊的目的。

## 插秧歌❶

楊萬里

田夫拋秧田婦接，小兒拔秧大兒插。笠是兜鍪蓑是甲❷，雨從頭上濕到胛❸。喚渠朝餐歇半霎❹，低頭折腰只不答。秧根未牢蒔未匝❺，照管❻鵝兒與雛鴨。

### 【注　釋】

❶這首詩是淳熙六年（一一七九）楊萬里家居時作。❷「笠是」句：這句把農民插秧時穿戴的雨具比作士兵作戰時的盔甲。笠：草笠，雨具。兜鍪：頭盔，古代士兵作戰時所戴。❸胛：音甲。肩胛。❹渠：他。朝餐：吃早飯。半霎：即言時間短暫。霎：片刻。❺蒔未匝：此指秧還未插勻。蒔：音恃。栽種，這裡指插秧。匝：音帀。周遍、完畢。❻照管：照看、看管，這裡是提防的意思。

### 【解　說】

農村一年中最為緊張的農事勞動就是插秧，如果不抓緊，就會耽誤了季節，影響一年的收成。這首詩寫插秧，就以一個片段的場景，集中渲染插秧的緊張。開頭兩句寫田夫一家忙碌的景象。三、四句寫冒雨插秧的緊張勞動，「笠是兜鍪蓑是甲」的比喻，新鮮有趣，也暗示了搶季節插秧的緊張氣氛。五、六兩句寫插秧的農夫專心勞作，連吃飯也顧不上的樣子，還是在側面表現勞作的緊張。最後兩句是農夫對送飯人的叮囑，意思是秧還沒插完，秧根也還沒長好，要提防鵝鴨到田裡來破壞。這說明農夫連吃飯都不放心，心思還是在插秧上，這就從心理的角度刻畫了插秧勞作的緊張感。總之，整首詩就是插秧勞動場景的記錄，如果沒有仔細的觀察和深入的體驗，不可能寫得這麼生動而有趣。

## 夜宿東渚放歌❶三首（選一）

楊萬里

### 其三

天公要飽詩人眼，生愁❷秋山太枯淡。旋裁蜀錦展吳霞❸，低低抹在秋山半❹。須臾紅錦作翠紗，機頭織出暮歸鴉❺。暮鴉翠紗忽不見，只見澄江淨如練❻。

【注　釋】

❶這首詩是淳熙十六年（一一八九）楊萬里自高安赴臨安途中所作。東渚：在今浙江富陽附近富春江上。❷生愁：只愁、偏愁。❸蜀錦：四川所產的絲織彩錦，這裡比喻晚霞。吳：這裡泛指東南地區。❹山半：山腰。❺「須臾」二句：是說轉瞬間紅錦變成了翠紗，暮鴉歸來，髣髴是與翠紗一起從機頭織出。這裡紅錦、翠紗喻晚霞，是虛擬，暮鴉則是實有之物，虛實變幻，相映成趣。❻練：潔白的熟絹。謝朓〈晚登三山還望京邑〉：「餘霞散成綺，澄江淨如練。」

【解說】

楊萬里最為獨特的本事之一，是擅長發現、捕捉自然界的生機、動態，把轉瞬即逝、變化無窮的景象自如地驅遣於筆下，即所謂「萬象從君聽指麾」（楊萬里〈和段季康左藏惠四絕句〉其四）。這首詩描寫的山色和晚霞的變化，是日暮時分江邊遠眺所見，從內容看，是謝朓名句「餘霞散成綺，澄江淨如練」的展開，但意境和效果又與謝詩不同，最妙的是敏銳地捕捉到晚霞從形成到不斷變化再到最後消失的整個過程，並將這種稍縱即逝的動態景象定格為一幅幅美麗的圖畫，尤其著意渲染形狀和色彩的須臾變幻，呈現出迷人的絢麗之美，確如清人潘定桂所說：「每於人巧俱窮處，直把天工掇拾來。」（〈讀楊誠齋詩集〉）

## 重九後二日同徐克章登萬花川谷月下傳觴❶

楊萬里

老夫渴急月更急，酒落杯中月先入❷。領取青天并入來，和月和天都蘸濕。天既愛酒自古傳，月不解飲真浪言❸。舉杯將月一口吞❹，舉頭見月猶在天。老夫大笑問客道：月是一團還兩團？酒入詩腸風火發，月入詩腸冰雪潑。一杯未盡詩已成，誦詩向天天亦驚。焉知萬古一骸骨❺，酌酒更吞一團月。

【注釋】

❶本篇作於紹熙五年（一一九四），時楊萬里退休家居吉水。徐克章：不詳。萬花川谷：楊萬里家中花園名。❷「酒落」句：參看蘇軾〈和蔣發運〉：「樓空月入樽。」又〈新釀桂酒〉：「招呼明月到芳樽。」又〈十一月

二十六日松風亭下梅花盛開〉：「幸有落月窺清樽。」❸天既愛酒：據《三國志‧魏書‧崔琰傳》裴松之注引《漢紀》，曹操制酒禁，孔融以書嘲之曰：「夫天有酒旗（星名）之星，地列酒泉之郡，人有旨酒之德，故堯不飲千鍾，無以成其聖。」李白〈月下獨酌〉詩：「天若不愛酒，酒星不在天；地若不愛酒，地應無酒泉。天地既愛酒，愛酒不愧天。」❹月不解飲：李白〈月下獨酌〉詩：「花間一壺酒，獨酌無相親，舉杯邀明月，對影成三人。月既不解飲，影徒隨我身。」浪言：任意亂說、妄說。❺「舉杯」句：參看蘇軾〈月夜與客飲杏花下〉：「山城酒薄不堪飲，勸君且吸杯中月。」❻骸骨：身體。《史記‧項羽本紀》載，項羽中劉邦離間之計，懷疑范增，稍奪其權，范增怒曰：「天下事大定矣，君王自為之，願賜骸骨歸。」古人出仕，以一身盡力王事，故把請求辭職稱為「乞骸骨」。詩人此時已退休在家，故自稱「一骸骨」。

## 【解　說】

這是楊萬里晚年所作，是他十分自負的一首詩。寫月下飲酒，本是古代詩歌常見的內容，但楊萬里寫來，卻與眾不同。首先月與人爭飲，月比人還著急，帶著青天一起投入酒杯，似乎月比人還好酒，這一設想，新鮮活潑，不同尋常，不僅以擬人寫月，而且賦予其急性子的性格，妙不可言。其次，此詩處處有李白〈月下獨酌〉詩的背影，或是呼應，或是辯駁，痛快淋漓之處，確有李白遺風。楊萬里友人尤袤曾評當時詩歌說：「痛快有如楊廷秀者乎？」（姜夔〈白石道人詩集自序〉引）這首詩，當得起「痛快」二字。楊萬里喜讀李白詩，曾在詩中寫道：「狂歌謫仙詞，三杯通大道。」（〈讀白氏長慶集〉）在仿效李白這一點，楊萬里並不諱言，相反十分自負，據羅大經《鶴林玉露》乙編卷四記載他十許歲時，曾親聞誠齋誦此詩，且曰：「老夫此作，自謂髣髴李太白。」就風格而言，此詩之想像新奇，浪漫飄逸，確與李白相似，但其風趣幽默、自然隨意處卻又與李白不同，而自是誠齋面目。

# 倦繡❶圖

王　質

短屏小鴨眠枯葦❷，徘徊略住西風指❸。佳人手閒心不閒❹，腸斷吳江煙水寒❺。淒淒空庭晚苔濕，冷篆❻青煙半絲直。卷簾寂寞滿天秋，惟見孤楠一株碧❼。

【注　釋】

❶倦繡：因懶倦而停繡。❷短屏：短小的屏風。小鴨眠枯葦：指繡在屏風上的景物。❸徘徊：往返回旋貌。略住西風指：是說從所繡之景物中感到了蕭瑟秋意，有所觸動，因而住手停針。西風，兼指畫中思婦所處環境的秋意和她所繡短屏上的秋意。❹「佳人」句：此句點出倦繡是因為心緒不佳。手閒：謂停針不繡。心不閒：指她內心思緒紛紛，滿懷愁緒。❺「腸斷」句：此句說她思念漂泊在外的心上人而淒苦腸斷。吳江：又名吳松江，在江蘇境內，為太湖最大支流。這裡當是泛指。❻冷篆：快熄滅的煙。篆：煙篆，焚香的煙縷。❼「惟見」句：楠：一種常綠喬木，產於南方，木材堅實而有香氣。左思〈吳都賦〉：「楠榴之木，相思之樹。」這裡以「孤楠」暗示相思。

【解　說】

這是一首題畫詩，從揣摸畫上倦繡停針的思婦的心情著筆。詩中所寫人和景，都是畫面上的內容，詩人圍繞畫面的景物，渲染淒涼的環境氣氛，描寫畫中停針倦繡的佳人的行為，揣摸她的心理活動，委婉地暗示她的相思之愁。雖然是題畫，卻是一首閨怨主題的作品。

## 昔遊詩❶（十五首選一）

姜夔

### 其十三

既離湖口縣❷，未至落星灣❸。舟中兩三程，程程見廬山❹。廬山遮半天，五老❺雲為冠。朝看金疊疊❻，暮看紫巉巉❼。瀑布❽在山半，髣髴認一斑❾。廬山忽不見，雲雨滿人間❿。

【注　釋】

❶此詩作於嘉泰元年（一二〇一）。這時姜夔居住在杭州，回憶早年奔走江湖的經歷，寫成十五首五古，本篇是其中的第十三首。❷湖口縣：在江西北部長江南岸，長江與鄱陽湖交會處，今屬江西九江市。❸落星灣：在江西星子境內，鄱陽湖西北，因有落星石而得名。《輿地紀勝》：「落星石，《輿地廣記》：『昔有星墜水，化為石。』今為落星寺，又有落星灣，夏秋之季，湖水方漲，則星石泛於波瀾之上，至隆冬水涸則可以步涉。」❹程：路程、里程。廬山：《方輿勝覽》：「廬山，在城（指星子縣）北十五里。周武王時，有匡俗兄弟七人，皆有道術，結廬於此山中，仙去廬在，故曰廬山。」❺五老：五老峰，在廬山北部，為廬山名勝。《方輿勝覽》：「五老峰，在廬山，五峰相連，故名」。❻金疊疊：形容山峰在朝陽照射之下呈現層層疊疊的金黃色。❼紫巉巉：形容夕陽之下，高峻的巉巖呈現一派紫色。❽瀑布：廬山香爐峰瀑布是廬山勝景之一。❾「髣髴」句：這句是說在舟中遠望，廬山瀑布只能隱隱約約看見一點。一斑：一點、一部分。❿「廬山」二句：是說忽然之間廬山

被雲掩住，雲雨隨即彌漫天地。

【解　說】

這是姜夔回憶早年江湖奔波經歷的十五首詩中的一首，組詩前小序說：「夔早歲孤貧，奔走川陸。數年以來，始獲寧處，秋日無謂，追述舊遊可喜可愕者，吟為五字古詩。時欲展閱，自省生平，不足以為詩也。」這一首追記淳熙十三年（一一八六）他從漢陽沿江而下前往杭州，舟行經九江、鄱陽湖口時所看見的廬山勝景。

## 頻酌淮河水

戴復古

有客遊濠梁❶，頻酌淮河水。東南水多鹹❷，不如此水美。春風吹綠波，鬱鬱中原氣❸。莫向北岸汲，中有英雄淚❹。

【注　釋】

❶客：作者自稱。濠梁：在今安徽鳳陽東北。❷水多鹹：因近海而水中含鹽量高。❸「春風」二句：言春波掀騰，鬱積著中原人民深厚博大的正氣。❹「莫向」二句：是說北岸水中有中原英雄之淚，故不忍向北岸取水。當時宋金以淮河為界，故云。

## 耕織歎二首❶

趙汝鐩

## 其一

春催農工動阡陌，耕犁紛紜牛背血。種蒔已遍復耘耔❷，久晴渴雨車❸聲發。往來邏視❹曉夕忙，香穗垂頭秋登場❺。一年苦辛今幸熟，壯兒健婦爭掃倉。官輸私負索交至❻，勺合不留但糠秕❼。我腹不飽飽他人，終日茅簷愁餓死！

## 其二

春氣熏陶蠶動紙❽，採桑女兒鬨如市。晝飼夜餧❾時分盤，扃門❿謝客謹俗忌。雪團⓫落架抽繭絲，小姑繅車婦織機。全家勤勞各有望，翁媼處分⓬將裁衣。官輸私負索交至，尺寸不留但箱篚⓭。我身不煖煖他人，終日茅簷愁凍死！

【注釋】

❶此詩前章寫耕，後章寫織，實際上是兩章合為一個整體。❷蒔：音恃。移栽，指插秧。耘：除草。耔：音子。給莊稼下肥培土。❸車：水車，抽水工具。❹邏視：巡視看護。❺登場：收穫上場。❻官輸：繳納給官府的租賦。私負：私債。索交：催促交納。❼「勺合」句：這句是說剛收穫的糧食又一粒不留地交了租還了債，只剩下糠秕。勺合：極言其少。合：音葛。容量單位，一升的十分之一。❽蠶動紙：蠶從附在紙上的卵裡孵出來。❾餧：同「餵」。❿扃門：關門。古時養蠶忌外人入戶。范成大〈四時田園雜興〉：「三旬蠶忌閉門中。」趙汝鐩〈蠶舍〉也說：「每到蠶時候，村村多閉門。」扃，音坰。⓫雪團：指蠶繭。⓬處分：安排、籌劃。⓭但箱篚：只剩下空箱子。篚：音匪。盛物竹器。

【解　說】

這首〈耕織歎〉構思獨特，看上去是兩首，其實是以同題分章的形式把宋詩中分別哀憐農民耕者不得食、織者不得衣的兩方面題材總結到了一起。其一寫耕，其二寫織，兩章的構思完全統一，先寫勞動之辛苦，再寫收穫的慶幸、喜悅和希望，然後寫官租私債的盤剝，一年的辛苦完全落空，所剩下的只是凍餓等死。內容既全面又深刻，語言也很暢達。

## 軍中樂❶

劉克莊

行營面面設刁斗，帳門深深萬人守❷。將軍貴重不據鞍❸，夜夜發兵防隘口。自言虜畏不敢犯，射麋捕鹿來行酒❹。更闌❺酒醒山月落，彩縑百段支女樂❻。誰知營中血戰人，無錢得合金瘡藥❼！

【注　釋】

❶此詩寫南宋邊防軍中情形。❷「行營」二句：這二句是說軍營中防備森嚴。刁斗，軍中打更用的銅器。❸據鞍：這裡指騎馬作戰。❹行酒：依次酌酒勸飲。❺更闌：更深夜盡。❻縑：音兼。一種質地細軟的絲織品，這裡泛指絹綢。支：支付、打發，這裡是賞賜的意思。女樂：歌妓舞女。❼合：配。照方配藥叫做「合藥」。金瘡藥：治療刀劍創傷的藥。

【解　說】

這首詩題為「軍中樂」，但樂的只是將軍。前八句都在寫將軍之「樂」。將軍身分貴重，不知兵戎，日夜飲酒作樂，還有美人歌舞助興。歌舞場面，並不正面描寫，而從酒醒後賞賜歌女的情景側面表現，「更闌月落」，可見佚樂之久；「彩縑百段」，可見賞賜出手之豪。而歌舞場面之豪華奢靡，將軍沉湎於聲色之歡樂無度，已昭然若揭。詩歌最後兩句轉寫士兵，這時就不是「軍中樂」而是「軍中苦」了，士卒血戰受傷，卻連治傷藥物都無錢去配。讀到這兒，可以明白詩人的立意。軍費都被將軍日夜飲酒作樂和出手豪奢的賞賜揮霍殆盡，軍中血戰之人自然無錢治傷，這是一層意思；將軍可以彩縑百段賞賜女樂，卻不為部下士兵出錢療傷，這又是一層意思。可見，詩人用大部分篇幅寫將軍之樂，目的正是要揭示軍中士兵之苦的原因，揭示當時官兵之間矛盾的尖銳。唐代詩人高適的〈燕歌行〉有「戰士軍前半死生，美人帳下猶歌舞」的名句，可以說，〈軍中樂〉的描寫，就揭示軍中真相而言，繼承了高適詩的立意，而又有更為深入的發展。既然是要揭露軍中的官兵關係和官兵的不同命運，詩人很自然地運用了對比的手法，將軍的貴重和士兵的卑微，將軍的奢華享樂和士兵的血戰沙場，將軍對「女樂」和對「血戰人」的不同態度，女樂彩縑百段和士兵無錢配藥，「將軍」之樂與「血戰人」之苦等等，都構成對比的關係。多方對比，讓形象說話，鮮明地表現了詩人對國事的憂慮、對士兵的同情、對將軍的批判。

劉克莊之前，辛棄疾在〈美芹十論〉第六〈屯田〉一文中揭露當時的軍中真相說：「營幕之間，飽暖有不充，而主將歌舞無休時；鋒鏑之下，肝腦不敢保，而主將雍容於帳中。」劉克莊這首〈軍中樂〉，可以說就是辛棄疾這段議論的形象化注腳。證明劉克莊所寫，並不是憑空虛構，危言聳聽，而是南宋現實的真實寫照。

# 正氣歌❶

文天祥

天地有正氣，雜然賦流形❷：下則為河嶽，上則為日星；於人曰浩然，沛乎塞蒼冥❸。皇路當清夷❹，含和吐明庭❺。時窮節乃見❻，一一垂丹青❼：在齊太史簡❽，在晉董狐筆❾，在秦張良椎❿，在漢蘇武節⓫；為嚴將軍頭⓬，為嵇侍中血⓭，為張睢陽齒⓮，為顏常山舌⓯；或為遼東帽⓰，清操⓱厲冰雪；或為〈出師表〉⓲，鬼神泣壯烈；或為渡江楫⓳，慷慨吞胡羯；或為擊賊笏⓴，逆豎㉑頭破裂。是氣所磅礴㉒，凜烈㉓萬古存。當其貫日月㉔，生死安足論！地維㉕賴以立，天柱㉖賴以尊。三綱㉗實繫命，道義為之根㉘。嗟予遘陽九㉙，隸也實不力㉚。楚囚纓其冠㉛，傳車送窮北㉜。鼎鑊甘如飴㉝，求之不可得。陰房闃㉞鬼火，春院閟㉟天黑。牛驥同一皁，雞棲鳳凰食㊱。一朝蒙霧露，分作溝中瘠㊲。如此再寒暑㊳，百沴自辟易㊴，嗟哉沮洳場㊵，為我安樂國。豈有他謬巧㊶，陰陽不能賊㊷！顧此耿耿在㊸，仰視浮雲白㊹。悠悠我心悲，蒼天曷有極㊺！哲人日已遠，典刑在夙昔㊻。風檐展書讀，古道照顏色㊼！

【注　釋】

❶這首詩作於至元十八年（一二八一），此時文天祥被囚於元大都獄中。詩前有小序云：「余囚北庭，坐一土室。室廣八尺，深可四尋。單扉低小，白間短窄，汙下而幽暗。當此夏日，諸氣萃然：雨潦四集，浮動床几，時則為水氣。塗泥半朝，蒸漚瀝瀾，時則為土氣。乍晴暴熱，風道四塞，時則為日氣。檐陰薪爨，助長炎虐，時則

為火氣。倉腐寄頓，陳陳逼人，時則為米氣。駢肩雜遝，腥臊汗垢，時則為人氣。或圊溷，或毀屍，或腐鼠，惡氣雜出，時則為穢氣。疊是數氣，當之者鮮不為厲。而予以孱弱，俯仰其間，於茲二年矣。是殆有養致然，然爾亦安知所養何哉？孟子曰：『我善養吾浩然之氣。』彼氣有七，吾氣有一，以一敵七，吾何患焉！況浩然者乃天地之正氣也。作〈正氣歌〉一首。」北庭：漢代以匈奴所居之地為北庭，這裡指元都燕京。可：約。尋：古以八尺為一尋。扉：門。白間：窗。汙下：低窪。汙，音烏。夏日：指至元十七、十八年夏。萃然：聚集的樣子。萃，音瘁。時：此、這。半朝：半個房子。朝，音潮。蒸漚：東西久置水中，發出惡臭的氣味。瀝瀾：到處都成了泥潭。瀾，大水波，這裡指爛泥潭。爨：音竄。燒火做飯。倉腐：倉中腐爛的糧食。寄頓：儲藏。陳陳：《史記．平準書》：「太倉之粟，陳陳相因。」意即陳米之上加陳米，這裡指積米日久腐爛之氣。駢肩：肩靠肩。駢，音胼。雜遝：紛亂堆集。遝，音踏。圊溷：音青混。廁所。鮮：音顯。少。厲：疾病。俯仰：這裡如言生活。於茲：到現在。「是殆」句：這大約是有修養所使然。然爾：然而。「孟子」二句：見《孟子．公孫丑上》。浩然之氣：盛大剛正之氣。❷「雜然」句：此句說宇宙間萬物各有不同的稟受。賦：給予。流形：各種物體。❸沛乎：充滿的樣子。蒼冥：天空。❹皇路：國運，國家的政治局面。清夷：清平。❺「含和」句：此句言在聖明的朝廷得到和諧地發揚，亦即有正氣的人將執政立朝。明庭：即明堂，天子之堂，指朝廷。❻時窮：國家遇到危難。節：節操。見：音義同「現」，顯現。❼丹青：繪畫，這裡指以古代傑出人物為題材的畫。❽太史：史官。簡：竹片。古代書寫用竹簡。據《左傳．襄公二十五年》載：春秋時，齊崔杼殺齊君，太史將崔杼的罪行記在史冊，被崔杼殺死。太史的兩個弟弟仍這樣寫，又被崔杼殺害。太史的另一個弟弟還是照樣寫，崔杼只得由他寫去。❾董狐：春秋時晉國太史。因敢於秉筆直書，被孔子稱為「良史」。❿張良椎：《史記．留侯世家》載：張良祖上五世為韓相，韓國為秦所滅，張良決心復仇，請大力士鑄一百二十斤重的大鐵椎，在博浪沙（今河南原陽東南）出擊秦始皇，誤中副車。⓫蘇武節：據《漢書．李廣蘇建傳》載：漢武帝時，蘇武出使匈奴被扣留，匈奴逼迫他投降，他堅貞不屈，後被流放到北海（今俄羅斯境內貝加爾湖）邊牧羊。他仍不屈服，牧羊時始終手執漢朝給他的符節，歷十九年而終於歸漢。⑫「為嚴」句：據《三國志・蜀書・張飛傳》載：三國時，將軍嚴顏奉劉璋令守巴郡（在今四川東部），被張飛俘獲，拒不投降，說：「我州但有斷頭將軍，無有降將軍也。」張飛感而釋之。⑬「為嵇」句：據《晉書・嵇紹傳》載：晉惠帝時，嵇紹官侍中。永興元年（一三〇四）皇室內訌，王師敗績於蕩陰（今屬河南），嵇紹為保護惠帝，被殺死在惠帝身旁，血濺到惠帝身上。後有人要洗血衣，惠帝說：「此嵇侍中血，勿洗。」⑭張睢陽：即張巡。據《舊唐書・張巡傳》，唐代安史之亂時，張巡困守睢陽城（今河南商丘），每次與賊戰，他都大呼誓師，氣血湧蕩，以致眼眶裂開流血，牙齒都被咬碎。⑮顏常山：即顏杲卿。據《舊唐書・顏杲卿傳》載，唐代安史之亂時，顏杲卿為常山（在今河北正定南）太守，城破被俘，拒絕投降，大罵安祿山，被斷舌而死。⑯遼東帽：據《三國志・魏書・管寧傳》載，管寧是三國時魏人，學行皆高，為當時名士，曾避亂遼東，「常著皂帽，布襦袴」，拒絕徵聘。⑰清操：高潔的品德。⑱〈出師表〉：三國時諸葛亮於蜀後主建興五（二二七）和六年（二二八）兩次出師北伐曹魏，都曾向後主劉禪上表，稱前後〈出師表〉，表示自己效忠蜀漢，為統一事業獻身的決心。⑲渡江楫：東晉時，北方土地為外族侵占。豫州刺史祖逖率軍北伐，渡江時中流擊楫，發誓一定恢復中原，後果然收復了黃河以南失地。⑳笏：古代大臣上朝時所持的手板，上可記事。據《舊唐書・段秀實傳》載，唐德宗時，朱泚謀反，司農卿段秀實以象笏擊朱泚的頭，並唾面大罵，因此遭害。㉑逆豎：叛賊，指朱泚。㉒磅礡：充實雄厚而又廣大無邊的樣子。㉓凜烈：莊嚴而又壯烈。㉔貫日月：形容氣的高揚盛大。暗用荊軻別燕赴秦，白虹貫日事。《史記・魯仲連鄒陽列傳》：「昔者荊軻燕丹之義，白虹貫日，太子畏之。」裴駰集解引應劭曰：「精誠感天，白虹為之貫日也。」㉕地維：古人認為地形為方，四角有大繩維繫，因稱地角為地維。㉖天柱：《神異經》：「崑崙之山有銅柱焉，其高入天，所謂天柱也。」又《淮南子》：「天柱折，地維絕。」古神話傳說，天有大柱支撐，才沒有坍塌。㉗三綱：封建社會用以維持社會與家庭的等級秩序的三種權力，即君為臣綱，父為子綱，夫為妻綱。繫命：賴以存在。㉘「道義」句：《孟子．公孫丑上》論浩然之氣，說：「其為氣也，配義與道，無是餒也。」此用其意。這裡說的「道義」，即指上句的「三綱」。㉙嗟：嗟歎。遘陽九：遭逢厄運。遘：遇到。陽九：即百六陽九，古人認為是不吉利的災難年頭（見《漢書．律曆志》）。道書以天厄為陽九，地虧為百六。㉚隸：隸臣，臣下對帝王的謙卑之稱，這裡是作者自指。實不力：實在無能為力。㉛楚囚：春秋時，楚人鍾儀被鄭國俘虜，送到晉國去。晉侯見了，便問：「南冠而縶者，誰也？」有司回答：「鄭人所獻楚囚也。」後世因以「南冠」或「楚囚」指囚犯，這裡是作者自指。纓：繩子，這裡作動詞用，捆綁的意思。㉜傳車：驛車。窮北：極北之地。㉝鼎鑊：古代酷刑，用鼎鑊之類煮器將人煮死。鑊，音穫。飴：糖漿。㉞陰房：陰暗的牢房。闃：音去。寂靜。㉟閟：音閉。關閉。㊱「牛驥」二句：賈誼〈弔屈原賦〉：「騰駕罷牛驂蹇驢兮，驥垂兩耳服鹽車兮。」屈原〈九章．懷沙〉：「鳳凰在笯兮，雞鶩翔舞。」這裡以驥和牛、鳳凰和雞對舉，一指賢士，一指庸人。皁，音造。馬槽。雞棲，雞窩，指牢獄。㊲「一朝」二句：這兩句言一旦自己被霧露所侵，就會得病而死，棄骨溝壑之中。霧露，濕氣。瘠，瘦骨。㊳再寒暑：過了兩年。㊴百沴：即詩前小序中所云各種使人致病的惡氣。沴，音麗。災害不祥之氣。辟易：退避。㊵沮洳場：低下陰濕的地方。沮洳，音具溽。㊶他謬巧：別的智謀和巧計。㊷陰陽：這裡指寒熱之氣。賊：害。㊸耿耿：忠心，亦即浩然之氣。在：一作「存」。㊹「仰視」句：暗用《論語．述而》：「不義而富且貴，於我如浮雲。」㊺「悠悠」二句：悠悠，憂思不斷。曷有極，哪有盡頭。曷，同「何」。《詩．唐風．鴇羽》：「悠悠蒼天，曷其有極。」二句化用其意。㊻「哲人」二句：這兩句說，古代忠義之士雖然離現在已經很遠了，但他們永遠是人們的典範。哲人，即前面所說的古代忠義之士。日已遠，時代已經久遠。典刑，模範、榜樣。夙昔，從前。夙，音宿。㊼「古道」句：此句指先哲們的風範和光輝榜樣照耀在自己的面前。古道：古代傳統的美德。顏色：容貌。

# 送人之常德❶

蕭立之

秋風原頭❷桐葉飛，幽篁❸翠冷山鬼啼。海圖拆補兒女衣❹，輕衫笑指秦人溪❺。秦人得知晉以前，降唐臣宋誰為言❻？忽逢桃花照溪源，請君停篙莫回船❼。編蓬❽便結溪上宅，採桃為薪食桃實。山林黃塵三百尺，不用歸來說消息❾。

【注　釋】

❶這首詩是宋亡後所作。借桃花源的傳說抒寫遺民心情。之：往。常德：今屬湖南，宋代為常德府，境內有桃源縣，相傳就是陶淵明〈桃花源記〉所指的地方。❷原頭：原野上。❸篁：竹林。屈原〈九歌・山鬼〉：「余處幽篁兮終不見天。」❹「海圖」句：說因為窮困，只得東拼西湊裁補衣服。杜甫〈北征〉：「床前兩小女，補綻才過膝。海圖拆波濤，舊繡移曲折。」此用其意。❺「輕衫」句：此句點出送人之意，並切入對桃源的嚮往。秦人：指桃花源中人。陶淵明〈桃花源記〉說桃源中居民的祖先都是秦時逃避暴政而躲進去的。❻「秦人」二句：是說桃源中人遠離塵世的劫難，「不知有漢，無論魏晉」，更不會知道唐宋的興亡更替。❼「忽逢」二句：是說如果找到了避世的桃源就停船躲進去，再不要回來。❽編蓬：編草為屋。❾「山林」二句：是說目前連山林隱居之地也是黃塵滿目，汙濁不堪；你若找到桃源，就結宅住下，不必再出來報告消息，免得像武陵漁人那樣出來之後，再也找不到回去的路徑。

【解　說】

本篇可與北宋王安石〈桃源行〉參看，王詩側重於寄託社會政治感慨，是太平時代政治家的手筆。此詩則寫希望找個能夠隱居的地方以躲避元朝的統治，表現了宋亡後遺民的心理，與蕭立之同時的方回也作過一首〈桃源行〉，序中說：「避秦之士非秦人也，乃楚人痛其君國之亡，不忍以其身為仇人役，力未足以誅秦，故去而隱於山中爾。」正可作為此詩的注腳。

# 詩人小傳

# 楊徽之（九二一～一〇〇〇）

楊徽之，字仲猷，建州浦城（今屬福建）人。周顯德二年（九五五）進士。入宋，知峨眉縣，復為著作佐郎，知全州（今屬廣西）。遷左拾遺、右補闕。太平興國初年遷侍御史，轉庫部員外郎，宋太宗詔命李昉等編《文苑英華》，因楊徽之精於風雅，詔命參與其事，主持編輯詩歌部分。真宗時歷任祕書監、翰林侍讀學士等職。他在宋初頗有詩名。「酷好吟詠，每對客論詩，終日忘倦。」（《宋史・楊徽之傳》）據說宋太宗很欣賞他的詩，特地挑出十聯寫於屏風，並稱讚他「文雅可尚，操履端正」（見《澠水燕談錄》卷七）。

宋代開國初年，詩壇仍是延續晚唐五代作風，楊徽之的詩也不脫晚唐窠臼，其清俊平淺之處可見晚唐鄭谷詩風的影響。但他還有清俊之中見峭拔的一面，在宋初不失為有個性的詩人。像〈元夜〉的「春歸萬年樹，月滿九重城」；〈塞上〉的「戍樓煙自直，戰地雨長腥」；〈湘江舟行〉的「新霜染楓葉，皓月借蘆花」等，都可稱佳句。宋僧文瑩曾說必「以天地浩露滌其筆於冰甌雪椀中」，才能與他的詩「神骨相附」（《玉壺清話》卷五）。清代紀昀甚至說在當時詩壇的「一望黃茅白葦之中」，他的詩「如疏花獨笑」（《瀛奎律髓刊誤》卷四十二）。乾嘉時期詩人謝啟昆則以論詩絕句的形式對他的詩表示推崇：「冰甌雪椀浣清詞，學士聲名上赤墀。牢落晚年叨寵遇，御屏風寫十聯詩。」（《讀全宋詩仿元遺山論詩絕句二百首》）詩集已佚。

# 張　詠（九四六～一〇一五）

張詠，字復之，號乖崖。濮州鄄城（今屬山東）人。太平興國五年（九八〇）進士。累官樞密直學士，出知益州。真宗時，召為御史中丞，出知杭州，再知益州。後為禮部尚書。卒謚忠定。他性格剛直，治才強幹，出當方面，屢以政績見稱，當時號為名臣。詩賦亦為人稱道。因曾與楊億等唱和，《西崑酬唱集》收其詩兩首而被視作西崑體詩人。其實他的大部分詩作真率自然，不事雕琢，並不與西崑同路。宋人說他「句清詞古」（《苕溪漁隱叢話》後集卷十九），「落落有三代風」（王禹偁〈送張詠序〉）；清人認為其詩「雄健古淡有氣骨，稱其為人」（《宋詩鈔》小序），比較符合實際。有《乖崖集》。

## 柳　開（九四七～一〇〇〇）

柳開，初名肩愈，字紹先，後改名開，字仲塗，號東郊野夫、補亡先生。大名（今屬河北）人。開寶六年（九七三）進士。知寧邊軍，曾隨宋太宗攻太原。真宗時，加如京使，知代州，徙滄州，病卒。他在宋初與梁周翰、高錫、范杲等都以好古學古文、習尚淳古而著名，時人並稱「高、梁、柳、范」。他較早提倡學習韓愈古文，並以開聖道之途為己任，力圖矯正五代以來的浮弱文風，因此被公認為北宋古文運動的先驅。作詩非其所長，但也寫過曾經廣為傳誦的作品。

## 鄭文寶（九五三～一〇一三）

鄭文寶，字仲賢，寧化（今屬福建）人。初仕南唐，官至校書郎。入宋，登太平興國八年（九八三）進士第。任陝西轉運副使等職，加工部員外郎。久在西邊，參預軍事。官至兵部員外郎，以病退居襄城別墅。在南唐時從學於徐鉉，後受知於李昉。工篆書、善鼓琴，尤以詩歌負盛名。其詩情致深婉，時人或認為「可參二杜（杜甫、杜牧）之間」（文瑩《續湘山野錄》），或稱讚其警絕之處不下於王維、杜甫（歐陽修《六一詩話》）。還有一點可以提及，北宋蔡居厚曾說他在宋初詩人不貴杜甫詩歌之時，便「獨知愛尚」，因而「往往造語警拔」（《蔡寬夫詩話》）。此說若是事實，那他當是宋代最早推崇杜甫的詩人之一。詩集已失傳，不過現存於世的不多篇什，已足膾炙人口。

# 王禹偁（九五四～一〇〇一）

王禹偁，字元之，濟州鉅野（今屬山東）人。其家以磨麥為生，常靠借貸自給。登太平興國八年（九八三）進士第，歷官左司諫、知制誥、翰林學士等職，後以事貶知黄州，卒於蘄州。他是宋初著名直臣，居官清正，秉性剛直，關懷民生疾苦，深知北宋政治弊端，多次上書提出改革意見，實為北宋政治改革派之先驅。因遇事敢言，頗為朝中權貴側目，前後三次被貶黜。他的詩文都有盛名。為文師韓愈，創作成就在宋初倡導古文的作家中最為突出。詩宗白居易，是宋初白體詩派中成就最高的詩人。

當時詩壇學白居易的風氣盛行，號為文壇宗匠的李昉、徐鉉都以寫白體詩而馳名，不過他們主要學白居易的閑適詩和雜律詩，以淺近易曉為高，把詩歌當成官場唱和應酬和遣興娛賓的玩物。王禹偁雖然沒有完全擺脫這種風氣，但他還注重學習白居易早期「惟歌生民病」的諷諭詩，努力實踐「歌詩合為事而作」的主張，進而開始重視並學習杜甫，詩風也變得深摯。長篇古詩多關注現實，反映民瘼，憂慮國事。夾敘夾議，暢所欲言。近體詩多以清新之辭寫景抒情，意境清遠。他在一定程度上避免了白體詩派常見的內容淺薄、語言淺俗的毛病，而追求內容深警、語言精練，把詩歌寫出分量。因此他雖是白體詩派的後起之秀，卻被時人看作此派的鉅子。林逋《讀王黄州詩集》就說：「放達有唐惟白傅（白居易），縱橫吾宋是黄州（王禹偁）。」《蔡寬夫詩話》也說：「國初沿襲五代之餘，士大夫皆宗白樂天詩，故王黄州主盟一時。」他的為人為文都受到後來歐陽修、司馬光、蘇軾等人推崇。蘇軾〈王元之畫像贊並敘〉便稱讚他「以雄文直道獨立當世……耿然如秋霜夏日不可狎玩」。

# 惠崇（?～一〇一七）

惠崇，宋初僧人，住淮南壽春（今安徽壽縣）禪院。工書善畫，是宋初著名畫家，「工畫鵝雁鷺鷥……，善為寒汀遠渚，蕭洒虛曠之象，人所難到」（《圖畫見聞志》卷四）。其畫人稱「惠崇小景」，時譽頗高。又擅長作詩，學晚唐賈島風格，與當時劍南希晝、金華保暹、南越文兆、天台行肇、沃州簡長、青城惟鳳、江南宇昭、峨眉懷古齊名，合稱「九詩僧」。

「九僧」詩風相近，多寫自然小景與山林生活情趣，以清麗之辭，發清苦之思，景幽境僻，精緻小巧，被認為是宋初學晚唐詩最為逼真的一群。他們作詩苦思雕琢，一方面是追求藝術的精工，另一方面卻也證明了才力和閱歷的不足。據歐陽修《六一詩話》載，有位叫許洞的人約「九僧」分題賦詩，約定不得用「山、水、風、雲、竹、石、花、草、雪、霜、星、月、禽、鳥」之類的字眼，諸僧便只好擱筆。這事雖是出於傳聞，卻也從側面說明了九僧詩的某些特點。惠崇在九人中詩名最高，交遊也廣。西崑體主將楊億很推崇他的詩才，他去世後，宋祁還託人編輯他的詩集。後來王安石、蘇軾、黃庭堅等人稱讚過他的繪畫。清代賀裳則認為他的詩「不惟語工，兼多畫意」（《載酒園詩話》）。

## 希　晝（生卒年不詳）

希晝，宋初詩僧，劍南人，列「九詩僧」之首。生卒年不詳，約與惠崇同時。楊億曾說「近世釋子多工詩，而楚僧惠崇、蜀僧希晝為傑出。」（《楊文公談苑》）他作詩也屬晚唐體，精思苦吟，尤工寫景。清紀昀還認為其詩「不失雅則」，「不減隨州（唐劉長卿）」，「其氣韻實出晚唐之上」（見《瀛奎律髓刊誤》卷四十七）。

## 魏　野（九六〇～一〇二〇）

魏野，字仲先，先世蜀人，徙居陝州（今河南陝縣），隱於州之東郊。他是宋初著名隱士，為人號稱不求聞達，作詩則被後人看作宋初晚唐體的代表詩人。其實這兩條都有點名不符實。首先，大中祥符三年（一〇一一）

三月，宋真宗西祀汾陰經陝州，遣人召他，他並沒有像一些記載所說的那樣閉戶跳牆逃走。而只是以病推辭，還認真地寫了上表，裡面有「幸逢聖世，獲安故里」，「畎畝之間，永荷帝力」之類奉承頌聖的話。所以真宗便詔命州縣長官對他特加照顧。他死後被追贈為祕書省著作郎，其家還受到免去各種差役的優待。可見他的不求聞達只不過是換了一種邀名的方式而已。他平時交往最多的，恰恰是仕途中人，上至宰相，下至州縣從事。其詩集中給各種官員的拜謁贈答之作，連篇累牘，多得惹厭。像「人間第一榮，初得好科名」這樣的詩句，就不像是出於真隱士的手筆。第二，他的詩風一般認為是學晚唐。其實也有不少作品是學白居易的閑適詩和唱酬詩，風格「平樸」，「中的易曉」（文瑩《玉壺清話》卷七）。有的詩還注明用白居易的原句。他與司馬光的父親司馬池有較密的交往，司馬光〈馮亞詩集序〉說他的詩曾「大行於時」，而《溫公續詩話》就明確指出他的詩是「效白樂天體」。所以與其把他算作晚唐體詩人，不如說他是宋初以隱士身分寫白體詩的代表。他的存在說明當時白體詩風不僅籠罩了官場，而且彌漫到了山林。

## 潘閬（？～一〇〇九）

潘閬，字逍遙，一說號逍遙子，揚州（今屬江蘇）人，一說大名（今屬河北）人。曾居錢塘，遊歷蘇州、長安、汴京等地，賣藥為生。至道元年（九九五），以宦官王繼恩薦，召賜進士第。不久，又以其狂妄，追還詔書。真宗時，曾任滁州參軍。他在宋初以性格疏狂而有名，宋代流傳有許多關於他的掌故。宋太宗時的翰林學士宋白給他的贈詩說「宋朝歸聖主，潘閬是詩人。」對他的詩頗為推許。他在杭州詠錢塘江潮的詩詞也受到稱道，還有人畫了一幅《潘閬詠潮圖》，他的朋友王禹偁為這幅畫寫了贊並序（見《小畜外集》卷四）。王禹偁〈寄潘閬處士〉詩形容他說「爛醉狂歌出上都，秋風時節憶鱸魚。江城賣藥長將鶴，古寺看碑不下驢。一片野心雲出岫，幾莖吟發雪侵梳。算應冷笑文場客，歲歲求人薦〈子虛〉。」可見其性格之一斑。他作詩頗刻苦，也很自負，曾說「發任莖莖白，詩須字字清，搜疑滄海竭，得恐鬼神驚。」（〈敘吟〉）其詩孤峭淡遠之處，時見晚唐賈島的影響，也有大曆十才子的風調。劉克莊說他「規規晚唐格調，寸步不敢走作」（〈江西詩派小序〉）。不過他也有自出胸臆之作，疏放自然，不蹈襲前人，像〈九華山〉詩「好是雨餘江上望，白雲堆裡潑濃藍。」得句自然，又頗顯工力，發前人所未發。

## 寇　準（九六二～一〇二三）

寇準，字平仲，華州下邽（今陝西渭南）人。太平興國五年（九八〇）進士，知巴東縣（今屬湖北）。太宗朝官至參知政事。真宗朝官同中書門下平章事、尚書右僕射，封萊國公。後被丁謂傾陷，貶為雷州（今廣東海康）司戶參軍，卒於貶所。他是北宋著名政治家，楊億稱他「能斷大事，不拘小節」，性格剛直敢諫，「面折廷爭，素有風采」（張詠語），宋太宗把他比為魏徵。景德元年（一〇〇四），契丹入侵，中外震恐，他力排眾議，堅請真宗渡河親征，至澶州迫成和議而還。晚年被丁謂排擠，民間還流傳歌謠說「欲得天下寧，須拔眼中丁（丁謂），欲得天下好，無如召寇老。」他不以寫詩著稱，卻留下了不少好詩。據說他平昔酷愛王維、韋應物詩。他的五律似有晚唐體的味道，但無寒窘之態。其清雋渾雅之處，又近於韋應物。七絕蘊藉深婉，風神秀逸，有唐詩風調，無宋人習氣。司馬光說他「才思融遠」（《溫公續詩話》），南宋胡仔說他「詩思淒惋，蓋富於情者」（《苕溪漁隱叢話》後集卷二十）。

## 林　逋（九六八～一〇二八）

林逋，字君復，錢塘（今浙江杭州）人，隱居西湖孤山，種梅養鶴為伴，人稱西湖處士。謚號和靖先生。他是宋初著名的隱逸詩人，性格恬淡，不趨榮利。雖然二十來年足跡不至城市，卻是聲聞天下，引得許多士大夫前往西湖拜訪他。宋真宗聞其名，還命地方官特加勞問。他曾題書一首絕句在自己的壽堂之上，曰「茂陵他日求遺稿，猶喜曾無封禪書。」便自認為比寫過封禪書的司馬相如品格高。不過另外一些記載卻說他曾投書杭州知州王濟請求援薦（見《詩林廣記》後集卷九引《該問錄》），似乎並不那麼清高。

在宋代，林逋的詩和畫都很有名。其詩以表現隱居生活和閒適心情為主，平淡而深美。特別是描寫西湖山水景物的詩歌，清逸幽遠，頗有詩情畫意，如得湖山之助。又極愛梅花，寫了好些詠西湖梅花的詩歌，曾經廣為傳誦，以致後人提到詠梅的好詩總忘不了他。梅堯臣為他的詩集作序，說讀他的詩「令人忘百事」，「時人貴重甚於寶玉」。歐陽修還說自林逋去世之後，「湖山寂寥，未有繼者」（《歸田錄》卷二），可見對他的仰慕。最能概括林逋生平和影響的是南宋吳錫疇〈林和靖墓〉詩：「遺稿曾無封禪文，鶴歸何處認孤墳。清風千載梅花共，說著梅花定說君。」以「清風」二字概括他的生平，最能代表後世對他的評價。

## 劉筠（九七一～一〇三一）

劉筠，字子儀，大名（今屬河北）人。咸平元年（九九八）進士。以楊億的薦拔，擢大理評事、祕閣校理，預修《冊府元龜》。遷知制誥，進翰林學士。真宗末，陷害寇準的丁謂擅權，他遂請求外放，並說「奸人用事，安可一日居此！」仁宗即位，復召為翰林學士，拜御史中丞。官至翰林學士承旨兼龍圖閣直學士判尚書都省。

他以文辭優贍著名當世，初為楊億所識拔，後遂與齊名，時號「楊劉」。是西崑體代表詩人之一。西崑體的形成，他起了較大作用，楊億曾說「近年錢惟演、劉筠首變詩格，學者爭慕之」（《宋朝事實類苑》卷三十七引）。方回則認為當時詩壇效法李商隱的風氣，「自楊文公（億）、劉子儀始」（《瀛奎律髓》卷三）。《西崑酬唱集》收錄他的詩七十三首，數量僅次於楊億。其詩精於聲律對偶，多用典實。豐贍精整，組織縝密。詠史詩多借古諷今，頗有佳作。當然，他也有堆砌雕琢的毛病，或以詞害意，隱晦難讀，或充塞典故，氣韻不暢。這也是西崑體詩歌的通病。

## 楊億（九七四～一○二一）

楊億，字大年，建州浦城（今屬福建）人。十一歲時，太宗聞其名，召試詩賦，授祕書省正字。淳化三年（九九二）賜進士及第。真宗即位，超拜左正言，時年二十四歲。景德二年（一○○五）主編北宋四大書之一的《冊府元龜》。官至翰林學士、工部侍郎。他與寇準是至交，政治上同屬一個陣營。支持寇準抵抗侵略的主張，還反對宋真宗祠祀封禪、勞民傷財。畢生不離翰墨，「文格雄健，才思敏捷」，歐陽修稱他是「一代之文豪」。他早年的詩歌也學習白居易體，後來在「遍尋前代名公詩集」之後，發現了李商隱詩「富於才調，兼極雅麗，包蘊密致，演繹平暢，味無窮而炙愈出，鑽彌堅而酌不竭，曲盡萬態之變，精索難言之要」（《楊文公談苑》）等特點，因此轉而學習李商隱詩，並在詩壇大力提倡。他在館閣修書時，與劉筠、錢惟演等人唱和，共同倡導學習李商隱詩風。大中祥符元年（一○○八）他把這些唱和詩共二百五十首編為《西崑酬唱集》，所收全為近體，以雕章麗句為宗旨，講究聲律，鋪陳詞藻；典故豐博，對偶精整，這就是所謂「西崑體」。詩集中數楊億詩最多，占全集三分之一，也數他寫得最好，因此他自然也成了西崑體的代表人物。

西崑體詩人較注重格律形式，過於求深求雅而使詩意隱晦難讀，但也不能一概而論。《西崑酬唱集》中的一些詠史詩批判歷代帝王，還借古諷今，有現實的針對性，有的直接諷刺了宋真宗的祀神求仙。楊億和錢、劉唱和的〈宣曲〉詩，還因為涉及了古代帝王後宮的荒淫生活，意含譏諷，而被政敵向宋真宗告了御狀。宋真宗因此下詔警告說：「自今有屬詞浮靡，不遵典式者，當加嚴譴。」這就是有名的〈宣曲〉詩案。因此，不能輕信宋真宗的指責，籠統地指西崑體為浮豔空洞而全盤否定。

在楊億開始以學李商隱相標榜時，詩壇上「淺拙之徒，相非者甚眾」（《楊文公談苑》），可是後來，楊億等人詩中所體現的才華和學力，卻使詩壇耳目一新，於是「後進學者爭效之，風雅一變」（歐陽修《六一詩話》）。歐陽修曾在給友人的信中說：「先朝楊、劉風采，聳動天下，至今使人傾想。」（劉克莊《後村詩話》前集卷二引）可見他對楊億等人的嚮往。此外，楊億的一些未收入《西崑酬唱集》的詩如〈民牛多疫死〉、〈獄多重囚〉之類，都是直接反映現實問題的作品，也說明他並不是專在聲律詞藻典故方面消磨才情。

## 司馬池（九八〇～一〇四一）

司馬池，字和中，陝州夏縣（今山西聞喜）人，景德二年（一〇〇五）進士及第，官至天章閣待制、知河中府，徙知同、杭、虢、晉等州。他是司馬光之父，為人謙退寬厚，不慕榮利。早年曾被魏野稱讚為「文雖如貌古，道不似家貧」（〈貽司馬池〉）。詩人張耒也說他以文學風節為一時名臣。

## 柳　永（九八七？～一〇五三？）

柳永，字耆卿。原名三變，字景庄。排行第七，世稱柳七。崇安（今屬福建）人。行為不拘禮法，常與歌妓、樂工往還，頗受士人非難。約在景祐初年（一〇三四）考中進士。官至屯田員外郎，世稱柳屯田。他是北宋大詞人，又工詩文，與其兄三復、三接號稱「柳氏三絕」。其詩大多失傳。本書所選的〈煮海歌〉證明他在淺斟低唱、倚紅偎翠的生活之外，還有另一面。

## 范仲淹（九八九～一〇五二）

范仲淹，字希文，蘇州吳縣（今屬江蘇）人。二歲亡父，其母改嫁朱氏，他也從其姓，取名朱說。大中祥符八年（一〇一五）登進士第。為集慶軍節度推官，始復姓范，改名仲淹。天聖六年以晏殊的推薦，擔任大理寺丞、祕閣校理。官至參知政事。曾在西北守邊，抵抗西夏入侵，功績卓著，以致「塞垣草木識威名」，連西夏人也說他「腹中自有數萬甲兵」。卒諡文正，世稱范文正公。他是北宋著名政治家，為人以風節自勵，敢於批評弊政，議論天下大事，奮不顧身。曾多次觸犯權貴而被攻擊為「朋黨」。慶曆三年任參知政事時，提出十項改革弊端的措施，與富弼、歐陽修等共同策劃革新，史稱「慶曆新政」。因守舊派阻撓而未能施行。作為政治家，他「先天下之憂而憂，後天下之樂而樂」，並且尚節操、厲廉恥，身體力行，激勵士風。黃庭堅稱讚他是「當時諸公間第一品人」（〈跋范文正公詩〉）。朱熹更說：「本朝惟范文正公振作士大夫之功為多。」（《朱子語類》）

范仲淹詩文詞都有名篇傳世。他的好詩一般語言質樸而感慨深長，時有議論寄託，但不枯燥，也不迂腐，頗能見其懷抱。他認為詩歌對上應有規諫，對下則主勸誡，可以映證他在創作上的追求。

## 晏殊（九九一～一〇五五）

晏殊，字同叔，撫州臨川（今屬江西）人。早慧，七歲能文，景德二年（一〇〇五）以神童召試，賜同進士出身，授祕書省正字。三十五歲拜樞密副使。慶曆三年（一〇四三）任宰相兼樞密使。他以文章才華而擢升政治上的高位，平時也愛惜人才，為人頗耿直，主張為官「不可營私」，為人以「儉嗇為先」（《能改齋漫錄》卷十二引晏殊手帖）。但另一些記載卻說他特別喜歡與賓客詩酒宴遊，每宴，必有歌樂相佐，酒闌，遣去歌妓，說「汝曹呈藝已畢，吾亦欲呈藝」，於是具筆札相與賦詩，率以為常（見《避暑錄話》）。

晏殊平生作詩多達萬餘首，大部分作品可能就是在這種詩酒應酬的活動中寫成。他是真宗朝後期和仁宗朝前期重要的西崑體詩人，年輩較楊億等為晚。楊億非常賞識他的文才，曾稱讚他說：「南國生芻人比玉，梁園修竹賦凌雲。堵牆看試三公府，反哺知千萬乘君。」（《武夷新集》卷五〈晏殊奉禮歸寧〉）不過，他的詩風在西崑體的基礎上也能有所變化。他曾編選《文選》以後至唐代的詩文選集，詩歌「凡格調猥俗而脂膩者皆不載」。

又愛讀韋應物詩，稱讚韋詩「全沒有些脂膩氣」（《青箱雜記》卷五），可見他在詩歌方面的審美趣味。就像他的詞排除了《花間》詞的穠豔堆砌一樣，他的詩也不像典型的西崑體那樣填塞故實，厚粉濃朱。而以句調輕快、字面清雅見長。清辭麗句，珠圓玉潤，猶如其詞。有時甚至在詩和詞中下同樣的句子，如本書所選的〈假中示判官張寺丞王校勘〉。後人便往往說他的詩有「詩餘聲口」（《詩藪》內編卷五）。他的詩文集已散失，不像他的詞集這麼幸運，於是詩名也就被詞名所掩。其實他的詩在宋代曾有一定影響。宋人甚至認為他在詩的方面成就超過楊億（見《苕溪漁隱叢話》前集卷二十六引《鍾山詩話》）。

## 祕　演（生卒年不詳）

祕演，法號文惠，主要活動於真宗朝末年和仁宗朝的前期，約當十一世紀上半葉。為人辯博，喜論天下事，以氣節相高，狀貌雄傑而胸中浩然，當時有「奇男子」之稱。他先是與穆修交遊，受到穆修的讚許，後來又和石延年意氣相投，結為至交。還與尹洙、蘇舜欽、歐陽修等有密切的交往。這都是當時文壇上的重要人物。他長期住在汴京，曾遊歷山東等地。石延年去世後，他大約在慶曆三年（一〇四三）便離開汴京去江南一帶遊歷，以後不知所終。石延年他們不僅欣賞他的人品，還稱讚他的詩歌。尹洙說他：「始健於詩，老而益壯。」（〈浮圖祕演詩集序〉）石延年「尤稱祕演之作，以為雅健有詩人之意」（歐陽修〈釋祕演詩集序〉）。蘇舜欽對他的稱讚更值得注意：「作詩千篇頗振絕，放意吐出吁可驚；不肯低心事鐫鑿，直欲淡泊趨杳冥。」（〈贈釋祕演〉）不難看出，這種特點，就與歐陽修、蘇舜欽、石延年他們在詩風方面的追求有某種契合。宋人筆記有不少關於他和石延年飲酒豪放的記載，歐陽修〈釋祕演詩集序〉也說他和石延年都「喜為歌詩以自娛，當其極飲大醉，歌吟笑呼，以適天下之樂，何其壯也」。可見他的為人之一斑。不過他現存的詩頗為清健淡遠，好像與其性格的豪放不太符合。

# 石延年（九九四～一〇四一）

石延年，字曼卿，又字安仁，祖籍幽州，遷居宋州宋城（今河南商丘）。累舉進士不中。真宗選三舉進士不中者授三班奉職，他就任右班殿直，改太常寺太祝。天聖四年（一〇二六）知金鄉縣（今屬山東）。後通判乾寧軍、永靜軍，充館閣校勘，遷大理寺丞。以太子中允、祕閣校理卒於汴京。

他是當時眾口讚譽的「奇才」。性格豪放，讀書不治章句，慕古人奇節偉行，好飲酒任氣。做人有唐代李白的遺風，其詩在當時也很著名。早在真宗末年，西崑體盛行之時，他就和穆修一起以古道自任，提倡古文歌詩，追求一種新的文風和詩風，產生了不小的影響，所以後來從事古文運動和詩風革新的一些重要人物如石介、歐陽修、蘇舜欽等就特別推崇他在詩歌方面的成就。可惜他的詩集已散失，僅傳下來四十餘篇作品，難以見其創作的原貌，故後人論北宋詩風的演變，就往往把他忽略。宋人對他詩風的描述不盡相同。蘇舜欽說他作詩是「以勁語蟠泊」，「氣橫意舉，灑落章句之外」（見〈石曼卿詩集序〉，此序又見石介《徂徠集》）；范仲淹說其詩「氣雄而奇」（《竹莊詩話》引）；朱熹則說是「極雄豪而縝密方嚴」（《朱子語類》卷一百四十）。從他現存的詩看，「雄奇」還說不上，「縝密方嚴」者則顯得呆板，甚至還有〈紅梅〉詩「認桃無綠葉，辨杏有青枝」這樣粗淺的句子。但他的好詩佳句，卻又具有很高的藝術水準。如〈高樓〉詩的「水盡天不盡，人在天盡頭」；〈叢菊〉詩的「風勁香逾遠，天寒色更鮮」；〈籌筆驛〉詩的「意中流水遠，愁外舊山青」；〈金鄉張氏園亭〉詩的「樂意相關禽對語，生香不斷樹交花」之類，把詩人對空間和時間的感覺，對客觀物態的觀照和主觀心態的體驗，都納入看上去很自然平常的句子中，構造出豐富的層次，使物境主觀感覺化，從而達到了心境、物態和語言三者的完美統一。特別是「意中」兩句更是如此，難怪當時人交口稱讚。這一特點，便完全不同於白體、晚唐體和西崑體，而為後來詩人開示了一種新的藝術途徑，所以歐陽修等人推崇他，並非出於偶然。

他又擅長書法，書法作品被人「寶為神物」。論天下大事又多真知灼見，曾提醒朝廷重視西北邊境的防務，後來發生的西夏侵宋的戰爭就證實了他的預見。這些方面都加重了他在宋人心目中的分量，南宋時朱熹就為他未被朝廷重用而感到可惜。

## 宋　祁（九九八～一〇六一）

宋祁，字子京，原籍雍丘（今河南杞縣），徙居安州安陸（今屬湖北）。與其兄宋庠齊名，時號「二宋」。天聖二年（一〇二四）進士。曾任翰林學士，史館修撰，與歐陽修同修《新唐書》，撰列傳一百五十卷。拜翰林學士承旨。卒謚景文。

他是北宋早期的古文家之一。其詩亦著名，元初方回把他歸入西崑派（見《桐江續集》卷三十二〈送羅壽可詩序〉）。如早年所作〈落花〉詩，立意、用典、遣詞造句都是西崑風調。他是晏殊門生，作詩常請晏殊點定（《宋詩紀事》引《西清詩話》），詩風當然也會受其影響。把他算作西崑體詩人，有一定道理。不過這裡應該強調另外兩點。第一，他曾說「文章必自名一家，然後可以傳不朽，若體規畫圓，準矩作方，終為人之臣僕。」（《苕溪漁隱叢話》前集卷四十九引宋祁《筆記》）主張自名一家，作詩也不專事模仿。其詩集中，自出機杼之作頗多，質樸者如〈僑居〉詩：「世路風波惡，天涯日月遒。」雄健者如〈冬眺〉：「星霜牢落凋年往，天地蒼茫暝色來。」還有立意深刻的〈秋夜〉說：「人間底事最堪恨，絡緯啼時無婦驚。」陸游稱讚它「妙於用事」（《老學庵筆記》卷七），其實它是直指現實的警世之作，非徒以玩弄典故為能。這些詩，都不能說是西崑體。第二，仁宗朝前期，杜甫詩已逐漸受世人重視，他就是開學杜風氣的人物之一。他曾抄寫過杜甫詩歌一卷（見《竹坡詩話》卷二），可見下過認真學習的功夫。他作有〈擬杜工部九成宮〉、〈擬杜子美峽中意〉、〈和賈相公覽杜工部北征篇〉等詩，都寫得沉鬱蒼勁，頗似杜詩風格。只要看看他所撰寫的《新唐書・杜甫傳》對杜詩所作的極高評價，就可以知道他的一些作品近似杜詩，不是出於巧合。他學杜甫雖還不能完全得其精神，但畢竟開了風氣。

## 梅堯臣（一〇〇二～一〇六〇）

梅堯臣，字聖俞，宣州宣城（今屬安徽）人，世稱宛陵（宣城古名）先生。應進士試不第，以蔭補太廟齋郎，任河南、河陽等縣主簿，知建德、襄城等縣。皇祐三年（一〇五一）賜進士進身。嘉祐元年（一〇五六）任國子監直講。累官至尚書都官員外郎，世稱梅都官。

梅堯臣在仕途上不太得志，生活也較為窮困。寶元年間西夏攻宋時，他曾為《孫子》作注，並上書言兵法，想為振興國防盡書生之力，並期望得到朝廷的重視，但未能如願。他仍然長期困於州縣，沉淪下僚。歐陽修總結了他的生平經歷，便得出了詩歌「窮者而後工」的觀點。確實，他的才華在詩歌方面得到了較充分的發揮。早在天聖末年他就受到著名西崑體詩人錢惟演的器重，並與當時在西京（今河南洛陽）任職的謝絳、歐陽修、尹洙等人結成密友，切磋詩藝，致力於「文章革浮澆」（〈次韻和王平甫見寄〉）的文學運動，產生很大影響。這群人中，作詩公推他為首席，連歐陽修也向他請教詩法。作為詩人，他的過人之處還在於感覺敏銳，善於在常人不經意處發現詩意，捕捉詩題。因而其詩題材較廣，內容豐富，「本人情，狀風物，英華雅正，變態百出」（歐陽修〈書梅聖俞稿後〉）。且對外物觀察仔細，體驗深刻；又注重錘煉構思，雖然風格不一，「辭非一體」（歐陽修〈梅堯臣墓誌銘〉），有的清切深微，有的閒遠平淡，有的古硬質樸，但都有思深而語精的共同特點。

他當時與蘇舜欽並稱「蘇梅」，但二人「放檢不同調」（梅堯臣〈偶書寄蘇子美〉）。他走靠工力作詩的路子，「平生苦於吟詠」（《六一詩話》），正好與蘇舜欽的作風相反。據說他每天作詩一首以為功課。平日寢食遊觀，未嘗不吟諷思索。每得一句一字，便寫於小紙，裝入口袋，作為詩料（參見《苕溪漁隱叢話》前集卷二十九、

《孫公談圃》等），有點像唐代李賀的作風，也為後來陳師道一路的詩人、甚至還為陸游樹立了榜樣。以工力作詩的江西詩派的創始人黃庭堅就很推崇他，說他「用字穩實，句法刻厲而有和氣，它人無此功也」（〈跋雷太簡梅聖俞詩〉）。南宋陸游還稱讚他：「鍛煉無遺力，淵源有自來。」（〈讀宛陵先生詩〉）劉克莊更認為他上接「風雅之氣脈」，是宋詩的「開山祖師」（《後村詩話》前集卷二）。不過他有時過分刻畫，往往顯得雕琢，變得笨拙；追求平淡，又流於枯瘠，朱熹便說他「不是平淡，乃是枯槁」（《朱子語類》卷一百三十九）。特別是一些取材瑣屑的作品，不僅無聊，有時更流於惡俗。

奇怪的是，儘管梅自己說「我詩固少愛」（〈贈滁州謝判官詩〉），歐陽修說梅詩「古貨今難賣」（〈水谷夜行寄子美聖俞〉），都說識貨者不多，但另一方面的記載卻又證明梅詩在當時便為世人所寶貴。自武夫、貴戚、兒童、野叟，皆能道其名字，不知詩者也以得其詩而自誇（見〈梅堯臣墓誌銘〉）。西南地區的少數民族還用他的詩句織成布上的花紋（見《六一詩話》）；還有皇親用數千錢的重價購他的詩一篇（見《歸回錄》卷二），恐怕都是詩史上少有的現象。

## 歐陽修（一〇〇七～一〇七二）

歐陽修，字永叔，號醉翁，晚號六一居士，廬陵（今江西吉安）人。天聖八年（一〇三〇）進士，任西京留守推官，召試學士院，充館閣校勘。慶曆三年（一〇四三）知諫院，擢知制誥，出知滁、揚、潁等州，十一年後召為翰林學士。嘉祐五年（一〇六〇）任樞密副使，次年拜參知政事。熙寧四年（一〇七一）以太子少師致仕。卒謚文忠。他四十來年的仕途生涯，幾起幾伏，曾因支持范仲淹而兩次貶官，又因其才能受朝廷所重而起復，最後擔任了參知政事的要職。

他是北宋中期的文壇領袖，博學多才，兼長詩詞古文，而且都有卓著的成就。他的學生蘇軾說他「論大道似韓愈，論事似陸贄，紀事似司馬遷，詩賦似李白」（〈居士集敘〉）。一人而兼數人之長，自然而然使他成為一代文宗。當時的許多著名學者、文人、詩人，不是他的朋友，就是他的學生。宋代文風的變革，詩風的奠定，都離不開他的努力。嘉祐二年（一〇五七）他以翰林學士的身分知貢舉，排抑險怪奇澀的「太學體」時文，而提倡平實的文風。蘇軾、蘇轍、曾鞏以及理學家程顥、張載、朱光庭等人都是這一科中舉，當時號為得人。天下文風亦為之一變。

他的古文學習韓愈，而詩則不專主一家。古體詩裡有近似韓愈的生硬峭拔之作，但更多的作品則能根據題材、主題的不同而採用不同的寫法，形成各不相同的意境，風格比較豐富。我們可以讀到雄健豪放的作品；也可以讀到沉鬱感慨的吟唱；甚至還可以看到綿麗溫婉的西崑體風格，雖然他是變革西崑體詩風的首要人物。至於那些流暢灑脫、情韻幽折的詩，則更不在韓愈詩風的範圍。如果把歐陽修詩與韓愈詩相比較，那麼韓詩有如江邊斷崖，古樹盤結，亂石犖确；下有濤聲拍岸，上有蒼鶻棲巢；橫空排奡，奇崛幽險。歐詩則如山間谷地，流水潺潺，芳草茵茵；深處幽折，時見峭壁怪石；寬處平暢，點綴竹樹人家。兩家的區別，不僅是個性的不同，也反映了時代的特點。宋人蔡絛《西清詩話》認為當時人議論歐詩「或曰學昌黎，或曰學太白，或曰不甚喜杜，或曰有國初唐人風氣，能變文格而不能變詩格」，這種種看法，「皆非知公者也」。他認為歐「天分既高，而於古人無所不熟，故能具體百氏，自成一家」。胡仔《苕溪漁隱叢話》後集卷二十三也說：「歐公作詩，蓋欲自出胸臆，不肯蹈襲前人。」

歐陽修作詩追求格調高而命意深，以贍博的學問和高明的見識去糾正晚唐五代以來的淺薄和卑俗。當時曾有晚輩向他請教如何作詩，他的意見是「無他術，唯勤讀書而多為之自工」（《苕溪漁隱叢話》前集卷二十九引）。這是一位讀書很多的學者的看法，也是他的經驗之談。後來王安石、蘇軾、黃庭堅等大詩人在詩歌創作上持重視學問修養的立場，就是受了歐陽修的影響。另一方面，歐陽修還提出了「詩窮而後工」的觀點，強調生活閱歷在詩歌創作中的重要作用。這也為後人作詩重視個人的閱歷體驗提供了理論的指導。清人方東樹曾稱讚歐陽修詩「深入無淺意」（《昭昧詹言》卷十二）。的確，他雖時有粗疏無餘味的敗筆，卻少有卑弱凡俗的篇章。他曾批評韓愈「歎老嗟卑」，無異庸人（見〈讀李翶文〉、〈與尹師魯書〉），他自己的詩便很少無病呻吟。自他以後，以見識和學問相標榜成為一代風氣，卑俗的詩格成為眾人避之惟恐不及的大忌，宋詩的書卷氣便越來越濃郁。

他是古文家，同時又有高深的學問，作詩似乎就自然而然地「以文為詩」、「以才學為詩」、「以議論為詩」，這當然也受了韓愈的啟發，但他的立足點是樹立新的詩風，因此也就沒有生搬硬套地摹仿韓愈的風格。他以散文的句法入詩，大都是為了取得意思連貫暢達的效果，而不是使其生僻險怪；他的議論又常帶情韻以行，可以說是其古文中一唱三歎、筆端富於感情的「六一風神」在其詩中的體現。這都是他的以文為詩與韓愈不同的地方。他也重視詩句的錘煉和總體的布局，語有曲折，意有頓挫，但總的目的卻是為了把詩意表達得更加連貫完滿。王安石曾形容歐詩的語言風格說：「猶轉積水於千仞之溪，其清快孰能御之？」（《竹莊詩話》卷九引）體會十分準確。這是不同於前人的風格，從詩歌語言的角度看，可以說它標誌了宋詩語言風格的基本確立。

## 張方平（一〇〇七～一〇九一）

張方平，字安道，號樂全居士，應天府宋城（今河南商丘）人，景祐元年（一〇三四）舉茂才異等。官至參知政事。性格豪邁剛正，不計毀譽，立朝無所阿附，宋神宗稱讚說：「可謂獨立傑出。」鎮守西蜀時，識眉山蘇洵及其子蘇軾、蘇轍，深為器重，並為之延譽。後來蘇軾因作詩被政敵誣陷，下御史獄治罪，他也在被牽連的名單之內，但他不顧個人安危，抗章論救。那時他已退休，但還是挨了罰銅的處分。他早年與石延年等交往，「往來山東諸郡，任氣使酒」（《石林詩話》卷中），名氣很大，詩也以豪邁勁健見長。他曾稱讚楊億是「天上靈仙謫，人間秀氣涵」；稱讚楊億詩是「典純追古者，雅正合〈周南〉」（〈題楊大年集後〉），評價非常高。這一點與同時代歐陽修的觀點相一致。更應該說明的是，他曾作有〈讀杜工部詩〉、〈讀杜詩〉等作品，稱讚杜詩「雅音還正始，感興出〈離騷〉」；「正氣自天降，至音感人深」；「昭回切雲漢，曠眇包古今」。他和稍早的宋祁、以及同時代的蘇舜欽等人一樣，都是開學習杜詩風氣的人物。

## 蘇舜欽（一〇〇八～一〇四九）

蘇舜欽，字子美，原籍綿州鹽泉（今四川綿陽東南），生於汴京（今河南開封）。景祐元年（一〇三四）進士，歷任蒙城、長垣縣令和大理評事、集賢校理等職。因支持范仲淹的政治改革，於慶曆四年（一〇四四）被反對改革的一派借事傾陷，受到革職除名的處分。廢黜後流寓蘇州，築滄浪亭，讀書其中，寄憤悶於詩歌。慶曆八年復官為湖州長史，未赴任而卒，年僅四十一歲。

北宋詩壇，仁宗朝的前期是詩風轉變的關鍵時期。天聖年間有兩個重要的詩人群體的活動，對宋詩風格的新變起了關鍵的作用。一個群體以歐陽修、梅堯臣為代表，主要活動在洛陽，包括尹洙、謝絳等人，他們在當時任西京留守的錢惟演的獎掖和扶植下，共同致力於變革詩風的嘗試。另一個詩人群體就是以汴京和京東為活動中心的石延年、蘇舜欽、蘇舜元、張方平、祕演等人。他們在穆修的影響下，早在天聖年間就以興復古道相標榜，致力於「古歌詩雜文」的寫作。蘇舜欽是這一群體中最傑出的一位。他為人慷慨有大志，豪邁而不趨從流俗；而他創作的路數又屬於才氣橫溢的一路，與靠工力苦吟的詩人不同。這兩方面大致上決定了他的詩風的基本傾向：「筆力豪雋，以超邁橫絕為奇。」（《六一詩話》）在觀察的深刻、描寫的細緻方面，則不如當時與他齊名的梅堯臣。他認為「平生作詩，被人比梅堯臣，……良可笑也」（《臨漢隱居詩話》引），似乎對把他們兩人相提並論頗為不滿。在此之前的北宋詩壇，像他這樣的詩風還不多見，所以他一出現，便「舉世徒驚駭」（歐陽修語）。就詩體的運用而言，五七言古體氣勢雄暢，很能見出他的才氣，近體律絕則於平夷暢達之中寓深沉感慨，別具一格。他曾說作詩要「趨古淡」，「去浮囂」（〈詩僧則暉求詩〉），這個主張可從他的近體詩中找到佐證。有趣的是，他的詩雖以豪邁奔放見長，卻與唐代豪放詩人李白不同，他缺少了李白的飄逸和瑰奇，而多了一點沉鬱頓挫的感慨。這與他所處的時代有關，大約也和他學習杜甫詩歌分不開。推崇和學習杜詩，是蘇舜欽、石延年為代表的汴京詩人群共同的傾向。蘇舜欽很早就開始搜求杜詩，二十九歲便整理編輯了《杜甫別集》。他的一些詩歌造語用字都有杜詩的遺意，比較明顯的例子如〈秋宿虎丘寺數夕執中以詩見貺因次元韻〉的「峽束蒼淵深貯月，岩排紅樹巧裝秋」二句，便是從杜甫的名句「峽束蒼江起，岩排紅樹圓」化出。他認為杜詩的風格是「豪邁哀頓」（〈題杜子美別集後〉），他的詩風也在這一點上與杜甫有了相通之處。宋末的方回便說：「蘇子美壯麗頓挫，有老杜遺味。」（《瀛奎律髓》卷二十二）可以說他是開北宋學習杜詩風氣的重要人物。不過，他學杜甫不是亦步亦趨，他所主張的恰恰是「取古之所未至，託諷物象之表，警時鼓眾，未嘗徒設」（〈石曼卿詩集序〉），他和他的朋友們為改變宋初以來盲目模仿唐詩的風氣、建立新詩風的努力之所以能成功，這幾句話可以說點出了其中的關鍵。

蘇舜欽詩，藝術水平不太整齊，時有語言粗糙的毛病，有的構思也流於平淺。這大概和他的性格有關，「不肯低心事鐫鑿」，難得精心錘煉，興會所到，雖能時出佳作，但也不能保證篇篇精美。方回則把藝術上的不完美歸因於他享年不永，說：「蘇子美不早卒，其詩人老杜之域矣。」（《瀛奎律髓》卷二十二）這種預測當然不可能得到驗證，算不得嚴格的文學批評，不妨把它看作是評論家對天才詩人英年早逝的惋惜。

蘇舜欽又是著名的書法家，據南宋周必大說，汪季路家藏有蘇舜欽錄杜甫〈漫興〉、〈惜花〉二詩的草書。周必大推測說：「其愛杜至矣。俱字子美，得非相如慕藺之意乎？」（〈周益公題跋〉）

# 趙 抃（一〇〇八～一〇八四）

趙抃，字閱道，號知非子。衢州西安（今浙江衢縣）人。景祐元年（一〇三四）進士。為官清正賢明，任殿中侍御史時，彈劾不避權貴，人稱「鐵面御史」。歷知成都等地，所至多有善政，為民間所稱道。平生不治資財，自奉甚儉。韓琦曾稱讚他「真世人標表」，葉夢得《石林詩話》也說他「以清德服一世」。他的五律精緻鍾煉之處似乎有晚唐體的痕跡。大部分作品語言質樸，「觸口而成，工拙隨意」（〈宋詩鈔小序〉），並不以雕琢累其真氣。

趙抃有〈題杜子美書室〉詩稱讚杜詩說：「直將〈騷〉〈雅〉鎮澆淫，瓊貝千章照古今。天地不能籠大句，鬼神無處避幽吟。」對杜詩可說是推崇備至。可以說，崇尚杜詩，在當時已成了普遍的風氣。因為他和祖父趙湘都是名詩人，元初方回還把他們比作唐代的杜甫和杜審言（見《瀛奎律髓》卷二十三、卷四十七）。

## 李　覯（一〇〇九～一〇五九）

李覯，字泰伯，建昌南城（今屬江西）人。他是北宋著名學者，曾在南城創建盱江書院，從學者常達數百人。世人稱為盱江先生。慶曆二年（一〇四二）舉茂才異等不中。范仲淹薦試太學助教。後為太學直講，故又稱直講先生。他的學說有獨到見解，在北宋自成一家。他的〈論文〉詩批評時人詩文「意孰辭陳」，故自己寫詩就力求意奇語新。對事物觀察得細緻，思考得深入，構思遣辭，往往出人意表。不過有時過於標新立異，許多詩的議論也有迂闊的毛病。

## 邵　雍（一〇一一～一〇七七）

邵雍，字堯夫，號安樂先生，范陽（今河北涿縣）人，隨父徙居衛州共城（今河南輝縣），從穆修的學生李之才受物理性命象數之學。後遷徙洛陽，終身隱居治學。嘉祐及熙寧間，兩次被徵召，均堅辭不赴。卒謚康節。

他是著名理學家，北宋理學五子之一。在五人中，只有他未涉足仕途，算得上純粹的學者和隱士。但他關心時事，深明世務，「開口論天下事，雖久存心世務者，不能及也」（《苕溪漁隱叢話》後集卷二十二）。他把所居之處取名為「安樂窩」，寫過「六尺眼前安樂身，四時爭忍負佳景」（〈閑適吟〉）之類的詩句，給人以優游閑適的印象。其實他的樂觀是無可奈何的掩飾，他認為天下「害多於利，亂多於治，憂多於喜」（〈多多吟〉），還寫過「方今路險善求容」、「世間多少不平聲」之類的詩句。可見他的安閒樂道的積極追求恰恰反映了無可奈何的消極退避。在後人眼中，理學家似乎都有點迂闊而不近人情，而且好為激言異行以驚世。邵雍其人卻不這樣，比如司馬光退居洛陽時，常穿一套依《禮記》的制度做成的「深衣」，並勸邵雍也穿這種古代式樣的服裝，邵雍卻回答說：「某為今人，當服今時之衣。」似乎比較通達，而且也很平凡。

邵雍算不上一般意義上的詩人，他作詩只是為了自娛，並表現一個理學家的悟道情懷，用他的話說：「行筆因調性，成詩為寫心。」（〈無苦吟〉）因此，「興來如宿構，未始用雕鐫。」（〈談詩吟〉）邵雍詩今存一千五百多首，數量相當多，而且也受後代所重視。朱熹曾說：「康節之學，其骨髓在《皇極經世書》，其花草便是詩。」《朱子語類》卷一百）他的詩，代表了理學家詩歌的一種類型，宋人稱之為「邵康節體」（見嚴羽《滄浪詩話・詩體》）。「所作不限聲律，不沿愛惡，不立固必，不希名譽。……其或經道之餘，因靜照物，因時起志；因物寓言，因志發詠；因言成詩，因詠成聲，因詩成音。是故哀而未嘗傷，樂而未嘗淫。雖曰吟詠情性，曾何累於性情哉」。他為自己詩集寫的這段自序，不僅提示了康節體的某些特點，而且也可以算是宋代理學家詩論中最有代表性的觀點。

邵雍其人，頗喜流連風景，自稱有「江山氣度，風月情懷」（〈自作真贊〉），又自謂其詩是「雖則借言通要妙，又須從物見幾微」（〈首尾吟〉），這就解釋了他的《擊壤集》中大量流連光景的詩歌的創作動機。其中當然有押韻的語錄講義的道學體，但也有不少是「好景盡將詩記錄」（〈安樂窩中吟〉），以獨特的觀照方式表現「物理寬閒後，人情照破時」（〈箋年老逢春〉）的悟道情懷，因此其景物描寫中多蘊含有獨特的理趣。由於他作詩只為「寫心」，不為作詩而作詩，因而其詩頗自然，毫不做作。同時因興到便寫，不計工拙，語言就很流暢平易，有的甚至像是「打油體」。有趣的是，他不受格律限制，只求自然流露，反倒能在句法對仗、篇章結構方面顯得變化多端，不蹈尋常規矩。作為思想家，他作詩比較重視詩篇的立意，如〈一等吟〉詩說：「欲出第一等言，須有第一等意。」同時又比較注意通篇意思的連貫完整和語言的平易流暢，而不只是關注字眼和警句的錘煉。他不是詩壇中人，而這一特點卻與當時歐陽修他們在詩歌語言方面追求平易暢達以及以文為詩的嘗試正相一致。詩歌是語言藝術的精華，時代變了，生活語言變了，詩歌語言相應要變。康節體的存在，從一個側面證明了歐陽修等人的努力符合歷史發展的潮流。從這個角度看，康節體雖然藝術價值未臻高境，但文學史價值卻不可忽視。

前人評價邵雍詩，或把它與寒山詩相提並論，或說它源出於白居易，或稱它是杜甫詩之「別傳」，其實都不得要領。邵雍曾作〈讀陶淵明歸去來〉，自稱是繼淵明「後塵」而「任我真」的人，還曾「手抄陶靖節詩集」（周必大〈跋邵康節手寫陶靖節詩〉），都可以證明他對陶淵明其人其詩的傾慕。從邵雍詩的真率自然、不計工拙等方面看，倒確實與陶詩有點接近。

## 蔡　襄（一〇一二～一〇六七）

蔡襄，字君謨，興化軍仙遊（今屬福建）人，天聖八年（一〇三〇）進士。歷知制誥、知開封府等職。兩次出知福州。召拜翰林學士。遷三司使，出知杭州。卒謚忠惠。他與歐陽修是同年，也是至交。立朝清正，頗有直言直行。景祐三年（一〇三六）范仲淹因論國事忤宰相被貶官，余靖、尹洙論救坐貶，歐陽修以書責司諫高若訥不能主持正義，亦被貶官。蔡襄於是寫了〈四賢一不肖〉詩頌揚范、余、尹和歐陽修，譴責高若訥。詩才脫稿便傳誦京師，甚至傳到契丹。還有書商刊刻出售而獲厚利。這件事在當時政壇與詩壇都曾傳為美談。他還工於書畫，精通茶道，生活趣味頗為清雅。書法是宋四家之一，曾被蘇軾稱譽為「當世第一」；所著《茶錄》是茶學名著；嘉祐年間任泉州知州時主持建造的泉州萬安橋，則是橋梁建築史上的傑作。總之，他可以算是文化史上具有重要地位的人物。其詩文的特點，歐陽修說是「清遒粹美」，似有過譽之嫌。古體下語比較勁質，但似不善布局，顯得臃腫。律詩往往有西崑餘風，時有佳句，難得佳篇。絕句則清新通倪，在諸體中最有佳致，以構思婉曲，語言流麗，而意境幽遠見長。

## 周敦頤（一〇一七～一〇七三）

周敦頤，字茂叔。初名敦實，避英宗舊諱改。道州營道（今湖南道縣）人。以蔭補官，初任分寧主簿，歷知桂陽、南昌縣。神宗熙寧初，知南康軍。熙寧六年卒，年五十七歲。他是宋代理學的創始人之一，程顥、程頤都是他的學生。他曾在廬山蓮花峰下構築書堂，因書堂前有源自蓮花峰的溪水，遂以營道故居的濂溪命名，書堂亦名之曰「濂溪書堂」。晚年定居講學其中，學者因稱濂溪先生。

周敦頤對待自然萬物，有獨特的觀照思路。程顥曾說：「周茂叔窗前草不除去，問之，云：『與自家意思一般。』」（《宋元學案》卷十一《濂溪學案》引）這種態度，其實是自覺地把自然物與自身融為一體來看待了。他對山水風景的興趣，正是為了體悟自然之道，並映證個人的胸襟修養，如南宋曾極〈濂溪〉詩所稱：「欲驗個中真動靜，終朝臨水對廬山。」他的詩多表現山水遊興，「雅意林壑」（黃庭堅〈濂溪詩小序〉），正是與萬物為一體的觀念的體現。這一思路對後代理學家產生了極大影響。朱熹尊他為理學的「先覺」，張栻推崇他為「道學宗主」，是從理學的開啟之功著眼，從詩歌的角度看，理學家們擅長在詩中表現獨特的自然情懷的寫作傾向，他也是開先聲的人物之一。

# 文同（一〇一八～一〇七九）

文同，字與可，自號笑笑先生，人或稱石室先生。梓州永泰（今四川鹽亭東）人。皇祐元年（一〇四九）進士，歷通判邛州、邠州、漢州。遷太常博士、集賢校理、知陵州、洋州。官至尚書司封員外郎充祕閣校理知湖州，世稱文湖州。他早年以文學受文彥博的讚譽，而司馬光則推崇他的人品，說：「與可襟韻蕭洒，如晴雲秋月，塵埃不到。」（見范百祿〈文公墓誌銘〉）他是著名畫家，尤精於畫竹，主張「畫竹必先得成竹於胸中」。所創寫意墨竹畫法，師法者頗眾，影響深遠。當時有一個以畫水墨寫意為主的文人畫派，即所謂「湖州畫派」，就是以他為首。他是蘇軾的從表兄，兩人關係很親密，經常共同探討詩文書畫技藝。繪畫方面，蘇軾還是他的學生。就影響而言，文同的畫名超過了詩名，其實他的詩也有獨特的造詣。當時蘇軾說他有「四絕」：詩、楚詞、草書、畫，置於首位的是詩（見〈書與可墨竹並序〉）。宋人所撰《續墨客揮犀》卷四還說他「高才兼諸家之妙，詩尤精絕」。蘇軾曾向歐陽修稱誦他的名句：「美人卻扇坐，羞落庭下花」。歐陽修讚賞說：「世間元有此句，與可拾得耳。」（蘇軾〈書曇秀詩〉）這兩句詩設想奇妙，以側面映襯法烘托主角，留下欣賞回味的餘地，確實是神來之筆。

作為畫家，文同「好水、石、松、竹，每佳賞幽趣，樂而忘返，發於逸思，形於筆妙，模寫四物，頗臻其極」（〈文公墓誌銘〉）。而他作詩，也特別擅長於描寫山水自然景物。他往往能以畫家的眼光取景構圖，以詩人的手段遣詞命意，寄託清新別致的情思。一些尋常不起眼的東西，到了他的筆下，便立刻神采煥發，顯得詩情濃郁、畫意盎然。與一般詩人相比，他的山水景物詩更加有意識地借鑑繪畫的技法，追求詩句的畫面感。比如較多地選用色彩形容詞，造成鮮明的色彩效果；還注意描寫的構圖布局，使景物的高低、遠近、大小、濃淡搭配得錯落有致，層次分明。像「青煙一去抹遠岸，白鳥雙來立喬木」；「萬嶺過雲秋色裡，一峰孥雪夕陽中」；

「深藏宿雨樹木暗，高灑夕陽籬落疏」，「紅樹擁野店，白雲藏縣樓」等等，都能看出是刻意經營的結果。此外他還常在詩中把某種景物比作某人的名畫，像「峰巒李成似，澗谷范寬能」；「獨坐水軒人不到，滿林如掛〈暝禽圖〉」之類。這也為古代詩歌描寫風景發展了一種常用的手法。

## 劉　敞（一〇一九～一〇六八）

劉敞，字原父，世稱公是先生，臨江軍新喻（今江西新余）人。慶曆六年（一〇四六）進士。歷知揚州、鄆州、永興軍等，累遷知制誥，拜翰林侍讀學士，改集賢院學士判南京御史臺。立朝敢於言事，以耿直見稱。為官所至亦多有治績。他是以學問淵博著稱的學者，同時也擅長古文，上自六經百氏古今傳記，下至天文、地理、卜醫、數術、浮圖、老莊之說，他無所不通。歐陽修讀書若遇到疑難問題，便寫信向他求問，對他的博學很是佩服。

劉敞在詩文創作方面都可說是歐陽修的同調。而他是經學家，又擅長古文，於是習慣成自然，作詩便往往採用文章的寫法和字句。但他的以文為詩往往不大成功，像「貧且賤焉直恥也，壯之良者盍行乎」（〈貝州未破書寄王子直司徒〉）這樣的句子，就不大有詩的味道。還有〈李士衡硯〉之類，在詩中顯示學問，辨別古物的真偽，雖然題材很新鮮，但以考證為詩，畢竟不是詩的正格。宋人以學問為詩，劉敞是代表之一。他的詩歌，學究氣和書卷氣都十分濃郁，許多作品因此而窒息了靈氣，但也有不少好詩因此而產生了清雅而思致深遠的趣味。

## 曾　鞏（一〇一九～一〇八三）

曾鞏，字子固，建昌軍南豐（今屬江西）人，世稱南豐先生。早歲有文名，受知於歐陽修。嘉祐二年（一〇五七）歐陽修知貢舉，曾鞏登進士第。歷太平州司法參軍、館閣校勘、集賢校理、英宗實錄院檢討官。知齊、襄、福、亳等州。官至中書舍人。

曾鞏是著名古文家，唐宋古文八大家之一。對於他的文，歷代推重，眾口一辭。而對於他的詩，則從宋代起就評價不一。有人說他「不能作詩」（見惠洪《冷齋夜話》卷九）；也有人說他是「精於詩者」（見《瀛奎律髓》卷十六）。秦觀認為他「以文名天下，而有韻輒不工」（見蘇軾〈記少游論詩文〉）；方回則認為他「詩與文終不朽」（《瀛奎律髓》卷十六）。平心而論，說他不能作詩，是視而不見，或是人云亦云。說他精於作詩則又言過其實，或是成心恭維。他的古體平正質重，雖然時有奇句，卻缺少貫注終篇的氣韻；律詩比較清通，但章法變化不多，難見抑揚頓挫之致。七絕寫得最好，格調高遠，字句清健，構思也多有變化。總之，詩的成就不如其文，但也不乏佳篇。

## 司馬光（一〇一九～一〇八六）

司馬光，字君實，自號迂叟。陝州夏縣涑水鄉（今山西聞喜南）人，世稱涑水先生。寶元二年（一〇三九）進士。神宗朝擢翰林學士，除權御史中丞。因反對王安石變法，於熙寧四年（一〇七一）判西京御史臺，退居洛陽達十五年。哲宗元祐元年（一〇八六）起用舊黨，他被任命為尚書左僕射兼門下侍郎，主持朝政，廢新法略盡。在相位八月而卒，謚文正，贈太師、溫國公。他是著名史學家、政治家，著有通史巨著《資治通鑑》，政治上是反對新法最堅決的人物之一，被看作舊黨的領袖。性格比較保守固執，但因其為人正直磊落，恭儉誠實，嚴於律己，以安百姓為己任，所以很得人心。他去世時，京師之民罷市往弔，巷哭送喪，四方來會葬者達數萬人之多。這種現象在歷史上並不多見。

司馬光留下不少詩歌，總的特色是平實無華，表現在兩方面，一是詩意多平直實在，往往有所寄託，但並不故作深奧。二是語言比較質樸平易，不事虛華，工巧的字眼和華美的詞藻都不多見。平淡樸素之處有點像梅堯臣詩，這大概是因為他特別愛讀梅詩的緣故（見〈投聖俞〉、〈聖俞惠詩復以二章為謝〉等詩），只不過他沒有學習梅詩的工致精練。由於不重語言的推敲，不少詩都顯得粗拙，如〈石閣春望〉：「極目千里外，川原繡畫新。方知平地上，見不盡青春。」寫登高方能望遠，意思不錯，可是卻因語言過於隨便而頓失詩味。這種詩風可能和他的作風有關。他平生以「不妄語」自律，以穩重踏實為行為準則。一次登嵩山，題字云：「登山有道，徐行則不困，措足於平穩之地，則不跌。」（《邵氏聞見錄》卷十一）所以邵雍便給他下過「腳踏實地人」的考語（同上卷十八）。這種作風，做人、治學、修史，都難能可貴，唯獨作詩，便顯得過於務實而缺乏想像。他的〈訓儉示康〉一文還自稱「獨以儉素為美」，其詩風正與之相符。

## 王安石（一〇二一～一〇八六）

王安石，字介甫，號半山，撫州臨川（今屬江西）人。慶曆二年（一〇四二）進士。累遷三司度支判官，擢知制誥。神宗即位，知江寧府，召為翰林學士兼侍講。熙寧二年（一〇六九）拜參知政事，次年拜相，主持變法，推行新政。七年，罷相。八年，復相。九年，再罷相，退居江寧（今江蘇南京）半山園。封舒國公，後改封荊國公，世稱王荊公。

他是一位敢作敢為的政治家，又是一個無書不讀的學者，這兩方面的身分對他的詩歌創作都產生了重要的影響。他主張詩文要「務為有補於世」，早期的詩歌創作對現實社會政治問題傾注了更多的關心，許多作品直接反映民生疾苦，揭發社會弊病，發表政治觀點，議論改革措施，抒寫理想抱負，敢說敢道，見解深刻。與內容相應，寫法上主要採用以議論為詩、「直道其胸中事」（《石林詩話》卷中）的方式，「詩語唯其所向，不復更為涵蓄」（同上）。直到他晚年退居江寧半山，還作詩說：「堯桀是非猶入夢，因知餘習未全忘。」（〈即事〉）可見對政治問題的關心之深。可以說他早期的詩歌比較集中地體現了宋詩關注現實、議論現實的傾向。作為政治家，他有果斷堅毅的性格，但有時就難於聽取不同意見，甚至顯得固執。同時，他有過人的才幹和膽略魄力，但有時就不免專斷，意氣用事。這種性格特點也被帶到了文學創作中。一方面是其詩往往有果斷精悍的議論。另一方面，又好別出心裁，另立新論，作翻案文章。如他最早指出六朝王籍的名句「鳥鳴山更幽」的妙處在於「動中見靜意」（《冷齋夜話》卷五引），可見他真正領會了這首詩的意境。但到他自己作詩時，卻根據自己當下的實際體會，改寫成「茅檐相對坐終日，一鳥不鳴山更幽」（〈鍾山即事〉），語氣決斷，似乎不如此不能顯示自己的個性；又作〈老樹〉詩云：「古詩鳥鳴山更幽，我意不若鳴聲收。」反復強調。這與其說他不通藝術的辯證法，還不如說反映了性格上的主觀果斷。以翻案為詩，集中體現了他以自我為中心的人格，也為其詩帶來了新的意境和風格。他書讀得很多，也很雜，據他自己說：「自百家諸子之書至於《難經》、《素問》、《本草》、諸小說，無所不讀。」（〈答曾子固書〉）反對他的人也得承認他博極群書，他自己更以此自負，與政敵爭論新法，就用「君輩坐不讀書」去堵對方的口（見《邵氏聞見後錄》卷二十），與朋友開玩笑，則說：「可惜昂藏一丈夫，生來不讀數行書。」（〈贈北山道人〉）這樣，在詩中表現自己的學問，似乎是習慣成自然。宋人以學問為詩，雖不是他開風氣，卻被他進一步發展。他的許多詩，從構思到遣辭用字，都顯出濃厚的書卷氣。特別是使事用典，既豐博又精切，往往增添了詩歌的表現力和暗示性。他認為詩之用典，「若能自出己意，借事以相發明，情態畢出，則用事雖多，亦何所妨」（《蔡寬夫詩話》引）。這就把編事湊題的消極敷衍變成了借事言志的積極追求。所以他的用典使事，遣辭用字，大多新意迭出，不乏精彩之筆，雖然也有賣弄學問，堆砌鋪排的毛病。

他的前後期詩風有較大的差別。退居江寧之後所寫的作品，藝術上更加精益求精。構思更為精巧，字句更為精緻；意境清遠，風格爽健，雖然有時過於求工而傷巧，但總的看來得大於失，因此深得世人的好評。蘇軾說：「荊公暮年詩，始有合處。」（《侯鯖錄》卷七引〈書荊公暮年詩〉）葉夢得《石林詩話》卷上說：「王荊公晚年詩律尤精嚴，造語用字，間不容髮，然意與言會，言隨意遣，渾然天成，殆不見有牽率排比處。」卷中又說王晚年詩「始盡深婉不迫之趣」。特別是後期五七言絕句，在宋代詩人中算得上首屈一指。曾季貍《艇齋詩話》說：「絕句之妙，唐則杜牧之，本朝則荊公，此二人而已。」楊萬里《誠齋詩話》也有類似的議論。值得一提的是江西詩派中一些人對他的後期絕句非常推崇，如黃庭堅說：「（荊公）暮年小詩，雅麗精絕，脫去流俗。不可以常理待之。」（〈跋王荊公禪簡〉）徐俯也說：「荊公暮年金陵絕句之妙傳天下。」（《能改齋漫錄》卷八引）而反對江西詩派也反對以才學為詩的詩論家嚴羽，卻也照樣推崇他的絕句，把他的詩稱為「王荊公體」，並說：「公絕句最高，其得意處高出蘇（軾）黃（庭堅）陳（師道）之上。」（《滄浪詩話・詩體》）具有不同的審美趣味和對立的詩學觀念的兩類人，對王安石絕句的評價卻是這樣的異口同聲。

## 俞紫芝（？～一〇八六）

俞紫芝，字秀老，金華（今屬浙江）人，寓居揚州（今屬江蘇）。信仰佛教，得其心法。終身不娶不仕。寫過十首〈唱道歌〉，當時曾廣泛傳唱於林下水邊，「幽人衲子，往往歌之以遣意於萬物之表」（黃庭堅〈書王荊公贈俞秀老詩後〉）。晚年曾遊江寧鍾山，與王安石交往。其詩修潔豐整，意境高遠。王安石曾稱讚云：「君詩何以解人愁，初日紅蕖碧水流。未怕元劉妨獨步，每思陶謝與同遊。」（〈示俞秀老〉）據說他的詩初時不大為人所知，後來王安石把他的名句「有時俗事不稱意，無限好山都上心」寫在所持之扇上，眾人這才稱異而看重他（見《苕溪漁隱叢話》前集卷三十七引《潘子真詩話》）。其弟俞子中字清老，是黃庭堅早年的同學，也善詩，後曾為僧，釋名紫琳。亦曾遊於王安石之門。兄弟二人「皆江湖扁舟不能受流俗人拘忌束縛者」。黃庭堅曾說王安石晚年門下多有佳士，他們兄弟二人就是這些「佳士」的代表。

## 劉攽（一〇二三～一〇八九）

劉攽，字貢父，世稱公非先生，臨江軍新喻（今江西新余）人。慶曆六年（一〇四六）進士，久歷州縣官，遷館閣校勘，同知太常禮院。官至中書舍人。他是劉敞之弟，兩人均以博學著稱。他尤精於史學，曾助司馬光修《資治通鑑》，負責漢代部分。詩名為其學術所掩。他曾作《中山詩話》，主張「詩以意為主」，這可以看作北宋歐陽修等人倡導詩風變革以來創作實踐的理論總結，也可以看作是宋代新詩風的重要綱領之一。他的詩一般都較為平易而不雕琢，絕句尤清新可誦。他還善作回文體小詩而受到蘇軾的稱讚（見《蘇軾文集》卷五十〈與劉貢父書〉）。

## 王安國（一〇二八～一〇七四）

王安國，字平甫，撫州臨川（今屬江西）人。年十二即以文章詩賦見稱一時，然數舉進士不中，熙寧元年（一〇六八），近臣共薦其材行，賜進士及第，除武昌軍節度推官。仕至著作佐郎、祕閣校理、大理司丞。他是王安石之弟，但與其兄政見不合，反對新法。後被新黨呂惠卿借他事誣連而奪官。他的詩文曾著名當世，「其文閑富典重，其詩博而深」（曾鞏《王平甫文集序》）。詩風豪健爽利，意象豐滿。韶秀清麗之處，與王安石相近，但無其果斷精悍。七言律詩最為擅長，蘇軾甚至認為比王安石之七言詩為佳（見《侯鯖錄》卷七引蘇軾〈書荊公暮年詩〉）。他也是讀書很多，學問淵博的人，作詩也工於用典，精於對偶，這都與其兄作風相似。大概因為兄弟二人詩風有點相近，他們的作品就往往被混淆，如他的〈杭州呈勝之〉，就被收入王安石集中。而周紫芝《竹坡詩話》又說王安石的「濃綠萬枝紅一點，動人春色不須多」和「春色惱人眠不得，月移花影上闌干」等名句，「皆平甫詩，非荊公詩也」。《西清詩話》也把王安石的〈臨津詩〉歸到了他的名下。

## 王令（一〇三二～一〇五九）

王令，字逢原，元城（今河北大名）人，五歲喪父母，隨其叔祖王乙居廣陵（今江蘇揚州）。十六歲遷居瓜洲。次年即自立門戶，自謀衣食，此後在天長、高郵等地授徒為生。至和二年（一〇五三）在高郵拜見王安石，受到王安石的賞識，此後兩人成為至交。由於王安石的稱譽，他的詩歌也開始受世人所重。嘉祐三年（一〇五八）王安石將其妻之從妹嫁給他。次年他便在常州病逝，年僅二十八歲。他短暫的一生，都在貧困交集中度過。自稱「志在貧賤」，不願屈就科舉功名。有時生活無著，常陷於窘迫之境。曾作〈送窮文〉形容自己的情形「拘前迫後，失險墮深，舉頭礙天，伸足無地，……刻瘠不肥，骨出見皮，冬燠常寒，晝短猶飢。」處於社會底層的生活，使他飽嘗人生辛苦，深知世態炎涼。生活的經歷決定了其詩的題材取向：悲貧苦其涕下，哀蒼生而淚垂。甚至也決定了其詩的風格特色：深摯悲苦，低沉老蒼。雖時有奇崛的想像，生奇的字面，反而更顯得沉鬱硬峭，而不是飄逸奇麗。比如他的長篇大作〈夢蝗〉，就蝗災為害生出議論，忽發奇想，夢中與蝗蟲爭辯，蝗蟲卻反駁說，人食人的人間，統治者和各種寄生蟲害民虐物，殘酷無道，相比之下，可恨的應是他們，而不是我們蝗蟲。詩中奇特的想像卻是為了便於表現深刻的見識，抒發沉摯的感慨，使讀者感受到了一種沉甸甸的壓力。這就是他與唐代天才青年詩人李賀的奇詭不大相同之處。據劉克莊《後村詩話》前集卷二說，聲望很高的富弼拜相時，大家都去祝賀奉承，獨王令寄詩說：「要須待見成堯舜，未敢輕浮作頌聲。」可見其見識之高。

## 程　顥（一〇三二～一〇八五）

程顥，字伯淳，世稱明道先生，洛陽（今屬河南）人。嘉祐二年（一〇五七）進士，調鄠縣主簿。熙寧初，任太子中允、監察御史裡行，因與王安石政見不合，貶為鎮寧軍簽判，知扶溝縣。哲宗立，召為宗正丞，未行而卒。他是著名的理學家，北宋理學五子之一，與其弟程頤合稱「二程」。二人創立的學說，世稱「洛學」，是理學中的重要派別。他自稱「天理」二字是「自家體貼出來」。他做人比較通達透脫，不像程頤那麼方巾氣，也不像程頤那樣反對作詩。他的詩不作字句的雕琢堆砌，語言比較自然。據說他不除窗前的草，說是要留下來觀察造物生意；又用小盆養魚數尾，時時觀之，說是觀萬物自得意（見張九成《橫浦日新》）。他的詩就常寫這種觀物之樂，還常通過遊賞山水，表現與天地萬物融而為一的體驗。

## 蘇 軾（一〇三七～一一〇一）

蘇軾，字子瞻，號東坡居士，眉州眉山（今屬四川）人。嘉祐二年（一〇五七）進士。六年（一〇六一）舉制科，授大理評事、簽書鳳翔府判官。歷知密、徐、湖、杭、潁、揚、定等州，曾任中書舍人、翰林侍讀學士、禮部尚書等職。他的一生是在激烈的新舊黨爭中度過的。他主張政治改革，但不贊成貿然激進；反對王安石新法，但並不固執保守。這種態度使他同時受到新舊兩黨排擠。元豐二年（一〇七九）被新黨李定、舒亶等彈劾，說他作詩諷刺新法，訕謗朝政，把他逮進御史獄中，周納鍛煉，釀成臭名昭著的「烏臺詩案」。審問達四月之久。後被貶為黃州團練副使，本州安置。到了元祐元年（一〇八六），舊黨執政，他被重新起用，卻又因不贊成司馬光盡廢新法，而受舊黨的疑忌。遂自請出知杭州。到紹聖元年（一〇九四），新黨上臺，他又被加以譏斥先朝的罪名，貶至惠州（今廣東惠陽），再貶昌化軍（今海南儋縣）安置。後來從海南赦還，已是六十五歲的老人，不久就在常州病逝。如果要說心靈的豐富複雜，在宋代詩人中，他大概可以算是首屈一指，儒、釋、道三家思想的影響，使他形成獨具特色的思想性格。熱愛生活，熱愛人民，積極入世，滿懷激情。其人生道路艱難坎坷，飽經憂患，卻能泰然處之，隨緣自適。其立身處世，則剛正不阿，光明磊落，胸懷坦蕩。

「身行萬里半天下」的生活閱歷和獨具特色的思想性格，直接反映到了他的詩歌創作中來。現存二千七百多首詩，其題材之廣泛，內容之豐富，性情之真率，在宋詩中少有其比。清人葉燮《原詩》說：「蘇軾之詩，其境界皆開闢古今之所未有，天地萬物，嬉笑怒罵，無不鼓舞於筆端。」這固然得力於他的才氣，也是得益於他的生活。他極善於從日常生活和自然景物中開掘詩材，發現新意妙理，隨物託諷，即事抒情，把詩歌寫出生動活潑的奇趣，表現耐人尋味的理趣。無論任何題材，到了他的筆下，無不情趣盎然。真是信手拈來，便能觸處生春。

自歐陽修、梅堯臣、蘇舜欽等人初步變革詩風以來，宋詩逐漸有了自己的面貌，到了王安石、蘇軾和黃庭堅出來，更是別開生面。明人袁宏道〈雪濤閣集序〉評宋詩說：「有宋歐、蘇輩出，大變晚習，於物無所不收，於法無所不有，於情無所不暢，於境無所不取，滔滔莽莽，有若江河。」（《瓶花齋集》卷六）尤其蘇、黃，「自出己意以為詩」（嚴羽《滄浪詩話》語），成一代之大觀。後人就往往以「蘇、黃」並稱，看作宋詩的典型。從歐陽修開始的以文為詩、以議論為詩、以才學為詩的傾向到蘇、黃手中而登峰造極。而歐陽修詩充分表情達意、暢所欲言的語言風格，則在蘇軾這裡得到更大的發展。在他的筆下，「有必達之隱，無難顯之情」（趙翼《甌北詩話》卷五），妙筆生花，辯口懸河，雖如朱熹所批評，時有「一滾說盡無餘意」的毛病（見《朱子語類》卷一百四十），但其暢達痛快地驅遣文字語言的手段，不能不說是天地之奇觀，這就是他自覺追求的「辭達」（〈答謝民師書〉），也是他引以為自豪的「意之所到，則筆力曲折，無不盡意」（何薳《春渚紀聞》引）。把書本上死的語言用活，把口頭活的語言化為詩的語言，「以辯才三昧而為韻語」（劉熙載《藝概》卷二），這都是他的拿手好戲。晚年在嶺南所作，則去掉了粗豪而更顯得精深華妙，語言風格又進入一個新的境界。

論蘇詩者，經常提到他富於聯想和擅長比喻。作為詩人，這本是基本的功夫。他的過人之處則在於「凡古人所不到處，發明殆盡」（《竹莊詩話》卷一引《蔡百衲詩評》），層出不窮。他的聯想不但敏捷，還往往帶有日常生活的情趣，令人感到親切。蘇詩中的比喻不僅豐富，而且花樣翻新，出人意表，如〈百步洪〉中四句詩就連用七個比喻，生擒活捉，窮形盡相，前人詩中更是少見。如施補華《峴傭說詩》所言：「人所不能比喻者，東坡能比喻；人所不能形容者，東坡能形容。比喻之後，再用比喻；形容之後，再加形容。」

蘇軾詩在當時深受世人喜愛，「落筆輒為人所傳誦……士大夫不能誦坡詩者，便自覺氣索，而人或謂之不韻」（朱弁《風月堂詩話》卷上）。由於政治的原因，蘇軾和蘇門四學士的詩文集在崇寧二年（一一〇三）被朝廷下詔「悉行焚毀」（《續資治通鑑》卷八十八），成了禁書。但朝廷的禁令並不能制止蘇詩的流傳，更不能消除其影響。《風月堂詩話》卷上記載：「時朝廷雖嘗禁止，賞錢增至八十萬，禁愈嚴而其傳愈多，往往以多相誇。」宋人費兗《梁溪漫志》卷七還記載了一件事，宣和年間，申禁蘇軾文字甚嚴，有士人偷帶《東坡集》出城而被查獲，執送官府，長官卻「義其人，且畏累己」，便悄悄把這人放了。這兩條材料都證明了蘇軾詩文深入人心的程度。

宋詩在明代很被人看不起，但公安派的袁宏道卻就蘇軾說過一段很精彩的話：「蘇公詩無一字不佳者。青蓮（李白）能虛，工部（杜甫）能實。青蓮唯一於虛，故目前每有遺景；工部唯一於實，故其詩能人而不能天，能大能化而不能神。蘇公之詩，出世入世，粗言細語，總歸玄奧，恍惚變怪，無非情實。蓋其才力既高，而學問識見，又迥出二公之上，故宜卓絕千古。至其遒不如杜，逸不如李，此自氣運使然，非才之過也。」（《瓶花齋集》卷九〈答梅客生開府〉）這個評價雖然顯得過於熱愛蘇軾，但還基本上符合實情，蘇軾應當引他為知己。

除了詩，蘇軾的詞和散文也有很高的成就。詞與辛棄疾並稱，散文是八大家之一。此外他的書法是宋代書法四大家之首，繪畫也有很高的聲譽。總之，他是高度發達的宋代文化塑造的文化巨人。他的思想、性格和藝術才情，都是這一文化的典型代表。在後人心目中，他的人格是那麼富於詩意，充滿魅力。他的思想、文學、藝術，甚至一言一行，都受到廣泛的喜愛，在不同階層的人群中，都享有至高的聲譽。就受後人歡迎的程度而言，歷史上少有其比。

## 蘇　轍（一〇三九～一一一二）

蘇轍，字子由，號潁濱遺老，眉州眉山（今屬四川）人，蘇軾弟。嘉祐二年（一〇五七）與軾同科中進士，嘉祐六年同舉制科。熙寧年間，因反對王安石變法，出為河南府留守推官。元豐二年（一〇七九）因烏臺詩案的牽連，被貶監筠州鹽酒稅。元祐初召為祕書省校書郎，官至尚書右丞、門下侍郎，故世稱蘇黃門。紹聖以後屢受貶謫。紹聖四年（一〇九七）遠謫化州別駕，雷州（今廣東海康）安置，後移循州（今廣東龍川）。徽宗即位，遇赦北歸，寓居許昌潁水之濱。閉門獨居十餘年直至去世。曾作詩說：「府縣嫌吾舊黨人，鄉鄰畏我昔黃門，終年閉戶已三歲，九日無人共一樽。」（〈九日獨酌〉）亦可見其處境。

他與父、兄合稱「三蘇」，散文為唐宋八大家之一，也算是名動當代的人物。不過其詩在蘇軾詩的映襯之下，筆力才氣都相應顯得遜色。他的性格比較內向，深通佛老之學，精於內心體驗，故其詩不像乃兄那樣奇肆縱橫、辯博無礙，而傾向於精微沖淡、平穩深醇。他曾批評唐代韓愈等人是「工於為詩而陋於聞道」，又評論李白詩云：「駿發豪放，華而不實，好事喜名，不知義理之所在。」（《詩病五事》）還說：「人生逐日，胸次須出一好議論，若飽食煖衣，惟利欲是念，何以自別於禽獸？」（《唐子西文錄》引）這些言論，頗可以映證他在詩歌創作上的追求：首先要聞道，要知義理，出好議論；其次是要去華而不實之辭。他的很多作品，猶如一個有很高文化修養的人壓低了聲調講人生道理、談生活感想，娓娓道來，沒有華麗的修飾，也沒有驚人的字眼，卻自能顯出秀傑不凡之氣，越淡淨便越有味。蘇軾曾說蘇轍大節過人，小事不大經意，而作詩「高處可以追配古人，而失處或受嗤於拙目」（〈與子由弟〉）。這或許可說是兄對弟的偏愛。但南宋大詩人陸游也勸友人周必大讀蘇轍詩，周讀後評價說：「溫雅高妙，如佳人獨立，姿態易見，然後知務觀（陸游）於此道真先覺也。」（〈跋蘇子由和劉貢父省上示座客詩〉）應該說蘇轍的好詩可以當得起這個評價。他的特長是從生活中的種種事情上體會出人生的哲學，面對大自然時悟出某種哲理，並工穩妥帖地加以表現。他的「失處」則在於議論往往生硬，寫景不太生動，抒情又過於收斂。朱熹曾以一個「慢」字評價蘇轍詩的句法（見《朱子語類》卷一百四十），大概也是嫌它過於散緩而不爽快，過於平穩而乏精彩。清人方東樹則說他「用意用筆老重」，非「失之平淺者可比」（《昭昧詹言》卷十二），也還符合實際。

## 孔平仲（生卒年不詳）

孔平仲，字毅父，一作義甫，臨江軍新淦（今江西新干）人。治平二年（一〇六五）進士，復應制舉。為祕書丞，集賢校理。紹聖中，言官劾其元祐時附和舊黨，貶知衡州，徙韶州，再貶惠州別駕、編管英州（今廣東英德）。徽宗時曾一度起用，復坐元祐黨籍罷官。他與其兄文仲、武仲並以詩文名世，號為「三孔」。當時與蘇軾蘇轍兄弟並稱「二蘇三孔」。黃庭堅曾有詩云：「二蘇上連璧，三孔立分鼎。」（〈和答子瞻和子由常父懷館中故事〉）不過就詩而論，三孔遠不如二蘇。三孔中以平仲最佳，風格很接近蘇轍。不過語言比蘇轍流麗清整，而思致之精微深遠則不及。他最稱道的前代詩人是杜甫，其〈題老杜集〉說杜詩：「語言閎大復瑰奇」，「不作諸家細碎詩」，並認為杜詩地位在李白、韓愈之上：「吏部徒能歎光焰，翰林何敢望藩籬。」這個看法在當時有一定的代表性，表明詩壇已把杜甫的地位定得很高。他在此詩中又表示要以杜甫為師，從他的作品中也能看出努力師法杜詩之處，但內容不夠豐厚，才識魄力也顯得不足。

## 張舜民（生卒年不詳）

張舜民，字芸叟，號浮休居士，邠州（今陝西彬縣）人。治平二年（一〇六五）進士，為襄樂令。神宗時上書反對新法。元豐四年（一〇八一）從宋軍攻西夏，作詩諷刺失利情形，被劾，謫監郴州酒稅。元祐初召為監察御史，進祕書少監。紹聖初貶潭州。徽宗即位，召為右諫議大夫。知定州，復坐元祐黨籍謫楚州團練副使，商州安置。他是蘇軾的好友，陳師道的姊夫。為人剛直，議論雄邁。生平「最刻意於詩，晚年為樂府百餘篇，自序稱年逾耳順，方敢言詩，百世之後，必有知音」（《郡齋讀書志》卷十九）。其詩筆力豪健處，頗與蘇軾相近。語言風格質樸，有古樂府遺意。反映民間疾苦的作品比較痛切，也有新意。他的詩文集在北宋末年曾是禁書，政和年間，京城裡有書商偷印出售，「售者至於填塞衢巷。事喧，復禁如初」（見周紫芝〈書浮休生「畫墁集」後〉）。這在古代禁書史、出版史上都可算是一件小珍聞。

## 道　潛（一〇四三～一一〇六？）

道潛，字參寥，號參寥子，賜號妙總大師，本名曇潛，蘇軾為更名道潛。俗姓何，杭州於潛縣（今浙江臨安）浮溪村人，自幼出家，於內外典無所不窺，能文工詩。蘇軾為杭州通判時引為方外詩友。元豐中蘇軾謫居黃州，他不遠數千里往訪，留居期年。元祐中蘇軾知杭州，他卜居西湖智果精舍，與蘇軾唱和往還。紹聖初，蘇軾貶嶺南，他亦坐作詩刺時得罪下獄，被勒令還俗，編管兗州。徽宗即位，詔復祝髮。崇寧末示寂。他是北宋著名的詩僧，在詩壇享有盛名。蘇軾說他：「詩句清絕，可與林逋相上下，而通了道義，見之令人蕭然」（〈與文與可書〉）。陳師道曾譽之為「釋門之表，士林之秀，而詩苑之英也」（〈送參寥序〉）。

在宋代眾多詩僧中，參寥確實首屈一指。他的好詩感覺敏銳，善於從總體上領悟自然對象的詩意，並精深地勾勒刻畫細節，暗中展示時間的流動和空間的轉換過程，以求表現大自然變動不居的性質。渾成的總體感覺和敏銳的細節捕捉相得益彰。深幽清寂之中透露出靈動流轉的生機禪趣。語言清俊而自然，無刻苦雕琢之病，常常能在不大經意之中便寫出一些別人苦思而不可得的佳句。《藏海詩話》因此說：「此老風流蘊藉，諸詩僧皆不及。」方回更說：「參寥詩句句平雅有味。」（《瀛奎律髓》卷四十七）雖然有點言過其實，但也可見他在當時的影響。他不僅詩寫得好，談詩藝也很在行，常常只下一二語便點出要害所在，其精彩往往在一些長篇大論之上。比如杜甫詩有「楚江巫峽半雲雨，清簟疏簾看弈棋」兩句，他評論說：「此句可畫，但恐畫不就爾。」

〈蘇軾〈書參寥論杜詩〉〉既說明了詩中有畫的普遍道理，又指出了詩與畫的本質區別，對詩藝的體會和辨析都很精妙。

那麼，他究竟是一個什麼樣的和尚呢？請看蘇軾所作的〈參寥子真贊〉：「身寒而道富。辯於文而訥於口。外枉柔而中健武。與人無競，而好刺譏朋友之過。枯形灰心，而喜為感時玩物不能忘情之語。」這就是他的傳神寫照。

## 黃庭堅（一〇四五～一一〇五）

黃庭堅，字魯直，號山谷道人，晚號涪翁。洪州分寧（今江西修水縣）人。治平四年（一〇六七）進士。熙寧中任葉縣尉、北京國子監教授，元豐中知吉州太和縣，移監德州德平鎮。元祐初召為校書郎、《神宗實錄》檢討官。擢起居舍人。紹聖初，責貶涪州別駕，黔州安置，移戎州。徽宗即位，放還。不久又被誣以「幸災謗國」罪，除名編管宜州，卒於貶所。

他以詩文受知於蘇軾，與秦觀、張耒、晁補之並稱「蘇門四學士」。在政治上，他與蘇軾同命運、共進退，於坎坷之中走完了一生道路。他的性格與蘇軾不同，比較內向、平和、穩實，但他們在精神上有很多相通之處。紹聖初，當政者認為《神宗實錄》多誣詞，黃庭堅因在《實錄》中寫過「用鐵龍爪治河，有同兒戲」的話，而第一個被審問，但他卻直辭以對，堅持說「庭堅時官北都，嘗親見之，真兒戲耳」。從此也就開始了他的貶謫生涯。他曾稱讚蘇軾「臨大節而不可奪」（〈東坡先生真贊〉），他自己也頗有這種氣概。後來被編管宜州時，先是住在城中一個居民家，被官府趕出來。搬到寺院住，又被趕出來。最後只得住在城外一間「上雨傍風，無有蓋障」的破屋裡。朋友們都為他擔憂，他卻說：「余以為家本農耕，使不從進士，則田中廬舍如是，又可不堪其憂耶？」（〈題自書卷後〉）處變不驚，隨遇而安，從容坦蕩，與蘇軾貶謫嶺南時的想法何其相似。

作為宋詩的代表之一，他與蘇軾並稱「蘇黃」，其詩尤其重視藝術上的獨創，包括在詩歌審美觀念上的標新立異，藝術技巧上的推陳出新，思維方式上的避熟就生等等。《滄浪詩話．詩辨》批評東坡、山谷，「始出己意以為詩」，「山谷用工尤為深刻」。其實，宋詩之所以能寫出自己時代的特色，原因之一就在於蘇、黃他們能夠自出「己意」。如張耒所稱讚的那樣「不踐前人舊行跡，獨驚斯世擅風流。」（〈讀黃魯直詩〉）黃庭堅不如蘇軾那樣才華橫溢，但與蘇軾同樣學問淵博，對詩歌創作所下的功夫則比蘇軾深刻。他簡直是一位詩體實驗家，特別重視篇章布局和句法結構的出奇變化，講究字眼的錘煉，運用奇特意象，創造新穎比喻，活用典故成語，押險韻，作拗律，以追求生新硬峭的效果。既有挺拔兀傲的骨力，也有苦澀返甘的韻味，確實創造了另外一種審美境界，有如斷崖古松，氣象森嚴。當然，優點本身往往也就潛伏了缺點。追求章法出奇變化，有時便覺神氣不慣；句法過於特殊，就會流於古怪；用字力避俗熟，一旦過分就不免生僻。蘇軾對黃庭堅詩評價很高，但也作過風趣的批評，他說黃詩「如蝤蛑江瑤柱，格韻高絕」，但吃多了會令人「發風動氣」（〈書魯直詩後〉）。黃庭堅的詩體實驗，得與失都很明顯，優點和缺點都很突出，所以歷來對他的評價就往往走向兩個極端。稱讚者認為他「會萃百家句律之長，究極歷代體製之變」（劉克莊〈江西詩派小序〉），「一掃古今，直出胸臆」（《王直方詩話》引張耒語），是「宋興以來，一人而已」的天下奇作（《苕溪漁隱叢話》後集卷三十二引〈豫章先生傳贊〉）。貶斥者則看作是「邪思之尤者」（張戒《歲寒堂詩話》），「剽竊之黠者」（王若虛《滹南詩話》）。稱讚者，對他過於偏愛。批評者，則又往往忽視了革新精神的重要，也忽視了詩體實驗的意義。古代詩歌在唐代達到高峰，宋人如要使詩歌繼續發展，而不僅僅在唐詩的範圍裡徘徊，就必須儘量挖掘舊有詩體在藝術表現功能和創作體製上的種種潛力，嘗試新的可能性，賦予它新的生命力。這正是自歐陽修以來宋代傑出詩人努力實踐的方向。而黃庭堅詩之所以能成為宋詩的代表之一，也恰好是在這一點上為宋詩作出了突出的貢獻。他的意義還在於證明了在不改變舊有詩體的形式體裁的情況下，可以更加充分地發揮它的表情達意的功能，同時其審美功能也可以得到新的發展。打一個不太恰當的比方，好像舊瓶可以用來裝各種新酒，新酒的質量並不因此受影響，而且舊瓶若經過重新熔鑄改造，就會變出另外一副面貌，產生意想不到的效果。當然他的實驗也有失敗之處，但不能成為批評他的理由。因為如果不去探索新的道路，只按照前人成功的道路走下去，也許就不會有失敗的風險，但對於藝術創作來說，這也就是最大的失敗了。

他又是宋代大詩人中最重視規矩法度的一位，主張廣泛學習，多方取法。但他同時又主張在掌握規矩法度的基礎上變化求新，追求「入則重規疊矩，出則奔軼絕塵」（〈跋唐道人編餘草稿〉）的境界。指導初學者學詩時就說：「不可守繩墨令簡陋。」（〈答洪駒父書〉）評價詩歌就以「不煩繩削而自合」（見〈題意可詩後〉、〈題李白詩草後〉、〈與王觀復書〉等）作為最高的標準。這種主張與他在藝術上的革新精神是一致的。後來呂本中提倡「活法」，就側重發揮了這方面的精神。這一點往往被人忽略，故有一提的必要。

黃庭堅的生活閱歷比不上蘇軾，因此黃詩反映生活不如蘇詩來得廣泛，而以善於向題材的深度開掘見長。他比蘇軾沉摯內向，把精神的修養和品德的完善看得重於一切，作詩時對大多數題材往往都要從人生的意義、處世的哲學或精神的修養等層次上去考察，收視返聽，從心靈深處發掘出獨特的體驗，並以獨特的手法加以表現，刻抉入裡，使新的題材寫出深度，舊的題材翻出新意。這就構成了黃詩在題材處理上的一大特色。這大概與他的禪學修養以及接受了理學的影響有關。他也有一些正面反映現實民生問題的作品，但這不是他取材的重點。他特別對那些能夠引發人生哲學思考的題材感興趣，也重視那些能夠反映讀書人精神生活的詩題，這就容易使人感到他重精神而輕現實，以至於一些評論者就批評他脫離現實，作品內容單薄。其實這也是一種誤解。任何一位有成就的詩人，都有他獨特的題材視野和處理題材的方式，這甚至是評價一位詩人是否具有不可替代的個性的重要標準。黃詩內容是否單薄，好在有他的作品存在，可以靠作品說話。這裡僅強調一點，評價文學史上的作家作品，不應該把標準定得過於狹隘。如果全面考察了黃庭堅的詩歌創作，就可以看出其詩具有獨特的豐富性，多方面反映精神世界和多角度曲折反映時代風雲的豐富性。蘇軾曾說：「一代之詩，當推魯直。」（黃庭堅〈與王周彥書〉引）恐怕不是由於偏愛而信口開河。如果作品缺乏分量、沒有充實的內容，僅靠玩弄一點花拳繡腿，無論如何當不起這個評價。如果要說黃詩的缺點，在內容方面的缺陷並不是單薄空虛，而是過於注重道德修養和處世哲學的思考，因而說教太多，使一些作品顯得陳腐，令人興味索然。這才是他留給後人的重大教訓。黃庭堅詩在當時就產生了很大影響，以至於開宗立派，聲勢頗大。北宋末南宋初的呂本中作〈江西詩社宗派圖〉尊黃庭堅為詩派的開創人，下列陳師道等二十五人為詩派成員。宋末元初的方回進一步提出一祖三宗的說法，以杜甫為祖，黃庭堅、陳師道、陳與義為三宗（見《瀛奎律髓》卷二十六陳與義〈清明〉詩方回批語）。江西詩派是宋代詩派中影響最大、壽命最長的一個，一直到清末還能見到它的迴光返照，也可見黃詩影響之深遠。

## 呂南公（一〇四七～一〇八六）

呂南公，字次儒，自號灌園先生，建昌南城（今屬江西）人。他是一個有學問、有主見的人，因不願趨從俗學，遂不以科舉進取為意。元祐初年，曾鞏之弟曾肇上疏稱讚他「讀書為文，不事俗學，安貧守道，志希古人」（《宋史・呂南公傳》），朝廷便欲任以官職，未及而卒。他平時生活很貧困，社會地位很低。他的詩也特別關注社會底層各色窮苦人的命運。砍柴為生的樵夫，以長壽為累的窮老漢，賣苕帚的老翁，以及貧婦、棄兒、乞丐、犯人，都是他描寫的對象。對這些人的生活狀況和心情，他的體會比較深刻，描寫也很真切。宋代一些身居高位或混跡官場的人，也愛寫一些反映民間疾苦的作品，這類題材幾乎人人涉筆。但他們即使態度真誠，也難免體會不深，議論空泛，真正感同身受的不太多。而呂南公則與他們不同，他寫民間疾苦真正寫出了切膚之痛。這大概是因為他長期處於社會底層的緣故。清人劉熙載《藝概・詩概》曾說：「代匹夫匹婦語最難，蓋飢寒勞困之苦，雖告人，人且不知，知之必物我無間者。」可以說在這方面，呂南公確實做到了「物我無間」。

## 秦　觀（一〇四九～一一〇〇）

秦觀，字太虛，改字少游。號邗溝居士，學者稱淮海先生。揚州高郵（今屬江蘇）人。元豐八年（一〇八五）進士，授定海主簿。元祐間蘇軾薦之於朝。任祕書省正字兼國史院編修。紹聖元年（一〇九四）坐元祐黨籍出為杭州通判，貶監處州酒稅，又削秩徙郴州，繼而編管橫州，復編管雷州。後於放還途中病卒於藤州（今廣西藤縣）。他是蘇門四學士之一。蘇軾很賞識他的才華，曾把他的詩推薦給王安石，王稱讚說：「清新嫵麗，與鮑謝似之。」他是著名的詞人，有時就不免以作詞之法寫詩，取景造語都有詞的味道。晁補之、張耒都曾說：「少游詩似小詞。」（《王直方詩話》引）他的一些寫景抒情的短詩情思委婉，頗有詞人情調，也有詩人慧心，不過往往缺少骨力，南宋敖陶孫就說秦詩：「如時女步春，終傷婉弱」（《詩人玉屑》卷二）。金元好問更稱之為「女郎詩」。據史書的記載，他是個性格豪雋、強志盛氣的人，還喜讀兵書。部分詩卻寫得那麼委婉纖巧、精緻細密，頗能證明詩風與性格不能完全畫等號。當然，他也有古拙樸實之作，呂本中《童蒙詩訓》還說：「少游過嶺後詩，嚴重高古，自成一家，與舊作不同。」他對景物的觀察頗為敏銳，細緻入微，擅長捕捉、把握。能把一些不大被人注意的現象點化入詩，使之別開生面，情趣盎然。

## 米　芾（一〇五一～一一〇七）

米芾，字元章，號鹿門居士、襄陽漫士、海嶽外史，世稱米南宮。世居太原（今屬山西），徙居襄陽（今屬湖北），後定居丹徒（今江蘇鎮江）。歷知雍丘縣、漣水軍。以太常博士出知無為軍，召為書畫學博士，擢禮部員外郎出知淮陽軍，卒於任所。葬於丹徒五州山。

米芾是著名畫家、書法家。繪畫擅長水墨山水，煙雲掩映，追求天趣，不取工細，不守繩墨，開創了被稱為「米家山水」的新畫法。書法享名尤盛，是宋代四大書家之一。其人風神蕭散，不拘世俗禮法，多有狂言異行，人稱「米顛」。蘇軾曾稱他有「邁往凌雲之氣，清雄絕俗之文，超妙入神之字」（〈與米元章書〉）。作詩頗能自鑄奇辭，「自我作故，不蹈襲前人一言」（程俱〈題米元章墓〉）。據宋人莊綽《雞肋編》卷上記載，他曾作詩云：「飯白雲留子，茶甘露有兄。」讀者不知「露兄」何處出典，向他請教，卻回答說：「只是甘露哥哥耳！」這條材料頗能傳其神態，也能見其詩風之一斑。又周煇《清波雜志》卷十一記載他一次給人回信，親舊有人密於窗隙窺見其寫至「芾再拜」三字，「即放筆於案，整襟端下兩拜」。真是性情中人，天真可愛。

## 賀鑄（一〇五二～一一二五）

賀鑄，字方回，衛州（今河南汲縣）人。自稱遠祖本居山陰（今浙江紹興），是唐代賀知章的後裔，故自號慶湖（鏡湖）遺老。初任武職，後改文官，通判泗州，遷太平州。大觀三年（一一〇九）致仕，卜居蘇、常，卒於常州僧舍。

賀鑄是著名詞人，張耒曾為他的詞集作序，有「盛麗」、「妖冶」、「幽潔」、「悲壯」的品評。黃庭堅在秦觀去世後給賀鑄的詩中還說：「解作江南斷腸句，只今唯有賀方回。」他以〈青玉案〉的「梅子黃時雨」一句而獲得「賀梅子」的稱號，到南宋胡銓還有「黃梅時雨憶方回」的詩句，可見他的詞名之盛。他的詩也有相當的成就，不過到南宋時陸游就要針對他詩名不顯的情況而特別強調說他「詩文皆高，不獨工長短句也」（《老學庵筆記》卷八），以提醒世人重視他的詩歌。但到宋末元初，方回還說「世人不甚知其詩」（《瀛奎律髓》卷二十四）。他自己說曾向前輩學詩，得八句詩訣：「平淡不流於淺俗。奇古不鄰於怪僻。題詩不窘於物象。敘事不病於聲律。比興深者通物理。用事工者如己出，格見於成篇，渾然不可鐫。氣出於言外，浩然不可屈。」頗為精彩，只可惜不知總結出這八句的「前輩」是誰。賀鑄說他自己「盡心於詩，守此勿失」（見《王直方詩話》），足見他在作詩方面是很下工夫的。其詩風格多樣，或「灝落軒豁，有風度，有氣骨」（《宋百家詩存》），「工致修潔，時有逸氣」（《四庫全書總目提要》）。或清雋平淡，開朗乾淨。有的學溫庭筠、李商隱，「深婉麗密」（《宋史・賀鑄傳》），近於其詞。有的則「用筆清剛，不似填詞家語」（陳衍《宋詩精華錄》卷二）。有幾首寫農家四時生活的田園詩，已開南宋范成大的先聲。

## 陳師道（一〇五三～一一〇二）

陳師道，字履常，又字無己，號後山居士。徐州彭城（今江蘇徐州）人。早年師從曾鞏。元祐二年（一〇八七），蘇軾等推薦他任徐州州學教授。紹聖元年（一〇九四）被看作蘇軾餘黨而罷歸。元符三年（一一〇〇）召為祕書省正字，不久病卒。他一生很不得志，家境貧寒，有時連家人也養不起，而把子女送到外家寄養。不過他立身處世很有骨氣，尊師重道，不依附權貴。因曾出於蘇軾門下，故被後人列為蘇門六君子之一。

陳師道是江西詩派的重要詩人，與黃庭堅並稱「黃陳」，還被方回推為江西詩派三宗之一。他本來作詩並無專門師法對象，自從見了黃庭堅詩，便燒棄舊作，改學黃詩。後又進一步學杜甫，下了很大工夫，連以學杜詩著稱的黃庭堅也稱讚他「作詩深得老杜之句法，今之詩人不能當也」（王雲〈題後山集〉引）。宋人張表臣《珊瑚鉤詩話》卷二曾記載陳師道指導後學學杜甫之法說：「今人愛杜甫詩，一句之內，至竊取數字以髣像之，非善學者。學詩之要，在乎立格、命意、用字而已。」又說：「學者體其格、高其意、煉其字，則自然有合矣，何必規規然髣像之乎。」這是很有見地的看法。不過他學問才力不如黃，學黃詩往往顯得力不從心。學杜詩雖有句法逼真之處，但缺乏杜甫的廣闊雄渾，同樣力不從心。他是宋代最著名的苦吟詩人，自云「此生精力盡於詩」（〈絕句〉），創作態度嚴肅認真，用力極勤，每有詩思，便急歸閉門，擁被而臥，苦吟累日，詩成乃起。因此黃庭堅稱他是「閉門覓句」，一個「覓」字，很能傳神。經過一番苦思冥想，下死力苦煉，其詩自然也有了苦澀的味道。思路深刻精細，字句凝煉緊湊，除掉了浮華的辭藻和看上去響亮激動的字眼，不說空話、大話，冷靜地觀照，平靜地述說，創造一種瘦硬勁峭的風格，表達深摯的感情。不過一旦雕琢過頭，便免不了晦澀生硬之病。

## 晁補之（一〇五三～一一一〇）

晁補之，字無咎，號歸來子，濟州鉅野（今山東巨野）人。元豐二年（一〇七九）進士，授澶州司戶參軍，北京國子監教授。元祐中任祕書省正字、校書郎、著作郎，出知齊州。紹聖初坐元祐黨貶為應天府通判，改亳州通判，復貶監處州、信州酒稅。徽宗即位，召為吏部員外郎。建中靖國元年（一一〇一）自吏部郎中出知河中府，徙知湖州。崇寧二年（一一〇三）罷免，退居故里，築歸去來園，嘯傲其中，因以為號。

他是蘇門四學士之一，早年因蘇軾的延譽而被時人看重。喜讀書，於內外典「無所不觀」，並「研極其妙」。詩文「淩麗奇卓，出於天才，非醞釀而成」（張耒〈晁無咎墓誌銘〉）。其詩骨力遒勁，在元豐間聲譽頗高。奇卓新僻之處，頗類似黃庭堅。宋人胡仔認為晁詩「唯古樂府是其所長，辭格俊逸可喜」（《苕溪漁隱叢話》前集卷五十一）。他早年所作的七言歌行〈芳儀怨〉，寫一個流落塞外的南唐宗室公主的哀怨，情辭悲豔，在宋詩中頗顯得特別。

## 張　耒（一〇五四～一一一四）

張耒，字文潛，號柯山，人稱宛丘先生。楚州淮陰（今屬江蘇）人，祖籍亳州譙縣（今安徽亳縣）。熙寧六年（一〇七三）進士，授臨淮主簿、轉壽安縣尉。元祐元年（一〇八六）授祕書省正字，居三館八年，擢起居舍人。紹聖初，以直龍圖閣知潤州，坐元祐黨籍謫徙宣州，復貶監黃州酒稅。徽宗即位，起用，又因在潁州為蘇軾舉哀行服，被言官彈劾為「徇私而致哀，跡涉背公」，貶房州別駕，黃州安置。崇寧五年（一一〇六）放回，寓居陳州宛丘（今河南淮陽）。

他早年以文章受知於蘇轍，因得從學於蘇軾，為蘇門四學士之一。他的詩以「自然奇逸」（呂本中《童蒙詩訓》語）著稱，語言力求平易自然，流暢而不雕琢，卻能達到詞淺意深的境界。他很推崇黃庭堅詩，曾說：「魯直一掃古今，直出胸臆，破棄聲律，作五七言，如金石未作，鐘聲和鳴，渾然天成，有言外意。」（《王直方詩話》引）而他自己的創作則不學山谷體，在詩風上的追求，正好與黃庭堅形成對照。蘇軾曾把他和秦觀作過比較：「秦少游、張文潛，才識學問，為當世第一，無能優劣二人者。少游下筆精悍，心所默識而不能傳者，能以筆傳之；然而氣韻雄拔，疏通秀朗，當推文潛。」（朱弁《曲洧舊聞》引）在北宋後期受蘇軾、黃庭堅影響而形成的兩種詩風中他大概應歸到「波瀾富而句律疏」（見劉克莊《後村詩話》前集卷二）的一種，近似於蘇軾詩風。蘇軾曾說過「張（耒）得吾易」的話（《文獻通考．經籍考》引），正好可以映證。葉夢得對張耒詩文曾說過這麼一段話：「初若不甚經意，至於觸物遇變，起伏斂縱，姿度百出，意有推之不得不前，鼓之不得不作者。而卒澹然而平，盎然而和，終不得窺其際也。」（《文獻通考．經籍考》引）這種創作特色，就與蘇軾的風格比較接近。當然他和蘇軾也不完全一樣，他沒有蘇軾那麼雄博的才華學問，其詩也不如蘇詩那麼縱橫恣肆，變態百出。他是以自然如行雲流水而自合於規矩的創作原則，樹立一種獨特的風格，如晁補之所形容：「君詩容易不著意，忽似春風開百花。」（〈題文潛詩冊後〉）他正是以這樣的風格在宋詩中卓然自立。另外，他在宋詩史上還有一個獨特的意義，在蘇門四學士中他最晚去世，北宋末的一些詩人就直接向他學習詩文。如汪藻所說：「兩蘇公諸學士相繼以歿，公巋然獨存，故詩文傳於世者尤多。」（〈柯山張文潛集書後〉）比如提倡「活法」的呂本中就曾向他請教過作詩。到了南宋，以「活法」作詩的楊萬里也對張耒非常推崇：「晚愛肥仙（張耒）詩自然，何曾繡繪更雕鐫，春花秋月冬冰雪，不聽陳言只聽天。」（〈讀張文潛詩〉）直到宋末元初的方回還說：「張文潛詩，予所師也。」（《瀛奎律髓》卷十六）可見其詩的影響比較深遠。

宋人周紫芝《竹坡詩話》說：「本朝樂府，當以張文潛為第一。文潛樂府刻意文昌（張籍），往往過之。」這可能有點過於恭維。平心而論，張耒樂府詩往往失之散緩平弱，不見得能超過唐代張籍。而他的長篇古詩雖有佳篇，也不免時有此病，朱熹說：「張文潛大詩好」（《朱子語類》卷一百四十），也不大符合事實。他最拿手的是絕句，自然流麗，詞淺意深，看似隨手拈來，卻能於不經意之中寫出風致情韻。律詩也比較擅長，「體製敷腴，音節疏亮」（汪藻〈柯山張文潛集書後〉），圓轉流暢之處已開南宋陸游的先聲。不過有時寫起來過於隨便，如朱熹所說：「張文潛詩只一筆寫去，重意重字皆不問，然好處亦是絕好。」又說：「張文潛詩有好底多，但頗率爾，多重用字。」（《朱子語類》卷一百四十）這個毛病可能是性格使然，不大願意苦心雕刻，而不是才力不濟。《王直方詩話》說：「文潛外甥言文潛每作詩，其有用得妙處必自記錄。」可見他並非不追求字句的精妙，也不是不會錘煉字眼，只不過不耐煩下死力去雕琢而已。

張耒還是個很能欣賞異量之美的詩人，比如他稱讚黃庭堅詩：「不踐前人舊行跡，獨驚斯世擅風流」（〈讀黃魯直詩〉），就是一例。他還十分欣賞唐代以奇幻詭異著稱的李賀詩，其〈李賀宅〉詩云：「獨愛詩篇超物象，只應山水與精神。」「超物象」三字非常準確地概括了李賀詩的特色，也證明他對詩歌意象與自然物象的關係具有深入的理解。

## 謝　逸（約一〇六四～一一一二）

謝逸，字無逸，號溪堂先生，祖籍金陵，後徙臨川（今江西撫州）。少孤家貧，舉進士不第，遂不仕，居家以詩文自娛。曾師從呂希哲學，操履峻潔，以布衣名重縉紳間。政和初年赴京師省試，得疾，次年返鄉即病卒，年不滿五十。謝逸博學工文詞，詩尤為時論所推重，黃庭堅譽為「晁（補之）、張（耒）流也」（《冷齋夜話》卷七引）。與其弟謝薖並稱「二謝」，呂本中比之為南朝大小謝（《謝幼槃文集跋》），均被列入《江西詩社宗派圖》。劉克莊則謂其詩「輕快有餘，而欠工致」（《後村先生大全集》卷九十五《江西詩派小序》）。著有《溪堂集》十卷，凡詩五卷、詞一卷、文四卷。

## 饒節（一〇六五～一一二九）

饒節，字德操，撫州臨川（今江西撫州）人，少有志節，飽於才學。元符間為曾布館客，因與曾布論新法不合，辭去。崇寧二年（一一〇三）在鄧州香嚴寺祝髮出家，法名如璧。又取閑禪師詩「閑攜經卷倚松立，笑問客從何處來」之意，自號倚松道人。

他與呂本中是至交，被列入《江西詩社宗派圖》，與詩社中祖可、善權合稱「三僧」。其詩工於搜抉，思致幽深，語言輕快而不雕琢。絕句尤為蕭散閒遠，對景物具有獨到的觀照和體悟，擅長表現大自然內在的生機，以及自己脫俗的心境。呂本中說他為僧後詩「高妙殆不可及」（《東萊呂紫微詩話》），陸游更稱其詩「為近時僧中之冠」（《老學庵筆記》卷二）。

## 江端友（？～一一三四）

江端友，字子我，號七里先生，開封陳留（今屬河南）人。北宋末隱居汴京封丘門外。靖康初召為承務郎，賜進士出身。南渡後寓居桐廬。他和其弟江端本都以詩著名，與晁沖之、呂本中交遊唱酬，但呂本中作《江西詩社宗派圖》，則只列入江端本。南宋劉克莊對此頗不理解，說：「子我詩多而工，捨兄而取弟，亦不可曉。」（《江西詩派小序》）他的詩集取名《七里先生自然集》，大概是以「自然」二字標明自己的生活態度和詩歌藝術追求。他作於南渡後的一首〈九日〉詩有「萬里江河隔，傷心九日來。蓬驚秋日後，菊換故園開」之句，句律自然工整，而感慨深沉悲涼，藝術上有一定的造詣。在他傳下來的詩中，以〈玉延行〉和〈牛酥行〉最值得重視。這是兩首抨擊北宋末年官場腐敗醜行的政治諷刺詩，從中可以得知當時官場中行賄納賄、下級諂佞上司等等見不得人的醜事，原來卻是光明正大、天經地義地公開進行的。髣髴是一部早出現七百年的詩歌版的《官場現形記》，向我們展覽了末世社會的官風與政風，足以補史之闕文。〈玉延行〉有「嗟哉膏血出生靈，割剝乃餉無須口」之句，指斥抨擊，怒目相向，但還只停留於一般的詛咒。而〈牛酥行〉則不同，它把一件醜行冷靜客觀地描寫出來，以敘事為諷刺，不動聲色，不加評論，卻能窮形盡相，刻骨入髓。就諷刺手法和效果而言，又髣髴是一部詩歌版的《儒林外史》。北宋末年和南宋曾出現過不少的政治諷刺詩，江端友的〈牛酥行〉，算得上其中的佼佼者。

## 洪　炎（一〇六八？～？）

洪炎，字玉父，洪州南昌（今屬江西）人。黃庭堅之甥。元祐末年進士。北宋末官至祕書少監。南渡後輾轉於江西等地避亂，又被宋高宗召用，官至中書舍人。他曾從黃庭堅學詩，與其兄洪朋、洪芻都被列入《江西詩社宗派圖》。他的詩在三洪中算得上成就最高，尤其是南渡後的作品，憂憤國事，表達亡國亡家的深痛，內容比較充實。

## 唐　庚（一〇七一～一一二一）

唐庚，字子西，眉州丹稜（今屬四川）人。紹聖進士。徽宗時為宗子博士，宰相張商英推薦為提舉京畿常平。政和元年（一一一一），商英罷相，坐貶，安置惠州。後遇赦。於歸蜀道中病卒。

他與蘇軾是同鄉，又都貶謫過惠州，加上他擅長詩文，當時人便稱他是「小東坡」。他作詩極注重錘煉推敲，講求詩律。自云：「詩在與人商論，深求其疵而去之，等閑一字放過則不可。……東坡云：『敢將詩律門深嚴。』予亦云：『詩律傷嚴近寡恩。』」（《唐子西文錄》）他這裡找了蘇軾的話來當作自己嚴於詩律的根據，但是他「作詩甚苦，悲吟累日，然後成篇」（同上），這種作風與蘇軾絕不相同。其詩成就，近體在古體之上。律詩尤工致精練。時有新穎的構思，雖錘煉刻苦，還能保持自然的神韻。他曾說蘇軾詩「敘事言簡而意盡」，並舉蘇軾「潛鱗有飢蛟，掉尾取渴虎」二句分析說：「言渴則知虎以飲水而召災，言飢則蛟食其肉矣。」（《唐子西文錄》）這個評論和分析正可以反映出他本人在創作中對遣辭造句的追求。

## 惠洪（一〇七一～一一二八）

惠洪，又名德洪，字覺範，筠州新昌（今江西宜豐）人。他自述生平的〈寂音自序〉說俗姓喻，《五燈會元》卷十七則說他俗姓彭。大觀年間遊丞相張商英之門。政和元年（一一一一）張得罪，他亦受累刺配朱崖（今廣東崖縣）。三年後赦還，居筠州大愚山。他是北宋後期著名詩僧，對蘇軾、黃庭堅推崇備至。曾作〈上元宿百丈〉詩說：「十分春瘦緣何事，一掬歸心未到家。」據說王安石之女讀了以後稱他是「浪子和尚」（《能改齋漫錄》卷十一）。

惠洪作詩才思敏捷，筆力頗健，據韓駒說，曾見分寧雲巖寺僧三百人各持一紙求他作詩，「覺範斯須立就」（見《苕溪漁隱叢話》前集卷五十六），可見其下筆之快。宋人對其詩的評價，意見頗不一致。稱讚的如《許彥周詩話》說：「頗似文章巨公所作，殊不類衲子。」王庭珪說：「老洪作語驚一世，筆力可敵千人軍。」（〈次韻贈慈書記〉）而另一些評論則把他與道潛相比較，說他遠不及道潛，如韓駒說：「若看參寥詩，則洪詩不堪看也。」（《藏海詩話》引）朱熹說：「覺範詩如何及得參寥？」（《朱子語類》）宋末元初方回說：「覺範才高，亦一時人物。」但同時又說：「覺範詩虛驕之氣可掬。」（《瀛奎律髓》卷四十七）但到了清代，其詩便被推為「宋僧之冠」（〈宋詩鈔小序〉），賀裳《載酒園詩話》也說：「僧詩之妙，無如洪覺範者。」平心而論，惠洪詩辭氣灑脫，古體尤挺拔奇警，比道潛詩顯得雄健，但粗率淺薄以及浮泛虛驕之作也不少。論構思的精妙及總體的藝術水準，則似不及道潛。

## 晁沖之（一〇七二？～？）

晁沖之，字用道，改字叔用，濟州鉅野（今山東巨野）人。晁補之從弟。早歲居汴京，自放不羈。紹聖初，晁氏兄弟輩多遭貶逐，他遂出京隱居於陽翟（今河南禹縣）具茨山下，自號具茨先生。十多年後重遊京師，當朝者謀起用之，不顧。約卒於南渡前後。

晁氏是北宋文學世家，他與堂兄晁補之、說之、詠之等都是著名的文學家。他畢生沒有功名，但晁說之卻說他在晁氏兄弟中最具才華。他曾師從陳師道，又與呂本中是至交，故被列入《江西詩社宗派圖》。作詩學陳師道，宗杜甫，筆力雅健。律詩沉穩老練，頗有杜甫遺風；古體較有氣魄，在江西詩派中顯得比較特別。劉克莊稱其詩「意度沉闊，氣力寬餘，一洗詩人窮餓酸辛之態」。又說他的「激烈慷慨」之作，「南渡後放翁（陸游）可以繼之」（〈江西詩派小序〉），這大概是指他的古體而言。他的友人喻汝礪〈晁具茨先生詩集序〉說：「叔用既以油然棲志於林澗曠遠之中，遇事寫物，形於興屬，味其風規，淵雅疏亮。」這段話如果用來評價他的近體詩，比較得體。

## 徐俯（一〇七五～一一四一）

徐俯，字師川，號東湖居士，洪州分寧（今江西修水）人。黃庭堅之甥。以其父徐禧死於國事，授通直郎。

南渡後曾任中書舍人、翰林學士、權參知政事等職。

他早年深受黃庭堅器重，作詩也得黃庭堅的指點。呂本中把他列入江西詩派，但他卻對此表示不滿，晚年更欲自立名世，不承認與黃庭堅詩學上的淵源（見周煇《清波雜志》卷五）。但他論詩主張「自立意，不可蹈襲前人」（《童蒙詩訓》引），這個觀點其實並沒有超出黃庭堅「自成一家始逼真」之說的範圍。他又主張作詩要「道盡眼前景致」（《童蒙詩訓》引），還說作詩要「對景能賦，必有是景，然後有是句，若無是景而作，即謂之脫空詩，不足貴也」（曾季貍《艇齋詩話》引）。他還告訴汪藻作詩「切不可閉門合目，作鐫空妄實之想」（曾敏行《獨醒雜志》卷四）。這些言論還是沒有超出黃庭堅的觀點。他的詩風追求自然、平淡，但另一江西詩派詩人李彭就指出：「徐詩致平淡，反自窮艱極。」（〈題洪駒父徐師川詩後〉）可見還是用功深刻的。比如他的〈贈張仲宗〉的名句：「詩如雲態度，人似柳風流。」很清新自然，但其實兩句都是用典，而且是兩個同姓人的典故。作寄贈友人的詩用同姓人的典故，這正是黃庭堅的作風。

## 汪　藻（一〇七九～一一五四）

汪藻，字彥章，號龍溪，饒州德興（今屬江西）人。崇寧二年（一一〇三）進士。北宋時官至起居舍人。南宋高宗時任中書舍人，擢給事中，拜翰林學士。知湖、徽、宣等州。奪職，居永州。

他學問淵博，文才出眾，早年即有聲譽於太學。曾受江西詩派徐俯、洪炎等人賞識。據宋人曾敏行《獨醒雜志》卷四記載，他曾向徐俯請教「作詩法門」，徐俯舉例說：「即此席間杯柈（盤）果蔬使令以至目力所及，皆詩也。但以意剪裁之，馳驟約束，觸類而長，皆當如人意。切不可閉門合目，作鐫空妄實之想也。」過一月之後，汪藻又對徐俯說：「自受教後，準此程度，一字亦道不成。」徐俯卻告訴他：「君此後當能詩矣。」這大概是告誡他不要只從書本中求生活。所以他一直未忘自己作詩的淵源所自，說：「某作詩句法得之師川。」

他後來還寫信給韓駒表示要向韓學詩（見《能改齋漫錄》卷十四）。徐、韓是江西詩派中最能繼承黃庭堅創新自立精神的兩位詩人。汪藻受他們的影響，就不太有拘束雕琢之苦，寫景抒情都能揮灑自如，語言勁爽明快，格調清新。南渡後感時傷亂之作則學習杜甫，詩風凝重沉鬱。據張元幹〈蘇養直詩帖跋尾〉記載，北宋大觀四年（一一一〇），張元幹在南昌向徐俯請教作詩句法，當時徐俯、洪魚、洪炎、蘇堅、蘇庠、潘淳、呂本中、汪藻、向子諲九人「為同社詩酒之樂」。不知後來呂本中作《江西詩社宗派圖》為何沒有把汪藻也算進去。

## 王庭珪（一〇七九～一一七一）

王庭珪，字民瞻，號盧溪真逸，吉州安福（今屬江西）人。早年遊太學即有詩名。政和八年（一一一八）進士，調茶陵縣丞。宣和初年，因不見容於上司，又因見「上下垢玩，無益於時」，遂棄官而歸，築草屋於安福盧溪之上，隱居五十年，講學論道、著書立說。在理學方面有較深的造詣。他是個很有氣性的人，主張抗戰，痛恨主和派。紹興八年（一一三八），胡銓上書乞斬秦檜而得罪，紹興十二年被編管新州（今廣東新興）。當時士大夫都不敢說話，他獨作詩為胡銓送行。後被一個叫歐陽安永的小人告發，被逮進江西帥司獄中鞫治，於紹興十九年（一一四九）流放辰州（今湖南沅陵），著作也遭禁毀，這時他已是七十歲的老人。直到秦檜死後，才被放回。他在貶所曾作〈謫辰州〉詩說：「名落江湖外，氣干牛斗旁。」氣性仍不少衰。後來宋孝宗兩次召見他，除國子監主簿、直敷文閣，他都以年老推辭。

在南宋初年一些推崇黃庭堅的詩人中，王庭珪顯得有點特別，比如他說：「魯直之詩，雖間出險峻句而法度森嚴，卒造平淡，學者罕能到。傳法者必以心地法門有見，乃可參焉。」（〈跋劉伯山詩〉）確實很有見地。他主張作詩「要自胸中出機杼，不須剽掠傍人門」（〈次韻向文剛〉），頗能得黃庭堅論詩的精神。值得注意的是他還認為作詩應該師法自然，「擬就江山覓佳句」（〈清暉亭〉），認為山水景物「氣接混茫藏句法」（〈建炎己酉十二月五日避亂鴿湖山〉）。他的學生楊萬里走師法自然的創作道路，大概就與他有關。

## 韓　駒（一〇八〇～一一三五）

韓駒，字子蒼，仙井監（今四川仁壽）人。學者稱陵陽先生。政和年間賜進士出身，除祕書省正字。宣和五年（一一二三）任祕書少監，遷中書舍人。南渡初知江州，卒於撫州。

他早年曾從學於蘇轍，蘇轍說他的詩似儲光義，因此知名。後與徐俯交遊，遂受知於黃庭堅，並也學黃庭堅作詩。呂本中作《江西詩社宗派圖》，就把他列入其中。不過他論詩作詩頗有自立而不依傍他人的精神。南宋人王十朋就稱讚他的詩「非坡非谷自一家」（《陳郎中贈韓子蒼集》）。他寫過一首論詩的詩說：「學詩當如初學禪，未悟且遍參諸方。一朝悟罷正法眼，信手拈出皆成章。」（〈贈趙伯魚〉）這首詩比較值得重視，首先它是宋人以禪喻詩風氣的反映，說明當時禪學已在很深的程度上影響了詩學（據《豫章詩話》卷四記載，韓駒早年還寫過一本討論詩法的書就叫《陵陽正法眼》，可能也是一本以禪論詩的書）。第二它指出了遍參諸方、廣泛取法和信手拈出、衝口而成這樣兩個階段。這是韓駒本人的創作體會，同時又是黃庭堅詩論的繼承和發展。不過他特別強調了「悟罷」之後的境界，又與蘇軾的詩論比較合拍。從這個意義上看，他似乎是綜合了蘇黃兩家的精神，這與同時的呂本中提倡「活法」而並重蘇黃的傾向完全一致。

韓駒作詩，態度比較認真，據說寫成的作品已寄人數年，還要追回來改正一兩個字（見劉克莊〈江西詩派小序〉）。陸游見過他的詩歌草稿，上面反復塗改，還要疏注詞語典故的來歷（見陸游〈跋陵陽先生詩草〉）。這都是黃庭堅一路的作風。不過他比較善於點化，用典而不堆砌，用字也不故求生硬，不至於把詩句弄得晦澀難讀。總之他可以算是江西詩派中才情較高的一位詩人。

還有一點可以順便一提。韓駒在南渡後寫過一些要求抗戰、愛國憂國的作品，甚至有「逆胡未滅壯士恥，子雖年少有典型。短衣匹馬肯從我，與子北涉單于庭」（〈二十九日戎服按軍城外向儀曹亦至戲贈一首〉）這樣的詩句。江西詩派中其他一些詩人也寫類似的題材。這類作品的存在，使得歷來批評江西詩派脫離現實、詩歌內容空虛之類的論點多少有點落空。

## 朱敦儒（一〇八一～一一五九）

朱敦儒，字希真，號巖壑，河南（今河南洛陽）人。早歲居洛中，與陳與義等人並稱「洛中八俊」。北宋末召為學官，固辭不就。南渡初流寓兩廣。紹興五年（一一三五）賜進士出身，為祕書省正字，六年，兼權兵部郎中，通判臨安府。十四年，提點兩浙東路刑獄。十六年被劾罷官，退居嘉禾。晚年因秦檜推挽，起為鴻臚少卿，為時論所譏。檜死，罷廢。

朱敦儒是詞人，其詩文亦曾著名一時，《宋史》本傳稱他「工詩及樂府，婉麗清暢」。有《巖壑老人詩文》、《獵較集》等，均佚，《宋史・藝文志》著錄之《朱敦儒陳淵集》二十六卷亦不傳，今僅存詞集《樵歌》三卷，其詩名遂為詞名所掩。劉克莊《後村詩話》前集卷二錄朱敦儒詩「幾許少年春欲夏，一番夢事綠催紅」等數聯，評云：「皆警策不蹈襲。」後集卷四又錄《獵較集》中數詩，評云：「此老筆力有謫仙風骨。」可見他並不僅是一位詞人而已。

## 呂本中（一〇八四～一一四五）

呂本中，字居仁，壽州（今安徽壽縣）人。元祐宰相呂公著曾孫，以恩蔭授承務郎，紹聖初以元祐黨人子弟而免官。南宋紹興六年（一一三六）召赴行在，賜進士出身，任起居舍人。遷中書舍人兼侍講、權直學士院。上書陳恢復大計，因忤秦檜而罷官。他祖父呂希哲是北宋著名理學家，家風濡染，他也熟諳理學。晚年深居講學，學者稱東萊先生。又因曾任中書舍人，故人稱呂紫微。

呂本中在宋代詩史上是個重要人物。首先是他作了《江西詩社宗派圖》，據說這是他早年的率意之作，可是卻發生了深遠的影響。江西詩派之所以在宋代詩歌史上產生如此的聲勢，就與他的標舉直接有關。其次，他論詩主張「悟人」，提倡「活法」，兼重蘇軾、黃庭堅兩家。他特別強調盡知規矩而又能變化不測，把黃庭堅詩論中主張創新、主張自成一家的一面加以發揮，並繼承了蘇軾的「出新意於法度之中」的觀點，力圖補救當時江西詩派末流的頹風。「活法」論在南宋產生了很大的影響，成了南宋詩壇中最為流行的話頭之一。

至於呂本中的創作實績，似乎比不上與他同時的陳與義，但也同樣值得重視。早期的作品主要學習黃庭堅，但也受了張耒的影響，形成了一種輕快流轉的風格，後來曾幾和陸游的某些律詩就有點像他這一路的寫法。靖康之難時，他被圍在汴京城中，目睹了軍民的抗戰，經歷了亡國的慘痛，他把所見所聞所感寫入詩中，反映了這次天翻地覆的大變亂在當時愛國士大夫心中造成的巨大震動。詩風悲愴蒼涼，顯然是學習杜甫的筆法。這批詩歌，就內容的廣泛和藝術的成就而言，在他的詩集中顯得很突出，在當時詩壇上也當屬佼佼者，某些方面甚至超過陳與義。可以說是得時代風雲之助，而有超水平的發揮，因為後來他的創作水平再沒有超過這批詩歌，如他自己所承認「我詩老益退」（〈送范子儀將漕湖北〉）。最值一提的是〈兵亂後自嬉雜詩〉二十九首，沉痛真摯，幾乎篇篇可誦。這是呂本中最重要的一組詩，要全面評價他的創作成就，自然應該加以重視。

## 曾幾（一〇八四～一一六六）

曾幾，字吉甫，號茶山居士。河南（今河南洛陽）人，祖籍贛州（今江西贛縣）。早年從學於其舅孔平仲，有文名。北宋末曾任祕書省校書郎、提舉淮南東路茶鹽公事等職。南渡後轉徙各地任職。紹興八年（一一三八）因反對秦檜議和，罷兩浙西路提刑任。後客寓上饒茶山七年。紹興二十五年（一一五五）秦檜死，重得起用，召赴行在，除祕書少監，擢尚書禮部侍郎。卒謚文清。

曾幾作詩以杜甫、黃庭堅為宗。曾與徐俯、韓駒等江西詩派詩人交遊學詩。他的〈東軒小室即事〉詩說：「工部百世祖，涪翁一燈傳。閑無用心處，參此如參禪。」足見他對杜甫、黃庭堅詩很下工夫學習。他與呂本中同年，但卻向呂本中請教詩法。呂本中給他寫過兩封論述「活法」的信，對他產生過很深的影響。他作詩說：「居仁說活法，大意欲人悟。」（〈讀呂居仁舊詩有懷其人作詩寄之〉）後來在陸游向他學習作詩時，他又把呂本中「活法」論傳給了陸游。陸游有詩說：「憶在茶山聽說詩，親從夜半得玄機。」（〈追懷曾文清公呈趙教授〉）這玄機的內容就是「文章切忌參死句」（〈贈應秀才〉）。因此，他在宋詩史上產生的作用應該重視。從北宋到南宋詩歌發展過程中，他是一個重要環節。他的好詩語言輕快流暢，音律和諧，不事雕琢，但也講究字句的錘煉。南宋趙庚夫《讀曾文清公集》評其詩說：「新如月出初三夜，淡比湯煎第一泉。」形容得頗為近似。他的詩裡也有一些表現抗戰愛國主題的作品。如〈雪中陸務觀數來問訊用其韻奉贈〉詩「問我居家誰暖眼，為言憂國只寒心」二句，正可與陸游〈跋曾文清公奏議稿〉中的一段話相對看：「紹興末，賊亮入塞，時茶山先生居會稽禹跡精舍。某自敕局罷歸，略無三日不進見，見必聞憂國之言。先生時年過七十，聚族百口，未嘗以為憂，憂國而已。」

## 朱弁（一〇八五～一一四四）

朱弁，字少章，號觀如居士，婺源（今屬江西）人。建炎二年（一一二八）為通問副使赴金，為金所拘，不肯屈服，拘留十六年始歸故國。又勸宋高宗勿失恢復之機，被秦檜所沮，終奉議郎。

朱弁著有《風月堂詩話》，論詩推重蘇軾、黃庭堅。曾說：「西崑體句律太嚴，無自然態度，黃魯直深悟此理，乃獨用崑體工夫而造老杜渾成之地。」在當時眾多評論黃庭堅詩的言論中，這是頗為獨特而又有見地的看法，大概也反映了他自己的創作體會。據朱熹為他作的〈行狀〉中說，他「於詩酷嗜李義山，而詞氣雍容，格力閑暇，不蹈其險怪奇澀之弊」，正好可與他的這段話相映證。他被拘囚於金時寫的詩最有特色，表現故國之思，頗為哀婉深摯。

## 陳與義（一〇九〇～一一三八）

陳與義，字去非，號簡齋居士。洛陽（今屬河南）人。政和三年（一一一三）登太學上舍甲科，授文林郎、開德府教授。宣和年間，以〈墨梅〉詩受到宋徽宗賞識，擢為著作佐郎。後因事謫監陳留酒稅。靖康難起，他自陳留避亂南奔，流轉於襄漢湖湘之間。宋高宗紹興元年（一一三一）經廣東、福建輾轉抵達臨安（今浙江杭州）。歷任中書舍人、吏部侍郎、翰林學士，累官至參知政事。

陳與義是北宋南宋之交的著名詩人，就創作實績而言，也可以說是這一時期最重要的詩人。以靖康之難為界，其創作可分為前後兩期。南渡前詩歌題材多局限於個人生活範圍，多閒情逸致，流連光景之作，雖也出現「憂飢寒」、「憂冷語」、「憂網羅」等字眼，能反映不滿現實的感慨，但畢竟只是憂慮個人的得失。南渡之後，經歷了亡國巨痛，親嘗了流亡之苦，於兵荒馬亂之中，體會到了杜甫詩歌的精神所在，對杜詩產生了心心相印的感受。作於逃難途中的〈避虜入南山〉說：「但恨平生意，輕了少陵詩。」可以作為他前後期對杜詩不同認識的分界，也可以當作後期創作的宣言來看待。後期的作品不僅學習了杜甫感時傷亂、憂國憂民的精神，同時也效法杜詩蒼涼沉鬱、慷慨悲涼的風格。特別是一些七律，內容情調、聲律句法都很像杜甫的〈秋興八首〉、〈登樓〉、〈登高〉諸詩。這時的作品也常出現「憂」字，但已同早年的個人之憂大不一樣了。後來楊萬里說他「詩宗已上少陵壇」（〈跋陳簡齋奏章〉），就認為他能得杜詩之真傳。樓鑰說他「南渡以後，身履百罹，而詩益高，遂以名天下」（〈簡齋詩箋敘〉），則指明了時代變化對他創作的影響。

陳與義與呂本中有交往，但呂本中作《江西詩社宗派圖》並沒有把他算進去。到南宋嚴羽則說他「亦江西詩派而小異」（《滄浪詩話・詩體》），這句缺乏論證分析而意思含混的斷語一出，他似乎就被指定了身分，到元初方回更直截了當地把他拉進江西詩派以壯聲勢，並推為詩派三宗之一。他的詩有受江西詩風影響的痕跡，特別是他學習杜詩這一點與江西詩派相一致，把他算作江西詩派也是事出有因。不過應當注意的是他的風格比較多樣。他講究字句的錘煉，但並不顯得做作，往往在不顯山不露水中完成。比如他自以為平生最得意的「開門知有雨，老樹半身濕」（〈休日早起〉）二句，得力於細密的觀察，並暗下烹煉的工夫，剎去浮華，寓意趣於平淡之中，而達到「以簡潔掃繁練」（劉克莊《後村詩話》前集卷二）的境界。他論詩是並重蘇、黄，反對各取一偏，他早年所作的〈墨梅〉詩，就有人指出是學習「東坡句法」（見陳善《捫虱新語》上集卷四）。此外，他早年師從崔鷗學詩，崔詩以「幽麗高遠」（《後村詩話》前集卷二）、「清峭雄深」（《宋史・崔鷗傳》）著名當世。這樣的風格，自然會對陳與義發生影響。特別是他的五言詩以及一些絕句，深微清峭，可能與崔的影響有關。劉克莊曾說：「詩至於深微，極玄絕妙矣，……唐人唯韋、柳，本朝唯崔德符、陳簡齋能之。」（《後村詩話》續集卷二）把他們師徒二人與唐代韋應物、柳宗元相提並論，不是沒有根據的。陳與義的表侄張嵲在〈陳公資政墓誌銘〉裡論及陳詩說：「體物寓興，清邃超特，紆餘宏肆，高舉橫厲，上下陶、謝、韋、柳之間。」又張嵲〈與簡齋〉詩說：「紛紛世上兒，啾啁亂鳴蜩。惟公妙句法，字字陵風騷。癯瘦藏具美，和平蓄餘豪。顧我吟風苦，知公心力勞。柳韋倘可作，論詩應定交。」宋人的這些議論，都很值得重視。

## 張九成（一〇九二～一一五九）

張九成，字子韶，號橫浦居士、無垢居士。其先開封（今屬河南）人，徙居錢塘（今浙江杭州）。少遊京師，有文名。紹興二年（一一三二）狀元及第。官至禮部侍郎兼侍講。因堅持抗戰主張，反對與金議和，忤秦檜，被貶逐。謫居南安軍（今江西大余）十四年，讀書治學，氣不少屈。「每執書就明，倚立庭磚，歲久，雙趺隱然。」秦檜死後，才被放還。他是著名理學家，二程再傳弟子，楊時的學生。其學問文章、操履氣節，都為當時士人所尊仰。後人還認為楊時弟子中「以風節光顯者，無如橫浦」（《宋元學案》卷四十）。

他論學問、論文學都主張活法，有不少精彩的見解。如說：「讀古人書不可作死法看。」「學者當置活古人於胸中。」「學書不可無法，而執法亦必死。」（《橫浦心傳錄》）他與主張活法的呂本中是朋友，都是理學中人，故聲氣相通。他論詩又主張自然，反對雕琢，「文不貴雕蟲，詩尤惡鉤摘。」（〈庚午正月七夜自詠〉）又說：「每讀樂天詩便自意明，但不費力處便佳。不用意處真情自見，用意則奪真矣。」（《橫浦心傳錄》）也反映了理學家論詩主張的一個重要方面。張九成在紹興二年所上對策沉痛慷慨，當時曾廣為傳誦，因其中有「夜桂飄香」之語，李清照就作了兩句對語說：「露花倒影柳三變，桂子飄香張九成。」對仗很工，但比擬不倫。不過張九成確實對西湖的桂子飄香特別鍾愛，〈聞桂香〉詩：「桂香遮秋風。」〈桂〉詩：「清香不復聞，雪英驚滿地。」〈憶天竺桂〉詩：「湖上北山天竺寺，滿山桂子月中秋。」反復吟詠，足見其性之所好。

## 劉子翬（一一〇一～一一四七）

劉子翬，字彥沖，號病翁，崇安（今屬福建）人。其父劉韐在靖康之難時奉命出使金營，拒絕金人誘降，自縊而死。他為劉韐廬墓三年。後曾通判興化軍（今福建甫田），以衰病不堪吏事而辭職。築室故鄉屏山下潭溪邊，講學論道以終，學者稱屏山先生。

他是著名理學家，朱熹就是他的學生。又工詩文，與韓駒、呂本中、曾幾等交遊唱和。詩風比較清爽明快，「風格高秀，不襲陳因」（《四庫全書總目提要》）。他對事物的觀察和體悟很有獨到之處，也擅長以明快的筆調表現深細的構思，反映了一個理學家特有的格物和體驗工夫。如他的一首〈櫻桃〉詩這樣說：「只應壯士憂時淚，灑向枝頭點點紅。」詠物而能反映出憂國的情懷，雖然語言比較淺直，但思路卻很新穎。

朱熹對他這位老師非常尊重，曾評價他的詩文說：「先生文辭之偉，固足以驚一世之耳目，然其精微之學，靜退之風，形於文墨，有足以發蒙蔽而銷鄙吝之心者，尤覽者所宜盡心也。」（〈屏山集跋〉）雖是學生對老師的推譽之辭，但還大致符合實際。比如他的〈南溪〉：「悠悠出山水，浩浩無停注。唯有舊溪聲，萬古流不去。」以眼前的景物關合了某種哲理，確實反映出他對自然和人生的精微的體驗，被方回稱之為「幽遠淡泊，有無窮之味」（〈讀朱文公書劉屏山詩跋〉）。

## 朱淑真（生卒年不詳）

朱淑真，號幽棲居士，錢塘（今浙江杭州）人，一說海寧（今屬浙江）人。生卒年不詳，一說為南宋初人，一說為北宋後期人。出生於仕宦家庭，主要生活於杭州。出嫁後曾隨丈夫官遊淮南、荊楚間。因婚姻不遂素志，抑鬱而終。她的才華不如李清照，但也工書畫，通音律，擅長詩詞，算得上多才多藝。相傳作詩甚多，死後被其父母所焚，「今傳者百不一存」。南宋淳熙九年（一一八二）魏仲恭輯其詩，編為《斷腸詩集》。她的詩充滿幽怨的情調，雖然構思不大講究，文字不夠精煉，內容也比較單調，但往往能以柔媚流利的語言坦率地表露心跡。她的《秋日述懷》說：「婦女雖軟眼，淚不等閒流。我因無好況，揮斷五湖秋。」雖然淺露，卻也是沉痛的自白。《讀史》說：「筆頭去取千萬端，後世遭它恣意瞞。」又顯得見識不凡，給那些迷信書本記載的人敲了一下警鐘。此外她還有一首《黃花》詠菊云：「寧可抱香枝上老，不隨黃葉舞秋風。」亦是寄託心志之作。到宋亡之後，遺民詩人鄭思肖用其詩意稍加點化，自題墨菊「寧可枝頭抱香死，何曾吹落北風中。」又賦予它新的意義。

# 陸游（一一二五～一二一〇）

陸游，字務觀，號放翁，越州山陰（今浙江紹興）人。紹興二十四年（一一五四）應進士試，為秦檜所黜。宋孝宗即位，賜進士出身。歷鎮江、隆興、夔州等地通判。乾道八年（一一七二）入四川宣撫使王炎軍幕，參贊軍務。淳熙二年（一一七五）在四川制置使范成大幕中任參議官。言行不拘禮法，人譏其頹放，因自號放翁。後曾任嚴州知州、禮部郎中等職。淳熙十六年（一一八九）被人彈劾而罷職，罪名之一是「嘲詠風月」。故他曾說：「予十年間兩坐斥，罪雖擢髮莫數，而詩為首，謂之嘲詠風月。」於是退居故鄉山陰，並以「風月」二字為小軒命名，還作詩說：「放逐尚非餘子比，清風明月入臺評。」既是牢騷，也以此自豪。他的朋友朱熹論及此事時以幽默的口吻說他「只是不合做此好詩，罰令不得做好官也」（〈答徐載叔〉）。此後他長期居住在山陰。嘉泰二年曾一度出山擔任史官，但不久就失望而歸。卒於山陰。

陸游是南宋中興四大詩人之一。他生當北宋滅亡之際，親歷了喪亂之痛，又受親友、師長的愛國思想的影響，從小便樹立了恢復中原為國雪恥的大志，畢生堅持不懈。他的作品可以說是得時代風雲之助，唱出了當時抗戰愛國的最強音，也是自北宋以來愛國主義精神傳統的最集中的體現。他不僅用詩歌表現故國之思、亡國之痛，更表現投身抗戰的決心；不僅表現理想與現實的矛盾，更敢於抨擊投降派的賣國罪行；不僅表現對侵略者的仇恨，也表現對淪陷區百姓的同情。愛國思想和精神不僅貫穿他的一生，更反映在平時生活中的各個方面，甚至夢中也不忘記。這樣全面而深刻、徹底的愛國主義精神的表現，在同時代其他詩人的作品中不大多見。特別是他那種「擁馬橫戈」、「氣吞殘虜」的氣概，更是少有。這些，都構成了陸游詩歌愛國主題的最大特色。其詩中愛國與憂民往往互相聯繫，不僅同情淪陷區的遺民，還進一步指出南宋百姓的困苦與朝廷的屈辱投降政策有關：「三軍老不戰，比屋困征賦。」（〈悲秋〉）這就比一般的忠君愛國進了一步。直到晚年他還寫出了「身為野老已無責，路有流民終動心」（〈春日雜興十二首〉其四）這樣的詩句，可以看出他的愛國與愛民始終是互相關聯並貫穿一生的。

他熱愛自然，熱愛生活，感情濃摯，很有詩人氣質。他有一次乘舟江行，「舟敗幾溺」，朋友擔心他的安全，他回信卻說：「平生未行江也，葭葦之蒼茫，鳧雁之出沒，風月之清絕，山水之夷曠，疇昔皆寓於詩而未盡其髣髴者，今幸遭之。必毋為我戚戚也。」（韓元吉〈送陸務觀序〉引）在這種危險時刻，他所關注的卻是能寓於詩的自然景色。他善於發現自然之美，也能敏銳地捕捉日常生活中的詩意。一山一水，一草一木，一魚一鳥，無不剪裁入詩。平日飲酒、品茶、觀畫、賞花、寫字、讀書、躬耕等細事小事，都能成為他的絕好詩材，且能寫出濃郁的詩味。朱熹就很稱讚他的詩人素質，說：「近代唯此人為有詩人風致。」（〈答徐載叔〉）相傳他早年與唐氏結婚，感情很好，但因故被迫離異。這件事造成了他感情生活中的大悲痛，唐氏去世後，幾十年間，他一直念念不忘，寫了許多首詩抒發哀痛。本書所選的〈沈園二首〉就是其中的代表。去世前不久作〈禹寺〉詩還說：「尚餘一恨無人會。」他帶著「但悲不見九州同」的遺憾去世，同時也把對唐氏的懷念和感情生活中的悲痛帶到了地下。這批詩歌的題材及其情感的深厚真摯，在宋詩中都不多見，因此特別值得珍視。

陸游詩的風格多樣，與題材的多樣和感情的豐富、思想的深刻相一致。「裁製既富，變境亦多」。有的雄闊悲壯，豪邁奔放；有的清新明麗，含蓄雋永；有的充滿瑰奇的想像；有的又出以平實的描繪。所以他當時有「小李白」的稱號，又被人比之於杜甫，晚年的一些閑適詩還近似於白居易。他於各種詩體都擅長，律詩「使事必切，屬對必工，無意不搜，而不落纖巧，無語不新，亦不事塗澤，實古來詩家所未見」，古體「才氣豪健，議論開闢，引用書卷，皆驅使出之，而非徒以數典為能事，意在筆先，力透紙背」（趙翼《甌北詩話》卷六）。

他早年師從曾幾，不僅受到曾幾愛國思想的影響，還經過曾幾的傳授，接受了呂本中的活法論。這就是他後來所說的「我得茶山一轉語，文章切忌參死句」（〈贈應秀才〉）。特別是呂本中活法論中強調「悟人」、講「涵養吾氣」、「規矩備具而能出於規矩之外」等主張對他的影響較深。他的〈題蕭彥毓詩卷後〉說：「法不孤生自古同，痴人乃欲鏤虛空。君詩妙處吾能識，正在山程水驛中。」前兩句是黃庭堅、徐俯言論的轉述，後兩句與以活法作詩的楊萬里所說的「閉門覓句非詩法，只是征行自有詩」完全一致。由於他的詩法與呂本中有某種聯繫，所以晚年為呂本中詩集作序時就特別提到曾幾說「君之詩，淵源殆自呂紫微」這件事，在《感知錄》中還說：「〈曾幾〉見余詩大歎賞，以為不減呂居仁。」這都提醒我們既要看到他突破江西詩派風氣的一面，也要注意他與江西詩派詩論精神上的聯繫。

他是一位非常勤奮的詩人，自言「六十年間萬首詩」，流傳下來的作品也達九千一百多首。他把作詩當成每天的功課，據說曾有一次自己統計七十八天中作詩一百首，所以劉克莊說：「昔梅聖俞日課一詩……陸之日課尤勤於梅。」（〈跋仲弟詩〉）有一次他因生病輟筆，病癒後便作詩感歎說：「三日無詩自怪衰。」（〈五月初病體益輕偶書〉）可見對每日詩歌功課何等重視。他很推崇梅堯臣，這種作風大概就是受了梅堯臣的影響。以詩為功課，對他的創作起了好的作用，也產生了一些弊病。好的方面是鍛煉了熟練掌握運用各種詩體的能力，也使詩歌的語言日益圓熟流轉，自然流暢，無論寫什麼題材，表達什麼感情，都能應付，不至於生澀。就如劉克莊所說「藝之熟者必精。」（〈跋仲弟詩〉）可是在缺乏詩思詩情的時候，為了應付功課，就免不了把已經用過的構思、句法、字眼拿來稍加改換，再重新使用，湊題湊數。或者預先準備了現成的典故、對偶、字句等等，要應付功課時就拿出來根據需要排列組合，便可湊成一首。他的詩之所以多有立意和字句的重複，這大概就是重要原因。

## 范成大（一一二六～一一九三）

范成大，字致能，號石湖居士，蘇州吳縣（今江蘇蘇州）人。紹興二十四年（一一五四）進士。歷著作佐郎、禮部員外郎、起居舍人等職。乾道六年（一一七〇）使金，不畏強暴，詞氣慷慨，幾被殺。還朝後在靜江、成都、建康等地任職。累官至吏部尚書拜參知政事。淳熙九年（一一八二）在建康任上得疾，辭職退居故鄉石湖。

他是南宋著名詩人，與陸游、楊萬里、尤袤合稱中興四大詩人。同陸、楊相比，他的總成就稍顯遜色。論內容的豐富深刻不如陸游，論詩體的新穎獨特則不如楊萬里。但他的大量的農村題材詩歌，卻給宋詩增添了光彩。他雖長年做官，其詩的題材視野卻與別的一些長年做官的詩人不大相同。從早年的〈催租行〉等作品開始，到後來的〈後催租行〉、〈勞畬耕〉以及晚年所作的〈臘月村田樂府〉，都證明他對當時農村生活極為關注，特別是對農村中的許多社會問題作了深刻的揭露，對普通農民的痛苦傾注了很深的同情。這使他在同時代的詩人中顯得很突出。他最重要的一組作品〈四時田園雜興〉為他贏得了田園詩人的稱號，這組詩反映了農村生活的各個方面，洋溢著泥土的氣息。要注意的是這組詩與歷來的田園詩不大一樣。首先它抨擊了農村中的苛政弊端，寫出了農民謀生的艱難，還寫了他們所受的種種盤剝，明顯地站在普通農民的立場上說話。而歷來的田園詩大多側重描寫農村的恬靜安寧，充滿牧歌情調，顯然是隱士眼中的美化了的農村。這就與范成大的作品存在著立場和角度的區別。其次，自從《詩．豳風．七月》較全面地描寫農事勞動以來，除了陶淵明的幾首詩之外，歷來的田園詩就很少描寫農事勞動，這個傳統似乎斷了線。而范成大的這組詩卻像是有意識地側重於這個方面，它全面地描寫了四季的農事活動，有艱辛，也有歡樂；有同情，也有讚美。他使農事詩的傳統得到了新的接續，並且把這傳統和田園詩的傳統合而為一，創造了一種新型的田園詩典範。第三，他在這組詩中描繪了四時田園風光和生活風情，具有個中人的真切的觀察和體會，使得這些詩歌充滿了濃厚的泥土氣息。而歷來的田園詩雖也描繪田園風光，卻總是遠距離地觀賞，雖然意境幽遠，但少了一點泥土的芳香；對勞動者的生活習俗，也很少正面涉筆。這就與范成大對農村的觀照描寫存在著距離上的區別。從以上幾方面可以看出，范成大的田園詩是別開生面的，是他在古代詩歌史上的獨特貢獻。當然，范成大詩題材也比較多樣，紀行詩和描寫山川風物的詩作都很有特色，還有不少作品反映了當時最突出的抗戰愛國主題。代表作就是他出使金國時途中所寫的七十二首絕句，記錄見聞，抒發愛國感情。在他的詩集中，這是很有分量的一組詩。

在四大家中，范成大詩在藝術上的特色不像陸、楊那麼突出，但也能自具面目。意境清新，語言流麗明媚，無雕琢之苦。他比較擅長的體裁是絕句和樂府。樂府的語言「淺切」但善於捕捉生活中各種不大被人注意的事情，而且善於裁剪組接，以結構的靈活和畫面的生動見長。絕句則能顯示他敏銳的觀察力和敏捷的捕捉手段，詩體的把握和語言的運用都比較圓熟。毛病是缺少餘味遠韻，所謂「體不高，神不遠」（翁方綱《石洲詩話》卷四），有時還寫得粗疏淺露。

## 楊萬里（一一二七～一二〇六）

楊萬里，字廷秀，號誠齋野客。吉州吉水（今屬江西）人，紹興二十四年（一一五四）進士，任零陵（今屬湖南）丞。歷吏部員外郎、祕書少監等職。淳熙十四年（一一八七）因忤宋孝宗，出知筠州（今江西高安），復召為祕書監。晚年拒絕韓侂胄籠絡，家居十五年不出，卒於吉水。

楊萬里與陸游、范成大、尤袤合稱中興四大詩人。他的成就不如陸游，但在創新詩體方面所作的努力則過之，所以他在當時名聲很大，連陸游也說：「我不如誠齋，此評天下同。」（〈謝王子林判院惠詩編〉）後來嚴羽就把他的詩稱之為「楊誠齋體」（《滄浪詩話．詩體》），除了陳與義之外，南宋詩人中能以獨特詩體著稱於世的，他是獨一家。

關於誠齋體的形成，應該注意兩點。首先，他在紹興二十九年（一一五九）任零陵丞時拜見了愛國名臣張浚，受到張的器重。張是理學家，他勉勵楊萬里效法先賢的「清直之操」，並勉之以「正心誠意」之學。楊萬里於是便自號「誠齋」，這是個理學意味很濃的自號，表明了他一生的志向。這以後他還一直與張浚之子、理學家張栻交往，深受張栻的影響，進一步接受了理學的思維方式，追求心胸的透脱，擺脱前人的束縛。於是在紹興三十二年（一一六二）把摹仿江西體的千餘首舊詩盡皆焚棄，轉而尋求新的觀照事物的方式和新的表現方法，這才為創新詩體奠定了基礎，正如他自己所說：「不是胸中別，何緣句子新？」

其次，誠齋體主要以自然萬物作為描寫對象，他稱讚張耒詩說：「春花秋月冬冰雪，不聽陳言只聽天。」（〈讀張文潛詩〉）這其實就是夫子自道。這裡的「天」，既是指客觀的自然萬物，也是指詩人受外界觸發而產生的真切感受，也就是他所說的「適然感乎是物是事，觸先焉，感隨焉，而是詩出焉」。因此他非常自覺地從大自然汲取詩材，尋求靈感，舉凡高山流水、日月星辰、藍天白雲、風雷雪雨、春光秋色、朝霞暮靄、花草樹木、鳥獸蟲魚等等，莫不收拾入詩，並且別有心胸，獨具眼光，探幽尋微，刻抉入裡，處處發現新意，事事別開生面。在他眼中，自然萬物無不體現著造化的意志，因此他力圖表現自然界的生機，又往往帶著天真好奇的眼光去看待自然界的萬事萬物，而產生許多天真的奇想。同時他也對自然界作冷靜、理智的觀照和領悟，表現靜觀萬物的體會和主觀感覺。這就形成了誠齋體在題材處理上的突出特點。所以他深有感觸地說：「不是風煙好，何緣句子新？」

誠齋體特別活潑靈動，充滿奇趣，歷來被看作以活法作詩的典型。自呂本中倡導活法以來，他是以活法作詩而取得突出成就的詩人。他的同鄉好友周必大說：「誠齋萬事悟活法。」可見其詩不過是其活法運用的一個方面。誠齋體的活法首先體現在自立一家的創新精神上；其次是表現在師法自然的創作態度上；第三是表現為別有眼光，忠實於自己的真切感受，而從習見的事物上發現新意，在任何事物上看出「活精神」。所以他特別擅長於發現、捕捉自然界的生機、動態，寫轉瞬即逝、變化無窮的景象。這種境界，楊萬里的許多前輩詩人都曾努力追求而又深感力不從心。比如王安石〈和平甫舟中望九華山〉說：「變態生倏忽，雖神詎能占？」感歎倏忽變化的動態奇景無從窺測，難以捕捉。又如陳與義，面對生機勃勃的自然景色也感歎說：「忽有好詩生眼底，安排句法已難尋。」(〈春日〉)同樣有力不從心之感。在楊萬里之前,只有大詩人蘇軾才在這方面顯得身手不凡,他的許多詩以描寫稍縱即逝的奇景著稱。但蘇軾似乎也不如楊萬里這麼措置裕如。誠齋體確是做到了「萬象從君聽指麾」,驅遣自由,在前人不到之處獨擅勝場。所以清人潘定桂稱讚其詩說:「每於人巧俱窮處,直把天工掇拾來。」(〈讀楊誠齋詩集〉)

楊萬里還擅長於不斷變化觀察事物的角度,以曲折多變的詩歌結構去隨物賦形,句法靈活而無格律拘束之苦,語言生動活潑,俗言口語在所不避,這都構成了誠齋體獨特的風格。

誠齋體的缺陷也比較突出。他過多地著眼於自然景色,一有所感,便即興作詩,不假思索,很少提煉,把瞬間印象和盤托出,這樣,一方面顯得感受真切,同所寫事物略無隔礙,但另一方面也造成了內容瑣屑、構思隨便、語言滑快粗疏的毛病。

## 尤袤(一一二七~一一九四)

尤袤,字延之,號遂初居士,常州無錫(今屬江蘇)人。紹興十八年(一一四八)進士,授泰興縣令,改江陰學官。歷國史院編修、著作郎,禮部侍郎。官至禮部尚書兼侍讀。他是一個早慧的人,五歲能詩文,時人呼之為「奇童」。也是著名的學問家、藏書家,讀書很多,學問淵博,當時有「尤書櫥」之稱;至晚年仍嗜書不倦,藏書至三萬多卷。著有《遂初堂書目》,是我國最早的私家目錄著作之一。

他的詩在當時很著名,但其詩集卻未能流傳下來。據方回說,尤袤之孫曾刊行其詩,但焚於兵火(見《瀛奎律髓》卷二十)。這大概是其詩未能全部流傳的重要原因,宋末方回所見抄本,已「頗有訛缺」(見同上)。

他是中興四大詩人之一,但從現存的作品看,藝術水準似不及陸游、楊萬里和范成大。楊萬里說他的風格是「平淡」(〈千巖摘稿序〉),方回則說是「槁淡細潤」(〈讀張功父南湖集詩序〉)。方回又曾評其詩說:「尤遂初詩，初看似弱，久看卻自圓熟，無一斧一斤痕跡也。」（《瀛奎律髓》卷二十）於此看來，他在當時還是能自成一格、自名一家的。就現存的作品而言，語言比較圓熟，用典比較自然，不過格力平弱，構思不深，往往淡而無味。方回〈跋遂初尤先生尚書詩〉說尤袤「胸中貯萬卷書，今古流動，是唯無出，出則自然」。這還是宋人以才學為詩的老傳統，但現存的作品中這個特點不大明顯。楊萬里《誠齋詩話》曾標舉尤袤〈寄友人〉詩的斷句：「胸中襞積千般事，到得相逢一語無。」善於體會把握人生的一種情景，語言平淡，而意蘊豐厚，語調平靜，而情意濃摯，是不可多得的好言語。只可惜現存的作品中這樣的佳作難得見到。

## 蕭德藻（生卒年不詳）

蕭德藻，字東夫，號千巖居士，閩清（今屬福建）人。紹興二十一年（一一五一）進士。乾道中曾為烏程縣（今浙江湖州）令，後遂家烏程。他的詩曾著名一時，楊萬里把他與尤袤、陸游、范成大並稱為「尤蕭范陸四詩翁」（〈進退格寄張功父姜堯章〉），並說：「余嘗論近世之詩人，若范石湖之清新、尤梁溪之平淡、陸放翁之敷腴、蕭千巖之工致，皆余之所畏者。」（〈千巖摘稿序〉）宋人說他曾學詩於曾幾（見張端義《貴耳集》卷上）。但劉克莊《後村詩話》前集卷二則說：「同時獨誠齋獎重……而放翁絕無一字及之。」陸游是曾幾的高足，卻無一字論及這位同門詩人，不知何故。他的詩風奇峭古硬，思致精苦。劉克莊曾把他和楊萬里相比較：「蕭千巖機杼與誠齋同，但才慳於誠齋，而思加苦。」（《後村詩話》前集卷二）而方回卻說他如不早死，「雖誠齋詩格猶出其下」（《瀛奎律髓》卷六）。他曾說：「詩不讀書不可為，然以書為詩不可也。老杜云：『讀書破萬卷，下筆如有神。』讀書而至破萬卷，則抑揚上下，何施不可？非謂以萬卷之書為詩也。」（范晞文《對床夜語》卷二引）這段話把作詩與讀書的關係說得清楚明白，不過其精神還是沒有超出北宋蘇軾、黃庭堅他們的主張。

# 朱熹（一一三〇～一二〇〇）

朱熹，字元晦，一字仲晦，號晦庵，別稱紫陽，晚年自稱晦翁、遁翁。徽州婺源（今屬江西）人，生於南劍州尤溪（今屬福建），徙居建陽（今屬福建）考亭。紹興十八年（一一四八）進士。任泉州同安縣主簿。淳熙年間知南康軍。改提舉浙東茶鹽公事，時逢浙東大饑，他深入屬縣了解災情，救荒革弊，「窮山長谷，靡所不到，撫問存恤，所活不可勝計」，政績很好。以致後來連宋孝宗也說：「朱熹政事卻有可觀。」宋光宗時曾知漳州、潭州。寧宗即位，召為煥章閣待制兼侍講，但在朝僅四十多天，便因冒犯權貴而被罷免。

他是集宋代理學大成的思想家。其思想體系影響深遠，但在他生前，其學說被定為「偽學」，遭到嚴禁。他和門生被列入「偽學逆黨籍」，受到種種迫害。他去世時，當局還不許士人參加他的葬禮。

他是宋代理學家中文學修養最高的人，對文學藝術有很高的欣賞趣味，論詩論文都有精闢的見解。雖然他說過「頃以多言害道，絕不作詩」之類的話，但並不能證明他不贊成作詩，就像大詩人陸游也說過「文詞害道第一事」、「文詞終與道相妨」，並不證明陸游反對作詩一樣。相反，我們應當重視他所說的「未覺詩情與道妨」（〈次秀野韻〉）、「只憑詩律作生涯」（〈次秀野春晴山行紀物之句〉），因為這些話替他熱心於詩歌創作的事實作出了解釋。他的詩歌流傳下來一千二百來首，不是一個小數目。其中也有不少的佳作。他主張作詩要取法《詩經》、〈離騷〉，要從陶淵明、柳宗元的門徑中來，要有「蕭散沖淡之趣」。他的詩歌最值得重視的是取材於大自然的作品，他能以一個理學家的心胸眼光，敏捷地發現山水景物之妙，善於描寫沖淡幽遠的意境，表現心源的澄淨清明；還善於通過景物的描寫寄寓學理悟道的情懷，或暗喻治學的心得；更善於表現對大自然生機春意的觀照與領悟。據說他平時每到一處，「聞有佳山水，雖迂途數十里，必往遊焉……登覽竟日，未嘗厭倦」（《鶴林玉露》丙編卷三）。這種興趣，自然而然地反映到了他的詩歌創作之中。他在〈又和秀野〉詩中說：「覓句休教長閉戶，出門聊得試扶筇。」正好和當時另一位有一定理學修養的詩人楊萬里的名言「閉門覓句非詩法，只是征行自有詩」完全合拍，足見大自然對他們的創作具有十分重要的意義。

他十四歲時因父親朱松病故，奉母遷居崇安（今屬福建）五夫里，拜劉子翬、胡憲、劉勉之為師。這三人都是信奉二程學說的理學家，也都是堅決主張抗金恢復的愛國志士。他們的愛國思想對朱熹有影響。在當時的和戰之爭中，朱熹是站在主戰派一邊，其詩也不乏抗戰愛國的主題。比如「棄軀慚國士，嘗膽念君王」；「迷國嗟誰子，和戎誤往年」；「明朝滅盡天驕子，南北東西盡好音」等等。雖然藝術上比較粗，但都是真誠的直抒胸臆之作。他的詩歌創作主要成就不在這方面，但還是應該特別一提。起碼可以證明那種說理學家只重視性理之學而不關心國事的言論多少有點落空。

## 志南（生卒年不詳）

志南，南宋僧人。朱熹〈與志南上人〉書云：「天台之勝，夙所願遊。……今又聞故人掛錫其間，想見行住坐臥不離泉聲山色之中，尤以不得往同此樂為念也。新詩筆勢超精，又非往時所見之比。」因知志南是朱熹的方外之友，曾住天台，朱熹對他的詩才也頗為欣賞。

## 張栻（一一三三～一一八〇）

張栻，字敬夫，一字欽夫，號南軒，漢州綿竹（今屬四川）人，徙居衡陽（今屬湖南）。其父張浚是著名的愛國大臣，一生致力於抗金恢復。他秉承父志，也力主抗金，反對和議。曾上疏宋孝宗，要求勵精圖治，誓不言和。並認為「欲復中原之地，先有以得中原之心；欲得中原之心，先有以得吾民之心」，而要得吾民之心，關鍵在於愛惜民力，「不盡其力，不傷其財」。以愛民作為愛國的基礎，是很高明的見識。

張栻是著名的理學家，當時與朱熹齊名，都被看作南宋理學大師。宋人胡次焱說：「南渡後說道學家必曰朱、張。」（〈跋輶軒唱和詩集〉）他主張從日用平實之處體悟聖人之道：「至理無轍跡，妙在日用中。」（〈送張深道〉）還特別提倡「平心易氣，優遊玩味」的治學方法。他的思想對楊萬里產生過重要影響。他也像其他理學家一樣，對大自然抱有很深的興趣，「平生山水癖，妙處只自知」（〈清明後七日與客同為水東之遊翌朝賦此〉）。

張栻作詩不如朱熹多，也不如朱熹好，但他寫自然風景之作別有特色。他對生機盎然的景象比較敏感，也善於創造沖淡深幽的意境。有的寫得生動活潑，有的寄意深微，頗有言外的餘味遠韻。他最推崇陶淵明，認為「陶靖節人品甚高……讀其詩可見胸次灑落，八窗玲瓏，豈野馬遊塵所能棲集」（〈采菊亭詩引〉）。他自己的作品也頗能反映其心胸之高遠。

## 王　質（一一三五～一一八九）

王質，字景文，號雪山，鄆州（今山東鄆城）人，後徙居興國（今湖北陽新）。紹興三十年進士。他是陸游的朋友，主張抗戰，敢於發表抗戰言論。當時主戰大臣汪澈宣諭荊襄、張浚都督江淮、虞允文宣撫川陝，都先後辟他為僚屬。後曾任樞密院編修官。虞允文認為他「鯁亮不回」，推薦他擔任諫官，都被權貴所沮。此後退居山裡，絕意仕祿。陸游曾作〈送王景文〉詩說：「深知萬言策，不愧九泉人。」上句指他上疏論抗戰事，下句稱讚他不愧是張浚的門生。他最仰慕的詩人是蘇軾，自云一百年前，有蘇子瞻；一百年後，有王景文。他的詩風雋快爽健，頗近於蘇軾；其峭拔之處，亦自成一格。

## 呂祖謙（一一三七～一一八一）

呂祖謙，字伯恭，學者稱東萊先生，婺州（今浙江金華）人。祖籍壽州（今安徽鳳臺）。隆興元年（一一六三）進士，復中博學宏詞科。曾任太學博士兼國史院編修、實錄院檢討官。淳熙三年召為祕書郎，遷著作佐郎。又曾奉詔編《皇朝文海》，書成，賜名《皇朝文鑒》。呂氏家族是著名的學術世家，家富中原文獻之傳。呂祖謙本人學問淵博，與朱熹、張栻交往講學，關係密切，淳熙二年，與朱熹、陸九淵發起著名的「鵝湖之會」，辯論學術，講索益精。為學主張「明理躬行」，治經史以致用，是當時名滿天下的大學者。他不以詩著名，佳作以善於體悟表現自然物候的運化見長。

## 辛棄疾（一一四〇～一二〇七）

辛棄疾，字坦夫，改字幼安，號稼軒。齊州歷城（今山東濟南）人。青年時代即率眾起義抗金，紹興三十一年（一一六一）投起義軍耿京部為掌書記，三十二年南歸。歷知滁州、提點江西刑獄、知江陵府兼湖北安撫使、知潭州兼湖南安撫使等，遭彈劾罷官。紹熙二年（一一九一），起復，提點福建刑獄，遷知福州兼福建安撫使，又為言者論罷。嘉泰三年（一二〇三）起知紹興府兼浙東安撫，遷知鎮江府，不久又被罷免。開禧三年（一二〇七）九月在江西鉛山病逝。

辛棄疾是大詞人，在詞史上與蘇軾並稱「蘇辛」。又工詩，詩才頗受時人稱道，惜其詩集已佚，其詩名遂為詞名所掩。從後人輯錄的一百四十多首作品看，辛棄疾的詩歌並不缺少佳作。

## 姜　夔（一一五五？～一二二一？）

姜夔，字堯章，鄱陽（今江西波陽）人。自幼隨父宦居漢陽。三十多歲時在長沙結識詩人蕭德藻，蕭很賞識他的才華，把侄女嫁給他，後來便隨蕭寓居吳興（今浙江湖州），卜室於弁山白石洞下，因號白石道人。他一生不仕，飄零湖海。與楊萬里、范成大、尤袤、辛棄疾、張鎡等人交往。

他是個文化修養很高的藝術家，擅長書法，精通音律，在音樂方面有很高成就，又是著名詞人，在詞史上有重要地位。兼長作詩，詩名在當時僅次於尤、楊、范、陸、蕭。楊萬里〈進退格寄張功父姜堯章〉詩說：「尤蕭范陸四詩翁，此後誰當第一功？新拜南湖（張鎡）為上將，更差白石作先鋒。」對他的詩歌非常賞識。他作有《白石詩說》一卷，論作詩的理論和技巧，主張「吟詠情性」，追求「自然高妙」。特別強調「精思」、「涵養」。要求出入變化「而法度不亂」。又說：「句意欲深、欲遠，句調欲清、欲古、欲和。」這都與他的創作實踐相符合。他的詩以絕句寫得最好，藝術上很精緻，達到他所追求的「小詩精深，短章蘊藉」的境界。他初學江西詩派風格，後又學晚唐，最終自出機杼，「不求與古人合而不能不合，不求與古人異而不能不異」（〈自序〉）。楊萬里曾把他比作晚唐陸龜蒙，不過其語言的清剛健拔和思致之秀雅精妙，則與晚唐詩歌不大相同。他的為人清高狷潔，「襟期灑落如晉宋間人」（陳郁《藏一話腴》），其詩的意境，很能反映他的品格。他晚年生活貧寒，死後靠友人張羅葬於錢塘門外西馬塍。他的朋友蘇泂作〈到馬塍哭堯章〉詩說：「除卻樂書誰殉葬，一琴一硯一〈蘭亭〉。」感慨他身後的淒涼，也概括了他生前的清雅。

## 徐　照（？～一二一一）

徐照，字道暉，一字靈暉，自號山民，永嘉（今浙江溫州）人。布衣終身，家甚貧窮，嗜茶如命，喜好山水，往往「穿幽透深，棄日留夜」。作詩宗唐代賈島、姚合。與徐璣、翁卷、趙師秀唱和，共同提倡一種清瘦野逸的詩風。因他們的字或號裡都有一個「靈」字，又都是永嘉人，故被稱為「永嘉四靈」。據葉適說，四人中最先學習唐詩而形成影響的人就是徐照：「發今人未悟之機，回百年已廢之學，使後復言唐詩，自君始。」（〈徐道暉墓誌銘〉）

徐照約存詩二百六十來首，是四靈中存詩最多的一個。擅長五律，刻意鍾煉，往往把功夫下在中間兩聯的雕琢上，不太用典，而追求字句的工巧，但往往缺少貫通的氣韻，瑣碎小巧，風格、情調、意境都顯得千篇一律，大同小異。他的貧困處境使他對現實不滿，詩中也流露一些牢騷，但他主要採取了一種避世遠禍的態度：「既與世不合，當令人事疏。」（〈貧居〉）「慎勿輕行復遭禍。」（〈放魚歌〉）所以其詩選材的重點在於山水景物、個人生活情趣、寄友詠物之類，傾向於內心體驗的發掘和自然妙理的領悟，如徐璣所說：「悟得玄虛理，能令句律精。」（〈讀徐道暉集〉）葉適曾稱讚他的詩「斫思尤奇」，「然無異語，皆人所知也，人不能道也」（〈徐道暉墓誌銘〉）。

## 徐　璣（一一六二～一二一四）

徐璣，字文淵，一字致中，號靈淵，永嘉（今浙江溫州）人。曾任建安主簿、永州司理參軍、龍溪縣丞、武當縣令等職。

他是永嘉四靈之一。葉適曾說：「唐詩廢久，君與其友徐照、翁卷、趙師秀議曰：『昔人以浮聲切響、單字隻句計巧拙，蓋風騷之至精也。近世乃連篇累牘，汗漫而無禁，豈能名家哉！』四人之語遂極其工，而唐詩由此復行矣。」（〈徐文淵墓誌銘〉）這段議論標舉了四靈的創作原則，即效法昔人的「以浮聲切響、單字隻句計巧拙」，也說明他們學習的唐詩其實只限於賈島、姚合一路，以刻琢字句為詩。徐璣本人也多寫五律，題材細碎、意境淺狹，多數只在單字隻句上用力雕琢，卻不大注意整篇的立意。只有少量篇章精心結撰而不露雕琢的痕跡。他的七絕則好像一反五律中刻琢字句的作法，頗為清通流暢而富於情趣，給人以靈秀生動之感。趙師秀說他「泊然安貧賤，心夷語自秀」（〈哭徐璣〉），上句指為人；下句論其詩，比較準確。

## 翁　卷（生卒年不詳）

翁卷，字續古，一字靈舒，永嘉（今浙江溫州）人。布衣終身。翁卷是永嘉四靈之一，在四靈中最晚去世。劉克莊說他「非止擅唐風，尤於選體工。有時千載事，只在一聯中」（〈贈翁卷〉）。唐風，指他學賈島、姚合的五律；選體，指學《文選》古詩的五古。其實這雖是他最下工夫的兩種體裁，卻不見得好。五律的中間兩聯鍾煉精緻，雖也時有佳句，但看不出有什麼「千載事」。倒是他不大經意的七絕，反而寫得清通完整，生動而有野趣，頗能見其性情。

值得一提的是翁卷的一些絕句顯然受了楊萬里「誠齋體」的影響，四靈中趙師秀和徐璣也有學楊萬里詩的作品。徐璣曾經拜見過楊萬里，詩風的相似大約不是偶然巧合。

## 趙師秀（一一七〇～一二一九）

趙師秀，字紫芝，號天樂，又號靈秀，永嘉（今浙江溫州）人。紹熙元年（一一九〇）進士。曾做過上元主簿、筠州推官。他是永嘉四靈中比較出色的一位，其主張和創作都能代表四靈的特色。四靈學賈島、姚合，尊賈、姚為「二妙」，趙師秀就編選了《二妙集》作為標榜。他自己作詩也基本上圍繞「二妙」打轉，尤其是五律，或是套用立意，或是仿其風格，甚至襲用其句法。中間兩聯精心錘煉，但往往是琢磨出一二警句之後便洩了氣，所以難得見到構思完整、通體暢達之作。而且缺少意境的變化，風格大同小異。這都是四靈共同的特點。大約是因為才華有限，詩思窘迫所致。趙師秀曾自稱：「一篇幸止四十字，更增一字，吾末如之何矣。」（劉克莊〈野谷集序〉引）雖是在強調作詩字斟句酌，下字不苟，但也供出了他們才思窘迫的情狀。趙師秀還告訴向他請教作詩方法的人說：「但能飽吃梅花數斗，胸次玲瓏，自能作詩。」（《梅磵詩話》引）沒有忽略「胸次」的重要性，不過開出的方子卻未必對症。

四靈作詩不大用典，反對「資書以為詩」。歷來的評論也認為他們能糾正江西詩派末流的弊病。其實應該注意的倒是另一面，四靈在創作中並不真的捐棄書本，一空依傍。且不說他們摹仿賈、姚是「資書以為詩」，即使被他們反對的「近世」詩人的作品，其實也被他們偷偷地借用、襲用、化用。比如前面所選的徐璣的〈黃碧〉和下面所選的趙師秀的〈約客〉都是證據。特別是〈約客〉，歷來公認是四靈詩中最清新乾淨的作品，可是從注裡可以看出，還是襲用了前人的句法和構思，包括他們最反對的江西詩派的黃庭堅和呂本中。足見還是沒有做到「捐書以為詩」。當然，「資書以為詩」不一定就是毛病，「捐書以為詩」不一定就是優點，關鍵還在於詩人本人的素質如何、對生活的態度如何。這裡不過是想說明不要輕易被四靈的標榜蒙住了眼睛，而忽視了作品的實際。

趙師秀在四靈中比較有代表性，方回就推他為四靈之冠（見《瀛奎律髓》卷四十七）。在他死後，劉克莊作〈哭趙紫芝〉詩還說：「奪到斯人處，詞林亦可悲。世間空有字，天下便無詩。」

## 杜耒（？～一二二七）

杜耒，字子野，號小山，南城（今屬江西）人。嘗官主簿。他與永嘉四靈的趙師秀交遊，與刻《江湖集》的書商陳起也有來往。作詩長於近體，風格近於四靈。七絕亦多佳句，如〈秋晚〉云：「丹林黃葉斜陽外，絕勝春山暮雨時。」〈窗間〉云：「晚起旋收花上露，窗間閒寫夜來詩。」

## 戴復古（一一六七～一二五二？）

戴復古，字式之，號石屏，天台黃岩（今屬浙江）人。布衣終身，浪跡江湖，晚年隱居於故鄉南塘石屏山下。生前以詩負盛名五十年。因其詩曾被刻入《江湖集》而被看作江湖派詩人。他曾與四靈交往，學過晚唐體。後來又登陸游之門，稱讚陸游詩是「入妙文章本平淡，等閒言語變瑰奇」（〈讀放翁先生劍南詩草〉）。他受了陸游的影響，就比較重視詩歌的憂時傷世的作用，在〈論詩十絕〉中說：「飄零憂國杜陵老，感遇傷時陳子昂。」把這兩位前代詩人作為自己效法的榜樣，自然就表明了創作方向上的追求，這就與四靈和其他一些江湖派詩人側重於流連光景不一樣。因此他的詩裡憂國憂民、感慨國事、指斥朝政的作品不少。據說他為人很謹慎，「廣座中口不談世事」（見《瀛奎律髓》卷二十方回評），而作詩就好像沒有這樣小心。他論詩還主張「須教自我胸中出，切忌隨人腳後行」（〈論詩十絕〉），頗有北宋諸大詩人和南宋四大家的氣派。陳衍《宋詩精華錄》卷四就稱讚說：「石屏詩心思力量，皆非晚宋人所有。」在江湖派中，他是才華較高的詩人，就詩的成就而言，也當名列前茅。但也有語言粗率淺直、議論迂腐的毛病。

## 高　翥（一一七〇～一二四一）

高翥，字九萬，號菊磵，餘姚（今屬浙江）人。終身布衣，浪跡江湖。他是江湖派詩人之一，擅長絕句。詩風清雋，語言樸素。對景物的觀察比較細緻，構思也有匠心。有的詩還寫出了民歌的情調。在江湖派中是才情較高的一位。

## 趙汝鐩（一一七一～一二四五）

趙汝鐩，字明翁，號野谷，袁州宜春（今屬江西）人。嘉泰二年（一二〇二）進士。官至刑部郎中。他是江湖派中筆力比較雄放的詩人，寫了不少反映當時民生疾苦的作品。本書所選的〈耕織歎〉構思獨特，把宋詩中分別哀憐農民耕者不得食、織者不得衣的兩方面題材總結到了一起，既全面又深刻，語言也很暢達。

## 陳　起（生卒年不詳）

陳起，字宗之，號芸居，錢塘（今浙江杭州）人。約生於宋孝宗淳熙年間。據方回說，淳祐十一年（一二五一）還見過他。故當卒於此後。他是著名的書商，在臨安棚北大街睦親坊開書肆，刻書售書。書肆取名為「陳解元書坊」，趙師秀曾稱他是「賣書陳秀才」，劉克莊〈贈陳起〉詩有「煉句豈非林處士，鬻書莫是穆參軍」之句，因知他也是一位擅長作詩的讀書人。當時江湖上許多詩人都與他交往。他先後編刻了《江湖集》、《江湖前集》、《江湖後集》等詩集傳世，被收入其中的詩人便被稱為「江湖派」。其中許多人的詩歌因此得以保存流傳，所以他在南宋詩歌史上還起過不可忽視的作用。在權相史彌遠當國時，他曾有「秋雨梧桐皇子府，春風楊柳相公橋」的詩句，譏刺史彌遠廢殺皇太子而立宋理宗，被人告發，他因此被流配，《江湖集》被毀板，江湖派中一些人也受到牽連。朝廷因此下詔禁止士大夫作詩，到紹定六年（一二三三）史彌遠死後才解禁。這就是所謂「江湖詩禍」。

陳起的詩寫得比較明暢，長於絕句，缺點是構思淺，餘韻不足。他的朋友鄭斯立形容其詩說：「誦其所為詩，刻苦雕肺肝。陶韋淡不俗，郊島深以艱。君勇欲兼之，日夜吟辛酸。」（〈贈陳宗之〉）不過這些特點，從現存的詩已不大看得出來。

## 劉克莊（一一八七～一二六九）

劉克莊，字潛夫，號後村，甫田（今屬福建）人。嘉定二年（一二〇九）補將仕郎。曾知建陽縣。因所作〈落梅〉詩獲罪，閒廢十年。理宗朝賜同進士出身。官至工部尚書兼侍讀。晚年趨奉權相賈似道，頗為時論所譏。

劉克莊詩集曾被陳起刻入《江湖集》，所以他也被看作是江湖派詩人。早年與四靈交往，作詩也學四靈，後來又認為四靈不免「寒儉刻削」，棄而不學，轉而學陸游、楊萬里，自云：「初余由放翁入，後喜誠齋」（〈刻楮集序〉）。他對世事比較關心，作品的內容也豐富，諷刺黑暗的政局，抒發憂時的孤憤，同情民病，感傷國事，是江湖派中最為突出的詩人。他的近體詩對偶工整，但顯得機械，多用典故而失於拼湊。學陸游而顯得才力不足，學楊萬里又時露質野粗淺。他曾認為「資書以為詩失之腐」，「捐書以為詩失之野」（〈韓隱君詩序〉），問題看得很準，一旦做起來卻還是免不了「失之腐」、「失之野」。方回曾譏笑他的詩是「飽滿四靈，用事冗塞」（《瀛奎律髓》卷四十二），似乎就概括了這兩方面的缺點。他的絕句很受人稱讚，可是其中也有「直從杜甫編排起，幾個吟人作大官」（〈再贈錢道人〉）這樣粗野的句子。江湖派詩人的通病是膚廓浮濫，人人有詩，家家有集；干謁應酬，無不用詩。劉克莊對這種現象不滿，但也還是免不了貪多求快率爾成章。因此他的不少詩缺乏真性情，語言粗而氣格卑。

## 葉紹翁（生卒年不詳）

葉紹翁，字嗣宗，號靖逸，祖籍浦城（今屬福建），徙居處州龍泉（今屬浙江），與著名學者真德秀友善。他的詩集被陳起刻入《江湖集》，故被看作江湖派詩人。江湖派中許多人擅長絕句，葉紹翁的詩也以絕句最佳。他善於抓住一些容易被忽略而其實包含有豐富情感內容的景象和事情，充分發掘其抒情審美意義，並以獨具匠心的詩法結構造成曲折跌宕之勢，最終烘托出最使他受到觸動的景象和事情的詩意。所以一些很平常的情景一到了他的絕句中，往往會變得新警有味。

## 方　岳（一一九九～一二六二）

方岳，字巨山，號秋崖，祁門（今屬安徽）人。紹定五年（一二三二）進士。曾知南康軍，以觸犯權貴賈似道而調官。後知袁州，因得罪權貴丁大全而被劾罷官。他是當時官場中著名的倔強人物，性格剛正，故數遭罷黜，坎壈終身。詩中也充滿牢騷，如「老天無意獨窮我，直道有時能誤人」（〈感懷〉）；「往事自驚天大膽，近詩空撚雪成鬚」（〈山中〉）；「不如意事常八九，可與語人無二三」（〈別子才司令〉）之類，都是深有感觸之言。

他的詩在當時名聲頗高。尤工於七律，精心刻琢，思致入妙。喜歡用典故組織精巧的對偶，特別善於在對仗中襯以虛字，增加感慨的曲折，造成句律流麗而意思深峭的獨特風格，不過用多了反成習氣，如「不知我者謂為拙，是有命焉那用求」（〈感懷〉）之類，便不值得稱道。他還有「詩須放淡吟」（〈次韻別元可〉）的主張，一旦遵循去做，倒能寫出一些清新淡遠的好詩。方回稱讚他是「不江西，不晚唐，自為一家」（《瀛奎律髓》卷二十七）。

## 文　珦（一二一〇～？）

文珦，字叔向，自號潛山老叟，於潛（今浙江臨安）人。早歲出家，遍遊東南各地，其〈閒中多暇追敘舊遊成一百十韻〉詩有「題詠詩三百，經行路四千」之句。終年八十餘。詩集已佚，後人輯有《潛山集》十二卷。文珦是南宋後期著名詩僧，其詩取材廣泛，並不只局限於僧人的生活範圍，而雕章琢句的興趣，更與一般詩人沒有太大區別。其《裒集詩稿》說：「吾學本經論，由之契無為。書生習未忘，有時或吟詩。興到即有言，長短信所施。盡忘工與拙，往往不修辭。唯覺意頗真，亦複無邪思。事物皆寓爾，又豈存肝脾。老來欲消閒，裒集還自嗤。聊以識吾過，吾道不在茲。」這不妨看做文珦詩歌寫作的宣言書，作為僧人，明確知道「吾道不在茲」，但還是免不了「興到即有言，長短信所施」，寫作了大量詩歌，還要仔細收集起來編為詩集，完全是一般書生習氣。這首詩，正是宋代一般詩僧作詩心態的寫照。

## 俞　桂（生卒年不詳）

俞桂，字晞郄，仁和（今浙江餘杭）人。紹定五年（一二三二）進士，曾在濱海地區為官。他與陳起友善，有詩文往還。他的詩以絕句最為擅長，往往帶著平靜的心境觀照自然，而時有獨到的發現。文字清暢，亦富於詩情畫意。

## 王　淇（生卒年不詳）

王淇，字菉猗，大約生活於南宋末，與謝枋得有交往。他有一首詠梅絕句說得新穎別致：「不受塵埃半點侵，竹籬茅舍自甘心。只因誤識林和靖，惹得詩人說到今。」王淇其人不知是不是也這樣清高。

## 謝枋得（一二二六～一二八九）

謝枋得，字君直，號疊山，信州弋陽（今屬江西）人。寶祐四年（一二五六）與文天祥同科中舉。曾任考官，因指責賈似道奸政，黜居興國軍。德祐元年（一二七五）以江東提刑、江西詔諭使守信州，抵抗元軍，戰敗城陷，遂變姓名隱於建寧山中。後流寓建陽。元朝屢召出仕，均堅辭，後被強制送往大都（今北京），遂絕食而死。他是理學家徐霖的學生，為人以忠義自任，頗有自奮激勵的氣概，徐霖稱讚他「如鷙鶴摩霄，不可籠縶」。宋亡以後的言行，便是他平生學問志節的集中體現。他的詩不以技巧取勝，而純從精神至性中流出，宋亡前後的詩多有寄託，個性也很突出。

## 文天祥（一二三六～一二八三）

文天祥，字履善，一字宋瑞，號文山，吉州廬陵（今江西吉安）人。寶祐四年（一二五六）進士第一。德祐元年（一二七五），組織義軍入衛臨安。不久被任為右丞相兼樞密使。德祐二年出使元營談判被拘留，後於鎮江脫逃，從海上轉到溫州擁立端宗，轉戰福建、廣東一帶。祥興元年（一二七八）十二月兵敗被俘，自殺未死。次年，宋亡，他被押至大都（今北京），途中絕食八日，未死。在大都囚禁達四年，屢經威逼利誘，皆不屈。作〈正氣歌〉以明志節。於元世祖至元十九年十二月在大都柴市口從容就義。死時四十七歲。

他是著名的民族英雄，為挽救亡國命運，百折不撓。他的詩歌明顯分為前後兩期，以德祐元年為界。前期大多為應酬之作，藝術上也顯得平庸。而好詩大都作於後期，記錄艱苦的抗戰經歷，表現不屈不撓的堅強意志，純是堅貞氣節、血性精神的寫照。他後期的詩主要收在《指南錄》、《指南後錄》、《吟嘯集》中，〈指南錄後序〉中談到他曾瀕於死亡的險境達數十次，但這些危險都不能挫折他挽救國難的意志。在當時的形勢下，他頗有知其不可為而為之的氣概，表現在詩中，就是憤激的情調和悲壯蒼涼的風格。和北宋滅亡之際的詩人普遍學習杜甫詩一樣，文天祥後期也特別對杜詩感同身受，如〈讀杜詩〉所說：「耳想杜鵑心事苦，眼看胡馬淚痕多。」他後來被關在大都獄中時，還作了〈集杜詩〉二百首，足見杜詩是他後期生命歷程中的精神支柱。他的詩歌是宋亡之際愛國詩歌的代表之一。他為宋代詩歌的發展提供了一個光輝的結束，把宋代詩歌中的愛國主義傳統作了一個總結。

## 汪元量（一二四一～一三一七？）

汪元量，字大有，號水雲，又號江南倦客。錢塘（今浙江杭州）人。初為南宋宮廷琴師。宋亡，元兵俘宋恭帝及皇太后全氏、太皇太后謝氏北上，他亦隨行。在大都屢至囚所探視文天祥，文曾為其詩作序。至元二十五年（一二八八）後，向元世祖乞以黃冠道士的身分南歸，於次年抵達杭州。後曾遊歷湘、蜀等地。大約卒於元延祐四年（一三一七）後。

他的詩最重要的部分是反映宋亡歷史的紀實之作，〈醉歌〉、〈湖州歌〉等，以七絕聯章的形式，描繪詩人目擊的亡國情景，表現亡國哀痛，情辭淒楚，足以補史書之闕。如他的朋友李珏所說：「水雲之詩，亦宋亡之詩史也。」（〈書汪水雲詩後〉）

## 林景熙（一二四二～一三一〇）

林景熙，字德陽，一作德暘，號霽山，溫州平陽（今屬浙江）人，咸淳七年（一二七一）進士。為泉州教授。後任從政郎。宋亡，隱居於鄉，教授生徒，從事著述，名重一時。

他是著名的宋遺民詩人，其詩多寫南宋遺老的故國之思。他讀文天祥詩集後作了一首七古抒發感想，其中有「書生倚劍歌激烈，萬壑松聲助幽咽。世間淚灑兒女別，大丈夫心一寸鐵」之句，頗能見其志節。《宋詩鈔》小序評價其詩說：「大概悽愴故舊之作，與謝翱相表裡。翱詩奇崛，熙詩幽宛。」

## 蕭立之（生卒年不詳）

蕭立之，又名立等，字斯立，號冰崖，寧都（今屬江西）人。淳祐十年（一二五〇）進士，知南城縣，調南昌推官，移辰州通判。南宋危亡之際曾有請兵抗元的經歷。宋亡，隱入故鄉。在當時遺民詩人中，他的名聲不大，不過其詩很有特色。古詩利落簡勁，律詩深峭，絕句尤其錘煉精湛，造境用字都能自出新意。

## 謝　翱（一二四九～一二九五）

謝翱，字皋羽，號晞髮子，又號宋纍，長溪（今福建霞浦）人，徙居浦城（今屬福建）。試進士不第。元兵南下，他率鄉兵數百人投文天祥軍，參加抗元，被文天祥任為諮議參軍。文天祥兵敗被俘，他脫身潛伏民間。宋亡後流亡浙東，與宋遺民往還。文天祥被害後，每逢文的祭日，他都要找個隱密地方哭祭。

在宋末的遺民詩人中，他的風格比較特別，學習孟郊、李賀，琢句奇奧，頗能神似。但其感情的沉摯悲涼，又與孟郊、李賀不同，自是節概卓然的宋遺民的手筆。《宋詩鈔》小序評云：「古詩頡頏昌谷，近體則卓煉沉著，非長吉所及也。」

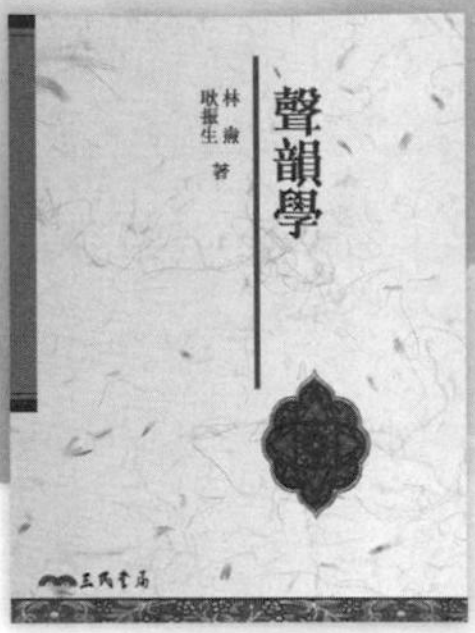


## 聲韻學

林燾、耿振生／著

在國學的範疇裡，「聲韻學」一向最為學子所頭痛，雖然從古至今，諸多學者、專家投身其中，引經據典，論證詳確，然或失之艱深，或失之細瑣，或失之偏狹；有鑑於此，本書特別以大學文科學生和其他初學者為對象，不僅對「聲韻學」的基本知識加以較全面的介紹，更同時吸收新近的研究成就，使漢語音系從先秦到現代標準音系的演變脈絡清楚分明，各大方言及歷代古音的構擬過程簡明易懂，堪稱「聲韻學」的最佳入門教材。

## 中國文字學

潘重規／著

本書作者以浸淫國學數十載的功力，分析比較中國文字的構造法則、文字流傳解說的歷史，進一步肯定推崇《說文解字》在文字學上的地位與價值。繼而分別說明文字書寫工具的源起與沿革；上下縱論中國文字的演變，從鐘鼎彝器甲骨文乃至於歷代手寫字體，莫不加以詳細而清晰之闡述。書後更附上各時代文字的拓本碑帖圖片，以及三篇各自獨立的相關論文。藉由本書，讀者將可充分了解中國文字之優越性，以及中國文化之淵深廣博。

## 治學方法

劉兆祐／著

本書作者在大學中國文學系（所）任教長達三十餘年，所講授課程，多與研究方法及文史資料之討論有關，教學經驗豐富，且著述繁夥。本書即就其講稿增訂而成。全書共分〈緒論〉、〈治學入門之必讀書目〉、〈研讀古籍的方法〉、〈善用工具書〉、〈重要的文史資料〉、〈治國學所需具備的基礎學識〉、〈撰寫學術論文的方法〉等七章，旨在為研治文史學者提供正確的治學方法。大抵治文史學者所應知的方法都已論及，適合大學及研究所同學閱讀。如能讀畢此書，必能獲得治學的正確途徑。

## 當代戲曲【附劇本選】

王安祈／著

「當代戲曲」指一九四九年以降海峽兩岸的戲曲創作，是當代政治、社會、文化背景下戲曲劇作家情感、思想、美學觀的整體呈現。本書詳論大陸「戲曲改革」的效應及所引發的戲曲質性轉變，並論及臺灣七〇年代末以來的戲曲現代化嘗試；另有劇作的個別評析，及重要劇作唱詞選段和全本的收錄。作者試圖以編劇藝術、劇作析論為核心，呈現對當代戲曲的審美觀與詮釋態度。

## 細說桃花扇——思想與情愛

廖玉蕙／著

本書探討《桃花扇》研究的狀況與檢討、《桃花扇》的運用線索、人物形象與史實的關係、關目的因襲與劇作的創新等，另有附錄兩則，為資料的辨正。作者博覽、表記運用，一直探討到孔尚任寫作歷史劇的虛構點染，對號稱清代傳奇雙璧之一的《桃花扇》作出全新的詮釋。

## 民間故事論集

金榮華／著

這是臺灣地區第一部專門討論國內外民間故事的論文集。書中介紹及討論中外故事三十餘則，探源察變，考訂異同，從中國的故事、古代神話、比較民間文學、韓國民間故事，到民間故事的整理、分類和情節單元的編排，有系統地帶領讀者領略民族經驗與智慧之美。

俗文學概論
曾永義 著